I0608583

KHATCHAGOGHÍ HISHATAKARANÂ

(DIARY OF A "CROSS-STEALER" / CON ARTIST)

RAFFI

ԽԱՉԱԳՈՂԻ ՀԻՇԱՏԱԿԱՐԱՆԸ

ՐԱՖՖԻ

KHATCHAGOGHÍ HISHATAKARANÂ (DIARY OF A "CROSS-STEALER" / CON ARTIST)

Contact:
IndoEuropeanPublishing@gmail.com

ISNB: 978-1-60444-769-9

ԽԱՉԱԳՈՂԻ ՀԻՇԱՏԱԿԱՐԱՆԸ

Հրատարակված է Ամերիկայի Միացյալ Նահանգներում:

Կապ՝
IndoEuropeanPublishing@gmail.com

ISNB: 978-1-60444-769-9

ԱՌԱՋԻՆ ՄԱՍ

Ի՞ՆՉ Է ԽԱՉԱԳՈՂԸ

Թողնել ընտանիքը անտեր, երկար ու ձիգ տարիներ թափառել աշխարհի մի ծայրից դեպի մյուսը, արծաթ որսալու համար չխնայել ամեն տեսակ անազնիվ միջոցներ այդ խաչագողի գործն է:

Խաչագողը ունի իր արհեստին վերաբերյալ բոլոր հմտությունները: Այլևայլ երկրներում թափառելու համար նա գիտե զանազան ազգերի լեզուներ, ծանոթ է նրանց սովորություններին և ի՛նչ ազգի մեջ որ մտնում է, խոսում է այն քան վարժ, որ դժվար է որոշել, թե նա այն ազգին չէ պատկանում: Նա իր ընկերների հետ խոսում է մի առանձին լեզվով, որը ոչ ոք հասկանալ կարող չէ, եթե խաչագողների հասարակությանը չէ պատկանում: Դա մի խորհրդավոր, պայմանական լեզու է. դա ավազակների արգոն է:

Շատ անգամ խաչագողը չէ խոսում, բայց միտք է հայտնում:Նրա աչքերի, հոնքերի, շրթունքի, երեսի, ձեռքերի, մի խոսքով, մարմնի զանազան մասերի այս և այն ձևով շարժմունքը հայտնում են ամբողջ նախադասություններ, որոնց նշանակությունը հասկանում է միայն խաչագողը: Միմիկան նրանց դեմքի վրա սաստիկ զարգացած է: Կապիկի նման կարողանում են նրանք շարժեցնել երեսի այն մասերը, որոնք ուրիշների մոտ անշարժ են: Ես տեսա մի խաչագող, որ ավանակի նման շարժեցնում էր իր ականջները: Մի այլը իր քիթը զարմանալի կերպով ծռմռում էր այս կողմ և այն կողմ:

Խաչագողը խաչագողի ձեռքը բռնելով, առանց մի բառ արտասանելու, հայտնում է իր միտքը:

Հարկը պահանջած ժամանակ խաչագողը միայն անորոշ ձայներ է արձակում, կամ թռչունների ու գազանների բարբառով ազդարարություններ է կարգում: Այդ նրանց գիշերային լեզուն է, մանավանդ այն ժամանակ, երբ մինը մյուսից հեռու է գտնվում: Նրանց բոլոր նշանախոսությունները այն աստիճան ճշտությամբ պայմանավորված են իրանց մեջ, որ երբեք չեն վրիպում նպատակից:

Կերպարանափոխության մեջ խաչագողը սատանայական հնարա-գիտություն ունի: Ծպտիլ, այլակերպվիլ այնպես, որ բոլորովին ուրիշ մարդ երևալ, դրանք նրա համար այնպիսի խաղեր են, որոնց մեջ ոչ ոք կարող է նրա հետ մրցություն անել: Խաչագողին չէ կարելի տեսնել իր բուն պատկերի մեջ, այլնայլ երկրներում, գործի և հանգամանքների այլնայլ պայմանների համեմատ, նա միշտ նոր ձև և նոր կերպարանք է ընդունում:

Խաչագողը բովանդակում է իր մեջ մարդկային ամբողջ հասարակության բնավորությունները: նա ընկերային կյանքի ամեն ելևէջների վրա զարմանալի ճարպկությամբ բարձրանում և իջնում է: Նա հասարակության բոլոր ծալքերի մեջ մտնում և դուրս է գալիս: հարմարվելու անհամեմատ ընդունակություն ունի: Ժողովրդի բարձր դասի հետ նա մի հպարտ, փառասեր, թեթևամիտ, պերճախոս ազնվական է, ազնվականի բոլոր փայլով: Ժողովրդի ստոր դասի հետ նա մի բարի, միամիտ և անկիրթ ռամիկ է, բոլոր ռամկական պարզություններով: Գիտնականի հետ նա մի գեղախոս հռետորի նման վիճում է, ամեն առարկայի վրա դատում է և հանրամարդկային բարձր ու վսեմ գաղափարներ է հայտնում: Մոլլաների հետ նա խավարամիտ է, որպես գիշեր և մոլեռանդ, որպես հնդկական ֆաքիր: Խաչագողը մի օր լույս է, մյուս օր՝ խավար: Մի օր բարի է, մյուս օր՝ չար:

Խաչագողը մի զարշելի տիպ է: Նա ավերված, փչացած, անբարոյա-կանացած հասարակության հրեշավոր ծնունդն է: Նա նեխած ջրի մրուրն է:

Երբեմն նա փողոցային սրիկա է, գիշերի մթության մեջ հանդիպող մենավոր անցորդը հազիվ կարող է ազատվել նրա ճանկերից:

Ցերեկով նա բարեպաշտ, երկյուղած քրիստոնյա է և պատահած աղքատին ողորմության ձեռք է մեկնում: Մի տեղ, ամենակեղտոտ գինետան ստորերկրյա նկուղների մեջ, կառապանների հետ նստած, արբեցությամբ է անցկացնում է այդ ժամանակ նա մոլի ստահակ է: Մի այլ տեղ, ամենափառավոր հյուրանոցում նա խիստ նուրբ ճաշակ ունի կերակուրների և ըմպելիքների ընտրության մեչ: Այդ ժամանակ նա բարեկյաց քաղաքացի է:

Խաչագողը չափազանց առաձգական է և. դյուրաթեք: Նա դեպի ամեն կողմ ծռվում է: Նա ամեն կաղապարի մեջ մտնում է և ամեն տեսակ ձևեր ընդունում է, բայց երբեք մի հատկանիշ ձև չէ պահպանում: Նա կատարյալ քամելեոն է: Նա այն առասպելական էակներից է, որ ամեն մի անգամին մի այլ տեսակ են երևում:

Խաչագողը գիտե կեղծել, գիտե խաբել, գիտե ձեռքից սպրդիլ և աներևույթ լինել: Ոստիկանի ամենատես աչքերը չեն կարող նքա հետքերը հետազոտել: Նա անհայտանում է որպես դև և հայտնվում է որպես հրեշտակ: Բայց երբ որ բախտը դավաճանում է նրան, բանտը իր պապենական օթեվանն է: Շղթաներից երկյուղ չէ կրում նա, իսկ դահճի առջև արհամարհանքով է խոնարհեցնում իր պարա-նոցը:

Խաչագողը նայում է տիեզերքի վրա որպես իր հունձքի արտի վրա: Նա գիտե կորզել մարդկային ընդհանուր աշխատանքից ինչ որ իրան պետք է: Նա չէ ցանում, բայց հնձում է: Նա չէ արդյունաբերում, բայց սպառում է: Նա ապրում է ուրիշի վաստակով: Իսկ այդ նպատակին հասնելու համար գործ է դնում իր հնարագիտության ամենակարող հմտությունները: Ուր չի հաջողվում նրան խաբուսիկ միջոցներով որսալ, այսպիսի դեպքերում պատրաստ է նրա արյունա-հեղ ձեռքը...

Խաչագողը ամեն բան ունի, բայց ոչինչ չունի: Նա նմանում է այն գիշակեր մեծ գազանին, որ խորտակում է մի ամբողջ ցուլի մեջքը, լերդը ուտում է, արյունը խմում է, իսկ մնացածը թողնում և հեռանում է: Այնուհետև օրերով մնում է սոված, երբ ուրիշ որս գտնել չի կարողանում: Խաչագողը մի օր կուշտ է, մյուս օր՝ քաղցած: Մի օր հարուստ է, մյուս օր՝ աղքատ:

Ես նկարեցի խաչագողի մի քանի ընդհանուր գծերը միայն, իսկ մանրամասնությունները ընթերցողը կտեսնի նույն իսկ «Խաչագողի հիշատա-կարանի» մեջ: Այժմ դառնանք դեպի այն հարցը, թե որ երկրից հայտնվեցան խաչագողները:

Սալմաստա[1] մեջ եղած ժամանակս իմ գլխավոր զվարճություններից մեկն էր Սավրա գյուղը գնալը: Այդ գյուղը նշանակություն է ստացել նրանով, որ այնտեղ են բնակվում այն հանրածանոթ մարդիկը, որ կոչվում են «խաչագողներ»: Թողյալ այդ, Սավրան ուներ իր և մի քանի այլ գեղեցիկ կողմերը բնությունն այնտեղ հիանալի էր, կնիկները ավելի սիրուն էին, քան Սալմաստա մյուս գյուղերում, հագնվում էին մաքուր և չափազանց հրապուրիչ էին: Մի քանիսը արդեն պարսից շահի կանանոցի զարդն էին դարձել, և նրանց ազգականները մշտական թոշակ էին ստանում: Սավրայի տները, հովանավորված սքանչելի պարտեզներով, պահվում էին ամենայն հստակու-թյամբ:

Բայց ինձ ավելի գրավում էին խաչագողները:

Ճշմարիտն ասած, շատ հետաքրքրական էր, այդ մոլաշրջիկների հյուրասեր սեղանի մոտ նստած, նրանց հետ զավթներ դատարկել և լսել նրանց թափառական կյանքի երկար ու երկար պատմությունները, որոնք լի էին սարսափելի արկածներով: Խաչագողը միշտ մի առանձին պարծանքով է պատմում իր արարմունքը: նա իր խաբեությունների, խարդախությունների և այլ չարագործությունների վրա նայում է որպես քաջագործության վրա: նա քաջություն է համարում անազնվությունը, նենգավորությունը, որովհետև նրանց միջոցով կարողացել է շատ անգամ

---

[1] *Սալմաստը Պարսկաստանի Ատրապատական կոչված նահանգի գավառներից մեկն է: Գտնվում է Ուրմիո ծովակի արևմտյան ափերի վրա:*

ահագին գումարներ ձեռք ձգել, թեև խիստ հաճախ ենթարկել է իր անձը առսկալի վտանգների:

Սավրան խաչագողների որջն էր:

Սալմաստա մեջ թեև ամեն մի հայաբնակ գյուղում կարելի էր գտնել խաչագողներ, բայց չկա Սավրայի պես մեկը, ուր ամբողջ բնակիչները իրանց նվիրած լինեին մի այսպիսի կեղտոտ պարապմունքի: Ո՞րտեղից էր մտել այդ արհեստը նրանց մեջ, դժվար է բացատրել, միայն այնքան ընտելացել էին մի այնպիսի գործունեության, որ համարյա նրանց համար կենսական պահանջ էր դարձել:

Մտնում ես Սավրա գյուղը: Փողոցների մեջ խաղում է երեխաների բազմությունը: Մտածում ես, թե ամբողջ աշխարհի երեխաներից մի-մի հատ այստեղ է բերված: Նրանց վրա տեսնում ես ամեն երկրի, ամեն ազգերի հագուստները ու գլխարկները: Այդ ի՞նչ հրաշք է: Սկսյալ Չինաստանից, Հընդկաստան, Աֆրիկա. Ամերիկա, մինչև Եվրոպայի ամենախուլ անկյունները, ամեն տեղի հագուստով երեխաներ ես տեսնում: Տղամարդիկը նույնպես ման են գալիս բազմատեսակ հագուստներով: Հետո հասկանում ես, որ այդ թափառա-կանները, օտար երկրներից վերադառնալու ժամանակ, բերել են իրանց երեխաների համար նույն երկրների հագուստները:

Մտնում ես սավրեցու տունը: Սենյակները զարդարած են ամեն երկրի ամեն տեսակ կարասիներով: Պատերի վրա առանց ճաշակի, առանց դասավորության կպցրել են զանազան պատկերներ: Տեսնում ես մի տեսարան Գարիբալդիի կռիվներից, նրա մոտ սգավոր Աստվածամոր պատկերները, սրով խոցված սրտով, հետո «Թափառական հրեայի» պատկերը, հետո Հիսուս քրիստոսը աղբյուրի մոտ խոսում է Սամարացի կնոջ հետ, հետո մի տեսարան փարավոնների կյանքից: Փարավոնը պատգարակի մեջ նստած է, մի խումբ ստրուկներ տանում են նրան ուսերի վրա, հետո մի քանի կիսամերկ գեղեցկուհիք լողանում են անտառում հոսող վտակի մեջ, հետո Պիոս IX-ի պատկերը, և մյուսները այս կարգով:

Խիստ զզալի մի տեսարան է ներկայացնում, երբ աչք ես ածում Սավրայի ընտանեկան կյանքի վրա: Տների մեծ մասում գտնում ես միայն հնացած, գործից ընկած, ծերունի խաչագողներ: Այդ հմուտ, փորձված վարպետները հայրենական արհեստի մեջ զարգացնում են իրենց կանդիտատներին փոքրիկ, նորընծա խաչագողներին: Բոլոր երիտասարդները պանդխտության մեջ են գտնվում, նրանց կնիկները մնացել են առանց ամուսինների:

Սավրեցի կինը համբերող է, ողջախոհության պես համբերող է նա: Նա սպասում է. երկար ու ձիգ տարիներ սպասում է: Նա տանում է աղքատություն, միշտ հրապուրված այն քաղցր հուսով, թե մի օր իր տղամարդը կվերադառնա գանձերով:

Նա ընդունում է իր տղամարդին այն հպարտ պարծենկոտությամբ, որպես քուրդի կինը ընդունում է իր հերոսին, երբ նա վերադառնում է կռվի դաշտից, իր հետ բերելով անբավավար և կողոպուտներ:

Սավրեցի կնոջ մի այսպիսի վիճակը փոխել է նրա ոչ միայն բնավորությունը, այլև նրա հասարակական դրությունը: Սավրեցի կինը ինքը տղամարդ է, երբ նրա ամուսինը տանը չէ։ նա Սալմաստա մյուս գյուղերի կնիկների նման փակված կյանք չէ վարում։ Նա ավելի աշխարհային մարդ է։ Նրա վրա է դրած բոլոր հոգսը, բոլոր ծանրությունը ընտանիքի, որովհետև տղամարդը տանը չէ։ Նա մինչև անգամ մասնակցում է իրանց գյուղային հասարակության բոլոր գործերի մեջ, որպես են՝ հարկերի բաշխումը, ջրի հերթով բաժանելը, վարը վարելը, ցանքը ցանելը, մի խոսքով, լցուցանում է գյուղական տնտեսության բոլոր պահանջները։ Երևակայեցեք մի այսպիսի կնոջ դրությունը, որը գերդաստանի մայր է, որը ապրում է Ասիայում, որի գործունեությունը ընտանեկան շրջանից դուրս կարող է հանդիպել հազար ու մեկ փորձանքների...

Սավրայի գերեզմանատունը մինչև անգամ զուրկ է տղամարդերից։ Նրանք մեծ մասամբ մեռնում են պանդխտության մեջ և թաղվում են օտար երկրների հողի տակ։ Սավրայի գերեզմանատան մեջ հանդիպում ենք անթիվ շիրիմներ, որոնց մեջ ամփոփված են ոչ թե այս և այն խաչագողի մարմինները, այլ նրանց գլխարկը, կամ ճանապարհի ցուպը, կամ հողաթափները, վերջապես մի բան, որ հեռավոր երկրներից բերել էր մեռած խաչագողի ընկերը, որպես միակ հիշատակ նրա սիրելի ամուսնին: Կինը տոհմային գերեզմանատան մեջ թաղել է տալիս իր տղամարդի հիշատակի այն թանկագին նշանը, նրա անունով շիրիմ է կանգնեցնում: Եվ ամեն տարի, երբ հանգուցյալների համար հոգեհանգիստ է կատարվում, անբախտ կինը օրհնել է տալիս այն գերեզմանը, խունկ է ծխում և նրա մոտ նստած արտասուք է թափում: Ինձ ցույց տվեցին մի նշանավոր խաչագողի գերեզման, որի մեջ ամփոփված էր հանգուցյալի քթախոտի տուփը միայն, իսկ նա ինքը մեռել էր Ճապոնիայում:

Բայց պատահում էին զարմանալի դեպքեր:

Շատ անգամ, դեռ առաջին մեղրամիսը չլրացած, տղամարդը թողնում էր իր նորահարսին և հեռանում էր դեպի օտար աշխարհ։ Խեղճ կինը սպասում էր նրան։ Անցնում էին տարիներ, տասն-քսան տարի, նա դեռ սպասում էր։ Վերջը լսում էր նրա մահվան բոթը, ստանում էր նրանից մի հիշատակ և թաղել էր տալիս տոհմային գերեզմանատան մեջ: Բայց քիչ չէր պատահում, որ այսպիսի, արդեն մեռածների կարգը դասված պանդուխտը, մի քանի տասնյակ տարիներից հետո, հանկարծ հայտնվում էր, կարծես թե, անդունդից դուրս էր գալիս նա, մաշված, ալևորված և բոլորովին հնացած: Բայց նա թողել էր իր ընտանիքը և իր հայրենիքը, երբ տակավին առողջ ու թարմ էր հասակով: Նա գտնում էր իր ընտանիքը ցրիվ եկած, ամեն ինչ ոչնչացած... կինը ուրիշ մարդու գնացած և ուրիշ գերդաստանի մայր դարձած... իր թողած տան հետքն անգամ չէր մնացել... միայն գերեզմանատան մի քարի վրա կարդում էր նա իր անունը, իր մահվան արձանագրությունը...

Սալմա գյուղը ռուս-պարսկական 1826 թվի պատերազմից առաջ համարյա մի փոքրիկ քաղաք էր, նա ուներ մի քանի հազար տուն բնակիչներ: Բայց երբ պատերազմից հետո ավելի քան 40 հազար հայեր Պարսկաստանից գաղթեցին դեպի Ռուսաստան, նրանց հետ և Սալմայի հայերի մեծ մասը թողեցին իրանց հայրենիքը: Անցնելով Երասխ գետի մյուս կողմը, սալմեցիք բաժանվեցան և հիմնեցին չորս գյուղեր: Հին-Նախիջևանի գավառում Թումբուլ և Յարըմջան գյուղերը, Դար-Ալաղաղի գավառում՝ Փոռ գյուղը, իսկ Շարուրի մեջ՝ Դաշ-Արխ գյուղը:

Փոխելով իրանց հայրենիքը՝ Պարսկաստանը, և զետեղվելով Երևանա նահանգում, խաչագողների գաղթականությունը չփոխեց իր հին արհեստը: Կարճ ժամանակում նրանք տարածվեցան

Ռուսաց կայսրության ամենահեռավոր գավառներում, սկսեցին գործ դնել իրանց խաբեությունները: Ռուսներն այդ ժամանակ դեռ նոր էին տիրել Երևանյան նահանգը: Կառավարությունը ուշադրություն դարձրեց իր նոր հյուրերի՝ խաչագողների վրա: Արգելվեցավ նրանց անցաթուղթ տալ կամ բաց թողնել Անդրկովկասից դուրս դեպի Կայսրության այլ կողմերը: Իսկ այդ կարգադրությունը չէր արգելում խաչագողներին զանազան խաբուսիկ միջոցներով կեղծ անցաթղթեր ձեռք բերել և գնալ, ուր որ ցանկանում էին: Նրանք հայտնվում էին Ռուսաստանի ամենախուլ կողմերում, ըստ մեծի մասին հույն աբեղաների անունով, որպեսզի, ռուսների հետ կրոնակից ձևանալով, գրավեն նրանց համակրությունը:

Խաչագողները ոչ միայն իրանց վրա դարձրին կառավարության ուշադրությունը, այլ ռուսաց մամուլն անգամ մի ժամանակ զբաղվեցավ նրանցով: Ն. Ֆ. Դուբրովինը, Անդրկովկասի հայտնի պատմագիրը, իր էտնոգրաֆիական նկարագրությունների մեջ հայերի վերաբերմամբ, խոսում է միևնույն ժամանակ խաչագողների մասին: Պ. Պ. Մալովկին,

Ե. Մելեշկոն և Զելինսկին իրանց գրվածքների մեջ նույնպես խոսում են խաչագողների վրա։[2]

Առհասարակ ռուս գրողների կարծիքը խաչագողների մասին այն է, թե դրանք իսկական հայեր չեն, այլ, մի տեսակ հայ-ցիգաններ են (միջին դարերի race maudite-ների նման), նրանք թեև խոսում են հայերեն, բայց ունեն իրանց առանձին լեզուն և սովորությունները. թե ըստ մեծի մասին վաճառում են ամբողջ աշխարհում քրիստոնեական սրբություններ, թափառում են Ռուսաստանում հույն կրոնավորների անունով և պանդխտության մեջ միշտ խույս են տալիս իսկական հայերից, աշխատելով չհանդիպել նրանց, որպեսզի չճանաչվեն և այլն։

Թե խաչագողները հայ-ցիգաններ են և ոչ իսկական հայեր, դա մի ենթադրություն է. որ դեռևս ապացուցված չէ, որը տակավին վիճաբանության ենթակա է։ Ես այդ կարծիքի դեմ ոչ ի նպաստ և ոչ հակառակ ասելիք չունեմ։ Միայն այսքան ավելորդ չեմ համարում նկատել, որ բոլորովին սխալ է, թե խաչագողները առանձին լեզու ունեն։ Նրանք ունեն, որպես վերևում հիշեցի, մի տեսակ շինծու, հնարած, պայմանական լեզու, նրանք ունեն արգո։ Այդ է պատճառը, որ խաչագողների մի խմբի խոսակցությունը մյուս խմբին բոլորովին անհասկանալի է։ Եթե խաչագողը նույն լեզվով խոսե իր կնոջ, իր զավակների հետ, նրանք ևս ոչինչ չեն հասկանա։ Եվ այդ լեզուն յուրաքանչյուր խմբի մեջ շուտ-շուտ փոխվում է, երբ նա փոքրիշատե հասկանալի է դառնում։

Ով որ փոքրիշատե ուսումնասիրել է, թե ինչ է նշանակում «ծտի լեզու», «ճնճղուկի լեզու», «ագռավի լեզու», կարող է գաղափար կազմել, թե նույնիսկ հայկական բառերի մեջ ավելորդ հնչյուններ մտցնելով (իհարկե կանոնավոր կերպով) կարելի է այնպիսի լեզու ստեղծել, որ մյուս հայը չէ կարող հասկանալ, եթե բառերի կազմության պայմանների հետ ծանոթ չէ։ Այս տեսակ լեզվի գործածությունը մինչև այսօր սովորական է մեր գավառացի հայերից շատերի մոտ։

Ես չեմ հերքում, որ մենք ունեցել ենք հայ-Բոշաներ և այժմ ունենք։ Բայց հայ-Բոշաների և խաչագողների թե սովորությունների և թե կենցաղավարության պայմանների մեջ մեծ տարբերություն կա։ Հայ-Բոշաները սախական մյուս ցիգան (չինգանե) ցեղերի նման հաստատաբնակ չեն, թափառական կյանք են վարում, ընտանիքով, ամբողջ խմբերով գաղթում են մի տեղից մյուս տեղ, երկրա-գործությամբ չեն պարապում։ Հայ-Բոշաների կնիկները պարապում են

---

[2] *Այս տողերը գրելու ժամանակ ես ձեռքի տակ չունեի հիշյալ աշխատությունները, միայն օգուտ քաղեցի պ. Մ. Միանսարյանցի «Բիբլիոգրաֆիայի» Ա հատորի 222, 228 և 229 երեսներից։*

կախարդություններով, պար են գալիս, երգում են, իսկ տղամարդիկը կամ նվագածուներ են, կամ պարապում են մի քանի ողորմելի արհեստներով, որպիսիք են՝ մաղ գործել, զամբյուղներ հյուսել և այլն: Դրանք խարդախներ, խաբեբաներ չեն: Դրանք աղքատ, բայց միևնույն ժամանակ խիստ սակավապետ մարդիկ են: Հարստանալու բարձր ձգտումներ չունեն: Դրանց տիպը կատարյալ բոշայական է և պահպանել են բոշաների կենցաղավարության ձևերը: Որոնց ընդհակառակն, խաչագողը հաստատաբնակ է, նա իր ընտանիքը իր հետ ման չէ ածում, տղա մարդիկ թափառում են, բայց կնիկները իրանց տեղից չեն շարժվում: Նա իր հայրենիքում գեղեցիկ տնտեսություն ունի, նրա տունը, պարտեզը, այգին, մշակության դաշտերը կարող են օրինակելի դառնալ ամենազարգացած երկրագործների համար: Բայց երբ տանից դուրս է գալիս նա, այն ժամանակ միայն սկսում է աֆֆերաների մեջ մտնել: Խաչագողը շատ անգամ ոչնչով սկսում է ահագին դրամական շրջաբերությունների մեջ դեր խաղալ: Նա սակավով չէ բավականանում, նա սարսափելի անհագ ձգտումն ունի մեծանալու, բարձրանալու և հարստանալու:

Իսկ այդ անսանձ բաղձանքը ձգում է նրան խաբեբայությունների և խարդախությունների մեջ: Խաչագողը և կառավարչական աստիճանների վրա, անվաստակելի եռանդով, աշխատում է միշտ դեպի վեր մագլցել: Եղել են խաչագողներից այնպիսիներըէ որոնք անգլիացոց տիրապետությունից առաջ հնդկական թագավորների մոտ առաջին վեզիրի պաշտոն էին կատարում կամ ամբողջ նահանգների փոխարքաներ էին: Այդ բոլորը այն եզրակացության է հասցնում, որ խաչագողները եթե հայ-Բոշաներ չեն, իսկական հայեր ևս չեն: Նրանք հայերի մի առանձին ցեղին են պատկանում:

Բայց ի՞նչ անուն է այդ խաչագո՛ղ: Ինչո՞վ ժառանգեցին նրանք այդ անունը:

Խաչագողները իրանց վարքուբարքով արժանացան մի քանի այլ անունների ևս, որպիսին են՝ «պառավ խեղդող», «էշ ներկող», «սավրգեղցի» և այլն: Ավելորդ չէր լինի այդ անունների համառոտբացատրությունը հիշել:

«Խաչագող» ասում են նրանց այն պատճառով, որ շատանգամ պատահել է, որ նրանցից մեկը իրան ձևացրել է որպես աբեղա և այս ու այն եկեղեցում կամ վանքում հոգևոր պաշտոն է ստացել: Հետո աբեղան, տաճարի բոլոր խաչերն ու արծաթեղենները գողանալով, հանկարծ՝ անհայտացել է: «Պառավ խեղդող» կոչում են նրանց այն պատճառով, որ այդ մարդիկ շատ են սիրում մոտենալ հարուստ պառավներին, ծանոթանալ, բարեկամանալ նրանց հետ, իսկ երբ բոլորովին ընտանի են դառնում, մի օր խեղդում են պառավին և, բոլոր հարստությունը կողոպտելով, աներևութանում են: «Էշ ներկող» կոչում են նրանց իրանց չափազանց ճարպկության համար գողության գործի մեջ: Խաչագողը կարող է գողանալ մեկի, օրինակ, մոխրագույն էշը, հետո ներկելով՝ գույնը սևի փոխել և իր առաջվա տիրոջ վրա վաճառել: Տերը երբեք չէ կարող ճանաչել, թե այդ անասունը մի ժամանակ իրան էր պատկանում: «Սավրզեղցի» կոչում են նրանց իրանց բնիկ գյուղի՝ Սավրայի անունով, որը գտնվում է Պարսկաստանի Սալմաստ գավառում:

Պարսկաստանի հայերի 1857 թվի գաղթականությունից հետո, թեև Սավրա գյուղի բնակիչների մեծ մասը, որպես ցույց տվի վերևում, տեղափոխվեցան դեպի Երևանյան նահանգը, բայց Սավրայի մեջ դարձյալ մնացին մի քանի հարյուր տուն խաչագողներ և մնում են մինչև այսօր:

Սալմաստում եղած ժամանակս ես հաճախ գնում էի խաչագողների գյուղը, իմ նպատակն էր ոչ միայն ուսումնասիրել այդ բախտախնդիրների կյանքը, այլ ինձ առավել հետաքրքրում էր մի երևելի խաչագողի պատմությունը, որին կոչում էին Մուրադ: Ինձ ցույց տվին նրա տունը, ես մտա այն գեղեցիկ սենյակը, որի մեջ մի ժամանակ ապրում էր այդ նշանավոր մարդը, որ թողել էր իր արհեստակիցների հիշողության մեջ շատ և շատ զարմանալի պատմություններ: Մուրադը վաղուց մեռած էր, ավելի ճիշտ կլիներ ասել սպանված էր, առանց ժառանգ թողնելու: Ես գտա նրա կնոջը միայն, յոթանասունամյա պառավ Նանային: Դա մի կին էր խիստ բարի երեսով և խելացի աչքերով: Նա շատ դժվարությամբ հանձն առեց պատմել ինձ մի քանի դեպքեր իր ամուսնի կյանքից: Բայց ինչ որ պատմեց, այն էլ բավական էր իմ հարցասիրությունը հագեցնելու համար:

Երբ ես փոքրինչ մտերմացա պառավի հետ, երբ նա հասկացավ իմ հարցասիրության նպատակը, ավելի համակիր եղավ դեպի ինձ: Ես հարցրի՝ չէ՞ մնացել արդյոք հանգուցյալից որևէ գրավոր բան: Նա վե՛ր կացավ և, մի հնադարյան պահարանից դուրս բերելո՛վ մի տետրակ, դողդոջուն ձեռքով տվեց ինձ: Ավերակների մեջ թաքնված գանձ գտնողը այն քան ուրախ չէր լինի, որքան ուրախացա ես նույն րոպեում: Այդ, հնությունից դեղնած, քրքրված տետրակը Մուրադի օրագիրն էր: Նա գրված էր զանազան ժամանակ, զանազան գույն մելաններով: Մի քանի տեղերում պակասում էին ամբողջ երեսներ, մի քանի տեղերում նս սկսված գլուխը մնացել էր առանց վերջացնելու:

Այսուամենայնիվ, տետրակը բովանդակում էր իր մեջ հետաքրքիր տեղեկություններ թե՛ հեղինակի և թե՛ առհասարակ խաչագողների վերաբերու-թյամբ:

Նրա թերությունները լրացրեց պառավը իր պատմություններով:

Ես վաղուց դիտավորություն ունեի գրել մի բան խաչագողների

կյանքից, և այդ բաղձանքը իրագործելու համար բավական էր ինձ օգուտ քաղել Մուրադի օրագրություններից։ Այդ օրագրությունը կոչվում էր «Խաչագողի հիշա-տակարան»: Ես էլ այդ անունը տվեցի իմ վեպին։ Բարեկամներիցս ոմանք խորհուրդ էին տալիս ինձ չտպել այդ վեպը։ Բայց մինչև երբ. պիտի ծածկենք մեր կեղտերը։ Դա նույնը կլիներ, ինչպես մի հիվանդ ամաչելով թաքցներ այն վերքերը, որոնք օրըստօրե ավելի փտելով, նեխելով վարակում են մարմնի ամբողջ կազմվածքը...

Պառավը, որի մասին հիշեցի վերևում, բանաստեղծական տիպ չէ, դա միևնույն նանան է, որին կտեսնե ընթերցողը այս վեպի ընթացքում։ Նա մեռավ 1857 թվին, ապրելով որպես առաքինի կին և բարեպաշտ քրիստոնյա։ Իսկ Մուրադը, այդ վեպի հերոսը, նույնպես պատմական անձնավորություն է։ Նա վերջը, խաչագողների հասարակությունից հեռանալով, մտավ մի այլ խումբի մեջ, դարձավ անդամ մի այլ հասարակության , որի հետ կծանոթանա ընթերցողը, երբ լույս կտեսնի իմ «Կայծեր» կոչված աշխատությունը, որն այժմ մամուլի տակ է:

Վերջացնելով իմ նախաբանը, սկսում եմ «Խաչագողի հիշատակարանը», պահպանելով նույն ձևը և նույն դասավորությունը, որպես Մուրադը գրել էր իր օրագրությունները։

Ա

ԹՈՒՅՆԻ ԱՌԱՋԻՆ ԿԱԹԻԼՆԵՐԸ

Ես հայր չեմ տեսել: Մայրս ասում էր, որ ես դեռ չծնված, հայրս թողեց հայրենի երկիրը, դիմեց դեպի օտար աշխարհ և պանդխտության մեջ կորավ:

Երկար ժամանակ մենք նրա մասին տեղեկություն չունեինք. ոչ նամակ էինք ստանում և ոչ որևիցե լուր: Մի անգամ հայտնվեցավ հորս պանդխտության ընկերը, բերեց նրա մատանին և, տալով մորս, հաղորդեց նրա մահվան բոթը: Մեր դրացի կնիկները համոզում էին մորս, որ թաղել տա այդ մատանին գերեզմանատան մեջ և հորս համար մի հիշատակարան կանգնեցնե: Բայց մայրս չկամեցավ, որովհետև նա ամենևին չէր հավատում, որիր ամուսինը մեռած է: Նա վճռել էր սպասել երկար տարիներ, սպասել հորս վերադարձին: Այդ պատճառով նա մերժեց հորս մահվան բոթը մեզ բերող մարդու ձեռքը, որ ցանկանում էր մորս հետ ամուսնանալ:

Մորս կոչում էին Նազանի, նա շատ գեղեցիկ կին էր և բարի, ո՞վ չէր սիրի նրան: Բայց նա ասում էր, եթե իմ ամուսնի մահը ստույգ ևս լինի, դարձյալ ցանկություն չունի մարդու գնալու, որովհետև մտածում է յուր երեխաների համար: Մենք, երեխաներս, չորս հոգի էինք՝ մեկը ես և երեք քույրեր:

Գյուղը, ուր բնակվում էինք մենք, կոչվում էր Սավրա: Դա Սալմաստա ամենագեղեցիկ գյուղերից մեկն էր: Շրջապատված ընդարձակ այգիներով, նա, կարծես, թաքնված լիներ խիտ անտառների մեջ:

Նրա միջով հոսում էր Սոլա գետը և ոռոգում էր բոլոր այգիները:

Հորից զրկվելով, մենք մնացինք մեր քավոր Պետրոսի խնամակալության ներքո:

Քավոր Պետրոսը հայտնի էր մեր գյուղում որպես փորձված,խելացի և լավ մարդ: նա այնքան սիրելի էր ժողովրդին, որ բոլորը նրա անունովն էին երդվում: Դեռ ժամատան կոչնակի առաջին զարկի ձայնը չլսված, դեռ քահանաները չեկած, քավոր Պետրոսը եկեղեցու դռանը կանգնած էր լինում, սպասում էր, որ դռները բաց անեն, գնա իր վաղորդյան աղոթքը կատարելու: Նա այն տեսակ մարդկանցից էր, որ Սաղմոսը, Ավետարանը և Նարեկը ձեռքից բաց չեն թողնում, միշտ հոգու և աստծո արքայության վրա են մտածում: Մայրս շատ ուրախ էր, որ իր զավակները մի այդպիսի բարեպաշտ մարդու հոգաբարձությանն էին հանձնված:

Բացի քավոր Պետրոսից, մենք ուրիշ բարեկամ չունեինք:

Ես ունեի մի հորեղբայր, որին կոչում էին Մինաս: Նա մոտ հիսուն տարեկան մարդ էր: Ես երբեք առանց սարսափելու չեմ կարող հիշել այդ մարդու միշտ ուրախ, միշտ անհոգ և վայրենի դեմքը: Նա միանգամայն իրան տված էր զվարճության և ամբողջ օրերով տանը չէր գտնվում: Մենք զարմանում էինք, թե որտեղից այնքան վատնում էր նա, որովհետև ոչ մի արհեստ կամ պարապմունք չուներ: Նա երբեմն մի քանի ամիսներով, իսկ երբեմն մի քանի տարիներով անհետանում էր, չէր երևում և հանկարծ հայտնվում էր ոսկիներով լի քսակով: Ի՞նչպես էր վաստակում, ի՞նչ հնարքով էր ձեռք բերում այդ ոսկիները, ես հասկանալ չէի կարողանում, միայն տեսնում էի, որ նրա ոսկիների թվում կային ամենպետության սիքքեներ: Կնշանակե, նա շատ երկիրներ էր թափառել...

Բայց հայի առածն ասում էր, որ «քամու բերածն էլի քամին կտանի», այսպես էլ փայլուն ոսկիները նրա ձեռքում երկար չէին մնում, նա շուտով վատնում էր, դարձյալ մնում էր աղքատ, դարձյալ ապրում էր պարտքերով: Պարտատերերը մեծ վստահություն ունեին նրա հաջողակության վրա, գիտեին, որ իրանց փողը չի կորչի, բավական էր միայն, որ Մինասը ոտքը դուրս դներ տանից, կրկին ձեռքն առներ պանդխտության գավազանը, այնուհետև փող վաստակելը նրա համար հեշտ էր ...

Իմ հորեղբայրը շաբաթը մի քանի անգամ հյուրեր էր ունենում: Ես երբեմն գնում էի նրանց տունը: Հյուրերը ուտում էին, խմում էին, խոսում էին, ես միշտ մի առանձին հետաքրքրությամբ էի լսում նրանց խոսակցությունը: Նրանք պատմում էին իրանց կյանքի զանազան արկածները այլևայլ երկրներում: Սարսափելի և միանգամայն խիստ տսկալի պատահարներով լի էին լինում այն արկածները, այսուամենայնիվգրավում էին իմ սիրտը: Ես այն ժամանակ անփորձ էի և երեխայական պարզամտությամբ քաջություն էի համարում նրանց արարմունքը, այդ պատճառով մտածում էի, «Ախ, երբ կլիներ, որ ես էլ մեծանայի, գնայի օտար աշխարհ և դրանց նման փող վաստակեի»...

Այդ միտքը շատ անգամ տանջում էր իմ անմեղ սրտիկը: Երբ իմ բաղձանքը հայտնում էի մորս, նրա աչքերը լցվում էին արտասուքով, և միշտ պատասխանում էր ինձ միևնույն խոսքերով. «Աստված մի՛ արասցե, որ դու նրանց նման փող աշխատես»...

Ինչո՞ւ էր բարկանում մայրս, ինչո՞ւ էր անիծում ինձ, մի՞թե վատ էին նրանք, մի՞թե լավ էր այնպես աղքատության մեջ ապրել, որպես ապրում էինք մենք: Ես վրդովվում էի և սկսում էի մորս կոպտություններ ասել:

Նա միայն լաց էր լինում և ոչինչ չէր պատասխանում...

Մի անգամ միայն նա ասաց ինձ.

— Նրանք «խաչագողներ» են ...

Այդ խոսքը կարծես այրեց նրա լեզուն:

Քայց ի՞նչ էր խաչագողը, այդ բառի նշանակության մասին ես ոչինչ գաղափար չունեի: Մայրս նույնպես չբացատրեց: Նա միայն խրատում էր, որ հեռու կենամ նրանցից, չհրապուրվեմ նրանց գործերով, որովհետև նրանք լավ մարդիկ չեն:

Մայրս մեր գյուղացի չէր. նա Վանի կողմերիցն էր, այդ պատճառով զզվում էր մեր գյուղացիներից: Վերջին ժամանակներում նա արգելեց ինձ, որ այլևս հորեղբորս տունը գնամ և նրա երեխաների հետ խաղամ: Եվ որպեսզի ինձ բոլորովին հեռացնե մեր գյուղից, մտածում էր այդ մասին մի հնար գտնել: Մի անգամ ասաց ինձ.

— Մուրադ, որդի, քեզ պետք է մի արհեստ սովորել:

Նա սկսեց երկար ու երկար բացատրել ինձ, թե որքան բախտավոր մարդ է ազնիվ և աշխատասեր արհեստավորը, որքան ապահովված է նրա կյանքը, որքան ազատ և անկախ է նրա ապրուստը:

— Ի՞նչ արհեստ, — Հարցրի ես:

Նա՝ ասաց, որ քավոր Պետրոսի հետ խորհրդակցել է այդ մասին, և վճռել են, որ ես սովորեմ դարբնություն:

— Դարբնությո՜ւն, — գոչեցի ես, — ես չեմ ուզում սևանալ երկաթի՛ ու ածուխի փոշիների մեջ:

— Դու չես սևանա, — պատասխանեց մայրս իր սովորական հանդա-րտությամբ: — Ածուխի սև փոշիներից դուրս է գալիս սպիտակ հաց և սպիտակ արծաթ, որ, ընդհակառակն, միշտ սև են և միշտ սև կմնան երեսները այն մարդկանց, որոնք խարդախությամբ ուրիշի ոսկիները կողոպտում են, իսկ իրանք դարձյալ մնում են քաղցած...

Ես հասկացա, մորս ակնարկությունը խաչագողների մասին էր:

Ես մորս շատ էի սիրում, հորս անհայտանալուց հետո նա մեզ սնուցել էր ծնողական բոլոր քնքշությամբ: Այդ պատճառով նրան հակառակել չկարողացա, միայն հարցրի.

— Ինչո՞ւ անպատճառ դարբնություն, մի՞թե ուրիշ արհեստները վատ են:

— Բոլորը լավ են,— պատասխանեց նա: — Աշխատանքը և աշխա-տությունը միշտ լավ է, վատ է միայն ծուլությունը, անգործությունը:

Հետո ավելացրեց, նրա համար է բարվոք համարում սովորել ինձ դարբնություն, որ այդ արհեստը ավելի հարմար էր իմ կազմվածքին: Դարբնի համար հարկավոր էին ուժեղ մկաններ, զորեղ բազուկներ և հաջողակ ձեռք՝ այդ բոլորը ունեի ես:

— Քավոր Պետրոսն նս այդ խորհրդի մեջ համաձայն է ինձ հետ, — ասաց մայրս:

Քավոր Պետրոսի հեղինակությունը այն աստիճան նշանակություն ուներ մեր ընտանիքի համար, որ մենք ամենքս խոնարհվում էինք նրա առջև և ընդունում էինք նրա տված խորհուրդները:

Մեր գավառի դարբնոցները գտնվում էին բստ մեծի մասին Հին քաղաքում (Քոհնա-Շհարում), որը հեռու էր մեր գյուղից մեկ մղոն հեռավորությամբ: Երկու օր չանցած այդ խոսակցությունից, մայրս ինձ իր հետ առնելով, տարավ Հին քաղաքը, հանձնեց ուստա Գրիգորին: Եվ որովհետև հեռավորության պատճառով դժվար էր ամեն օր և գնալ այնտեղ, և վերադառնալ մեր գյուղը, դրա համար ես ամբողջ շաբաթը գնում էի դարբնոցը աշխատելու, իսկ գիշերները կենում էի իմ մորաքրոջ տանը: Կիրակի օրերը միայն գալիս էի մեր տունը մորս և քույրերիս տեսնելու համար:

Թե՛ քավոր Պետրոսի և թե՛ մորս նախատեսությունը իմ ընդունակության մասին դարբնության արհեստի մեջ, սխալ չէր: Ես մի քանի ամիսների ընթացքում սովորեցի այնքան, ինչ որ ուրիշ աշակերտները սովորել էին տարիներով: Մայրս չափազանց ուրախ էր իմ հառաջադիմության համար, ոչ սակավ ուրախանում էր և քավոր Պետրոսը: Նա մի օր տվեց ինձ մի բանալի, ասելով.

— Այդ բանալին փորձելու համար եմ տալիս քեզ, Մուրադ, եթե դու կշինես դրա նման մեկը, ես կհավատամ, որ դու քո արհեստի մեջ բավական առաջ ես գնացել:

Ես քննեցի բանալին, իսկույն հասկացա, որ դա մեր երկրի արհեստավորների գործ չէր, այլ Ֆրանգստանում, կամ մի այլ տեղում էր շինված, ուր արհեստը ավելի առաջ էր գնացել, քան թե Պարսկաստանում:

— Իսկ եթե ճիշտ դրա նման շինելու լինեմ, — Հարցրի ես բանալին լավ զննելուց հետո:

— Քեզ համար կարել կտամ մի ձեռք բոլորովին նոր հագուստ, — Ասաց քավոր Պետրոսը: — Շատ ժամանակ է, որ քեզ ոչինչ չեմ ընծայել:

Հետևյալ կիրակի օրը, երբ վերադարձա մեր գյուղը, արդեն պատրաստ բանալին տարա քավոր Պետրոսի մոտ: Նա առեց ձեռքը, համեմատեց, այս կողմը շուռ տվեց, այն կողմը շուռ տվեց, հետո ասաց.

— Բոլորովին նման է...

Քավոր Պետրոսը կատարեց իր խոստումնքը՛ ես հենց նույն օրը հագա նրա կարել տված նոր հագուստը:

— Մուրադ, — Հարցրեց նա փոքր-ինչ մտածելուց հետո, — Այդ

բանալին շինելու ժամանակ դարբնոցում ո՞վ տեսավ, երևի վարպետդ կամ մեծ աշակերտներից մեկը քեզ ցույց տվին շինելու կերպը:

— Ես ոչ ոքին ցույց չեմ տվել:

— Ինչո՞ւ:

— Մեր դարբնոցում արգելված է աշկերտներին իրանց համար բաներ շինել, այդ պատճառով ոչ ոքին ցույց չտվի։ թաքուն շինեցի:

— Երբ որ այդպես է, ես էլ ոչ ոքին ցույց չեմ տա, դու էլ ոչ ոքին մի ասա։ Ես չեմ ուզում, որ քո վարպետը քեզ վրա բարկանա:

Ես այն աստիճան հրապուրված էի իմ նոր հագուստի ուրախությունով, որ ամեննին հասկանալ չկարողացա, թե ի՛նչ խորհուրդ ունեին քավոր Պետրոսի այդ նախազգուշությունները։ Դիցուք թե մեր դարբնոցում աշկերտներին արգելված էր իրանց համար իրեղեններ շինել, դիցուք թե իմ վարպետը հասկանար, թե ես մի բանալի եմ շինել, ի՞նչ պիտի աներ նա, շատ-շատ ականջներիցս փոքր-ինչ ձիգ տար, և դրանով կվերջանար պատիժը:

Բայց ես զարմացա, երբ քավոր Պետրոսը պատվիրեց, որ իմ մորն էլ չհայտնեմ, թե նրա համար մի բանալի եմ շինել։ Ինչո՞ւ չի պիտի հայտնեի, մայրս ավելի կուրախանար, դրա մեջ ի՞նչ ծածկելու մի բան կար:

Բայց ես քավոր Պետրոսին սուրբի նման պաշտում էի։ Երևի, մտածում էի, այնպես ավելի լավ կլինի, նա ինձանից թե խելքով և թե՛ հասակով ավելի մեծ է, բաների կարգը ինձանից ավելի լավ է իմանում:

Անցան մի քանի ամիսներ, անցավ մի տարի։ Ես բոլորովին մոռացա բանալիի գոյության մասին։ Քավոր Պետրոսի ընծայած հագուստը մաշվեցավ, ես դարձյալ նոր հագուստներ ու ընծաներ ստացա նրանից։ Նա ինձ որդու պես սիրում էր, և ամեն անգամ, երբ տեսնում էր իմ շինած բաներից մի գեղեցիկ գործ, իմ առաջադիմությունը առանց վարձատրության չէր թողնում։ Մայրս ուրախանում էր, երբ ես օրըստօրե գրավում էի մեր բարերարի համակրությունը և նրան սիրելի էի դառնում:

Ամբողջ չորս տարի ես աշխատում էի իբրև աշկերտ, վարպետս ինձ միայն հացի փող էր տալիս, բայց երբ տեսավ իմ աշխատանքն ու իմ շնորհքը, այն ժամանակ ռոճիկ նշանակեց։ Ռոճիկը ստանում էի յուրաքանչյուր ամսի սկզբում, ամեն անգամ երկու ոսկի։ Երբ առաջին անգամ ստացա երկու ոսկին, իսկույն շտապեցի մորս մոտ, տվեցի նրան իմ քրտինքի առաջին պտուղը:

Մայրս ուրախության արտասուքը աչքերում գրկեց ինձ և համբուրելով ասաց.

— Տեսնո՞ւմ ես, զավակս, որ երկաթի ու ածուխի փոշիներից

փայլուն ոսկիներ դուրս կգան, — տեսնո՞ւմ ես, թե որքան քաղցր է արդար աշխատության պտուղը:

Ես իսկույն հիշեցի, որ այդ միևնույն խոսքերը նա ասաց ինձ չորս տարի առաջ, երբ առաջին անգամ աշխատում էր համոզել ինձ, որ արհեստ սովորեմ: Իսկ այժմ միայն հասկացա, որ ճշմարիտ էին նրա խոսքերը, իրավ որ քաղցր էր, շա՛տ քաղցր արդար աշխատանքի պտուղը:

Ես այնպես սիրով կպած էի իմ արհեստին, որ այլևս ուրիշ բանի վրա չէի մտածում: Ես այնուհետև հորեղբորս տունը չէի գնում և այնքան զզվում էի նրա ընտանիքից, որքան մայրս: Մենք այժմ կարոտություն չունեինք հորեղբորս օգնությանը: Վարպետս հետզհետե իմ վարձը ավելացնում էր, ես այնքան էի ստանում, որ բավական էր մորս և քույրերիս համեստ ապրուստի համար:

Վարպետս զարմանալի ընդունակություն ուներ յուր աշկերտներին խրախուսելու, նրանց եռանդը բորբոքելու և նրանց միշտ թարմ աշխուժության մեջ պահելու համար: Նա չափազանց լավ մարդ էր, ինձ որդու նման սիրում էր և միշտ բարի խրատներ էր տալիս: Նա խոստանում էր, որ եթե մի քանի տարի ևս կշարունակեմ գործել նրա արհեստանոցում և բոլորովին կկատարելագործվեմ, այն ժամանակ կօգնե ինձ, միջոցներ կտա, որ ինձ համար սեփական արհեստանոց բաց անեմ: Ես բոլորովին հավատում էի, որ նա կկատարե իր խոստմունքը, այդ պատճառով ավելի եռանդով էի աշխատում: Նա այնքան բարի և ճշմարիտ մարդ էր, որ երբեք չէր խաբի: Ես արդեն մի քանի օրինակներ էի տեսել, թե որպես իր աշկեր տներին բախտավորացրել էր նա:

Բայց մի սարսափելի դեպք ոչնչացրեց իմ բոլոր գեղեցիկ ցնորքները...

Մի օր հանկարծ մտան մեր արհեստանոցը ոստիկանության ֆերրաշները, վարպետիս կալանավորեցին, արհեստանոցը շրջապատեցին զինվորներով, սկսեցին խուզարկություններ անել: Վարպետիս հետ կալանավորեցին մեր աշկերտներից ու բանվորներից շատերին: Ես փախա, ինձ բռնել չկարողացան:

Երեկո էր. արևը մայր էր մտել, գիշերային խավարը հետզհետե տարած-վում էր երկրի վրա:

Ես առանց կանգ առնելու վազում էի ինչպես մի սրընթաց եղջերու, բայց ինքս էլ չգիտեի, թե ո՛ւր էի գնում: Երկյուղն ու սարսափը ինձ առաջ էին մղում: Ես լավ գիտեի, թե ի՛նչ բան է պարսկական ֆերրաշը, և ի՞նչ սոսկալի հետևանք կարող է ունենալ մի քանի ժամ առաջ պատահած անցքը:

Երբ բոլորովին մթնեց, կանգնեցի, որ փոքր-ինչ հանգստանամ: «Ո՞ւր գնամ», այդ հարցը ծագեց իմ գլխում: Մտածում էի, մտածում և ոչ մի ելք չէի գտնում: Եթե մեր տունը գնայի: այնտեղ էլ կարող էին հայտնվել ֆերրաշները: Հուսահատությունը խեղդում էր ինձ. ամբողջ մարմնով դողում էի:

Մինչ այդ տագնապի մեջ էի, հանկարծ լսեցի իմ անունը. մեկը կանչում էր ինձ: Զարհուրանքը բոլորովին տիրեց ինձ: նա մոտեցավ:

— Մուրադ, — Ասաց նա, — ինչո՞ւ ես այսպես շփոթված, ի՞նչ է պատահել քեզ հետ:

Ես հանգստացա: Ինձ հետ խոսողը իմ ծանոթներից մեկն էր: նա մի լավ պատանի էր, որին կոչում էին Ասլան: Ես պատմեցի նրան մի քանի ժամ առաջ պատահած դժբախտությունը: Նա փոքր-ինչ մտածեց, հետո ասաց.

— Եկ ինձ հետ, մենք չենք թողնի, որ դու ֆերրաշների ձեռքն ընկնես: Այդ «մենքից» ես հասկացա, որ նա մենակ չէր, այլ ուրիշ ընկերներ ևս ուներ:

Նա տարավ ինձ իր ընկերների մոտ. մեկի անունը Կարո էր,մյուսինը՝ Սագո: Դրանք որբ պատանիներ էին, անտուն, անտեղ, անհայր և անմայր: Ապրում էին երկնքի թռչունների նման, քնում էին այնտեղ, որտեղ մթնում էր օրը: Երեքն էլ հասակակից էին ինձ հետ: Ես առաջուց ծանոթ էի նրանց հետ և լավ ծանոթ: Նրանք Հին քաղաքի դպրոցի աշակերտներից էին, սովորում էին մի քահանայի մոտ, որին կոչում էին տեր Թոդիկ: Մի անգամ այդ երեքն էլ փախան նրա դպրոցից և բոլորովին անհայտացան: Այն օրից անցել էին մի քանի ամիսներ, այժմ առաջին անգամ կրկին հանդիպում էի վաղեմի ծանոթներիս:

— Մուրադ, — Ասաց ինձ նրանցից ավելի մեծը՝ Կարոն, — Եթե մեզ մոտ մնալու լինես, դու ազատված կլինես վտանգից:

— Մուրադը մեզ հետ ընկեր կդառնա, — մեջ մտավ Սագոն:

— Ես էլ այդ նպատակով բերեցի նրան, — Ավելացրեց Ասլանը:

Այդ ի՞նչ ընկերություն էր, ինչո՞վ կարող էի ես ընկեր դառնալ նրանց հետ, այդ մասին ոչինչ չխոսեցին: Բայց ես գիտեի, թե այդ մոլաշրջիկները ովքեր են, կամ ինչ տեսակ տղերք են: Նրանք դեռ տեր Թոդիկի դպրոցում եղած ժամանակ հայտնի էին իրանց ճարպկություններով և զանազան արկածներով: Նրանց մասին մարդիկ լավ չէին խոսում, որովհետև նրանք փոքրիկ սրիկաներ էին...

Ես խոստացա նրանց մոտ մնալ, մինչև տեսնեինք, թե վարպետիս գործը ինչով կվերջանար: Իմ նոր ընկերներն ուրախացան:

Ամառ էր: Բաց երկնքի տակ ամեն տեղ կարելի էր օթևանել; Ա՜խ, ո՜րքան լայն և ընդարձակ է աստծո աշխարհը, ո՞րքան ախորժելի է, երբ նրա մեջ ազատ ես, և չար մարդիկ չեն նեղացնում քեզ...

Երբ հանգստացա, երբ բոլորովին ուշքի եկա, այն ժամանակ միայն հասկացա, որ մեր գյուղից շատ հեռու չեմ գտնվում: Մեր գյուղը շրջապատված էր լայնատարած այգիներովն ձեռնատունկ անտառներով: Այդ անտառներից մեկի միջումն էինք գտնվում: Լուսընկա գիշեր էր: Բայց ծառերի խտության մեջ չէր թափանցում լուսնի արծաթափայլ լույսը: Իմ նոր ընկերները ծառերի ճյուղերից հյուսել էին այդ անտառում մի փոքրիկ տաղավար, նրա մեջ նստած էինք: Նրանք ինձ հաց տվին, խմացրին, աշխատում էին ամեն կերպով մխիթարել ինձ: Գիշերը քնեցի ես խիստ անուշ քնով:

Անցան մի քանի օրեր: Ես գտնվում էի բոլորովին ապահով դրության մեջ և ամենևին երկյուղ չունեի, թե անտառների այն մոռացված խլության մեջ ֆերրաշները կարող էին գտնել ինձ: Բայց ինձ անհանգստացնում էր վարպետիս վիճակը.ես մտածում էի իմ մոր, իմ քույրերի մասին: Ինձ հայտնի էին պարսից դատավորների անիրավությունները, ես գիտեի, երբ որևիցե հանցավոր փախչում է, ձեռք չէ ընկնում, այն ժամանակ նրա փոխարեն կալանավորում են նրա մերձավորներին, սկսում են չարչարել, մինչև հանցավորը հայտնվի: Բայց ինչո՞վ էի հանցավոր ես, ի՞նչ էի արել, կամ ի՞նչ մեղք ուներ վարպետս: Ինձ ոչինչ հայտնի չէր:

Ընկերներս հանգստացնում էին ինձ, խոստանում էին, թե ճիշտ տեղեկություններ կբերեն թե՛ վարպետիս և թեմեր ընտանիքի դրության մասին, բայց դեռ որոշ ոչինչ չէին ասում:

Օրըստօրե ընկերներիս հետ ավելի մտերմանում էի և ավելի ընտելանում էի նրանց սովորություններին: Այդ ուրախ մշտազվարթ պատանիները այժմ այն չէին, որպես տեսել էի, որպես ես ճանաչում էի նրանց, երբ դեռ տեր Թոդիկի դպրոցում սովորում էին: Այժմ բոլորովին փոխվել էին: Այդ դպրոցի աշակերտներից շատերի հետ ես ծանոթ էի, որովհետև դպրոցը գտնվում էր մեր արհեստանոցի մոտ: Երբեմն ես գնում էի այնտեղ, որ տեսնեմ, թե ինչպես են սովորում աշակերյոները: Ես նրանց ուսման մասին դատել չէի կարող, բայց զարմանում էի, տեսնելով, որ համարյա բոլորը ապուշ, բթամտացած տղերք էին, կարծես նրանց մեջ շունչ և հոգի չկար: Վարժապետի մշտական երկյուղը շինել էր այդ ողորմելիներին կենդանի դիակներ: Ես չէի տեսնում նրանց մոտ զվարթ երեսներ, ինձ երևում էր, թե արտասուքը միշտ հոսում էր նրանց աչքերից: Երկյուղը՝ միգուցե ընկերը մատներ իրան, շինել էր բոլորին կասկածոտ և կեղծավոր: Ծեծի և ճիպոտների ուժով աշակերտների գլուխներում միտք տարածելը կարող որոշել իրանց խաղի ձևերը, մինչև խաղացնողը չէ շարժում ձեռքի գավազանը:

Բայց Կարոն, Ասլանը, Սագոն թեև նույն դպրոցի աշակերտներն էին, բայց այժմ իրանց աշակերտակիցների նման չէին: Դրանք կենդանի տղերք էին, համարձակ, միշտ ուրախ, միշտ անհոգ: Անհոգ էին, ինչպես երկնքի թռչունները, և ապրում էին ճիշտ նրանց նման: Դրանց մեջ կար սեր, անձնանվիրություն դեպի ընկերը և չափից դուրս անկեղծություն: Ես շատ շուտ ճանաչեցի նրանց, որովհետև այսպիսի մարդերին ճանաչելը հեշտ է, և շուտ էլ կապվեցա նրանց հետ:

Մենք այժմ չորս հոգի էինք, մեզանից ամեն մեկը մի շնորհք ուներ, ես լավ ձայն ունեի, երգում էի. Ասլանը գիտեր ածել ջութակի վրա. Սագոն ածում էրթութագի վրա, իսկ Կարոն լավ ածել գիտեր դայիրա: Գիշերները կազմում էինք մի ամբողջ երաժշտական խումբ: Մեր սեղանը լի էր լինում ամենատեսակ ուտելիքներով, գինին խո այնքան էր, որքան կուզես խմե: Ես առաջին անգամ այնտեղ սովորեցա խմելը: Պատահում էր, որ մեզ սեղանակից էին լինում սիրելի հյուրեր: Ամառը գյուղացիների մեծ մասը մեր կողմերում անց են կացնում այգիներում, բոստաններում, մշակության դաշտերում և գիշերներն այնտեղ են պառկում: Շատ անգամ մեր նվագարանների ձայնը դուրս էր կոչում գյուղացի աղջիկներին այգիների խորքից, նրանք գաղտնի գալիս էին մեզ մոտ քաղցր էր նրանց անցկացնել ամառային գեղեցիկ գիշերները մանկահասակ սրիկաների հետ...

Այդ զվարճությունները այն աստիճան գրավել էին ինձ, որ ես համարյա թե մոռացա վարպետիս: Ընկերներս թեև խոստացել էին նրա գործերի մասին ինձ տեղեկություն տալ, բայց, որպես հավատացնում էին, դեռ իրանք ևս ստույգ տեղեկություններ չունեին: Միայն ասում էին, որ երկյուղը դեռ չէ անցել:

Ասեցի, մենք ապրում էինք երկնքի թռչունների պես թռչունները չեն վարում, չեն ցանում, նրանք վայելում են ուրիշի մշակության բերքը: Այսպես էլ անում էինք մենք: Գիշերային խավարի մեջ սատանան այնպես համարձակ չէր կարող լինել, որպես մենք: Բոլոր այգիների լավ-լավ պտուղները մեզ էին պատկանում: Շատ անգամ թաքուն մտնում էինք գյուղերը: Ամառվա տոթերի պատճառով տանեցիք քնած էին լինում կտուրների վրա, բակերը և սենյակները թողնելով բոլորովին անմարդաբնակ: Ներս էինք մտնում մի տուն, գողանում էինք հաց, պանիր, հավեր, ձվաներ և այլ ուտեստներ: Երբեմն այսպիսի գողություններ անում էինք մեր բարեկամների կամ մեր ազգակիցների տներից: Հայց երբեք չէր պատահում, որ, բացի ուտելիքներից, գողանայինք մի ուրիշ բան: Մեր գյուղացիները գինու կարասները սովորաբար թաղում են այգիներում, գետնի տակ: Մեզ հայտնի էին տեղերը, գիշերով գնում էինք, բաց էինք անում, վեր էինք առնում որքան մեզ պետք էր: Մենք խղճմտավոր և փոքրիկ գողեր էինք, մեզանից հասակով ամենամեծը քսան տարեկան հազիվ կլիներ:

Ես առաջ շատ երկչոտ էի.վախենում էի դևերից, սատանաներից և մինչև անգամ մաշկաթևիկներից: Իսկ այժմ ո՞ր տեղից էր այդ քաջասրտությունը, որ ես ոչ մեկ բանից էլ չէի վախենում: Երևի, ազատ կյանքը մտցրեց իմ մեջ այդ երկաթի սիրտը: Իմ ընկերները բոլորն էլ զենքեր ունեին, ես թեև չունեի, բայց մի տեղ գնալու ժամանակ նրանք իրանց զենքերից ավելորդը ինձ էին տալիս:

Զարմանալի ներգործություն է անում մարդու վրա վայրենի բնությունը: Երբ գիշերը մութն է, երկինքը ամպամած է, կայծակը երբեմն փայլատակում է, և որոտը որոտում է, այդ բոլոր սարսափելի երևույթները այն աստիճան ախորժ են քո սրտին, այնքան ուռեցնում են քո կուրծքը, մինչև դու, ոգևորված մի քաղցր կատաղությամբ, ուզում ես խորտակել, ուզում ես զարհուրեցնել, որպես որոտը և կայծակը:

Բայց բոլորովին հակառակ ազդեցություն էր անում իմ վրա, երբ բնությունը խաղաղ էր, երբ երկինքը ուրախ էր, երբ լուսինը մեղմ ընթացքով սահում էր հստակ կամարի վրայով, երբ ամեն տեղ տիրում էր մի խուլ, խորհրդավոր լռություն: Այսպիսի րոպեներում իմ սիրտը կարծես թե ազնվանում էր, քնքշանում էր, ես փափագում էի սիրել... և իսկույն միտս էր գալիս գեղեցիկ Սառան:

Սառան մեր հարևանի աղջիկն էր. մենք միասին էինք մեծացել և մեր մանկական ամենաքաղցր րոպեները միասին էինք անցկացրել: Այն օրից, որ փախստականի կյանք էի վարում, ամենևին չէի տեսել նրան: Ա՜խ, ո՜րքան կտխրեր նա, որքան լաց կլիներ իր կորած, մոլորված սիրելիի համար...Ես երևակայում էի Սառայի դրությունը, նա այնքան բարի, այնքան զգայուն աղջիկ էր, որ չէր կարող չցավել իմ վիճակի վրա: Բայց ես այն աստիճան վայրենացել էի, իմ սիրտը այն աստիճան կոշտացել էր, և իմ կամքի զորությունը այն աստիճան թուլացել էր, որ չէի կարողանում գնալ նրա մոտ, մխիթարելու նրան: Ես մոռացել էի մինչև անգամ մորս, քույրերիս և հարգելի վարպետիս: Իմ նոր ընկերները կարծես կախարդել էին ինձ, կարծես մի աներևույթ զորությամբ կաշկանդվել էի նրանց հետ և ամենևին բաժանվել չէի ցանկանում: Մարդկային բնակությունը, մարդկային հասարակությունը ինձ խորթ էր թվում: Ես սիրում էի ազատ դաշտերը, լեռները, անտառները և մթին ձորերի քարանձավներ... Ես դարձել էի գիշերային բու որ խավարի մեջ է որսում իր որսը...

Ոչ մի մարդկային արարած չէր անցկենում այն անտառի միջով, ուր թաքնված էինք մենք: Միայն երբեմն հայտնվում էր մի բարձրահասակ որսորդ, որը հրացանն ուսից քարշ գցած, մի զույգ շների հետ, որպես այն մթին անտառների ծերունի Աստվածը, հանդարտ անց էր կենում, մտախոհությամբ իր շուրջը նայելով: Կարոն, Ասլանը և Սագոն բնավ չէին խորշում այդ տարապայման որսորդից: Երբեմն նա մոտենում էր, նստում էր մեր տաղավարի առջև հանգստանելու համար: Նա բաց էր անում իր սհագին ճաղատ գլուխը, սրբում էր ճակատի քրտինքը, սկսում էր ծխել: Նրա գազաթը պատած էր խորին սպիներով: Երևում էր, այդ պատկառելի մարդը իր կյանքը անց էր կացրել տոկալի կռիվների մեջ: Նրան ես ճանաչում էի. նա շատ անգամ գալիս էր վարպետիս արհեստանոցը, զանազան գործիքներ էր շինել տալիս: Նրան կոչում էին Ավո:

Առաջին անգամ, երբ տեսավ ինձ, հարցրեց Կարոյից

— Դա ո՞վ է:

— Խաչագողներից է, — պատասխանեց Կարոն ծիծաղելով:

— Խաչագողները շատ օգտավետ մարդիկ կլինեին, — Ասաց նա մի առանձին խորհրդավոր ձայնով, — եթե իրանց խելքը, սրամտությունը և բոլոր զարմանալի ճարպկությունները, որ ունեն նրանք, գործ դնեին, փոխանակ խաբեությունների, ավելի լավ գործերի մեջ, մարդկային բարօրության համար: Նրանք ամենակարող մարդիկ են. նրանք հրաշքներ կգործեին, եթե ազնիվ լինեին...

— Ես նրանց նման չեմ լինի, — պատասխանեցի կարմրելով:

— Տացե Աստված, որ չլինես, որդի, — Ասաց նա, ուղիղ նայելով իմ երեսին.— Բայց հասկացի՛ր, որ դու ևս միևնույն ճանապարհի սկզբումն ես կանգնած, եթե փոքր-ինչ առաջ գնալու լինես, նրանց նման կլինես...

Ես ոչինչ չգտա պատասխանելու: Միայն մտածում էի, ինչ պես է պատահել, որ մի այսպիսի բարի մարդը, որը զզվում է խաչագողներից, որը ցանկանում է, որ նրանք ուղղվեին և իրանց հմտությունները մարդկային օգտի համար գործ դնեին, մի այսպիսի մարդր բարեկամ է Կարոյի և նրա ընկերների հետ, ներում է նրանց գողությունները: Գուցե, մտածում էի ես, այդ բարեկամությունը մանկահասակ սրիկաներին ուղղելու և նրանց ավելի հաստատ ու բարոյական ճանապարհի վրա կանգնեցնելու համար է: Այդ ենթադրությունը սխալ չէր որովհետև ես շատ անգամ լսում էի ծերունի որսորդի խրատները, որ կարդում էր մեզ, և այդ իմաստուն, խորախորհուրդ խրատները ես հիշում եմ մինչև այսօր:

Մինչ այդ խորհրդածությունների մեջ էի, հանկարծ մտա բերեցի վարպետիս, որսորդը նրա բարեկամը լինելով, կարող էր գիտենալ, թե ինչով վերջացավ նրա գործը:

Նա պատմեց սարսափելի բաներ:

Վարպետիս կալանավորելուց հետո նրա ամբողջ արհեստանոցը գրավել էին և աճուրդով ծախել էին: Այդ բավական չէր, նրան ենթարկել էին ահագին տուգանքի, և որովհետև վարպետս պատրաստի փող չուներ, փոխարենը վաճառվել էր նրա տունը, բոլոր կայքը և կալվածները:

— Այդ բոլորը դեռ. տանելի է, — ավելացրեց ծերունի որսորդը ցավակցական ձայնով: — Դեռ սպասում է նրան ամենասարսափելին...

— Ի՞նչ բան, — Հարցրի ես ոչ սակավ սարսափելով:

Երկու օրից հետո, հրապարակի վրա, դահիճը պիտի կտրե նրա աջ ձեռքի բազուկը...

Կարծես կայծակով հարվածեցին ինձ:

— Ինչո՞ւ համար, ինչո՞վ է հանցավոր նա, — գոչեցի ես խելագարի նման:

— Հանդարտվիր, — Ասաց ծերունի որսորդը և շարունակեց, — թե ինչ՛ով է հանցավոր նա, հանցանքը հայտնի է, բայց թե ո՛ր աստիճան ստույգ է այդ հանցանքը, դա մի գաղտնիք է, որ պատած է խորին մթությունների մեջ: Ես համարում եմ վարպետ Գրիգորին շատ խստակ և արդար մի արհեստավոր: Նա խաբեբա, ստախոս մարդ չէ: Նա իրան թույլ չի տա մասնակից լինել անարդար գործի: Բայց մի ապացույց ոչ միայն նրան կասկածանքի ներքո է դնում, այլ հաստատում է նրա վրա դրած մեղադրանքը:

— Ի՞նչ ապացույց, — Հարցրի ես անհամբերությամբ:

— Մի բանալի...

Ես սոսկացի: Որսորդը չնկատեց իմ խռովությունը, շարունակեց.

— Ահա ինչումն է գործը, դու խո ճանաչում ես Հին քաղաքի հարուստ աղալարներին, դու խո գիտես, թե ի՛նչ տեսակ գազաններ են նրանք: Քո վարպետի կալանավորվելու նախորդ գիշերը անհայտ չարագործները մտել էին այդ աղալարների ամրոցը, բաց էին արել մեծ երկաթե արկղը և նրա միջից գողացել էին շատ թանկագին իրեղեններ: Ամրոցից այլևս ուրիշ բաներ չէին տարել: Ավազակները մոռացությամբ թողել էին արկղի վրա այն բանալին, որով բաց էին արել նրա փականքը: Քննելով այդ բանալին, ստուգվեցավ, որ շինված էր քո վարպետի արհեստանոցում:

— Ինչո՞վ ստուգվեցավ:

— Նրա վրա դրված էր արհեստանոցի փոքրիկ դրոշմը, որ կրում էր յուր մեջ մի մուրճ, հորիզոնաձև դրած, իսկ նրա ներքո երկու տառեր Գ. և Մ... Այդ տառերը քո վարպետի անունի և ազգանունի սկզբնատառերն են, կարծեմ քեզ պետք է ծանոթ լինի այդ դրոշմը:

— Ծանոթ է....— պատասխանեցի ես խեղդված ձայնով:

Ես մտաբերեցի այն բանալին, որը մի ժամանակ շինել էի քավոր Պետրոսի համար, և որի գոյության մասին բոլորովին մոռացել էի: Որպես մի լար եղեռնագործ, ես զգացի այն բոլոր զարհուրանքը, թե իմ անգիտությամբ որպիսի սարսափելի դժբախտություն պատճառեցի իմ սիրելի վարպետին: Իմ ձեռքն էր շինել այն բանալին, ես էի դրել նրա վրա արհեստանոցի փոքրիկ դրոշմը: Իսկ այժմ իմ փոխարեն պիտի պատժվեր արդար և ազնիվ արհեստավորը: Հրապարակի վրա դահիճը պիտի կտրեր նրա ձեռքը: Իծմ, ի՛մ ձեռքը պիտի կտրեին, ես էի արժան այդ պատժին, ինչո՞վ էր հանցավոր անմեղ մարդը...

Ես հիշեցի քավոր Պետրոսի խոսքերը, որոնցմով աշխատում էր համոզել ինձ, որ ոչ ոքի չասեմ, թե նրա համար մի այսպիսի բանալի եմ շինել, ես հիշեցի այն ընծան, որով նա խաբեց ինձ, ոտքից ցգլուխ նոր հագուստ կարել տալով ինձ համար… Ուրեմն, մի այսպիսի չար նպատակի համար էր բանալին, ուրեմն, ես միջնորդ դարձա մի չարագործության, իսկ իմ փոխարեն պիտի պատժվեր այն ազնիվ մարդը, որը այնքան սիրում էր ինձ, որը այնքան ուրախանում էր իմ հառաջադիմությամբ, որը խոստանում էի ավելի և ավելի բախտավորացնել ինձ… Այդ դառը մտածությունները պաշարեցին ինձ, երբ բացվեցավ իմ առջև սարսափելի իրողությունը, և ես գոչեցի իմ խռովության մեջ.

— Ապա քավոր Պետրոսը… ապա քավոր Պետրոսին ի՞նչ պիտի անեն…

— Ո՞վ է քավոր Պետրոսը, — հարցրեց որսորդը զարմանալով:

— Մեր քավոր Պետրոսը…

— Հա, ճանաչում եմ… նա ի՞նչով է խառն այդ գործիմեջ: Նա խաղաղ, հանդարտ շարունակում է իր սովորության համեմատ ամեն առավոտ և երեկո եկեղեցի գնալ, աղոթել: Եկեղեցուց դուրս գալուց հետո, փողոցներով անց կենալու ժամանակ, աջ ու ձախ ողջունում է մարդկանց, աշխատում է ճանճերին էլ չվշտացնել, որ իր հոգին աստծո դրախտից չզրկվի…

Որսորդի խոսքերի մեջ կար խիստ դառը հեգնություն դեպի քավոր Պետրոսը, որոնք ավելի գրգռեցին իմ բարկությունը դեպի այն գարշելի մարդը, և ես պատրաստվում էի այն չարագուշակ բանալիի ամբողջ պատմությունը հայտնել որսորդին և ցույց տալ, թե ինչով է քավոր Պետրոսը խառն աղալարների ամրոցի գողության գործի մեջ, բայց այդ րոպեում որսորդի ուշադրությունը գրավեց մի այլ արարած, նա թողեց ինձ և երեսը շուռ տվեց դեպի այն կողմը:

Նրա շունը, որ մինչև այն րոպեն, գլուխը առջևի թաթիկների վրա դրած, պառկել էր տիրոջ մոտ, հանկարծ վազ տվեց և մտավ մեզանից ոչ այնքան հեռու գտնված թփերի մեջ: Վայրկենական խուզարկությունից հետո, գլուխը կրկին դուրս հանեց թփերի միջից և մի առանձին հրավիրական հայացքով սկսեց նայել տիրոջ երեսին:

— Ի՞նչ կա, պեյրան, — հարցրեց տերը:

Պեյրանը արձակեց մի քանի խուլ մռնչյուններ:

— Հասկացա, — Ասաց որսորդը և վեր առեց իր մոտ դրած հրացանը:

Մեզանից բավական տարածության վրա, մամռապատ քարաժայռի գլխին կանգնած էր մի վայրենի այծ և զգույշ նայում էր իր շուրջը: Հեռվից երևում էր նա մի հավի չափ: Ծերունի որսորդի սրատես աչքերը տեսան նրան, հրացանը որոտաց, այծը գլորվեցավ ցած:

— Տղերք, գնացեք վեր առեք, Աստված ձեզ համար խորովածացու ուղարկեց:

Տղերքը վազեցին դեպի այն կողմը, իսկ ես քարացածի նման դեռ մնացել էի կանգնած, որպես մի կատաղի եղեռնագործ, որին հանկարծ տիրում է խղճահարության երկունքը:

Ծերունի որսորդը դարձավ դեպի ինձ, ասելով.

— Ընկեր, դու այստեղից դեռևս չպիտի հեռանաս, քեզ որոնում են, մնա այստեղ, մինչև անցնի վտանգը...

Նա այլևս չսպասեց իմ պատասխանին և, մնաք բարյավ ասելով, հեռացավ»

Կարոն իր ընկերների հետ վերադարձավ, իրանց հետ բերելով այծը:

— Այն բոլորը, ինչ որ պատմեց քեզ որսորդը, մենք առաջուց գիտեինք, — ասաց Ասլանը:

— Դուք գիտեիք և թաքցնո՞ւմ էիք ինձանից, — գոչեցի ես վրդովված ձայնով:

— Մենք չէինք ուզում քեզ տխրեցնել:

Մինչև ընկերներս մորթեցին այծը, մինչև հոշոտեցին, մինչև կրակ վառեցին, գիշերից բավական անցավ:

Առատ խորովածը մատակարարում էր նրանց սեղանին այն ճոխ ընթրիքներից մեկը, որի նմանը խիստ հազիվ անգամ նրանք վայելում էին անմարդաբնակ անտառում: Գինին նույնպես առատ էր: Չնայելով,որ ընկերներս ամեն կերպ աշխատում էին ուրախացնել ինձ, վանել իմ տխրությունը, բայց հնար չէր լինում: Իմ սիրտը լցված էր անսահման դառնությամբ, գլխումս պտտվում էին հազարավոր սատանաներ: Ես ոչինչ ուտել չկարողացա, միայն խմում էի, աշխատում էի գոնե գինով թմրեցնել ինձ տանջող ցավերը: Բայց նա էլ չէր օգ-նում: Սալմաստա զորեղ գինին ինձ վրա ջրի ազդեցություն էր անում:

— Անհոգ կա՛ց, Մուրադ, — Ասաց ինձ Կարոն, — մենք չենք թողնի, որ քո վարպետի ձեռքը կտրեն:

— Դո՞ւք, — Հարցրի ես թերահավատությամբ, — դուք ի՞նչ կարող եք անել:

— Մենք շատ բան կարող ենք անել, — պատասխանեց Կարոն մի առանձին անձնավստահությամբ:

Ես չկամեցա ընկերներիս հպարտությունը վիրավորել և լուռ կացա:

— Հանաք չենք անում, Մուրադ, — շարունակեց Կարոն բավական լուրջ կերպով, — քո վարպետը առաջիկա գիշերում ազատված կլինի բանտից: Մյուս առավոտը, երբ բանտի դռները բաց կանեն, որ տանեն նրան հրապարակի վրա ձեռքը կտրելու համար, կգտնեն նրան անհայտացած:

— Դա անկարելի բան է:

— Շատ հնարավոր բան է, — պատասխանեց Կարոն: — Ամեն ինչ կար-գադրված է, ինքը ծերունի որսորդը կառաջնորդե մեզ. մենք ունենք ուրիշ ընկերներ ևս...

Վերջին բառերը կարծես սխալմամբ նա բաց թողեց բերանից և շուտով խոսքը փոխեց.

— Դու էլ, իհարկե, մեզ հետ կլինես:

— Վարպետիս ազատության համար ես դժոխքն էլ կմտնեմ:

Ընթրիքից հետո ընկերները շուտով պառկեցան քնեցին, երևի առաջիկա գիշերվա արշավանքի համար ավելի կազդուրվելու մտքով: Բայց ես քնել չկարողացա: Զով գիշեր էր. մեղմիկ քամին հազիվ օրորում էր քնած տերևները, և անտառի լռությունը կենդանանում էր ծառերի խորհրդավոր սոսափյունով:

Ես միայնակ նստած էի տաղավարի մոտ, ականջ էի դնում: Խառն մտածություններ անհանգստացնում էրն ինձ: Կարոյի խոսքերը անհավատալի էին թվում: Ես ավելի հավանական էի գտնում, որ ոգևորված գինու ազդեցությամբ նա միայն կամեցավ առժամանակ հանգստացնել ինձ: Եթե մի այսպիսի դիտավորություն լիներ, ծերունի որսորդը անպատճառ կասեր ինձ: Բայց նա ոչինչ չհայտնեց և հեռացավ:

«Երկու օրից հետո հրապարակի վրա դահիճը պիտի կտրե նրա աջ ձեռքի բազուկը»... հիշեցի ես ծերունի որսորդի խոսքերը: Անմեղ մարդը պիտի պատժվեր ինձ նման մի հիմար համբակի և մի նենգավոր չարագործի պատճառով... Ո՛չ, ոչ, մտածում էի ես, այդ անկարելի բան է... կգնամ քավոր Պետրոսի մոտ, հենց այս գիշեր կգնամ... Կասեմ նրան, դու ինձ խաբեցիր, այժմ քո չարագործության պատճառով պատժվում է մի արդար մարդ... կա՛մ պիտի գնաս դատավորի մոտ և հայտնես, թե դու ես մեղավոր, որ ազատես նրան դատապարտությունից... կա՛մ ես ինքս կգնամ և ամեն ինչ կհայտնեմ ուր որ հարկն է...

Այդ մտածությունները կարծես թե ինձ ուժ տվին, ես վեր կացա: Իմ խռովության մեջ ես մինչև անգամ մոռացա այն խոսքերը, որ ընթրիքի ժամանակ Կարոն ասաց ինձ, մոռացա և իմ խոստմունքը, թե նրանց հետ դժոխքն էլ կմտնեմ սիրելի վարպետիս ազատելու համար:

Տաղավարի մոտ դեռ վառվում էր կրակը և աղոտ լույսը տարածում էր քնած ընկերներիս վրա: Մի անբացատրելի նախազգեցությամբ կարծես զգում էի, թե այլևս չպիտի տեսնեմ այդ կյանքով լի, եռանդոտ և անկեղծ բարեկամներիս: Նրանք քնած էին տաղավարի մեջ: Ես մոտեցա, խոնարհվեցա և արտասուքը աչքերումս համբուրեցի երեքի երեսները, ապա դուրս եկա տաղավարից: Եվ վերջին անգամ հայացք ձգելով այն անտառային մենավոր խրճիթի վրա, որ կապված էր իմ պատանեկության սրտի հետ անմոռանալի հիշատակներով, «մնաք բարյավ: սիրելի ընկերներ», ասեցի և հեռացա...

Բ

ԿՐԿԻՆ ՄՈԼՈՐՈՒԹՅՈՒՆ

Դուրս գալով անտառից, սկսեցի դիմել մեր գյուղը: Անդադար նայում էի դեպի «աղոթարանը», որ տեսնեմ, արդյոք չէ՞ ծագում օրը: Դեռ բավական գիշեր կար: Խավարը ինձ պետք էր, մթության մեջ ես շատ բան ունեի կատարելու...

Մտա մեր գյուղը: Նա նիրհում էր խորին քնի մեջ, միայն երբեմն մի որևիցե անհամբեր շան անխորհուրդ աղաղակը ընդհատում էր գիշերային լռությունը: Իմ սիրտը բաբախում էր և՛ ուրախությունից, և՛ տրտմությունից: Ուրախ էի, որ պիտի տեսնեմ մորս, քույրերիս և վերջապես Սառային: Տրտում էի, երբ հիշում էի վարպետիս ցավալի դրությունը:

Ես վճռել էի մի սարսափելի դիտավորություն, նախ գնալ քավոր Պետրոսի մոտ, առաջարկել նրան, որ դիմե դատավորին և հայտնե, թե ինքն է կատարված չարագործության հեղինակը և ազատե անմեղ վարպետիս կյանքը: Իսկ եթե քավոր

Պետրոսը այնքան ազնվություն չի ունենա, որ հանձն առնե իմ առաջարկությունը, ես երդվել էի իմ սուրը ցցել նրա նենգավոր սրտի մեջ, և, նրա դիակի վրայից անցնելով, ինքս անձամբ գնալ այն հրապարակի վրա, ուր պիտի կատարվեր վարպետիս դատապարտության վճիռը, և իմ ձեռքը մեկնել դահիճին, ասելով, «Կտրեցեք այդ բազուկը, այդ ձեռքով է շինված այն բանալին»...

Այդ մտածություններով բորբոքված, ես արդեն գտնվում էի քավոր Պետրոսի դռան հանդեպ: Սկսեցի դռան մուրճը զարկել:

Հայտնվեցավ ծառան, հայտնեց, որ աղան տանը չէ:

— Ի՞նչպես տանը չէ, հիմար, — գոչեցի ես և, չհավատալով նրա խոսքե-րին, ներս մտա:

— Ասում եմ տանը չէ, էլի՛, — պատասխանեց նա մրթմրթալով, — գնա աչքովդ տես, թե կգտնես, այն ժամանակ ասա ինձ հիմար:

— Իսկ քավորկի՞նը:

— Քավորկինը քնած է:

Բայց մեր ձայնից քավորկինը արդեն զարթնել էր, նա կիսահագնված, ճրագը ձեռին դուրս եկավ բակը, ուր ես վիճում էի ծառայի հետ:

— Ա՜խ, Մուրադ, զավակս, դո՞ւ ես, — Ասաց նա դառն հառաչանքով և մոտեցավ, գրկեց ինձ:

Ես ապշած մնացի:

— Փա՛ռք քեզ Աստված, փա՛ռք քեզ, — Ասում էր նա արտասուքը աչ-քերում, — ես քեզ բոլորովին կորած էի համարում... դարձյալ փա՛ռք լինի մեր տեր Հիսուս Քրիստոսին, որ կարողացա տեսնել քեզ...

Քավոր կնոջ գթասրտությունը ինձ բոլորովին զինաթափ արեց, իմ կատաղությունը բավական մեղմացավ, և. ես հանդարտությամբ հայտնեցի, թե ցանկանում էի քավոր Պետրոսին տեսնել:

— Քանի շաբաթ է, որ նա տանը չէ, զավակս, ո՞ւր է գնացել, մենք էլ չգիտենք: Այն օրից, որ քո վարպետի հետ պատահեց այն դժբախտությունը (ա՛խ, թող Աստված ինքը ողորմություն անե այն խեղճին), Պետրոսը քուն և հանգստություն չուներ, ասում էր, սուրբ տիրամայր, այդ ի՞նչ պատահեց, միշտ քեզ վրա էր մտածում, միշտ քեզ համար էր աղոթում: Հետո ասաց ինձ, կնի՛կ, ես պիտի գնամ, գտնեմ Մուրադին, անփորձ տղա է, չլինի թե նա էլ վտանգի մեջ ընկնի: — Գնաց քեզ պտրելու, ա՛խ, հիմա ո՛րքան կուրախանա,երբ տեսնե, որ դու ողջ — Առողջ տուն ես եկել...

Ես ամեննին չէի կասկածում, որ քավոր Պետրոսը իմ մասին անհանգիստ կլիներ, ես բոլորովին հավատում էի, որ նա գնացել էր ինձ որոնելու, որովհետև իմ մի սխալ քայլից, իմ մի անզգույշ խոսքից կախված էր նրա կյանքը: Այդ պատճառով կարճ կտրեցի քավորկնոջ հետ, որովհետև գիշերը անցնում էր, շտապում էի մորս տեսնել:

— Մնա մեզ մոտ, զավակս, — թախանձում էր քավոր կինը, — Այս ժամա-նակ ուր ես գնում:

Երբ ես հայտնեցի, թե գնում եմ մորս տեսնելու, նա ասաց

— Գնա՛, զավակս, պետք է նրան էլ ուրախացնել, խե՛ղճ կնիկ, ո՛րքան լաց էր լինում նա քո համար, ասում էր՝ Մուրադս կորավ, էլ չեմ տեսնի նրան... հիմա կտեսնե, կուրախանա:

Երբ ես կամենում էի բակից դուրս գալ, Քավոր կինը խորհուրդ տվեց, որ ծառային ինձ հետ տանեմ.

— Գիշեր է, զավակս, — Ասում էր նա, — Ո՞վ է իմանում, կարող է հազար չար ու բարի պատահել...

— Պետք չէ, — Ասացի ես և հեռացա:

Դուրս գալով փողոցի խավարի մեջ, ինձ պաշարեցին նոր և ավելի ծանր մտածություններ, — քավոր Պետրոսին չգտա, ուրեմն նրա մասին իմ բոլոր նախապատրաստությունները ոչնչացան, իզուր անցան... Ի՞նչ էր մնում անել: Վարպետիս դատապարտելու օրը մոտ էր. երկու գիշեր ևս, այնուհետև նրան պիտի դուրս բերեին մեղապարտների հրապարակի վրա... ի՞նչ պիտի անեի, եթե մինչև այնօր չգտնեի քավոր Պետրոսին: Ահա մի հարց, որին վճիռ տալու մեջ ես դժվարանում էի:

«Եթե նրան չգտնեմ, ինձ կմնա կատարել իմ վերջին

դիտավորություն, այսինքն, անձամբ ներկայանալ դատավորի մոտ, խոստովանել ճշմարիտ իրողությունը և իմ աջը մեկնելով դահճի դանակի առջև, ասել՝ կտրեցեք այդ ձեռքը, որ իր միամտությամբ մի չարագործի համար գործիք դարձավ»:

Բայց պետք էր նախ և առաջ տեսնվել մորս հետ. նա կմեռներ կսկիծից, եթե հանկարծ կլսեր սիրելի որդու բոթը:

Ես մտա այն փողոցը, ուր գտնվում էր մեր տունը:

Պարսից վարչության կամայականությունները ինձ բավական հայտնի էին. ես գիտեի, եթե մի հանցավոր փախստական է դառնում, կառավարությունը կա՛մ կալանավորում է նրա ազգականներին, կա՛մ նրա տան վրա սարվազներ է դնում, սկսում են նեղացնել տանեցիներին, մինչև փախստականը հայտնվի: ի՞նչ պիտի անեմ, մտածում էի ես, եթե կմտնեմ մեր տունը և կտեսնեմ այնտեղ սարվազներով լցված:

Քավորկինը այդ մասին ինձ ոչինչ չասեց, և ես այնքան շփոթված էի, որ մոռացա հարցնելու, թե ի՛նչ դրության մեջ է մեր տունը:

Վճռեցի նախ գնալ Սառայի մոտ, նրանից տեղեկանալ մեր ընտանիքի դրության մասին, հետո գնալ մորս տեսնելու

Սառայենց տունը կից էր մեր տանը, իհարկե, հայտնի կլիներ ամեն ինչ:

Զարմանալի բան է մարդու սիրտը, այն ևս հրաբորբոք, անփորձ պատանու սիրտը, շատ անգամ ի՛նչ բանի որ փափագում է նա, խելքն էլ սատանայի նման այնպիսի ապացույցներ է առաջ բերում, որ անպատճառ կատարվի այդ փափագը: Ես ցանկանում էի տեսնել և մորս, և՛ Սառային: Որի՞ն պետք էր տալ գերադասությունը: Սիրտս ասում էր՝ Սառային, իսկ խելքս, փոխանակ հակառակելու նրան, իրան օգնության կանչելով զգուշությունը ու խոհեմությունը, հաստատում էր սրտիս բաղձանքը, ասելով ինձ, չէ , առաջ մորդ մոտ մի գնա, այնտեղ կարող են սարվազներ լինել, ֆերրաշներ լինե՛լ, կառավարության մարդիկ լինել և այլն: Այդ բոլորը երևակայում էի ես, որովհետև սրտիս շահերին նպաստավոր էին դրանք: Սառան կապված էր իմ հոգու հետ, ես նրան սիրում էի:

Չեմ կարող նկարագրել, թե ո՛րպիսի ոգևորությամբ մոտեցա ես նրանց տանը: Երեք ամբողջ ամիսներ չէի տեսել նրան: Կատուն այնպես արագությամբ չէր կարող թռչել, ինչպես ես բարձրացա նրանց կտուրի վրա: Տարվա այն եղանակներում բոլոր գյուղացիները կտուրների վրա են պառկում: Սառան քնած էր ինչպես մի երեխա: Ես մոտեցա, ձեռքով շոշափեցի նրա երեսը: Նա զարթնեց մի անսովոր ճիչ բարձրացնելով: Ես փոշմանեցի, որ իմ անզգուշությամբ վախեցրի նրան:

— Ես եմ, Սառա:

Նա ճանաչեց իմ ձայնը և հանգստացավ:

— Ա՜խ, ինչո՞ւ եկար այստեղ... գնա... հիմա հայրս...

Ես հետ քաշվեցա, վախենալով, մի գուցե զարթեցնեմ նրա հորը, որ աղջկանից մի փոքր հեռու պառկած էր: Սառան մայր չուներ: Երկու քայլ չէի փո-խած, երբ ականջիս դիպավ նրա հազիվ լսելի ձայնը.

— Գնա՛ ներքև, այնտեղ սպասիր ինձ...

Ո՜րքան ուրախալի էր այդ ձայնը: Ես իսկույն կտուրից իջա նրանց բակը, նստեցի սրահում և անհամբերությամբ սպասում էի: Շատ չանցավ, Սառան, բոլորովին հագնված, այնտեղ եկավ: նա հանդիպեց ինձ նույն հիացմունքով, որ պես մեկի սիրելին գերեզմանից հարություն է առնում: Այս պիսի դեպքերում սիրո զգացմունքը լուռ է մնում, տիրապետում է միայն ուրախության հրճվանքը, այն ևս արտասվախառն ուրախության, երկնչելով, միգուցե սիրելին կրկին դեպի գերեզման վերադառնա...

Սառան ճրագը վառեց, մենք մտանք նրա սենյակը: Առաջին բանը, որ նրա աչքին ընկավ, էր իմ հագուստը:

— Ախ, այդ ի՞նչ է, քո շորերը ի՞նչպես պատառոտվել են... որքան կեղտոտվել է քո շապիկը, — Ասաց նա ցավակցաբար:

— Անտառների մեջ այսպես է լինում, Սառա:

Նա պատրաստում էր թել ու ասեղ, որ կարկատնե հագուստիս պատառոտած տեղերը: Բայց ամբողջ ամիսներով մացառների և ծառերի մեջ նրանք այնպես էին քրքրվել, որ փոքրիշատե նորոգելը մի քանի օրվա գործ էր, թեև բարի Սառայի սիրտը ցավում էր ինձ այդ վիճակի մեջ տեսնել և մտածում էր նույն րոպեում նորոգել բոլորը:

Հանկարծ նա թելն ու ասեղը մի կողմ դրեց, կարծես թե մոռացավ հագուս-տիս վիճակը և, մի նոր բան մտաբերելով, ասաց.

— Ախ, ո՜րքան լաց եմ եղել ես, Մուրադ... ո՜րքան տանջվե եմ...

— Ինչի՞ համար:

— Ասում էին, թե...

— Ի՞նչ էին ասում:

— Ա՜խ, շատ խոսքեր էին ասում... ասում էին քեզ բռնել են... ասում էին քեզ բանտն էին դրել...

— Հիմա տեսնում ես, որ այդ բոլորը սուտ է. ես քեզ մոտ եմ.

— Հիմա ես ուրախ եմ: Բայց...

— Դու կարծում ես ինձ դարձյալ կկալանավորեն:

— Ո՜չ... ես կարծում եմ, որ քեզ մյուս անգամ չեմ տեսնի...

— Իզուր ես այսպես կարծում, Սառա: Աստված կօգնի ինձ,ինչպես մինչև այսօր չկարողացան կալանավորել, այսուհետևնև Աստված կպահպանե ինձ: — Ես սկսեցի մխիթարել նրան:

— Ուր էիր այդքան ժամանակ, ո՞րտեղ էիր պահված, — Հարցրեց նա: Ես նկատեցի, որ ձայնը սկսեց դողալ:

— Այդ մի՛ հարցրու, Սառա:

— Ինչո՞ւ, ես չի՞ պիտի գիտենամ։

— Հետո կասեմ քեզ։

Նա լուռ կացավ և հեկեկալով սրբում էր արտասուքը։

— Ինչո՞ւ ես լաց լինում։

— Ասում էին, որ դու գողերի հետ ես ապրում...

Խե՜ղճ աղջիկ, նա լաց էր լինում նրա համար, որ ես գողերի հետ էի ապրում։ Խաչագողի աղջիկը զզվում էր գողերից...դա հազվագյուտ երևույթ էր... դա մի մարգարիտ էր աղբի մեջ ընկած... Մի քանի րոպեից հետո հարցրեց նա.

— Դու մորդ տեսե՞լ ես։

— Դեռ չեմ տեսել, ուզում եմ գնալ նրա մոտ։

— Ա՜խ, եթե գիտենայիր, թե որքա՜ն մաշվել է, ո՜րքան հալվել է նա քո պատճառով... Խե՜ղճ կնիկ, աչքերից արտասուքը չէր ցամաքում, միշտ լաց էր լինում... Ամեն օր գնում էի նրա մոտ, գրկում էր ինձ, համբուրում էր, ասում էր, «Մուրադիս կարոտությունը քեզանից եմ առնում, Սառա, դու որդուս նշանածն ես»... Ամեն անգամ խոսալիս քո անունն էր հիշում, ասում էր, Աստված այնքան ժամանակ հոգիս չառնե, մեկ էլ տեսնեմ որդուս ու հետո մեռնեմ... Հիմա ո՜րքան կուրախանա, Մուրադ, եթե քեզ տեսնելու լինի։

Ես հարցրի Սառայից, թե իմ բացակայության միջոցում ի՞նչեր էին պատահել մեր տանը։ Նա սարսափելի գույներով նկարագրեց այն բոլոր տանջանքները, որ կրել էր մայրս տեղային պարսիկ պաշտոնատարների, ֆերրաշների և սարվազների ձեռքից։ Պատմեց, թե ամեն օր գալիս էին, մորս ասում էին, ուր է որդիդ, կա՜մ որդուդ պիտի տաս մեր ձեռքը, կամ այնքան փող պիտի տաս մեզ, որ քեզ ժամանակ տանք, մինչև որդուդ գտնես։ Եվ այսպես ամեն անգամ «դուլլուղ» և «ռուշվաթ» էին առնում, հետո գնում էին։ Մայրս փող չուներ, որ տար և ազատվեր։ Սառայի հայրը գնում էր, նրանց փող էր տալիս և ճանապարհ էր դնում։ Քույրերս միշտ Սառայենց տանը թաքնված էին լինում, երբ նրանք գալիս էին. մայրս չէր ուզում, որ ֆերրաշները նրանց երեսը տեսնեն։ Այսպիսի շատ բաներ պատմեց ինձ Սառան, իմ սիրտը կտոր-կտոր էր լինում այդ բոլորը լսելու ժամանակ։ Եթե ես մի որևիցե հանցանք էի գործել, թող պատժեին ինձ։ Ի՞նչով էր մեղավոր մայրս, ի՞նչով էին մեղավոր քույրերս, բարեկամներս։

Բայց դա մեր երկրի կարգն էր, կորածի, մեռածի հանցանքների համար մնացածներին պատժել...

Լույսը սկսել էր բացվել, լսելի եղավ գյուղական ժամատան կոչնակի ձայնը, այլևս Սառայի մոտ երկար մնալ անկարելի էր. շուտով նրա հայրը կիջներ կտուրից, կլվացվեր, որ եկեղեցի գնա աղոթելու։ Սառան չէր ցանկանում, որ իր հայրը մեզ միասին նստած տեսներ։

Զարմանալի բան է սովորությունը: Սառան իմ նշանածն էր, քանի տարի էր, որ մայրս այդ նազելի աղջկան նշանել էր ինձ համար որպես հարսնացու: Բայց մենք իրավունք չունեինք միմյանց հետ տեսնվելու, միմյանց հետ խոսելու, մինչև այն օրը, քանի որ դեռ քահանան աստուծո սեղանի առջև չէր ասել՝ թե նա իմ կինն է, իսկ ես՝ նրա ամուսինը: Եվ մեր երկրում խիստ սրբությամբ էր պահպանվում այդ կարգը:

Ժամատան բարձրությունից լսելի եղավ կոչնակի երկրորդ անգամի զարկը: Ամբողջ Սավրան այժմ ոտքի վրա էր: Ծերունիները, պառավները պիտի գնային ժամ աղոթելու, իսկ ավելի մանկահասակները պիտի գնային դեպի մշակության դաշտերը գործելու:

Մեր տունը Սառայենց տնից բաժանված էր մի ցած միջնապարիսպով միայն: Այդ միջնապարիսպը, գիշերային մթության ժամանակ, շատ անգամ եղել էր մի խորհրդապահ վկա իմ և Սառայի տեսակցությունների: Նա կանգնած իրանց բակի կողմից, ես կանգնած մեր բակի կողմից, իսկ մեր մեջ տեղում միջնապարիսպը, ամբողջ ժամերով խոսում էինք, խոսում ու չէինք կշտանում: Իսկ ա՛յժմ: Այժմ ես փախչում էի Սառայից, որպես մի հանցավոր, որ արժանի չէր նրա սերին:

Սառային դեռ հայտնի չէին իմ վարպետի արհեստանոցում պատահած անցքի մանրամասները, նա դեռ չգիտեր, թե ի՞նչ պատճառով ոստիկանությունը որոնում էր ինձ, նա միայն մի բան էր լսել, թե ես «գողերի հետ եմ ապրում»...: Այդ մասին նա մի քանի րոպե առաջ հարցրեց ինձանից, իսկ ես նրա հարցը թողեցի առանց պատասխանի: Ամոթը խեղդում էր ինձ. ի՞նչ վատ բան է գողությունը... Սառան էլ ինձ չի սիրի, մտածում էի ես, նա բարի աղջիկ է, նա գողին չի սիրի...

Երբ ես կանգնեցա, պատրաստվում էի բաժանվել Սառայից, հարցրեց նա.

— Դու դարձյալ նրանց մո՞տ ես գնում:

— Ո՞ւմ մոտ:

— Այն գողերի մոտ...

— Եթե դու գիտենայիր, Սառա, թե ինչ տեսակ տղերք են նրանք, դու երբեք ինձ չէիր մեղադրի, որ ես անցուցի նրանց հետ մի քանի ամիսներ: Նրանք այնքան սիրելի տղերք են, որ եթե դու տեսնելու լինեիր նրանց, ինքդ էլ կսկսեիր սիրել: Նրանք վատ տղերք չեն, Սառա, և ես ցավում եմ, որ հանգամանքները բաժան-եցին ինձ նրանցից...

Նա կարծես թե հանգստացավ:

— Հավատում եմ քո խոսքերին, — Ասաց նա: — Բայց հիմա ո՞ւր ես գնում:

— Գնում եմ մորս մոտ:

Այդ միջոցին բակից լսելի եղավ Սառայի հոր ոտնաձայնը: Նա իջել էր կտուրից, պատրաստվում էր եկեղեցի գնալու: Սառան գունաթափվեցավ, նա իսկույն դուրս գնաց սենյակից և, հոր առաջը կտրելով, ասաց.

— Գիտես, հայրիկ, Մուրադը եկել է:

— Ե՞րբ, ո՛ւր է, — Հարցրեց հայրը զարմանալով:

— Հենց այս րոպեիս, այստեղ սենյակումն է:

Ես նրանց խոսակցությունը լսում էի, Սառան խաբեց հորը. երկրի առ-վորությունը ստիպեց նրան սուտ խոսել: Նա չկամեցավ ցույց տալ, որ մենք մի քանի ժամեր միասին ենք եղել: Դա կարող էր համարվել հրեշտակի նման մաքուր աղջկա համար մի տեսակ անպարկեշտություն:

Հայրը շտապով ներս մտավ, գրկեց ինձ, համբուրեց և ավետարանական խոսքով հայտնեց իր ուրախությունը, որ վերջապես գտավ իր «մոլորյալ ոչխարին»...

Նրա խոսքերի մեջ բովանդակվում էր և՛ ուրախություն, և՛ հանդի-մանություն: Ես մոլորյալ ոչխար էի, հովիվը գտավ ինձ: Բայց ո՞վ մոլորեցրեց ինձ, ի՞նչ բանումն էր իմ մոլորությունը, այդ մասին նա ոչինչ չխոսեց:

Սառայի հայրը խելացի մարդ էր, նա ինձ խորհուրդ չտվեց գնալու մեր տունը, որովհետև կարող էր այնպես պատահել, որ ես այնտեղ եղած ժամանակ ֆերրաշները վրա հասնեին և կալանավորեին ինձ: նա ասաց, թե ոստիկանությունը մեր գյուղի տանուտերից իլթիզամ է առել, տուգանք է նշանակել, եթե ես մեր գյուղում հայտնվելու լինեմ, իսկույն մատնե կառավարության ձեռքը, և «անպիտան» տանուտերը, մի լավ ծառայություն անելու համար, մեծ հաճությամբ կկատարե այդ հրամանը: Նա արդեն, ավելացրեց Սառայի հայրը, զանազանլրտեսների միջոցով հսկում է մեր տան վրա, որ ինձ բռնել տա և այլն:

Սառայի հոր խոսքերից ես հասկացա այն բոլոր պատճառները, թե ինչո՞ւ կառավարությունը ինձ ամենայն խստությամբ որոնում էր: Որպես վարպետիս, նույնպես և մեր բոլոր աշկերտներին ու բանվորներին կալանավորել էին: Միայն ես էի մնացել, որ փախստական էի: Քրեական գործերի ժամանակ պարսից դատավորների քննությունը հարցմունքներով, վկաներով կամ այլ հետա-խուզություններով չէ կատարվում, այլ միայն ծեծով: Նրանք պատժում են նախքան հանցանքի հաստատվելը: Կալանավորի ոտները դնում են ֆալախկայի մեջ, այնքան ծեծում են, կամ բանտի մեջ այնքան սարսափելի տանջանքներ են տալիս, մինչև նա խոստովանվի, թե ինքն է գործել հանցանքը: Քանի որ դեռ չէ խոստովանել, տանջանքները ավելի և ավելի սաստկացնում են:

Այդ բոլորը փորձել էին թե վարպետիս և թե նրա գործավորների

վրա, բայց նրանցից մի որոշ խոստովանություն չէին դուրս բերել: Վարպետս ասել էր միայն, թե բանալիի վրա դրած դրոշմը, իրավ է, իր արհեստանոցի դրոշմն է, բայց թե ի՞նչպես է շինվել այդ բանալին կամ ո՞վ է շինել, այդ մասին տեղեկություն չունի: Նույնը ասել էին և արհեստանոցի աշկերտներն ու բանվորները: Մնում էի ես, որ փախստական էի, և իմ փախչելը ավելի կասկածավոր էր դարձրել ինձ: Այդ է պատճառը, որ ինձ ամենայն խստությամբ որոնում էին, մտածելով, թե ինձանով կլուծվի մթին գաղտնիքը:Այդ բոլորը լսելու ժամանակ փոքր էր մնում, որ ես հայտնեի դառն իսկությունը:

Այդ բոլորը լսելու ժամանակ փոքր էր մնում, որ ես հայտնեի դառն իսկությունը: Բայց ես դարձյալ զսպեցի ինձ, որ ոչ ոքի չասեմ, մինչև քավոր Պետրոսին չտեսնեմ: Բայց գուցե դա շատ ուշ կլիներ: Մնում էր մի օր. մյուս օրվա առավոտը վարպետիս պիտի դուրս բերեին դատապարտության հրա պարակի վրա... «Վնաս չունի, մտածեցի ես, եթե այսօր չկարողացա գտնել քավոր Պետրոսին, ես ինքս անձամբ կներկայանամ գլխավոր դատավորին, բոլորը մի ըստ միոջէ կհայտնեմ, ինչ որ կատարվել է»...

— Դու կմնաս այստեղ, մեր տանը, ասաց Սառայի հայրը: — Այստեղ կան ապահով տեղեր քեզ թաքցնելու համարես կպահեմ քեզ, մինչև վտանգն անցնի:

— Ապա մորս, քույրերիս չի՞ պիտի տեսնեմ, — Հարցրի ես:

— Հարկավոր չէ նրանց տեսնելու համար անպատճառ ձեր տունը գնաս, նրանց այստեղ էլ կարող ես տեսնել:

Նա դարձավ դեպի Սառան, ասելով.

— Գնա՛ խնամի Նազանին կանչիր այստեղ, չասես Մուրադը եկել է, ասա միայն, թե հայրս կանչում է: Ո՞վ գիտե, կնամարդ է, սիրտը բարակ կլինի, կարելի է, որդու անունը լսելով, կսկսե զանազան անզգույշ ձայներ բարձրացնել և հարևանների ուշադրությունը յուր վրա կդարձնեք

Սառան վազեց դեպի մեր տունը:

Իմ գրիչը անզոր է նկարագրելու այն անսահման ուրախությունը, որով մայրս հանդիպեց ինձ: Մարդկային լեզուն դեռ չէ ստեղծել այն բառերը, որ ընդունակ լինեին արտահայտելու մոր սրտի զգացմունքները, մոր սրտի ցավերը:

Քույրերս նույնպես, քնից դեռ նոր վեր կացած, իսկույն ինձ մոտ վազեցին, երբ Սառայից իմացան իմ գալուստը: Նրանց զգվանքը, նրանց հրճվանքը նույնքան հրեշտակային էր, որպես նրանց սիրտը: «Դու այլևս չե՞ս գնա, դու մեզ մո՞տ կմնաս», անդադար հարցնում էին նրանք: Ես ոչինչ չէի գտնում պատասխանելու:

Մայրս հավանեց Սառայի հոր կարգադրությունը, որ ինձ իրանց մոտ էր պահել և չէր թողել, որ մեր տունը գնամ, որով հետև գյուղի զգիրը (տանուտերի օգնականը) ամեն առավոտ գալիս էր մեր տունը ինձ որոնելու համար:

Չնայելով որ այդ բոլորը ինձ մեծ ուրախություն էր պատճառում,կրկին տեսնում էի մորս, քույրերիս, կրկին գտնվում էի այն շրջանի մեջ, որ երեխայությունից ինձ սիրելի էր, բայց միևնույն ժամանակ մի դառն անախորժ զգացմունք տանջում էր ինձ, երբ մտաբերում էի, որ ես մի թշվառ հանցավոր եմ, ինձ որոնում են, ինձ կամենում են կալանավորել... Մորս և բոլոր բարեկամներիս ջանքն այն էր, որ ես չբռնվեմ, որ ինձ բանտը չնետեն: Բայց մի՞թե դրանով կհանգստանար իմ խիղճը, մի թե ես կարող էի մոռանալ ա՛յն, ինչ որ գործել էի... ա՛յն, որի պատճառով պատժվում էին անմեղ մարդիկ...

Մայրս սկսեց շնորհակալություն հայտնել Սառայի հոր մասին, թե նա ամեն կերպով պահում էր և պաշտպանում էր մեր ընտանիքը, եթե նա չլիներ, սարվազները և ֆերրաշները ավելի նեղություններ կտային: Եվ ավելացրեց, որ իմ հորեղբայրը իրան այնպես հեռու էր պահում, որ ամեննին չէր ուզում լսել, թե իր եղբոր ընտանիքը չարչարվում է բարբարոսների ձեռքում և այլն:

— Իսկ քավոր Պետրո՞սը,— հարցրի ես:

— Աստված նրան բարի՛ տա, — պատասխանեց մայրս մի առանձին զգացմունքով: — Այդ պատվական մարդը հանգստություն չուներ, օրն մի քանի անգամ գալիս էր մեզ մոտ, սիրտ էր տալիս, մխիթարում էր, ասելով, մի՛ վախեցեք, Աստված ողորմած է, այդ բոլորը կանցնի: Նա ասում էր, որ շատ անգամ Աստված յուր ստեղծածներին փորձելու համար փորձանքի մեջ է ձգում, օրինակ էր բերում Հոբ Երանելիի կրած տանջանքները* և ուրիշ շատ բաներ սուրբ գրքերից:

«Գարշելի»... ասացի մտքումս և, զսպելով իմ վրդովմունքը, հարցրի.

— Հիմա նա ո՞րտեղ է:

— Քանի շաբաթ է, որ չէ երևում, — պատասխանեց մայրս: — Մի անգամ եկավ ինձ մոտ, ասաց, նազանի, ես գնում եմ Մուրադին որոնելու, ջահել տղա է, անփորձ է, չլինի թե բռնվի, մենք նրան պետք է թաքցնենք, մինչև աստծո բարկությունն անցնի:

Խե՛ղճ մարդ, արտասուքը հեղեղի նման թափվում էր նրա աչքերից, կարծես իր հարազատ որդու համար էր լաց լինում:

Այդ միևնույն խոսքերը ասաց ինձ Քավոր կինը: Բայց ես շատ լավ էի հասկանում, թե քավոր Պետրոսը ինձ ի՛նչ մտքով էր որոնում...

Սառայի հայրը գնաց եկեղեցի, ոչ այնքան աղոթելու համար, որքան լսելու, թե մարդիկ դրսում ինչ են խոսում: Մեր գյուղացիները սովորություն ունեին ժամից դուրս գալուց հետո հավաքվել եկեղեցու բակում և զանազան բաների վրա խոսել: Նապատվիրեց ինձ, որ իրենց տանը մնամ մինչև իր վերադարձը:

Մորս սերը, քույրերիս հրճվանքը, Սառայի ներկայությունը առժամանակ մեղմացրին իմ մեջ այն կատաղությունը, որ տիրել էր իմ սրտին այդ տունը մտնելուց առաջ։ Թանկագինբարեկամներիս ջերմ զգվանքը, նրանց անկեղծ փաղաքշանքը կարծես թե թմրեցրին իմ զգացմունքները մի տեսակ անբացատր-բելի արբեցության մեջ, մոռանալ տալով այն բոլոր նախամտածությունները, որ ես վճռել էի սիրելի վարպետիս ազատության համար:

Սառան ուրախ էր, ինչպես մի գարնանային ծիծեռնակ, նա անդադար ճախրում էր իմ շուրջը, աշխատելով կատարել մինչև անգամ իմ ամենափոքր հաճույքները։ Քույրերս չէին հեռանում իմ մոտից, անթիվ հարցեր էին առաջարկում, ուզում էին խոսել, անընդհատ կերպով խոսել ինձ հետ։ Մայրս նստած էր իմ մոտ և, իմ աջը բռնած իր ձեռքի մեջ, զմայլած նայում էր իմ երեսին և երբեմն խուլ հառաչանքներ էր արձակում։ Խե՜ղճ կնիկ, ո՜րքան ցավեր, ո՜րքան տրտմություններ թաքնված էին նրա բեկյալ սրտի մեջ... Սիրելի ամուսնի կորստից հետո, նա միայն իմ մեջ էր գտնում իր մխիթարությունը...ես էի նրա տան սյունը... ես պիտի վառ պահեի հայրենական օջախի կրակը... նրա բոլոր հույսերը իմ վրա էին դրված... իսկ ա՞յժմ։ Այժմ ամեն հույս պիտի խորտակվեր, այժմ մայրական բոլոր բաղձալի փափագները պիտի ոչնչանային։ Նրա որդին մի սարսափելի հանցավոր էր, որին վաղ թե անագան գուցե կախաղան կբարձրա-ցնեին...

Երևի այդ դառն մտածմունքներն էին պաշարել մորս, որ նա այնքան տխուր էր։

Բայց նա ինձանից թաքցնում էր իր վշտերը, որ ինձ ավելի ցավեր չպատճառե:

Սառայի հայրը վերադարձավ եկեղեցուց բավական ուշ նա պատմեց մեզ շատ նորություններ և ի միջի այլոց հայտնեց, որ քավոր Պետրոսին տեսնողներ են եղել Հին քաղաքում, նա ասել է, որ երեկոյան կվերադառնա իր տունը։ Այդ լուրը ինձ սաստիկ ուրախություն պատճառեց։ «Վերջապես նա իմ ճանկը կընկնի, և ես գիտեմ ինչ կանեմ»...— մտածում էի ես և մեծ անհամբերությամբ սպասում էի երեկոյին:

Բայց երեկոյան մի քանի անգամ մարդ ուղարկեցինք նրա տունը, պատասխան ստացանք, թե դեռ չէ եկել։ Ես դարձյալ սկսեցի անհանգիստ լինել, դարձյալ դառն մտածություններ պաշարեցին ինձ, հուսահատությունը խեղդում էր ինձ, չգիտեի, թե ինչ պետք է անել:

Արևը մտավ, մութը պատեց աշխարհը։ Դա տագնապի վերջին գիշերն էր։ Եթե այդ գիշեր փրկություն չլիներ վարպետիս համար, առավոտյան ամեն հույս պետք էր կորած համարել։ Առավոտյան նրան պիտի դուրս հանեին դատապարտյալների հրապարակի վրա... Այդ միտքը սարսափեցնում էր ինձ:

Գիշերը ես անցկացրի կատարյալ տենդային դրության մեջ: Ոչ քնել կարողացա և ոչ արթուն էի: Ինձ տիրել էր մի տեսակ կատաղություն, որ պահում է մարդուն ալեկոծության մեջ, բայց միևնույն ժամանակ թույլ չէ տալիս տեղից շարժվել, ինչպես ծովը ծփում է իր շրջանակի մեջ: Ես նույն րոպեում պետք է թռչեի, վազեի, գնայի այնտեղ, ուր անմեղ մարդը պիտի դատապարտվեր: Բայց կարծես մի աներևույթ ձեռք կաշկանդել էր ինձ, իմ կամքի, բնավորության զորությունը թուլացել էր...

Ես հիվանդ էի: Գլուխս սաստիկ ցավում էր, ամբողջ մարմինս վառվում էր կրակի մեջ: Մայրս, քույրերս, Սառան չհեռացան իմ անկողնից: Նրանց խոսքերը ես լսում էի, հասկանում էի, բայց իմ պատասխանները լինում էին այն աստիճան անկապ, անտեղի և խառնաշփոթ, որ մայրս մեծ զարհուրանքով մտածում էր, թե սիրելի որդին խելագարված է...

Առաջին անգամն էր պատահում ինձ արթնության մեջ երազներ տեսնել: Երբ աչքերս խփում էի, ինձ երևում էր, թե գտնվում եմ Հին քաղաքում: Առավոտ է: Փողոցներում տիրում է հուզմունք և իրարանցում: Մարդիկ շտապով վազում են դեպի դատապարտյալների հրապարակը: Ես էլ այդ խռովյալ բազմության հետ վազում եմ դեպի այն կողմը: Հրապարակի վրա ասեղ գցելու տեղ չկա, ամբողջ տարածությունը պատած է հետաքրքիր հանդիսատեսներով: Հրապարակի շուրջը գտնված ծառերի ճյուղերն անգամ ծանրաբեռնված են մարդիկներով: Նրանք երևում էին ինձ այնքան մանր, փոքրիկ ծտերի նման, «ի՞նչ կա, ի՞նչ բանի է սպասում այդ խուռն բազմությունը», — Հարցնում էի ես: «Մի հանցավորի ձեռքը պիտի կտրեն», — լինում էր պատասխանը:

Սարսափելով այդ խոսքերից, աչքերս բաց էի անում, այլևս ոչինչ չէի տեսնում, ոչինչ չէր երևում: Տեսնում էի միայն մորս տխրամած դեմքը, որ նստած էր իմ անկողնի մոտ, տեսնում էի Սառայի արտասվալի աչքերը, տեսնում էի յուղային ճրագը, որը աղոտ լույսով վառվում էր իմ քնարանում: Քույրերս պառկած էին, ամբողջ տունը նիրհում էր. երկու հոգի միայն արթուն էին մնացել՝ մայրս և սիրող աղջիկը...

Այդ իրականություն էր. իսկ մնացածը՝ երազ:

Աչքերս կրկին փակեցի, մտածելով, թե արդեն անցավ սոսկալի տեսիլքը: Դարձյալ միևնույն երազի շարունակությունը, նույն հրապարակը, նույն բազմությունը, նույն մարդրկը՝ կախված ծառերի ճյուղից: Բայց տեսարանն այժմ մասամբ փոխվել էր: Հրապարակի կենտրոնում դահիճը, ոտից ցգլուխ կարմիր հագած, ձեռքում սրում էր դանակը: Նրա մոտ կանգնած էր թշվառ դատապարտյալը, գունաթափ, մաշված և կիսամեռ: Բանտը խլել էր նրանից ամեն կենդանություն: Ես հազիվ կարողացա ճանաչել նրան: Դա իմ վարպետն էր, այն բարի արհեստավորը, որ այնքան սիրում էր ինձ, այն մարդը, որ հոր նման ուրախանում էր, երբ տեսնում էր իմ հառաջադիմությունը արհեստի մեջ, այն մարդը, որ խոստանում էր բախտավորացնել ինձ, առանձին արհեստանոցի տեր շինել:

Բայց ինչո՞վ վարձատրեց նրա առաքինությունները ապերախտ աշկերտը՝ դավաճանությամբ: Այդ պատիժը, որ կրում էր անմեղ մարդը, իմ պատճառով էր: Ե՛ս ձգեցի նրան այդ սոսկալի փորձանքի մեջ...

Այդ մտածությունների հուզմունքի մեջն էի ես, երբ դահիճը դատապարտյալին: Ամբողջ բազմությունը դղրդաց մի խուլ, գերեզմանական շշնջյունով: Կարծես բոլորի բերանից լսվում էր «անմե՛ղ» բառը: Ես համբերել չկարողացա: Խելագարի նման ճչալով, աղաղակելով, պատառեցի խիտ ամբոխը և մի ակնթարթում հայտնվեցա դահճի մոտ: Կտրեցեք իմ ձեռքը, — գոչեցի ես որոտի ձայնով, — Այդ ձեռքն է շինել այն բանալին»: Ամբողջ բազմության վրա տիրեց խորին ապշություն:

Այդ ձայնի հետ ես արթնացա:

Օրը լուսացել էր արդեն, արևի առաջին ճառագայթները անցել էին իմ քնարանի մեջ: Մայրս դարձյալ նստած էր իմ անկողնի մոտ, իսկ փոքր-ինչ հեռու կանգնած էր մի մարդ:

Մայրս սարսափեց, երբ լսեց իմ վերջին խոսքերը, բայց կանգնած մարդը հանգստացրեց նրան, ասելով.

— Խեղճ տղան երազների մեջ է խոսում:

Երբ ուղիղ նայեցի այդ մարդու երեսին, տեսա, որ նա մեր քավոր Պետրոս՛ն էր: Նրա երևույթը ինձ բոլորովին սթափեցրեց իմ անրջային զառանցություններից: Ես այժմ գտնվում էի կատարյալ արթնության մեջ, բայց դարձյալ կրկնեցի նույն խոսքը, որ ասել էի երազիս մեջ.

— Այո՛, ես եմ շինել այն բանալին...

Չգիտեմ քավոր Պետրոսը ի՞նչ ասաց, ի՞նչ ակնարկություն արեց դեպի իմ մայրը, միայն այսքանը տեսա, որ նա հեռացավ իմ քնարանից, ես և քավոր Պետրոսը մնացինք միայնակ:

Ես զգում էի ինձ բավական լավ. գլխիս ցավն անցել էր մարմնիս ջերմությունը մեղմացել էր, միայն անդամներիս մեջ տիրում էր մի տեսակ հոգնածություն, մի տեսակ թուլություն: Այսուամենայնիվ ես վեր կացա անկողնից և հագնվեցա: Քավոր Պետրոսը օգնեց ինձ լվացվելու: Սառը ջուրը բավական զովացրեց իմ գլուխը, բավական կազդուրեց իմ բորբոքված ուղեղը:

Մարդկային բնավորության մեջ երբեմն կատարվում են այնպիսի հոգեբանական փոփոխություններ, որ շատ դժվար է լինում բացատրել: Կան մարդիկ, որոնց վրա որքան և զայրացած լինես, որքան և նախապատրԱստված լինես նրանց հանդիմանելու, անարգելու և մինչև անգամ սպանելու, բայց հենց որ նրանց երեսը տեսնում ես, իսկույն կարծես թե մի մոգական ազդեցությամբ քո սրտի և հոգու նախկին լարված տրամադրությունը թուլանում է, բարկության խստությունը մեղմանում է, և դու ընկնում ես կատարյալ սառնասրտության մեջ: Նույն ազդեցությունը գործեց ինձ վրա և քավոր Պետրոսը:

Ես նրա դեմ զայրացած էի: Ես մահվան չափ ատում էի այդ գարշելի մարդուն, ես վճռել էի վարվել նրա հետ վրեժխնդրության բոլոր բարբարոսությամբ, բայց հենց որ նրա պատկառելի երեսը տեսա, իմ բոլոր սրտմտությունը, իմ բոլոր կրքերը փշրվեցան, խորտակվեցան այդ խորհրդավոր մարդու կախարդիչ զորության առջև: Չգիտեմ ինչի՞ն պետք էր վերաբերել այդ փոփոխությունը, արդյոք իմ պատանեկական բնավորության թուլությա՞նը, թե՞ իմ կամքի անհանգստությանը...

Բայց ես այնքան քաջություն ունեցա, որ պահանջեցի առանձնության մեջ խոսել նրա հետ:

— Ես դրա համար հեռացրի քո մորը,— Ասաց նա մեղմությամբ և նստեց իմ մոտ: — Մուրադ, — շարունակեց նա, առանց թույլ տալու, որ ես խոսեմ: — Դու ցանկացար ինձ հետ առանձին խոսել, հասկացա քո միտքը և դրա համար գովում եմ քո խելացիությունը: Բայց առանց քո խոսքերը լսելու, ես գիտեմ, թե դու ի՛նչ պիտի ասես ինձ: Դու պիտի ասես, քավոր Պետրոս, այն բանալին, որ ես շինեցի քեզ համար, նրանով կատարվել է մի մեծ չարագործություն, գողացել են թանկագին իրեղեններ և, որպես հանցավոր, բռնել են և պատժվում են անմեղ մարդիկ: Դու պիտի ասես, քավոր Պետրոս, բանալին քո ձեռքումն էր գտնվում, ուրեմն, թե կասկածանքը և թե պատասխանատվությունը քեզ վրա է ընկնում: Դու այնքան ազնիվ ես և բարեսիրտ, որ կպահանջես ինձանից, որ ես անպատճառ պատասխանատվությունը ինձ վրա առնեմ և ազատեմ անմեղ մարդիկներին դատաստանի բարբարոսություններից: Իսկ եթե ես չլսեմ քեզ, դու այնքան անաչառ կլինես, որ չես թաքցնի չարագործությունը, կդիմես որտեղ հարկն է, կմատնես ինձ և կհայտնես բանալիի ամբողջ պատմությունը... Կարծեմ ես նախագուշակեցի բոլորը, ինչ որ դու մտքումդ դրած ունեիր, այդպես չէ :

— Ուղիղ այդպես է:

—Սիրում եմ քո անկեղծությունը և ուրախանում եմ քո ճշմարտա-խոսության վրա: Ես էլ, եթե քո տեղը լինեի, այդ պես կվարվեի, ես էլ թույլ չէի տալ, որ չարագործությունը ծածկվեր, իսկ անմեղությունը նրա փոխարեն պատժվեր:

Ես չկարողացա իմ վրդովմունքը զսպել:

— Ուրեմն ինչո՞ւ թույլ տվեցիք, որ անմեղությունը պատժվի: Մինչև այսօր ի՞նչ բանի էիք սպասում, որ ծածկեցիք չարագործությունը: Մի՞թե ձեր պատճառով չէր, որ դժբախտ վարպետիս ամբողջ արհեստանոցը, կայքը, կալվածքը և բոլորը, ինչ որ ուներ, աճուրդով վաճառեցին, ու նրա ողորմելի ընտանիքը օրական հացի կարոտ թողեցին: Մի՞թե ձեր պատճառով չէր, որ խեղճ վարպետիս բանտի մեջ մաշեցին, իսկ հիմա, գուցե այս րոպեիս, դատապարտյալների հրապարակի վրա, դահիճը կտրում է նրա ձեռքը: Ինչո՞ւ թողեցիք, որ այդ բոլոր բարբարոսությունները կատարվեին, եթե դուք խիղճ ունեիք, եթե ձեր սրտումը աստուծո երկյուղը կար, եթե դուք հարգում էինք արդարությունը: Իսկ այժմ, երբ բանը բանից անցել է, նոր եկել եք ու իմ գլխին քարողներ եք կարդում:

Նա պատասխանեց, պահպանելով իր սառնասրտությունը.

— Իրավացի եմ համարում քո մանկական սրտի բարկությունը, շա՛տ իրավացի: Դա մի լավ նշան է, որ դու բարոյապես փչացած տղա չես: Բայց լսի՛ր. Մուրադ, լսի՛ր ցավալի իրողությունը:

Վերջին խոսքերը արտասանելու ժամանակ նրա զորավոր ձայնը սկսեց դողդողալ, և աչքերումը հայտնվեցավ արտասուք:

— Այն խիթալի բանալին, որ դու շինեցիր ինձ համար, ես պահում էի իմ մոտ, իբրև մի անմոռանալի հիշատակ, որ հայրը կարող է ունենալ սիրելի որդուց: Դա քո ձեռքի առաջին գործն էր և այդ պատճառով ինձ համար թանկագին էր: Բայց երևում է, որ Աստված կամեցել էր ինձ պատժել հենց այն բանով, որը իմ սրտին շատ մոտ էր: Հանկարծ բանալին անհայտացավ: Ո՞վ տարավ, ո՞րտեղ կորավ՝ մինչև այսօր մտածում եմ, մտածում և ոչինչով բացատրել չեմ կարողանում» նրա կորստից մի շաբաթ հետո կատարվեցավ քեզ հայտնի չարագործությունը: Այն օրից ես ամեն տեղ ման էի գալիս, ամեն տեսակ հարցուփորձ գործի էի դնում, գուցե մի հնարքով կարողանամ երևան հանել կատարված եղելության գաղտնիքը: Բայց իմ բոլոր ջանքերը անցան ապարդյուն: Այժմ ես մոլորված եմ տարակուսությունների մեջ. մտատանջությունը խեղդում է ինձ. չգիտեմ, թե ի՛նչ պիտի անեմ, չգիտեմ, թե ինչո՞վ կարող եմ քավել այն հանցանքը, որ ինքս չեմ գործել, այլ իմ միամտության պատճառով կատարվել է...

Նրա աչքերը դարձյալ լցվեցան արտասուքով: Այդ խոսքերը արտասանում էր նա մի այնպիսի մեղմ, համոզիչ և անկեղծ եղանակով, որ կարծես ինքը, ճշմարտությունը խոսում էր նրա շրթունքներով:

Ես հավատացի:

Ես այն հասակում հիմար տղա չէի, բայց այնքան խելահաս ևս չէի, որ կարողանայի խորին կերպով քննել քավոր Պետրոսի խոսքերը: Ես գոնե այնքան հասկացողություն չունեի, որ հարցնեի նրանից, լավ, դիցուք թե բանալին քո մոտից անհայտացավ, կամ մի ուրիշ մարդ գողացավ քեզանից: Բայց այդ ուրիշ մարդը ո՞րտեղից կարող էր գիտենալ, որ քո մոտ մի այսպիսի բանալի էր պահված: Դիցուք թե չգողացան, այլ դու կորցրիր: Բայց գտնողը ի՞նչպես կարող էր հասանալ, որ այդ բանալին կբաց անե մի անհայտ երկաթե արկղի դռնակը, որը դրած է այսինչ ամրոցում: Այդ հարցերից և ոչ մեկը չառաջարկեցի նրան և ոչ հետաքրքիր եղա տեղեկանալու, թե այն ի՞նչ բանալի էր, որ դուառաջին անգամ տվեցիր ինձ և պատվիրեցիր նրա նմանը շինել: Մի՞թե այդ բանալին հիշյալ արկղի իսկական բանալին չէր: Ո՞վ տվեց քեզ իսկականը, կամ ի՞նչ նպատակով շինվեցավ երկրորդը: Ինչո՞ւ էիր դու սկզբում ինձ ամենայն խստությամբ պատվիրում, որ իմ շինած բանալիի գոյության մասին ոչ ոքի հետ չխոսեմ, ոչ ոքի չհայտնեմ, մինչև անգամ իմ մորը: Կրկնում եմ, որ այդ հարցերից և ոչ մեկը իմ մտքում չեկավ, որ առաջարկեի նրան: Ես քարացածի նման մնացել էի ապշած, զարմացած, իմ ուղեղին տիրել էր մի տեսակ մթին թմրություն:

Նկատելով իր խոսքերի ազդեցությունը, քավոր Պետրոսը մինչև անգամ ժամանակ չտվեց, որ ես կարողանայի մտածություններս ամփոփել և նրան մի բան ասել: Նա շարունակեց.

— Այժմ, սիրելի զավակս, իմ խղճմտանքի վրա մի ծանր բեռն է դրված, ես քուն ու հանգստություն չունեմ, գիշեր ու ցերեկ տանջվում եմ այն մտածությունով, որ իմ անխոհեմությամբ պատճառ եղա մի աղետալի գործի և շատերին դժբախտության մեջ գցեցի: Չգիտեմ, ինչով կարող եմ քավել այդ մեղքը:

Ես սթափվեցա:

— Նրանով, — պատասխանեցի, — Որ հենց այս րոպեիս պիտի գնաք դատավորի մոտ և հայտնեք նրան, թե մի կտրել տվեք այն անմեղ մարդու ձեռքը, որովհետև հանցավորը դուք եք:

— Ես այդ կանեի և մեծ հոժարությամբ կանեի, բայց նրա ձեռքը այլևս չեն կարող կտրել:

— Ինչո՞ւ:

— Այս առավոտ երբ գնացին, որ բանտից դուրս բերեն նրան և տանեն դա-տապարտյալների հրապարակի վրա վճիռը կատարելու, գտան բանտի դռները խորտակված, պահապաններից մի քանիսը սպանված, իսկ կալանավորը անհայտացած:

Իմ կյանքում ոչինչ ինձ այնքան չէ ուրախացրել, որքան ես ուրախացա, լսելով վարպետիս ազատության լուրը: Ես իսկույն հիշեցի Կարոյի խոսքը, որ ասել էր ինձ, թե «Մենք նրան կփախցնենք»... Ընկերներս կատարեցին իրանց խոստմունքը, նրանք չխաբեցին ինձ: Ես այդ մասին քավոր Պետրոսին ոչինչ չհայտնեցի, նկատելով, որ նա տեղեկություն չունի, թե ի՞նչ հնարքով կամ ո՞վքեր փախցրին նրան բանտից: Միայն ասացի.

— Լավ, դիցուք թե նա, փախչելով բանտից, դրանով կարողացավ իր ձեռքը ազատել դահիճի դանակից, բայց այնքան չարչարանքներ, այնքան վնասներ, որ կրեց նա, տունից, կայքից, հարստությունից դրկվեցավ, այդ բոլորը ոչի՞նչ, դուք ձեզ մեղապարտ չե՞ք համարում այդ բոլորի մեջ:

— Համարում եմ, ինչպե՞ս չեմ համարում: Ինձ այնպես է թվում, որ այդ բոլոր վնասները ես պատճառեցի նրան: Եթե ես այն անիծյալ բանալին շինել չտայի, այդ վնասները նրան չէին Հանդիպի: Բայց միայն աստծուն հայտնի է, թե որքան անպարտ եմ ես...

Վերջին խոսքերի միջոցին նա ձեռքը տարավ դեպի մորուքը, և շապկի թևքը ետ քաշվելով, երևա՛ն հանեց նրա մերկ բազուկը: Ամեն անգամ այդ բազուկը տեսնելիս ինձ տիրում էր մի սրբազան սարսուռ, և սիրտս սկսում էր դողդողալ մի անբացատրելի հոգևոր երկյուղածությամբ: նրա վրա դրոշմված էր Երուսաղեմի վանքի սուրբ կնիքը, որը պատկերացնում էր իր մեջ այն նվիրական տեղերը, որոնց հետ կապված են ամբողջ քրիստոնյա աշխարհի սրտերը: Իսկ ձեռքի վրա դրոշմված էր մի խաչ՝ սիրո և եղբայրության նշանը՝ Հիսուս Քրիստոսի ուխտի նշանը, որը պատվիրեց նա կրել, որպես մի հոգևոր զենք արդարության և ճշմարտության համար մարտնչելու: Մի թե մի այսպիսի ձեռքը, որ կրում է իր վրա այդ քրիստոնեական զինվորության նշանը, ընդունակ կլինի չար գործելու:

Քավոր Պետրոսը մուղդուսի էր: Նա իր կյանքում մի քանի անգամ այցելություն էր գործել Երուսաղեմի վանքը և իր ձեռքերը, բազուկները դրոշմել էր սուրբ ուխտի կնիքով:

Երբ նրանից հարցրի՝ ուրեմն ի՞նչ հատուցում պիտի անեք այն անմեղ մարդուն, որին դուք թեև անգիտակցաբար դժբախտացրիք, նա պատասխանեց.

— Ես այդ մասին մտածել եմ և վճռել: լսիր, Մուրադ, ես, ինչպես ասում են հեքիաթների մեջ, պետք է երկաթե ցուպ կրեմ ձեռքիս, պետք է երկաթե տրեխներ հագնեմ, վերջապես պետք է երկաթե շղթա անցկացնեմ պարանոցիս և երկրե երկիր, աշխարհից աշխարհ ման գամ, մուրացկանություն անեմ, փող հավաքեմ, որ նրա կրած վնասների փոխարենը վճարեմ, որպեսզի խիղճս հանգստացնեմ:

— Ուրեմն դուք վճռել եք գնալ օտա՞ր աշխարհ:

— Անպատճառ:

— Եվ ա՞յդ նպատակով:

— Այո՛, այդ նպատակով:

Ես հիացած մնացի նրա առաքինության վրա:

Րոպեական մտածությունից հետո խոսեց նա.

— Ես քեզ խոստովանվեցա իմ բոլոր հանցանքը, խոստովանվեցա նաև, թե ինչով դիտավորություն ունեմ քավելու այդ հանցանքը: Հիմա ես դառնում եմ դեպի քեզ, Մուրադ, դու խելացի տղա ես, դու հասկանում ես այնքան, որքան կարող է հասկանալ մի ազնիվ, հասակավոր մարդ:

Խոստովանիր, քո խիղճը, քո սիրտը չէ՞ ասում քեզ, որ վարպետիդ դժբախտության մեջ դու նույնքան հանցավոր ես, որքան՝ ես: Այսինքն՝ ուզում եմ ասել, որպես ես անգիտակցական պատճառ դարձա նրա անբախտությանը, այնպես էլ՝ դու: Կորստաբեր բանալին շինել տալու ժամանակ ես, իհարկե, չգիտեի, թե ո՛րպիսի չարիքների դուռն պիտի բաց անե նա. այն պես էլ դու չգիտեիր, երբ շինեցիր: Ուրեմն մենք երկուսս էլ մեր անմեղությամբ պատճառ դարձանք մի մեղավոր գործի: Այդ մեղքը տարածվում է մեր երկուսի վրա: Մի՞թե միասին չի պիտի քավենք նրան:

— Այո , միասին: Բայց ես ի՞նչ կարող եմ անել:

— Ա յն, ինչ որ ես պիտի անեմ: Դու անպատճառ պիտի գաս ինձ հետ. դու պիտի թողնես այդ երկիրը: Լսիր, Մուրադ, քո վարպետը, իրավ է, ազատվեցավ պատժվելուց,փախավ բանտից, բայց դրանով գործը պետք է վերջացած չհամարել, ընդհակառակն, ավելի ծանրացավ: Կառավարությունը այսուհետև ավելի խստությամբ կսկսե որոնել նրան և նրա մարդիկներին, որոնք նույնպես փախած են, այսինքն՝ քեզ: Երբ քեզ բռնելու լինեն, այլևս փրկություն չկա, անպատճառ կախաղան կբարձրացնեն: Այդ ես գիտեմ: Քո անբախտ մայրը կմեռնի կսկծից, և. քո հոր տան ճրագը իսպառ կհանգչի: Եթե ցանկանում ես, որ քո կյանքը ապահով դրության մեջ լինի, պետք է անպատճառ հեռանաս այդ երկրից: Այստեղ պահվել չես կարող: Կգնանք օտար աշխարհ, մի քանի տարի անց կկացնենք պանդխտության մեջ, փող կվաստակենք, հետո կվերադառնանք: Մինչև մեր վերադարձը ամեն ինչ փոխված կլինի, ամեն բան մոռացված կլինի: Պարսից դատարանների վճիռները ժամանակավոր են, փոխվեցան դատա-վորները, փոխվում են և վճիռները: Ոչ ատենական դիվանագիտություն կա և ոչ որևիցե արձանագրություն: Ներկա մարդը չգիտե, թե իր նախորդի օրերում ինչեր են կատարվել:

Վերջացնելով իր բացատրությունները, նա դարձավ դեպի ինձ, ուղիղ իմ երեսին նայելով.

— Ասա՛, համաձա՞յն ես ինձ հետ գալու:

— Ես համաձայն եմ, բայց չգիտեմ, թե մայրս ինչ կասե:

— Մայրդ շատ ուրախ կլինի: Նա գիտե, որ դու այստեղ մնալ կարող չես, միշտ պետք է թաքնված լինես, միշտ պետք է փախստականի կյանք վարես: Իսկ այսպես ապրել անկարելի է:

— Ուրեմն դուք խոսեցեք մորս հետ:

— Ես անպատճառ կառնեմ նրա համաձայնությունը:

Գ

ՊԱՆԴԽՏՈՒԹՅՈՒՆ

Աշնան վերջը մոտեցավ: Մեր գյուղը օրըստօրե ստանում էր տխուր կերպարանք: Տերևաթափ այգիները կորցրին իրանց գեղեցկությունը, և մերկ դաշտերի գունաթափ երեսը ներկայացնում էր մի հիվանդոտ պատկեր: Ամեն երևույթ տրամադրում էր դեպի տխրությունը: Թռչուններն անգամ լուռ էին և շտապում էին շուտով թողնել այդ երկիրը, որ այլևս նրանց ուրախացնել կարող չէր:

Միևնույն զգացմունքներով լի էր և իմ սիրտը: Հայրենի երկիրը ինձ համար բանտ էր դարձել: Ինձ թվում էր, որ բոլոր շրջապատող առարկաները այնքան ծանրացել էին իմ վրա, որ ճնշում էին, խեղդում էին ինձ, և շունչ առնելու հնար չկար: Ես կորցրել էի իմ ազատությունը: Ես մի անբախտ փախստական և դեռ չպատժված հանցավոր էի: Դրսից նեղացնում էր ինձ օրենքի ահն ու երկյուղը, իսկ ներսից խղճի խայթը...

Մայրս շուտով կարողացավ հասկանալ իմ դրությունը, նա խելացի կին էր և մի օր դարձավ դեպի ինձ այս խոսքերով.

— Մուրադ, դու մեր երկրում անունդ կոտրեցիր... կեղծ դրամ դարձար... դու այլևս այստեղ չես մախվի...

Այդ խոսքերի մեջ խառնված էր և՛ մոր սրտի կսկիծը, և՛ մի դառն հանդիմանություն, որի նմանը մինչև այնօր լսած չէի նրանից:

— Ես այդ զգում եմ, մայրիկ, — պատասխանեցի ես: — Ես այդ գիտեմ, որ կեղծ դրամը ճանաչված տեղում այլևս չի մախվի , բայց այդ դրությունից ազատվելու համար չգիտեմ, թե ի՞նչ պետք է անեմ:

— Դու պիտի գնաս օտար աշխարհ, տացե Աստված, որ այնտեղ օրինա-վոր մարդ դառնաս...

Արտասուքը թույլ չտվեց նրան շարունակել իր խոսքը: Նա թաշկինակը տարավ դեպի աչքերը, սկսեց դառն կերպով հեկեկալ:

Մայրս սկզբում ինձ բոլորովին անմեղ էր համարում, հավատացած էր, որ ես ոչնչով խառն չեմ վարպետիս արհեստանոցում կատարված գործի մեջ, և այդ պատճառով մխիթարվում էր, մտածելով, թե իր որդին թեև հալածվում է, թեև կասկածանքի ենթակա է, բայց արդար է: Իսկ սկսյալ այն րոպեից, երբ ես իմ անրջային տագնապի մեջ արտասանեցի այն աղետալի խոսքերը, թե «ես եմ շինել այն բանալին» այդ րոպեից նա համարում էր ինձ գող, ավազակ կամ ավազակ ների ընկեր: Ես առիթ չունեցա նրան բացատրելու գործի իսկությունը, որովհետև կոտրված սրտին խիստ ծանր էր լսել, իր կարծիքով, արդեն փչացած, անբարոյականացած և հանցավոր որդու դառն խոստովանությունները… Այդ մասին նա խոսացել էր միայն քավոր Պետրոսի հետ, իսկ քավոր Պետրոսը ի՞նչ էր ասել նրան, ինձ հայտնի չէր: Միայն մորս վերջին խոսքերից, որ ասաց ինձ, թե «դու պիտի գնաս օտար աշխարհ, տացե Աստված, որ այնտեղ օրինավոր մարդ դառնաս», ես հասկացա, որ արդեն վճռված էր իմ մասին՝ հեռանալ հայրենիքից: Ես հարցրի.

— Մինչև այսօր օտար երկիր չեմ տեսել, ո՞ւմ հետ գնամ:

Նա պատասխանեց.

— Մեր քավոր Պետրոսը գնում է, դու էլ պիտի գնաս նրա հետ:

Ես ուրախացա:Իսկ այդ բառերը արյան հետ բխեցին մորս սրտից: Մինչև այսօր հիշում եմ, թե որքան գունաթափ ու որքան տխուր էր նրա դեմքը այդ խոսքերն արտասանելու րոպեում: Բարեսիրտ մայր, նրան խիստ դժվար էր բաժանվել արդեն փչացած որդուց…. Բայց մի՞թե փչացած էի ես: Այդ հարցը դժբախտաբար մնաց անորոշ…

Մորս փոքրիշատե մխիթարում էր այն միտքը միայ՛ն, որ իր որդուն հանձնում է մի փորձված և հավատարիմ բարեկամի ձեռքը, որպիսին քավոր Պետրոսն էր, և հույս ուներ, որ մի այսպիսի մարդու ձեռքում օտարության մեջ ես կուղղվեի և «օրինավոր» մարդ կդառնայի: Բացի դրանից, նա մտածում էր, Որ թողնելով հայրենիքը (այսինքն՝ իմ հանցանքի գործված տեղը) և առժամանակ գնալով հեռավոր աշխարհ, ես եթե «օրինավոր» մարդ ևս չդառնայի, գոնե իմ կյանքը կազատեի օրենքի և դատաստանի դատապարտությունից, որը, քավոր Պետրոսի ասելով, պիտի վերջանար կախաղանով:

Իմ մենտորի հետ մենք մի քանի օր առաջ արդեն վճռել էինք իմ պանդխտության մասին: Մեզ մնում էր միայն ստանալ մորս համաձայնությունը: Այդ ևս այժմ կայացավ: Էլ ի՞նչը կարող էր այնուհետև պահել ինձ հայրենի երկրում; Բայց ես մոռացել էի մի բան՝ Սառայի սիրտը: Մի՞թե կարող էի նրանից բաժանվել: Այդ միտքը սկսեց տանջել ինձ:

Այն օրից, որ վերադարձել էի մեր գյուղը, ես պահվում էի Սառայենց տանը: Սառան ամեն կերպով մխիթարում էր իմ դժբախտությունը, գրկում էր, համբուրում էր ինձ, ծած կում էր ինձանից իր տխրությունը, աշխատում էր միշտ ուրախ ձևանալ, որպեսզի ինձ ևս ուրախացնե:

Մինչև վերջին օրը նրանից ծածուկ էի պահում իմ օտար երկիր գնալու խորհուրդը: Ես միշտ երևակայում էի, թե որ քան ծանր ազդեցություն պիտի աներ խեղճ աղջկա սրտին, երբ հանկարծ կլսեր, որ ընդերկար բաժանվելու է ինձանից: հայց, իմ ակնկալության հակառակ, նա շուտով հաշտվեցավ այդ մտքի հետ:

Այն գիշերը, որի առավոտյան ես պիտի ճանապարհ ընկնեի, նա մտավ իմ սենյակը: Տխրամած դեմքից արդեն նշմարվում էր, թե սիրտը որպիսի ալեկոծության մեջ է: Բայց աշխատում էր զսպել իր խռովությունը: Կատարվող պատրաստություններից նա արդեն հասկացել էր բոլորը:

— Մուրադ, — եղավ նրա առաջին խոսքը, — դու գնում ես օտար երկիր և այդ մասին ինձ ոչինչ չե՞ս ասում:

— Դու ո՞րտեղից գիտես:

— Մանիշակը ասաց ինձ:

Մանիշակը իմ մեծ քույրն էր. երևում էր, մորիցս տեղեկանալով, հաղորդել էր Սառային: Ես չթաքցրի նրանից, հայտնեցի, թե վաղ առավոտյան, դեռ լույսը չծագած, պետք է ճանապարհ ընկնեմ:

Խորին ցավակցությամբ սպասում էի, որ նա կսկսեր լաց լինել, կսկսեր աղաչել, պաղատել, որ ես չբաժանվեմ, չհեռանամ նրանից:

Դրանցից ոչ մեկը չեղավ: Սառան խելացի աղջիկ էր, ավելի խելացի, քան թե ներում էր նրա հասակը և կրթությունը: Նա բոլորովին նախապատրԱստված էր եկել ինձ մոտ, իր սրտի բոլոր ամրությամբ և իր հոգու բոլոր քաջությամբ: նրա արյունով լցված գեղեցիկ աչքերից նկատեցի ես, որ առջուց թաքուն այնքան լաց էր եղել, այնքան տանջվել էր, որքան բավական էր իր սիրտը հանգստացնելու համար: Իսկ ինձ մոտ աշխատում էր որքան կարելի էր սառնասիրտ երևալ, մխիթարել ինձ, որովհետև ես ավելի անբախտ էի, քան թե նա:

— Երևի դու շատ պիտի տխրես, Սառա, որ ես գնում եմ օտար աշխարհ, — Հարցրի ես:

— Ընդհակառակն, ես շատ ուրախ եմ, — պատասխանեց նա: — Օտար աշխարհ գնալով, դու միշտ իմը կլինես և ինձ համար կպահվես: Իսկ այստե՛ղ...

— Այստեղ ի՞նչ կլինեմ:

— Այստեղ կարող եմ կորցնել քեզ...

Այդ երկյուղը հաշտեցնում էր Սառային ինձանից անջատվելու դրության հետ: Նրա նշանածը մի հանցավոր էր, դատապարտության մատնված մի փախստական էր, բավական էր, որ բռնեին նրան, և Սառան այնուհետև հավիտյան պետք է զրկված լիներ սիրած տղամարդից: Իսկ օտարության մեջ ես կպահվեի, այնտեղ չէր հասնի օրենքի և դատավորի ձեռքը, իմ կյանքը ապահովության մեջ կլիներ, և այդ բավական էր Սառայի համար:

Նա միայն հարցրեց.

— Շա՞տ կուշանաս; Մուրադ:

— Աստված գիտե: Կարելի է շատ...

Իմ պատասխանը չվախեցրեց նրան, և խորին զգացմունքով պատասխա-նեց նա.

— Ես քեզ կսպասեմ, ես քեզ չեմ մոռանա… Ես քեզ միշտ կսպասեմ… եթե մինչև տասն տարի, քսան տարի էլ ետ չգալու լինես, ես դարձյալ կսպասեմ քեզ: Իսկ դու:

Ես երդվեցա, ասելով.

— Եթե ես քեզ մոռանալու լինեմ, Սառա, թող Աստված էլ ինձ մոռանա: Ես միշտ քոնն եմ եղել և քեզ համար կմնամ մինչև այն օրը, երբ Աստված կրկին կարժանացնե մեզ միմյանց տեսնելու:

Նա մոտեցրեց ինձ իր երեսը, և մեր շրթունքը երկար չէին բաժանվում միմյանցից: Հետո դրեց իմ գլխին իր մատներով նախշած մի արախչին, տվեց մետաքսով բանված մի քսակ, որ նույնպես իր ձեռագործն էր, և որը սովորաբար տալիս են հարսնացու աղջիկները իրանց ապագա ամուսիններին, երբ նրանք օտար աշխարհ են գնում իրանց բախտը փորձելու համար, որպեսզի նրանց աշխատանքն ու վաստակը արդյունավո լինի:

— Ես ուրիշ բան չունեմ, Մուրադ, — Ասաց նա խիստ զգալի կերպով, — դրանք քեզ մոտ հիշատակ եմ թողնում:

— Ապա ես ի՞նչ տամ քեզ հիշատակի համար:

— Քո սիրտը, այդ բավական է ինձ:

— Նա բոլորովին քեզ է պատկանում:

Աքաղաղները սկսեցին կանչել: Գիշերի կեսից անցել էր արդեն: Բայց Սառայենց տանը դեռ ոչ ոք չէր քնել: Մայրս ու քույրերս այնտեղ էին և Սառայի հոր հետ պատրաստում էին իմ ճանապարհի իրեղենները: Նրանք գիտեին, որ Սառան ինձ մոտ է, բայց հակառակ տեղային սովորության, ծնողական բարի ներողամտությամբ թույլ էին տալիս մեզ, որ գոնե մեր բաժանման վերջին րոպեներում խոսեինք, երկար խոսեինք միմյանց հետ:

Երբ աքաղաղները երկրորդ անգամ սկսեցին կանչել, այդ միջոցին ներս մտավ Սառայի հայրը:

— Զավակս, — Ասաց նա դառնալով դեպի ինձ, — ճանապարհ ընկնելու ժամանակ է:

Սառան այլևս չկարողացավ դիմանալ, թաշկինակով աչքերը բռնեց և դուրս եկավ սենյակից: Հոր ներկայությամբ պարկեշտության կանոնները չէին ներում նրան ո՛չ ուրախանալու և ո՛չ լաց լինել սիրած տղամարդի համար:

Ես ապշած մնացի, չգիտեի ի՛նչ անել:

— Ճանապարհ ընկնելու ժամանակ է, — կրկնեց Սառայի հայրը:

— Այսպես վա՞ղ, — Հարցրի ես մեքենայաբար:

— Դեռևս ուշ է, — պատասխանեց նա: — Դու այնպիսի ժամանակ պետք է ճանապարհ ընկնես, որ բոլոր գյուղացիները քնած լինեն, որ ոչ ոք քեզ չտեսնե:

Ես շուտով հագնվեցա և դուրս եկա այն սենյակը, ուր մայրս և քույրերս սպասում էին ինձ: Այնտեղ եկավ և Սառայի հայրը:

— Ախ, երանի թե գիտենայի այսօր ինչպիսի օր է, — Հարցրեց մայրս:

— Բարի է, — պատասխանեց Սառայի հայրը։ — Տերտերից հարցրի, էֆեմերդիին մտիկ տվեց, ասաց՝ բարի է, ճանապարհ գնալու համար, նոր հագուստ ձնել տալու համար, երակներից արյուն բաց թողելու համար և այլն:

Տեր հոր գուշակությունը բավական մխիթարեց մորս։ Նա մի ամբողջ շաբաթ զբաղված էր իմ ճանապարհի պատրաստություններով և սպասում էր մի բարի րոպեի, որ ես ոտքս դուրս դնեի հայրենական տնից:

Ոստիկանության ֆերրաշները, սարվազները մեր տանը ոչինչ չէին թողել, բոլորը կողոպտել, բոլորը տարել էին։ Մնացել էր մի կով միայն, որի վրա մեր ընտանիքը դրել էր իր ապրուստի հույսը։ Այդ կովը ևս մայրս վաճառել էր տվել և ինձ համար գնել էր մի ավանակ, որպեսզի ես ոտքով չճանապարհորդեմ, որպեսզի ես ճանապարհին չհոգնեմ: Թանկագին մայր, տակավին ո՞րքան սեր, ո՞րքան գութ էր մնացել սրտում դեպի անառակ, դեպի մոլորյալ որդին...

Կարգադրված էր, որ ես առանձին պետք է գյուղից դուրս գայի և մի նշանակյալ տեղում միանայի քավոր Պետրոսի հետ։ Այդ այն մտքով էր, որ քավոր Պետրոսին ճանապարհի դնողները կամ նրա բարեկամները ինձ չտեսնեին:

Իմ փոքրիկ խուրջինը դրեցին ավանակի վրա, և մենք դուրս եկանք բակի դռնից։ Գիշերային խավարը սարսափելի էր։ Ամպամած երկնքի վրա ոչ մի աստղ չէր երևում։ Հանդարտ, առանց շշուկ բարձրացնելու մենք անցնում էինք դատարկ փողոցների միջով, աշխատելով չզարթեցնել դրացիներին։ Մայրս, քույրերս, Սառան և նրա հայրը երկար չբաժանվեցան ինձանից։ նրանք եկան ինձ հետ, մինչև գյուղից դուրս եկանք և բավական հեռու գնացինք։ Վերջապես հասանք նշանակյալ տեղը, ուր քավոր Պետրոսը միայնակ կանգնած սպասում էր մեզ։ Ես երբեք չեմ մոռանա այս խոսքերը, որ բաժանման րոպեում մայրս արտասուքի հետ դուրս էր հեղում.

— Հայրդ գնաց օտար աշխարհ և կորա՛վ, Մուրադ, — Ասում էր նա ինձ յուր գրկում սեղմած ունենալով. — Այժմ դու ես մնացել քո հոր օջախի մի՛ակ հույսը... մի՛ մոռացիր, թե ո՞րքան թշվառություններ կրեցինք մենք... մի մոռացիր, որ դու անբախտ մայր ունես և որբ մնացած քույրեր... Մեր ամենի հույսը քեզ վրա է դրված, Մուրադ, աշխատիր, որ մեզ խղճության մեջ չթողնես:

Հետո նա հանձնեց ինձ իմ մենտորին, ասելով.

— Որդուս քեզ եմ հանձնում, քավոր Պետրոս, նա հայր չունի, դու նրա վրա միշտ հայրական խնամք ես ունեցել: Քո բարի խրատներով ուղղիր նրան, որ լավ մարդ դառնա, որ լավ անվան տեր լինի:

Քավոր Պետրոսը խոստացավ, որ իր աչքի լույսի պես կպահե, կպահպանե ինձ և այնպիսի մարդ կդարձնե ինձ, որ ամեն մի տեսնող երանի կտա իմ հորն ու մորը, որ ինձ նման խելացի ու շնորհալի զավակ ունեն:

Բաժանման րոպեն հասավ: Ես մոտեցա և համբուրեցի Սառայի հոր աջը: Նա ևս իր կողմից շատ խրատներ տվեց ինձ և շատ բաներ ասաց: Ես բոլորը մոռացա, միայն մի խոսք հիշում եմ մինչև այսօր, երբ նա իր դստեր ձեռքը տալով իմ ձեռքի մեջ, ասաց.

— Չմոռանաս դրան, Մուրադ, դրա սերը պետք է առաջնորդե քեզ հառաջադիմության ճանապարհի վրա. դրա սերը պետք է վառե քո եռանդը, պետք է ուժ և զորություն տա քեզ արիությամբ անցնելու այն բոլոր խոչընդոտ-ները, որ պիտի հանդիպեն քեզ քո պանդխտության մեջ...

Մայրս կրկին և կրկին անգամ համբուրեց ինձ: Քույրերս սկսեցին լաց լինել, երբ տեսան իրանց մայրը լաց էր լինում, ես նույնպես չկարողացա պահել իմ արտասուքը: Համբուրեցի քույրերիս, համբուրեցի Սառային: Մենք բաժանվեցանք: Նրանք երկար կանգնած նայում էին մեր ետևից, բայց գիշերային խավարը թույլ չէր տալիս միմյանց տեսնել...

Դ

ԿԵՂԾ ՀԱՋԻՆ

Քավոր Պետրոսը մոտ հիսուն տարեկան մարդ էր, բավական համակը-րական դեմքով: Խորշոմը նրա լայն ճակատի վրա խորին ծալքերով իջել էր մինչև թավամազ հոնքերը, որ կիսով չափ ծածկում էին նրա սև և կրակոտ աչքերը: Թխագույն, արևելյան երեսը իր խոշոր, բայց կանոնավոր գծագրությամբ, միշտ պատկառանք էր ազդում նայողի վրա: Գլխի երկայն մազերը ալեխառն խտությամբ թափվում էին մինչև նրա ուսերը, այդ տալիս էր նրա դեմքին ավելի մի խստակյաց դերվիշի կերպարանք, որ իր սրտի խաղաղությունը գտնում է միայն մշտական աղոթքի և ճգնությունների մեջ: Սպիտակ մորուքը խիստ փառավոր էր, հովանավորում էր նրա ամբողջ կուրծքը: Միջակ հասակ ուներ, բայց սաստիկ ամուր կազմ վածքով: Նրա շարժմունքը արտահայտում էր երիտասարդական առույգություն, թեև ինքը աշխատում էր միշտ թույլ և տկար ձևանալ: Ձայնը զորավոր էր և ազդու, բայց նա դիտմամբ միշտ խեղդում էր իր ձայնը:

Մենք երկուսս էլ գնում էինք ոտքով, մեր ճանապարհի ծանրությունները տանում էին երկու ուժեղ ավանակներ որոնցից մեկը ինձ էր պատկանում, իսկ մյուսը՝ նրան: Քավոր Պետրոսը գլուխը խոնարհեցրած, դանդաղ քայլերով գնում էր ինձանից առաջ: նա բոլորովին լուռ էր, երևում էր, որ դառն մտածություններ տանջում էին նրան: Շատ անգամ այդ ողորմելին ոտքը դուրս էր դրել հայրենական երկրից, իսկ այժմ ուղիղ տասներորդ անգամն էր, որ իր ծերության հասակում կրկին ձեռքն էր առել պանդխտության գավազանը:

Ես նույնպես տխուր էի, ծնողներից, սիրելի բարեկամներից անջատվելը ինձ մեծ ցավ էր ազդում: Արդյոք մյուս անգամ կտեսնեի՞ նրանց, և ե՞րբ... Ուրախ էր միայն իմ մոխրագույն ավանակը, ճանապարհի եզերքից խոտեր արածելով, նա առաջ էր վազում, առանց սպասելու, որ ես նրան քշեի: Մեր ճանապարհորդական զենքերը կազմված էին մի— Մի հատ հաստ ցուպից, որ բռնած ունեինք ձեռքներիս: Ավազակներից երկյուղ անգամ կրել ավելորդ էր, որովհետև, բացի ավանակներից, նրանք չէին գտնի մեզ մոտ մի բան, որ փոքրիշատե արժեք ունենար: Իսկ այդպիսի ստոր անասունները նրանք չեն տանում:

Ամբողջ օրը եղանակը պարզ էր, բայց երեկոյան սկսեց անձրևել, և ճանապարհի վրա գոյացավ սաստիկ ցեխ: Ես իմ տրեխները հանեցի, գնում էի բոբիկ ոտքերով: Խեղճ անասունները դժվարությամբ էին կարողանում փոխել իրանց քայլերը, որովհետև նրանց սուր-սուր սմբակները թաղվում էին կավի մեջ, էլ չէին դուրս գալիս: Ես շատ տխրեցա, երբ նկատեցի, որ ավանակիս երկայն ականջները սկսեցին հետզհետե քարշ ընկնել: Դա պարզ նշան էր, որ նա բոլորովին հոգնեցավ:

Գիշերից բավական անցել էր, երբ հասանք մի պարսկական գյուղ: Բոլոր դռները կողպված էին, դրսում ոչ ոք չէր երևում: Այստեղ պետք էր իջևանել, որովհետև թե՛ մենք և թե՛ մեր անասունները սաստիկ հոգնած էինք, այլևս առաջ գնալ անհնարին էր: Բայց ո՛ր դռանը մոտենում էինք, թակում էինք, ոչ ոք չէր ուզում բաց անել, երբ իմանում էին, որ մենք քրիստոնյաներ ենք: Անձրևը հեղեղի նման թափվում էր, ես մինչև ոսկորներս թրջված էի: Այդ դրության մեջ քրիստոնյային անկարելի էր մտնել մահմեդականի տունը, իր հպավորությամբ կարող էր ամեն ինչ պղծել: Սառն քամին սկսեց սաստկանալ, ցրտից դողում էինք թե՛ ես և թե՛ քավոր Պետրոսը:

— Այդ անպիտանների հետ պետք է ուրիշ կերպ վարվել..., — Ասաց քավոր Պետրոսը և մոտեցավ մի մեծ տան դռանը, սկսեց սաստիկ կերպով բախել:

Ներսից հարցրին.

— Ո՞վ է:

Քավոր Պետրոսը բարկությամբ պատասխանեց.

— Մուսուլմաններ, մեղք չէ՞ ձեզ համար, որ իսլամի որդիքը անձրևից ու ցրտից մեռնում են, իսկ դուք ձեր դռները չեք բաց անում նրանց առջև:

Ես սարսափեցա, տեսնելով, որ իմ մենտորը իրան ձևացնում էր մահմեդական: Նա ինձ հրամայեց ոչինչ չխոսել, միշտ լուռ մնալ և ձևանալ որպես խուլումունջ: Շուտով դռները բացվեցան. մեր չորքոտանիքը տարան ախոռը, իսկ մեզ հրավի րեցին մի բավական մաքուր սենյակում: Տան սարքուկարգից երևում էր, որ մեր հյուրընկալը գյուղի հարուստներից մեկը պետք է լիներ: Իսկույն բուխարին վառեցին, մենք տաքացանք և չորացրինք մեր թրջված հագուստները: Հայտնվեցավ և տան տերը, խորին կերպով ողջունեց մեզ, որպես մահմեդականը ողջունում է մահմեդականին, և նստեց քավոր Պետրոսի մոտ: Հետո տեղային քաղաքավարական ձևերով հայտնեց իր ուրախությունը, որ մենք «բարով ենք եկել, հազար բարով, իր տունը— Տեղը մեզ փեշքեշ է (նվիրված է) և յուր որդիքը մեր ծառաներն են» և այլն:

Վերջացնելով իր փոքրիկ ճառը, նա դարձավ դեպի քավոր Պետրոսը, ասաց.

— Ամոթ չլինի հարցնելը, ի՞նչպես է ձեր անունը:

— Ձեր ծառա Հաջի-Ռահիմ, — պատասխանեց քավոր Պետրոսը:

Տեսնելով, որ իր հյուրը հաջի է և ոչ հասարակ մահմեդական, տան տիրոջ հարգանքը ավելի ևս բազմացավ դեպի քավոր Պետրոսը: Բայց ծիծաղը ինձ խեղդում էր, ես չգիտեի, թե ինչո՞վ կվերջանա այդ խայտառակությունը: Իսկ քավոր Պետրոսը իրան այնքան ծանր էր պահում, որ չէր կարելի չհարգել նրան: Ես ոչինչ չէի խոսում, որովհետև ինձ պատվիրված էր խուլումունջ ձևանալ: Տան տերը նկատելով իմ լռությունը, հարցրեց քավոր Պետրոսին.

— Դա ձեր ի՞նչն է:

— Ձեր փոքրիկ ստրուկը, իմ որդին է:

— Աստված պահե, զորանա, — Ասաց տան տերը, հետո դարձավ դեպի ինձ, հարցնելով.

— Դու երևի մրսեցա՞ր անձրևից, դեմքդ խիստ գունատ է երևում:

Ես ոչինչ չպատասխանեցի: Քավոր Պետրոսը իմ փոխարեն ասաց.

—Նա խուլումունջ է. ոչինչ չէ լսում:

— Խե՛ղճ տղա, Աստված ողորմություն անե, — Բացականչեց տան տերը ցավակցական եղանակով և ապա հարցրեց.

— Մորից այդպե՞ս է ծնված, թե հետո է պատահել:

— Մորից այդպես չէ ծնված, առաջ սոխակի լեզու ուներ, լսում էր, խոսում էր, ինչպես մենք խոսում ենք: Ուղիղ երկու տարի է, ինչ որ պատահել է այդ անբախտությունը: Թող Աստված հեռու պահե քո զավակներից: Իմ մեղքերի համար Աստված պատժեց ինձ...

Հետո քավոր Պետրոսը հնարեց մի ամբողջ պատմություն, թե որպես չար սատանաները ամեն գի՛շեր երևում էին ինձ, սարսափելի տեսարաններ էին ներկայացնում իմ աչքերի առջև, և սաստիկ վախենալուց իմ ականջները փակվեցան, և իմ լեզուն կապվեցավ:

Այդ պատմության միջոցին, որի մեջ քավոր Պետրոսի ճարտար լեզուն ահ և սարսափ էր ազդում լսողի վրա, ես նկատում էի, թե ո՛րպես զարհուրած տան տիրոջ երկար մորուքը շարժվում էր, և նա լռությամբ կարդում էր աղոթքի նման մի բան:

— Հիմա ո՞ւր եք տանում դրան, — Հարցրեց նա:

— Տանում եմ Սեիդ-Հաջինի մզկիթը, — պատասխանեց քավոր Պետրոսը: — Սուրբ Իմամը, ինձ երազի մեջ հայտնվելով, ասաց, որ որդուս փրկություն կլինի, եթե այնտեղ կտանեմ է

Սեիդ-Հաջինի մզկիթը մեծ համարում ուներ մահմեդականների մեջ իր հրաշագործ զորությամբ: Այնտեղ տանում էին գլխավորապես խելագարներին և խուլումունջերին: Թայց տան տիրոջ համարումը ավելի մեծ եղավ դեպի քավոր Պետրոսը, երբ լսեց, որ «սուրբ Իմամը» հայտնվել էր նրան երազի մեջ և խոսացել էր նրա հետ:

Բոլոր ժամանակը նրանք խոսում էին թուրքերեն: Քավոր

Պետրոսի թե՛ արտասանության և թե՛ բառերի դարձվածքների մեջ չէր կարելի նկատել, որ նա հայ էր, նա խոսում էր ավելի լավ, քան թե մի թուրք: Եվ այդ իսկ պատճառով նա հրամայեց ինձ լռության դեր կատարել, մի գուցե մի անզգույշ խոսքով ես մերկացնեի մեր հայությունը:

Վերջապես տան տերը հրամայեց, որ ընթրիք տան: Քավոր Պետրոսը հայտնեց, որ նա դեռ իր երեկոյան նամազը չէ կատարել և չէ կարող առանց աղոթելու սեղան նստել: Նրան տվեցին նամազ անելու համար պետք եղած պարագայքը, նա լվացվեցավ և, մաքրության ծեսերը կատարելուց հետո, սկսեց խորին ջերմեռանդությամբ աղոթել: Ես զարմանում էի, թե ո՞րտեղից գիտեր նա այդ բոլորը: Մահմեդականի նամազը կատարվում է արաբական լեզվով: Աղոթելու եղանակը, երկրպագությունները որոշված կարգեր ունեն: Մաքրու-թյան կամ լվացվելու ծեսերը նույնպես առանձին կանոններ ունեն: Պետք է բոլորի մեջ ճշմարտություն պահպանել: Մի փոքրիկ սխալ կարող է «բաթիլ» անել (ոչնչացնել) նամազը: Բայց ո՞րտեղից, ե՞րբ էր սովորել քավոր Պետրոսը այդ արարողությունները:

Քավոր Պետրոսի բարեպաշտությունը այն հետևանքն ունեցավ, որ ավելի գրավեց մեր հյուրընկալի համակրությունը: Կրոնին և հավատքին հավատարիմ մարդիկ խիստ հարգելի են մահմեդականների մեջ: Այդ հարգանքի արտահայտությունը ավելի նկատելի էր ընթրիքի ճոխության մեչ: Բացի զանազան ուտելիքներից, մեզ համար պատրաստել էին և փլավ:

Երբ սեղանը պատրաստ էր, քավոր Պետրոսը հարցրեց տանտերից, թե իր կյանքում սուրբ տեղերից ո՞րին ուխտ է գնացել: Երբ պատասխանը ստացավ, թե ոչ մեկին, նա հրաժարվեցավ սեղանից, ասելով.

— Քո հացը հարամ (անսուրբ) է, ես ուտել չեմ կարող: Դու մեղանչել ես շարիաթի դեմ:

Տանտերը սաստիկ ամաչեց, սկսեց աղաչել, որ իր սեղանը չանպատվե, խոստացավ, որ գարունքին անպատճառ կգնա Բաղդադ իմամների գերեզման-ները համբուրելու և Քարբալայի ուխտը կատարելու: Պատմեց, թե որպիսի արգելքներ մինչև այնօր զրկել էին նրան սուրբ տեղերի ուխտագը-նացությունից:

Քավոր Պետրոսը փոքր-ինչ հանգստացավ, ասելով.

— Ամեն մի ուղղափառ մուսուլմանի պարտականությունն է, երբ նրա նյութական միջոցները այնքան ներում են, որ կարող է հոգալ ճանապարհի ծախքը, պետք է անպատճառ կատարել սուրբ տեղերի ուխտագնացության խորհուրդը:

Այնուհետև սկսեց երկար բացատրել, թե ո՛րպիսի հոգևոր

վարձա-տրություններ են սպասում Քարբալայի, Մեշեդիի և. մանավանդ Մեքքայի ուխտավորներին, պատմեց, թե ո՛րքան հուրիներ (իրեղեն աղջիկներ) պիտի ստանան նրանք Մուհամմեդի դրախտում, և վերջացրեց իր խոսքերը նրանով, թե «անհավատ քրիստոնյաները զրկվում են այդ բոլոր երկնային երանություն-ներից»...

Վերջին խոսքերը ինձ վրա այնպիսի վատ ներգործություն ունեցան, որ ուզում էի փակված լեզուս բաց անել և հայտնել, թե գա ինքը քրիստոնյա է, բայց խաբեությամբ իրան մահեդական է ձևացնում: Բայց վախեցա, մտածելով, թե որպիսի վտանգի կարող էինք ենթարկվել երկուսս էլ:

Քավոր Պետրոսը մեծ ախորժակով ուտում էր: Ես սկզբում սեղանին չմոտեցա, ոչ այն պատճառով, որ տան տերը սուրբ տեղերը ուխտ չէր գնացել, և ես նրա հացը հարամ էի; համարում, ոչ, այլ այն, որ պաս էր, ես երբեք պասս չէի լուծել: Կրոնի և եկեղեցու պատվերները ամենայն մաքրությամբ դեռ պահպանվում էին իմ մեջ: Բայց քավոր Պետրոսը, իմ վարմունքը նկատելով, ինձ այնպես խստությամբ աչքով արեց, որ ես ակամա ստիպվեցա ուտել...

Ընթրիքից հետո մեզ համար մաքուր անկողին պատրաստեցին, որ հանգստանանք: Երբ մտա իմ մահիճը, երկար քնել չկարողացա, թեև սաստիկ հոգնած էի: Զանազան մտածություններ ալեկոծում էին իմ սիրտը: Երբեմն մտածում էի, թե ի՞նչ կլինի մեր դրությունը, երբ տան տերը հանկարծ կիմանա, որ իր սենյակում պառկած են երկու քրիստոնյաներ: Նա այդ տեղաշորերը, պղծված համարելով, այրել կտա, և գուցե մեզ ևս կայրեն նրանց հետ: Եվ ինչի" համար ուրանալ կրոնը, ուրանալ ազգությունը: Նրա համա՞ր միայն, որ մի կտոր հաց և պառկելու տեղ ստանալ: Մի թե դրանք են պանդխտության, զաղթականության պայմանները ի՞նչ ազգի մոտենալ, այն ազգից ձևանալ... Եմ ճանապարհորդությունը հենց առաջին իջևանից ինձ անտանելի դարձավ: Մտածում էի, ավելի լավ չէ ր լինի, որ իմ հայրենի գյուղից չհեռանայի: Թո՛ղ այնտեղ բռնեին, չարչարեին, սպանեին ինձ: Գոնե հայի անունով կմեռնեի:

Քավոր Պետրոսը նույնպես անքուն էր: Նա, երևի, նկատեց իմ անհան-գստությունը, թե ո՚րպես անդադար մի կողքից դեպի մյուսը շուռ էի գալիս, անդադար հառաչանք էի արձակում, ա՛խ ու վա՛խ էի անում և հոգվոց էի հանում: Նա հարցրեց.

— Ինչո՞ւ չես քնում, Մուրադ:

Ես փոխանակ պատասխանելու, սկսեցի հեկեկալ: Նա հասկացավ իմ լացի պատճառը և ասաց առածի ձևով.

— Չէ, զավակս, այսուհետև — Ի՛նչ ազգի մեջ որ մտնելու լինես, պետք է այն ազգի փափախը ծածկես: Այդպես է աշխարհի կարգը:

Ես հարցրի.

— Մեղք չէ արդյոք, որ մարդ իր սուրբ կրոնը, իր ազգությունը ուրանում է:

Նա պատասխանեց ինձ Պողոս առաքյալի խոսքերով, թե ինչպես նա հրեաների մոտ հրեա էր ձևանում, իսկ հեթանոսների մոտ՝ հեթանոս, որ նրանց սրտերը շահե:

Քավոր Պետրոսը կարդացած մարդ էր: Ես նրա խոսքերը, որպես ասում են, հալած յուղի տեղ ընդունեցի: Այն ժամանակ այնքան հասկացողություն չունեի, որ գիտենայի, թե ի նչպես մարդիկ սուրբ գրքերի ամենապարզ ճշմարտությունները աղավաղում են և նրանցով բացատրում են ամենաանբա-րոյական մտքեր...

Ե

ՓՈՔՐԻԿ ՄԱՔՍԱՆԵՆԳԸ

Մեր ճանապարհորդության չորրորդ օրը հասանք Թաբրիզ քաղաքը, իջևանեցինք հայոց եկեղեցու բակում:

— Այժմ պետք է մտածել փողի մասին...— Ասաց քավոր Պետրոսը, և կիրակի օրը վաղ առավոտյան, ինձ իր հետ առնելով, սկսեցինք գնալ եկեղեցու երեսփոխանի տունը:

— Այնտեղ կարո՞ղ եմ խոսել, թե դարձյալ պետք է խուլումունջ ձևանամ և թաքցնեմ իմ հայությունը, — Հարցրի ես քավոր Պետրոսից:

— Կարող ես խոսել, — պատասխանեց նա ժպտալով.— և լավ հայ պիտի ձևանաս:

Բայց իմ խոսելը պետք չեղավ, որովհետև քավոր Պետրոսր ինձ ներս չտարավ երեսփոխանի մոտ, այլ հրամայեց սպասել դրսում, իսկ ինքը միայնակ ներս մտավ: Չգիտեմ ի՞նչ խոսեց նրա հետ, ի՞նչ ասաց, միայն այդքանը հիշում եմ, որ այն օր եկեղեցում քահանան մեր մասին ժողովրդին «ծանուցումը արեց, որի մեջ հայտնեց այն միտքը, թե մենք Մուշի երկրից ենք եկել, թե մեր կնիկներր, զավակները «անհավատների» ձեռքում գերի են ընկած, այժմ բարեպաշտ քրիստոնյաներից ողորմություն ենք հավաքում, որ տանենք տանք «անհավատներին» և մեր գերիներին ազատենք, և այլն: «Դարձյալ խաբեբայությո՛ւն»... մտածեցի ես խորին վրդովմունքով:

Որքան էլ սուտ լինեին այդ խոսքերը, այսուամենայնիվ, ժողովրդի վրա խորին տպավորություն գործեցին: Տեր հայրը այնպիսի ազդու եղանակով նկարագրեց մեր գերիների ողբալի դրությունը, որ բոլոր լսողների մեջ ցավակցություն շարժեց» Քարոզից հետո եկեղեցում զանձանակ ման ածեցին և մեզ համար փող հավաքեցին: Իսկ մենք մուրացկանի նման, գլուխներս ծռած, կանգնած էինք եկեղեցու դռան մոտ. քավոր Պետրոսը աջ կողմում, իսկ ես ձախ կողմում: ժամավորները դուրս գալու միջոցին ձգում էին մեզ սև փողեր: Այդ առաջին անգամն էր, որ ես, քավոր Պետրոսի հորդորանքով, ստիպված էի ձեռքս մեկնել և ողորմություն խնդրեի.. Ամոթը խեղդում էր ինձ: Որքան ցածությո՛ւն էր: Խաբե՛լ և մուրալ...

Այն օրը ես խելագարի նման էի և միշտ լաց էի լինում: Բայց քավոր Պետրոսը մխիթարում էր ինձ, ասելով, «Ղարիբի երեսը սև կլինի, իսկ ջիբը՝ լիքը»...

Մյուս օրը մենք արդեն փող ունեինք: Մեր ամենաիարկավոր գնելիքը արտասահման գնալու համար՝ էր անցագիրը:

— Գիտե՞ս, Մուրադ, — Ասաց ինձ քավոր Պետրոսը, — օտարության մեջ հաջողակ կերպով թափառելու համար ավելի լավ է մտնել ուրիշի մորթիի մեջ:

Ես ոչինչ չհասկացա: Նա բացատրեց.

— Պետք է անունդ, ազգանունդ, ծնած տեղդ, պարապմունքիդ անունը, բոլորը փոխես:

Ես ապշած մնացի: Նա շարունակեց.

— Քո անունը այսուհետև Մուրադ չէ, դու կոչվում ես Ամբրոսիոս: Քո պարապմունքը, քո արհեստը դարբնություն չէ, դու այսուհետև եկեղեցու պաշտոնյա ես, դու սարկավագ ես: Քո ծնված տեղը Սալմաստը չէ, դու երուսաղեմացի ես: — Եվ ուրիշ այսպիսի շատ բաներ ասաց նա, թե ի՛նչ էի ես և ի՛նչ պիտի լինեմ այնուհետև, բայց ես չթողեցի նրան վերջացնել, ընդհատեցի նրա խոսքը, հարցնելով.

— Ла՛վ, ի՞նչպես կարող եմ սարկավագ լինել, որ ամենևին կարդալ չգիտեմ և երբեք եկեղեցում չեմ երգել:

— Այդ միևնույն է, — պատասխանեց նա արհամարհանքով.— քեզ ինչ որ ասում են, այն լսի՛ր:

— Իսկ քո անունը և կոչումը ի՞նչ պիտի լինի:

— Իմ անունը Անտոնիոս է, ես հույն աբեղա եմ և Երուսաղեմի վանքի միաբան:

— Ե՞ս էլ հույն եմ:

— Դու էլ հույն ես:

Դարձյալ ազգուրացություն...

Ես չհակառակեցի: Ես հավատացի նրան, որ օտարության մեջ թափառելու համար այդ բոլոր պայմանները անհրաժեշտ էին: Այն օր թուրքաց հյուպատոսից անցագրեր ստացանք միևնույն անուններով, որ մեր մեջ որոշել էինք: Բայց զարմանալին այն էր, որ քավոր Պետրոսը հենց առաջուց ուներ իր մոտ երկու անցագրեր միևնույն անուններով, միայն հնացել էին, ժամանակները անցել էր: Նա տարավ հյուպատոսի մոտ և նորը ստացավ:

Բայց քավոր Պետրոսը հիշյալ երկու անցագրով չբավականացավ: Նա աշխատում էր ձեռք բերել զանազան անցագրեր զանազան անուններով և այլևայլ պարապմունքներով:. Թաբրիզում, Ատրպատականի այդ մեծ մայրաքաղաքում, այդ բոլորը հնարավոր էր: Այնտեղ կային եվրոպական պետությունների բոլոր ներկայացուցիչները, որոնցից կարելի էր անցագրեր ստանալ: Այնտեղ կային այլևայլ պետության հպատակներ, որոնք պարապում էին զանազան գործերով, որոնք կարող էին իրանց անուններով անցագրեր վեր առնել, տալ ուրիշներին, որ ուրիշները նրանցից օգուտ քաղեին, իսկ իրանք դարձյալ կմնային Թաբրիզում: Բայց քավոր Պետրոսը գնեց մեծ քանակությամբ պարսկական անցագրեր: Դրանք վաճառվում էին այնպես, ինչպես վաճառվում են տերության դրոշմավոր թղթերը: Բավական էր ուղարկել պատահած մարդու ձեռքով անունների մի ցուցակ (իհարկե, նշանակելով յուրաքանչյուր անունի ներքո տարիքը, հասակը, դեմքը և այլն), և նա կտաներ թեսքիրաջիի մոտ և նույն անունների համեմատ կգներ զանազան անցագրեր: Թեսքիրաջ|ւ կոչում էին անցագրերի կապալառուին:

Չնայելով, որ քավոր Պետրոսը մի քանի օր առաջ իբրև մուրացկան կանգնած էր հայոց եկեղեցու դռանը և ձեռքը մեկնում էր ամեն մի անցնողին, բայց երևում էր, որ նա առաջուց ուներ իր մոտ մի փոքրիկ գումար: Նա գնեց մեծ քանակությամբ զանազան տեսակ անցագրեր: Ես զարմանում էի, թե ի՞նչ նպատակի կարող էին ծառայել դրանք: Մեզ բավական էր երկուսը միայն, և ունեինք արդեն, իսկ մնացածները ո՞ւմ համար էին: Երբ հարցրի նրանից, նա ինձ ոչինչ չպատասխանեց: Մեկի վրա գրված էր՝ «սպահանցի ակնաբույժ Հաջի-Աբդուլ-Հուսեին-Ղուլի-էֆենդի». մի ուրիշի վրա գրված էր՝ «խորասանցի ակնա-վաճառ Մաշադի-Մուհամեդ Ղուլի-Աղա»: Բայց ինձ շատ չէին հետաքրքրում այդ զանազան անունները, ինձ գրավեց մի այլ բան:

Մի օր քավոր Պետրոսը, ինձ իր հետ առնելով, գնացինք Թաբրիզի բազարը: Այնտեղ գնեց նա զանազան տեսակի էժանագին իրեղեններ, որպիսին են թել, ասեղ, հասարակ մատանիներ, ապակուց շինած գույնզգույն հուլուններ, երեխաների խաղալիքներ, կանանց երեսը ներկելու դեղեր և այլ այս տեսակ վաճառքներ: Այդ բոլորը այնպես փայլուն և խայտաճամուկ կերպով պատրԱստված էին, որպես գիտե եվրոպացին ասիական ազգերի ճաշակին իր վաճառքները հարմարացնել:

Ամբողջ մթերքը եղավ մի փոքրիկ արկղիկ, բացի դրանից, քավոր Պետրոսը գնեց մի պարկի մեջ բավական մաստաք: Այդ ամենը շալակած ես հասցրի մեր իջևանը, որ եկեղեցու բակումն էր:

Նույն օրվա գիշերը նա ասաց ինձ.

— Մուրադ, այն գումարը, որ եկեղեցում հավաքվեցավ մեր գերիների փրկության համար, ես բոլորը քեզ եմ ընծայում, թե՛ իմ մասը և թե քո մասը: Այդ գումարով ես գնեցի այն իրեղենները, որ դու այսօր բազարից տուն բերեցիր: Այդ իրեղենների վրա դու պիտի փորձես քո բախտը, թե ո՛րքան կհաջողվի քեզ առևտրական գործունեությունը:

Ես զարմացա քավոր Պետրոսի առատաձեռնության վրա:

— Ես երբեք վաճառականություն չեմ արել, — Ասեցի նրան:

—Կսովորես...— Ասաց նա և հրամայեց բերել մեր ավանակների փալան-ները:

Իսկույն վազեցի ախոռատունը և բերեցի փալանները: Ես մինչև այսօր չեմ կարող զսպել իմ ծիծաղը, թե որպիսի խորամանկությամբ այդ հին մաքսանենգը սովորեցրեց ինձ, թե ո՛րպես պետք էր զանազան վաճառքներ փախցնել մաքսատնից: Նա իմ ավանակի փալանի միջի եղած հարդը դուրս հանեց, և ինձ համար գնած իրեղենները մի այնպիսի ճարտարությամբ դարսեց հարդի տեղը, որ մաքսատան ամենա հմուտ ծառայողն անգամ չէր կարող երևակայել, որ նրա մեջ կարող էին գտնվել թաքցրած ապրանքներ: Բայց իր ավանակի փալանի մեջ թաքցրեց նա ուրիշ իրեղեններ, որ ես տեսնել չկարողացա...

Մյուս օրը առավոտյան մենք թողեցինք Թաբրիզը: Չորրորդ օրը հասանք Երասխ գետին, որ բաժանում էր պարսից հողը Ռուսաստանից: Մենք պետք է անցնեինք պուլֆայի կարանտինից, որ ռուսաց հողի վրա էր գտնվում: Այստեղ էր և ռուսաց մաքսատունը:

Քավոր Պետրոսը տեսավ մի քանի պարսկաստանցի աղքատ հայեր, որոնք նույնպես կամենում էին անցնել սահմանը, բայց անցագիր չունենալու համար մնացել էին պարսից հողի վրա:

— Ուր պիտի գնաք, — Հարցրեց նրանցից քավոր Պետրոսը:

— Գնում ենք Նախիջևանի, Երևանի կողմերը, — պատասխանեցին նրանք:

— Ի՞նչ գործով:

— Մշակություն անելու:

— Ապա ինչու եք մնացել այստեղ:

— Անցագրի փող չունենք:

Քավոր Պետրոսը ասաց, թե ինքը ունի մի քանի ավելորդ անցագրեր, կտա նրանց, միայն այն պայմանով, որ սահմանը անցնելուց հետո կրկին ետ դարձնեն իրան:

— Մեր դժվարությունը սահմանը անցնելն է, — պատասխանեցին նրանք, — Այնուհետև ի՞նչ պետք է մեզ անցագիրը:

Քավոր Պետրոսը տվեց նրանց յուրաքանչյուրին մի— Մի անցագիր, և մենք միասին անցանք Երասխ գետը:

Կարանտինի մաքսատնում, բացի մեր անցագրերին նայելը և ձեռք քաշելը, ուրիշ բան չեղավ: Մեր ավանակների փալանների վրա ուշադրություն անգամ չդարձրին:

Մենք անցանք Երասխը առավոտյան և նույն օրվա երեկոյան պահուն հասանք Նախիջևան քաղաքը: Մեզ հետ եկած մշակները մեծ շնորհակալությամբ ետ դարձրին քավոր Պետրոսից ստացած անցագրերը: Եվ իրավ, այնուհետև նրանք անցագրի պետք չունեին, որովհետև պիտի գնային Պարսկաստանից գաղթած իրանց ազգայինների մոտ և մշակություն անեին:

Բայց ինձ զարմացնում էր մի բան. քավոր Պետրոսը այն տեսակ մարդկանցից չէր, որ առանց նպատակի մի գործ կատարեր, ուրեմն ի՞նչ խորհուրդ կարող էր ունենալ մշակներին անցագիր տալը: Ավելորդ էր մտածել, թե նրանց վրա խղճաց և կամեցավ օգնել նրանց: Երբ այդ մասին հարցրի, նա պատասխանեց.

— Ինձ պետք էր, որ այդ անցագրերի վրա լիներ մաքսատան կնիքը և ստորագրությունը:

— Դուք ինքներդ կարող էիք ներկայացնել, որ կնքեին և ստորագրեին:

— Բանը նրանումն է, որ ես չէի կարող, մի մարդ կարող է միայն մեկ անցագիր ներկայացնել:

— Բայց ի՞նչ հարկավոր է անպատճառ մաքսատան ստորագրությունը կամ կնիքը:

— Դա շատ հարկավոր է, դա նշանակում է, որ անցագրի տերը սահմանից անցնելու ժամանակ հայտնվել է, որտեղ որ հարկն է:

— Եվ դուք մշակներից օգուտ քաղեցիք:

— Նրանք ինձանից օգուտ քաղեցին, իսկ ես՝ նրանցից:

Ես դարձյալ չհասկացա այդ բոլոր ձեռնածության նպատակը: Քավոր Պետրոսը իմ հետաքրքրությունը հանգստացրեց նրանով, որ ասաց, թե հետո կհասկանամ, երբ շատ բան կսովորեմ:

Նախիջևանում երկար չմնացինք: Մենք իջևանել էինք մի կեղտոտ քարվանսարայում: Հենց առաջին գիշերը քավոր Պետրոսը հրամայեց ինձ դուրս բերել իմ ավանակի փալանի մեջ թաքցրած վաճառքը:

Երբ ամենը դուրս բերեցի, նա ասաց ինձ բավական փաղաքշական եղանակով.

— Այդ բոլորը քեզ է պատկանում, իմ փոքրիկ մաքսանենգ, առավոտյան միմանրավաճառ կբերեմ, և բոլորը մի անգամից կծախենք:

Ես երբեք այնքան ուրախ չեմ եղել, որպես այն գիշեր: Մեծ անհամբերությամբ սպասում էի, մինչև առավոտը լուսանար և մաքսատնից փախցրած իմ մթերքը վաճառվեր: Արևը այն առավոտ ծագեց ինձ համար որպես մի ավետաբեր հրեշտակ: Քավոր Պետրոսը վաղուց գնացել էր փողոց՝ գնող հրավիրելու: Վերջապես բերեց մի հայ մանրավաճառի: Բավական խոսեցին, բավական բազար արեցին, հետո բարիշեցան: Մանրավաճառը համբարեց արծաթը և մթերքը առնելով հեռացավ: Քավոր Պետրոսը փողերը ինձ տվեց, ասելով.

— Բախտդ հաջողակ է. մի հարյուրին երկու հարյուր վաստակ ունեցար:

Ես ուրախությամբ ընդունեցի փողերը և լցրեցի այն քսակի մեջ, որ ստացել էի Սառայից որպես հիշատակ: Այդ փողերը ինձ տալով, քավոր Պետրոսը վարվեցավ ինձ հետ նույն վարպետությամբ, որպես վարվում է խորամանկ որսորդը իր անփորձ, դեռևս որսորդության չսովորած շան հետ: Նոր սովորող շան առաջին որսը տալիս է իրան ուտելու, որպեսզի նա ավելի քաջալերվի, ավելի վստահություն ստանա: Բայց նրա ավանակի փալանի մեջ թաքցրած մթերքը ես չտեսա, թե ուր տարավ, կամ ինչ արեց...

Նույն օրը մենք դուրս եկանք Նախիջևանից և գնացինք Թումբուլ գյուղը: Նախիջևանը կանգնած է մի բարձրավանդակի վրա, իսկ Թումբուլը գտնվում է համարյա նրա ստորոտում:

Մտնելով այդ գյուղը, ինձ թվում էր, թե իսկապես մեր գյուղումն եմ գտնվում: Ոչինչ զանազանություն չկար: Ես տեսնում էի տների նույն ձևը, որպես մեր գյուղումն էր, մարդկանց նույն բարբառը, նույն լեզուն, նույն ուրախ և անհոգ դեմքերը: Հագուստների ձևն անգամ չէր փոխվել, բոլորը նույնն էր: Քավոր Պետրոսը ինձ ասաց, թե դրանք մեր գյուղացիներ են. ռուս-պարսկական 26 թվի պատերազմից հետո գաղթեցին և եկան հիմնեցին այդ գյուղը:

Թումբուլցիք չէին փոխել և՛ իրանց կենցաղավարության եղանակը, և՛ իրանց պարապմունքները: Դրանց էլ այս կողմերում կոչում էին «խաչագողներ»... Նոր երկիրը չուղղեց նրանց, նրանք պահպանեցին այն բոլոր հատկությունները, ինչ որ բերել էին իրանց հետ Պարսկաստանից,»

Ուղիղ տասը տարի էր անցել այն օրից, որ Թումբուլցիք գաղթել էին Պարսկաստանի՛ց: Մի այսպիսի փոքր ժամանակում իրանց գյուղը դրախտ էին դարձրել: Քավոր Պետրոսին ամենքը ճանաչում էին, իսկ ինձ ճանաչեցին հորս անունով: Այս տեղ գտնվեցան ինձ ազգականներ, որոնց թվումն էր իմ մորաքույրը: Մայրս շատ անգամ խոսացել էր ինձ իր քրոջ մասին և միշտ մեծ կարոտությամբ էր հիշում նրան: Քավոր Պետրոսը ինձ տարավ նրանց տուն: Երբ մորաքույրս դուրս եկավ մեզ ընդունելու, քավոր Պետրոսը, ինձ ցույց տալով, ասաց նրան.

— Ես չեմ ասի, թե ով է, տեսնեմ կճանաչե՞ս:

Մորաքույրս նայեց իմ վրա և խորին հրճվանքով գրկեց ինձ բացական-չելով.

— Ի՞նչպես չճանաչեմ... իմ Մուրադն է...

Նա երկար անմռունչ մնաց իմ կուրծքի վրա:

Եթե կանայք չլինեին, ես կարող էի համարձակ ասել, որ «խաչագողների» մեջ մարդկային սիրտ չկա: Դրանց մոտ էր պահպանվել այն Աստվածային ավանդը, որ կրում է իր մեջ բոլորը, ինչ որ գեղեցիկ է, ինչ որ լավ է, ինչ որ առաքինական է: Դրանք սիրտ ունեին:

Մորաքույրս շատ նման էր մորս, կարծես մի ձու լինեին մեջտեղից կես կիսած: Նա տեսել էր յոթ տարեկան հասակում, այն օրից անցել էր ամբողջ տասը տարի, և իմ պատկերը մնացել էր նրա հոգու մեջ անմոռանալի: Ես չեմ կարող նկարագրել այն սրտաշարժ տեսարանը իր ամբողջ հոգեբանական բնավորությամբ, թե որպիսի հիացմունքով ընդունեց նա ինձ: Ամբողջ ժամերով նայում էր իմ վրա, գրկում էր, համբուրում էր և ուրախանում: «Իմ քույրը այժմ անբախտ չէ, ասում էր նա, որ ունի քեզ պես սիրուն տղա»:

Քավոր Պետրոսը ինձ թողնելով մորաքրոջս տանը, ինքը հեռացավ, հայտնելով, թե մի քանի մարդկանց հետ գործեր ունի, պետք է վերջացնի:

Թումբուլցոց հյուրասիրությունը մեծ հռչակ է ստացել: Երեք օր մեզ պահեցին այնտեղ, անդադար մի տնից մյուսը ման էին ածում; Ամեն տեղ սփռված էր հացի սեղանը, ամեն տեղ կերուխումով և ուրախությամբ էինք անցկացնում:

Այդ խնջույքները ինձ հիշեցնում էին միևնույն զվարճությունները, որ կատարվում էին մեր գյուղում: Այստեղ ևս, երբ հրավիրյալների գլուխները տաքանում էին, սկսում էին մի առանձին պարծանքով պատմել իրանց քաջագործությունները զանազան երկրներում: Նրանք հիշում էին այնպիսի երկրների, այնպիսի քաղաքների և այնպիսի ազգերի անուններ, որ ես բնավ չէի լսեր Կարծես թե, այդ մարդիկը աշխարհի մի ծայրից մինչև մյուսը արշավել էին: Քավոր Պետրոսը բոլոր ժամանակը լուռ էր մնում: Նա լսում էր նրանց արկածների պատմությունը խորին սառնասրտությամբ, որպես մի հսկա, որ լսում է զաճաճների դատարկախոսությունը իրանց քաջագործությունների մասին և ժպտում է միայն:

Գիշերները ես անց էի կացնում մորաքրոջս տանը: Նա երկար նստած իմ անկողնի մոտ՝ չէր թողնում ինձ քնել, անդադար խոսում էր, հարցնում էր Սալրայի մասին: Հայրենիքի սերը դեռ մնացել էր նրա սրտում անմոռանալի: Նա դեռ հիշում էր բոլոր արտերը, այգիները, պարտեզները, մինչև անգամ նշանավոր ծառերը մեր գյուղի: Հարցնում էր սուրբ Հովհաննու մատուռի ուխտագնացության մասին, պատմում էր, թե իր ժամանակում որպիսի բազմությամբ էր կատարվում նրա տոնախմբությունը: Խոսում էր կնիկների, աղջիկների սովորույթների մասին, թե ի՛նչ խաղեր էին խաղում, թե ո՛րպիսի հանդեսներ էին կատարում, երբ ուխտ էին գնում: Հայրենական երկրի, հայրենական կյանքի բոլոր սիրելի պատկերները կենդանի մնացած էին նրա հիշողության մեջ:

Հազար անգամ հարցնում էր մեր ընտանիքի մասին միևնույն բաները, և նրա հարցասիրությունը չէր հագենում: «Մորդ ծամերը խո չե՞ն սպիտակել», «Քույրերդ ո՞րքան են մեծացել», «Հիմա Նազլուն մարդու գնալու աղջիկ կլինի», «Ձեր սպիտակ Վանի կատուն մնո՞ւմ է», «Հիմա ո՞րտեղ եք պահում ձեր չորացրած մրգեղենները», «Քանի կով ունեք, օրական ո՞րքան կաթ են տալիս», «Ո՞վ է կթում կովերը, ո՞վ է թխում հացը», «Ձեր հարևան պառավ Գոզեն մնո՞ւմ է»: «Մայրդ ի՞նչ գույնով քող է կրում. քույրերդ ի՞նչ ճոթից հագուստ են հագնում» և այլն:

Ես նրա հարցերին գոհացուցիչ պատասխան էի տալիս, իհարկե չէի ասում, թե ֆերրաշները մեր տունը այնպես դատարկել են, որ ոչ կով է մնացել և ոչ Վանի կատու...

Բայց այն գիշերը, որի առավոտը ես պիտի ճանապարհ ընկնեի, նա ավելի խրատներ էր տալիս ինձ, քան թե բաներ էր հարցնում: «Գնա, Մուրադ, — ասում էր, — սուրբ Աստվածածինը թո՛ղ բարի ճանապարհ տա քեզ, գնա երկրե երկիր ման արի, փող աշխատիր և բարձրացրո՛ւ հորդ անունը: Քո հայրը անհայտության մեջ կորավ, հիմա դու ես մնացել քո հոր տան միակ սյունը: Մորդ, քույրերիդ, բարեկամներիդ հույսերը քեզ վրա են դրված: Դու պետք է բոլորին ուրախացնես, դու պետք է բոլորին մխիթարես»...

Ես հավատացած եմ, եթե մորաքույրս գիտենար, թե «խաչագողները» ի՞նչ միջցներով են փող աշխատում, նա երբեք ինձ խորհուրդ չէր տա, որ ես օտար աշխարհ գնայի և նրանց հետ թափառեի: Բայց նա չէր իմանում... ես նույնպես չէի իմանում...

Քավոր Պետրոսին խիստ սակավ էի տեսնում: Նա ինչ-որ պատրաստու-թյուններով զբաղված էր: Թումբուլը մի նշանավոր կայարան էր Պարսկաստանի «խաչագողների» համար, որտեղից վեր էին առնում իրանց գործունեության համար պետք եղած բոլոր պարագայքը, ինչ որ իրանց պակաս էր: Բայց ես քավոր Պետրոսի վերաբերությամբ տակավին այդ կարծիքը չունեի»

Նա մի առավոտ բերեց իր հետ մի թուրք և վաճառեց իմ ավանակը: Ճշմարիտն ասած, ինձ խիստ զգալի էր բաժանվել իմ խոնարհ և. հավատարիմ ընկերից, որ այնքան ժամանակ ճանապարհորդել էր ինձ հետ և ամենայն հոժարությամբ կրել էր իմ ծանրությունները: Բայց քավոր Պետրոսը հանգըս-տացրեց ինձ, ասելով.

— Ավանակի փողը այն փողերի հետ, որ դու վաստակեցիր քո վաճառք-ներից, պիտի ուղարկես մորդ, դու գիտես, որ նա իր մի հատիկ կովը ծախեց և գնեց քեզ համար այդ ավանակը:

— Այդ ես գիտեմ: Բայց դրանից հետո ինչով կարող եմ շարունակել ճանապարհորդությունը:

— Դու կնստես մի փառավոր կառքի մեջ:

Ես զարմացա: Բայց իմ զարմանքը երկար չտևեց: Քանի րոպեից հետո մի գեղեցիկ ճանապարհորդական կառք կանգնեց մորաքրոջս դռանը: Երկու ուժեղ սև ձիաներ լծած էին կառքին: Թումբուլցիք ունեին կառքեր, ունեին լավ ձիաներ, որ բերում էին իրանց հետ, երբ վերադառնում էին Ռուսաստանից: Երբ իրանց պետք չէին, վաճառում էին: Քավոր Պետրոսը այդ կառքը և ձիաները գնել էր մի «խաչագողից», որ նոր էր վերադարձել պանդխտությունից:

Կառքի մեջ տեղավորված էին զանազան մեծ և փոքր արկղներ: Ի՞նչ կար նրանց մեջ, ես չգիտեի: Միայն քավոր Պետրոսը տվեց ինձ մի ձեռք լավ հագուստ, մի զույգ ուղևորի կոշիկներ և հրամայեց հագուստս փոխել: Այդ նորաձև հա-գուստին ես բոլորովին անսովոր էի. մորաքույրս օգնեց ինձ հագնելու: Քավոր Պետրոսը նույնպես փոխել էր այն ցնցոտիները, որոնցով մի քանի օր առաջ մուրացկանի պես կանգնած Թաբրիզի եկեղեցու դռանը՝ ողորմություն էր ընդունում: Այժմ մեր հագուստը բոլորովին համապատշաճ էր այն փառավոր կառքին, որի մեջ պիտի նստեինք:

Մորաքուքրս տվեց ինձ մի նամակ, խնդրեց, որ հասցնեմ իր ամուսնին: Նրա ամուսինը պանդխտության մեջ էր: Նամակի վրա միայն գրած էր ամուսնու անունը և ազգանունը քաղաքի անուն չկար: «Խաչագողները» միշտ այսպես են գրում իրանց պանդուխտների հասցեները, որովհետև չգիտեն, թե ո՛րտեղ են գտնվում նրանք: Նամակատարը պահում է իր մոտ նամակը, եթե մի տեղում կհանդիպե պանդուխտին, կտա: Բաւց խիստ հազիվ էր պատահում, որ նամակները տեղ հասնեին, կա՛մ տանողն էր կորչում, կամ ստացողը վաղուց արդեն կորած էր լինում...

Ավանակներով մտանք Թումբուլ և դուրս եկանք այնտեղից կառքով: Դա ի՞նչ հրաշք էր...

Ժամատան դռանը քավոր Պետրոսի ծանոթները սպասում էին, որ մեզ ճանապարհ դնեն: Մորաքույրս իր երեխաների հետ եկավ մինչև գյուղից դուրսը: Ամեն կողմից թափվում էին բարեմաղթություններ, ամեն բերան ցանկանում էր մեզ բարի ճանապարհ և բախտավոր վերադարձ:

Վերջապես հայտնվեցավ քահանան, կարդաց «Տե՛ր, ուղղյազճանա-պարհս խաղաղությամբ» աղոթքը, և մեր կառքը շարժվեցավ...

ԵՐԿՐՈՐԴ ՄԱՍ

Ա

ԵՐՈՒՍԱՂԵՄԻ ՆՎԻՐԱԿԸ

1840 թվականն էր:

Անցել էր հինգ տարի այն օրից, որ մենք թողեցինք Պարսկաստանը:

Ռուսաստանի հյուսիսային, հեռավոր գավառներից մեկում, անապատի մեջ ցրված գյուղերի միջով, անցնում էր մի ծածկված կառք: Հինգ միագույն ուժեղ ձիաներ տանում էին նրան:

Այդ կառքը, այնպես ծածկված, անցել էր շատ նահանգներ, շատ գա-վառներ և ամեն տեղ, որտեղ հայտնվել էր նա, ժողովուրդը խորին ջերմե-ռանդությամբ հանդիպել էր նրան և նրա փոշին սրբել էր իր համբույրներով: Այժմ կառքը շարժվում էր դեպի մի մեծ գյուղ, որ չորս վերստ հեռավորության վրա էր; Ճանապարհի ամբողջ երկարությունը, որ տանում էր դեպի հիշյալ գյուղ, պատած էր մարդիկներով: Ծեր, մանուկ, այր և կին կոխ էին տալիս միմյանց, առաջ էին մղվում, որ տեսնեն անցորդին: Բայց անցորդը չէր երևում, ծածկված կառքի լուսամուտների վարագույրներն անգամ ցած էին թողած:

Կառապանի տեղը նստած էր և կառավարում էր ձիաները մի աբիսինիացի խափշիկ՝ նիհար դեմքով և բաց դաիվեի գույնով: Սառը հյուսիսը կարծես փոքր-ինչ փոխել էր տաք աշխարհի որդու բնական գույնը և խլել էր նրա սևությունը:

Կառքի ետևում նստած էր մի երիտասարդ արևելյան թուխ դեմքով և երկայն, գանգրահեր մազերով: Այդ մազերը սև սաթի նման փայլում էին: Նրա ամբողջ հագուստը նույնպիսի սև գույն ուներ, որպես գլխի մազերը: ՊատրԱստված էր կոշտ բուրդից: Այսպիսի հագուստ արևելքում կրում են անապատական աբեղաները միայն, որոնք աշխարհ չեն մտնում, մարդկանց երես չեն տեսնում, այլ, առանձնացած իրանց խցիկներում, աղոթում են կամ սուրբ գրքեր կարդում:

Կառքի մեջ նստած էր մի անձնավորություն միայն: Նրան ոչ ոք չէր տեսնում:

Երբ կառքը մոտեցավ գյուղին, սկսեցին զանգակները հարկանել: Այդ ժամանակ միայն կառքի փոքրիկ լուսամուտների վարագույրները բարձրացան, և աջ կողմի լուսամուտը բացվեցավ: Այստեղից դուրս պարզվեցավ մի ձեռք և սկսեց խաչակնքել և օրհնություն տալ ամբոխին:

Ձեռքի երեսը և բազուկը (որ բոլորովին մերկ էր) դրոշմված էին մուգ կապտագույն նկարներով, որոնք ներկայացնում էին սերովբեներ, քերովբեներ և մի վանքի պատկերը, զարդարված խաչերով: Մուժիկները մոտենում էին և ջերմեռանդությամբ համբուրում էին այդ խորհրդավոր ձեռքը: Նրա շագանակի գույն ունեցող կաշուց երևում էր, որ կրողը ծնվել է տաք կլիմայի տակ, ուր մարդկանց կաշին արևի ջերմության ներքո կորցնում է իր սպիտակությունը:

Կառքը մտավ գյուղը:

Այդ կառքը ամեն գյուղ, ամեն փոքրիկ քաղաք, ուր որ հասնում էր, կանգնում էր կա՛մ եկեղեցու դռանը, եթե այնտեղ կար հարմար իջևան, կա՛մ հոգևոր առաջնորդի դռանը և կամ ավագ քահանաների դռանը: Նա իրան հեռու էր պահում աշխարհականների բնակարաններից: իսկ այսօր նրան ընդունելու համար պատրԱստված էր գյուղի հարուստ կալվածատիրոջ տունը:

Կառքը դանդաղ էր շարժվում: Ուժեղ ձիաները, հակառակ իրանց կամքի, գնում էին համընթաց քայլով: Որովհետև նրանք իրանց ընթացքը պիտի հարմարեցնեին ահագին ամբոխի շարժման հետ, որ շրջապատել էր կառքը: Երևում էր, այդ խելացի անասունները այնքան սովորած էին այդպիսի բազմության, որ բնավ չէին խրտչում, այլ մի առանձին կամակատարությամբ այնքան կամաց էին գնում, որ ամբոխը որքան կամենում է նայե և բավականացնե իր փափագը:

Փողոցները, տների լուսամուտները բռնված էին մարդիկներով: Կնիկները, իրանց երեխաներին գրկած, անց էին կենում ձիաների երասանակների տակով: Շատերը փորձում էին անիվների տակով անցնել:

Կառքը կանգնեց գյուղի կալվածատիրոջ տան դռանը: Նրա ետևում նստած զանգրահեր երիտասարդը ցած ցատկեց և, շուտով բաց անելով նրա դռնակը, օգնեց նստողին դուրս գալու: Գյուղի երկու քահանաները և կալվածատեր պարոնը մտան սրբազան հյուրի թևքերի տակը և համարյա ձեռքերի վրա նրան ներս տարան:

Թեև երեկո էր, բայց տակավին բավական լույս կար: Այսուամենայնիվ, բազմությունը դարձյալ զուրկ մնաց նրա դեմքը տեսնելուց: Որովհետև երեսի վրա ձգած ուներ մի տեսակ խիստ օտարոտի քող, որի վրա նկարված էր վերջին դատաստանի սոսկալի պատկերը:

Երբ նրան ներս տարան իր համար հատկապես պատրԱստված սենյակը, երեսի քողը վեր առեց: Հայտնվեցավ մի պատկառելի դեմք փառահեղ սպիտակ մորուքով, երկայն ալեխառն մազերով: Արդարությունը, հոգևոր խաղաղությունը, լուսավորված ջերմ հավատքով, դուրս էին ցոլանում նրա երեսի մեղմ գծերից:

Տունը գեղեցիկ կերպով զարդարված էր: Նրա տերերը այն տեսակ ազնվականներից էին, որոնք իրանց կյանքի առույգ տարիները մայրաքաղաք-ների զեխության, շռայլության և անբարոյական շվայտությունների մեջ մաշում են, սպառում են և, երբ մոտենում են գերեզմանին, այնուհետև հոգնած, ձանձրացած, վերադառնում են դեպի հեռավոր գավառը և անձնատուր են լինում կրոնական բարեպաշտության:

Առանձնանալով մի հեռավոր գյուղի խուլ անկյունում, այդ տեսակ մարդիկ չեն զլանում, հին հիշողությունները պահպանելու համար, շրջապատել իրանց այն զարդարանքներով, այն խայտաճամուկ առարկաներով, որոնց մեջ մի ժամանակ լողում էին: Այդպես զարդարված էր և հիշյալ կալվածատիրոջ տունը:

Մի գեղեցիկ դիվան, պատած մանիշակագույն ատլասով, սպասում էր, որ հարգելի հյուրը նստեր նրա վրա: Երբ տան տերը հրավիրեց նստել, հարգելի հյուրը կանգ առեց գեղեցիկ դիվանի առջև և, մի տեսակ զարմացական հայացք ձգելով նրա վրա, արտասանեց այդ խոսքերը.

— Մեր տեր Հիսուս Քրիստոսը Բեթղեհեմի մսուրի մեջ ծնվեցավ և առաջին անգամ աղքատ, խղճուկ հովիվների հետ տեսնվեցավ: Այնուհետև շատ գիշերներ անց էր կացնում բացօթյա, մերկ գետնի վրա պառկելով: Այժմ նրա անարժան աշակերտին ի՞նչ կվայելե այսպիսի փառավոր գահավորակի վրա բազմել: — Այդ խոսքերը արտասանեց նա հունարեն լեզվով, իսկ գանգրահեր երիտասարդը թարգմանեց ռուսերեն:

Տան տերը չգիտեր՝ վիրավորվե՞լ, թե՞ ամաչել իր, քրիստոնեական սակավապետության հակառակ, շռայլ կենցաղավարության համար:

Գանգրահեր երիտասարդը, մասնավորապես ծանոթացնելով տան տիրոջը «վշտալի հոր» սովորությունների հետ, հայտնեց, թե ավելի հարգած կլինեին, եթե թույլ կտային նրան չշեղվել իր կյանքի սովորական եղանակներից: Այդ խոսքերի հետ գանգրահեր երիտասարդը տարածեց դիվանի մանիշակագույն ատլասի վրա մի մաշված կապերտի կտոր, որ «վշտալի հոր» գործածական օթոցն էր: Նրա վրա է՛ նստում էր նա, և գիշերները քնում էր:

Նա իր ծանր հողաթափները հանեց դիվանի առջև և ասիական կերպով ծալապատիկ բազմեցավ նրա վրա: Այդ հողաթափները, երկու մատնաչափ հաստ տակերով, նույն ձևը ունեին, որպես մեր քահանաները հագնում են սուրբ սեղանի վրա պատարագ մատուցելու ժամանակ:

Նրա անշուք, անպաճույճ զգեստը իր վրա առանձին

ուշադրություն էր դարձնում: Դա կոշտ մազից գործված մի տեսակ մուգ մոխրագույն հագուստ էր, որը անապատներում կոչում են «խարազն», իսկ հագնողներին՝ «խարազնազգեստ»: Այդպես հագնվում են միայն իրանց անձը ամենախիստ ճգնությունների ենթարկող անապատական աբեղաները: Գլխին կրած ուներ մուգ-լաջվարդի գույնով ֆես՝ փաթաթած սև ապարոշներով, որոնց ծայրերը իջնում էին մինչև ուսերը:Վերնազգեստը արևելյան կրոնավորների ֆարաջայի նմանությունն ուներ, մինչև կրունկները հասած լայն փեշերով և բավական ընդարձակ թևքերով: Մեջքը սեղմված էր սև կաշուց պատրԱստված լայն գոտիով: Մի ահագին երկաթյա խաչ զարդարում էր նրա կուրծքը, որ կախված էր նույնպես երկաթյա հաստ շղթայից: Գլխի և երեսի մազերը այնքան աճել էին, որ կարծես երբեք մկրատի և ածելու հետ ծանոթ չեն եղել: Այդ տալիս էր նրա դեմքին դերվիշի տպավորություն:

Այդ աբեղան Երուսաղեմի վանքի նվիրակ էր, իսկ գանգրահեր երիտասարդը, որ իր հագուստի ձևերով շատ չէր տարբերվում իր վարդապետից, նրա սարկավագն էր:

Մինչև այդ տունը հասնելը, աբեղայի մասին ռամիկ գյուղացիների մեջ տարածվել էին շատ առեղծվածային պատմություններ, շատ առասպելներ: Ասում էին, որ նա ոչինչ չէ ուտում, ոչինչ չէ խմում, այլ միայն աղոթքով է կերակրվում: Ասում էին, որ նա կույրերի, կաղերի, հիվանդների վրա բժշկու-թյուններ է անում, և ուրիշ շատ այսպիսի բաներ էին ասում: Բայց ինչ որ ճշմարիտ էր, այն էր, որ նա չափազանց պարզ և սակավապետ մարդ էր. խորշում էր ամեն տեսակ վայելչությունից, որոնք թուլացնում են հոգին, իսկ սնուցանում են մարմնականը և անասնականը մարդու մեչ:

Երբ աբեղան ծալապատիկ նստեց դիվանի վրա, գյուղի երկու քահանաները և տան տերը դեռ կանգնած էին նրա առջև, չէին համարձակվում նստելու: Նա խնդրեց, որ նստեն, ասելով.

— Դուք նստեցեք, որպես սովոր եք:

Տան տերը տեղավորվեցավ բազկաթոռի վրա, իսկ երկու քահանաները նստեցին հեռու աթոռների վրա:

Հյուրանոցում, ուր գտնվում էին նրանք, տիրում էր մի տեսակ ծանր լռություն: Տան տերը, չնայելով որ բավական զվարճախոս և մինչև անգամ շատախոս մարդ էր, ինչպես լինում են առհասարակ շատ ման եկած, շատ բան տեսած և շատ բան լսած ծերունիները, այսուամենայնիվ, չգիտեր ի՞նչ առարկայի վրա խոսել իր տարապայման հյուրի հետ: Նա գտնվում էր մի տեսակ երկյուղածության մեջ, որ տիրում է մարդու սրտին, երբ զգում է գերբնական էակների ներկայությունը: Իսկ քահանաները վախենում էին խոսել ավելի այն պատճառով, որ ցույց չտան իրանց տգիտությունը:

Վերջապես կից սենյակի դռնից ներս մտավ տան տիկինը իր զավակների ահագին խումբով, և հյուրանոցի լռությունը փոքր-ինչ փարատվեցավ, փոքր-ինչ կենդանացավ:

Ամուսին այրը կանգնեց, սկսեց ներկայացնել նախ իր տիկնոջը, հետո իր աղջիկներին և որդիներին: Բոլորը հերթով մոտեցան համբուրեցին աբեղայի աջը և օրհնություն առին:

Տիկինը նստեց աբեղայի դիվանի մոտ, մեծ աղջիկները և մեծ որդիները տեղավորվեցան մյուս կողմում, իսկ փոքրիկները մի քանի րոպե ոտքի վրա մնացին, ձանձրացան և դուրս գնացին:

Հարգելի հյուրը, ինչպես երևում էր, կանանց զբաղեցնել չգիտեր և, կարծես թե, նրանց ներկայությունից նեղվում էր: Այդ երևում էր այն անախորժ արտա-հայտությունից, որ նկատվում էր նրա տխուր դեմքի վրա, որը ամենայն ջանքով աշխատում էր թաքցնել: Դա կուսակրոնի սովորական վրդով մունքն է, երբ հանդիպում է կնոջ: Բայց ի՞նչով բացատրել այդ:

— Ձեր սրբազնությունը երևի շատ հեռվից է գալիս, — Տան տիրուհին սկսեց խոսակցությունը:

Աբեղան դարձավ դեպի գանգրահեր սարկավագը, որ կանգնած էր նրա մոտ: Թարգմանը պատասխանեց.

— Այո՛, հեռվից, շա՛տ հեռվից: Ամբողջ երեք ամիս ճանապարհ ենք անցել, մինչև հասել ենք այստեղ:

Այդ միջոցին ֆրակով և սպիտակ ձեռնոցներով ներս մտան երկու ըս-պասավորներ և արծաթյա մատուցարանների վրա տվեցին թեյ:

Աբեղան հրաժարվեցավ ընդունելուց, ասելով, որ սուրբ տաճարի սպասավորները իրանց հեռու են պահում անուշ ըմպելիքներից: Տան տիկինը երկար աշխատում էր բացատրեի համոզել նրան, թե դա հասարակ թեյ է, ուրիշ ըմպելիք չէ, թե դրան գործ են ածում իրանց երկրում մինչև անգամ էգզարխները:

Չկամենալով վշտացնել տան տիկնոջ բարեսրտությունը, աբեղան ընդունեց մի բաժակ և սկսեց առանց շաքարի խմել: Երկու քահանաները հետևեցին նրա օրինակին և, հակառակ իրանց սովորության, սկսեցին իրանք էլ կծովի խմել:

Տիկինը հետաքրքրվեցավ գիտենալ, թե ի՞նչ նպատակով է ճանա-պարհորդում «նորին սրբազնությունը»: (Տիկինը միշտ նրան« սրբազնություն» էր կոչում, թեև հարգելի հյուրը եպիսկոպոս չէր, այլ Երուսաղեմի վանքի հունաց միաբանության աբեղաներից էր):

Աբեղան համառոտ կերպով հայտնեց իր ո՛վ լինելը կամ ի՞նչ միաբանության կողմից իրրև Երուսաղեմի նվիրակ ուղարկված լինելը, հայտնեց իր ճանապարհորդության նպատակը: Այնուհետև խիստ ցավալի կերպով սկսեց նկարագրել «սուրբ տաճարի» թշվառ դրությունը, նկարագրեց փրկչի սուրբ գերեզմանի հալածանքը մահմեդականներից, նկարագրեց միաբանների կրած նեղությունները թուրքերից, նրանց աղքատությունը և ողորմելի վիճակը։ նրա ամբողջ պատմությունը այնքան ազդու և ցավակցական էր, որ տան տիրուհին լսելու ժամանակ անդադար խաչակնքում էր իր երեսը, վերջը նա այլևս դիմանալ չկարողացավ, թաշկինակը տարավ աչքերին, սկսեց դառն կերպով հեկեկալ:

Աբեղան, նկատելով այդ, մխիթարեց նրան՝ ասելով.

— Սուրբ տաճարի բոլոր թշվառություններին դարման կարվի բարեպաշտ հավատացելոց նվիրատվությամբ։ Ես ուխտել եմ այնքան ժամանակ չուտել, չխմել, չքնել, և այդ երկաթե շղթան (նա ձեռքը տարավ դեպի հաստ շղթան, որից քարշ էր ընկած ահագին երկաթյա խաչը նրա կուրծքի վրա) միշտ իմ պարանոցին կրած պիտի ունենամ, մինչև բարեպաշտ հավատացելոց օժանդակությամբ չհավաքեմ այնքան նվերներ, որոնցով կարելի լինի փրկչի սուրբ գերեզմանը գերությունից ազատել:

— Մի՞թե գերության մեջ է նա, — Բացականչեց տիկինը:

— Այո՛, գերության մեջ է, անօրենների ձեռքում... Վանքը պարտքի տակ է ընկած... սրբությունները գրավ են դրված...

— Աստվա՛ծ իմ, աստվա՛ծ իմ, — Բացականչեց տիկինը, դարձյալ թաշկինակը տարավ դեպի աչքերը:

Տիկնոջ օրինակին հետևեց և նրա ամուսին այրը։ Երկու քահանաները նույնպես փորձեցին զգացված ձևանալ:

Թեյի երկրորդ բաժակը ընդհատեց այդ տխուր խոսակցությունը. ըս-պասավորները արծաթյա մատուցարանները ձեռքներում կրկին ներս մտան:

Բոլոր ժամանակը աբեղան խոսում էր հունարեն, իսկ գանգրահեր երիտասարդը թարգմանում էր նրա ասածները։ Այդ վերջինը ռուսերեն նույնպես շատ փոքր գիտեր, և այդ ավելի հետաքրքրական էր դարձնում նրա խոսքերը, երբ շատ բաներ մնում էին անհասկանալի:

Թեյի երկրորդ բաժակից հետո խոսակցությունը ընդունեց ուրիշ ուղղություն։ Տան տերը հարցրեց,

— Երուսաղեմի մեջ այժմ ի՞նչ սրբություններ են մնացել:

— Շատ սրբություններ են մնացել, — պատասխանեց աբեղան, — Որոնց թվումն է Հիսուս Քրիստոսի օրորոցը։ Իսկ այդ սուրբ օրորոցը վաղուց է, որ թուրքերը խլել են մեզանից, պահվում է Օմարի մեչիդում։ Երբ մի քրիստոնյա մտնում է այնտեղ, սուրբ օրորոցը սկսում է ինքն իրան օրորվել։ Այդ պատճառով քրիստոնյաներին թույլ չեն տալիս, որ այնտեղ մտնեն:

— Անիծյալնե՛ր... — Բացականչեցին երկու քահանաները, որ բոլոր ժամա-նակը լուռ էին:

— Այլևս ի՞նչ կա, — Հարցրեց տան տերը:

—Հուդայի վիրապը, — պատասխանեց աբեղան, կարծես թե դա էլ սրբու-թյունների կարգումն էր:

— Հուդայի վիրապը, — կրկնեց տան տիրուհին երեսը խաչակնքելով:

— Այո՛, Հուդայի վիրապը: Անիծյալ Հուդան դեռ կենդանի է այն խոր վիրապի մեջ:

— Ի՞նչպես չէ դուրս գալիս, — Հարցրեց տան տերը զարմանալով:

— Խորի բերանը աստծո հրամանով հավիտյան ծածկված է ահագին ժայռով: Երբ գալիս է ավագ ուրբաթ գիշերը, այսինքն՝ այն գիշերը, որ անիծյալը մատնեց մեր տեր Հիսուսին, խորի միջից լսվում են սարսափելի ձայներ, լսվում են նրա տանջանքի հառաչանքները...

— Երևի սատանաները չարչարում են անիծյալին, — մեջ մտավ երկու քահանաներից մեկը:

— Այո՛, չարչարում են.,, նա միշտ կչարչարվի և այնպես կմնա մինչև Հիսուս Քրիստոսի սոսկալի դատաստանի օրը:

— Անիծյա՛լ Հուդա...— դարձյալ կրկնեցին ամեն կողմից:

— Այլևս ի՞նչ կա, — Հարցրեց տիկինը:

— Մի սուրբ աղբյուր, որ գոյացած է Մարիամ Մագդաղենացու արտա-սուքներից: Կույրերը բժշկվում են, երբ լվացվում են նրա ջրով:

— Ուղարկենք այնտեղ մեր Ֆեդկային, — Ասաց տիկինը, դառնալով դեպի իր ամուսինը:

Ֆեդկան նրանց փոքրիկ որդին էր, որի աչքերից մեկը ծաղկից փչացել էր.

— Բժշկության համար հաստատ հույս և հավատ պետք է, — նրանց խոսքը կտրեց աբեղան:

Աբեղայի պատմությունները Երուսաղեմի նվիրական տեղերի մասին հետզհետե ավելի և ավելի հետաքրքրական էին դառնում: նա խոսեց «թափառական հրեայի» մասին, նա խոսեց «անբան մարգարեի» գերեզմանի մասին, նա խոսեց «պիթենյաց լեռան» և «Գեթսեմանի ձորի» մասին, նա խոսեց «Վա՛յ-Վա՛յ-Գոլի» կոչված լճակի մասին և այլն:

— Այդ ի՞նչ լիճ է, — հարցրեց տիկինը:

— Դա այն լիճն է, — պատասխանեց աբեղան, — Որի մեջ Հիսուս Քրիստոսը մանուկ հասակում մի անգամ լողանում էր ուրիշ շատ երեխաների հետ: Չար երեխաները տանջում էին նրան: Փոքրիկ Հիսուսը վեր առեց մի բուռ ավազ, ցրեց չար երեխաների վրա, նրանք բոլորն էլ գորտեր դարձան և մնում են մինչև այսօր, անդադար աղաղակելով «վա՛յ-վա՛յ», այդ պատճառով էլ այդ լիճը կոչվում է «Վա՛յ-վա՛յ-Գոլի», որը նշանակում է վայ— Վայի լիճ:

Զարմացած տիկինը դարձավ դեպի իր որդիները, ասելով,

— Լսո՞ւմ եք, զավակներս, թե ինչպես է պատժվում չարությունը:

Նրանք կարմրեցին:

Սեղանատանը պատրԱստված էր ճոխ ընթրիք: Տան տերը մտավ այնտեղ տեսնելու՝ միգուցե մի բան պակաս լիներ: նա կանչեց գանգրահեր երիտասարդին նրա հետ խորհրդակցելու:

— Ներեցե՛ք, խնդրեմ, — Հարցրեց նրանից, — ձեր հայր սուրբը որպիսի գինիներ, որպիսի՝ նախաճաշիկներ ավելի շատ է ախորժում:

Գանգրահեր երիտասարդը աչք ածեց հարուստ պատրաստության վրա, մի առանձին ափսոսանքով պատասխանեց.

— Այդ բոլոր գեղեցիկ պատրաստություններից իմ հայր սուրբը ոչինչ չէ կարող ոչ ուտել և ոչ՝ խմել:

— Երևակայեցեք, պատվելի, — Ասաց տան տերը ներողություն խնդրելով, — մենք համարյա անապատների մեջ ենք ապրում, հազարավոր վերստերով մեծ քաղաքներից հեռու գտնվելով, ամեն բանից զրկված ենք: Ինչ որ տեսնում եք այստեղ, այն ևս հազիվ կարելի է գտնել, մենք բերել ենք տվել Մոսկվայից:

— Ներեցեք, տեր իմ, — պատասխանեց երիտասարդը: — Ես լավ չկարողացա հասկացնել իմ միտքը: Այդ բոլորը շատ գեղեցիկ է, չափազանց է և մինչև անգամ արքայավայել է, բայց իմ հայր սուրբի համար չէ:

— Ինչո՞ւ:

— Նա ամբողջ տարին պահեցողությամբ է անցկացնում, համարյա աղ ու հացով, իսկ այստեղ պահոց ոչինչ չկա: Ուտում է միայն սուրբ Հարության զատկին և սուրբ Ծննդյան տոնին, այն ևս ոչ միս, այլ սակավ ինչ յուղեղեն: Իսկ գինիներ ամենևին չէ խմում, միայն պարզ ջուր է գործածում:

— Այդ զարմանալի է, շատ զարմանալի: Հյուրընկալը սաստիկ դժվարության մեջ ընկավ:

Գանգրահեր երիտասարդը նկատելով այդ ասաց նրան.

— Սուրբ գերեզմանի պաշտոնյաները բոլորը այդպես են: Դուք ավելի հարգած կլինեք ձեր հյուրին, եթե թույլ կտաք նրան իր սովորություններին հետևել: Մի պնակ խաշած սիսեռը խիստ ճոխ ընթրիք է նրա համար: Եթե այդ էլ չգտնվի, նա շատ գոհ կլինի, եթե ցամաք հացով կկերակրվի:

Չնայելով ժուժկալության այդ բոլոր խստություններին, տան տերը պատվիրեց պահոց մի քանի տեսակ կերակուրներ, որոնք աբեղային բավական տհաճություն պատճառեցին, թեև նա այդ մասին քաղաքավարությամբ լռեց:

Ընթրիքը վերջացավ ավելի զվարճությամբ, քան թե սպասվում էր: Հայր սուրբը շատ նոր և հետաքրքիր բաներ պատմեց Երուսաղեմի վանքի մասին, աբեղաների խիստ ու աշխարհազուրկ կենցաղավարության մասին, ուխտավորների տոնական հանդիսակատարությունների մասին և այն հրաշքի մասին, թե ո՛րպես սուրբ Հարության զատկի օրը երկնքից լույս է իջնում փրկչի գերեզմանի վրա և սուրբ տաճարի բոլոր ջահերը, բոլոր մոմերը միանգամից վառվում են:

Նրա պատմությունները լցնում էին լսողների սրտերը կրոնական ջերմեռանդությամբ, վառում էին նրանց հավատքը և մի առանձին հոգեզմայլությամբ նրանց սրտերը ձգում էին դեպի այն հեռավոր բիբլիական աշխարհը, ուր ծնվել էին աստծո մարգարեները, ուր տիեզերքի փրկիչը կատարել էր նոր ուխտի Աստվածային պատգամները:

Ընթրիքից հետո, որովհետև հայր սուրբը հոգնած էր, իսկույն սկսեցին մտածել նրա հանգստության համար: Բարեպաշտ տան տիկինը ինքն անձամբ առանձին խնամք էր տանում նրա անկողնի պատրաստության մասին: Այդ զանազան վարագույրներով, բազմաթիվ մեծ և փոքրիկ բարձիկներով, տեսակ-տեսակ վերմակներով և դրոշակներով կազմված փափուկ, փետրային անկողինը կարծես թե պատրԱստված լիներ Մորփեոսի ձեռքով*: Եվ որպեսզի նույն անախորժությունները տեղի չունենային, ինչ որ ընթրիքի ժամանակ կերակուրների վերաբերմամբ, տիկինը կանչեց քնարանում գանգրահեր սարկավագին, տեղեկանալու համար նրա հայր սուրբի քնելու սովորությունների մասին:

— Այդ ի՞նչ է, հարգելի. տիկին, — Բացականչեց գանգրահեր երիտա-սարդը զարմանալով.— դուք, երևի, մտածել եք իմ հայր սուրբին մեղքի մեջ ձգել, ավելի շուտով նա հանձն կառնի պառկել Սադայելի գրկում, քան թե այս փառավոր անկողնու մեջ:

Տիկինը վիրավորվեցավ երիտասարդի երկմտանի նկատողությունից: Երիտասարդը շուտով ուղղեց իր սխալը, ավելացնելով.

— Երուսաղեմի խստակյաց աբեղաները մեղք կհամարեն այս տեսակ փառավոր անկողինների մեջ քնելը: Իմ հայր սուրբը ունի իր առանձին անկողինը, որ միշտ իր հետ է ման ածում, նրա մեջ կպառկի:

Այդ խոսքերի հետ երիտասարդը մտավ այն սենյակը, ուր դրած էին իրանց իրեղենները և բերեց այնտեղից կոշտ մազից պատրԱստված մի վերմակ և մի փոքրիկ բարձ, մեջը լցրած խոտով ու երեսը պատած սև սաֆիանով: Դրանց հետ էր այն մաշված կապերտի կտորը, որ տարածված էր գեղեցիկ դիվանի մանիշակագույն ատլասի վրա, և որին հայր սուրբը գործ էր ածում և իբրև օթոց, և իբրև դոշակ քնելու ժամանակ:

— Ահա նրա մահճի բոլոր պարագայքը, — Ասաց երիտասարդը, ցած դնելով ցնցոտիները, — Այդ տեսակ մահիճը լավ է այն կողմից, որ նրա մեջ դժվար է երկար քնել, և այդ իմ հայր սուրբի համար շատ հարկավոր է: Իսկ այն փառավոր անկողինը հանգիստ քուն կբերե, դա շատ վատ է, վտանգավոր է:

Տիկինը չգիտեր զարմանա՞լ, թե՞ ծիծաղել երիտասարդի միամտության վրա: Վերջը չկարողանալով զսպել իր համբերությունը, ասաց.

— Չէ" որ քնում են հանգստանալու համար:

— Այդ ուղիղ է, պատվելի տիկին, բայց ոչ ամեն մարդիկ: Իմ հայր սուրբը գիշերվա մեջ մի ժամ հազիվ է քնում, հետո զարթնում է, ճրագը վառում է, սկսում է կարդալ:

Ամեն գիշեր պետք է ծայրեծայր վերջացնե Դավթի սաղմոսների ընթերցումը: Հետո կարդում է Սողոմոն իմաստունի առակները, հետո մարգարեությունները, հետո Պողոս առաքյալի թղթերը, և մյուսները այդ կարգով: Մի այսպիսի կոշտ անկողին անհրաժեշտ է, որ քունը չհաղթե մարդուն: Քայց դարձյալ երբեմն չար սատանան հակառակվում է, և քունը հաղթում է: Դրա համար իմ հայր սուրբը հագնում է բոլորովին այլ տեսակ շապիկներ, քան թե հագնում են հասարակ մարդիկ:

Տիկնոջ զարմացումը այժմ փոխվեցավ հետաքրքրության: Նա հարցրեց,

— Ի՞նչ տեսակ շապիկ:

—Եթե պատվելի տիկինը հետաքրքրվում է, ես այս րոպեիս կարող եմ: ցույց տալ:

Երիտասարդը դարձյալ մտավ այն սենյակը, ուր դրված էին իրանց իրեղենները: Բազմաթիվ մեծ և փոքրիկ արկղներից մեկը բաց արավ և այնտեղից դուրս բերեց տոպրակի պես մի բան, որ փուփայկայի նմանություն ուներ այն կողմից, որ երկու նեղ թևքեր ուներ: Տիկինը մինչև ազամ վախեցավ իր ձեռքով շոշափել այդ օտարոտի շապիկը և միայն հեռվից սկսեց նայել նրա վրա: Միայն ինկվիզիցիան կարող էր հնարել մի այսպիսի սատանայական զգեստ իր դատապարտյալներին տանջելու համար: Շապիկը գործված էր նույնպես կոշտ մազից, բայց նրա հյուսվածքի մեջ փայլում էին հազարավոր մանրիկ ասեղիկներ, որոնք իրանց սուր ծայրերը դարձրել էին դեպի այն կողմը, որ պիտի շոշափվեր մարմնի կաշու հետ:

— Դա կոչվում է «զգաստության շապիկ», — սկսեց բացատրել երիտա-սարդը, — դա արթնության մեջ է պահում մարդուն: Դա տանջում է մարմինը և զորություն է տալիս հոգուն: Մեր վանքի բոլոր աբեղաները այս տեսակ շապիկներ են հագնում:

— Այդ սարսափելի է, — Բացականչեց տիկինը: — Ուրեմն նա հիմա էլ հագած ունի:

— Այո՛: Ես էլ նույն տեսակ ունեմ հագած:

Երիտասարդը, իր օձիքը բաց անելով, ցույց տվեց իր «զգաստության շապիկը»: Տիկինը սոսկաց:

Մյուս օրը, առավոտյան պահուն, այդ տան մեջ կատարվեցավ մի հանդիսավոր մաղթանք: Հայր սուրբը ջուր օրհնեց մի խաչով, որի մեջ, ինչպես հավատացնում էր, ամփոփված էր «կենաց փայտի» մի մասը: Ջրօրհնության միջոցին կարդացվեցավ ավետարան, երգվեցան զանազան հոգևոր երգեր:.

Ամբողջ ընտանիքը, ծառաները, աղախինները և հարևաններից շատերը հավաքված էին ընդարձակ դահլիճում, ուր կատարվում էր այդ հոգևոր ծիսակատարությունը: Հայր սուրբը օրհնած ջուրը սրսկեց հանդիսականների վրա, և, երբ վերջացրեց, նախ տան տիրուհին և նրա ամուսինը մոտեցան համբուրեցին խաչն ու ավետարանը, հետո նրանց որդիները, և ապա մնացած բազմությունը, բոլորը համբուրեցին և օրհնություն առին:

Երբ ամեն ինչ վերջացած էր, օտարները հեռացան, դահլիճում մնացին միայն տանեցիքը: Հայր սուրբի կառքը արդեն սպասում էր դռանը, նա շտապում էր ճանապարհ ընկնել: Բայց տան տիկինը խնդրեց, որ մի փոքրիկ նախաճաշիկ անեն և հետո ճանապարհ ընկնեն: Հայր սուրբը հարգեց նրա խընդիրքը:

Նախաճաշիկից հետո, երբ խմում էին վերջին բաժակները և ցանկանում էին հայր սուրբին հաջողություն ու բարի ճանապարհ, մոտեցավ տան տերը և, կրկին համբուրելով հարգելի հյուրի աջը, տվեց նրան մի հաստ ծրար՝ ասելով՛

— Համարեցեք այս փոքրիկ նվերը որպես այրի կնոջ լուման: Ես քրիստոնեական պարտավորություն եմ համարում իմ կարողության չափով մասնակից լինել այն օժանդակությանը, որ նպատակ ունի թեթևացնելու Երուսաղեմի սուրբ տաճարի պետքերը:

Ծրարի մեջ կար 5000 ռուբլի արծաթ:

Հայր սուրբը օրհնեց նրա առատաձեռնությունը, խոստացավ հինգ անգամ պատարագ մատուցանել Երուսաղեմի սուրբ տաճարի սեղանի վրա նրա և իր տիկնոջ հոգիների քավության համար: Բացի դրանից, ընծայեց տան տիկնոջը մի «տերողորմյա», որ շինված էր ձիթապտուղի կորիզներից: Ասաց, որ այդ ձիթապտուղները հասարակ տեսակից չեն, այլ քաղված են Ձիթենյաց լեռան նվիրական ծառերից, որոնց հովանիների ներքո շատ անգամ հանգստանում էր Հիսուս Քրիստոսը ու շատ անգամ խոսում էր նա իր ամենանշանավոր քարոզները:

— Այն օրից անցել է տասնևինը դար, — Ավելացրեց աբեղան, — Այն նվիրական ծառերը, որ արժանացել էին իրանց հովանու ներքո հյուրասիրելու մարդկության փրկչին, մինչև այսօր կենդանի են մնում:

Հետո նա ընծայեց տան տիրոջ երեխաներին մի-մի հատ սադաֆե փոքրիկ փաչեր: — Այդ սադաֆը, — ասաց նա, — հանված է այն ծովից, որտեղից անցավ Մովսեսը Իսրայելի որդիների հետ և ազատեց նրան Փարավոնի գերությունից։ Եվ այդ պատճառով այդ խաչերը կրողները ազատ կմնան ամեն տեսակ չարից ու փորձանքից:

Տան տերը և տան տիրուհին շատ գոհ մնացին իրանց ստացած ընծաների մասին և մեծ շնորհակալությամբ ճանապարհ դրին հարգելի հյուրին:

Նա դարձյալ իր օտարոտի քողը, որի վրա նկարված էր վերջին դատաստանի սոսկալի պատկերը, ձգեց դեմքի վրա, դուրս եկավ և նստեց ծածկված կառքի մեջ։ Կառքը մեկնեցավ:

Գյուղացիների բազմությունը դարձյալ չկարողացավ տեսնել այդ խորհրդավոր աբեղայի երեսը։ Բայց այդ բարի և կրոնասեր գյուղացիները երկար ժամանակ չէին մոռանում հայր Անտոնիոսի ու նրա սարկավագ Ամբրոսիոսի հետաքրքիր պատմությունները Երուսաղեմի նվիրական տեղերի մասին...

Բ

ՇԱՐԺԱԿԱՆ ՄԱԳԱԶԻՆ

Կարծեմ ընթերցողը ճանաչեց հայր Անտոնիոսին և նրա սարկավագ երիտասարդ Ամբրոսիոսին:

Այն բոլոր սրբությունները, որ մենք վաճառում էինք Երուսաղեմի վանքի անունով, նրանցից և ոչ մեկը Պաղեստինայի երկիրը տեսած չէր: Մենք ունեինք մեզ հետ ամեն տեսակ նյութեր, որոնցից պատրաստում էինք հարկավոր եղած իրեղենները: Այդ աշխատությունները կատարում էինք մենք գիշերով և այնպիսի խուլ անկյուններում, որ ոչ ոք մեր արհեստի մասին կասկած ունենալ չէր կարող: Ես սովորել էի շինել գեղեցիկ սաղաֆե խաչեր և ձիթապտուղի կորիզներից «տերողորմյաներ»: Մեր աբիսինիացի խափշիկը գիտեր պատրաստել օրհնության թղթեր և զարդարել նրանց զանազան խորհրդավոր նկարներով: Այդ պարոնը, որ ճանապարհորդության ժամանակ կառապանի պաշտոն էր կատարում, իսկապես աբիսինիացի չէր, նա նույնպես «խաչագող» էր, բայց, երեսի մուգ-դեղին կաշին և դեմքի գծագրությունը փոքր-ինչ աբիսինիացու նման լինելով, քավոր Պետրոսը պահում էր իր մոտ իբրև մի ցույց:

Ինքը քավոր Պետրոսը գիտեր պատրաստել «քավության պատանքներ»: Այսպիսի պատանքներ, ճշմարիտ է, պատրաստվում են Երուսաղեմի վանքում, և միաբանությունը մի-մի հատ ընծայում է այն ուխտավորներին, որոնք մի նշանավոր քանակությամբ նվերներ էին տված վանքի գանձարանին: Իսկ մերը իսկականը չէր, մեր ունեցածը մեր ձեռագործն էր: Բայց այնքան ճշտությամբ նմանեցրած էր իսկականին, որ կարող էր գրավել ամեն մի մոլեռանդի սնահավատությունը: Այն սպիտակ կտավի վրա տպված էին գույնզգույն ներկերով փրկչի մարդեղության խորհրդի բոլոր նկարագիրները. նրա ծնունդը, մկրտությունը, խաչելությունը, հարությունը և այլն: Բացի դրանցից, կային նրա վրա զանազան սրբերի, հրեշտակների և հրեշտակապետների պատկերներ:

Մեր արհեստի ճյուղերից մեկն էր պատրաստել այդպիսի պատանքներ: Կտավը և ներկերը կարելի էր ամեն տեղ գտնել. իսկ փայտի վրա փորագրած պատկերները մեզ հետ ունեինք: Շատ գիշերներ անց էինք կացնում պատանքներ, խաչեր, «տեր-Ողորմյաներ» և այլ դրանց նման իրեղեններ պատրաստելով: Եվ այդ բոլորը Երուսաղեմի վանքի անունով վաճառելով, մեծ վաստակ էր բերում մեզ:

Այս րոպեիս էլ, այդ տողերը գրելու ժամանակ, սարսափում եմ ես, իմ մարմնի վրա դող է ընկնում, երբ մտաբերում եմ մեր կատարած չարագործությունները: Արդյոք, ո՜ր աստիճան բարոյապես ընկած էինք մենք, որքան մեծ էր մեր մեջ անպատկառ անզգալությունը, որ համարձակվում էինք կրոնը, եկեղեցու սրբությունները մեր խաբեբայությունների, մեր շահասի-րության առարկա դարձնեք...

Մենք ման էինք ածում մեզ հետ մի ամբողջ շարժական մագազին: Մեր սնդուկների մեջ կային ամեն տեսակ մթերքներ: Որտեղ ո՛րը շահ էր բերում, այն էինք վաճառում: Գնալով ավելի և ավելի ներս էինք մտնում կայսրության հեռավոր գավառները, միշտ խույս տալով մեծ քաղաքներից: Այդ առանց պատճառի չէր: Ո՛ւր ավելի տիրում էր մտավոր խավարը, ուր ժողովուրդը դեռ գռեհկության մեջ էր, այնտեղ ավելի առատ էր լինում մեր հունձքը...

Խաբել, սուտ խոսել, կողոպտել, ամեն տեղ մի նոր կեր պարանք տալ իրան՝ այդ խարդախությունների մեջն էր մեր գործունեությունը: Մենք ունեինք մեզ հետ ամեն տեսակ պարագայք, ամեն տեսակ հարմարություններ, մի տեղ իրան ձնացնելու որպես ասիացի վաճառական, մյուս տեղ որպես կրոնավոր, մի այլ տեղ՝ հասարակ արհեստավոր և երբեմն մուրացկան, բժիշկ, կախարդ, ձեռնածու և այլն:

Խաչագողը անդադար պետք է փոխե իր կերպարանքը, նա միշտ միևնույն դերի մեջ մնալ չէ կարող: Ես ուրախ էի, որ բավական վարժված էի այդ բոլորի մեջ և հպարտանում էի իմ ճարպկություններով... Քավոր Պետրոսը գովում էր իմ հառաջադիմությունը, ասելով.

— Մուրադ, զավակս, դու խելացի տղա ես, ամեն բան շատ շուտ սովորեցար...

Քիչ չէր պատահում, որ մեր ծուղակի մեջ ընկնում էին այնպիսի բարեպաշտ քրիստոնյաներ, որպիսիք էին հարուստ կալվածատերը և նրա միամիտ տիրուհին, որոնց պատկերները տեսանք նախընթաց գլխում: Բայց զարմանալին այն է՛ր, թե ի՛նչպես էր հաջողվում մեզ գտնել այդպիսիներին: Ահա ի՞նչպես:

Ամեն մի քաղաք կամ մեծ գյուղ մտնելու՛ց հետո քավոր Պետրոսը ինձ իր հետ առնելով՝ կգնայինք մի հյուրանոց: (Այդպիսի տեղերը հաճախում էինք հասարակ արհեստավորի հագուստով:) Առհասարակ ընտրում էինք այնպիսի հյուրանոցներ, ուր հաճախում էր ժողովրդի ստոր, միևնույն ժամանակ անբարոյական մասը: Ուր ամեն տեսակ մարդկանց կարելի էր գտնել, սկսյալ փողոցային սրիկաներից, ավազակներից, մինչև խաղամոլներ, գրպանահատներ, մոլարբուներ և այլն: Այդ հասարակությունը գիտե քաղաքի բոլոր գաղտնիքները: Առանց նպատակի չէր, որ քավոր Պետրոսը ընտրում էր այդպիսի անառակ տեղեր: Կտեսնեիր, մեկին գտավ: (Նա իր նպատակներին հարմար մարդիկ գտնելու մեծ ընդունակություն ուներ): Կսկսեր նրա հետ ծանոթանալ, իր հաշվով խմեցնել և թուղթ խաղալ: Թղթախաղի մեջ ոչ ոք քավոր Պետրոսի հետ կարող չէր մրցություն անել: Թայց այսպիսի դեպքերում դիտմամբ միշտ տանուլ էր տալիս, որպեսզի իր նոր ծանոթին ավելի ևս մտերմացնի իր հետ: Խաղը, խմելը տևում էր ամբողջ ժամեր: Այդ միջոցում նա կարողանում էր թափ տալ իր խաղակցի գլխից այն գաղտնիքները, ինչ որ իրան պետք էր: Դա կատարվում էր այնքան անզգալի կերպով, մինչ նրա խաղընկերը ոչինչ չէր նկատում:

Մի այսպիսի հյուրանոցի մեջ, փոքրիկ գավառական քաղաքում, քավոր Պետրոսը տեղեկացավ մի պառավ տիկնոջ գաղտնիքների: Հաղորդողը նույն տիկնոջ ծերունի սպասավորն էր, որ մանկությունից ծառայել էր նրա մոտ, բայց ալևոր հասակում արտաքսված էր չափազանց արբեցության համար: Տիկինը այն պառավներից մեկն էր, որ իրանց մանկությունը անց են կացնում զանազան զվարճությանց փոթորիկների մեջ, իսկ գերեզմանին մոտենալու ժամանակ մտածում են առաքինի լինել: Նա ապրում էր իր կալվածներում, որոնց մեջ մի քանի հազար հոգի ճորտեր կային: Կալվածները գտնվում էին քաղաքից երկու հարյուր վերստ հեռավորության վրա:

— Դա խիստ պարարտ որս է Երուսաղեմի աբեղայի համար, — Ասաց քավոր Պետրոսը, և մյուս օրը վաղ առավոտյան պատրաստվեցանք այնտեղ գնալու:

Քավոր Պետրոսը շատ լավ գիտեր, թե ամեն մի տեղ գնալու համար ի՞նչ տեսակ պատրաստություններ էին հարկավոր, որպես հմուտ զորապետը իսկույն կշռում է, թե այսինչ բերդը գրավելու համար ո՞ր կողմից կամ որքան թնդանոթներով պետք է ռմբակոծել: Բայց այն առավոտ այնքան շտապեց նա, որ մոռացավ մի քանի անհրաժեշտ բաներ:

Ծածկված կառքը իր հինգ միագույն ձիաներով թողեց քաղաքում, հրամայեց լծել մի ճանապարհորդական թեթև սայլակ երեք ձիաներով: Մեր սնդուկները մնացին նույն հյուրանոցում, որտեղ իջևանել էինք: Աբիսինիացին մնաց այնտեղ մեր իրեղենները պահելու համար: Մենք ճանապարհ ընկանք արևի ծագելուց շատ առաջ: Ես կառավարում էի ձիաները, իսկ քավոր Պետրոսը, փաթաթված իր աբեղայական լայն վերարկուի մեջ, նստած էր սայլակի վրա:

Երեկոյան պահուն մենք հայտնվեցանք պառավ տիկնոջ տանը հասարակ աբեղաների հագուստով, առանց որևիցե հանդիսավոր ձև տալու մեր այցելությանը: Պառավը բարեսրտությամբ ընդունեց մեզ, որպես աղքատ օտարերկրյա կրոնավորների, և ավելի շարժվեց նրա գութը, երբ լսեց սուրբ Երուսաղեմի անունը:

Քավոր Պետրոսը հրամայեց ինձ փոքր-ինչ հիվանդ ձևանալ, որ

առիթ ունենանք այն գիշեր մնալ պառավի տանը: Տիկինը այնքան բարեսիրտ էր, որ խորին ցավակցությամբ խղճալով իմ վրա, իր ձեռքով խինա խմացրեց, պատվիրեց աղախիններին, որ իմ ոտների տակ տաք ջրով լցրած շշեր դնեն, որպեսզի ես քրտնեմ, որովհետև մրսած էի:

Թե ի՞նչ ասաց, ի՞նչ խոսեց քավոր Պետրոսը տիկնոջ հետ, ես չգիտեմ, որովհետև ես պառկած էի մյուս սենյակում, ես հիվանդ էի:

Առավոտյան ինձ լավ էի զգում: Քավոր Պետրոսը պատրաստվեցավ մի թեթև մաղթանք կատարելու, որ հետո հեռանանք: Հայտնվեցավ, որ քավոր Պետրոսը մոռացել էր իր հունարեն ավետարանը և նրա տեղը սխալմամբ վեր էր առել մի հաստ, մագաղաթյա գիրք, գույնզգույն ներկերով գրված: Դա հայերեն հին բժշկարան էր, որից երբեմն օգուտ էր քաղում քավոր Պետրոսը իր բժշկությունները անելու ժամանակ: Նրա մեջ կային շատ բաներ, օրինակ, լոշտակի բույսը գտնելու աղոթքը, զանազան հոդվածներ «Վեցհազարյակի» կախարդական արհեստից, տեսակ-տեսակ աստղագիտական աղյուսակներ, համաստեղությունների մարդկանց ճակատագրի վրա ունեցած լավ կամ վատ ազդեցությունը և այլն:

Քավոր Պետրոսը ամենևին չշփոթվեցավ, երբ նկատեց, որ հունարեն ավետարանի փոխարեն այդ գիրքն է վեր առել: Նա սկսեց կարդալ: Իր ընթերցանության մեջ գործ էր ածում այնպիսի բառեր, այնպիսի խոսքեր, որ ոչ մի լեզվի մեջ չէր կարելի գտնել: Բոլորը ինքն էր հնարում: Ես էլ ոչինչ չէի հասկանում: Բայց այնպիսի մի ջերմեռանդության ձև էր տալիս թե իր առոգանությանը, թե՛ արտասանությանը և թե ձայնին, որ անկարելի էր կասկածել, թե նրա կարդացածը Սուրբգիրքը չէ:

Ես էլ սկսեցի քավոր Պետրոսի օրինակին հետևել: Բայց որ նրա նման հնարած, անմիտ խոսքեր կարդալ, այլ երգել զանազան «ջանգյուլումներ» և հայերեն ռամկական երգեր, որ սովորել էի մանկությանս ժամանակ: Իմ ձայնը վատ չէր, հոգևոր երգերը ես էի երգում:

Մեր ամբողջ ծիսակատարությունը վերջացավ մի հիմար երգով, որի մեջ դարձյալ փոքրիշատե միտք կար: Դա վերջին մեղեդին էր:

Քավոր Պետրոսը սկսեց.

«Մեր տղա, որսի ժամանակ է,
Մեր գործն այստեղ հաջողակ է,
Պառավի գլուխը դատարկ է,
Որքան կարող ես՝ Հավաքե…
Ալելուիա, ալելուիա,
Մոխ ու սխտոր, ալելուիա,
Կանաչ կխտոր, ալելուիա»:

Ես պատասխանեցի նույն եղանակով,

«Վերջացավ մեր պատարագը,
Հիմա պարպենք պառավի քսակը,
Հիմարների այդ տեսակը Կկատարե մեր փափագը...
Ալելուիա, ալելո՛ւիա,
Մոխ ու սխտոր, ալելուիա,
Կանաչ կխտոր, ալելուիա...

Մեր օրհներգությունը, որքան և խաբեական լիներր այսուամենայնիվ խորին ազդեցություն գործեց պառավի վրա, խաչագողները շատ անգամ զվարճության առարկա են դարձնում իրանց արհեստը, այսօր մենք նույնպես վարվեցանք:

Պառավը առաջարկեց նախաճաշիկ ուտել: Այս անգամ քավոր Պետրոսը չէր խորշում կերակուրներից և թարգմանի բերանով չէր խոսում: Նա անդադար հանաքներ էր անում և երբեմն նուրբ սրախոսություններով ծիծաղեցնում էր պառավին: Բայց երբ պառավը առաջարկեց նրան հարյուր ռուբլի «աջահամ-բույր», քավոր Պետրոսը այն ժամանկ միայն ընդունեց ծանր և մինչև անգամ խիստ կերպարանք և մերժեց արծաթը, ասելով.

— Այդ բավական չէ ձեր մեղքերը քավելու համար, տիկին:

— Ի՞նչ մեղքեր, — Հարցրեց պառավը վրդովված կերպով:

Քավոր Պետրոսը ինձ աչքով արեց, ես սենյակից դուրս եկա, նրանք մնացին մենակ: Մյուս սենյակից ես լսում էի նրանց խոսակցությունը:

— Ի՞նչ մեղքեր, — կրկնեց պառավը:

— Մի՛ թաքցրեք, տիկին, ես բոլորը գիտեմ... Ձեր անցյալի սարսափելի պատկերը նկարված է իմ աչքի առջև:

— Որպե՞ս:

— Դուք մի ծեր գեներալից միակ զավակն էիք:

— Այդպես է:

— Հորից մեծ ժառանգություն ստացաք:

— Ուղիղ է:

— Պետերբուրգում ամուսնացաք մի մեծ աստիճանավորի հետ:

— Այդպես է:

— Դուք միմյանց հենց սկզբից չէիք սիրում, նա հրապուրվեցավ քո փողով, իսկ դու նրա աստիճանով:

Վերջին խոսքերը լսածին պես պառավի երեսի խորշոմների մեջ նկատվեցան ցնցումներ: Քավոր Պետրոսը շարունակեց.

— Դուք չսիրեցիք ձեր ամուսնին, որովհետև ձեր սիրտը ուրիշին էր պատկանում...

— Հետո՞:

— Ձեր ամուսնի խանդոտությունը առիթ եղավ նրա մահին...

— Աստվա՛ծ իմ: Բավական է:

— Լսեցեք, դեռ բոլորը չէ: Դուք թունավորեցիք օրինավոր ամուսնին, որ ազատ կյանք վարեք սիրականի հետ: Պառավը կրկին գոչեց զարհուրելով,

— Բավակա՛ն է, ի սեր աստծու:

— Դեռ բավական չէ: Ես բոլորը դեռ չեմ ավարտել: Լսեցեք: Դո՛ւք սպանեցիք ամուսնին, որ ավելի ազատ ապրեք սիրականի գրկում, և ձեր եղեռնագործությունը ծածկելու համար նրա հետ միասին գնացիք արտասահման: Այնտեղ սիրականը վատնեց ձեր փողերը, կողոպտեց ձեզ և մաշված լաթի նման մի կողմ ձգեց: Դուք վերադարձաք Պետերբուրգ: Այստեղ երկար մնալ չկարողացաք, որովհետև հանապազ ձեզ տանջում էր մի կողմից սպանված ամուսնի ուրվականը, մյուս կողմից խաբված սերը... Ձեր խիղճը հանգստացնելու համար դուք տեղափոխվեցաք այդ գյուղը, որ միակ կտորն էր մնացած ձեր հոր ահագին հարստությունից, և այնուհետև սկսեցիք մխիթարություն որոնել գյուղական առանձնության մեջ:

— Բավական է, դուք բոլորը գիտեք... Ես սարսափում եմ...

— Ես պետք է վերջացնեմ: Այդպես էր ձեր տխուր անցյալը: Հիմա նայեցեք, ահա ձեր ապագայի սոսկալի նկարագիրը իմ առջև բացված է տարտարոսը, ծծումբի բոցերի միջից հազիվ նշմարում եմ ձեր սարսափած դեմքը... սատանաները բորբոքում են կրակը, ձեր տանջանքը ավելի և ավելի սաստկացնելու համար... Իսկ այնտեղ, հեռու, մի բարձրության վրա, տեսնում եմ կանգնած մի մարդ, որպես վրեժխնդրության բողոքավոր արձան կանգնած է նա, նայում է ահռելի դեմքով և աղաչավոր ձեռքերը մեկնել է դեպի հավիտենական աթոռը, արդարադատություն է խնդրում... Դա ձեր ամուսնի պատկերն է...

Վերջին խոսքերը համարյա թե չլսեց պառավը, որովհետև նա արդեն ուշաթափ ընկած էր: Քավոր Պետրոսի մոգական ազդեցությունը կրկին նրան ուշքի բերեց, և բռնելով նրա թևից, նստեցրեց դիվանի վրա:

Փոքր-ինչ հանգստանալուց հետո արտասուքը աչքերում հարցրեց նա,

— Այդ դուք ո՞րտեղից գիտեք:

— «Աստուծո մարդը» ամեն բան գիտե, — պատասխանեց քավոր Պետրո-սը ծանր կերպով:

Բավական մեծ քանակությամբ արծաթ արժեց պառավին, մինչև «աստուծո մարդը» հոժարեցավ քավել նրա մեղքերը և ազատեց դժոխքի տանջանքներից: Բացի դրանից, տվեց նրան մի սուրբ պատանք, որպես Երուսաղեմի հիշատակ, և պատվիրեց մեռնելուց հետո նրանով թաղվել, ասելով, թե չար ոգիները երբեք չեն համարձակվի մոտենալ նրա մարմնին:

Պառավին ըստ կարգին կողոպտելուց հետո վերադարձանք հյուրանոցը, ուր թողել էինք մեր իրեղենները: Այստեղ գտանք աբիսինիացուն անհայտացած: Մեր հարցերին հյուրանոցի տերը ոչինչ բացատրել չկարողացավ, որից կարելի լիներ մի որոշ հետևանքի հանելը: Բայց քավոր Պետրոսը իսկույն հասկացավ պատահածը և մտավ սենյակը, որտեղ դրած էին մեր իրեղենները: Նա սկսեց քննել արկղները: Նրանցից մեկի կողպեքը կոտրած էր: Դա միևնույն արկղն էր, որի մեջ սովորաբար պահում էինք մեր փողերը: Պակաս էր հիսուն հազար ռուբլի: Ես հիշեցի հայկական առածը.

«Գողը գողից գողացավ, Աստված տեսավ, զարմացավ»...

— Ես այդ վաղուց սպասում էի...— Ասաց քավոր Պետրոսը և սկսեց ծիծաղել:

Զարմանալի բնավորություն ուներ այդ մարդը, ոչինչ նրան վրդովեցնել չէր կարող: Դա այն տեսակ քարասիրտ մարդիկներից էր, որոնք ոչ դժբախտության ժամանակ տրտմել գիտեն և ոչ հաջողության ժամանակ ուրախանալ: Ես չկարողացա համբերել և փոքր-ինչ կոպիտ կերպով ասացի նրան.

— Հիսուն հազար ռուբլի տարել է անպիտանը, և դուք դեռևս ծիծաղո՞ւմ եք: Հենց այս րոպեին պետք է նրա ետևից ընկնել:

— Երբ խաչագողը անհայտանում է, նրա հետևից այլևս չեն ընկնում, — Պատասխանեց նա, դարձյալ իր ծիծաղը շարունակելով:

— Ինչո՞ւ:

— Նրա համար, որ անկարելի է գտնել:

— Ես այդ անպիտանին հենց այս գիշեր կարող եմ բռնել:

— Չես կարող: Եթե նա իմ աշակերտն է, ես լավ եմ ճանաչում, թե ի՛նչ պտուղ է...

Աբիսինիացին քավոր Պետրոսի ամենաընդունակ աշակերտներից մեկն էր: Նրա իսկական անունը Մաթոս էր, բայց չափազանց խորամանկության համար կոչում էին «Շեյթան Մաթոս», որ նշանակում էր սատանա Մաթոս:

Ես հարցրի քավոր Պետրոսից,

— Դուք ասում եք, թե վաղուց սպասում էիք մի այսպիսի վարմունք նրա կողմից: Երբ այսպիսի կասկած ունեիք նրա վրա, ինչո՞ւ չէիք հեռացնում ձեզանից:

— Երբ խաչագողը կասկած ունի իր ընկերի վրա, այդ դեպքում ոչ նրանից բաժանվում է և ոչ հեռացնում է իրանից.

— Ապա ի՞նչ է անում:

— Սպանում է...

Վերջին խոսքը ակամա թռավ քավոր Պետրոսի բերանից:

— Սպանո՛ւմ է...— կրկնեցի ես հետաքրքրությամբ:

— Ուրիշ ճար չկա: Եթե կասկածավորին կենդանի հեռացնե, այնուհետև պետք է զանազան չարիքներ սպասե նրա կողմից: Նա կարող է դավաճանել, կարող է մատնել, մի խոսքով, շատ վնասներ կարող է տալ, որովհետև իր ընկերի գաղտնիքների մասին շատ տեղեկություններ ունի:

— Որպես աբիսինիացին մեր գաղտնիքների մասին:

— Ուրեմն ինչո՞ւ չսպանեցիք նրան:

— Խոստովանում եմ, որ այդ դեպքում ես սաստիկ ծույլ գտնվեցայ: Միշտ այսօր էգուց ասելով, գործը այնքան հետաձգեցի, մինչև նա ավելի ճարպիկ գտնվեցավ:

— Այո՛, ճարպիկ գտնվեցավ, բացի հիսուն հազար ռուբլի հափշտակելը, տարավ իր հետ մեր գաղտնիքների մեծ մասը: Այսուհետև նա ամեն տեսակ խաղ կարող է խաղալ մեզ հետ:

— Կարող է...— ասաց քավոր Պետրոսը, — մանավանդ երբ կմտածե, որ մենք նրան հանգիստ չենք թողնի...

Այդ ժամանակ միայն ես նկատեցի քավոր Պետրոսի դեմքի վրա վրդովմունքի նշաններ: Նա առ ոչինչ էր համարում հիսուն հազար ռուբլու հափշտակությունը: Փողի կորուստը նրան չէր կարող խռովություն պատճառել. փող նա միշտ կարող էր գտնել:

Բայց նրան վրդովեցնում էր իր խաբված դրությունը: Նա սաստիկ վիրավորանք էր համարում, որ գտնվեցավ աշխարհում մի մարդ, որը կարողացավ խաբել քավոր Պետրոսին, այդ խաբեբայության մեծ հանճարին...

— Պետք է նրան «ներողամտության նշան» ցույց տալ, — Ասաց քավոր Պետրոսը և վառեց երկու մոմ, դրեց լուսամուտի առջև ներսի կողմից:

Դրսում տիրում էր գիշերային խավարը:

— Ա՞յդ է «ներողամտության նշանը»:

— Այդ է: Պետք է նրան միամտացնել, որ մենք ներում ենք, որ մենք այլևս չենք հալածի նրան:

Քավոր Պետրոսի վարմունքը ինձ բոլորովին ծիծաղելի երևաց: Ես ասացի,

— Նա կորավ, գնաց և գուցե այժմ մի քանի հարյուր վերստ հեռացել է այս քաղաքից: Նա ո՞րտեղից պետք է տեսնե այդ «ներողամտության նշանը»:

— Նա գուցե այս րոպեիս պտտվում է մեր հյուրանոցի շուրջը:

Ես խլեցի մի տապար, որ այնտեղ դրած էր, և դուրս վազեցի, գոչելով.

— Եթե այդպես է, ես հիմա նրա փոքրիկ գլուխը կջարդեմ:

Քավոր Պետրոսի զորեղ ձեռքերը բռնեցին ինձ: Նա ասաց բավական հեգնական եղանակով.

— Ավելի լավ կանես, եթե նրա փոքրիկ գլխով ու փոքրիկ մարմնով չխաբվես: Նա թեև պստիկ է, բայց ճստիկ է: Նա վագրի սիրտ ունի և՝ առյուծի ուժ:

Այդ խոսքերը սաստիկ վիրավորեցին իմ հպարտությունը, և ես փոքր-ինչ տաքացած կերպով պատասխանեցի.

— Դուք կարծում եք, որ ձեր «ներողամտության նշանը» կօգնե՞, և նա կհավատա , որ դուք այսուհետև չեք հալածի նրան, և իր անձը պաշտպանելու համար չի մատնի ձեզ:

— Օրինավոր խաչագողը պետք է այնքան ազնվություն ունենա, որ հավատա: Այդ նշանը մեր մեջ ընդունված է որպես մի սուրբ պայման, որի դեմ հազիվ թե կմեղանչեր ամենաստոր խաչագողն անգամ:

Գ

ԵՐԿՐՈՐԴ ՔԱՅԼ, ՍՊԱՆՈՒԹՅՈՒՆ

Քավոր Պետրոսը զարմանալի հոտառություն ուներ վտանգի ժամանակ։ նա իսկույն հասկանում էր, երբ կարող էր պատահել որևիցե անհաջողություն։ Պառավին ըստ կարգին կողոպտելուց հետո, աբիսինիացու անցքից հետո, մի անգամ ասաց ինձ.

— Մուրադ, պետք է առժամանակ փոխել մեր մորթը...

Ես հասկացա նրա միտքը։ Նա ասել էր ուզում, թե պետք է փոխել մեր կերպարանքը, մեր արհեստի ու պարապմունքի ձևը։ Ես շատ շուտ էի հասկանում նրա բոլոր փոխաբերական խոսքերը, օրինակ, երբ նա ասում էր՝ «երկինքը ամպած է», ես գիտեի, որ դա նշանակում է, թե փոթորիկը մոտ է, սպառնում է վտանգ։ Այսպես մեր մեջ խոսքերի մեծ մասը պայմանավորված էին, ունեին առանձին միտք։

Պատրաստվեցանք փոխել մեր «մորթը»։

Նույն օրը թողեցինք մեր կեցած հյուրանոցը, գիշերով անցանք մի այլ հյուրանոց։ Այդ այն նպատակով էր, որ այստեղ մեր կերպարանափոխությունը ոչ ոք չնկատե, որովհետև առաջին հյուրանոցում բավական ճանաչված էինք։ Քավոր Պետրոսը կարճացրեց իր փառահեղ սպիտակ մորուքը, որ ծածկում էր նրա ամբողջ կուրծքը, խուզել տվեց գլխի աբեղայական երկայն մազերը, հետո ներկեց սև գույնով և համարյա թե երիտասարդացավ։ Նրա դեմքը դեռ բավական թարմ էր մնացել, միայն մազերը վաղօրոք սպիտակել էին։ Նույնը հրամայեց անել և ինձ։ Իմ սև սաթի պես փայլուն մազերը ներկելու պետք չունեին, ես միայն կարճացրի, իսկ երեսիս մազերը դեռ այնքան չէին աճել, որ հարկավոր լիներ կտրել։ Մենք ձգեցինք մեր աբեղայական հագուստը, մի կողմ՛ գրեցինք խաչն ու ավետարանը և ստացանք ա՛ղքատ, թափառաշրջիկ մանրավաճառների կերպարանք։ Անցանք մի այլ գավառ։ Այստեղ մեր ձիաները, ճանա-պարհորդական սայլակը և, ինչ որ ավելորդ ունեինք, բոլորը վաճառվեցան։ Մի քանի անհրաժեշտ իրեղեններ, որ կարող էին երբեմն մեզ պետք գալ, պահվեցան։ Ո՞ւմը պահ տվեց քավոր Պետրոսը, ես հասկանալ չկարողացա։

Հագանք ճանապարհորդական կոշիկներ, ծնկներից վեր բարձր վզերով, և սկսեցինք ոտքով թափառել գյուղից գյուղ։ Քավոր Պետրոսը կրած ուներ մի փոքրիկ արկղիկ, իսկ ես շալակել էի մի ահագին արկղ զանազան հարկերով, զանազան լայն և անձուկ խորշերով, որոնց յուրաքանչյուրի մեջ դարսված էին առանձին տեսակ վաճառքներ: Երբ մտնում էինք մի գյուղ, ես մանրավաճառների սովորական ձայնով եղանակում էի. «մանդրո՛ւք ապրանք... մանդրո՛ւք ապ-րանք... լավ ասեղներ, թելեր, գուլպաներ, ձեռնոցներ, պատկերներ, հուլունքներ», և այլն:

Իսկ շատ անգամ նույն երկրի լեզվով երգում էի մի այսպիսի երգ.

«Լի՛ քն՛ է, լի՛ քն է իմ արկղիկը
Գույնզգույն փարչաներով.
Թող գնե սիրուն աղջիկը,
Ես կտամ էժան գնով:
Չթեր ունեմ ես զանազան,
Ծաղիկներով զարդարած,
Մատնիք ունիմ , ապարանջան,
Շուրջը ակներով շարած:
Դուրս ե՛կ, դուրս ե՛կ, կարմիր աղջիկ,
Կզարդարեմ քո մատները.
Եթե կտաս ինձ մի պաչիկ,
Ձրի կառնես իմ չթերը»:

Իմ ձայնը վատ չէր: Առհասարակ մանրավաճառի ձայնը այն ուրախալի ձայներից մեկն է, որ խիստ հազիվ անգամ լսելի է լինում քաղաքներից հեռու ընկած գյուղերի մեջ: Այդ ձայնը մոգական ազդեցություն է գործում: Իսկույն դուրս են վազում խրճիթներից կիններ, աղջիկներ, երեխաներ և, հավաքվելով ցանկալի հյուրի շուրջը, թափում են նրա քսակի մեջ իրանց տարիներով խնայած գրոշները: Ա՛խ, ո՛րքան ուրախալի բան է առևտուր ունենալ մի այսպիսի միամիտ հասարակության հետ, որ ոչինչ տեղեկություն չունի վաճառքի թե՛ արժողության և թե՛ որպիսության մասին:

Ճորտությունը այն ժամանակ դեռ տիրում էր այդ երկրում: Գյուղերում երբեմն պատահում էին մի-մի հարուստ տներ: Դրանք ըստ մեծի մասին շինում էին կալվածատերեր, որոնց պատկանում էր գյուղը իր ճորտերով: Մեզ հրավիրում էին աղայի տունը: Շատ անգամ ամբողջ ժամեր էին անցնում, մինչև տիկինը ընտրում էր իր համար ձեռնոցներ, մանկահասակ օրիորդը՝ անուշահոտ յուղեր, աշակերտ որդին՝ մատիտներ, գրիչներ, երեխաները՝ խաղալիքներ, աղախինները՝ գլխի թաշկինակներ, մի խոսքով, ամեն մեկը ընտրում էր իր պետքերի համար զանազան բաներ: Այնուհետև պետք էր երկար ու բարակ բազար անել, երդվել, ստախոսել, գովաբանել վաճառքը և այլն:

Այդպիսի դեպքերում քավոր Պետրոսը առհասարակ ինձ էր թողնում առևտուրը առաջ տանել: Իմ դեմքը բավական գեղեցիկ էր: Ես ընդունակ էի գրավելու, հարկավոր ժամանակ հանաքներ և սրախոսություններ անելու: Այդ պատճառով դեռահաս աղջիկներին ավելի ախորժելի էր ինձ հետ բազար անեի քան թե մռայլոտ քավոր Պետրոսի հետ գործ ունենալ: Գեղեցկադեմ գործակա-տարը մի լավ գրավական է առևտրի հաջողությանը, մանավանդ երբ գնողները կանայք ենք:

Շատ անգամ ես դիտմամբ գործը երկարացնում էի, ավելի այն ժամանակ, երբ տեսնում էի, որ, ինչպես ասում են, մեկի «աչքումը լույս կար»: «Օրիորդ, ասում էի, ձեր գեղեցիկ գլխին շատ կսազի այդ հիանալի վարսակալը, հատուկ ձեր սիրուն մազերի համար պատրԱստված է»: Օրիորդը ժպտում էր, խնդրում էր մորից գնել այն վարսակալը:

Ի՞նչ էր անում քավոր Պետրոսը:

Տեսար, մոտեցավ տան պառավին: (Ըստ մեծի մասին այնպիսիներին, որոնց վրա տանեցիք ուշադրություն չեն դարձնում, միայն նայում են որպես մի հնացած, գործածությունից ընկած կարասիքի վրա): Կսկսեր զբաղեցնել նրան, առածներ, առակներ կպատմեր և արտասվելու չափ կծիծաղեցներ: Նա առանձին ընդունակություն ուներ պառավներին գրավելու: Այդ միջոցին ես առևտուրը ավելի ձգձգում էի, որպեսզի քավոր Պետրոսը ավելի երկար ժամանակ ունենա, որպես նա սովորաբար ասում էր՝ «տան հիմարի ուղեղը թափ տալու...»:

Այդ առանց նպատակի չէր: Որովհետև քավոր Պետրոսը իր հատուկ խորամանկությամբ, տեղեկանալով նույն տան հանգամանքներին, այնուհետև քիչ չէր պատահում, որ մի անգամ իր արկղով այն տունը մտնող մանրավաճառը մյուս անգամ հայտնվում էր բոլորովին ուրիշ կերպարանքով, խաչով, ավետարանով, կամ սրով՝ գիշերային մթության մեջ...

Եվ այդպես, մեր մանրավաճառությունը ուներ ոչ թե շահեկան նպատակ, այլ մենք գործ էինք դնում որպես մի միջոց, որ նրա պատրվակով կարողանայինք մեր ցանկացած տեղերը մտնել, հետազոտել, լրտեսել, առանց մեզ վրա կասկած հարուցանելու:

Ես մինչև այսօր սարսափելով հիշում եմ մի դեպք... մինչև այսօր զգում եմ իմ ձեռքերի վրա այն անմեղ արյան թացությունը...

Գտնվում էինք փոքրիկ գավառական քաղաքում: Մենք մտանք մի տուն, իհարկե, իբրև մանրավաճառներ: Քավոր Պետրոսը սովորություն ուներ հարկը պահանջած տեղերում ցույց տալ իրան կա՛մ հիմար, կամ ապուշ և կամ չափից դուրս միամիտ: Այդ տան մեջ նա ձևացրեց իրան սաստիկ երկչոտ:

Այնտեղ ապրում էին չորս հոգի միայն՝ երկու ալևոր ամուսիններ, մի սպասավոր և մի աղախին: Ամուսին այրը ծխում էր յուր չիբուխը և անդադար զանգատվում էր ռևմատիզմից: Պառավ տան տիկինը զբաղված էր իր մոխրա-գույն թութակով և երկու սպիտակ կատուներով, որոնք նրա գլխավոր մխիթարությունն էին ներկայացնում:

Երբ որ մենք ներս մտանք, թութակը արտասանեց մի քանի մարդկային բառեր: Քավոր Պետրոսը զարհուրեցավ... Այդ մարդը, որ հազար սատանաներից երկյուղ չուներ, «սատանա՛ն... սատանա՛ն»... աղաղակելով, ճիչ բարձրացնելով, դուրս փախավ: Տանտիկնոջ վրա ցավալի ներգործություն ունեցավ, երբ տեսավ, որ իր թութակը անզգուշությամբ վախեցրեց խեղճ մարդուն:Նա իր սպասավորին ուղարկեց, մի կերպով հետ բերեցին քավոր Պետրոսին: Պառավը երկար աշխատում էր համոզել, հանգստացնել նրան, հավատացնելով, որ իր տեսածը սատանա չէ, այլ հասարակ, թռչուն է, միայն սովորել է մի քանի բառեր արտասանել: Քավոր Պետրոսը, որ մի քանի անգամ եղել էր թութակների հայրենիքում և ահագին խումբերով էր տեսել նրանց Հնդկաստանի կղզիներում, վերջապե՛ս համոզվեցավ, որ իր տեսածը սատանա չէր, մանավանդ, երբ պառավը դրեց նրան իր ոսկրացած ձեռքի վրա և սկսեց շաքար ուտացնել:

Բարեսիրտ ամուսինները, քավոր Պետրոսին ավելի մխիթարելու համար, դիտմամբ թանկ վճարելով, գնեցին մեզանից զանազան իրեղեններ, որոնք գուցե նրանց ամենևին պետք չէին: Մենք, շնորհակալություն հայտնելով և նրանց երկար կյանք բարեմաղթելով, հեռացանք:

Մենք իջևանել էինք մի կեղտոտ հյուրանոցում, որ ավելի նման էր գինետան, այն զանազանությամբ միայն, որ այստեղ կարելի էր գտնել խիստ վատ կահավորված սենյակներ: Նրա ընդարձակ բակում՝ իրանց ձիաները հանգստացնելու համար կանգնում էին կառապանները: Այդ պատճառով այդ հյուրանոցը այն տեսակներից էր, ուր ամբողջ գիշերը հաճախորդները չեն պակասում, անդադար շատերը մտնում են և դուրս են գալիս: Եվ այդ հարբած, խելագարված խառնիճաղանջի մեջ տիրում էր այնպիսի բաքոսային խանաշփոթություն, որ ոչ ոք միմյանց չէր հասկանում: Այդ բոլորը մեզ համար շատ նպաստավոր էր: Մեզ շատ հնարավոր էր գիշերվա մի որոշյալ ժամում դուրս գալ այնտեղից, գնալ ուր որ ցանկանում էինք, կատարել մեր գործը և կրկին վերադառնալ, առանց ոչ ոքից նկատելի լինելու:

Քավոր Պետրոսը մի գիշեր չգնաց հասարակաց սեղանատանը ընթրիք ուտելու, այլ պահանջեց մի ահագին կտոր սառն միս և մի շիշ արաղ, որ բերեցին մեր սենյակը: Նա մի քանի մարդու չափ ուտել կարող էր, իսկ մի ամբողջ շիշ արաղը նրա սովորական խմիչքն էր ընթրիքի ժամանակ: Ես արաղ չէի սիրում, պահանջեցի ինձ համար մի շիշ գինի:

Մենք տեղեկացել էինք, որ այն տունը, որտեղ թութակը վախեցրեց քավոր Պետրոսին, փոքրիկ քաղաքի հարուստ տներից մեկն էր: Մենք գիտեինք, որ երկու ծերունի ամուսինները ունեին իրանց տան մեջ մի նշանավոր գումար, որ պահել էին սև. օրվա համար:

Ընթրիքից հետո քավոր Պետրոսը հարցրեց ինձ.

— Մուրադ, դու ի՞նչ տեսակ զենք ավելի լավ գործածել գիտես:

— Ատրճանակներ: Մի օր գրազ եկանք, ես հինգ անգամ մինը մյուսի ետնից կարողացա խփել օդի մեջ նետած խընձորը:

Քավոր Պետրոսին երբեք դուր չէր գալիս, երբ մեկը սկսում էր նրա մոտ պարծենալ: Պարծենալու համար նրա կարծիքով պետք էր շատ մեծ գործ կատարած լինել:

— Այդ աղմուկ հանող զենքերը պետք չեն, երբ ուզում ես սուս ու փուս գործ կատարել, — Ասաց նա: — Ավելի լավ են խուլումունջ զենքերը, որ ձայն չհանեն:

Ես հասկացա նրա միտքը:

— Ուրեմն ես կարող եմ վեր առնել իմ տապարը:

— Վատ չէ:

Գիշերից բավական անցել էր, երբ մենք դուրս եկանք հյուրանոցից: Անձրևը մանր կաթիլներով մաղվում էր: Փողոցները դատարկված էին, մարդիկ չէին երևում: Գիշերային թանձր խավարի մեջ մրափում էր քաղաքը:

Անցնելով մի քանի խուլ փողոցներ, մենք արդեն գտնվում էինք հիշյալ տան մոտ, որտեղ թութակը վախեցրեց քավոր Պետրոսին:

— Եթե շունը աղմուկ չբարձրացնե, լավ է, — Ասացի ես:

— Ի՞նչ շուն, — Հարցրեց քավոր Պետրոսը:

— Երբ ցերեկով մտանք այստեղ, ես նկատեցի մի ահագին շուն, որ շղթայով կապված էր բակում: Գ՛իշերը բաց են թողնում նրան:

— Նա հիմա հանգուցյալների կարգումն է դասված:

Քավոր Պետրոսի խոսքերից երևաց, որ նա մի անգամ ևս մտել էր այս տունը, այն անցքից հետո, որ թութակը վախեցրեց նրան: Վերջին անգամ հայտնվել էր այնտեղ մուրացկանի կերպարանքով, և միջոց էր գտել ոչ միայն թունավորելու շանը, այլ լավ հետազոտելու տան դիրքը, մուտքերը և այլն:

Տան ընդարձակ բակը շրջապատված էր փայտյա ցանկապատով, որը այնքան ցածր էր, որ մի առանձին ընդդիմադրություն չարեց մեզ բակը իջնելու ժամանակ: Այժմ հարկավոր էր մի կերպով ներս սողալ սենյակների մեջ: Մի լուսամուտ, որ ցերեկով նկատել էինք, ուղղակի բացվում էր սպասավորների քնարանի մեջ: Գիշերային տոթի պատճառով լուսամուտը բաց էր թողած: Քավոր Պետրոսը Հերքուլեսի ուժ ուներ, իսկ ես թեթևաշարժ էի որպես առյուծ: Երկու ահագին ջրի տակառները, որ կանգնած էին բակում անիվների վրա, միմյանց վրա դնելը և այդ սանդուղքներով լուսամուտից ներս մտնելը մի րոպեի գործ եղավ: Մենք գտանք սպասավորի սենյակում և աղախնին: Երևում էր, այդ դեռահաս աղջիկը սովորություն ուներ երբեմն իր տիրուհուց գաղտնի ծառայի քնարանը ներս սողալ...

Քավոր Պետրոսի երկաթի ձեռքերը երկուսին ևս ճնշեցին միննույն անկողնի մեջ։ նրանք քնած էին. աղջկա գլուխը դրած էր սիրականի թևքի վրա։ Նրանք զարթեցան։

— Մենյակների բանալինե՞րը, — Հարցրեց քավոր Պետրոսը։

Նրանք փորձեցին ճիչ բարձրացնել։ Բայց քավոր Պետրոսի սպառնալիքը լռեցրեց նրանց։ Բանալիները իսկույն մեր ձեռքը անցան։

— Դու այդ նազելի սիրահարներին կպահես միմյանց գրկում, մինչև ես գործը կվերջացնեմ, — Ասաց քավոր Պետրոսը և հեռացավ։

Մանկահասակ աղախինը երկյուղից իսկույն ուշաթափ եղավ և դիակ դարձավ իմ ճանկերի մեջ։ Ես գործ ունեի այժմ կատաղած սպասավորի հետ։ Ճշմարիտը խոստովանած, այդ Գողիաթը այնքան ուժեղ էր, որ ես հազիվ կարողանում էի զսպել նրան։ Իմ դրությունը նախանձելի չէր։ Մենք կորած էինք) եթե նա դուրս, պրծներ իմ ձեռքից։ Ուրիշ ճար չկար, պետք էր այդ գազանին հանգստացնել։ Իմ ծանր տապարի մի հարվածը գլորեց նրա գլուխը մահճակալից ցած։ Տաք արյունը դուրս փչեց պարանոցից սիրուհու կուրծքի վրա...

Դա եղեռնագործության ամենասարսափելին էր, որ ես կատարել եմ իմ կյանքում։ Գազանային անգթությունը այդ դեպքում անցնում է ամեն վայրենությունից։ Սպանե՜լ այն րոպեում, երբ երկու անմեղ արարածներ, իրանց հոգու բոլոր քնքշությամբ գրկախառնված, սիրում են միմյանց, սպանե՜լ սերը, դա սոսկալի չարագործություն է...

Մինչ ես Կայենի նման կանգնած էի իմ զոհի մոտ, լսելի եղավ քավոր Պետրոսի ձայնը.

— Հեռանանք...

Մյուս առավոտ քավոր Պետրոսը հանդարտ, հանգիստ տրամադրու-թյամբ, ինձ իր հետ առնելով, մտանք հասարակաց սեղանատունը նախաճաշիկ ուտելու։ Հյուրանոցի ամբողջ խոսակցությունը գիշերվա անցքի մասին էր։

— Ի՞նչ է պատահել, — Հարցրեց քավոր Պետրոսը իր մոտ նստած մի արհեստավորից, որ դատարկում էր թեյի յոթերորդ բաժակը։

— էլ ի՞նչ պետք է լինի, — պատասխանեց արհեստավորը ցավակցաբար, — Այս գիշեր անհայտ չարագործներ մտել են մի տուն, ծերունի տանտերերին, թե ամուսնին և թե կնոջը, երկուսին էլ խեղդել են, ծառայի գլուխը կտրել են, տանիցը ուրիշ բան չեն տարել, բացի զույգ փողերից։ Ասում են տասն հազարից ավելի կլինի։

— Անիծյալնե՜ր... այդ ի՞նչ անխղճություն է, — պատասխանեց քավոր Պետրոսը նույնպես ցավակցաբար։ — Ինչպե՜ս Աստված չէ պատժում այս տեսակ չարագործներին... խեղդե՜լ ծերունի մարդկանց, դա ոբքա՜ն անգթություն է...

Մենք մի քանի օր ևս բոլորովին անվրդով կերպով

շարունակեցինք մեր առևտուրը, հետո թողեցինք այդ քաղաքը: Ոչ ոք կասկած ունենալ չէր կարող խեղճ մանրավաճառի վրա, որը թութակից անգամ վախենում էր, որը մի քանի օր առաջ մտնելով նույն տունը, օրհնում էր, բարեմաղթություններ էր կարդում և երկար կյանք էր ցանկանում երկու ծերունիներին, որովհետև գնեցին նրանից բավական վաճառքներ ավելի թանկ գնով, այո , ոչ ոք երակայել անգամ չէր կարող, որ նույն «երկար կյանք» ցանկացողը ընդունակ կլիներ կարճելու նրանց կյանքը...

Թողնելով հիշյալ քաղաքը, մենք անցանք մի անծանոթ գավառ: Առհասարակ ամեն մի հանցանք գործած տեղից երբ հեռանում էինք, թողնում էինք մեր ետևից ահագին տարածություն: Այդ երկիրը այնքան ընդարձակ էր, որ ամեն տեղ բացվում էր մեր առջև մի նոր ասպարեզ ...

Դ

ՀԱՎԱՏԱՐՄՈՒԹՅՈՒՆ

Տասնևյոթ տարեկան էի ես, երբ ոտքս դուրս դրեցի հայրենական երկրից: Այն օրից անցել էր յոթ տարի ևս, որ ես թափառում էի օտարության մեջ: Այդ յոթ տարվա ընթացքում, կարծես թե, ես արբած լինեի մի տեսակ կախարդական ըմպելիքով, որը օրըստօրե ինձ թմրեցնում էր, խորասուզում էր մի անբացատրելի ինքնամոռացության մեջ: Մի անգամ գոնե չզարթնեց իմ մեջ ինքնաքննության միտքը, որ ես խորհեի, թե ի՞նչ է իմ կոչումը, ի՞նչ նպատակի եմ ձգտում ես, դեպի ո՞ւր է տանում ինձ այդ տեղային եռանդը, ի՞նչ է իմ ներկան և ի՞նչ կլինի իմ ապագան...

Իմ ամբողջ մտավոր և հոգեկան զորությունը.լարված էր դեպի չարը, դեպի անբարոյականը, դեպի վնասակարը: Ես մի առանձին դիվական հրճվանքով ուրախանում էի, երբ արյունոտ գործը հաջողվում էր ինձ իմ սոսկալի ձեռնարկությունների մեջ:

Ինչո՞ւ այսպես փոխվեցա ես, ո՞ւր մնաց իմ հոգու քնքշությունը, ո՞րտեղ կորավ իմ բնավորության մեղմությունը...

Ես գործում էի ոչ թե խելքով, ոչ թե գիտակցաբար, այլ մի տեսակ վայրենի բնազդումով, որ միայն գազաններին է հատուկ:

Խաբել՝ խաբելու համար, կողոպտել՝ հափշտակելու համար, սպանել՝ արյուն թափելու համար, ոսկի և արծաթ դիզել միայն ունենալու համար, դրանք էին այն անհագ բաղձանքները, դեպի որոնք մղում էր ինձ վայրենի բնազդումը:

Չարագործը մի տեսակ բարոյական խելագար է: Այդ հիվանդության մեջ էի գտնվում ես:

Ես ոչ միայն մոռացել էի իմ անձը, այլ մոռացել էի և այն արարածներին, որոնք իմ սրտին խիստ մոտ էին: Եվ մի անգամ գոնե մտքիս չբերեցի իմ հայրենիքը և այն ազգը, որի արյունն էի կրում և որից կտրված էի: Ես մի անգամ գոնե մտքիս չբերեցի մորս, քույրերիս և վերջապես Սառային...

Ո՜րպիսի խոստմունքներով բաժանվեցա նրանցից, ո՜րքան մեծ ակնկալություններ ունեին նրանք իմ մասին: Պարսկաստանի սահմանից անցնելու ժամանակ իմ սիրտը դեռ թարմ էր, որդիական զգացմունքը դեռ ոչ բոլորովին հանգել էր նրա մեջ: Այն ժամանակ ես մտածեցի մորս վիճակի վրա և այդ պատճառով ծախած ավանակիս արծաթը ուղարկեցի նրան: Իսկ այնուհետև ո՜րքան գումարներ անցան իմ ձեռքը, բայց մի անգամ գոնե չմտածեցի, թե աղքատության մեջ ապրող մայր ունեմ և որբ մնացած քույրեր ունեմ: Զարմանալի՜ փոփոխություն: Պանդխտությունը ինչպես քարացնում է մարդու սիրտը... ի՜նչպես կարծրացնում է բոլոր քնքուշ զգացմունքները: «Աչքից հեռու, սրտից հեռու», ասում է հայկական առածը: Դա կատարվել էր իմ հետ:

Այդ բոլոր մտածությունները զարթեցան իմ մեջ այն ժամանակ, երբ հանկարծ ստացա մորիցս մի նամակ: Ամբողջ յոթ տարի օտարության մեջ ապրելով, այդ առաջին նամակն էր, որ ստանում էի մոռացված հայրենիքից: Նամակը հասավ ինձ մի խաչագողի ձեռքով, որ եկել էր Պարսկաստանից: Նրա թվականից անցել էր ավելի քան մի տարի: Դա համարվում է շատ նոր նամակներից մեկը, որ մեր դասակարգի պանդուխտները բախտ են ունենում ստանալո՛ւ իրանց ընտանիքից: Բոլոր ժամանակը նա մնացել էր նամակաբերի ծոցում, սպասելով, որ մի տեղում կհանդիպե ինձ և կհանձնե:

Կարծես դառն արտասուքներով գրված լիներ այդ ողբալի նամակը: Նրա մեջ նկարագրված էր մորս և քույրերիս կրած նեղությունները ինձանից հետո, նկարագրված էր կառավարության սարվազների ու ֆերրաշների գործ դրած բարբարոսությունները, նկարագրված էր մեր ընտանիքի թշվառ դրությունը և իրանց կրած ցավերը իմ պանդխտության մասին և այլն: Նամակը վերջանում էր այսպիսի խոսքերով. «Մուրադ, այդպես են վճարում զավակները փոխարենը այն կաթի, որով մայրը սնուցանում է որդուն... Դու մոռացա՜ր, բոլորը մոռացա՜ր... Դու մոռացար դժբախտ մորդ և թշվառ քույրերիդ... Դու մոռացար՞ Սառային, որ մինչև այսօր էլ սիրում է քեզ... որին դու ևս մի ժամանակ սիրում էիր...»:

Ո՛րքան ազդու է լինում մոր խոսքը: Իմ բոլոր ապերախտությունները մի րոպեում նկարվեցան իմ աչքերի առջև: Կարծես իմ ականջներին զարկում էր մի դառն, հանդիմանական անեծք. «Դու անառակ որդի ես»...

Իմ սիրտը լցվեց ցավերով: Մի բան միայն մխիթարում էր ինձ, որ այդ նամակից տեղեկացա, այն արարածները, որ մի ժամանակ սիրելի են եղել ինձ, դեռ կենդանի են:

Ես հենց նույն օրը հայտնեցի քավոր Պետրոսին նամակի բովանդա-կությունը: նա ցանկացավ տեսնել խաչագողին, որի ձեռքով հասավ ինձ նամակը, բայց նամակաբերը արդեն անհետացել էր: Երկու տարբեր խմբերի պատկանող խաչագողներ երբեք միևնույն սահմանում չեն գործում: Նա հենց որ տեսավ մեզ, իսկույն հեռացավ մեր գտնված տեղից:

Քավոր Պետրոսը կարգադրեց մի գումար ուղարկել մեր և իր

ընտանիքների ծախքերի համար: Երևում էր, որ նա էլ նոր հիշեց, որ ինքը նույն-պես կին ունի, զավակներ ունի, կարոտության մեջ թողած ազգականներ ունի:

Այժմյան մեր իջած տեղը այն քաղաքն էր, որ ընտրել էինք մեզ համար որ-պես գլխավոր կենտրոն: Պատահում էր, որ ամիսներով կորչում էինք, թափառում էինք զանազան երկրներ, և մեր ձեռքը ընկած արծաթը հավաքում էինք այստեղ: Այս քաղաքում կար մի բարեսիրտ և արդար սեղանավոր, որը քավոր Պետրոսի վաղեմի ծանոթն էր: Մեր փողերը հանձնում էինք նրան: Սեղանավորը ճանաչում էր մեզ մեր իսկական անուններով: Նա գիտեր, թե մենք ոթրտեղացի ենք, ի՛նչ մարդիկ ենք, բայց չգիտեր մեր իսկական պարապմունքը: Մենք հայտնի էինք նրան իբրև օրինավոր վաճառականներ, որ ասիական ապրանքների առևտուր են անում: Բայց թե հեռու տեղերում ի՞նչ գործերով էինք զբաղված, կամ ի՞նչ միջոցներով այդ գումարները հավաքվում էին մեր ձեռքում՝ դրանց մասին նա ոչինչ տեղեկություն չուներ:

Երևում է, կյանքի մեջ ճշմարտությունը այնքան անհրաժեշտ է մարդու համար, որ ամենաասրսափելի չարագործը անգամ պետք է ունենա գոնե մի բարեկամ, որի հետ պետք է անկեղծ լինի: Քավոր Պետրոսի հարաբերու-թյունները հիշյալ սեղանավորի հետ, թեև իսկությամբ այսպես չէին, բայց նա դարձյալ պահպանում էր բոլոր ճշտությունները, ինչ որ վայել են մի բարեկամի, մի ազնիվ մարդու: Սեղանավորը մեծ վստահություն ուներ նրա հավատար-մության. վրա, մանավանդ այն պատճառով, որ համարում էր նրան միամիտ, բարի և ճշմարտասեր մարդ: Ամեն անգամ, երբ հայտնվում էինք այդ քաղաքում, սեղանավորը մեզ հրավիրում էր իր տունը: Նրա կինը, երեխաները, աղախինները, սպասավորները՝ բոլորը ճանաչում էին քավոր Պետրոսին, և բոլորի համար քավոր Պետրոսը ուներ անուշ խոսքեր, զբաղեցնելու, ծիծաղեցնելու և գրավելու համար:

Նրանք սիրում էին լսել քավոր Պետրոսի ճանապարհորդությունների պատմությունը: Այդ «թափառական հրեան» համարյա ամեն երկրում եղել էր և ամեն երկրի մասին կարող էր պատմել նրանց շատ հետաքրքիր տեղեկություններ: Թեև երբեմն նա առասպելներ էր պատմում, այսուամենայնիվ, մեծ ուշադրությամբ լսում էին: Օրինակ, մի անգամ ասում էր, թե Հնդկաստանում մի կղզի կա, որտեղ ոսկին ծնեբեկի նման գետնից բուսնում է, աճում է և ճյուղեր է արձակում:

— Այդ լա՛վ է, — ասաց սեղանավորը զարմանալով. — կարելի է գնալ այնտեղ և քաղել մի ամբողջ ոսկու հունձք:

— Եթե հեշտ լիներ, ամեն մարդ կգնար, — պատասխանեց քավոր Պետրոսը ժպտալով:

— Ի՞նչ դժվարություն կա:

— Շատ դժվարություններ: Կղզին կախարդված է: Նավերը հազիվ կարող են մոտենալ նրա եզերքին: Հենց որ մոտեցան, տոսկալի ալեկոծությունը կտանե նրանց դեպի օվկիանոսի հատակը: Պատահել է, որ մարդիկ, ալեկոծությունից և ազատվելով, դուրս են եկել նրա ցամաքի վրա: Բայց այդ մարդիկ այլևս չեն վերադարձել, նրանք կերպարանափոխվել են, կապիկներ են դարձել և մնացել են այնտեղ:

— Ուրեմն ո՞չինչ հնար չկա այնտեղ գնալու:

— Ի՞նչպես չկա. միայն պետք է գտնել կախարդված կղզու թիլիսմանը: Հազարավոր բրամիններ քննում են գրքերը, աշխատում են լուծելու թիլիսմանը, բայց դեռ ոչինչ հետևանքի չեն հասել: Անգլիայից միլիոններ կտային, եթե մեկը գտնելու լիներ անմատչելի կղզու կախարդական բանալին:

Հետո պատմում էր նա, թե մի այլ կղզում (դարձյալ Հնդկաստանում) գտնվում են այնպիսի հսկա մրջիմներ, որ մարդիկ նրանց մեջքի վրա թամբ են դնում, նրանց բերանը սանձ են դնում և ձիու նման նստում են նրանց վրա, ուր որ կամենում են, գնում են: Եվ քավոր Պետրոսը խիստ ծիծաղելի կերպով նկարագրում էր իր մի հետաքրքիր ճանապարհորդությունը մրջիմի մեջքի վրա նստած: Զարմանալին այն էր, որ նրան լսողները այնքան փոքր տեղեկություններ ունեին հեռավոր երկրների մասին, այնքան սակավ ճանաչում էին երկրագունդը, որ բոլորովին հավատում էին նրա պատմածներին:

Ահա այսպիսի և դրա նման պատմություններով էր զբաղեցնում քավոր Պետրոսը իր ունկնդիրներին:

Իր հաշիվների մեջ քավոր Պետրոսը վերին աստիճանի ճիշտ էր սեղանավորի հետ: Շատ անգամ նրանից բավական խոշոր գումարներ էր փոխ առնում, իբր թե մի առևտրական ընդարձակ ձեռնարկության համար: Բայց ինձ հայտնի էր, որ քավոր Պետրոսը ոչ փողի կարոտություն ուներ և ոչ՝ առևտրական ընդարձակ ձեռնարկություններ: Նա վեր առած գումարը այնպես անշարժ պահում էր իր մոտ, մինչև լրանում էր իր տված պարտամուրհակի ժամանակը՝ Այդ միջոցին տանում էր փողը, իր տոկոսով հետ էր տալիս, պարտքը վճարում էր և ստանում էր պարտամուրհակը: Այդ անում էր նա իր վարկը պահպանելու համար:

Մի անգամ մեզ հարկավորեց վեր առնել սեղանավորից 15000 ռուբլի: Փողերը բերեցինք մեր իջևանը, կրկին համբարեցինք, տեսանք, որ 1000 ռուբլի ավել է: Սեղանավորը փոխանակ 15 հազար ռուբլու, սխալմամբ տվել է 16 հազար ռուբլի, իսկ 15-ի պարտամուրհակ էր առել: Քավոր Պետրոսը մյուս օրը հազար ռուբլի ետ տարավ, հանձնեց սեղանավորին այսպիսի գանգատներով,

— Այդ ի՞նչ արեցիք դուք ինձ հետ, Արկադիյ Ֆադեիչ, — Այսպես էին կոչում սեղանավորին: — Եթե ես այս գիշեր մեռնելու լինեի, ինչ կլիներ իմ հոգու ճարը: Երևի, դուք իմ հոգին կորցնել էիք ուզում...

Սեղանավորը մնաց զարմացած:

— Ի՞նչ կա, ի՞նչ է պատահել, Պյոտր Աբրամիչ, — Հարցրեց նա, խնդրելով վրդովված քավոր Պետրոսին նստել:

Պյոտր Աբրամիչը ոչինչ չէ խոսում, լռությամբ դնում է սեղանավորի առջև 1000 ռուբլի:

— Այդ ի՞նչ փող է, — Հարցնում է սեղանավորը:

—Այդ այն փողն է, որ դու ինձ ավել էիր տված, — պատասխանում է քավոր Պետրոսը դեռևս վրդովված կերպով: — Ավելի լավ կլիներ, որ համբարքի մեջ զգույշ լինեիք և ուրիշին մեղքի մեջ չգցեիք...

— Դու բարի ես, շա՜տ բարի, Պյոտր Աբրամիչ, — Ասում է սեղանավորը, բարեկամաբար նրա ձեռքը սեղմելով:

— Ես բարի եմ նրա՞ համար, որ չգողացա ուրիշի փողը: Այդ բարություն չէ, Արկադիյ Ֆադեիչ:

Չնայելով այդ համեստությանը, Արկադիյ Ֆադեիչը աշխատում է ապա-ցուցել, որ Պյոտր Աբրամիչը բարի մարդ է:

Ամեն անգամ, երկար թափառումներից հետո, երբ հայտնվում էինք սեղանավորի մոտ, նրա սովորական հարցմունքն այդ էր լինում:

— Լա՞վ վաստակ ունեցար, Պյոտր Աբրամիչ:

— Վա՜տ են գնում գործերը, շատ վատ, Արկադիյ Ֆադեիչ:

— Ինչո՞ւ:

— Բոլորը մեր մեղքերից:

Սեղանավորը ծիծաղում է:

— Դուք ծիծաղում եք, Արկադիյ Ֆադեիչ: Բայց տեսեք, ինչպես վատացել են ժամանակները, առանց երդվելու, առանց սուտ խոսելու չես կարող առևտուր անել... Բայց այդ մե՜ղք է, Արկադիյ Ֆադեիչ, շա՜տ մեղք է... Համարյա մարդ յուր հոգին է ծախում...

— Բայց շա՜հ, այսուամենայնիվ, լինում է:

— Ի՜նչ շահ... այսպիսի շահը Հուդայի արծաթն է, որ ստացավ և մատնեց մեր տեր Հիսուս Քրիստոսին: Այսպիսի շահը սատանան կտանե...

Չնայելով հայտնած դժգոհությանը վատ ժամանակների և իր առևտրա-կան անհաջողության մասին, քավոր Պետրոսը դարձյալ համբարում է սեղանա-վորի առջև մի քանի հազարներ:

— Այս անգամ, երևի, սատանան չէ դիպել քո փողերին, Պյոտր Աբրամիչ:

— Քրտինքով է աշխատած, դա՜ռն քրտինքով, Արկադիյ Ֆադեիչ: Արդար աշխատանքը Հիսուս Քրիստոսը կպահպանե, — պատասխանում է քավոր Պետրոսը և սկսում է ջերմեռանդությամբ խաչակնքել իր երեսը:

Սեղանավորը երբեմն սիրում էր քավոր Պետրոսի հետ հանաքներ անել և զվարճանալ նրա պարզամտության վրա»

Բայց ինձ զարմացնում էր քավոր Պետրոսի հավատարմությունը, որ ուներ դեպի սեղանավորը: Այդ մարդը, որի համար ոչինչ սուրբ բան չկար, վարվում էր նրա հետ ամենայն ճշմարտությամբ: Ես կարծում էի, թե դա մի խորամանկ նախապատրաստություն է, սեղանավորին մեր ծուղակի մեջ գցելու համար, որի հարստությունը միլիոնների էր հասնում: Մի անգամ հարցրի քավոր Պետրոսից»

— Սեղանավորի «հոգվոցը» ե՞րբ պիտի կարդանք: — Ուզում էի հաս-կացնել, թե ե՞րբ պետք է կողոպտենք նրան:

Նա պատասխանեց,

— Եթե ամեն աղբյուրները պղտորելու լինես, գոնե մեկը պետք է մաքուր թողնես, որ ինքդ խմես:

Ես տեսնում էի, որ քավոր Պետրոսը այս դեպքում ևս չէ շեղվում իր հիմնական կանոնից, «ամեն ինչ ծառայեցնել իր օգտի համարտ»...

Խաչագողին ևս պետք է մի հավատարիմ մարդ ունենալ: Դուք չգիտեք խաչագողի վիճակը: Նա թափառում է երկրե երկիր զանազան կերպարանք-ներով, զանազան անուններով, որոնց ոչ մեկը իր իսկական անունը չէ: Հանկարծ նա մեռավ. նրա ունեցածն էլ իր հետ կմեռնի: Որովհետև նա հայտնի է միայն կեղծ անունով, իսկ այդ կեղծ անունը կրողի ժառանգները գտնել անհնարին բան է: Կիրակոսի թողած կայքը չեն տալ Մարկոսի ժառանգներին, թեև մեռնողը իսկապես Մարկոս լիներ և կեղծ անունով միայն իրան կոչելիս լիներ Կիրակոս: Մի կենտրոն պետք է, որ խաչագողը հայտնի լինի իր իսկական անունով և հավաքն այնտեղ իր ունեցածը, որպեսզի եթե մահ պատահելու լինի, հասցնեն նրա ընտանիքին: Ահա այդ էր քավոր Պետրոսի հարաբերությունների պատճառը սեղանավորի հետ: Նրա մոտ հավաքում էր քավոր Պետրոսը մեր բոլոր վաստակած փողերը: Եթե մեզ մի բան պատահելու լիներ, սեղանավորը գիտեր, թե փողերը ումն են պատկանում: Մենք հայտնի էինք նրան մեր իսկական անուններով, և հանձնած գումարների համար ստացական էինք առնում նույն անուններով:

Քավոր Պետրոսը հայտնի էր անունովս՝ պարսկաստանցի, այսինչ գավառից, այնինչ գյուղից, վաճառական Պյոտր Աբրամիչ Աղախանով: Հայտնի էի և ես իմ անունով, տոհմանունով և տեղի անունով: .

Այդ ձևը ուներ և այն հարմարությունը, որ դիցուք թե մեզ մահ չպատահեց, այլ մի տեղ կալանավորեցին մեզ: Այսպիսի դեպքերում չէին կարող մեր կայքը գրավել, որովհետև մեզ կգտնեին մի որևիցե կեղծ անվան տակ, իսկ մեր կայքը մեր սեփական անունով կլիներ բոլորովին ուրիշ ձեռքում:

Ես այժմ հասկանում էի այն զանազան անցագրերի անհրաժեշտությունը, որ քավոր Պետրոսը Պարսկաստանից դուրս գալու ժամանակ առեց իր հետ և միշտ նորոգել էր տալիս, որ ժամանակները չկորցնեն:

Հանձնելով մեր այս անգամվա բերած փողերը սեղանավորին, վերադարձանք դեպի մեր իջևանը: Ճանապարհին քավոր Պետրոսի ուշադրությունը գրավեց մի օտարոտի մուրացկան, որը փողոցում կանգնած էր մի լուսամուտի հանդեպ և խղճալի ձայնով ողորմություն էր խնդրում: Լուսամուտի հանդեպ նստած տիկինը ձգեց նրան մի քանի գրոշներ և փակեց լուսամուտը: Մուրացկանը սկսեց որոնել, թե որտեղ ընկան գրոշները:

— Նայի՛ր, Մուրադ, — Ասաց ինձ քավոր Պետրոսը, — կարող ես ճանաչել, թե դա ինչ մարդ է:

Ես նայեցի: Մուրացկանը հագած ուներ պատառոտած սև փարաջա, մեջքը սեղմված էր գունավոր լայն գոտիով. գլխին դրած ուներ մի ջարդված և հնությունից իսկական գույնը կորցրած հոգևորականի ցած շլյապա (երևի մեկը ընծայել էր նրան) և ձեռքին կրում էր երկայն գավազան, հասարակ ոսկրյա գլխիկով:

— Խաչագող է, — պատասխանեցի ես:

— Ոչ, — Ասաց քավոր Պետրոսը: — Քահանա է և հայ քահանա:

Ես չհավատացի: Մոտեցա մուրացկանին և հարցրի նրա ինչ մարդ լինելը: Քավոր Պետրոսի նկատողությունը ուղիղ էր: Նա հրավիրեց թշվառ քահանային մեզ մոտ: Քահանայի ուրախությանը չափ չկար, երբ հեռավոր օտարության մեջ հանդիպեց երկու հայերի: Մենք նրան հյուրասիրեցինք թեյով և իսկույն մի բան տվեցինք ուտելու: Ողորմելին այնպիսի ախորժակով կերավ, որ երևում էր՝ մի քանի օր քաղցած էր մնացել: Երբ նա փոքր-ինչ կազդուրվեցավ, քավոր Պետրոսը հարցրեց, թե ի՞նչ դեպքով այս կողմերն է անցել:

Նրա պատմությունից երևաց, որ ինքը սպահանցի է: Նրա ժողովրդի մի մասը Կասպից ծովի հարավ-արևելյան եզերքի վրա մի փոքրիկ գաղթականություն է հիմնել: Նոր գաղթականները մեծ դժվարությամբ կարողացան իրավունք ստանալ պարսից կառավարությունից, որ իրանց համար մի եկեղեցի շինեն: Եկեղեցին հիմնեցին, սկսեցին կառուցանել, բայց ավարտել չկարողացան, որովհետև սաստիկ աղքատ էին, իրանց միջոցները չէին բավականացնում: Շինվածքը մնաց թերի: Քահանան իմացավ, որ շուտով խմբվելու է... քաղաքի մեծ տոնավաճառը, ինքն ևս դիմեց այնտեղ, այն նպատակով, որ տոնավաճառի առիթով հավաքված հայ վաճառականներից եկեղեցու շինության անունով նվիրատվություններ հավաքե:

— Հաջողվեցա՞վ, — Հարցրեց քավոր Պետրոսը, թույլ չտալով քահանային ավարտել իր պատմությունը:

— Հաջողվեցավ: Աստված օրհնե բարեպաշտ հայերի առատաձեռնությունը, նրանք այնքան նվիրվեցին, որով ոչ միայն կարելի էր ավարտել եկեղեցու շինությունը, այլ բավական նշանավոր գումար ավել կմնար եկեղեցին զարդարելու համար պետք եղած սրբություններով:

— Ուրեմն ի՞նչ է պատճառը, որ այդ ողորմելի դրության մեջն ենք գտնում ձեզ:

— Երբ ուղևորվեցա դեպի Պարսկաստան, ճանապարհին կողոպտեցին ինձ և բոլորը, ինչ որ հավաքել էի, տարան: Այդ դժբախտությունից հետո ես չուզեցի դատարկաձեռն և ամոթալի երեսով վերադառնալ իմ ժողովրդի մոտ, ստիպվեցա մուրացկանությամբ շարունակել իմ ուղևորությունը, գուցե մի տեղ դարձյալ բարեպաշտ հայեր կգտնեմ և կդիմեմ նրանց գթասրտությանը:

— Այժմ ո՞րտեղ դիտավորություն ունեք գնալու:

— Մոսկվա, ասում են այնտեղ ևս հայեր կան:

Խաչագողին հեշտությամբ չէ կարելի խաբել, մանավանդ քավոր Պետրոսի նման մարդուն: Նա, թեև անզգալի կերպով, բայց բավական խստությամբ սկսեց զանազան հարցեր առաջարկելով քննել քահանային, ստուգելու համար, թե ո՛ր աստիճան ճշմարիտ էին նրա ասածները:

Ես չլսեցի նրանց բոլոր խոսակցությունը, որովհետև այդ միջոցին քավոր Պետրոսը հրամայեց ինձ, որ գնամ հյուրանոցը և մեզ համար ընթրիք պատվիրեմ: «Բամբակը դալին լինի», — Ասաց նա: Այդ նշանակում էր, որ արաղը շատ լինի:

Ընթրիքի ժամանակ քավոր Պետրոսը առիթ ունեցավ քննելու քահա-նային, որովհետև տեր հայրը ուրախությունից խմեց ավելի, քան թե պատշաճ էր:

Քահանան գիշերը մնաց մեզ մոտ:

Մյուս առավոտ, թեյից հետո, քավոր Պետրոսը ասաց նրան.

— Ամբողջ յոթ տարի է, տեր հայր, օտարության մեջ ապրելով և օտար ազգերի հետ հարաբերություններ ունենալով, զուրկ եմ մնացել Հայաստանյաց եկեղեցու սուրբ հաղորդությունից: Ձեզ Աստված ուղարկեց ինձ մոտ՝ քավելու իմ մեղքերը և արժան կացուցանելու Հիսուս Քրիստոսի կենարար մարմնին և արյանը:

Տեր հայրը, հայ քահանաների սովորության համեմատ, ճանապար-հորդության առիթով, մի փոքրիկ արծաթյա մասնատուփի մեջ վեր էր առել իր հետ սուրբ հաղորդության նշխարներ: Նա դուրս հանեց մասնատուփը, դրեց սեղանի վրա և պատրաստվեցավ կատարելու սուրբ խորհուրդը: Քավոր Պետրոսը և ես չոքեցինք նրա առջև: Քավոր Պետրոսի խոստովանությունը կատարվեցավ հրապարակաբար, թեև ես ոչինչ չհասկացա, որովհետև գրաբար լեզվով էր։ Նա կարդաց հայոց ժամագրքի ամբողջ «մեղան»։ Նրա մեջ բովանդակում է բոլոր մեղքերի խոստովանությունը, ինչ որ կարող է մտածել, հնարել և գործել միայն չարագործ մարդը և ոչ ուրիշ արարած։

Ես տեր հոր թելադրությամբ կրկնեցի մի քանի տուն նույն «մեղայից»։ Երբ նա, պահանջված աղոթքները կարդալուց հետո, մոտեցրեց իմ շրթունքին սուրբ հազողագրության նշխարը, իմ ամբողջ մարմնին տիրեց մի սոսկալի, հոգևոր սարսուռ։ Նույն ազդեցությունը ես նկատեցի և քավոր Պետրոսի դեմքի վրա։

Մենք չոքած տեղից վեր կացանք, երկուսս էլ համբուրեցինք տեր հոր աջը. նա օրհնեց մեզ և թողություն շնորհեց։

Հետո քավոր Պետրոսը տեր հորը իր հետ առնելով, գնացին շուկան» Իսկ ինձ տվեց մի տոմսակ և ուղարկեց Արկադիյ Ֆադեիչի մոտ։ Ես ստացա սեղանավորից 10000 ռուբլի և վերադարձա մեր իջևանը։ Նրանք դեռևս չէին եկել։ Ես մինչև ճաշ սպասեցի նրանց։

Երբ հայտնվեցան նրանք, ես հազիվ կարողացա ճանաչել քահանային։ Նրա հագուստը ոտքից գլուխ նորոգված էր, և տեր հայրը իր կարգին վայելուչ կերպարանք էր ստացել։

Երբ մտան սենյակը, քավոր Պետրոսը նայեց նրա վրա և մի առանձին բավականությամբ ասաց ինձ,

— Տեսնո՞ւմ ես, Մուրադ, տեր հայրը այժմ մի բանի նման է։ Այն ի՞նչ էր առաջ։ Ճշմարիտ ասած, իմ սիրտը կտրատվեցավ, երբ առաջին անգամ տեսա հայոց եկեղեցու քահանան, պատառոտած հագուստով, փողոցում մուրացկանություն է անում։ Այդ ամոթը, այդ նախատինքը մեզ, բոլոր հայերիս է վերաբերում։ Ի՞նչ կարծիք կունենան մեր մասին օտարազգիները, եթե հասկանան, որ հայ քահանա է։

Փակագծի մեջ ասելով, պետք է խոստովանած, որ խաչագողները մի առանձին նախանձախնդրություն և պատկառանք ունեն դեպի հայոց եկեղեցին և եկեղեցականները։ Նրանք ամեն կրոնների (թե քրիստոնեական և թե հեթանոսական) հոգևորականի անունով հայտնվում են ազգերի մեջ, բայց երբեք իրանց հայ քահանա չեն ձևացնում, հայ քահանայի անունը չխայտառակելու համար։

Քավոր Պետրոսի սովորություններն ինձ հայտնի լինելով, ես արդեն նախաճաշիկը պատրաստել էի տվել։ Երբ կերանք խմեցին, քավոր Պետրոսը վեր առեց վերջին բաժակը և, զարկելով տեր հոր բաժակին, ասաց,

— Ցանկանում եմ ձեզ բարի ճանապարհ, տացե Աստված, որ հաջողությամբ վերադառնաք ձեր տեղը և շարունակեք եկեղեցու շինության գործը։ Ամեն ինչ այս աշխարհում անցողական է և ունայնություն, միայն եկեղեցին և սուրբ հավատը կմնա հավիտյան։

Հետո նա դարձավ դեպի ինձ, հարցնելով,

— Բերեցի՞ր:

—Ես սեղանավորից ստացած 10000 ռուբլու կապոցը տվեցի նրան: Նա տվեց քահանային, ասելով.

— Ահա, տեր հայր, այդ կապոցի մեջ դուք կգտնեք այն գումարը, որ ձեզ պետք է սուրբ տաճարի շինությունը ավարտելու համար: Ես մի մեղավոր մարդ եմ, ընդունեցեք այդ մասնավոր գումարը, իբրև այրի կնոջ լուման :

Քահանան մեծ շնորհակալությամբ և օրհնություններով ընդունեց կապոցը, հարցնելով,

— Ես չի՞ պիտի գիտենամ իմ բարերարի անունը:

— Գիտենալու մի առանձին պետք չկա, տեր հայր, դուք միայն աղոթեցեք իմ հոգու համար: Աստված առանց անունների ևս ճանաչում է մարդիկներին:

Մեր իջևանի դռան առջև կանգնեց մի ճանապարհորդական սայլակ, որի վրա նստած էր մի ուղեկից: Քավոր Պետրոսը, կամենալով այն օր իր հյուրին ճանապարհ դնել, գտել էր այդ ուղեկցին և բոլոր հոգսը հոգացել էր, որ տեր հոր ճանապարհորդությունը անվտանգ լինի և ապահով:

Նա իր ձեռքով կապեց տեր հոր ճանապարհի մափրաշը և իր նվիրած փողերը թաքցրեց նրա մեջ: Հետո ասաց ինձ, որ տանեմ մափրաշը, տեղավորեմ սայլակի մեջ: Ես հոժարությամբ կատարեցի այդ, ցանկանալով, որ իմ կողմից ևս մի ծառայություն արած լինեմ տեր հորը:

— Ամեն ինչ պատրաստ է, — Ասաց քահանան, — օրհնյալ լինիք, բայց ինձ պակասում է մի բան, ինձ կողոպտելու ժամանակ, թղթերիս հետ տարան և իմ անցագիրը:

— Դա մի մեծ կորուստ չէ, — պատասխանեց քավոր Պետրոսը ծիծաղելով, — ես կտամ ձեզ մի անցագիր, այն ևս քահանայի անցագիր, միայն դուք այսուհետև ձեզ պիտի կոչեք հայր Անաստասիոս:

— Դա հայի անուն չէ, — Ասաց տեր հայրը դժվարանալով»

— Միևնույն է, մինչև սահմանը անցնելը կարելի է հայր Անաստասիոս լինել, իսկ Պարսկաստանում ձեզանից այլևս անցագիր չեն պահանջի:

Քավոր Պետրոսը նայեց տեր հոր դեմքին և հասակին, ասաց.

— Բոլորովին համապատասխանում է ձեր կերպարանքին:

Թե՛ ես և թե՛ քավոր Պետրոսը կրկին համբուրեցինք տերհոր աջը և տարանք նրան, նստեցրինք սայլակի վրա: Նա, երկար բարեմաղթություններ անելով իր անծանոթ բարերարի համար, հեռացավ:

Այն օր քավոր Պետրոսը ինձ երևում էր իբրև մի հրեշտակ: Ես

երբեք չէր կարող երևակայել այդ գազանի մեջ այս աստիճան բարեպաշտական զգացմունք: Գողը, ավազակը, սարսափելի խաբեբան ահագին գումար էր նվիրում եկեղեցի կառուցանելու համար: Այդ ի՞նչ տարօրինակ զոհաբերություն էր: Ի՞նչպես կարող էին մարդու մեջ հաշտվել լույսը և խավարը, չարը և բարին, առաքինությունը և ոճրագործությունը:

Այդ ուրիշ բան է, եթե նա կատարած լիներ այդ զոհաբերությունը որևիցե նենգավոր և խորամանկ նպատակի համար: Թայց ինձ զարմացնում էր այն, որ նրա վարմունքի մեջ գտնում էի կատարյալ անկեղծություն: Ես բավական ուսումնասիրել էի քավոր Պետրոսին և հազիվ կպատահեր, որ նրա վերաբերությամբ սխալվեի իմ կարծիքների մեջ: Կրկնում եմ: որ նրա վարմունքը բոլորովին անկեղծ էր: Նրա հոգու և սրտի խորքիցն էր բխում այն ջերմեռանդ զգացմունքը, որով նա ցանկացավ նպաստամատույց լինել մի տաճարի կառուցմանը, ասիական մի խուլ երկրում, մահմեդականների մեջ:

Այն օր նա ավելի ուրախ էր, գտնվում էր ավելի խաղաղ տրամադրության մեջ, վայելում էր իր բարեգործության բերկրանքը: Այն օր, իր ապաշխարանքը վերջացրած քրիստոնյայի նման, նա զգում էր իր խիղճը մաքրված, զգում էր իրան թեթևացած մեղքերի ծանր բեռից:

Մի խորհրդավոր ցնցում տիրում էր իմ մարմնին, երբ մտաբերում էի, թե ո՝րպիսի հոգնոր հեզությամբ, թե ո՝րպիսի բորբոքված հավատով, ծունր իջած աստուծու սեղանի պաշտոնյայի առջև, այդ եղեռնագործը ընդունեց սուրբ հաղորդության խորհուրդը: Մտածում էի և ուրախանում, թե այդ մարդը արդեն դարձավ չար ճանապարհից, թե դա այսուհետև այլևս չի շարունակի այն, ինչ որ մինչև այնօր գործել էր:

Ես սխալվում էի...

Կրոնական զգացմունքը միշտ վառ էր պահվել քավոր Պետրոսի մեջ: Նա միշտ մնացել էր հավատարիմ եկեղեցու պատվերներին: Դեռ Պարսկաստանում եղած ժամանակ մեր գյուղում համարվում էր նա ամենաբարեպաշտ մարդիկ-ներից մեկը. ամեն օր, առավոտյան և երեկոյան, եկեղեցի էր գնում, պաս էր պահում և ամեն տարի մի քանի անգամ սուրբ հաղորդություն էր ընդունում» Պանդխտության մեջ դարձյալ նա նույնն էր մնացել, բնավ չէր փոխվել» Ես շատ անգամ տեսել էի (մինչև անգամ ամենասարսափելի չարագործություններից հետո), թե ի՛նչպես նա առանձնացած մեր իջևանի մի անկյունում, արտասուքը աչքերում աղոթում էր» Ինձ երբեք չէր պատահած տեսնել, որ նա անցկացներ իր առավոտյան և երեկոյան աղոթքները: Շատ անգամ, երբ պատրաստվում էինք մի որևիցե արշավանք կատարելու, կամ, ինչպես նա սովորություն ուներ ասելու երբ պատրաստվում էինք «գործին գնալ, տեսնում էի, որ նա ուշանում է» Երբ շտապեցնում էի նրան, պատասխանում էր, «Փոքր-ինչ սպասեցեք, դեռ աղոթքս չեմ վերջացրել»...

Դա փարիսեցություն չէր, դա նրա հաստատ հավատն էր: Նա համոզված էր, որ ամեն գործ, թե՛ բարի լիներ նա և թե չար, պետք էր աղոթքով սկսել և աստծուց օգնություն խնդրել:

Նա մինչև անգամ պաս էր պահում, կատարում էր հայկական եկեղեցու բոլոր տոները: Նրա թղթապանակի մեջ, կեղծ անցագրերի հետ միասին, կար մի փոքրիկ հայերեն օրացույց, շատ անգամ նայում էր նրա մեջ, որ չսխալվի, որ գիտենա, թե ե՞րբ պետք էր պաս պահել, ե րբ պետք էր ուտել, կամ երբ պետք էր կատարել այս և այն տոնը:

Քավոր Պետրոսը իր հոգևոր հասկացողությունների մեջ սաստիկ անհավատ էր, իսկ իր կրոնական համոզմունքների մեջ՝ վերին աստիճանի մոլեռանդ: Նա հավատում էր, որ, բացի լուսավորչի հոտից, ուրիշ քրիստոնյաներից և ոչ մեկը աստուծո արքայությունը չի վայելի: Եվ այդ պատճառով սաստիկ նախանձախնդրություն ուներ դեպի հայոց եկեղեցին:

Բայց ինչպե՞ս կարելի էր միևնույն ժամանակ և՛ խաչագող լինել, և՛ լավ քրիստոնյա:

Քավոր Պետրոսի կարծիքով կարելի էր: Եկեղեցին ներող է: Եկեղեցին հենց նրա համար է, որ սրբե մեղավորներին: Եթե օրվա մեջ յոթանասուն և յոթն անգամ մեղանչելու լինես, նա դարձյալ կներե: Խոստովանիր, զղջա՛, սուրբ հաղորդություն ընդունիր, այնուհետև, դու ՛արդար ես: Այդ հավատը ունեն եկեղեցու վերաբերությամբ բոլոր խաչագողները: ՛Նրանց մոտ մինը մյուսին չէ խանգարում: Կարելի է և՛ պաս պահել, և՛ աղոթք անել, և սուրբերի բարեխոսությունը խնդրել, կարելի է միևնույն ժամանակ և նույն սուրբերի անունով սուտ երդվել, խաբել, գողանալ և այլն:

Խաչագողը ծիսապաշտ է: Կրոնի հոգևոր, բարոյական մասը նրան անմատչելի է: Եկեղեցու հրահանգները կատարում է նա որպես արարողություն, իսկ խաբեությունը որպես գործ:

Քավոր Պետրոսը և նրա նմանները պատրաստ էին և՛ եկեղեցի կառուցանել, և միևնույն ժամանակ հարյուրավոր ընտանիքների տուն քանդել, նրանց պատառ հացի կարոտ թողնել: Նա սովորած էր մեկ շրթունքով աղոթել, իսկ մյուսով հայհոյել, ո՛ւտ խոսել: Նա պատրաստ էր մեկ ձեռքով ողորմություն տալ, մյուսով հափշտակել աղքատի վերջին կոպեկը:

Գործողությունների այդ տարօրինակ հակառակությունը հաշտվում և ներդաշնակվում էր նրա մեջ ամենայն համաձայնությամբ: Եվ նրա սիրտը միշտ խաղաղ էր, և նրա խիղճը միշտ անդորր էր, որովհետև ամեն մի մեղանչելու դեպքում նա ուներ մի ապաստարան եկեղեցին, և մի միջնորդ իրան երկնքի հետ հաշտեցնելու համար քահանան:

Քավոր Պետրոսը այդպես էր հասկանում կրոնի և եկեղեցու խորհուրդը: Նա մի այլանդակ քրիստոնյա էր: Բայց նրա հավատի անկեղծության վերաբերությամբ կասկածելը շատ սխալ կլիներ:

Ե

ԳՈՀԱՐՆԵՐ

Քահանայի ճանապարհ դնելու հենց մյուս օրը քավոր Պետրոսը ինձ իր մոտ կանչեց և ժպտալով ասաց.

— Մուրադ, մանրավաճառության համն էլ գնաց, պետք է մի ուրիշ բանով զբաղվել:

Խիստ սակավ էր պատահում, որ նա ինձ հետ հանաքներ աներ: Ես հարցրի,

— Ապա ի՞նչ անենք:

— Պետք է մի փոքր զվարճանալ, շատ հոգնեցանք:

— Ինչո՞վ զվարճանալ:

— Դու խո իմանում ես երգել, ես էլ լավ ածել գիտեմ ջութակի վրա: Այսօր մուժիկի մոտ մի լավ արջ տեսա, ծախում է, ես անպատճառ պետք է գնեմ այն արջը:

Ես ծիծաղեցի:

— Ինչի՞ համար, — Հարցրի, — չլինի՞ թե ուզում եք օինբազություն անել:

— Մի այդպիսի միտք ունեմ...

Նա այնպես լուրջ կերպով արտասանեց վերջին խոսքը, որ անկարելի էր ասածը կատակ համարել:

— Լավ, ի՞նչ օգուտ դրանից:

— Օգուտը հետո կտեսնես...

Առաջին անգամն էր, որ քավոր Պետրոսը ինձ, որպես ասում են, մարդու տեղ էր դնում և ինձ հետ խորհրդակից էր լինում: Նա ինձ հետ միշտ կարճ էր խոսում և ավելի հրամայում էր, քան թե խորհուրդ էր հարցնում:

Թողնելով քաղաքը, որտեղ գտնվում էինք, անցանք մի գյուղ: Արջը արդեն պատրաստ էր: Մեր նոր պարապմունքի համար ընտրած երաժշտական գործիքներով և հագուստի ձևերով մենք բոլորովին նմանում էինք թափառական ցիգանների: Թե՛ ես և թե քավոր Պետրոսը խիստ ծիծաղելի էինք այդ նոր կերպարանափոխության մեջ:

Արջը վարժված էր: Մնում էի ես: Քավոր Պետրոսը երկու ամբողջ շաբաթ սովորեցնում էր ինձ բոլոր եղանակները, թե ո՛րպես պետք էր պար ածել նրան: Ես այս գործի մեջ ևս ցույց տվի իմ ընդունակությունը: Քանի օրից հետո այն աստիճան պատրԱստված էի, որ կարող էի ամենայն վստահությամբ հանդես դուրս գալ, որպես մի լավ արջ պարածող:

Քավոր Պետրոսը, այդ երևելի չարագործը, օրըստօրե բարձրանում էր իմ աչքում իր խաբեբայության հսկայական մեծությամբ։ Նա իր արջ պարածողի մուշտակի մեջ նույնքան մեծ էր, որքան Երուսազեմի աբեղայի ֆարաջայի մեջ։ Նրա համբերությունը,նրա հեռատեսությունը սահման չուներ։ Ինձ թվում էր, որ նա նայում էր այն ընդարձակ երկրի վրա, որպես իր մշակության դաշտերի, որպես իր ագարակի վրա: Արջ պարածողի կեղևի մեջ պարածածկված, կարծես թե նա ցանում էր սերմերը, որոնց բեղմնավոր արդյունքը մի ժամանակ պիտի հնձեր.,, Թափառելով գավառից գավառ, քաղաքից քաղաք և գյուղից գյուղ, նա հետազոտում էր հողը, նշանակում էր իր հիշողության մեջ այն տեղերը, ուր մի ժամանակ նրա մանգաղին հաջող հունձք էր սպասում...

Եվ արդարև, արջ պարածողը, ռամիկ ժողովրդի ծաղրածուն, այնքան անմեղ, այնքան անվտանգ մարդ է, որ բոլոր տների բակի դռները բաց են նրա համար։ Տիկինները, պարոնները, իրավ է, նրա վրա ուշադրություն չեն դարձնում, բայց աղախինների, սպասավորների և տան երեխաների սիրելին է նա: Ժամերով կանգնում է նա բակում, տասն անգամ կրկնել են տալիս միևնույն խաղը, մինչև ձգում են նրան մի քանի գրոշներ։ Այդ առիթով կարողանում է նա ամեն տուն մտնել, ամեն տան ծակուծուկը հետազոտել և ամեն գաղտնիք իմանալ։ Այդ բավական է «խաչագողի» համար...

Քաղաքից քաղաք, գյուղից գյուղ, մեր արջը պար ածելով, առաչ էինք գնում։ Ունեինք մեզ հետ մի ճանապարհորդական ողորմելի սայլակ, լծած մի ձիով։ Նրա վրա տեղավորվում էինք ես, քավոր Պետրոսը և արջը։ Վերջինը նստում էր իմ կողքին, և ես երբեմն նրա ձեռքն էի տալիս ձիան ե՛րասանակները, երբ կամենում էի փոքր-ինչ նիրհել սայլակի վրա:

Վերջապես հասանք... քաղաքը, ուր դեռ նոր սկսվել էր տարեկան տոնավաճառը։ Այստեղ ամեն տեսակ ապրանքների հետ կարելի էր գտնել և ամեն տեսակ մարդիկ երեսների գույնզգույն կաշիներով և հագուստների զանազան ձևերով։ Սկսյալ Միջին Ասիայի խորքերից մինչև Արևմտյան Եվրոպան, ամեն երկրից մարդիկ կային այնտեղ:

Շատ հասկանալի է, որ մեր արջով չէինք կարող մրցություն անել այն բազմաթիվ ձեռնածուների, լարախաղացների, մոլաշրջիկ երաժիշտների ու դերասանական խմբերի հետ, որոնք զանազան երկրներից հավաքվել էին այստեղ իրանց շնորհքը վաճառելու համար։ Այսուամենայնիվ, «ծիտը թեև փոքրիկ է, դարձյալ թռչուն է»: Արջ պարածողն էլ ունի իր սիրողները:

Ամբողջ բազմությունը գտնվում էր սարսափելի

խառնաշփոթության մեջ: Ամեն ոք տենդային անհամբերությամբ շտապում էր, որպեսզի մինչև տոնավաճառի ավարտվելը վաճառե իր մթերքը: Ամեն տեղ տիրում էր վազվզոց, աղաղակ և խռովություն: «Շունը տիրոջը չէր ճանաչում»: Գողությունները չափ չունեին: Երկրի բոլոր արտիստները, որոնք սովոր են զարմանալի ճարպկությամբ ձեռքը տանել մարդկանց գրպանը, այստեղ էին: Ես և քավոր Պետրոսը լրացնում էինք պակասը...

Այստեղ հասնելու ժամանակ քավոր Պետրոսը ինձանից բաժանվեցավ: Նա խինայով ներկեց իր մորուքը, մազերը և մատները, հագավ իր ամենապատվավոր հագուստը, գլխին դրեց երկայն պարսկական մորթե գդակ և, ձևացնելով իրան խորասանցի ակնավաճառ, խիստ թանկ գնով վարձեց մի խանութ գլխավոր փողոցի վրա: Ես այժմ միայն հասկացա այն անցագրի գաղտնիքը, որը մի քանի տարի առաջ ստացավ նա Թաբրիզում այս անունով, «Խորասանցի ակնավաճառ Մաշադի-Մուհամեդ-Ղուլի-Աղա»:

Իսկ ես իմ արջի հետ կենում էինք վաճառահանդեսի մի ետ ընկած, կեղտոտ և մթին կողմում, ուր աշխատում էին ժամանակավոր տակառագործները, ուր կանգնեցրած էին բազմաթիվ ֆուրգոններ, սայլակներ և ապրանք կրող քարավաններ, ուր իջևանել էին ցիգաններ, թաթարներ և դրանց նման մարդիկ: Երբեմն իմ արջի հետ դուրս էինք գալիս այդ խառնափնթոր բանակից, անցնում էինք տոնավաճառի միջով և փող էինք հավաքում:

Մի օր կանգնեցի քավոր Պետրոսի խանութի առջև, սկսեցի արջս պար ածել: Նա ձեռքը պարզեց, որ տա ինձ մի քանի գրոշ: Երբ մոտեցա ստանալու, հազիվ լսելի ձայնով ասաց. «Գիշերը ինձ մոտ եկ...»:

Մենք ունեինք մեզ հետ զանազան տեսակ հագուստներ: Ո՛րտեղ ո՛րը հարկավոր էր լինում, այն էինք հագնում: Գիշերը հագուստս փոխեցի և գնացի քավոր Պետրոսի մոտ: Նա հարցրեց.

— Քեզ մոտ կա՞ն անտեր, անծանոթ և ոչինչ պարապմունք չունեցող մարդիկ:

— Որքան ուզես:

— Որոնց կազմվածքը ինձ նման լիներ:

— Ես ճանաչում եմ մի խըրսըզ թաթար, որի, բացի գլուխը, ամբողջ մարմինը ձեզ նման է:

— Հենց մարմինն է հարկավոր, — Ասաց նա: — էգուց երեկոյան պահուն դու անցիր իմ խանութի մոտով և այն թաթարը թող քեզ հետ լինի: Հիմա գնա՛:

Ես հեռացա, առանց հարցնելու այդ պատրաստության նպատակը: Ես գիտեի, որ քավոր Պետրոսը աննպատակ ոչինչ չի անի:

Մյուս օրը, երեկոյան, ես թաթարին հրավիրեցի մի ստոր

հյուրանոց, լավ ուտացրի, հետո փողոցը տարա, ասելով, թե գնելու եմ մի քանի բաներ: Անցանք քավոր Պետրոսի խանութի առջևից: Նա կանչեց մեզ:

— Ի՞նչ մարդիկ եք, — Հարցրեց:

— Ես արջ պարածող եմ, — պատասխանեցի:

— Իսկ այդ պարո՞նը:

— Ես եկած եմ այստեղ գործ գտնելու, — Ասաց թաթարը:

— Դեռևս որևիցե գործ գտած չե՞ս»:

— Ոչ: Երեք օր է, եկած եմ:

— Ընկեր ունե՞ս:

— Մենակ եմ:

— Քեզ ո՞վ է ճանաչում այստեղ:

— Միայն այս պարոնը, — նա դարձավ դեպի ինձ, — ես այստեղ ուրիշ ծանոթ չունեմ:

— Ես ճանաչում եմ, աղա, լավ մարդ է, — Ասեցի, — եթե կամենում եք գործ հանձնել, կարող եք հավատալ:

Թաթարը ամենևին չէր սպասում, որ ես այսպիսի վկայություն կտայի իր մասին: Աղան, այսինքն՝ քավոր Պետրոսը, իմ խոսքերով բավականացավ, խոստացավ նրան ամիսը տասնևհինգ ռուբլի վճարել, որ իր մոտ ծառայե:

— Քո ծառայությունները խիստ թեթև կլինեն, — Ասաց նա, — քո գլխավոր գործը այն կլինի, որ գիշերները իմ խանութում պիտի պառկես, որքան կարելի է արթուն կերպով, որ հսկես դռան վրա: Տնավաճառի պատճառով գողերը բազմացել են:

Միամիտ մահմեդականի ուրախությանը չափ չկար: Աղան շնորհեց նրան մի ռուբլի, հրամայեց, որ իսկույն բաղանիք գնա, մաքրվի, հագուստը փոխե և այն օրից սկսե ծառայությունը:

— Ես ուրիշ հագուստ չունեմ, բացի դրանցից, որ տեսնում եք, — Ասաց թաթարը:

— Ես կտամ, — պատասխանեց աղան:

Թաթարը մեծ գոհունակությամբ հեռացավ:

Քավոր Պետրոսի խանութը, իրավ որ, առանձին հսկողության կարոտ էր: Նրա մեջ գտնված հարստությունը կարող էր հրապուրել գողերի և ավազակների ախորժակը: Շատերը նրան ճանաչում էին իբրև մի հայտնի ակնավաճառ, որի մոտ գտնվում էին խիստ հազվագյուտ գոհարներ: Բայց ո՞րտեղից էին այդ գոհարները, ո՞վ տվեց նրան, ի՞նչու մինչև այժմ ես տեղեկություն չունեի նրանց գոյության մասին, այդ հարցերը սաստիկ հետաքրքրում էին ինձ:

Թաթարի բաղանիք գնալուց հետո քավոր Պետրոսը կողպեց խանութը և, իր երկայն չիբուխը թամբաքուի քսակի հետ տալով ինձ, ասաց, «Հետևիր ինձ՛»

Արևը վաղուց մայր էր մտած՝ փողոցներում վառվում էին ճրագները: Բազմության աղմկալի անցուդարձը փոքր-ինչ դադարել էր: Ես այն գիշեր փոխել էի իմ արջ պարածողի մուշտակը և հագած ունեի պարսիկ սպասավորի հագուստ: Քավոր Պետրոսի երկայն չիբուխը ձեռքիս բռնած, նրա հետևից գնալով, ես կատարում էի այն տեսակ սպասավորների պաշտոնը, որոնք արևելքում միայն չիբուխ կամ ղեյլան են պատրաստում իրանց պարոնների ծխելու համար և մի տեղ գնալու ժամանակ հետևում են նրանց:

Քավոր Պետրոսը մտավ մի բուխարեցի վաճառականի մոտ: Համեցեք, համեցեք ասելով նրան նստացրին սենյակի ամենապատվավոր տեղում:

Ես իսկույն պատրաստեցի չիբուխը և, մատուցանելով իմ պարոնին, խոնարհությամբ կանգնեցի սենյակի մի անկյունում, դռան մոտ և, ձեռքերս սրտիս դրած, սպասում էի, մինչև նա ծխե ու վերջացնե:

Բուխարեցին մի երիտասարդ վաճառական էր, որ բերել էր ահագին քանակությամբ Բուխարայի թանկագին մորթիք, մետաքսե և զանազան տեսակ ասիական ապրանքներ: Իր վաճառքները ծախած, վերջացրած լինելով, նա միտք ուներ նրանց փոխարեն գնել իրանց երկրին հարմար մի քանի տեսակ եվրոպական և Ռուսաստանի ապրանքներ, հետո վերադառնալ իր հայրենիքը»

— Բերեցի՞ք, — Հարցրեց նա քավոր Պետրոսից:

Քավոր Պետրոսը հանեց իր ծոցից մի արծաթյա տուփ ասելով.

— Երդվում եմ Օմարի և Աբուբաքրի գլուխներով, որ ոչ Ստամբուլի սուլթանը և ոչ պարսից շահը չունեն այսպիսի գեղեցիկ գոհարներ իրանց գանձարանում:

Լսելով Օմարի և Աբուբաքրի անունները, ես հասկացա, որ քավոր Պետրոսը իրան ներկայացրել է որպես մահմեդական շիա աղանդից, որին և պատկանում էր երիտասարդ բուխարեցին :

— Ես ձեզ հավատում եմ, — պատասխանեց բուխարեցին, — ճշմարիտ է, լավ գոհարներ են, բայց թանկ եք գնահատում, շատ թանկ:

— Լավ բանը լավ էլ գին կունենա, — պատասխանեց քավոր Պետրոսը: — Բայց թող ես կույր աչքերով ներկայանամ Մուհամմեդի դրախտում և թող հավիտյան զուրկ մնամ մեծ մարգարեի լուսապայծառ դեմքը տեսնելուց, եթե սուտ լինեմ ասում: Այդ պատվական գոհարները ես բոլորովին կես գնով եմ տալիս ձեզ:

Նա սկսեց արծաթյա տուփի միջից մեկ-մեկ դուրս բերել փայլուն գոհարներ, որոնք ճրագի լույսի առջև աստղերի նման վառվում էին: Ես շլացած մնացի: Ոչ սակավ շլացավ և երիտասարդ բուխարեցին, բայց վաճառականական խորամանկությամբ իր հիացմունքը թաքցնելով, պատասխանեց նա.

— Դուք հավատացնում եք, թե կես գնով եք տալիս, բայց ես բավական թանկ եմ գտնում: Իմ առաջարկած գինը պակաս գին չէ: Ավելի լավ կանեք, որ ընդունեք և այս բոպեիս վերջացնեք գործը:

— Ձեզանից, որպես մի հմուտ վաճառականից, աններելի է այդ լսել: Մի՞թե կարելի է այս աստիճան ստորացնել իմ գոհարների արժեքը, — ասաց քավոր Պետրոսը և դժգոհությամբ սկսեց թանկագին քարերը կրկին դարսել արծաթյա տուփի մեջ:

Պետք է ասած, որ երիտասարդ բուխարեցին ամենևին հմտություն չուներ առհասարակ վաճառականության մեջ, մանավանդ գոհարներ ճանաչելու կամ գնահատելու մեջ: Քավոր Պետրոսը կամեցավ միայն շողոքորթել նրան: Հարուստ հոր միակ զավակը լինելով, նրան առաջին անգամ վաճառականությամբ օտար աշխարհ էին ուղարկել նրա բախտը փորձելու համար: Եվ, որպես խորհրդատու, անփորձ երիտասարդի հետ դրել էին նրա ծերունի դայակին, որը այն գիշեր ուրիշ տեղ հյուր էր գնացած: Բայց ծերունի դայակի ներկայությունը այժմ այնքան հարկավոր չէր, որովհետև գոհարների մասին բանակցությունը սկսվել էր մի քանի օր առաջ, և ծերունի դայակը զանազան հասկացող ակնավաճառների ցույց էր տվել, գնահատել էին գոհարները: Տարբերությունը քավոր Պետրոսի պահանջածի ու նրանց առաջարկածի մեջ հինգ հազար ռուբլի էր միայն: Քավոր Պետրոսը երկու հազար ևս զիջում արեց և, վերջապես գինը հայտնելով, ասաց.

— Քսան հազար ռուբլի, բոլորակ թիվ է, մի կոպեկ անգամ չեմ պակա-սեցնի:

Երիտասարդը համաձայնեցավ և հրամայեց իր գործակատարին իսկույն համբարել փողերը: Քավոր Պետրոսը ստացավ և հանձնեց գոհարները, ասելով.

— Թող ես Մուհամմեդի սուրբ ատամը կոտրող չարագործներից մեկը լինեմ, եթե սուտ լինեմ ասում, որ այդ առևտուրի մեջ ոչ միայն վաստակ չունեցա, այլ բավական վնաս եմ կրում: Ես այդ գոհարները գնել եմ Հնդկաստանում մի հարուստ ռաջայից քսաննհինգ հազար ռուբլով: Իսկ այժմ փոխարենը ստանում եմ միայն քսան հազար ռուբլի: Ես վնասվեցա, բայց տացե Աստված, որ դուք մեկին հազար օգուտ վեր առնենք:

— Հույս ունեմ, — Ասաց երիտասարդը ինքնաբավական ժպիտով: —Դուք բարի մուսուլման եք, ձեզանից կարելի է «խեյր» սպասել:

— Հավատացեք, որ այդպես է, դուք չեք սխալվում, պատվելի պարոն,— պատասխանեց քավոր Պետրոսը մի առանձին քերմեռանդությամբ: — Երբ հաջողությամբ կվերադառնաք ձեր հայրենիքը, իսկույն կտեսնեք իմ ձեռքի օրհնությունը, դուք այդ գոհարներից մի քանիսը կընծայեք Բուխարայի էմիրին, և նա անպատճառ կտա ձեզ մի քանի գավառների նահանգապետության պաշտոնը և գուցե ձեզ իր վեզիր կնշանակե:

Բուխարեցին սկսեց ուրախ-ուրախ ծիծաղել: Գուցե այդ իսկ նպատակով գնեց նա զոհարները:

Քավոր Պետրոսը (այսինքն՝ խորասանցի ակնավաճառ Մաշադի-Մուհամեդ-Ղուլի- Աղան) բարի գիշեր ասելով, հեռացավ: Ես չիբուխը ձեռքումս հետևեցի նրան:

Դրսում եղանակը բոլորովին փոխվել էր: Անձրևը հեղեղի նման թափվում էր, այդ պատճառով փողոցներում մարդիկ հազիվ էին երևում: Գիշերը այնքան խավար էր, որ եթե մատդ կոխելու լինեիր մեկի աչքը, բնավ չէր տեսնի:

Քավոր Պետրոսը հրամայեց ինձ հեռվից հեռու հետևել իրան: նա գտավ նոր վարձված թաթար ծառային բաղնիքից վերադարձած, սպասում էր խանութի դռանը: Աղան նրան ներս տարավ: Ճրագները վառվեցան:

Այդ միջոցին ես անցա խանութի դռնից, ծառան տեսավ ինձ և ճանաչեց: Իմ այնօրվա վկայությունը նրա հավատարմության վերաբերությամբ, երևում էր, այնքան գրավել էր նրա սերը դեպի ինձ, որ խեղճը մտածեց մի բանով երախտամատույց լինել: Նա չկամեցավ, որ ես անձրևի տակ մնայի, հրավիրեց իր մոտ: Ես հրաժարվեցա, պատասխանելով, թե չեմ կարող ներս մտնել, գուցե նրա աղային հաճելի չէր լինի այդ: Նա ասաց, որ այդ մասին աղայից թույլտվություն կխնդրեք Իհարկե ստացավ թույլտվությունը:

Խանութը ուներ մի քանի բաժանմունքներ, մենք գտնվում էինք ծառայի սենյակում: Այդ ժամանակ միայն ես մտածեցի հարցնել նրա անունը:

— Ասկեր, ձեր ոտքի հողը, — Ասաց նա:

Ասկերը բոլորովին մաքրվել էր բաղնիքում, նրան հարկավոր էր մի լավ հագուստ, որ օրինավոր սպասավորի կերպարանք ստանար: Աղան ընծայեց նրան նույն հագուստը, որով ինքը այն գիշեր հայտնվել էր երիտասարդ բուխարեցու մոտ: Ծառայի համար տիրական իրանից առնված հագուստը ամենամեծ պարգևներից մեկն է: Ասկերը ընդունեց այդ թանկագին պարգևը երեխայական հրճվանքով: Խեղճ մարդը չգիտեր, թե՛ որպես շնորհակալություն հայտներ իր նոր աղայի բարեսրտության համար: Աղան հրամայեց նրան, որ իսկույն հագնվի: Երբ բոլորովին պատրաստ էր նա, ասաց, որ գնա խոհանոցում դահիվե պատրաստե: Ասկերի հեռանալուց հետո քավոր Պետրոսը ինձ կանչեց իր մոտ:

— Մուրադ, — Ասաց նա, — Ունե՞ս քեզ մոտ որևիցե զենք:

— Մեծ դանակս մոտս է:

— Այդ բավական է, — Ասաց նա շտապով: — Ես գնում եմ, դու այդ հիմարի պարանոցը կկտրես… գլուխը կբերես քեզ հետ… իսկ մարմինը կթողնես այստեղ… այդ արկղը և խանութի կողպեքը կկոտրես… դուռը կիսաբաց կթողնես… ես գնում եմ քո արջի մոտ… այնտեղ կսպասեմ քեզ…

Այդ խոսքերը այնպիսի արագությամբ արտասանեց նա, որ ես ժամանակ չգտա բացատրություն պահանջելու: Վստահ լինելով, որ իր պատվերները ճշտությամբ կկատարվեն, այլևս չսպասեց պատասխանի, Ասկերի շորերը հագավ և հեռացավ:

Երևում էր, որ Ասկերը սպասավորության մեջ բավական վարժված էր: Տասն րոպե չանցած, դահիվեի լիքը գավաթները մատուցարանի վրա դրած, ներս բերեց: Տեսնելով իր տիրոջ բացակայությունը, հարցրեց նա.

— Ու՛ր գնաց աղան:

— Դրացի խանութից կանչեցին նրան, շուտով կվերադառնա, — պատասխանեցի ես:

Ասկերի սերը այն աստիճան վառված էր դեպի ինձ, որ մի առանձին մտերմությամբ տվեց դահիվեի գավաթներից մեկը և խնդրեց խմել: Երբ վերջացրի, իսկույն մտաբերեցի քավոր Պետրոսի սոսկալի պատվերը: Ի՞նչ պետք էր անել: Ես մնացել էի շվարած: Մի մթին, անորոշ զգացմունք ներսից տանջում էր ինձ: Գուցե դա հանգած խղճի մի փոքրիկ կայծը լիներ, որ դեռ վառ էր մնացել իմ սրտում: Երբեք և ոչ մի ժամանակ ես այնպես կանգ չէի առել եղեռնագործության առջև, որպես այդ րոպեում: Կյանքից զրկել մի անմեղ մարդու, դա սարսափելի չարագործություն էր: Եվ ինչի՞ համար, ի՞նչ էր արել նա: Բայց մի՞թե դահիճը իրավունք ունի քննելու, մի՞թե իրավունք ունի խղճալու: Ես դահիճ էի, ես մի կույր, անսիրտ գործիք էի: Հրամայում էին մորթել, պետք է մորթեի…

Ես կանգնեցի: Ասկերը տեսնելով, որ մենք մենակ ենք, երախտագետ սիրտը այլևս չհամբերեց: Նա մոտեցավ, գրկեց ինձ և իր կուրծքի վրա սեղմելով, ասաց,

— Ա՛խ, դու ո՛րքան լավ մարդ ես, շա՛տ լավ մարդ, Աստված քեզ բարի տա: Եթե ինձ այդ աղայի մոտ չբերեիր, ես սովից կմեռնեի:

— Դարձյալ կմեռնես… — պատասխանեցի ես, և դանակը ցցվեցավ նրա կոկորդի մեջ…

Խեղճը դողդողաց և գլորվեցավ ցած…

Ես ամենայն ճշտությամբ կատարելով իմ վարպետի պատվերները, հեռացա, ինձ հետ տանելով ողորմելի Ասկերի կտրած կառափը:

Գալով քավոր Պետրոսի մոտ, հարցրի:

— Ի՞նչ պետք է անել այդ գլխի հետ:

— Չարդիր, տուր արջիդ, թող ուտե:

Ես կատարեցի և նրա վերջին հրամանը:

Քավոր Պետրոսը այրեց Ասկերի շորերը, որ հագնելով դուրս էր եկել խանութից, և կրկին հագավ իր արջ պարածողի մուշտակը:

Մյուս առավոտ նա ուղարկեց ինձ փողոց, տեսնելու, թե ի՞նչ ձայն կա: Դեռ նոր էին ուշադրություն դարձրել խանութի կոտրած կողպեքի վրա, դեռ նոր էին գտել մորթված դիակը և գոհարների խորտակված արկղիկը: Ոստիկանությունը շրջապատել էր խանութը, ոչ ոքին չէին թողնում մոտենալ:

— Ի՞նչ է պատահել, — հարցնում էին մարդիկ միմյանցից: — Այս գիշեր խորասանցի հարուստ ակնավաճառի գլուխը կտրել են, բոլոր գոհարները տարել են, — լինում էր պատասխանը:

— Աստված պատժեց նրան, — ամբոխի միջից լսելի եղավ մի ձայն, այս գիշեր նա վաճառեց ինձ քանի հազար ռուբլու կեղծ գոհարներ ...

Ոստիկանությունը իսկույն կալանավորեց այդ մարդուն: Դա երիտասարդ բուխարեցին էր:

Վերադառնալով քավոր Պետրոսի մոտ՝ ճանապարհին զանազան մտածություններ պաշարել էին ինձ: Ես հասկանում էի, թե ինչ նպատակով խաղացվեցավ այդ ամբողջ դրաման: Ես հասկանում էի, որ խեղճ Ասկերին խորասանցի ակնավաճառի հագուստի մեջ մորթել տալով, քավոր Պետրոսը կամեցավ կորցնել իսկական ակնավաճառի (այսինքն՝ իր) հետքերը: Բայց ես չէի հասկանում մի բան: Իրավ է, քավոր Պետրոսը, օգուտ քաղելով երիտասարդ բուխարեցու միամտությունից, վաճառեց նրան քանի հազար ռուբլու կեղծ գոհարներ: Բայց ինձ հայտնի էր, որ նա սկզբում ցույց էր տվել բոլորովին բնական գոհարներ, հետո բնականի փոխարեն տվեց կեղծը, արհեստականը, նմանեցրածը: Այժմ գլխավոր հարցը նրանումն էր, թե ո՞րտեղից ուներ քավոր Պետրոսը այն բնական գոհարները, որ ուրիշ շատ մարդկանց վրա ևս վաճառեց:

Մի ակնթարթում ծագեց իմ հիշողության մեջ վաղուց մոռացված անցքը, որ սկիզբն դրեց իմ դժբախտությանը: Ես հիշեցի այն աղետալի բանալին, որ դարբնի աշկերտ եղած ժամանակս շինել էի քավոր Պետրոսի համար: Ես հիշեցի նույն բանալիով ամրոցի մեջ պահված երկաթե արկղի բացվելը, և նրա միջից մեծ քանակությամբ գոհարների և զանազան թանկագին իրեղենների կողոպտվելը: Ես հիշեցի վարպետիս կրած տանջանքները, նրա արհեստանոցը հարքունիս գրավելը: Այդ բոլորը ինձ ասում էին, թե քավոր Պետրոսի այժմյան ակնավաճառությունը խորին կապ ուներ Պարսկաստանում մի ժամանակ կատարված գողության հետ: Ես հիշեցի մի այլ փաստ, որ բոլորովին հաստատում էր իմ ենթադրությունները: Երբ անց կացանք Երասխ գետից և առաջին անգամ ոտք դրեցինք ռուսաց հողի վրա, քավոր

Պետրոսը մաքսատնից փախցնելու նպատակով իր ավանակի փալանի մեջ թաքցրեց զանազան իրեղեններ, որ հետո ամենայն զգուշությամբ աշխատում էր ծածկել ինձանից: Մի՞թե այն իրեղենները այժմյան զոհարները չէին, որ գողացվել էին հիշյալ երկաթե արկղից, իմ ձեռքով շինված բանալիով:

Երբ այդ մասին փո՛րձեցի տեղեկանալ քավոր Պետրոսից, նա խիստ խոժոռ հայացքով նայեց իմ երեսին և լռեց...

Մենք մի քանի օր ևս մնացինք տոնավաճառում, պար ածեցինք մեր արջը և ապա հեռացանք:

Զ

ՌԱԲԻ ՇԻՄՈՆԸ

Թողնելով տոնավաճառը, մենք շարունակեցինք մեր արշավանքը դեպի կայսրության հարավ-արևմտյան գավառները: Մի ամսից հետո գտնվում էինք... քաղաքում: Այստեղ քավոր Պետրոսը ծանոթացավ մի հրեա սեղանավորի հետ, որը, թանկագին իրեղեններ գրավ առնելով, փող էր տոկոսով տալիս, իհարկե, խիստ մեծ տոկոսով:

Փոքր միջոցում քավոր Պետրոսը կարողացավ այնքան գրավել հրեայի համակրությունը, որ նրանց հարաբերությունները, կարելի է ասել, բոլորովին բարեկամական էին: Բայց պետք չէ մոռանալ, որ քավոր Պետրոսը իրան ձևացրել էր նույնպես հրեա, ոչ թե հասարակ հրեա, այլ մի գիտնական ռաբբի, որ Թովրաթը և Թալմուդը անգիր գիտեր: Դրա մեջ կասկածել ոչ ոք կարող չէր, որովհետև նրա դեմքի գծագրությունը բավական նման էր իսրայելի հալածված որդիների տխրամած դեմքին: Բացի դրանից, նրան ծանոթ էին ոչ միայն եբրայեցոց, այլ զանազան ասիական ազգերի սովորությունները ու լեզուները: Քավոր Պետրոսը իրան ներկայացրել էր որպես Սպահանի և Համադանի հրեաների հովիվ:

Սեղանավորը եկած էր այս քաղաքը բոլորովին աղքատ. մի բան, որ բերել էր նա իր հետ, էր նրա հրեական անվաստակելի եռանդը և հրեական խելքը, որ զորավոր է հանդիսանում ավելի մթին ճանապարհների մեջ... Սկզբում նա ժամագործ և կնիքներ փորագրող էր, բայց մի քանի տարուց հետո դառնում է բանկիր:

Սեղանավորը որքան և ջերմեռանդ փողապաշտ էր, այնքան էլ մոլեռանդ մովսիսական էր: Արծաթի և Հին Կտակարանի պաշտամունքը նրա մոտ համահավասար նշանակություն ունեին: Նրա պապերը Սինա լեռան ստորոտում գուցե չէին պաշտի Ահարոնի շինած հորթին, եթե ոսկուց ձուլված չլիներ:

Սեղանավորը իր հայրենական կրոնի նախանձախնդրությունն ուներ: Այդ էր պատճառը, որ նա խիստ հարգանքով ընդունեց քավոր Պետրոսին, որ հայտնվել էր նրա մոտ, որպես նրա թշվառ ազգակիցների քահանա, որոնք աղքատ, հալածված ապրում էին Պարսկաստանի գավառներում:

Ռաբբի Շիմոնի (այսպես էր կոչում իրան քավոր Պետրոսը) ցավալի պատմությունները արևելքի հրեաների աննախանձելի դրության մասին՝ ոչ միայն գրավեցին հարուստ սեղանավորի սիրտը, այլ շարժեցին այն քաղաքում գտնված բոլոր նշանավոր հրեաների կարեկցությունը դեպի ուխտյալ աշխարհի հայրենազուրկ և տարագրված որդիները:

Գլխավորապես սեղանավորի հորդորանքով տեղային հրեաները մի նշանավոր գումար հանգանակեցին ի նպաստ Սպահանի և Համադանի մեջ բնակվող եղբայրների, որոնց կողմից քավոր Պետրոսը ներկայացել էր իբրև հոգևոր նվիրակ:

Իրան ձևացնել նվիրակ այս և այն դավանության, այս և այն եկեղեցու հոգևոր իշխանության կողմից և ժողովրդից հավաքել բարեգործական օժանդա-կություններ, դա խաչագողի արհեստի գլխավոր ճյուղերից մեկն է: Խաչագողը գիտե մարդկային հասարակությունների թույլ կողմերից օգուտ քաղել: Այդ թույլ կողմերից ավելի դյուրախաբը, ավելի հեշտ հրապուրվողը կրոնական զգացմունքն է: Խաչագողը ամենայն ճարպկությամբ հարստահարում է այդ սրբազան զգացմունքը:

Հասկանալի է, որ այս և այն կրոնական համայնքի, այս և այն եկեղեցական պետի ներկայացուցիչ լինելու համար պետք է ունենալ իր ձեռքում թղթեր կամ կոնդակներ զանազան բարձր հոգևոր իշխանություններից, որոնց ներկայացուցիչն են ձևանում: Խաչագողները ունենում են այս տեսակ թղթեր, և այն աստիճան վարպետությամբ պատրԱստված, որ անկարելի է կասկածել նրանց անհարազատության մասին կամ ճանաչել, որ նրանք կեղծ են: Խաչագողներից առանձին մարդիկ իրանց համար արհեստ են շինել պատրաստելու կեղծ կոնդակներ, որ վաճառում են ցանկացողներին խիստ թանկ գնով: Քավոր Պետրոսը ուներ մի կոնդակ, եբրայեցոց լեզվով մագաղաթի վրա գրված և Բաղդադի հրեից քահանայապետի սահազին կնիքով դրոշմված: Քավոր Պետրոսը չէր գնած այդ նշանավոր կոնդակը, այլ փոխել էր մի ուրիշ թղթի հետ, որը իբր թե նա ստացել էր Մեքքայի շերիֆից, և որի շնորհիվ նա մի քանի տարի կողոպտեց Հնդկաստանի մահմեդականներին:

Խաչագողները ունենում են զանազան թղթեր, որոնք մեկի համար հնացած և գործածությունից ընկած են լինում, իսկ մյուսի համար նոր են համարվում: Այսպիսի թղթերը նրանք փոխում են միմյանց հետ, կամ վաճառում են միմյանց վրա: Նոր թուղթ ստացող խաչագողը ման չէ գալիս երկրի այն կողմում և այն ժողովրդի մեջ, ուր նույն թղթով շրջան էր գործել նրա նախկին ունեցողը: Որպես ձկնորսը իր ուռկանը չէ գցում գետի այն տեղը, ուր մի քանի օր առաջ որսացել էր մի ուրիշը:

Այդ քաղաքը մտնելուց հետո անցել էր երկու շաբաթ: Ես ամենևին տեղեկություն չունեի, թե քավոր Պետրոսը ի՛նչ բանի վրա է մտածում կամ ինչով է զբաղված, որովհետև նա շատ ժամանակ բացակա էր գտնվում մեր իջևանից: Բայց հենց առաջին օրից ինձ պատվիրեց, որ մեր կացարանից դուրս չգամ և ամեննին ցույց չտամ, թե ես նրա ընկերն եմ: Ինձ սկզբում անհասկանալի էր, թե ինչո՞ւ թաքստի մեջ էր պահում ինձ: Բայց մի օր դարձավ դեպի ինձ այդ հարցով.

— Կամենում ես շատ փող ունենալ, Մուրադ:

— Ինչո՞ւ չէ:

— Ուրեմն, ինչ որ ասեմ, պետք է կատարես:

— Ես միշտ հնազանդ եմ եղել ձեզ:

— Դու պետք է մտնես այդ մեծ սնդուկի մեջ, որ այսօր բերեցի բազարից:

— Կամենո՞ւմ եք, որ դա իմ դագաղը լինի:

— Այո՛, դրա նման մի բան, — պատասխանեց նա ժպտալով և ապա շարունակեց.

—Լսիր, քեզ այս սնդուկի մեջ փակած պետք է տանեմ մի հրեա սեղանավորի խանութը: Սնդուկը այնտեղ պահ կտամ, ուր կմնա երեք օր: Վերջին օրվա գիշերը դու կբացես քո դագաղը և հարություն կառնես նրա միջից: Սնդուկը այնպես պատրԱստված է, որ ներսից խիստ հեշտությամբ կբացվի: Խանութում դու կգտնես երկաթյա ահագին արկղ: Նա լիքն է ոսկիներով և զանազան թանկագին իրեղեններով: Նրանց մեկ մասը, իհարկե մեծ մասը, քեզ հետ առած, կրկին կմտնես քո դագաղի մեջ:

— Ինչո՞ւ ոչ ամենը, այլ նրանց մեկ մասը:

— Այստեղ նպատակ կա...

Թեև նա չասաց, բայց ես հասկացա, որ քավոր Պետրոսր սակավապետությունը այն նպատակով էր, որ իսկույն ուշադրություն չդարձնեն հափշտակության վրա, երբ արկղը բոլորովին դատարկված կգտնեն իր հարստությունից: Ես պատասխանեցի.

— Ես էլ կընտրեմ, ինչ որ ավելի թանկագին է:

— Այդ թողնում եմ քո ճաշակին, միայն թուղթ փողերին չի պիտի դիպչես:

— Որովհետև թուղթ փողը բանացնում են, մյուս օրը իսկույն կնկատեն, որ պակաս է:

— Դու խիստ հասկացող տղա ես, զառնո՛ւկս, — Ասաց նա ձեռքով փաղաքշաբար իմ մեջքին զարկելով: — Ահա քեզ երկու բանալիներ, որ շատ հեշտությամբ կբաց անեն երկաթյա արկղը:

— Եթե չբաց անեն, իմ դարբնության արհեստը այնտեղ պետք կգա...

—Ոչ, կբաց անեն, քո արհեստը հարկավոր չի լինի: Միայն պետք է զգուշանաս, որ արկղի վրա կամ բանալիների տեղում որևիցե խանգարմունք չպատճառես:

— Հասկանում եմ: Հետո՛:

— Այդ գործը կկատարվի, որպես ասացի, երրորդ օրվա գիշերը: Չորրորդ օրվա առավոտյան պահուն ես սնդուկը կվեր առնեմ իրեայի խանութից:

— Բայց ես նրա մեջ կմեռնեմ սովից:

— Դու կգտնես նրա մեջ բոլոր հարմարությունները, ինչ որ քեզ պետք կլինի:

Այդ միջոցին նա բաց արեց սնդուկը և ցույց տվեց նրա միջի պատրաստու-թյունները:

— Ցերեկները, — Ասաց նա, — դու պետք է անշարժ և լուռ մնաս քո դագաղի մեջ, որպես մի դիակ: Իսկ գիշերները ազատ ես, կարող ես դուրս գալ, զվարճանալ, որքան կամենաս: Խանութում ոչ ոք չի լինելու:

Նույն օրվա երեկոյան պահուն մի բեռնակիր սայլով խորհրդավոր սնդուկը տարավ սեղանավորի խանութը: Նրա միջից ես լսեցի հետևյալ խոսակցությունը:

— Այդ ի՞նչ է ռաբբի Շիմոն, — Հարցրեց սեղանավորը:

Ռաբբի Շիմոնը, այսինքն քավոր Պետրոսը, պատասխանեց.

— Բնակարանս ապահով տեղ չէ, Աբրաամ Իսայիչ, համարյա ամեն գիշեր գողություններ են պատահում: Մի քանի բաներ գնել էի մեր այնտեղի սինագոգայի համար, շատ բաներ էլ նվիրեցին բարի մարդիկ, բոլորը, ինչ որ հավաքել եմ, դրել եմ այդ սնդուկի մեջ: Վախենում եմ, չիցե թե մի դժբախտություն պատահի, և հազարավոր խեղճ իսրայելցիներ կզրկվեն այն օժանդակությունից, որ շնորհեցին մեր այստեղի եղբայրները: Մտածեցի սնդուկը ձեզ մոտ թողնել, Աբրաամ Իսայիչ, մինչև իմ գնալը;

— Լավ ես մտածել, ռաբբի Շիմոն, — Ասաց սեղանավորը և հրամայեց սնդուկը դնել խանութում: Հետո հարցրեց.

— Ե՞րբ եք կամենում գնալ, ռաբբի Շիմոն:

— Եթե Աստված հաջողի, մի երկու կամ երեք օրից հետո: Շատ ուշացա, Աբրաամ Իսայիչ: Այնտեղի գործերս կատարող չկա. խեղճ ժողովուրդը մնացել է բոլորովին անտեր, անխնամ: Պետք է շտապեմ, որ նրանց օգնություն հասցնեմ:

— Պետք է շտապել, ռաբբի Շիմոն, երբ որ այդպես է, — Ասաց սեղանավորը:

Ռաբբի Շիմոնը շնորհակալություն հայտնելով հեռացավ: Այնուհետև ամեն օր գալիս էր նա սեղանավորի խանութը, և ամեն անգամ իմ դարանի միջից լսում էի նորանոր խոսակցություններ:

Երկրորդ օր:

— Ռաբբի Շիմոն, — Հարցնում է սեղանավորը, — դեռ երկա՞ր պետք է սպասենք մեսիայի գալստյանը:

— Ժամանակը մոտեցել է:

— Ի՞նչպես կլինի մեր վիճակը, երբ նա կհայտնվի:

— Սուրբ քաղաքը (Երուսաղեմը) կվերականգնվի իր ավերակների միջից: Իսրայելի ցրիվ եկած որդիները կհավաքվեն աշխարհի ամեն կողմերից: Ավետյաց երկիրը կրկին կծաղկի իր հին փառքերով: Մեսիան կտիրե ամբողջ տիեզերքին: Եվ երկրի ամենահզոր թագավորները, մեկ գոեհիկ հրեայի փեշից բռնած, նրանից ողորմություն կխնդրեն:

— Իսկ ե՞րբ կհայտնվի մեսիան:

— Բոլոր հեթանոսները կդիմեն դեպի նա, բոլորը հրեա կդառնան:

— Ուրեմն այդ հեթանոսները, որ այժմ մեզ հալածում են, էլ չեն լինի:

— Արևի ծագելու տեղից մինչև նրա մուտքը կտիրե Մովսեսի սուրբ օրենքը:

Երրորդ օր:

— Ռաբբի Շիմոն, ինչո՞ւ ընկավ Երուսաղեմը:

— Իսրայելի որդիների մեղքերի պատճառով: Նրանք օրենքը քանդեցին. Եհովայի փոխարեն կուռքեր պաշտեցին, օտարազգի կանանց հետ ամուսնա-նալով, պոռնկություն գործեցին. սուրբ տաճարի խնամատարությունը և քահանաների հարգանքը մոռացան, իրանց զոհերի, իրանց նվերների մեջ ժլատ գտնվեցան. այրի կնոջ հացը խլեցին և որբերի ժառանգությունը հափշտակեցին: Այդ բոլորը տեսնելով, Աստված բարկացավ նրանց վրա, սուրբ քաղաքը կործանեց և Իսրայելին գերության մատնեց:

— Այժմս էլ մենք միևնույնն ենք գործում, ուրիշի հացը խլում ենք, նրա որդիներին քաղցած ենք թողնում:

— Դա ներելի է, երբ գործը օտարազգիների հետ է, բայց մի իսրայելացուն թույլ տված չէ իր եղբորը հարստահարեք:

— Ուրեմն օտարներին կարելի է:

—Կարելի է: Միթե չե՞ս հիշում Թովրաթի այն տեղը, երբ Մովսեսը մտածում էր Իսրայելը փարավոնների գերությունից ազատել և տանել նրանց իրանց հայրենի աշխարհը, նա խորհուրդ տվեց Իսրայելի կնիկներին, որ իրանց եգիպտացի հարևաններից արծաթյա և ոսկյա զարդեր փոխ առնեն, ասելով, թե ոչ այնքան հեռու մի տեղ ուխտ ենք գնում, երբ կվերադառնանք, կրկին հետ կտանք ձեզ: Կնիկները կատարեցին այդ պատվերը և, եգիպտացիների հարստությունը իրանց հետ առնելով, անցան Կարմիր ծովը:

— Հիշում եմ Թովրաթի այն տեղը: Բայց այդ խաբեբայություն չէ՞ր:

—Ոչ: Եգիպտացիները շատ էին հարստահարել

իսրայելացիներին, դրանք էլ փոխադարձաբար կողոպտեցին նրանց: «Ակն ընդ ական», դա օրենք է:

Չորրորդ օրվա առավոտյան պահուն խանութի դռանը կանգնեց մի սայլակ:

— Ռաբբի Շիմոն, այդ ի՞նչ է, — Հարցրեց սեղանավորը:

—Գնում եմ, Աբրաամ Իսայիչ, եկա սնդուկը վեր առնելու և իմ շնորհա-կալությունը ձեզ հայտնելու:

—Մի՞թե այդպես շուտ, շատ ցավում եմ, ռաբբի Շիմոն: Ես դեռ երկար հույս ունեի լսել ձեր բարի խրատները:

— Այո , գնում եմ, Աբրաամ Իսայիչ, Մովսեսի և Ահարոնի օրհնությունը ձեզ թողնելով:

— Թող Եհովան բարի ճանապարհ տա ձեզ , — Ասաց սեղանավորը և հրա-մայեց սնդուկը տեղավորել սայլակի վրա:

Ռաբբի Շիմոնը կրկին և կրկին օրհնեց Աբրաամ Իսայիչին, նրանք համբուրվեցան, բարեմաղթեցին միմյանց շատ օրեր, երկայն կյանք և այլն:

—Ես մի հիշատակ պիտի թողնեմ ձեզ, Աբրաամ Իսայիչ, դուք շատ բարություններ արեցիք ինձ համար, — Ասաց ռաբբի Շիմոնը և տվեց նրան մի բան:

Թե ի՞նչ էր այդ, ես, իհարկե, սնդուկի միջից տեսնել չէի կարող, միայն լսեցի, որ քավոր Պետրոսը ասաց նրան, թե այդ արծաթյա տուփի մեջ ամփոփված է «տապանակ ուխտիի» մի մասը, և տուփը ինչպես շինված է, պետք է այնպես անձեռնմխելի և առանց բացվելու մնա:

— Պահի՛ր քեզ մոտ, — Ասաց նա, — և աստծո օրհնությունը պակաս չի լինի քո տանից: Քո զավակները կծլեն, կծաղկեն, և քո հարստությունը ծովի ավազի չափ կլինի:

Սեղանավորը չգիտեր ինչով հայտնե իր շնորհակալությունը, մանավանդ երբ լսեց, որ այդ տուփի շնորհիվ իր հարստությունը ծովի ավազի չափ կլինի:

Ես չտեսա, թե ինչ տվեց նա քավոր Պետրոսին, միայն լսում էի նրանց գրկախառնության, նրանց համբույրների ձայնը, լսում էի նրանց փոխադարձ գոհունակությունների ջերմ արտահայտությունները:

Սայլակը շարժվեցավ: Ես իմացա, որ նրանք բաժանվեցան:

Սայլակը, որ տանում էր քավոր Պետրոսի մթերքը, մեր սեփականն էր: Ինքը քավոր Պետրոսը կառավարում էր ձիաները: Նա շարժվում էր շտապով և արագ կերպով: Բայց դեպի ո՞ւր էր տանում, ես տեսնել չէի կարողանում, ես դեռ իմ դագաղի մեջն էի:

Մի քանի ժամից հետո քավոր Պետրոսը ինձ ձայն տվեց.

— Հիմա կարող ես դուրս գալ:

Սնդուկը պատրԱստված էր ձեռնածուների սնդուկի նման, որի

մեջ հեշտությամբ կարելի է մտնել և դուրս գալ առանց կողպեքը բաց անելու, առանց նրա խուփը բարձրացնելու:

Երբ դուրս եկա, նայում եմ իմ շուրջը, կեսօրից բավական անցել էր: Գտնվում էինք մեծ ճանապարհի վրա, որը այդ միջոցին բոլորովին դատարկ էր: Քավոր Պետրոսը հրամայեց ինձ՝ նստել իր տեղը և կառավարել ձիաները: Ես կատարեցի հրամանը, ասելով.

— Ես կմեռնեմ սովից, եթե մի բան չուտեմ, հենց այս գիշերը պաշարս սպառված էր:

— Փոքր-ինչ առաջ գնանք, ճանապարհին կա մի իջևան, այնտեղ մի բան կգտնենք ուտելու: Քշի՛ր, ձիաները շատ կամաց են գնում:

Ես հարցրի.

— Ի՞նչ պիտի անենք, եթե մեզ հետամուտ լինեն:

— Ոչ ոք հետամուտ չի լինի, — պատասխանեց նա հանդարտությամբ: — Ինձ հայտնի է, որ սեղանավորը այսօր զբաղված է մի դատաստանական գործով, նա խանութում չի մնա, ուրեմն և իր արկղը չի բաց անի, որ նկատե, թե իր հարստության հետ ի՛նչ է պատահել: Ես բաժանվելու ժամանակ նրան կանչեցին դատարանը:

Իջևանը այնքան մոտ չէր, որպես ցույց տվեց քավոր Պետրոսը: Երեկոյան, արևը մտնելուց հետո, հազիվ կարողացանք հասնել: Սայլակը պահեցինք ճանապարհի վրա, քավոր Պետրոսը ցած իջավ, իսկ ինձ պատվիրեց մնալ ձիաների մոտ:

Նա մտավ իջևանը, մի քանի րոպեից հետո վերադարձավ, իր հետ բերելով մի շիշ արաղ, հաց, պանիր և տասն հատ ձվաներ: Ուրիշ բան չէր գտել: Նույն միջոցին իջևանի ծառաներից մեկը բերեց և գարի ձիաների համար:

— Այստե՞ղ եք կամենում կերակրել ձիաները, — Հարցրեց նա:

— Ո՛չ, մենք պետք է շարունակենք ճանապարհը, — Ասաց քավոր Պետրոսը:

Այդ բոլոր պաշարը մեզ հետ առնելով, սկսեցինք առաջ գնալ: Երեք վերստաչափ հազիվ էինք հեռացել իջևանից, երբ քավոր Պետրոսը հրամայեց դուրս գալ մեծ ճանապարհից և շեղվել դեպի աջ:

— Հիմա կանգնեցրեք, — Ասաց նա: — Այստեղ կարող ենք հանգստացնել ձիաները, մենք ևս մի բան կուտենք:

Բայց ինձ ուտելու ոչինչ չէր մնացել, որովհետև ես իմ բաժինը գալու ժամանակ ճանապարհին բոլորը կերել էի:

Մեր գտնված տեղը մի տափարակ դաշտ էր: Թեև շատ չէինք հեռացել մեծ ճանապարհից, բայց այնքան սաստիկ մութն էր, որ անցորդները հազիվ կարող էին նշմարել մեզ: Երբ ձիաները գարին կերան, փոքր-ինչ հանգստացան, քավոր Պետրոսը հրամայեց լծել: Ես զբաղվեցա ձիերը լծելով, իսկ քավոր Պետրոսը այդ միջոցին փոխում էր իր ռաբբիի հագուստը: Երբ բոլորովին պատրաստ էինք, ասաց նա,

— Նստի՛ր, քշիր դեպի այդ կողմը:

— Այդ կողմով մենք դարձյալ կվերադառնանք քաղաքը, — նկատեցի ես:

— Ես էլ այդ եմ ուզում:

Մեծ պտույտ գործելով, զարտուղի ճանապարհներով, մենք լուսաբացին հազիվ կարողացանք հասնել քաղաքը։ Մեր սայլակը կանգնեց քաղաքի մի հեռավոր և խուլ անկյունում գտնված տան հանդեպ: Այդ տունը այն կասկածավոր բնակարաններից մեկն էր, որի դռները ցերեկով միշտ փակ են մնում, և գիշերները միայն մարդիկ այնտեղ ելումուտ են գործում։ Այստեղ քավոր Պետրոսը վարձել էր մի փոքրիկ մթին սենյակ, ուր հազիվ տեղավորեցինք մեր իրեղենները։ Բավական հոգնած էինք։ Ես պառկեցի բակում, սայլակի վրա, ձիաների մոտ, իսկ քավոր Պետրոսը քնեց փոքրիկ սենյակում:

Հեռանալ մեկ քաղաքից, գնալ ձնացնելով, և կրկին վերադառնալ նույն քաղաքը, դա քավոր Պետրոսի փախստյան եղանակներից մեկն էր։ Դիցուք թե սեղանավորը հենց նույն օրը հասկանար իր խանութում կատարված գողությունը, բայց մինչև կհայտներ ոստիկանությանը, մինչև մեր ետևից մարդիկ կուղարկեին, բավական ժամանակ կանցներ։ Մարդիկը կգային և մեզ ճանապարհի վրա չէին գտնի, որովհետև մենք արդեն մի այլ ճանապարհով կրկին վերադարձած կլինեինք նույն քաղաքը:

Ես զարթնեցա այն ժամանակ, երբ արևը մի ժամ առաջ ծագել էր, և հինդկահավերը բակում կռնչում էին: Բայց այդ հնացած, խոնավությունից բորբոսնած և գերեզմանի պես մթին տան մեջ դեռ մարդիկ չէին երևում: Կարծես, դա ժանտախտով վարակված այն տներից մեկը լիներ, ուր մարդիկ չեն համարձակվում բնակվել։ Միայն ես նկատեցի քավոր Պետրոսին, իր սենյակի դռան առջև կանգնած, հեռվից ձեռքով կանչում էր ինձ.

— Իսկույն թեյ կտան, — Ասաց նա, — շուտով խմիր, որովհետև ուրիշ տեղ եմ ուղարկելու քեզ:

Ներս մտա սենյակը։ նստեցի նույն սնդուկի վրա, որ ամբողջ երեք օր իմ դագաղն էր եղած։ Քանի րոպեից հետո, թեյի մատուցարանը ձեռքում՝ ներս մտավ մի մանկահասակ, բայց սաստիկ կեղտոտ հագնված կին: Նրա մի ժամանակ գեղեցիկ դեմքը այլանդակվել էր կարմիր բծերով, որ երևում էին երեսի վրա:

—Դա ո՞վ է, — դարձավ նա դեպի քավոր Պետրոսը, մի առանձին ուշադրությամբ իմ վրա նայելով:

— Իմ որդին է, — պատասխանեց քավոր Պետրոսը:

—Այդպիսի սիրուն որդի ունեիր և ինձանից թաքցնո՞ւմ էիր, ա՜խ, դու ծերուկ, անխիղճ ծերուկ, — Բացականչեց նա և մոտեցավ ինձ. սկսեց փայփայել իմ մազերը:

—Լիզա, թո՛ղ տուր, լրբության ժամանակ չէ, — գոչեց քավոր Պետրոսը բարկությամբ:

Լիզան ինձ բաց թողեց, բայց քավոր Պետրոսին ավելի բարկացնելու համար ասաց.

—Հիմա կգնամ քեզ համար սպիտակ հաց և կարագ կբերեմ:

Ես կարծում էի, որ միայն ծեր՛ուկն է այստեղ, այդ պատճառով թեյի հետ ոչինչ չբերեցի նախաճաշելու:

Նա շտապով դուրս վազեց սենյակից:

Լիզայի հարաբերությունները քավոր Պետրոսի հետ բավական ընտանեկան էին թվում ինձ: Երևում էր, որ նրանք վաղուց ճանաչում էին միմյանց: Բայց քավոր Պետրոսը այդ կարծիքը ցրելու համար ասաց ինձ, որ նրա «վերնատունը փոքր-ինչ դատարկ է», այսինքն՝ հիմար է, և այդ պատճառով իրան վայելուչ պահել չգիտե:

Բայց Լիզան այնքան հիմար չէր երևում, որպես կամենում էր ցույց տալ քավոր Պետրոսը: Նա երևում էր այն տեսակ կնիկներից, որոնք, վշտից և հուսահատությունից տանջված, աշխատում են իրանց սրտի ցավերը թմրեցնել արաղի շոգիներով:

Երբ վերջացրի իմ նախաճաշիկը, քավոր Պետրոսը ասաց.

—Դու ճանաչում ես հրեա սեղանավորի խանութը, կգնաս նրա մերձակայքում կպտտես և ինձ տեղեկություններ կբերես:

Ես գնացի, քավոր Պետրոսին թաքստոցի մեջ թողնելով, ինչպես նա առաջ ինձ թաքստոցի մեջ էր պահում: Ոչ սեղանավորը և ոչ մի այլ մարդ այդ քաղաքում ինձ չէր ճանաչում:

Քավոր Պետրոսի ենթադրությունը ուղիղ հայտնվեցավ: Սեղանավորը առաջին օրը չէր հասկացել, թե ի՛նչ էր պատահել իր արկղի հետ: Որովհետև այսպիսի սեղանավորները, որոնք ոսկի, արծաթ և գոհարներ գրավ առնելով, փող են տոկոսով տալիս, սովորաբար միշտ վեճեր են ունենում գրավատերերի հետ, և հետևաբար շատ անգամ գործ են ունենում դատարանների հետ: Այն օրը, որի գիշերը կատարվեցավ հայտնի գողությունը, սեղանավորը մի տիկնոջ գանգատով կանչված էր դատարանը: Հրեան վաճառել էր տիկնոջ 5000 ռուբլի արժեք ունեցող օղամանյակը 1500 ռուբլի պարտքի փոխարեն: Դատարանը գործը վճռել էր հօգուտ տիկնոջ:

Իսկ երկրորդ օրը, երբ ես գնացի քավոր Պետրոսի համար տեղեկություններ բերելու, գողությունը արդեն հայտնված էր: Ոստիկանությունը քննություն էր անում և կազմում էր իրտեղեկագիրը: Խանութի դռները, կողպեքները, լուսամուտները գտան ամբողջ: Երկաթյա արկղը նույնպես կոտրած չէր: Ուրեմն ո՞րտեղից էր մտել գողը: Ինքը հրեան նույնպես ցույց էր տալիս, որ նա իր արկղը բոլորովին կողպված գտավ, և խանութի դռները փակված էին, երբ գործակատարները առավոտյան եկան բաց անելու:

— Ուրեմն սատանաներ պետք է մտած լինեն խանութը, — Ծաղրում էին շատերը հրեային, — Որովհետև սատանան կարող է անցնել փակ դռնից, պատի միջից, առանց հետք թողնելու»

Բազմության հետ հավաքված էին այնտեղ և գրավատերերից շատերը, նրանք աղաղակում էին,

— Սո՛ւտ է խոսում անիծված հրեան, սո՛ւտ է խոսում: Նա ինքն է թռցրել մեր իրեղենները, պատճառ բերելով, թե գողացել են: Ո՞րտեղից մտավ գողը, ի՞նչպես դուրս եկավ: Ինչո՞ւ արկղի միջի թուղթ փողերը չտարավ, միայն մեր իրեղենները տարավ:

Ոստիկանությունը հավանական գտավ կասկածը և կալանավորեց հրեային:

Հրեան երևի մոռացել էր ռաբբի Շիմոնի սնդուկը և երևակայել անգամ չէր կարող, որ նրան տապանակ ուխտիի մեկ մասը ընծայող քահանան և նրա հարստությունը ծովի ավազների չափ բազմացնելու ցանկություն հայտնող քահանան կարող էր նրա արկղի հետ անբարեխղճաբար վարվել:

Մենք մի ամբողջ շաբաթ մնացինք Լիզայի մոտ: Ես ամեն օր նոր տեղեկություններ էի բերում քավոր Պետրոսի համար: Նա ցերեկները դրսում չէր հայտնվում, այլ գիշերները միայն դուրս էր գալիս իր մթին սենյակից: Արդյոք ո՞ւր էր գնում, այդ մասին ինձ ոչինչ չէր ասում:

Լիզան օրըստօրե ավելի համակրելի էր դառնում: Այդ դժբախտ կինը զարթնեցնում էր իմ մեջ ոչ այլ զգացմունք, այլ միայն ցավակցություն: Երբ նա պատմում էր ինձ իր կրած տանջանքները, իր հետ պատահած անցքերը, ես սարսափում էի: Նա մի կատաղի ավազակի սիրուհին էր, որից բաժանվել չէր կարող, որովհետև սաստիկ սիրում էր նրան, թեև օր չէր անցնում, որ չծեծվեր նրանից:

Որպես գիշերով մտանք Լիզայի տունը, այնպես էլ գիշերով դուրս եկանք այնտեղից: Խեղճ աղջիկը պատրաստել էր ինձ համար բավական ճոխ պաշար ճանապարհին ուտելու համար: Նա ինձ կոչում էր Նիկոլայ, որովհետև այդ անունով ծանոթացա նրա հետ:

— Նիկոլայ, հոգյակս, — Ասաց նա մեզ ճանապարհ դնելու ժամանակ, — երբ կպատահի քեզ մի անգամ ևս անցնել այս քաղաքով, չմոռանաս խեղճ Լիզային:

— Չեմ մոռանա, — պատասխանեցի ես, և մեր սայլակը հեռացավ:

Քավոր Պետրոսը բարկացավ: Նա սաստիկ ատում էր, երբ մարդիկ քաղցրությամբ էին խոսում «քածերի» հետ, ինչպես սովորաբար արտասանում էր նա:

Է

ԲԱՐԵԳՈՐԾՈՒԹՅՈՒՆ

Գիշեր էր, երբ մենք դուրս եկանք հիշյալ քաղաքից: Լուսնյակի լուսով մեր սայլակը հանդարտ վազում էր հարթած ճանապարհով: Երկու ուժեղ ձիաներ քաշում էին նրան ամենայն արագությամբ: Ես կառավարում էի նրանց երասանակները: Քավոր Պետրոսը մրափում էր սայլակի մեջ, որպես մի հսկա, որ հանգստանալու պետք է զգում մի մեծ հաղթությունից հետո:

Մեր ճանապարհը ձգվում էր անսահման անապատի միջով, ուր դեպի ո՛ր կողմը նայում ես, երկինքը միանում է հորիզոնի հետ: Այսպիսի անապատները ոչ միայն ցերեկով, այլև գիշերով, այն ևս լուսնկա գիշերով կախարդիչ կերպով ազդում են մարդու երևակայության վրա: Եվ ինչպիսի՛ պատկերներ ասես չեն գալիս ու չեն գնում նրա աչքերի առջևից...

Հանկարծ միտքը սլանում է հեռո՛ւ և հեռո՛ւ, և օտարական պանդուխտը տեսնում է իրան իր հայրենիքում... տեսնում է ծանոթ երեսներ... տեսնում է ծանոթ տեղեր... տեսնում է իր մանկության արքավայրը և ուրախանում է... Բոլորը հետզհետե անհետանում են: Իսկ այն պատկերը, որ միշտ կից է եղել նրա սրտին, նա մնում է, նա երկար ժամանակ մնում է...

Այդ իմ Սառայի պատկերն է...

— Նազելի Սառա...— Ո՛րքան մեծացել է նա... ո՛րքան գեղեցկացել է... ահա նա ժպտում է... ո՛րքան ուրախ է... ահա մոտ եկավ... ինչո՞ւ է գլուխը քաշ զցել... երևի ամաչում է... տե՛ս, կարմրեց... — Սիրելի Սառա, մի վախիր... ես քո Մուրադն եմ... գրկիր ինձ... համբուրիր ինձ... ա՜խ, ինչո՞ւ ես փախչում... Սառա ջան... իմ Սառա...

Վերջին խոսքերը այնպիսի բարձր ձայնով արտասանեցի ես, որ քավոր Պետրոսը իր քնից զարթնեց:

— Ի՞նչ է, ի՞նչ է պատահել, — գոչեց նա շփոթվելով:

— Ոչինչ, — պատասխանեցի ես փոքր-ինչ հուշի գալով:

Նա կրկին աչքերը խփեց, քնեց:

Քավոր Պետրոսի խռովությունը առանց պատճառի չէր՛ Ես ամբողջ գիշերը անցուցել էի զառանցության մեջ: Մի կողմից անքնությունը, մյուս կողմից սայլակի անդադար օրորվիլը այն աստիճան գրգռել էին իմ ուղեղը, որ ես ընկել էի հալուցինասիոնների մեջ...

Այդ ինձ հետ շատ անգամ էր պատահում: Բայց երբեք չէր պատահել, որ ես ինձ բոլորովին մոռանայի: Երբեմն, ամբողջ ժամերով, բոլորովին քնած դրության մեջ, ես կառավարում էի ձիաները, բայց գեթ մի անգամ չէր պատահել, որ կա՛մ մտրակը, կա՛մ երեսանակները իմ ձեռքից ցած ընկնեին: Ես իմ կիսաքուն դրության մեջ մինչև անգամ հետևում էի ճանապարհի ուղղությանը, նկատում էի կամուրջները, զգուշանում էի զառիվայրներից և սայլակը վտանգի չէի ենթարկում: Իսկ այս անգամ ինձ այն աստիճան մոռացել էի, որ ձիաներին իրանց կամքին էի թողել, և բոլորովին շեղվել էինք ուղիղ ճանապարհից: Այդ նկատելի եղավ այն ժամանակ, երբ լույսը բացվեց, և արևելքը սկսեց շառագունել:

— Այդ ճանապարհը սատանան գիտե թե ո՛ւր է տանում, — Ասաց քավոր Պետրոսը, երբ զարթնելով սկսեց նայել իր շուրջը— Մենք մոլորվել ենք...

Այդ խոսքերը թեև արտասանեց նա հանդարտությամբ, բայց նրանց մեջ կար և՛ բարկություն, և՛ հանդիմանություն:

Հետ դառնանք, — պատասխանեցի ես, — գուցե կգտնենք ուղիղ ճանա-պարհը:

— Հարկավոր չէ, շարունակի՛ր, տեսնենք Աստված ո՛ւր է տանում մեզ:

Քավոր Պետրոսը մեր մոլորվելու մեջ գտնում էր աստծո կամքը: Նա մտածում էր, գուցե ուղիղ ճանապարհի վրա մեզ մի վտանգ կպատահեր, գուցե այնտեղ հետամուտ էին լինում, որ կալանավորեն մեզ, իսկ շեղվելով ուղիղ ճանապարհից՝ ազատվեցանք:

Զարմանալի բան է աստուծո ներկայությունը ամեն գործի մեջ. թե գողը և թե կողոպտյալը միօրինակ հույս են գնում նրա վրա: Սպանողը նրանից ուժ է խնդրում իր բազկի համար, իսկ սպանվողը՝ ազատություն: Բոլորը դիմում են դեպի նա:

Արևը բավական բարձրացել էր: Մենք գտնվում էինք դեռ միևնույն հարթ-հավասար անապատի մեջ: Դեպի ո՛ր կողմը և նայում ես, վերջ չկա: Մի ծանր, ճնշող տպավորություն էր գործում այդ լայնատարած, մռայլոտ անապատը մարդու վրա: Կարծում ես, թե հորիզոնը ամեն կողմից հետզհետե նեղանալով, պատրաստվում է խեղդել քեզ: Տեղ-տեղ պատահում էին փոքրիկ գյուղեր, նույնպես փոքրիկ, ողորմելի խրճիթներով, բայց մենք կանգ չէինք առնում, անցնում էինք: Մի տեղ միայն քավոր Պետրոսը ցած իջավ սայլակից, մտավ գյուղը, մեզ համար ճանապարհի պաշար գնելու և մանավանդ տեղեկանալու, թե որտեղ ենք գտնվում, կամ դեպի ո՛ւր է տանում մեր բռնած ուղին:

Ես սայլակը կանգնեցրի գյուղի գլխավոր փողոցի վրա, սպասում էի քավոր Պետրոսի վերադարձին: Նա կանչել տվեց գյուղի տանուտերին, ինչ-որ խոսեց նրա հետ և, քառորդ ժամից հետո վերադառնալով, ասաց ինձ,

— Այստեղ անկարելի է մնալ:

— Ինչո՞ւ:

— Ո՛չ մեզ համար հաց կարելի է գտնել, և ո՛չ ձիաների համար գարի:

— Ի՞նչ է պատահել:

— Այս կողմերում սարսափելի սով է տիրում, մարդիկ ամեն ինչ սպառելով, հետո կերել են իրանց անասուններին, այդ ևս սպառելով, այժմ ուտում են այն, ինչ որ անասունները պիտի ուտեին:

Ես սոսկացի: Նա նստեց սայլակի վրա և հրամայեց քշել»:

— Դեպի ո՞ր կողմը, — Հարցրի ես:

— Դեպի աջ:

— Դուք հիմա գիտե՞ք, թե ո՞ւր է տանում այդ ճանապարհը:

— Գիտեմ:

Քավոր Պետրոսի պատմությունից երևաց, որ նախորդ տարվա երաշտության պատճառով այս կողմերում հունձը խիստ անհաջող է եղել, իսկ ներկա տարվա ցանքերը նույնպես մի առանձին բեղմնավորություն չէին խոստանում: Գյուղացիները, որ առանց այդ դժբախտությունների ևս միշտ աղքատ են եղել, այժմ զրկվել էին ապրուստի ամեն միջոցներից:

— Իսկ մեզ մոտ ուտելու մի բան մնացե՞լ է, — Հարցրեց քավոր Պետրոսը:

— Միայն հացը պակաս է: Շա՛տ ապրի Լիզան, նրա առատաձեռնության շնորհիվ մենք այժմ ունենք մի ամբողջ բուդ խոզի ապուխտ, մի քանի կտոր երշիկներ և պանիր:

— Պանիրը պահիր ինձ համար, իսկ մյուսները դու կուտես:

Քավոր Պետրոսը խոզի միս ուտելու սովորություն չուներ, որովհետև մեղք էր համարում:

Առաջիկա գյուղը այնքան հեռու էր, որ մենք հասանք այնտեղ, երբ երեկոյան ճրագները վառվում էին: Թեև քավոր Պետրոսին ասել էին, որ այստեղ ավելի հարմարություններ կգտնենք իջևանելու համար, բայց հայտնվեցավ, որ սովը և չքավորությունը այստեղ ավելի սարսափելի էր:

Մեր սայլակը կանգնեցրինք առաջին հանդիպած խրճիթի դռանը: Ճրագվի մոմ անգամ չգտանք վառելու համար, որովհետև ճրագվի մոմերը այժմ գործ էին ածում որպես կերակուր: Մեր հեռվից տեսած ճրագները ուրիշ ոչինչ չէին, բայց միայն փայտի տաշեղներ, որ բանեցնում էին մոմերի տեղ:

Մենք ունեինք մեզ հետ «մոմապատ», այսինքն՝ մոմով պատած թելի մի ահագին կծիկ, որ մարդիկ ճանապարհորդության ժամանակ ման են ածում: Բայց այդ կծիկը մեզ ուրիշ շատ գործերում ևս հարկավոր էր լինում: Վառեցինք «մոմապատը»:

Մտանք խրճիթը: Դա մի կատարյալ հիվանդանոց էր, ընտանիքի մեծ մասը պառկած, հառաչում էր ցնցոտիների ներքո: Ոտքի վրա էր մնացել միայն ծերունի տանտերը և մի փոքրիկ աղջիկ նրա թոռնիկը:

— Այստեղ անկարելի է մնալ, — Ասացի ես քավոր Պետրոսին:

— Ամեն տեղ այսպես է, պարոն, — մեջ մտավ ծերունի տանտերը, —ամեն խրճիթում հիվանդներ կգտնեք:

Ամառվա եղանակը և լուսնկա գիշերը նպաստեցին մեզ իջևանելու բակում, դատարկ ախոռատան հանդեպ: Այստեղ հիվանդներ չկային, որովհետև և շնչավորներ չկային:

— Սամովար կգտնվի՞, — Հարցրի ես տան տերից:

—Սամովա՞ր, — կրկնեց թավամորուս տան տերը ծոծրակը քորելով:

— Այո՛, սամովար:

Ռուս մուժիկին մի բան հասկացնելու համար պետք է տասն անգամ կրկնել:

— Սամովար եթե գտնվի, պարոն, պետք է տերտերի տանը գտնվի: Մենք էլ առաջվա ժամանակներում ունեինք, պարոն, բայց մեր մեղքից ոչինչ չմնաց, բոլորը ծախվեցավ...

— Ինչո՞ւ ծախվեցավ:

— Ծախեցինք կերանք, պարոն: Մեր մեղքերի համար Աստված պատիժ ուղարկեց սովը: Ոչինչ չկար ուտելու:

— Իսկ հիմա՞:

— Հիմա ավելի վատ է, սովի հետ ավելացավ և հիվանդությունը:

Ես ընդհատեցի տխուր խոսակցությունը և կրկին հիշեցրի նրան սա-մովարը:

— Օլյա, — ձայն տվեց նա իր փոքրիկ թոռնիկին, — վազի՛ր տեր հոր տունը, ասա, որ մեզ մոտ պարոններ եկան, թող փոխ տա մեզ սամովարը:

Եվ իրավ, նրա խրճիթում ոչինչ չէր մնացել, կա՛մ առաջուց չէր ունեցել, կամ ունեցածը վաճառել էր: Մի հասարակ սեղան, որի երեսի վրա սև փոսիկներ էին կազմվել սամովարի տակից ընկած կրակներից, մի քանի հատ կոտրված տաբուրետկաներ, մի հատ արույրե կաթսա, հնոցի մոտ դրած, որի մեջ վաղուց կերակուր չէր եփվել, մի քանի փայտյա գդալներ, մի քանի անկոթ դանակներ, առանց պատառաքաղների, եթե ավելացնենք դրանց վրա երկաթյա անթրոցը կստանանք կարասիների ամբողջ թիվը:

Միակ առարկան, որ մնացել էր իր տեղում անշարժ, որին սովի բոլոր սաստկությունը չէր կարողացել ստիպել վաճառելու, էր Աստվածամոր պատկերը, փոքրիկ Հիսուսը գրկում, որ դրված էր խրճիթի մի անկյունում: Մուժիկը նրանից չէր բաժանվում, մուժիկը ամեն բան նրանից է սպասում և նրա համար է զոհում»

Քավոր Պետրոսը այս գիշեր լուռ էր, ոչինչ չէր խոսում: Նա նստած էր մեր սնդուկներից մեկի վրա և ծխում էր: Խիստ հազիվ անգամ էր պատահում, որ նա ծխեր, բայց երբ որ ծխում էր, դա արդեն նշան էր կա՛մ սաստիկ ուրախության և կա՛մ սաստիկ տրտմության: Վերջինն այս գիշեր ավելի հավանական էր: Շրջապատող թշվառությունները դառն տպավորություն էին գործել նրա զգայուն սրտի վրա»

Օլյան վերադարձավ սամովարը իր հետ բերելով, բայց սամովարի հետ եկավ և տեր հայրը, երևի նրա համար, որ լսել էր, թե հյուրերը «պարոններ» են և ոչ հասարակ մարդիկ: Քավոր Պետրոսը քաղաքավարությամբ ընդունեց նրան:

Քահանան հայտնվեցավ բավական բարեկիրթ մարդ, որպիսիները խիստ հազիվ են պատահում գյուղերում: Լսելով, որ մենք «պարոններ» ենք, նա կարծել էր, թե գուցե պաշտոնական անձինք ենք, եկել էր հայտնելու մի սարսափելի դեպք: Մի սովատանջ կին, քաղցածության կատաղության մեջ, սպանել էր իր երեխային և ուտելու փորձ էր արել...

Քավոր Պետրոսը զարհուրեցավ: Ինձ վրա ևս խիստ սոսկալի տպավորու-թյուն գործեց այդ լուրը:

— Մի՞թե այս աստիճան սաստկացել է սովը, — Հարցրեց քավոր Պետրոսը:

— Մարդիկ այժմ համարյա ոչինչ չեն գտնում ուտելու, — Պատասխանեց քահանան, — կերակրվում են բանջարով, խոտերով, արմատներով և դեռ չհասունացած ցորենի հասկերով, իսկ դրանք ավելի շուտով են սպանում նրանց, որովհետև հիվանդանում են ու մեռնում են:

— Շա՞տ է մեռնողների թիվը»

— Շատ է: Գյուղի բնակիչների համարյա կեսը չի մնացել:

Տիֆը ավելի մեծ կոտորած է անում, քան թե քաղցածությունը: Մնացածներից շատերը հիվանդ են:

— Գյուղական հասարակությունը ոչինչ հնարների վրա չէ՞ մտածում:

—Գյուղական հասարակությունը ի՞նչ կարող է անել: Սպասում են կառավարությունից հաց և բժիշկ ստանալ: Մեզ խոստացել են:

— Շուտո՞վ կստացվի:

— Աստված գիտե: Դեռ պետք է քննեն, դեռ պետք է տեղեկանան, թե որ աստիճան օգնության կարոտ է մեր դրությունը, որ հետո օգնեն:

— Դուք ձեր դրության մասին տեղեկություններ չե՞ք տվել:

— Ի՛նչպես չենք տվել, մի քանի անգամ խնդիրներ ենք մատուցել, բայց դեռ խնդիրները չեն քննվել:

— Հաց ամենևին չէ՞ մնացել:

— Ձեզ հայտնի է, որ այսօր տերունական տոն է, ես պետք է

պատարագ մատուցանեի, ամբողջ գյուղում այնքան ալյուր չգտնվեցավ, որ նշխարք պատրաստեինք:

— Իսկ մերձակա քաղաքում հաց գտնվո՞ւմ է:

— Գտնվում է, բայց գյուղացիների մոտ միջոցներ չեն մնացել բերել տալու համար:

Տխրության մռայլը պատեց քավոր Պետրոսի դեմքը, մի քանի րոպե մնաց լուռ մտածության մեջ, հետո նա դարձավ դեպի քահանան այդ խոսքերով.

— Խնդրեմ, ներողություն հանձն առեք, տեր հայր, ես կամենում եմ անձամբ տեսնել մի քանի խրճիթներ, առաջնորդեցեք ինձ:

— Մեծ ուրախությամբ, — Ասաց քահանան և վեր կացավ:

Նրանք գնացին: Մեր հյուրընկալը վազեց գյուղի տանուտերին իմաց տալու, թե աստիճանավոր է եկել: Քավոր Պետրոսի այցելությանը տալիս էին պաշտոնական նշանակություն:

Ես և փոքրիկ Օլյան մնացինք մենակ, պտտվում էինք սամովարի շուրջը, հոգս էինք տանում թեյի պատրաստության համար:

— Այսօր ի՞նչ ես կերել, Օլյա:

— Այն օրից, որ մայրս մեռավ, ես հաց չեմ կերել:

— Շա՞տ ժամանակ է, որ մայրդ մեռավ:

— Երկու շաբաթ է: Հետո Սաշան մեռավ, հետ Միտկան մեռավ... երեկ թաղեցինք փոքրիկ Վերային...

Խեղճ աղջիկը չկարողացավ վերջացնել, նա սկսեց հեկեկալ:

— Գիտե՞ս, Վերան իմ քույրն էր, — Ասաց նա արտասվախառն ձայնով:

Ես տվեցի Օլյային մի կտոր երշիկ և խնդրեցի, որ ուտե: Խեղճ աղջիկը առաջին անգամ էր տեսնում մի այսպիսի բան:

— Այդ ի՞նչ է, — հարցրեց նա:

— Եփած միս է:

Նա չկերավ, թեև մոր մեռնելուց հետո հաց չէր կերել, այլ վազեց մտավ խրճիթը, երևի, հիվանդներից մեկին ուտացնելու համար:

Քավոր Պետրոսի այցելությունները երկար չտևեցին, որովհետև նա մտել էր մի քանի խրճիթներ միայն և, ամեն տեղ տեսնելով միևնույն զարհուրելի տեսարանները, միևնույն դժբախտությունները, այլևս համբերել չէր կարողացել և հետ էր դարձել: Նա սաստիկ զգայուն մարդ էր. թշվառության համար դեռ պահված էին նրա աչքերում արտասուքի մի քանի կաթիլներ:

Նրա հետ էր և՛ քահանան, և՛ գյուղի տանուտերը:

Իսկ գյուղացիների մի խումբ, լսելով այդ անակնկալ այցելության համբավը, հավաքվել էր մեր կեցած տան դռանը:

Հենց որ նստեցին, քավոր Պետրոսը դարձավ դեպի քահանան այդ խոսքերով.

— Ես ձեզ կտամ մի գումար, տեր հայր, դրանով դուք հաց, բժիշկ և դեղորայք բերել կտաք քաղաքից: Ես հավատացած եմ, որ ձեր ծուխի թշվառությունը ձեզ համար նույնքան զգալի է և ցավակցական, որքան եղավ նա ինձ համար, երբ այս գիշեր իմ աչքով տեսա ողորմելի մարդկանց կրած տառապանքը:

— Այդ փողերը զանձարանի՞ց են, — Հարցրեց գյուղի տանուտերը:

— Այդ փողերը ես եմ տալիս ձեզ, — պատասխանեց քավոր Պետրոսը:

Նրանք զարմացած մնացին: Նրանց վրա տիրեց մի տեսակ երկյուղ, մի տեսակ կասկած, թե ի՞նչ նպատակ կարող էր լինել դրանում, որ մի անծանոթ մարդ, մի քանի ժամ իրանց գյուղում հյուր լինելով, նվիրում էր այդքան փող:

— Աստուծո և իմ հոգու համար եմ տալիս, — Ասաց քավոր Պետրոսը:

Աստուծո և հոգու անունը տալու ժամանակ նրանց կասկածը փարատվեցավ, և ամեն կողմից օրհնություններ ու շնորհակալությունները չափ չունեին:

Քահանան, որպես երևում էր, բարեխիղճ մարդ էր: Նա թույլտվություն խնդրեց քավոր Պետրոսից, որ ներս կանչե դրսում կանգնած գյուղացիներին ևս, որ մի քանի վկաների ներկայությամբ ստանա գումարը, որպեսզի վերջը տարաձայնությունների առիթ չմնա:

— Ես, — Ասաց նա, — Այդ գումարը մի քանի անձինքների գործակ-ցությամբ կծախսեմ և նրա գործադրության մասին մանրամասն հաշիվ կներկայացնեմ ձեզ: — Հետո խնդրեց նա քավոր Պետրոսի հասցեն:

— Այդ հարկավոր չէ, տեր հայր, ես ձեզ բոլորովին հավատում եմ:

Քավոր Պետրոսը մինչև անգամ չհայտնեց նրանց իր անունը, թեև շատ խնդրեցին, և հանգստացրեց քահանային Ավետարանի խոսքերով, թե բարեգործությունները պետք է ծածուկ կատարվեն, և միայն Աստված պիտի գիտենա»

Հետո դարձավ նա դեպի ինձ և ներկա գտնվողներին անհասկանալի լեզվով ասաց.

—Պատրաստվիր, որ շուտով ճանապարհ ընկնենք, այս գյուղը մնալու տեղ չէ:

Քավոր Պետրոսը իր ձեռքով մխիթարեց այն գյուղացու դժբախտությունը, որի տանը հյուրասիրվեցանք մենք: Քառորդ ժամից հետո մեր սայլակը արդեն գտնվում էր ճանապարհի վրա:

Սպահանցի քահանային եկեղեցու շինության համար հանգանակած գումարից հետո, քավոր Պետրոսի այդ երկրորդ բարեգործական վարմունքը ինձ ավելի զարմացնում էր: Զարմանում եմ գլխավորապես այն պատճառով, որ եկեղեցու շինության գործում նրան թելադրում էր հավատը, կրոնի զգացմունքը և վերջապես ազգային նախանձախնդրությունը: Իսկ ա՛յստեղ ի՞նչ կար, որ զարթնեցներ նրա կարեկցությունը: Մի՞թե մի ամբողջ սովատանջ բազմության թշվառությունը կարող էր ազդել նրա քարացած սրտի վրա:

Այդ խորհրդածությունները զբաղեցնում էին իմ միտքը, երբ մեր սայլակը դանդաղ կերպով առաջ էր գնում: Ձիաները ամբողջ օրը չարչարված լինելով, չէինք կամենում ավելի հոգնեցնել նրանց: Այդ միջոց էր տալիս ինձ քավոր Պետրոսից բացատրություններ խնդրելու:

— Բարեգործությունը լա՞վ բան է, — Հարցրի նրանից:

— Ես չեմ հասկանում ի՞նչը առիթ տվեց քեզ հանկարծ մի այսպիսի հարց առաջարկել ինձ:

— Ինձ առիթ տվեց ձեր այսօրվա վարմունքը»

— Լավ բան է:

— Ուրեմն մենք ինչո՞ւ ենք խաբում, կողոպտում, սպանում և ամեն տեսակ եղեռնագործություններից ետ չենք մնում:

— Մենք կողոպտում ենք ժլատ հարուստներին: Իսկ աղքատներին պետք է օգնել:

Գիշերային լռության պահուն, անապատի մեջ, ճանապարհի վրա, առ-անձնացած մի խստասիրտ մարդու հետ, այս տեսակ վիճաբանությունը կարող էր վտանգավոր հետևանքի հասցնել: Իմ տապարը, որ միշտ սայլակի նստարանի տակ էր պահված լինում, հանեցի և խրեցի գոտիիս մեջ: Լուսնյակի լուսով քավոր Պետրոսը նկատեց այդ, իսկ ես նրա դեմքի վրա նկատեցի մի արհամարհական ժպիտ:

— Դուք ասում եք, թե աղքատներին և թշվառներին պետք է օգնել: Շատ գեղեցիկ միտք է, — շարունակեցի ես: — Իսկ ողորմելի թաթար Ասկերը աղքատ և թշվառ չէ՞ր, ինչո՞ւ հրամայեցիք ինձ սպանել նրան:

— Ես միջոցների մեջ խտրություն չեմ գնում: Եթե Ասկերին սպանել չտայի, չէի կարող կողոպտել բուխարեցի հարուստ վաճառականին: Իսկ բուխարեցուն կողոպտելով, ես այսօր մի ամբողջ գյուղ ազատեցի սովատանջ մահից:

Քավոր Պետրոսի խոսքերը որքան էլ ինձ տարապայման թվեին, այսուամենայնիվ, նրանք բխում էին հաստատ համոզմունքից, որոնց համեմատ և գործում էր նա: Նա իր գաղափարների մեջ հաջորդաբար էր վարվում: Այնքան ժամանակ նրա մոտ ծառայելով, ես վկա էի եղել շատ անցքերի և միշտ նկատել էի, որ նա մի առանձին կատաղի ատելություն ուներ դեպի ժլատ հարուստները, որոնց ընդհակառակն, նա երբեք չէր վշտացրել աղքատին և միշտ թշվառների բարերարն էր հանդիսացել:

Բայց, ես հիշեցի մի պայման, որի մասին մինչև այսօր առիթ չէի ունեցել խոսելու նրա հետ: Ես հարցրի.

— Դուք, որ միշտ բարի եք եղել դեպի աղքատը, դեպի հարստահարյալը և դեպի թշվառը, ինչո՞ւ մինչև այսօր չկատարեցիք ձեր խոստումնքը մի անձի վերաբերմամբ, որ ձեր պատճառով թշվառացավ:

— Ի՞նչ անձ:

— Իմ վարպետը: Չե՞ք հիշում, երբ առաջին անգամ մենք վճռեցինք թողնել մեր հայրենիքը և օտար աշխարհ գնալ, մենք ուխտեցինք փող վաստակել և այդ մարդու կրած բոլոր վնասների փոխարենը վճարել: Մոռացե՞լ եք:

—Չեմ մոռացել: Երբ կհասնենք իջևան, դու ինձ հիշեցրու, ե՛ս ցույց կտամ քեզ մի նամակ, որից դու կտեղեկանաս, որ ես վաղուց կարգադրություն արել եմ այդ մասին: Ես ուղարկել էի մի գումար մեր գյուղի քահանային, խնդրելով, որ հասցնե քո վարպետին, բայց պատասխան ստացա, թե այն օրից, որ նրան փախցրին բանտից, նրա մասին ոչինչ տեղեկություն չկա, թե ինքը և թե իր ընտանիքը անհայտացել են: Բայց ինձ զարմացնում է մի բան, Մուրադ, ի՞նչը առիթ տվեց քեզ այսպես կասկածավոր կերպով վերաբերվել դեպի իմ գործունեությունը:

Ես ոչինչ չպատասխանեցի:

Ը

ՓՐԿՈՒԹՅԱՆ ՀՐԵՇՏԱԿԸ

Անցել էր ավելի քան մի ամիս այն օրից, որ մենք թողեցինք հրեա սեղանա-վորի գտնված քաղաքը:

Շատ երկար կլիներ, եթե մանրամասնաբար նկարագրեի մեր ամբողջ ճանապարհորդությունը: Իմ հիշատակարանի այս գլուխը ես կիսով չափ համառոտում եմ: Համառոտում եմ, որովհետև շտապում եմ ծանոթացնել ընթերցողին մի նոր դեպքի հետ, որը իմ սրտին շատ մոտ է...

Կարճ կասեմ, անցնելով զանազան գավառներից և փոքրիկ քաղաքներից, մենք արդեն գտնվում էինք կայսրության հարավային գավառում, Սև ծովի եզերքի մոտ: Բնությունը այստեղ փոխվեցավ, անապատներից ազատվեցանք, երկիրը ավելի լեռնային էր:

Ամառային գեղեցիկ առավոտներից մեկն էր: Մեր ճանապարհը գնում էր նեղ ձորի միջով, որ պատած էր խիտ անտառներով: Ճանապարհի մեկ կողքով զուգընթաց կերպով ձգվում էր խորին անդունդ, որի հատակում հազիվ նշմարվում էր լեռնային գետակը: Իսկ ճանապարհի մյուս կողքին բարձրանում էին ապառաժներ, որ ծածկված էին ծառերով:

Ինձ հայտնի չէր, թե ո՞ւր էր տանում այդ ճանապարհը, կամ ի՞նչ էինք որոնում այդ վայրենի, համարյա անմարդաբնակ լեռների մեջ: Ես միայն հիացած էի բնության գեղեցկություններով: Երբեմն ես լսում էի առվակների խոխոջմունքը, որոնք թաքուն վազում էին թփերի միջով, երբեմն տեսնում էի նրանց ջրվեժը, որ նոր ծագող արեգակի առաջին ճառագայթներից ծիածանի նման կամար էին կապում կանաչազարդ լեռան վրա: Տեղ-տեղ հանդիպում էին հին ամրոցների ավերակներ, որ մնացել էին թաթարների տիրապետության ժամանակներից:

Կրկնում եմ, որ ես ամենևին տեղեկություն չունեի, թե ինչ նպատակով էինք ճանապարհորդում: Միայն քավոր Պետրոսը մի բան որոնում էր այն լեռների մեջ. նա շտապում էր, որքան կարելի է, շուտով հասնել ծովի ափերին:

Մինչև կեսօր մենք գնում էինք միևնույն նեղ ճանապարհով, որ երկու կողմից սեղմված էր ծառերով: Բայց դեռ ոչ մի բնակության չէինք հանդիպել և ոչ մի մարդու երեսս չէինք տեսել: Շարունակել ուղին՝ անհնարին էր, որովհետև ձիաները սաստիկ հոգնած էին: Պետք էր փոքր-ինչ հանգստանալ: Մենք կանգնեցրինք սայլակը մի տեղում, ուր ձորի միջով անցնող գետակը ավելի բարձրից էր հոսում, և ջուրը բոլորովին մատչելի էր: Իմ առաջին հոգսը եղավ ձիաները ջրել և նրանց կեր տալ: Հետո սկսեցինք հագեցնել և մեր քաղցը:

Ճաշելուց հետո քավոր Պետրոսը նստած էր մի ծառի հովանու ներքո և լուռ մտախոհության մեջ էր գտնվում: Սատանան գիտե, թե ի՛նչ էր մտածում նա: Նրա այս տեսակ լռությունը միշտ նախագուշակում էր մոտալուտ փոթորիկ: Ես ձանձրացա և մտա անտառը փոքր-ինչ ծառերի մեջ ման գալու համար:

— Հեռու չգնաս, — զգուշացրեց նա:

— Ինչո՞ւ:

— Այս տեղերը խիստ երկյուղալի տեղեր են:

— Ես ինձ հետ կվեր առնեմ տապարս:

Այս զենքը իմ մարմնի անբաժանելի անդամներից մեկն էր:

Զարմանալի բան է, լինում են այնպիսի րոպեներ, երբ հասակ առած մարդն անգամ երեխա է դառնում: Իմ մանկության զվարճությունները միտս եկան, սկսեցի քաղել և ուտել վայրենի պտուղներ: Նրանք անզգալի կերպով հրապուրում էին ինձ ավելի հեռու և հեռու դեպի անտառի խորքը: Ես բոլորովին մոռացա քավոր Պետրոսի պատվերը:

Հանկարծ իմ ականջին զարկեց մի ձայն, նա ավելի նման էր խուլ հառաչանքի: Ես մոտեցա: Ձայնը կրկնվեցավ: Պարզ որոշեցի, դա կանացի ձայն էր, որ լսելի էր լինում ոչ այնքան հեռվից: Ես թաքնվեցա թուփերի մեջ և այնտեղից սկսեցի գիտել: Ի՞նչ եմ տեսնում, մեկ մանկահասակ աղջիկ, չոքած գետնի վրա, գրկել էր մի տղամարդի ոտքերը, աղաչում էր, պաղատում էր խնայել իր կյանքին: Տղամարդը, կանգնած, բռնել էր նրա մազերից և վայրենի կատաղությամբ պատրաստվում էր սպանել: Հենց որ նա սուրը բարձրացրեց, ես կայծակի արագությամբ վրա հասա: Իմ հասնելը և տապարիս զարկը կատարվեցավ միևնույն րոպեում: Նա ընկավ գետնի վրա:

Աղջիկը ազատված էր:

Չարագործը լողում էր արյան մեջ: Նա իր գազանային դեմքը դարձրեց դեպի ինձ, արձակեց մի քանի հայհոյանքներ և լռեց...

Ես սարսափելի խռովության մեջ ընկա, լսածս հայոց լեզվի բառեր էին: Ուրեմն իմ ձեռքը շաղախվեցավ մի հայի արյան մեջ, որը մահվան տագնապի րոպեում, մոռանալով իրան, իր հայհոյանքները արտասանեց մայրենի լեզվով:

Այստեղ անպատճառ պետք է մի գաղտնիք լինի, մտածեցի ես և դարձա դեպի աղջիկը, որ զարհուրած նայում էր իմ վրա:

— Ո՞վ ես դու:

— Իմ հայրն ու մայրը մեռան խոլերայից:

— Այդ մարդը ինչո՞ւ էր սպանում քեզ:

— Գյուղացիք ինձ հաց էին տալիս, ես նրանց համար գուշակում էի…

— Ես այդ չեմ հարցնում: Այդ մարդը ինչո՞ւ էր սպանում քեզ:

— Նա լավ մարդ չէ… նա շատ վատ մարդ է…

— Ինչպե՞ս ընկար նրա ճանկը:

— Ինձ բռնեց, երբ մի օր դառնում էի գյուղից:

— Հետո՞:

— Տարավ անտառը… այնտեղ ընկերներ ուներ, բոլորը չար մարդիկ էին… բոլորը ավազակներ էին:

— Ի՞նչ արեցին քեզ:

— Չարչարեցին… շատ չարչարեցին… — էլ ինչո՞ւ էին սպանում քեզ:

— Ես ասեցի, եթե ինձ բաց չթողնեք, կմատնեմ ձեզ:

— Ի՞նչ բանում պետք է մատնեիր:

— Նրանք թուղթ փողեր էին շինում: Դու մատնեցի՞ր:

— Չմատնեցի: Ինձ տվին այդ մարդու ձեռքը, որ սպանե ինձ:

Գաղտնիքը մասամբ պարզվեցավ:

— Այն մարդիկը հեռո՞ւ են կենում:

— Այդ անտառի մեջ են:

— Դու ճանաչո՞ւմ ես նրանց բնակարանը:

— Ճանաչում եմ:

— Կարո՞ղ ես ինձ ցույց տալ:

— Ա խ, ես չեմ գնա այնտեղ, ես վախում եմ…

— Դու գիտե՞ս ի՛նչ ազգից են նրանք:

— Ես շատ լեզուներով խոսում եմ, բայց նրանց լեզուն չէի հասկանում:

— Կարո՞ղ ես ինձ տանել նրանց մոտ:

— Մի՛ գնացեք նրանց մոտ. նրանք լավ մարդիկ չեն:

Վերջին խոսքերը մի այնպիսի զգալի կերպով արտասանեց խեղճ աղջիկը, որ ես համոզվեցա իսկույն չգնալ ավազակների բնակարանը և վճռեցի նախ այդ անցքը հայտնեք քավոր Պետրոսին և ապա սպասել նրա կարգագրությանը:

Աղջիկը կլիներ հազիվ տասնութ տարեկան: Նա ցիգանուհի էր, բայց ոչ Ռուսաստանի ցիգաններից, այլ հեռավոր երկրներից եկած, բայց ի՞նչ երկրներից, նա բացատրել չկարողացավ: Նրան կոչում էին Նենե: Նրա հայրը ածում էր արֆայի վրա, մայրը երգում էր, իսկ ինքը պար էր գալիս: Այդ պարապմունքով թափառում էին և դրանով ապրում էին: Ծնողները մինը մյուսից հետո, խոլերայից բռնվելով, մի շաբաթվա մեջ մեռան: Նենեն մնաց որբ և անտեր: Նա շարունակեց այնպես թափառել գյուղից գյուղ, քաղաքից քաղաք, մարդկանց համար գուշակություններ էր անում, հմայում էր և փող էր ստանում:

Նենեն իր ցեղին հատուկ լղարիկ կազմվածք ուներ, բայց սաստիկ դյուրաթեք, սաստիկ առաձգական էր նա։ Առհասարակ մի գեղեցիկ նրբություն արտափայլում էր նրա մարմնի յուրաքանչյուր գծերից։ Աչքերը սև և կրակոտ էին. գույնը նույնպես թուխ էր, որպես մազերը։ Բայց որքա՜ն կյանք կար նրա հայացքի մեջ, ո՜րքան պարզություն կար նրա խոսքերի մեջ...

Վերադառնալով քավոր Պետրոսի մոտ, ես չգիտեի ի՜նչ տեսակ հաշիվ և համար տամ իմ անտառում կատարած գործողության մասին։ Նա հեռվից տեսնելով ինձ Նենեի հետ միասին, հեգնեց, ասելով.

—Որսորդությունդ հաջողակ է երևում, մենակ գնացիր, զույգով վերա-դարձար:

Նա նստած էր միևնույն ծառի հովանու ներքո, ուր առաջ թողել էի նրան։ Ես ոչինչ չպատասխանեցի, տարա Նենեին սայլակի մոտ։ Խեղճ աղջիկը այնպես շուտով մտերմացավ ինձ հետ, որ իսկույն հարցրեց,

— Ասեղ ունե՞ս:

— Ի՞նչ ես անում:

— Դրանք պետք է կարկտնեմ:

Նա ցույց տվեց իր պատառոտված հագուստը:

Ես Նենեին թողեցի սայլակի մոտ և շտապեցի դեպի քավոր Պետրոսը:

— Այդ ի՞նչ բան է, — Հարցրեց նա այժմ խիստ սառն կերպով:

Ես առանց մի բան թաքցնելու պատմեցի նրան անտառում պատահած անցքը, պատմեցի բոլորը, ինչ որ լսել էի Նենեից։ Նա հետաքրքրությամբ լսում էր։ Ես կարծում էի, որ նա կհանդիմաներ ինձ իմ գործած աննպատակ սպանության համար, որի մեջ շահեկան կամ օգտավետ ոչինչ չկար։ Բայց նա գտավ դրա մեջ մի շահ:

— Պետք է օգուտ քաղել այդ դեպքից, — Ասաց նա, երբ ես վերջացրի աղետալի պատմությունը:

— Ո՞րպես:

— Այդ մարդիկ մեզ հարկավոր են...

— Ինչո՞վ:

— Աղջիկը չասա՞ց քեզ, թե նրանք շինում են կեղծ թղթադրամներ:

— Ասաց:

— Այդ բավական է:

Նա էլ չխոսեց, հրամայեց իսկույն լծել ձիաները։ Երբ սայլակը պատրաստ էր, ես հարցրի.

— Ի՞նչ պետք է անել այդ աղջկա հետ:

— Վե՛ր առ մեզ հետ: Մենք պետք է առանձնանանք այդ անտառի մեջ մի ապահով տեղում, մինչև կստուգեինք, թե ո՛վքեր են այդ մարդիկ: Քշի՛ր դեպի ձախ:

Արևը արդեն խոնարհվում էր դեպի իր մուտքը, երբ մենք մտանք մի ձոր, որ գոգավորվելով, կազմում էր մի նեղ ծոց անտառապատ լեռների մեջ: Այստեղ իջևանեցինք:

Նենեն լուռ էր և տխուր: Կարծես թե խեղճ աղջիկը մտածում էր, թե ավազակի ձեռքից ազատվելուց հետո կրկին ո՛րպիսի վիճակի ենթարկեց նրան դառն ճակատագիրը, կրկին ո՛րպիսի մարդկանց ձեռքը ձգեց: Բայց նա դրա վրա չէր մտածում, նա քաղցած էր, նա մի քանի օր ոչինչ չէր կերել և սովից նվազել էր: Ես իսկույն տվեցի նրան մի բան ուտելու, նա կազդուրվեցավ և ժպիտը երեսին ասաց.

— Դուք լավ մարդիկ եք, ես ձեզ մոտ կմնամ՝ դուք ինձ չեք սպանի:

Երբ մութը բոլորովին պատեց, քավոր Պետրոսն ասաց ինձ.

— Մուրադ, այդ աղջիկը ճանաչում է ավազակների բնակարանը, դրան վե՛ր առ քեզ հետ, գնացեք, լուր բերեցեք այն մարդերի մասին:

Ես իսկույն համաձայնվեցա: Ինձ հետաքրքրում էր ավելի, այն, որ այն օր իմ սպանած մարդու բերանից լսեցի հայերեն խոսքեր: Ի՞նչ գործ ուներ հայը այդ վայրենի, անմարդաբնակ լեռների մեջ: Ես վեր առի, բացի տապարից, և մի զույգ ատրճանակներ: Ամեն ինչ պատրաստ էր, միայն դժվար էր համոզել Նենեին, որ նա առաջնորդեր ինձ մինչև ավազակների բնակարանը:

— Ա՜խ, մի՛ տարեք ինձ այնտեղ... նրանք չար մարդիկ են... ես վախենում եմ...— կրկնում էր նա ողորմելի ձայնով:

— Ինչո ւ ես վախենում, ես քեզ հետ եմ գալիս:

— Դու կսպանես նրանց, այդպես չէ՞:

— Կսպանեմ, եթ՛ե քեզ դիպչելու լինեն:

— Հա՛, սպանի՛ր նրանց... նրանք Աստված չունեն...

Նենեն այն օր իր աչքով տեսել էր իմ ձեռքի ուժը: Նա շուտով համոզվեցավ, որ ես կկատարեմ իմ խոստմունքը: Երևում էր, որ անբախտ աղջկա մանուկ կուրծքի մեջ բորբոքվում էր խիստ դառն վրեժխնդրություն դեպի այդ չարագործները, և այդ պատճառով, երբ վերջին խոստմունքը լսեց, իսկույն հոժարվեցավ ինձ հետ գալու:

Լուսնյակը լուսավորում էր հազիվ նշմարվող շավիղը, որ տանում էր դեպի ավազակների բնակարանը: Այդ լեռնային շավիղը տեղ-տեղ կորչում էր խտությամբ աճած խոտաբույսերի մեջ և դարձյալ հայտնվում էր: Նենեն գնում էր իմ մոտով և համարյա կպած էր իմ կողքին: Նա իմ աջը բռնել էր իր փոքրիկ ձեռքի մեջ և մի այնպիսի հոգատարությամբ պահում էր, կարծես թե վախենում էր, չիցե թե թողնեմ նրան մենակ, գիշերային մթության մեջ ավազակների բնակարանի մերձակայքում, իսկ ես փախչեմ:

Հանկարծ նա կանգ առեց և, ընդհատելով մեր մեջ տիրող լռությունը, ասաց.

— Դու լավ մարդ ես:

— Ի՞նչ գիտես:

— Եթե դու չլինեիր, այն ավազակը ինձ կսպաներ:

— Այդ Աստված ազատեց քեզ:

— Նա քեզ ուղարկեց, որ դու ինձ ազատես:

Այդ խոսքերի միջոցին նա իմ ձեռքը տարավ և սեղմեց իր բորբոքված շրթունքի վրա: Դա նրա լուռ շնորհակալության նշանն էր: Բայց ո՞վ կարող էր նախագուշակել, որ այդ անմեղ աղջիկը, որը իր սրտի բոլոր ջերմությամբ երախտամատույց էր լինում ինձ, որպես իր կյանքի ազատչի, մի օր կլիներ իմ փրկության հրեշտակը...

— Ա՜խ, որքա՜ն հիմար եմ ես, — խոսեց նա հանկարծ մտաբերելով, — ես մինչև հիմա չեմ հարցրել, թե ինչպես է քո անունը:

— Մուրադ:

— Մուրա՜դ, ի՜նչ գեղեցիկ անուն է, ի նչպես հեշտ արտասանվում է:

Մահվան երկյուղը այնքան տիրել էր խեղճ աղջկա սրտին, որ նա ամեն անգամ, երբ մտաբերում էր իր հետ կատարված անցքը, հարցնում էր.

— Մուրադ, դու ինձ չես սպանի, այդպես չէ՞:

— Ես քեզ իմ հոգու պես կպահեմ:

Նա նայեց իմ երեսին, և նրա աչքերը վառվեցան ուրախության բոցով: Նա գոհ էր, նա ապահով էր: Անտեր, անխնամ, թափառաշրջիկ, բախտի կամքին թողած որբիկը այժմ մի պաշտպան ուներ: "

Անտառի խորքից նշմարվեցավ ճրագի աղոտ լույս:

— Տե՜ս, այնտեղ են, — ցույց տվեց Նենեն:

Շավիղը, որ տանում էր դեպի այդ կողմը, բոլորովին անհետացավ մացառների մեջ: Մենք դժվարությամբ կարողանում էինք առաջ գնալ: Նենեի առանց դրան ևս քրքրված հագուստը, բռնվելով փշոտ թփերից, պատառոտվում էր:

— Դու այստեղ կսպասես, մինչև ես կվերադառնամ:

— Ո՞ւր ես գնում, — Հարցրեց Նենեն դողդոջուն ձայնով:

— Այնտեղ, որտեղից երևում է ճրագի լույսը:

— Ա՜խ, մի՜ գնացեք այնտեղ... մի՜ մտեք նրանց մոտ...

Նրան միամտացրի, ասելով, թե պետք է հեռվից միայն նայեմ նրանց բնակարանին և այնքան գաղտնի կերպով, որ ինձ տեսնել չեն կարող: Նա հանգստացավ: Երևում էր, որ Նենեն այնքան երկչոտ չէր, որքան ես կարծում էի: Նա մտածում էր իմ մասին, չիցե թե վտանգի հանդիպեի: Խե՜ղճ աղջիկ, այն ի՞նչ զգացմունք էր, որ զարթեցրեց նրա մեջ մի այդպիսի կարեկցություն դեպի ինձ:

Նա մնաց թուփերի մեջ, ասելով, թե հեռվից կդիտե ինձ: Ես ուղղեցի իմ ընթացքը դեպի այն կողմը, ուսկից նշմարվում էր լույսը: Քառորդ ժամից հետո երևաց մի խրճիթ, որ թաքնված էր ծառերի ու պատատուկների մեջ: Ամենայն զգուշությամբ, առանց մի թեթև շշուկ անգամ հանելու, մոտեցա: Նշմարվող լույսը դուրս էր ցոլանում միակ պատուհանից, որ շատ բարձր չէր գետնի մակերևույթից: Այդ ծակից կարելի էր դյուրությամբ հետազոտել խրճիթի ներսը: Ի՞նչ եմ տեսնում: Մի քանի ուրախ դեմքեր բոլորել էին ընթրիքի սեղանի շուրջը, ուտում էին ու խմում էին: Այդ հարբած, մոլեգնած հասարակության աղմուկն ու աղաղակը չէր թողնում մի բառ անգամ որոշել նրանց խոսակցությունից: Մի քանի րոպե ես ականջ էի դնում, բայց իմ ականջներին չէի հավատում: Տեր Աստված, այդ ի՞նչ բան է: Իմ ականջին դիպան Խաչատուր, Համբարձում, Մնացական անունները: Դրանք հայի անուններ էին: Ես լսում էի հայոց ձայներ, հայոց խոսքեր, իսկ և իսկ այն բարբառով, որպես խոսում էին իմ հայրենիքում...

Ինձ համար դրանց ի՛նչ տեսակ մարդիկ լինելը արդեն պարզված էր: Շուտով թողեցի խրճիթը ու հեռացա, որովհետև չէի ուզում Նենեին երկար սպասել տալ: Նրա ուրախությանը չափ չկար, երբ ողջությամբ վերադարձա նրա մոտ: Նա այժմ միամտաբար սկսեց գովել իմ քաջությունը:

— Դու դոչաղ տղա ես, Մուրադ, — ասաց, — գնացիր նրանց բնակարանի մոտ, ու քեզ ոչինչ չկարողացան անել:

Մենք շտապեցինք քավոր Պետրոսի մոտ: Նա անհամբերությամբ սպասում էր մեզ: Ես պատմեցի բոլորը, ինչ որ տեսա, ինչ որ լսեցի խրճիթում: Նրա խոժոռ դեմքի վրա երևացին մի տեսակ ցնցումներ, որ արտահայտություն էին նրա սրտի բերկրությանը:

— Դա խաչագողների մի նշանավոր որջ է, — Ասաց նա մի առանձին բավականությամբ: — Ես այդ մարդիկներին որոնում էի...

Թ

ԽԻՂՃՍ ԶԱՐԹՆՈՒՄ Է

Մյուս առավոտ քավոր Պետրոսը ասաց ինձ հետևյալ խոսքերը.

— Մուրադ, ես տեսնում եմ, որ Աստված մեզ հետ է. մեր գործը օրըստօրե հաջողություն է խոստանում: Ես վաղուց որոնում էի այդ մարդիկներին, վերջապես բախտը մեզ հանդիպեցրեց նրանց: Նրանք խիստ համարձակ և ընդունակ մարդիկ են: Նրանց ձեռքով կարելի է միլիոններ դիզել: Գնանք և միանանք նրանց հետ, մենք սիրով կընդունվենք նրանց ընկերության մեջ:

Երևում էր, խոսակցության առարկան խիստ մոտ էր քավոր Պետրոսի սրտին, այդ պատճառով նա այնպես երկար ձգեց իր ճառախոսությունը: Եվ ես, համոզված լինելով, որ նա ամեն բանի մեջ իմ բարին է ցանկանում, ընդունեցի նրա առաջարկությունը:

— Բայց մեկ դժվարություն կա, — Ասաց նա:

— Ի՞նչ դժվարություն:

— Այդ աղջիկը...

Նա ցույց տվեց Նենեի վրա, որը դեռ քնած էր:

— Նա ինչո՞վ կարող է արգելք լինել մեզ:

— Ամեն բանով:

— Ես չեմ հասկանում:

— Ուրեմն լսի՛ր: Այդ աղջկա կյանքը ազատելու համար դու սպանեցիր այն մարդուն, որը հիշյալ ընկերության անդամ էր: Այժմ մենք ցանկանում ենք նրանց հետ միանալ, մտածի՛ր, նրանք կարո՞ղ են վստահություն ունենալ դեպի մեր հավատարմությունը:

Ես ոչինչ չգտա պատասխանելու: Նա շարունակեց,

— Մենք ինչպե՞ս կարող ենք այսօր միանալ նրանց հետ, երբ երեկ սպանել ենք նրանց ընկերներից մեկին:

— Մենք կարող ենք այդ սպանությունը թաքցնել:

— Այո՛, կարող ենք այդ սպանությունը թաքցնել: Բայց քանի որ աղջիկը մեզ հետ կլինի, թաքցնել չենք կարող: Բացի դրանից, այդ աղջկա մասին նրանք կասկած ունեին, թե կմատնե իրանց, և այդ պատճառով վճռեցին նրա մահը: Աղջիկը դեռ կենդանի է, ուրեմն նրանց կասկածը կմնա դարձյալ կասկած: Իսկ երբ մենք կմիանանք նրանց ընկերության հետ, և այդ աղջկան մեզ հետ կտեսնեն, արդյոք մեր անձը չե՞նք ենթարկի նույն կասկածանքին, որ նրանք ունեին այդ աղջկա մասին:

— Մենք կարող ենք աղջկան մեզ հետ չունենալ, այլ բաց թողնել, ուր որ ուզում է, թող գնա:

Քավոր Պետրոսը, որ ոչ մեկ խոսքի առջև կանգ չէր առնի, լռեց, մտածության մեջ ընկավ: Ես չէի հասկանում, թե ինչո՞ւ նա այսպես սատա-նայաբար ոլորում էր, քաշքշում էր իր բացատրությունները, առանց իր վերջնական միտքը հայտնելու: Ի՞նչ երկյուղ ուներ ինձանից: Վերջապես փոքր առ փոքր հայտնեց նա իր միտքը:

— Դու ասում ես, որ մենք կարող ենք աղջկան բաց թողնել, ուր որ ուզում է, թող գնա, բայց այդ անկարելի է: Ցիգանուհին երբեք չի մոռանա վիրավորանքը և իրան հասցրած անպատվությունը: Այդ մարդիկը, որպես քեզ հայտնի է, անպատվել են այդ աղջկան և մինչև անգամ պատրաստվել են սպանել նրան: Այդ բոլորը չի մոռանալ նա և պետք է վրեժխնդիր լինի, պետք է մատնե նրանց: Իսկ մատնելով նրանց, կմատնվենք և մենք, որովհետև նրանց խումբի մեջ կլինենք, որովհետև կամենում ենք ընկերանալ նրանց հետ:

— Ուրեմն ի՞նչ պետք է արած:

— Պետք է անել այն, ինչ որ նրանք էին կամենում անել:

— Սպանե՞լ...

— Այո , սպանել:

Առաջին անգամն էր, որ քավոր Պետրոսի խոսքը ոչ միայն վատ տպավորություն գործեց իմ վրա, այլ կատաղության չափ գրգռեց իմ բար-կությունը: Ես գոչեցի.

— Սպանել նրա՞ն, որի կյանքը ազատել ես, դա խղճի և ազնվության հակառակ բան է:

Մի դառն, արհամարհական ժպիտ երևաց նրա գերեզմանի պես սառն դեմքի վրա:

— Խղճմտա՜նք... ազնվությո՜ւն....— Բացականչեց նա, — Ի՜նչ գեղեցիկ խոսքեր են, բայց նույնքան դատարկ, որքան ինքը հիմարությունը:

— Ինչո՞ւ:

Այդ հարցին պատասխանելու ժամանակ նա իր ձայնը մեղմացրեց:

— Դու դեռ տղա ես, Մուրադ, և աշխարհը չես ճանաչում: Մարդ չէ կարող խղճմտանք և ազնվություն ունենալ այնպիսի ժամանակներում, երբ ամբողջ մթնոլորտը, որի մեջ ապրում է նա, վարակված է անբարոյականությամբ: Եթե նա այնքան հիմար կլինի, որ կցանկանա ազնիվ լինել, անտարակույս, ինքը իրան դժբախտության կդատապարտե: Այսպիսի հանգամանքներում մարդ պետք է խղճմտանք և ազնվություն ունենա դեպի իր անձը միայն և դեպի նրա բարօրությունը: Իսկ երբ մի ուրիշը արգելք է լինում իր բարօրությանը, պետք է ոչնչացնել նրան, որ ինքը կարողանա ապրել, և լա՛վ ապրել:

Ես պատասխանեցի նրան կրոնական փաստերով.

— Դա աստծուն ընդդեմ է, դա մեղք է, դա քրիստոնյայի գործ չէ:

— Ինչպես կամենում ես համարիր, բայց դժբախտաբար այդպես է: Ես ճանաչում եմ միայն կյանքը և նրա պայմանները: Եթե մի ծառ արմատախիլ չանես, նրա տեղը մի ուրիշը տնկել չես կարող: Բոլոր աշխարհը այդ բնական օրենքին է հետևում, մինը մյուսին ոչնչացնում է, սպառում է, կլանում է, որ իր գոյությունը պահպանե: Դա կյանքի կռիվն է և երբեք չի դադարի, քանի որ տևում է կյանքը:

Ես չհակառակեցի քավոր Պետրոսի այդ օտարոտի վարդապետություն-ներին, որոնք ինձ բոլորովին անհասկանալի էին. ես միայն ցավում էի Նենեի վրա, այդ պատճառով հարցրի.

— Ինչո՞վ է մեղավոր այդ խեղճ աղջիկը, որ զոհ գնա մեր զանազան սատանայական մեքենայություններին:

— Ոչնչով մեղավոր չէ, — պատասխանեց նա: — Բայց նա պետք է զոհվի, որ մենք ապահով լինենք:

Համոզված լինելով, որ երբեք չէ կարելի փոխել նրա երկաթե կամքը, ես ստիպվեցա կեղծել, ստիպվեցա խաբել նրան: Իմ ընդդիմադրությունը կարող էր ավելի վատ հետևանքի հասցնել: Նա պատրաստ էր թե՛ ինձ և թե Նենեին սպանել, որ փարատվի իր կասկածանքը, որ հաստատ կերպով կարողանա սկսել այն գործը, որից միլիոններ էր սպասում:

Ես համաձայնություն ցույց տվի:

— Ուրեմն տար աղջկան և հենց այս առավոտ մի տեղում ամփոփի՛ր...

Արևը դեռ նոր էր արձակել իր առաջին ճառագայթները, թռչունները ուրախ-ուրախ ճկճկում էին. ամեն տեղ զարթնում էր կյանքը իր նոր, սքանչելի զվարճությամբ: Իսկ ինձ հրամայում էին կարճել մի անմեղ արարածի կյանքը...

Ես մոտեցա Նենեին: Նա դեռ քնած էր սայլակի վրա: Ի՜նչպես քաղցր և հանդարտ քնել էր նա: Ինձ խիստ դառն էր խռովել դեռահաս կույսի հանգստությունը: Ո՞վ գիտե ո՛րպիսի երազներ հրապուրում էին նրան: Նա ժպտում էր, նրա մարջանի պես կարմիր շրթունքները շարժվում էին: Գուցե նա այդ րոպեում համբուրում էր մեկին, որին սիրում էր: Երբեմն արձակում էր ինձ անհասկանալի բառեր: Մեկի հետ խոսում էր նա: Ո՞վ գիտե, գուցե խոսում էր հենց իր ծնողների հետ, որոնց կորցրել էր: Նա իր թևիկները տարածեց, երևի գրկում էր նրան, և ահա նրա դեմքը պայծառացավ ուրախությա՛ն լույսով...

Երկար զմայլված նայում էի նրա վրա: Կիսամերկ կուրծքը խիստ մեղմ կերպով բարձրանում և իջնում էր: Շնչառությունը խաղաղ էր: Հանկարծ նրան տիրեց մի տեսակ խռովություն:

Երեսի վրա երևացին զայրացած ցնցումներ: «Հեռո՛ւ, անիծյալ»...— գոչեց նա և վեր թռավ տեղից:

— Ա՛խ, դարձյալ այն ավազակը...— Բացականչեց նա ցավալի ձայնով, սկսեց երկչոտ աչքերով նայել իր շուրջը:

Երբ տեսավ ինձ իր մոտ կանգնած, հանգստացավ:

— Ի՞նչ եղավ այն ավազակը, — Հարցրեց ինձանից:

— Ո՞ր ավազակը:

— Այն, որ սպանում էր ինձ:

— Դու երազի մեջ ես տեսել նրան, Նենե:

Խեղճ աղջկա երևակայությունից չէր հեռանում չարագործի պատկերը, որը մի օր առաջ փորձում էր սպանել նրան: Բայց նա չգիտեր, որ այժմ կանգնած էր իր մոտ մի ուրիշ չարագործ, որին պատվիրել էին նույն դահճի դերը կատարել:

— Դու այստեղ ես, ես էլ չեմ վախենա, — Ասում էր նա, իր մտերմությամբ լի աչքերը դարձնելով դեպի ինձ:

Որքա՛ն կրակ կար այդ աչքերի մեջ, որքա՛ն խոր թափանցում էր նրանց փայլը իմ սրտի մեջ:

Մտածելով, որ մեր համեցողությունը կարող էր շարժել քավոր Պետրոսի կասկածը, ես հրավիրեցի Նենեին ինձ հետ գնալ անտառը առավոտյան զբոսանքի համար: Նա հրաժարվեցավ, ասելով

— Չէ, անտառ չգնանք:

Նա վախենում էր հանդիպել ավազակներին: Ես հանգըստացրի նրան, ասելով.

— Շատ հեռու չենք գնա, և ոչ քեզ այն ավազակների կողմը կտանեմ:

Նա համաձայնեցավ:

Գեղեցի՛կ էր այն առավոտը: Ո՛րքան ախորժ ազդում էր հովասուն օդի թարմությունը, խնկարկված բյուրավոր ծաղիկների անուշահոտությամբ: Ի՛նչպես ուրախ երգում էին անհոգ թռչունները և ո՛րքան ծիծաղկոտ փայլում էին արեգակի առաջին ճառագայթները ցողազարդ տերևների վրա: Ամեն ինչ սքանչելի էր, ամեն ինչ խորին, անսահման բերկրությամբ զվարճանում էր բնության սրբազան տաճարի մեջ: Տխուր էր միայն իմ սիրտը...

Նենեն շուտով նկատեց այդ, և երբ փոքր-ինչ հեռացանք մեր իջևանից, հարցրեց նա.

— Դու սիրո՞ւմ ես ծաղիկներ:

— Սիրում եմ:

— Ես քեզ համար մի լավ փունջ կպատրաստեմ, ես իմանում եմ գեղեցիկ փունջեր շինել: Իմ հայրը մի ժամանակ մի պարտիզպանից գնում էր մեծ քանակությամբ զանազան տեսակ ծաղիկներ, ես փունջեր էի պատրաստում , ածում էի զամբյուղի մեջ, և, փողոցներում ման ածելով, վաճառում էի:

Ես ժամանակ չունեի պատասխանելու Նենեի այս տեսակ քնքշություններին, ինձ զբաղեցնում էր այն միտքը, թե ի՞նչ պետք է անել խեղճ աղջկա հետ:

— Նենե, — Հարցրի նրանից, — Այդ անտառում բնակիչներ կա՞ն:

— Այն ավազակները...

— Բավական հեռավորության վրա գտնվում է մի փոքրիկ գյուղ:

— Իսկ մոտի՞կ տեղերում:

— Մի տնակ կա, ուղիղ ծովի ափի մոտ:

— Ովքե՞ր են բնակվում տնակի մեջ:

— Երկու հոգի միայն, մի ալևոր մարդ և մի պառավ կին:

— Ինչպիսի մարդիկ են:

— Բարի ձկնորսներ են:

— Քեզ ճանաչո՞ւմ են:

— Ճանաչում են: Ամեն անգամ, երբ պատահում էր ինձ մտնել նրանց տնակը, կերակրում էին ինձ, հագուստ էին տալիս:

— Կարո՞ղ ես ինձ տանել այնտեղ:

— Կարող եմ:

Մինչև ձկնորսի տնակը հասնելը, ես ընկղմված էի խառն մտածություն-ների մեջ: Նենեին սպանելու մտքից շատ հեռու էի: Այժմ նրա կյանքը նույնքան թանկագին էր ինձ համար, որքան իմը: Բայց ինձ համար անհասկանալի էր մի բան, թե այդ ի՞նչ փոփոխություն էր, որ կատարվեցավ իմ մեջ: Ինչո՞ւ իմ ձեռքերը այս անգամ դողում էին արյունոտ գործում: Ո՞վ մեղմացրեց իմ բնավորության վայրենությունը: Մի՞թե կնոջ շնչի կախարդական ազդեցությունը զարթեցրեց իմ մեջ քնած խիղճը: Այդ բոլորը դեռ անորոշ մթության մեջ էր ինձ համար: Միայն ես զգում էի մի բան՝ զգում էի, որ իմ սիրտը կապված էր այդ անբախտ աղջկա հետ: Արդյոք սիրո՞ւմ էի նրան: Ո՛չ: Իմ զգացմունքը ավելի ցավակցական էր, ավելի բխում էր կարեկցությունից դեպի նրա թշվառ վիճակը: Նենեն որբ էր, Նենեն անտեր էր, Նենեին ես ազատեցի մահից, և մի ներքին ձայն ասում էր ինձ, որ պետք է շարունակեմ նրա պաշտպանը լինել:

Մյուս կողմից, ես այժմ զգում էի մի տեսակ ատելություն դեպի քավոր Պետրոսը: Կարծես Նենեն խլեց իմ աչքերից այն դյութական քողը, որ մինչև այսօր թույլ չէր տալիս ինձ նկատել այդ հրեշավոր մարդու բարոյական այլանդակությունը: Ոչինչ չէր կարող այնպես համոզիչ կերպով բացատրել ինձ նրա բարբարոսությունը, որպես այն խոսքը, որով հրամայեց ինձ սպանել Նենեին: «Դրանից լավ առիթ գտնել չեմ կարող, — Մտածում էի ես, — կվեր առնեմ Նենեին, կհեռանամ և կազատվեմ այդ չարագործից...

Բայց իսկույն երևան էին գալիս աղքատ մայրս, քույրերս և վերջապես իմ նազելի Սառան: Դրանք սպասում էին իմ լիք քսակով վերադարձին: Իսկ իմ վաստակած բոլոր արծաթը քավոր Պետրոսի մոտ էր գտնվում: Բաժանվելով նրանից, պետք է կորցնեի իմ ամբողջ հարստությունը: Ինչպե՞ս թողնեի, ինչպե՞ս հեռանայի նրանից: Շահասիրությունը և այդ դեպքում կուրացրեց ինձ... ես մնացի անվճռականության մեջ...

Այդ բոլոր խորհրդածությունների մթությունից իմ մտքում պարզվեցավ մի բան, որ ես որոշեցի անպատճառ բաժանվել քավոր Պետրոսից: Բայց մտածեցի, թե նախ պետք է Նենեին հանձնել ձկնորսին պահելու համար, եթե կգտնեմ նրան այնպիսի բարի մարդ, որպես պատմում էր Նենեն: Իսկ հետո կաշխատեմ մի կերպով քավոր Պետրոսի ձեռքից դուրս բերել իմ արծաթը, որ նա ոչինչ չհասկանա: Երբ այդ կատարված կլինի, այն ժամանակ կառնեմ Նենեին, կհեռանամ մի օտար աշխարհ և այնտեղ նրա կյանքը ապահով վիճակի մեջ կդնեմ: Բայց ես չգիտեի, արդյոք Նենեն կհամաձայնե՞ր մնալ ձկնորսի տնակում և սպասել ինձ, մինչև ես քավոր Պետրոսի հետ հաշիվներս վերջացնեի: Նրան փորձելու համար ասացի.

— Նենե, մենք ուրիշ տեղ պիտի գնանք, դու չես կարող միշտ մեզ մոտ մնալ: Հիմա ես քեզ ազատ եմ թողնում, ուր որ ուզում ես, գնա :

— Ես քեզանից չեմ բաժանվի:

— Ինչո՞ւ:

— Ես հիմա շատ եմ վախենում:

— Առաջ չէի՞ր վախենում:

— Չէի վախենում նրա համար, որ չէի իմանում, որ մարդիկ այդքան վատ են լինում...

Նա ակնարկում էր իրան չարչարող ավազակների վրա:

— Կարելի է ես էլ վատ եմ:

— Դու լավ մարդ ես. ես քեզանից չեմ վախենում:

— Ես հեռու երկիր պիտի գնամ:

— Ուր որ գնաս, կգամ քեզ հետ:

— Բայց եթե մնա՞մ այստեղ:

— Ես էլ կմնամ քեզ մոտ:

— Մենք տուն չունենք:

— Այդ անտառի մեջ մեզ համար մի խրճիթ կշինենք, նրա մեջ կապրենք:

Նա դարձյալ հիշեց ավազակներին և խոսքը փոխեց,

—Չէ , հեռու, այստեղից շատ հեռու գնանք:

Խե՜ղճ աղջիկ, ի՞նչ էր, որ նրան այդպես կապեց ինձ հետ, արդյոք սե՞րը, արդյոք երախտագիտական զգացմո՞ւնքը, որ ես նրա կյանքը ազատեցի մահից: Այդ հարցերը քննելու համար ես ո՛չ միջոց ունեի և ոչ ժամանակ: Ես միայն մտածում էի Նենեի կյանքը գոնե առժամանակ ապահով վիճակի մեջ դնել, մինչև քավոր Պետրոսի հետ գործերս վերջացնեի: Ինձ հրամայված էր սպանել նրան, եթե ես այդ հրամանը չկատարեի, անտարակույս կկատարեր նա, որ հրամայեց ինձ: Աղջիկը չէր կարող ազատվել քավոր Պետրոսի զազանությունից, եթե նա հասկանար, որ տակավին կենդանի է մնացել նա:

Մենք այժմ գտնվում էինք լեռնային բարձրության վրա: Մեր առջև բացվեցավ անսահման մուգ-արծաթափայլ տարածություն ծովը:

— Հիմա մոտեցանք ձկնորսի տնակին, — Ասաց Նենեն:

— Քեզ կտանեմ նրա խրճիթը:

— Ես այնտեղ մենակ չեմ մնա:

— Ես շուտ-շուտ քեզ մոտ կգամ:

— Ամեն օր, հա՞:

— Հա , ամեն օր:

Մենք պետք է իջնեինք լեռնային զառիվայրը, որ տանում էր դեպի ծովեզրը: Անտառը այստեղ վերջանում էր, սկսվում էին մանր թփեր միայն: Այդ թփերի մեջ թաքնված էր ձկնորսի խրճիթը, ոչ այնքան հեռու ծովի ափից: Այդ մենավոր խրճիթի մեջ բնակվում էր այն զաղտնածածուկ մարդը, որի մասին շրջակայքում ոչինչ տեղեկություն չունեին, թե ո վ է նա, ո՞րտեղից է եկել, կամ ի՞նչ մարդ է:

Ես գտա նրան իր պառավի հետ այնպես բարի, որպես պատմել էր Նենեն: Նրանք խիստ սիրով ընդունեցին իմ առաջարկությունը, մանավանդ երբ պատմեցի անբախտ աղջկա աղետալի անցքը:

— Որդի չունենք, Աստված մեզ որդի ուղարկեց, — Ասաց ծերունին, — կպահենք մեզ մոտ, կսնուցանենք, գուցե մի ժամանակ բախտավոր կլինի նա:

Ես շտապում էի, գիտեի, որ քավոր Պետրոսը որպիսի անհամբերությամբ սպասելիս կլիներ ինձ: Ես առաջարկեցի ձըկնորսին իմ ոսկով լի քսակը, բայց նա հրաժարվեցավ ընդունելուց: Երբ պատրաստվում էի հեռանալ, Նենեն հարցրեց,

— Ե՞րբ կգաս:

—Շուտ կգամ: Բայց դու այդ խրճիթից չպիտի հեռանաս:

— Երբ դու ինձ հետ չես լինի, ես ոչ մի տեղ չեմ գնա:

Բաժանման րոպեն խիստ զգալի եղավ: Նենեն չկարողացավ զսպել իր կրքերը: Նա քաշ ընկավ իմ պարանոցից, արտասուքը հեղեղի նման թափվում էր նրա աչքերից, և սրտաշարժ հեկեկանքով ասում էր. «Մի՛ գնա, ինձ մենակ մի թողնիր» ...

Ձկնորսը և նրա պառավը հազիվ կարողացան հանգստացնել

նրան: Ես դարձյալ խոստացա, որ նրան մենակ չեմ թողնի և ամեն օր կայցելեմ ձկնորսի խրճիթը: Ես բաժանվեցա:

Գալով քավոր Պետրոսի մոտ, նրա առաջին հարցը եղավ,

— Ինչ արեցիր:

— Սպանեցի:

— Իսկ դիա՞կը:

— Ձգեցի ծովը:

ԵՐՐՈՐԴ ՄԱՍ

Ա

ՆՈՐ ՇՐՋԱՆ

Մի քանի րոպեից հետո սայլակը պատրաստ էր։ Քավոր Պետրոսը հրամայեց քշել դեպի խաչագողների բնակարանը։ Նա լուռ էր, ինչպես առհասարակ լինում էր, երբ պատրաստվում էր սկսել մի նոր ձեռնարկություն։ Ես նույնպես լուռ էի, բայց ես ոչինչ ձեռնարկության մասին չէի մտածում, իմ միտքը գրավել էր գեղեցիկ Նենեն։

Խաչագողների բնակարանը ցերեկով բոլորովին ուրիշ տեսք ուներ։ Թաքնված պատատուկ բույսերի մեջ, հովանավորված դարավոր ծառերով, նա ավելի նմանում էր գազանների որջին, որ գտնվում է ժայռերի խոռոչների մեջ։ Նրա շուրջը ընկած էին քարերի ահագին բեկորներ, որոնք, պոկվելով մերձակա լեռնից, ցած էին գլորվել, բոլորովին մերկ թողնելով ծառերի արմատները։ Անծանոթ մարդը հազիվ կարող էր գուշակել, թե այդ գետնափոր որջի մեջ բնակվում էին մարդիկ։ Բայց ծուխը, այդ մարդկային բնակության ազդարար նշանը, միայն խուլ թփերի միջից մխացող ծուխը հիշեցնում էր, թե այդ ծառախիտ անտառների դարևոր լռության մեջ ևս տիրում էր մարդու շունչը։

Բայց ի՞նչ ծուխ էր այդ։ Ծուխը բարձրանում էր զանազան կետերից։ Ջրի մեջ զանազան տեղերում ինչ-որ այրվում էր։ Եվ բարձրացած ծուխը, միախառնվելով, կազմում էր թանձր, թխագույն մառախուղ ամբողջ ձորի վրա։ Այստեղ ածուխ էին պատրաստում։

Գիշերով ես տեսա խաչագողներին թվով ավելի շատ. իսկ այժմ երեք հոգի միայն գտանք նրանց բնակարանում։ Նրանցից մեկը նստած կարկատում էր ջրիների փալաններ և ձիաների մաշված սարքը, մյուսը մանր ավազով մաքրում էր մի ժանգոտած հրացան, իսկ երրորդը դեռ քնած էր։

Խրճիթը ներսից բոլորովին նման էր ածխագործների տնակին, որ գտնվում է անտառների մեջ։ Այստեղ և այնտեղ ածած էին մրոտած տոպրակներ, փայտ կտրելու տապարներ, կրակ խառնելու երկաթյա անթրոցներ, հող փորելու բահեր և այլն։ Ածուխի սև փոշին նստած էր թե՛

բնակիչների և թե բնակարանի վրա: Բոլորը, բոլորը համապատասխանում էր սև արհեստի սև պարապմունքին:

Եվ իրավ, այդ մարդիկ ածխագործներ էին, կապալով վեր էին առել անտառի մի մասը, ածուխ էին պատրաստում: Ծովի ափի մոտ կանգնած էին նրանց մի քանի նավակները, որոնք տանում էին ածուխը մերձակա քաղաքներում վաճառելու համար: Մի քանի խումբ ջորիներ տանում էին նույն մթերքը ցամաքի ճանապարհով դեպի շրջակա գյուղերը և փոքրիկ քաղաքները կամ հասցնում էին մինչև ծովեզրը նավակների մեջ գնելու համար:

Մեր անակնկալ հայտնությունը նախ խռովություն պատճառեց նրանց, բայց երբ մեզ ճանաչեցին, էլ չափ չկար նրանց ուրախությանը: Քավոր Պետրոսի մի քանի կախարդիչ խոսքերը բավական եղան գրավելու նրանց վստահությունը: Եվ ահա նրանց մեկի ձայն տալով խրճիթի մի անկյունում շարժվեցան մերկ հատակի վրա փռած ցամաք տերևները, տախտակամածից բարձրացավ մի դռնակ, և ստորերկրյա վիրապի միջից դուրս երևաց մի գլուխ: Նա, մի քննողական հայացք ձգելով մեզ վրա, դուրս եկավ փոսից: Նրանից հետո հայտնըվեցավ երկրորդը, երրորդը: Այդ նորերի թե հագուստի գունավոր բծերից և թե ձեռքերի ներկերից երևում էր, որ նրանք այն ստորերկրյա վիրապի մեջ ինչ-որ ներկերով կամ գույներով աշխատում էին: Դրանք ածխագործներ չէին:

Նրանք ուրախությամբ ընդունեցին քավոր Պետրոսին, Համբուրվեցան նրա հետ և խնդրեցին նստել: Քավոր Պետրոսը ներկայացրեց և ինձ, մի քանի կարմիր խոսքեր ավելացնելով իմ ընդունակությունների մասին:

Ինձ ճանաչեցին իմ հոր անունով, որովհետև ինձ տեսել էին ՛շատ փոքր հասակում:

Դրանք իմ հայրենակիցներն էին: Նրանց գլխավորը, որ կոչվում էր Նազար, դարձավ դեպի քավոր Պետրոսը, հարցնելով.

— Մենք վաղուց սպասում էինք ձեզ, Պետրոս եղբայր, ինչո՞ւ այդքան ուշացաք:

— Երկար պատմություն է, պատասխանեց քավոր Պետրոսը, — Այդ մասին հետո կխոսենք: Դուք այն ասացեք, ի՞նչպես են տղերքը, լա վ են, առո՞ղջ են:

— Լավ են, բայց...

— Ի՞նչ է պատահել:

Նազարը պատմեց, թե իրանց ընկերներից մեկը մի հանձնարարությամբ ուղարկված էր մի տեղ, հիմա նա անհետացել է, և նրա մասին խիստ անհանգիստ են:

Այդ պատմության միջոցին քավոր Պետրոսը նայեց իմ երեսին, որ

տեսնե իմ դեմքի արտահայտությունը: Իմ մեջ ոչինչ խռովության նշան չգտավ: Պատմությունը Նեննին սպանելու հանձնարարությամբ ուղարկված ավազակի մասին էր, որ հոգին տվեց իմ տապարի հարվածների տակ: Քայց ես նրա մարմինը մի այնպիսի տեղում էի ամփոփել, որ ինքը սատանան չէր կարող գտնել:

Քավոր Պետրոսը իրան ձևացրեց որպես սաստիկ հետաքրքրված: Խաչագողի ընկերի անհետանալը, իրավ որ, սաստիկ անհանգստություն էր պատճառում մնացածներին:

— Ո՞վ էր, ի՞նչ հանձնարարությամբ և ո՞րտեղ էր ուղարկված:

Նազարը պատմեց, թե նրան տվել էին մի աղջիկ, որ տանե, անտառում «անհետացնե», բայց աղջկա հետ ինքն էլ անհետացավ:

— Աղջիկը գեղեցի՞կ էր, — Հարցրեց քավոր Պետրոսը:

— Գեղեցիկ էր:

— Իսկ տղան երիտասա՞րդ էր:

— Երիտասարդ էր:

— Այսպիսի գործը երիտասարդին չեն հանձնում, շատ հասկանալի է, որ երկուսն էլ հաշտվել են միմյանց հետ և հեռացել են ով գիտե ո՞րտեղ:

— Մենք արդեն մարդիկ ուղարկեցինք նրանց որոնելու, — Պատաս-խանեց Նազարը:

— Իզուր, պետք էր նրանց թողնել իրանց քեֆին, ինչ որ ուզում են թող անեն:

Նազարը ասաց, կան ուրիշ պատճառներ, որ այդ անցքը խիստ վտանգավոր են դարձնում, և խոստացավ, որ այդ պատճառների մասին հետո կխոսե քավոր Պետրոսի հետ: Իսկ մենք ճանապարհից նոր եկած լինելով, և մանավանդ ճաշի ժամանակ լինելով, այժմ սկսեցին հոգ տանել մեր հանգստության մասին:

Մեր ձիաները և սայլակը տեղավորեցին, ես ինքս էլ չհասկացա թե ո՞րտեղ. երևում էր, անտառի մեջ ուրիշ խորշեր ևս ունեին: Մեր իրեղենները բերեցին խրճիթը: Ճաշի սեղանն արդեն պատրաստ էր: Ամենքը բոլորեցին սեղանի շուրջը, մեզ ամենապատվավոր տեղը տալով: Չնայելով, որ նրանք բնակվում էին մի այնպիսի առանձնացած տեղում, լեռների մեջ, անտառների խորքում, բայց սեղանի վրա հայտնվեցան այնպիսի ուտելիքներ և այնպիսի ըմպելիքներ, որ այդ կողմերում հազվագյուտ էին: Երևում էր, որ քաղաքների հետ խիստ հաճախ հարաբերություններ ունեին:

Խոսակցությունը սկզբում, ըմպելիքների գավաթների համեմատ, հետզհետե կենդանանում էր զանազան հանաքներով և զվարճախոսություն-ներով: Բայց գնալով ավելի տխուր կերպարանք ստացավ, երբ նրանք սկսեցին հարցնել իրանց հայրենիքի և ընտանիքների մասին: Մենք Պարսկաստանից ավելի հետո դուրս եկած լինելով, քան թե նրանք, ունեինք շատ նորություններ նրանց համար:

— Մեր Մկրտիչը մեծացե՞լ է, — Հարցնում էր մեկը: Մկրտիչը հարցնողի որդին էր, որին օրորոցի մեջ թողնելով, հայրը հեռացել էր հայրենի երկրից և այն օրից ապրում էր պանդխտության մեջ:

— Մկրտիչը այժմ պսակված է, երեխա ունի, — պատասխանում է քավոր Պետրոսը:

Հայրը ուրախանում է:

— Մայրս խո շատ չի՞ պառավել, — Հարցնում է մի ուրիշը:

— Մայրդ կյանքը քեզ բաշխեց, արդեն յոթներորդ տարին է, որ պառկած է հողի տակ:

Որդին տխրում է: Մի քանի ձայներ կրկնում են՝ «Աստված հոգին լուսավորեսցե»...

— Մեր Խաշոյի աղջիկը ի՞նչ է անում, — Հարցնում է մի այլը:

Դա իր կնոջ մասին է հարցնում:

— Խաշոյի աղջիկը հիմա ուրիշ մարդու է գնացել:

— Ի՞նչպես, — գոչում է զարմացած ամուսինը:

— Չե՞ս հասկանում: Երկար սպասեց քեզ, ոչ լուր ստացավ, ոչ փող ստացավ, վերջը հուսահատվելով, պսակվեցավ ուրիշ մարդու հետ:

Դժբախտ ամուսինը արձակում է խորին հառաչանք և լռում է...

— Մեր Արննազը ի՞նչ է անում, — Հարցնում է մի ուրիշը իր դստեր մասին:

— Արննազին թուրքերը փախցրին:

— Ա՜խ, քոռանամ ես,— բացականչում է հայրը:

— Երևի, շատ գեղեցիկ աղջիկ էր դարձել, — Հարցնում են մյուսները:

— Տգեղին չեն փախցնի, — պատասխանեց քավոր Պետրոսը:

— Իր նմանը չկար մեր գյուղում, — մեջ մտա ես:

— Իսկ մեր Գասպա՞րը, — Հարցնում է մեկը իր եղբոր մասին:

— Նա հիմի գյուղի քահանան է:

— Մեր այգու խնձորենիները լավ բերք տալի՞ս են, — Հարցնում է քահանայի եղբայրը:

— Բերքը լավ է, բայց պտուղը օտարն է ուտում:

— Ի՞նչպես:

— Քո պարտքերի փոխարեն տիրեցին:

— Ափսո՜ս, այն խնձորենիները ես իմ ձեռքով էի տնկել, հենց այն տարում, երբ հեռացա մեր երկրից:

Խոսակցությունը ընտանեկան անցքերից ավելի անցավ հասարակական գործի վրա:

— Գյուղի տանուտերը ո՞վ է հիմա:

— Աղախանը:
— Այն քոռ անիրավը դեռ գյուղը քանդո՞ւմ է:
— Բոլորը տանջված են նրա ձեռքից:
— Երկրի կառավարիչն ո՞վ է:
— Ն... խանը:
— Անիծածը կաշառքից կշտանալ չունի...
— Մենք էլ նրա համար ենք վաստակում...
— Փողի տոկոսը քանո՞վ էր:
— Թումանին ամիսը մեկ կռան:

Վերջին խոսքը սարսափ ձգեց շատերի վրա: Նրանք այսպիսի ծանր տոկոսներով պարտքեր ունեին իրանց հայրենիքում: Ամուսնի պարտամուրհակը կնոջը փոխել էին տալիս, և ամեն տարի տոկոսը բարդվում էր դրամագլխի վրա: Վաշխառուն հարստահարում էր դրանց, իսկ դրանք հարստահարում էին անմեղ, միամիտ մարդիկներին:

Ընդհատված խոսակցությունը շարունակվեցավ,
— Լուսին ի՞նչ է անում:

Դա մեր գյուղի նշանավոր գեղեցկուհիներից մեկն էր:
— Նա հիմա լավ բազար ունի, — պատասխանեցի ես:
— Ի՞նչպես:
— Չե՞ս հասկանում...
— Ամո՛թ նրա տղամարդին, մի այնպիսի սիրուն կնոջը կարելի՞ է տասն տարիներով անտեր և քաղցած թողնել, — Ասաց նրանցից մեկը:

Կարծես, իրանց կնիկներր տասն տարիներից ավել չէր, որ անտեր ու քաղցած էին մնացած:

Մի ուրիշը հարցրեց.
— Մեր սև շունը մնո՞ւմ է:
— Չէ, կյանքը տվեց քեզ:

Այդ լուրերը, որ քավոր Պետրոսը հաղորդեց իր սովորական սառնասրտությամբ, հարուցին ոմանց մեջ ուրախություն, իսկ ոմանց մեջ տրտմություն: Ինձ խիստ զարմանալի էր թվում, երբ նկատում էի, որ այդ հոգով և սրտով քարացած մարդիկն էլ զգացմունք ունեն, կարող են ուրախանալ և տրտմել: Բայց շուտով ամեն ինչ մոռացվեցավ, իբր թե ոչինչ չէին լսե:

Ես չէի կարողանում զսպել իմ վրդովմունքը, երբ նայում էի այդ անփույթ, անհոգ մարդկանց վրա, որոնք օտարության մեջ մոռացել էին ամեն ինչ, որ իրանց համար ամենաթանկագինն էր: Ունենալ կին, որդիներ, ազգականներ և նրանց երկար տարիներով թողնել անխնամ, գե՛րի թուրքերի և պարսիկների ձեռքում, իսկ ինքը անհետանա պանդխտության մեջ դա գերդաստանի հոր ամենասարսափելի անտարբերություններից մեկն է: Այդ մարդիկը, մտածում էի ես, ամեննին գութ չունեն, նրանց մեջ մեռել է ծնողական սիրտը, նրանց զգալի չէ ոչ երեխայի ժպիտը և ոչ կնոջ արտասուքը՝ երկուսն էլ կատարվում են նրանց աչքերից հեռու...

Մի՞թե ես էլ նույն դրության մեջ չէի գտնվում...

Ես շատ լավ էի հասկանում, որ աղքատությունն էր ստիպել դրանց թողնել իրանց հայրենիքը, թողնել իրանց ընտանիքը, և նույն աղքատությունը իմ ձեռքս տվեց պանդխտության գավազանը։ Հայրենի երկրում չկարողանալով հայթայթել իրանց ապրուստը, նրանք հարկադրվել էին օտարության մեջ բախտ որոնել:

Արդար վաստակի նրանք ոչ միայն սովոր չէին, այլև անընդունակ էին. չգիտեին որևիցե արհեստ, չէին վարժված տոկուն աշխատանքի։ Նրանց միտքը, նրանց ընդունակությունները բնականաբար սրվել, կատարելագործվել էին խաբեբայությունների մեջ, այն չափով, ինչ չափով որ զարգացել էր նրանց մեջ արծաթ որսալու անհագ ախորժակը, որի համար ներելի էին համարում ամեն միջոցներ, որքան և անազնիվ լինեին,

Մի անգամ քավոր Պետրոսը խիստ իրավացի կերպով նկատեց, թե «արծաթը աղի ջուր է, որքան խմես, այնքան կծարավես»: Նույն ծարավը զգում էի և ես։ Ահա թե ի՞նչն էր, որ ինձ առժամանակ բաժանեց Նենեից և ձգեց այդ անբարոյական հասարակության մեջ:

Ինձ բոլորովին զզվելի էր թվում այդ նոր շրջանը։ Զարմանալի է, թե ո՛րքան վայրենանում է մարդը լեռների և անտառների առանձնության մեջ. կերպարանքը, բնավորությունն անգամ ամենակոպիտ ձևեր են ստանում։ Նրանց կոշտացած դեմքը, խառնված մազերը, երեսների անախորժ արտահայտությունը, ճշմարիտն ասած, ինձ վրա սարսափ էր բերում։ Թեև մեզ, որպես իրանց հայրենակցին, ցույց էին տալիս հյուրասիրության բոլոր պատրաստականությունները։

Ամենազարշելին այն էր, որ այդ մարդիկը ածխագործի սև փոշու տակ ծածկված կատարում էին մի այլ ավելի, սև արհեստ...

Ո՞վ մտցրեց իմ մեջ այդ փոփոխությունը։ Ես պարտական էի Նենեին, որ զարթեցրեց իմ մեջ զզվանք դեպի այդ մարդիկը և ստիպեց սիրել գեղեցիկը ու լավը...

Բ

ՔԱՋԱԳՈՐԾՈՒԹՅՈՒՆՆԵՐ

Գիշերը ի պատիվ մեր՝ պատրաստվեցավ ճոխ ընթրիք: Ըմպելիքների քանակությունը ավելի շատ էր: Խաչագողները ավելի խմում էին, քան թե ուտում էին: Այժմ հավաքվել էին և այն ընկերները, որոնք ցերեկով անտառի զանազան տեղերում ածուխ էին պատրաստում: Բոլորի թիվը տասից ավել էր: Երբ բավական խմեցին, նրանցից ամեն մեկը սկսեց պատմել իր կատարած քաջագործություններից մի անցք: Աստվա՜ծ իմ, ինչե՜ր չէին պատմում նրանք, բոլորը, բոլորը չլսած և չտեսած բաներ էին... Ես, որպես քավոր Պետրոսի հառաջադեմ աշակերտներից մեկը, նույնպես շատ գործեր էի կատարել, բայց, նրանց հետ համեմատելով, դեռ կատարյալ համբակ էի:

— Է՜հ, — Ասում էր մի ծերունի խաչագող արհամարհական ժպիտով, — Այդ ի՞նչ գողություններ են, որոնցով պարծենում եք դուք: Երբ ես երիտասարդ էի, գողացա հնդկաց աստծու աչքերը:

Ամենքը ծիծաղեցին, ծերունու ասածը շատերին անհավատալի երևաց:

— Երեխաները ու հիմարները ծիծաղում են ամեն բանի վրա, երբ չեն հասկանում, — պատասխանեց ծերունին, որին, ինչպես երևում էր, վիրավորեց ընկերների արհամարհանքը: — Ձեզ անհավատալի է թվում իմ ասածը, ականջ դրեք, ես կպատմեմ:

Նա սկսեց իր պատմությունն այսպես.

«Հնդկաց Աստվածները մեր աստծո նման չեն. մերը աչքի չէ երևում, իսկ նրանց Աստվածները միշտ կանգնած են տաճարների մեջ, ամեն մարդ տեսնում է, հարցմունք է անում և պատասխան է ստանում: Ես մտա այդ տաճարներից մեկի մեջ, ուր կանգնած էր գլխավոր Աստվածներից ամենամեծը ոսկեղեն հագուստով: Թեև ոսկին շատ սիրուն բան է, բայց ինձ ավելի գրավեցին նրա գեղեցիկ աչքերը: Գեղեցի՜կ էին, աննման գեղեցիկ, ես խելագարի նման սիրահարվեցա այդ աչքերի վրա: Նրանք կազմված էին երկու հատ խոշոր ալմաստներից և ճրագի նման վառվում էին: Ալմաստների յուրաքանչյուրը աղավնու ձվի չափ կլիներ: Այո՜, իմ սիրտը գրավեցին այդ փայլուն աստղերը, և ես կատարելապես սիրահարվեցա նրանց վրա: Ե՜կ, մտածեցի, քեզ նվիրե այդ աստուծո սպասավորությանը, որ այդպիսի գեղեցիկ աչքեր ունի: Եվ ընդունվեցա այնտեղ, ի՞նչ եք կարծում, ոչ թե իբրև, հասարակ սպասավոր, այլ բրահմին՝ այսպես են կոչվում նրանց քահանաները: Ես կատարում էի իմ պաշտոնը ամենայն ջերմեռանդությամբ, ամենայն անձնանվիրությամբ այնպես, որ փոքր ժամանակում գրավեցի ո՛չ միայն իմ աստծու շնորհը, այլև ժողովրդի հարգանքը: Ինձ հանձնեցին տաճարի բանալիները և նրա հսկողությունը: Այդ տևեց մի քանի ամբողջ տարիներ: Վերջը բրահմինական կյանքը, անընդհատ աղոթքները, խիստ ճգնությունները ձանձրացրին ինձ: Ես վճռեցի վերադառնալ իմ հայրենիքը: Բայց ցանկալի էր ինձ ունենալ մի հիշատակ այն աստծուց, որին այնքան տարիներ ծառայել էի: Ես ընտրեցի աչքերը, որոնց վրա միշտ սիրահարված էի» Մի բարի գիշերում կատարվեցավ այդ գործը: Բայց ո՞րտեղ պետք էր պահել խոշոր ալմաստները: Սրունքներիս կաշին ծակեցի, ալմաստները դրեցի վերքի մեջ, հետո լավ փաթաթեցի: Այժմ սատանան էլ չէր կարող գտնել: Մնաք բարյավ ասեցի իմ աստծուն և հեռացա: Հնդկաստանի անտառները խիստ հյուրընկալ ծոց ունեն փախստականների համար, եթե առյուծների և վագրերի ճանկը չընկնե մարդ: Բայց իմ աստծու օրհնությունը ինձ հետ էր, վտանգ չպատահեց: Ես իմ, բրահմինի հագուստը փոխեցի և հալածված պարիայի հագուստով շարունակեցի իմ փախուստը: Պարիային ոչ ոք չէ մոտենում»...

Ծերունին վերջացրեց, ամեն կողմից լսելի եղան գովասանական ձայներ, մի քանիսը ծափահարեցին:

Մի այլ խաչագող ասաց.

— Ես մի օր գողացա մի մոխրագույն ավանակ, և, սև գույնով ներկելով, ծախեցի դարձյալ իր տիրոջը, նա չկարողացավ ճանաչել իր ավանակին:

— Կարծեմ ներկը ավելի թանկ արժեց քեզ, քան թե այն փողը, որ դու ստացար, —նկատեց նրան մեկը ծիծաղելով:

— Իրավ է, ներկը ավելի թանկ արժեց, — պատասխանեց նա, — Բայց ես ընկերիս հետ գրազ էի բռնել:

— Եվ դու կնքեցիր մեր ճակատին «էշ ներկող» անունը, — վրա բերեց առաջինը:

Բոլորը ծիծաղեցին:

Մի ուրիշը պատմեց, թե իր կյանքում փոխել է տասը զանազան կրոնքներ և զանազան դավանություններ: Շիրազում ընդունել է մահմեդականություն և ամուսնացել է մի սեիդի գեղեցիկ աղջկա հետ: Կիլիկիայի մեջ ընդունել է կաթոլիկություն և պսակվել է կաթոլիկ աղջկա հետ. հետո մի կաթոլիկ գրասայծառից ստացել է ժողովարարության թուղթ, պտտել է Իտալիայում, Սպանիայում և Ֆրանսիայում, հավաքել է ահագին հարստություն, այլևս չի վերադարձել իր կնոջ մոտ. Կինում ընդունել է օրթոդոքս եկեղեցու դավանությունը, մի գեներալ նրա կնքահայրն է դարձել, և, ընծայելով մի նշանավոր գումար, ամուսնացրել է իր աղախնի հետ։ Իսկ Կ. Պոլսի մեջ ընդունել է բողոքականություն, տեղային միսսիոնարների թղթով գնացել է Ամերիկա, փողեր է հավաքել և ամերիկացի կին է ունեցել և այլն:

Այդ մարդուն շվացրին, որովհետև խիստ հասարակ բան էր պատմում, որովհետև նրանց մեջ չկար մեկը, որ տասն անգամ կրոնը փոխած չլիներ:

Մի երիտասարդ խաչագող, բավական գեղեցիկ դեմքով, շնորհալի և աշխարհային կյանքի սովորած մարդ, պատմեց, թե եվրոպական մի մայրաքա-ղաքում նա իրան ձևացրեց իշխան Արարատի, ման էր գալիս թանկագին ակներով զարդարված խենջարով և նույնպես գոհարներով զարդարած, ոսկյա քամարով, նրա կառապանի մոտ միշտ նստած էր լինում մի սևամորթ արաբ: Մի պարահանդեսի ժամանակ նրա վրա սիրահարվեցավ մի հարուստ կոմսի աղջիկ, խոստացավ նրա հետ պսակվել, իսկ օրիորդի ծնողները խոստացան մեծ օժիտ տալ։ Օժիտի կեսը նա ստացավ և վատնեց, բայց օրիորդի հետ չամուսնացավ։ Խեղճ աղջիկը մեռավ բարակացավից, երբ տեսավ իր փեսային անհայտացած:

Այդ պատմությունը, որ շատ հետաքրքրական էր և շատ գեղեցիկ կերպով նկարագրեց երիտասարդը, նույնպես անցավ խիստ աննշան կերպով, իսկ մի քանիսի մեջ առաջացրեց արհամարհանք։ Որովհետև սիրային հարաբերու-թյունները առհասարակ մի տեսակ թուլասրտություն էր համարվում ամեն մի խաչագողի համար և մինչև անգամ ամոթ էր բերում նրան։ Խաչագողը կարող էր սերը ընտրել որպես միջոց մեկին կողոպտելու համար, իսկ ճշմարտապես սիրել անվայել էր։ Երիտասարդի պատմությունից երևաց, որ ինքը ևս սիրահարված է եղել կոմսուհի օրիորդի վրա։ Այդ պատճառով մեկը նկատեց նրան.

— Դուք այն ժամանակ արժան կլինեիք գովասանության, երբ փոխանակ շռայլաբար վատնելու այն օրիորդի փողերը և փոխանակ նրա հետ սիլիբիլի անելու, կպսակվեիք նրա հետ, կստանայիք ամբողջ օժիտը և հետո բաց կթողնեիք, կհեռանայիք:

Այդ նկատողությունը ընդհանուր հավանություն ստացավ:

Մի ողորմելի խաչագող, որին ավել անունով կոչում էին «էշի ականջ», պատմեց, թե իր ընկերի հետ մի անգամ մտան մի աղքատ գյուղացու տուն։ Երկուսն էլ իրանց ձևացրել էին վանական աբեղա։ Տանը ոչինչ չգտան, բացի մի կացինից, որ գրած էր դռան մոտ։ Սկսեցին մաղթանք կատարել, երգելով հետևյալ երգը.

Աբեղան երգեց.

«Իգա կացին դռան տակին,
Վեր ա՛ռ կոխի մեք տոպրակին,
Ալելուիա, ալելուիա՛»:
Ընկերը պատասխանեց.

«Պոչն էրկեն ա անիրավին,
Չի պարտկվի մեք տոպրակին.
Ալելուիա, ալելուիա՛»:
Աբեղան շարունակեց.
«Վե՛ր առ, զա՛րկ իդա քարին,
Պոչը կոտրե՛ անիրավին,
Որ պարտկվի մեջ տոպրակին:
Ալելուրա, ալելուիա՛»:

«Էշի ականջի» պատմությունը թեև մի քանիսի մեջ ծիծաղ շարժեց, բայց շատերի մեջ զզվանք պատճառեց, որովհետև խաչագողը չպիտի այն աստիճան ստորացնե իրան, որ աղքատ գյուղացու խրճիթից մի կացին գողանա: Խաչագողը պետք է մեծ որսերին հետամուտ լինի, ասեցին նրան:

Այդ պատմությունները որքան և անհամակրությամբ լսում էի ես, բայց դարձյալ գրգռեցին իմ ինքնասիրությունը, և ես պատմեցի իմ հերոսություններից մեկը, թե ո՛րպես քավոր Պետրոսը թաքցրեց ինձ սնդուկի մեջ, և ո՛րպես ես կողոպտեցի հրեա սեղանավորի կրպակը: Ես սպասում էի որ իմ քաջագործությունը կզարմացներ բոլորին: Բայց մի խաչագող պատասխանեց ինձ ծիծաղելով.

— Դա մի հասարակ խաղ է, որ ամենքս խաղացել ենք: Բայց ես կպատմեմ դրա նման մի բան, որ դուք գուցե լսած ևս չեք: Նա պատմեց.

«Հարավային Ֆրանսիայի քաղաքներից մեկում մենք մտանք մի եկեղեցի: Այդ քաղաքի կաթոլիկ ժողովուրդը կրոնամոլ էր, որ կարծես ապրում էին և գործում էին միմյանց եկեղեցու համար: Քահանաները հոգու փրկության անունով առել էին ժողովրդի հարստությունը և նրանով զարդարել էին իրանց տաճարները: Արծաթյա խաչերը, աշտանակները և զանազան սուրբ անոթները թիվ և չափ չունեին: Մենք երեք ընկեր էինք, մտածեցինք, թե ի՞նչ հնար գործ դնենք, որ այդ հարստությունից մի լավ բաժին վեր առնենք: Մեր ընկերներից մեկին ձևացրինք մեռած, դրեցինք դագաղի մեջ և տարանք եկեղեցին: Այդ քաղաքում սովորություն կար, որ մի գիշեր մեռելը պետք է մնար եկեղեցում: Գիշերը մեր մեռելը հարություն է առնում իր դագաղից և հավաքում է իր մոտ խաչերից և անոթներից ո՛րը ավելի թանկագին էր: Մյուս օրը մենք վեր առեցինք դագաղը տարանք թաղելու: Այդ քաղաքում գետնի պակասության պատճառով աղքատ և պանդուխտ նընջեցյալներին տեղ չէին տալիս հասարակաց գերեզմանատնում, այլ դնում էին առանձին դամբարանի մեջ, որ հատկապես աղքատների համար պատրԱստված էր: Անկերիս դագաղը դրվեցավ նույն տեղը, որ ուրիշ ոչինչ չէր, եթե ոչ մի ստորերկրյա մթին այր: Բայց նա երկար չմնաց ննջեցյալների ամբարում, հենց առաջին գիշերը դուրս եկավ դագաղից, իր հետ բերելով և իր կողոպուտը, հասկանալի է, որ մենք ևս օգնեցինք նրան այդ վերջին հարության մեջ»:

— Երևի այն օրից սկսեցին մեզ կոչել «խաչագող», որովհետև դուք կողոպտեցիք սուրբ տաճարի խաչերը, —նկատեց մեկը:

Բոլորը ծիծաղեցին:

Քավոր Պետրոսը, որպես միշտ սովորություն ուներ այսպիսի խոսակցությունների ժամանակ, լուռ էր: Նա երևի ավելի ուրիշ բաների վրա էր մտածում, քան թե լսում էր: Նա չէր սիրում, երբ մարդիկ պարծենում էին նրա մոտ: Նա իր մեծագործությունների մեջ խիստ համեստ էր...

Ընթրիքը վերջացավ մեր կենաց համար առաջարկված բաժակներով: Բոլորը հայտնեցին իրանց ուրախությունը, որ բախտ ունեցան ընդունելու մեզ իրանց ընկերության մեջ...

Գ

ԱՆԲԱՑԱՏՐԵԼԻ ՓՈՓՈԽՈՒԹՅՈՒՆՆԵՐ

Երբ առաջ լսում էի այդպիսի խոսակցություններ, ես ոգևորվում էի, իմ սիրտը լցվում էր կատաղի նախանձով, իմ եռանդն ավելի և ավելի բորբոքվում էր, և ես մտածում էի. «Ե՞րբ կլինի, որ ես էլ պարծենալով պատմեմ իմ քաջագործությունները»... Իսկ այժմ ինչո՞ւ այդպես սառեց իմ սիրտը, ինչո՞ւ այդպես անզգայացավ նա: Այլևս ինձ չէր գրավում խաչագողի փառքը, այլևս ես չէի հրապուրվում չար գործի քաղցր մոլորությունով: Կարծես թե իմ զորությունը թուլացել էր, կարծես թե իմ մեջ հանգել էր այն կրակը, որի առաջին վառողը եղավ մի երևելի չարագործ... Ինձ տիրել էր մի տեսակ վհատություն, մի տեսակ հիվանդոտ ձանձրույթ: Ես փախչում էի գործից, փախչում էի աշխատանքից...

Որտեղի՞ց ծագեց այդ փոփոխությունը:

Ես ինքս չգիտեի, բացատրել չէի կարողանում, միայն զգում էի, որ իմ մեջ դեռ մնացել էր աշխույժ եռանդ, բայց ոչ դեպի խաչագողի գործունեությունը: Ես բոլորովին ոգով ընկած չէի: Իմ սիրտը լցված էր ինչ-որ բանով, որը հետզհետե այնքան աճում էր, ընդարձակվում էր, որ արտաքսվում էր այնտեղից բոլորը, ինչ որ առաջուց մտցրել էր քավոր Պետրոսի սոսկալի դաստիարակությունը... Բայց ի՞նչ էր այդ՝ ինքս էլ չէի հասկանում:

Երբ առաջ ինձ աջողվում էր կատարել մի եղեռնագործություն որքան սարսափելի լիներ նա, որքան խառնված լիներ արյունով, այնքան ավելի բերկրություն էր բերում ինձ: Իսկ այն օրից, երբ սպանեցի այն չարագործին և ազատեցի Նենեին, զգում էի, որ այդ սպանությունը այն չէր, ինչ որ ինձ շատ անգամ պատահել էր գործել: Առաջինների զվարճությունը րոպեական էր, շուտով անցնում էր, իսկ այդ վերջին ուրախությունը քաղցր էր և տևողական: Ես սպանելով՝ ազատել էի մի անմեղի կյանքը...

Առաջ ինչ որ անում էի, դարձյալ ուզում էի անել, չէի կշտանում, ոչ մի բանի մեջ բավականություն չէի գտնում: Կարծես թե սիրտս միշտ և միշտ դատարկ էր մնում: Իսկ այժմ զգում էի, որ ավելի ուրախ եմ, սիրտս հանգիստ էր և գոհ, որպես թե, նա լիացած լիներ անսահման երջանկությամբ...

Ո՞րտեղից ծագեց այդ փոփոխությունը:

Երբ խաչագողները քնեցին, ես ամբողջ գիշեր քնել չկարողացա: Իմ աչքերի առջևն էր Նենեն, նրա պատկերը ինձանից չէր հեռանում, միշտ նրան էի տեսնում և նրա մասին մտածում: Ի՞նչ էր, որ իմ սիրտը կապեց այդ թշվառ աղջկա հետ: Մարդու հոգեբանական գաղտնիքները դեռ անհասկանալի էին ինձ: Ես Նենեի վերաբերմամբ ունեցած իր զգացմունքը բացատրում էի խիստ պարզ ու հասարակ պատճառներով, թե կյանքի մեջ մարդ իր արդյունաբերությունը ավելի է սիրում, ինչպես նա խիստ ախորժակով է ուտում այն երեի մսից, որ ինքն է որսացել, իսկ բազարից գնածը այն համը չունի: Մարդ խնայողությամբ է ծախսում այն արծաթը, որ իր քրտինքի վաստակն է, իսկ ժառանգական հարստության հետ շատ անգամ շռայլաբար է վարվում: Այնպես էլ քաղցր է մարդուս համար իր ձեռքով տնկած, հասցրած ծառի պտուղը: Արդյոք այդ համեմատությունները ճի՞շտ էին, դրանցով կարելի՞ էր բացատրել Նենեի վերաբերությամբ ունեցած իմ զգացմունքը...

Կյանքն ամեն բան սովորեցնում է մարդուն, իսկ դեպքերը նրա վարժապետն են դառնում: Քավոր Պետրոսը ինձ սովորեցրեց ատել, ոչնչացնել, կողոպտել, հափշտակել, մի խոսքով, ուրիշին պատկանածը իրան սեփականացնելու համար չխնայել þ ոչ մի միջոց: Ավազակությունը ամենամեծ զվարճությունն էր ինձ համար, որի մեջ ես զգում էի բախտի քաղցրությունը: Ուրախություն էր պատճառում ինձ առանց քրտինքի պարպել ուրիշի քսակը: Բայց այն օրից, երբ ես իմ քսակը առաջարկեցի ծերունի ձկնորսին և խնդրեցի նրանից պահել, պահպանեք Նենեին, այդ օրից ես վայելում էի մի ավելի մեծ բավականություն, որ երբեք ճաշակած չէի:

Քավոր Պետրոսը ինձ սովորեցրեց ատել, ոչնչացնել, բայց Նենեն սովորեցրեց սիրել, բարիք գործել:

Որքա՜ն գեղեցիկ բան է սերը:

Ես Սառային էլ էի սիրում, այժմ նույնպես սիրում եմ մանկության բարեկամին: Բայց հանգամանքները բաժանեցին մեզ, տարիները սիազին անդունդ փորեցին մեր մեջ. մենք անջատվեցանք: Ո՛րքան ժամանակ էր, որ չէի տեսել նրան, այժմ իմ հիշողության մեջ մնացել էր նրա մռայլ պատկերը միայն, թեև սրտիս մեջ տակավին չէր հանգել նրա սերը: Սառան ինձ երևում էր այն բանի նման, որպես երեխային երազումը կտային մի խաղալիք, և նա կուրախանար, բայց հենց որ զարթնում է քնից, սկսում է տխրել, որ այն խաղալիքը այլևս չունի...

Առավոտյան խաչագողները զարթնեցան խիստ վաղ: Որպես գործի մարդիկ, դեռ արևը չծագած, նրանք ոտքի վրա էին: Մի քանիսը վեր առին կացինները, գնացին անտառը, փայտ կտրելու և ածուխ պատրաստելու, իսկ Նազարը, նրանց գլխավորը, մնաց խրճիթում իր երկու բանվորների հետ:

Ինձ երևում էր, որ նրանք խիստ ուրախ էին քավոր Պետրոսի հայտնվելով, և հարգում էին նրան, որպես իրանց պատրիարքին: Իսկ ինձ դեռ մարդու տեղ չէին դնում, ինձ վրա նայում էին որպես մի անփորձ համբակի վրա: Նազարը մեզ ցույց տվեց իրանց ստորերկրյա վիրապը, այնտեղ էր նրանց գործարանը: Կեղծ թղթադրամը ահագին կապոցներով դարսված էր զանազան խորշերում: Մեքենաները, մամուլները, ներկերը բոլորովին շլացրին իմ աչքերը: Նազարը, գործարանի կառավարիչը, որ երկար ժամանակ Լոնդոնում սովորել էր այդ արհեստը և այդ բոլոր պարագայքը բերել էր այնտեղից, մի առ մի ցույց էր տալիս մեզ իր պատրաստությունները և նրանց գործածության ձևերը: Իսկ այնօր չէին բանում, որովհետև գլխավոր մեքենապետը, որը մի հրեա էր, գնացել էր քաղաքը մի մեքենայի խանգարված մասը շինել տալու համար: Հրեան միևնույն ժամանակ փորագրիչ էր, ընկերության մեջ դա էր միայն, որ օտարազգի էր:

Քավոր Պետրոսը արեց մի քանի նկատողություններ, հետո հարցրեց, թե ի՞նչպես էին ծախսում այդ թղթերը: Նազարը պատասխանեց, թե թղթերը ծախսելու համար ընտրել են կայսերության ամենախուլ կողմերը, ուր ժողովուրդը դեռ գռեհկության մեջ է, ասաց, որ զանազան տեղերում ունեն գործակատարներ, որոնք փոխարինում են թղթերը գյուղացիների հետ, ստանալով նրանցից հում բերքեր, որպիսին են այլուր, քաթան, կամ տնային անասուններ և այլն: Այդ մթերքը վաճառվում է քաղաքներում:

— Այդ ես տեսնում եմ, որ դուք գործ ունեք միայն գյուղացիների հետ, — Ասաց քավոր Պետրոսը, — դրա համար էլ ձեր թղթերը մանր տեսակներից են: Բայց պետք է ընդարձակել գործը:

Թե ի՛նչպես պետք էր ընդարձակել, այդ մասին քավոր Պետրոսը ոչինչ չհայտնեց: Նա առհասարակ սովորություն ուներ իսկույն չհայտնել իր միտքը: Բայց նրա նկատողությունը ճիշտ էր, թղթերի տեսակները հասնում էին մինչև տասն ռուբլիանոցի միայն, որովհետև նրանք գործ ունեին մանր առնտրականների հետ:

Խաչագողները հենց նույն օրից ընդունեցին մեզ իրանց ընկերության մեջ: Եվ որովհետև բոլորի պաշտոնները որոշված էին, քավոր Պետրոսին, որպես հմուտ և փորձված մարդ, կարգեցին ընկերության տեսուչ: Իսկ ինձ, դեռ մանուկ և անվարժ համարելով, պարապմունք տվեցին ածխագործների մասում: Իմ զորեղ բազուկները ավելի հարմար էին փայտ կտրելու համար: Ես գոհ եղա այդ պաշտոնով, որովհետև մտածում էի, որ դա միջոց կտա ինձ բացակա լինել նրանց բնակարանից և անտառը գնալու պատրվակով շուտ-շուտ տեսնվել Նենեի հետ: Իմանալով, որ ես միևնույն ժամանակ լավ որսորդ եմ, նրանք հանձնեցին ինձ և այդ պարապմունքը: Մարդկային բնակություններից հեռու գտնվելով, նրանք խիստ հազիվ անգամ կարողանում էին միս գնել և ապրում էին ըստ մեծի մասին որսի մսով:

Հետևյալ օրից ես մտա պաշտոնիս մեջ: Վաղ առավոտյան առա ինձ հետ մի հրացան, մի որսորդական շուն և ճանապարհի ընկա: Ա՜խ, ո՛րքան ուրախ էի, ո՛րքան շտապում էի: Երկու օր էր, որ չէի տեսել Նենեին: Ես խոստացել էի ամեն օր այցելել նրան: Այժմ ո՛րքան անհանգիստ կլիներ նա, ինձ չտեսնելով, և ո՛րքան կուրախանար, երբ կրկին կտեսներ ինձ, ճանապարհին միշտ այդ էի մտածում:

Դեռ ձկնորսի տնակին չհասած, ծովի ափի մոտ հանդիպեց ինձ պառավը, որ ապրում էր ձկնորսի հետ:

— Որդի,— ասաց նա մի առանձին ցավակցական եղանակով, — այդ ի՞նչ արեցիք մեզ հետ. այն աղջիկը ցավով լցրեց մեր սիրտը...

— Ի՞նչ կա, — հարցրի ես սարսափելով, — հիվա՞նդ է... մեռե՞լ է... ի՞նչ է պատահել:

— Չէ, զավակս, Աստված մի՛ արասցե, որ այդպես բան լինի, — պատասխանեց պառավը այժմ ավելի հանգիստ կերպով: — Նա այնքան լավ աղջիկ է, որ ես կցանկանայի, որ իմ աչքերը կուրանային, բայց նրան մի չար չհանդիպեր: Նա այնքան բարի է, այնքան սիրուն է:

— Ապա ի՞նչ է պատահել, — հարցրի ես անհամբերությամբ: — Ասացեք, ինչո՞ւ եք ծածկում:

— Հիվանդ ասես, հիվանդ չէ, որդի, բայց ամբողջ գիշեր չէ քնում, հենց ա՜խ ու վա՜խ է քաշում և լաց լինում: Ի՛նչն է այդպես տանջում խեղճ աղջկան, Աստված գիտե, բայց միշտ տխուր է և տխուր, պատառ հաց բերանը չէ դնում: Պատահում է, կա՛մ կատուն է անցնում դռան մոտով, կա՛մ թռչունն է թռչում, կամ տերևն է շարժվում, նա իսկույն դուրս է վազում, ժամերով նստում է դռան մոտ, նայում է և նայում դեպի ճանապարհը, կարծես, մեկին սպասում է:

Մինչ ես պառավի հետ խոսում էի, հանկարծ հայտնվեցավ Նենեն. նա երեխայի պես քաշ ընկավ իմ պարանոցից և երկար բաց չէր թողնում:

— Ինչո՞ւ ինձ խաբեցիր, — հարցրեց նա:

— Տեսնում ես, որ եկա, — պատասխանեցի ես:

— Այդպես ուշ: Ա՜խ, որքան ես լաց եղա...

— Ինչո՞ւ էիր լաց լինում:

— Կարծում էի, որ դու էլ չես գա ինձ մոտ:

Մենք մոտեցանք խրճիթին: Նենեն նայեց իմ որսորդական հագուստի ու զենքերի վրա և ուրախացավ:

— Դու հրացան էլ ունես, ես էլ չեմ վախենա...

— Ո՞ւմից պետք է վախենաս:

— Ա՜խ, այն ավազակները... Դարձյալ մտաբերեց չարագործներին:

— Մոռացի՛ր նրանց, Նենե: Նրանք քեզ է՛լ ոչինչ չեն կարող անել:

Այդ գազանների վարմունքը այնպիսի վատ տպավորություն էր թողել խեղճ աղջկա վրա, որ նա առանց սարսափելու չէր կարողանում մտաբերել նրանց: Ես միշտ աշխատում էի հեռացնել նրանից այդ հիշողությունը, մանավանդ երբ տեսնում էի, որ նա ամբողջ մարմնով դողում էր և գունա-թափվում էր նրանց միտ բերելու ժամանակ:

Նենեն սկսեց փայփայել իմ որսորդական շանը, որ խիստ մտերմաբար քծնում էր նրա չորս կողմով:

— Այդ շունը քո՞նն է, — Հարցրեց նա:

— Իմն է:

— Ո՜քքան լավ շուն է, նա կծում է, այնպես չէ՞, ումը որ ցույց տալու լինես, կկծե՞:

— Կխեղդե, եթե ես հրամայեմ:

— Նա քեզ սիրում է: Ասա թող ինձ էլ սիրե: Գնանք խրճիթը, ես նրան կկերակրեմ: Ինչպե՞ս է անունը:

— Մուխթար:

Նենեն սկսեց կանչել շանը իր անունով և տարավ դեպի խրճիթը, որը մի քանի քայլով միայն հեռու էր մեզանից: Մենք ներս մտանք, ծերունի ձկնորսին տանը չգտանք, նա գնացել էր ծովի ափի մոտ ձուկ որսալու: Ես նստեցի ճյուղերից հյուսած մահճակալի վրա: Նենեն իմ մոտից չէր հեռանում: Նա երեխայի նման ձեռքը դրել էր իմ ուսի վրա, նայում էր իմ երեսին և. շարունակ խոսում էր առանց լռելու:

— Դու երևի նախաճաշիկ չես արել, սոված կլինես, — Հարցրեց նա, — ես քեզ համար ուտելու մի բան կպատրաստեմ: Տես, այդ ելակները ես եմ քաղել անտառից, պահեցի քեզ համար: Դու խո սիրո՞ւմ ես ելակներ:

— Ես քեզ պատվիրեցի, որ անտառը չգնաս, Նենե:

— Հեռու չեմ գնացել, նայի՛ր, այդ մոտիկ տեղից քաղեցի: — Նա վազեց դեպի լուսամուտը, սկսեց ցույց տալ ինձ:

— Ոչ, այնտեղ էլ չպիտի գնաս:

— Դրանից հետո չեմ գնա:

Նենեն կազմեց մի պարզ նախաճաշիկ, որ պատրԱստված էր տապակած ձկներից և անտառային բանջարներից: Սեղանի վրա նա ասաց ինձ,

— Ա՜խ, որքան լավ մարդիկ են այդ ձկնորսները, ես հիմա շատ եմ սիրում նրանց: Պառավը ինձ իր մոտ է պառկեցնում և գիշերը տասն անգամ նայում է, որ չբացվեմ, չմրսեմ: Ծովից գիշերը սաստիկ քամի է փչում, ցուրտ է լինում: Ես հիմա ծերունի ձկնորսին «պապա» եմ կոչում, նա ինձ շատ է սիրում, երեկ համբուրեց ինձ, ասաց «զավակս»:

Նախաճաշիկից հետո ես պատրաստվեցա հեռանալու: Իմ

որսորդության առաջին օրն էր, պետք էր աշխատել մի բան որսալ, որ ընկերներիս մոտ ամոթով չմնայի: Նենեն հարցրեց,

— Դու էլի՞ գնում ես: Ո՞ւր ես գնում:

— Անտառը, մի բան որսալու:

— Ես էլ կգամ քեզ հետ:

Հանկարծ մտաբերեց իմ պատվերը և խոսքը փոխեց.

— Չէ: ես չեմ գա. դու ասացիր, որ անտառը չգնամ»

— Հա, այսպես, սիրելիս, զգույշ եղի՛ր, որ այն ավազակներին կրկին չհանդիպես, նրանք չպիտի տեսնեն քեզ, հասկանո՞ւմ ես:

— Հասկանում եմ: Բայց դու շո՞ւտ կվերադառնաս:

— Երեկոյան: Ամբողջ գիշերը քեզ մոտ կմնամ:

Նա ուրախացավ և մի առանձին զգացմունքով խնդրեց ինձանից,

— Թույլ տուր մինչև այն ծառը գամ քեզ ճանապարհ գցելու, տե՛ս, մինչև այն եղննին շատ հեռու չէ:

— Մինչև այն եղննին կարող ես գալ:

Նենեն եկավ ինձ հետ քսան քայլ միայն, որովհետև այդքան էր ցույց տված ծառի հեռավորությունը: Նա գրկեց ինձ և դարձյալ արտասուքը աչքերում աղաչում էր, որ շուտ վերադառնամ նրա մոտ: Խե՜ղճ աղջիկ, ո՛րքան ջերմ էր նրա մեջ սերը, դեռ մաքուր, բարեկամական սերը: Ես հեռացա: Պառավը իմ ետևից ձայն տվեց.

— Չթողնես Նենեին մենակ, նա մեզ հանգստություն չի տա...

Դ

ԿՈՐԱԾ ՀԱՅՐ

Իմ այն օրվա որսորդությունը անցավ հաջող կերպով, ես սպանեցի մի նորահաս եղջերու և մի քանի հատ վայրենի աղավնիներ: Բայց քավոր Պետրոսի մոտ չվերադարձա, որովհետև Նենեին խոստացել էի այն գիշերը անցկացնել ձկնորսի խրճիթում: Ընկերներս իմ մասին անհանգիստ չէին լինի, որովհետև կմտածեին, թե որս չգտնելու պատճառով ես մնացել էի անտառում: Բացի դրանից, ընկերության մեջ ես փայտ կտրողների և ածուխ պատրաստողների բաժնումն էի. իմ պաշտոնակիցները ըստ մեծի մասին գիշերները անց էին կացնում բացօթյա, անտառի մեջ, ածուխի խարույկների մոտ, մանավանդ որ ամառ էր, եղանակը տաք էր:

Արեգակը դեռ նոր սկսել էր թեքվել դեպի իր գիշերային մուտքը, երբ ես վերադարձա ձկնորսի խրճիթը: Ճանապարհին մտածում էի, թե Նենեն շատ կուրախանա, երբ կտեսնե իմ որսերը: Նա նստած էր խրճիթի դռանը, սպասում էր ինձ: Երբ. հեռվից տեսավ, մինչև եղևնի ծառի մոտ վազեց իմ առաջը: Այդ ծառը նրա սահմանն էր:

Նա նկատեց եղջերուին, որ քաշ էր ընկած իմ ուսից, և աղավնիները, որ դրած էին իմ որսորդական մախաղի մեջ:

— Ա՛խ, ինչո՞ւ սպանեցիր դրան, — Ասաց նա ցավալի ձայնով.— խե՛ղճ եղջերու, ով գիտե, գուցե մայր ունի... հիմա լաց է լինում դրա մայրը...

— Եղջերուն լաց չէ լինում, Նենե, — պատասխանեցի ես, հանգստացնելով նրան:

— Ինչպե՞ս լաց չէ լինում, չէ՞ որ նա էլ աչքեր ունի, — ասաց նա և սկսեց վեր բարձրացնել իմ սպանած եղջերուի գլուխը և նայել աչքերին:

— Դրա աչքերը խփած են, դա մեռել է.... — Ասաց նա սոսկալով և ետ քաշվեցավ, — Դրանից հետո էլ չես սպանի, այդպես չէ՞:

— Ապա ի՞նչ որսամ:

— Գայլեր սպանիր, նրանք այնպես չար են, որպես այն ավազակները... Ա՛խ, էլի մտքիս եկան անիրավները... դու ասեցիր, որ մոռանամ նրանց...

— Հա՛, սիրելիս, մոռացիր նրանց...

Մենք մտանք խրճիթը: Պառավը դեռ նոր էր վառել ճրագը: Ծերունի ձկնորսը վերադարձել էր ծովի ափից: Նա այս երեկո ավելի լավ տրամադրության մեջ էր գտնվում, թեք էր ընկած ճյուղերից հյուսած մահճակալի վրա և մի առանձին բավականությամբ ծխում էր: Երևում էր, ծովի վրա նրա որսոր-դությունն էլ հաջող էր անցել: Երբ տեսավ ինձ, գլուխը վեր բարձրացրեց և, առանց շարժվելու իր տեղից, խիստ ջերմ բարեսրտությամբ ողջունեց: Ես նստեցի նրա մոտ, իսկ Նեննեն տեղավորվեցավ իմ կողքին: Նա դարձյալ առանց լռելու խոսում էր, միշտ նոր և նոր հարցեր էր առաջարկում: Իսկ ծերունին լսելով նրա անմեղ հետաքրքրությունը, ժպտում էր, ուրախանում էր: Նա ասաց.

— Եթե Նենեի լեզուն կապես, աչքերով կխոսի, եթե աչքերը փակես, ձեռներով կխոսի: Ամեն ինչ դրա մոտ խոսում է:

— Այսպիսի կրակոտ բնավորությունները չեն կարող լուռ մնալ, — պա-տասխանեցի ես:

Նեննեն գլուխը քաշ գցեց և, իրան վիրավորված ձևացնելով: Ասաց,

— Ես էլ չեմ խոսի:

— Լավ, տեսնենք, — Ասաց ծերունին, — կարո՞ղ ես համբերել առանց խոսելու:

Նա մի քանի րոպե լուռ մնաց, հետո սկսեց ծիծաղել:

— Չեմ կարող, չեմ կարող, — Բացականչեց և վազեց ծերունու մոտ:

Ծերունին գրկեց նրան և սկսեց իր կոշտացած ձեռքով փայփայել նրա սև գիսակները:

Պառավը զբաղված էր ընթրիքի պատրաստությունով: Նեննեն թողեց մեզ, գնաց նրան օգնելու: Նա արդեն այն աստիճան ընտանիացել էր այդ տան մեջ, կարծես թե այնտեղ էր ծնված և այնտեղ էր սնված: Նա գիտեր ի՛նչ բան ի՛նչ տեղ էր գրած, գիտեր տան բոլոր ծակուծուկը:

Անտառների խուլ առանձնության մեջ, ծովի ափի մոտ, ձկնորսի անշուք խրճիթը, լուսավորված յուղային ճրագով, մի գեղեցիկ տեսարան էր ներկայացնում: Թեև ամեն ինչ նրանում կրում էր իր վրա խորին չքավորության կնիքը, բայց գոհությունը և խաղաղությունը թագավորում էր բոլորի վրա: Այդ բարի ձկնորսները երջանի՛կ էին. երջանի՛կ էին, որովհետև ոչինչ չունեին և ունենալու ցանկություն ևս չունեին: Ի՞նչ ավելի մեծ հարստություն կարող էր լինել, քան թե այն, երբ մարդ իր ունեցածովը գոհ է:

Այդ մտածությունները զարթեցրին իմ մեջ իմ անցյալի սարսափելի հիշողությունները և երևան հանեցին սոսկալի պատկերներ: Ես արյունոտ ձեռքերով քանի-քանի՛ տարիներ շարունակ անդադար ոսկու ամբարներ էի դիզում, բայց իմ անհագ սիրտը ոչինչ բանից գոհանալ չէր կարողանում: Ես մնում էի միշտ աղքատ, միշտ թշվառ, որովհետև ունեցածովս չէի բավականանում:

Ծերունին, այն անտառների պատրիարքը, կլիներ ոչ ավելի քան

հիսուն տարեկան, բայց նրա երկաթի կազմվածքը կորցրել էր իր ամրությունը: Նա ծերացել էր ավելի վաղ, քան թե ներում էր նրա հասակը: Երևում էր, որ նա իր կյանքում շատ դժբախտությունների էր հանդիպել, շատ տանջանքներ էր կրել, որոնց հետքերը դեռ մնում էին նրա տխրամած ճակատի վրա: Առանձնության մեջ, հեռո՛ւ աշխարհից, բնակվելով լայնատարած ծովի ափի մոտ, երևի նրա ալիքների մեջ նա կամեցել էր թափել իր անցյալ կյանքի դառնությունները:

Բայց ինչ որ ավելի էր ինձ զարմացնում, դա էր նրա արտասանությունը:

Մենք խոսում էին ռուսաց լեզվով: Ես այդ լեզվով այնքան վարժ էի խոսում, որ ոչ ոք չէր կարող կասկածել, որ ես ռուս չեմ: Բայց նրա ի՛նչ ազգից լինելը դեռ ես չգիտեի* նրա արտասանությունը ինձ բոլորովին խորթ էր թվում: Նույն կասկածը, որպես ես նկատում էի, ուներ ծերունին և իմ վերաբերմամբ: Իմ վարժ խոսելը չէր կարող նրան համոզեի թե ես ռուս եմ: Իմ դեմքը, իմ գծագրությունը, իմ սև մազերը բոլորովին հակառակ վկայություն էին տալիս իմ մասին:

Ընթրիքը արդեն պատրաստ էր. մենք բոլորեցինք սեղանի շուրջը. Նենեն նստեց իմ մոտ, իսկ պառավը նստեց ծերունու մոտ: Իմ որսորդական սրվակի մեջ մնացել էր բավական արաղ, ես տվեցի ծերունուն, նա խմեց: Սառած ուղեղը տաքացավ, նա սկսեց ավելի և ավելի կենդանանալ: Բայց բոլորովին առասպելական մի երևույթ էր ներկայացնում այդ ծածկամիտ ալևորը: Նա իր մասին ամենևին չէր խոսում, և երբ իր վրա խոսք էր լինում, միշտ աշխատում էր խույս տալ կամ հարևանցիորեն անցնել, առանց մի որոշ միտք հայտնելու: Բայց ես նրա երեսի խորշոմների մեջ նկատում էի մի գաղտնիք, որ ամենայն զգուշությամբ թաքցնում էր:

Ես խմացրի նրան արաղի մնացորդը ևս:

Սկզբում խոսակցությունը խիստ հասարակ բաների վրա էր. ծերունին խոսում էր ծովի վրա, ձկների տեսակների վրա, խոսում էր, թե ո՛րքան իր «պառավը» օգնում է իրան, չորացնում է, պատրաստում է ձկները, և ինքը տարենը մի քանի անգամ կարողանում է քաղաք գնալ, իր ձկնեղենները վաճառելու համար և այլն: Բայց ո՞վ էր այդ պառավը, արդյոք նրա կի՞նն էր, ազգականն էր՝ այդ մասին ոչինչ չէր խոսում:

Նենեն և պառավը շուտով հեռացան ընթրիքի սեղանից, մեր խոսակցությունը նրանց չէր զբաղեցնում: Պառավը քաշվեցավ մի անկյունում, սկսեց նիրհել, որովհետև շատ հոգնած էր, իսկ Նենեն մոտեցավ ճրագի լույսին, սկսեց մի բան կարել: Նրան այն օր պառավը ընծայել էր իր լավ հագուստներից մեկը, որ ինքը չէր գործածում, և Նենեն այդ հագուստը ձևում, էր, հարմարեցնում էր իր հասակին:

Ես և ձկնորսը մնացինք մենակ:

— Շա՞տ ժամանակ է, որ դուք այդ ծովի ափի մոտ եք բնակվում, — Հարցրի ես:

— Ավելի քան վեց տարի:

— Միշտ ձո՞ւկ էիք որսում:

— Այո՛:

— Իսկ առա՞ջ:

— Այդ մի՛ հարցրու...

Մեջ մտավ Նենեն, իր կարը բերելով ինձ ցույց տալով,

— Տե՛ս, Մուրադ, ինչպես լավ կարեցի, այստեղ շատ լայն էր, նեղացրի, այստեղ երկայն էր, կտրեցի, այդ կոճակներն էլ պիտի փոխեմ, այն ժամանակ ավելի լավ կլինի:

Ես գովեցի նրա աշխատությունը, նա ուրախացավ և դարձյալ գնաց նստեց ճրագի մոտ:

Բայց Նենեի հետ խոսելու ժամանակ ես չէի նկատել, թե որպիսի խռովության մեջ էր գտնվում ծերունին, երբ նա լսեց իմ անունը՝ «Մուրադ»:

— Մուրա՛դ.... — կրկնեց նա խորհրդավոր ձայնով և դարձավ դեպի ինձ, հարցնելով.

— Դա ռուսի անուն չէ: — Ապա ի՞նչ ազգի անուն է:

— Այդպիսի անուն կրում են հայերը:

— Ես էլ հայ եմ:

— Մի՞թե.... — Ասաց նա և խորին մտածության մեջ ընկավ:

Ոչինչ հարկ չկար առաքինի ծերունու մոտ թաքցնել իմ ազգությունը, ես այդ անում էի միայն այն ժամանակ, երբ պետք էր խաբել մեկին: Բայց այդ խրճիթի մեջ վերին աստիճանի անազնվություն կլիներ, եթե ես անկեղծ չլինեի Ծերունին ավելի հետաքրքրությամբ հարցրեց,

— Ո՞ր երկրից եք:

— Պարսկաստանից:

Նրա հետաքրքրությունը ավելի ևս զրգռվեցավ:

— Ճշմարի՞տ եք ասում: Ո՞ր գավառից:

— Սալմաստից:

— Ո՞ր գյուղից՛

— Սավրա գյուղից՛

Այժմ տիրեց նրան մի տեսակ խռովություն, մի տեսակ սոսկում, որպիսին տիրում է այն մարդկանց, որոնք անգիտությամբ ընդունում են իրենց տանը մի անծանոթ հյուր, որին սկզբում լավ մարդ էին համարում, իսկ հետո հայտնվում է, որ նա անպիտանի մեկն է: Երևում էր, որ ծերունին տեղեկություններ ուներ Պարսկաստանի կամ Սավրայի հասարակության մասին: Նա հարցրեց,

— Ինչպե՞ս է ձեր հոր անունը:

— Սաֆար: — Իսկ ձեր մո՞ր անունը:
— Նազանի:
— Ո՞ւմ աղջիկն էր ձեր մայրը:
— Նրա հայրը կոչվում էր Բարսեղ, իսկ մոր անունը Եղիսա էր:
Ծերունին բոլորովին գունաթափվեցավ:
— Ինչպե՞ս էր կոչվում ձեր պապը:
— Ալո, և մեր տոհմն նրա անունով կրում է Ալոյան ազգանունը:
— Որդի՛ս...— գոչեց ծերունին և մարեցավ կուրծքիս վրա:
Վերջին բառը նա արտասանեց հայերեն լեզվով:

Ես բոլորովին ապշած էի, կարծում էի, թե տեսածս երազ էր: Մի՞թե դա իմ հայրն էր: Այդ ի՞նչ անակնկալ դեպք էր մի այնպիսի խուլ, մոռացված տեղում, ձկնորսի մենավոր խրճիթի մեջ գտնել նրան, որը վաղուց արդեն մեռած կամ կորած էր համարվում իր ընտանիքի համար:

Իմ առաջին հոգսը եղավ նրան ուշքի բերել: Խեղճը ամբողջ կես ժամ մնաց իմ գրկում անմռունչ, լեզուն կապվեցավ, միայն աչքերը բաց էր անում, նայում էր իմ վրա, իսկ երբեմն արձակում էր խուլ հառաչանքներ և դարձյալ ուշաթափ էր լինում:

Պառավը, որ այդ միջոցին նիրհում էր խրճիթի մի անկյունում, զարթնեց և, տեսնելով ծերունուն, սարսափելի ճիչ բարձրացրեց և սկսեց լաց լինել: Ոչ սակավ վախեցավ և Նեննեն: Նա թողեց իր կարը, վազեց իմ մոտ և անդադար հարցնում էր. «Տեր Աստված, այդ ի՞նչ պատահեց, ի՞նչ եղավ նրա հետ»:

Ես նրանց հանգստացրի, թե վտանգ չկա, թե անվնաս ուշագնացություն է, շուտով կանցնի:

Ես դեռ գրկած ունեի հորս ալևոր գլուխը, և անբախտ որդու ուրախության արտասուքը թրջում էր նրա ճերմակ մազերը:

Հանկարծ նա ուշքի եկավ և, սոսկալի կատաղությամբ ինձ մի կողմ հրելով, աղաղակեց.

— Հեռո՛ւ, անզգամ... դու խաբում ես... խաչագողները միշտ խաբում են... ի՞նչ սատանայական նպատակ քեզ իմ խրճիթը բերավ... ես չեմ ուզում տեսնել ձեր գարշելի երեսը... բավակա՛ն է ո՛րքան տանջվեցա... ո՛րքան չարիքներ կրեցի ձեր ձեռքից: Ես չեմ հավատում... Դու իմ որդին չես... դու սուտ ես ասում... դու խաբում ես ինձ... հեռո՛ւ այստեղից...

Նա կրկին մոտեցավ, բռնեց իմ օձիքից և աշխատում էր բռնությամբ դուրս ձգել իր խրճիթից: Այդ միջոցին մեջ մտան Նեննեն և պառավը և, գրկելով ծերունուն, տարան նստեցրին իր տեղը:

Նա գլուխը քաշ գցեց, երկու ձեռքով բռնեց յուր աչքերը և արտասվախառն հեկեկանքով սկսեց ինքն իրեն խոսել.

— Իմ Մուրադին ես չեմ տեսել... ես նրան մոր արգանդում

թողեցի... այնուհետև հեռացա հայրենիքից և կրկին չվերադարձա այդ ապականված երկիրը... Երբ իմ Մուրադը ծնվեց, մայրը գրեց ինձ, «ճիշտ քեզ նման է, քո օրինակն ու պատկերն է... աջ թևքի վրա մի սև խալ ունի, ինչպես դու ունես...»

Վերջին խոսքերը լսելու ժամանակ ես մոտեցա նրան և, աջ թևքս մերկա-ցընելով, ցույց տվի.

— Նայեցեք, հայր, տեսեք այն խալը, որի մասին մայրս գրել էր ձեզ:

Նա աչքի լույսից զրկված Իսահակի նման սկսեց շոշափել իմ թևքը, նրա վրա կար մի սև խալ արծաթյա փոքրիկ դրամի մեծությամբ:

— Մուրա՛դ... զավա՛կս.... դո՛ւ ես, դու...—ձայն արձակեց նա և գրկեց ինձ:

Երկար նա բաց չէր թողնում ինձ իր թևքերի միջից, երկար նրա աչքերից հեղեղի նման հոսող արտասուքը թրջում էր իմ գլուխը: Վերջը կարծես արյան հետ դուրս բխեցին նրա սրտից հետևյալ բառերը.

— Ա՜խ, ինչպե՞ս խաբեցին ինձ...

Ո՞վ էր խաբել նրան, ո՞ւմն էին վերաբերում նրա խոսքերը այդ մասին նա ոչինչ չխոսեց: Ես էլ չկամեցա հարցնել, որ ավելի չգրգռեմ նրա ցավերը: Մի այնպիսի սարսափելի տանջանքի հազիվ կարող էր դիմանալ նրա զառամյալ սիրտը: Անցյալի դառն և տխուր հիշողությունները, իսկ ներկայի անակնկալ ուրախությունը միօրինակ տանջում էին նրան: Ես չկամեցա ավելի վրդովել նրա բորբոքված զգացմունքները, թող տվի, մինչև առավոտյան ամեն ինչ կպարզվեր:

Նենեն և պառավը զարմացած նայում էին մեզ վրա: Մեր բոլոր խոսակցությունից նրանք ոչինչ չհասկացան, որովհետև մենք խոսում էինք մեր մայրենի լեզվով: Նրանք կա՛մ լաց էին լինում, երբ տեսնում էին մեր արտասուքը, կա՛մ ուրախանում էին, երբ նկատում էին մեր ուրախությունը:

Գիշերից բավական անցել էր, երբ պառավը իմ օգնությամբ ծերունուն իր անկողն ի մեջ դրեց: Բայց նա չկարողացավ հանգիստ քնել: Ամբողջ գիշերը անցկացրեց զառանցության մեջ. միշտ ա՜խ էր քաշում, արձակում էր դառն հառաչանքներ և լռում էր: Իսկ շատ անգամ ես լսում էի միևնույն խոսքերը. «Ա խ, ինչպես խաբվեցա ես»:

Ես նստած էի նրա անկողնի մոտ և լի տխուր մտածություններով նայում էի անբախտ հոր տառապանքների վրա: Արդյոք ի՞նչ մի դժոխային կետ կար այդ ողորմելի մարդու ճակատագրի մեջ, որ այնպես խռովեցնում էր նրան: Ո՞վ գիտե, ինչե՛ր էին անցել նրա գլխով, ո՞վ գիտե, իր կյանքում ո՛րպիսի դառն արկածների էր հանդիպել նա, որ այնպիսի սոսկալի կերպով տանջվում էր, երբ հիշում էր դժբախտ անցյալը:

— Երևի դուք վատ լուր հաղորդեցիք նրան, — Հարցրեց պառավը:

— Ընդհակառակն, իմ հաղորդած լուրերը խիստ ուրախալի էին:
— Ապա ինչո՞ւ այդպես խռովության մեջ ընկավ նա:
— Չգիտեմ:
— Այդպես շատ անգամ պատահում էր նրա հետ, — խոսեց պառավը: —Երբեմն ամբողջ օրերով պատառ հաց բերանը չէր դնում և ոչ գնում էր ձուկն որսալու, այլ անշարժ նստած խրճիթի դռանը, ժամերով նայում էր ծովի վրա, նայում էր անցուդարձ անող նավերին ու նավակներին և մտածում էր: Ի՞նչ էր մտածում նա, ես այդ չգիտեի, նա երբեք իր սիրտը ինձ մոտ չէր բաց անում, բայց ես շատ անգամ նկատում էի նրա աչքերում արտասուք: Լինում էին օրեր, որ նա ուրախ էր, խոսում էր, ծիծաղում էր և մինչև անգամ հանաքներ էր անում: Բայց հանկարծ, կարծես թե, մի չար ոգի անցավ նրա մոտով, և նա մտաբերեց մի ինչ-որ բան, և կրկին տխուր մռայլը պատում էր նրա դեմքը, սկսում էր հառաչել, սկսում էր անիծել իր բախտը...

Ամբողջ գիշեր մենք անքուն մնացինք: Նենեն նույնպես չպառկեց քնելու, երբ տեսավ, որ ես նստած եմ: Խեղճ աղջիկը չգիտեր՝ ինչո՞վ փարատեր իմ տխրությունը: Նրան հայտնի չէր դժբախտ հոր և նույնքան դժբախտ որդու ցավալի անցյալը: Նա չգիտեր, որ մենք աշխարհի ամենաթշվառ արարածներից մեկն էինք, անտուն, անհայրենիք, հալածված դառն հանգամանքների բռնությունից, թափառում է՛ինք երկրե երկիր, որպես մի արմատախիլ եղած, չորացած բույս, որին փոթորկային հողմի անգթությունը տարուբերում է յուր կատաղի հոսանքի հետ...

Այո՛, Նենեն չգիտեր ինչով մխիթարել ինձ: Որդին հանդիպում էր կորած, մոռացված հորը և, փոխանակ ուրախանալու, տրտմում էր, որովհետև այդ հանդիպումը պիտի բաց աներ նրա առջև կատարված պատահարների մի սոսկալի վիհ, որ մինչև այն օր նրան անհայտ էր...

Նենեն միայն հարցրեց ինձ.
— Դու առաջուց ճանաչո՞ւմ էիր այդ ծերունուն:
— Նա իմ հայրն է, — պատասխանեցի ես:

Ե

ԳԱՂՏՆԻՔԸ ԼՈՒԾՎՈՒՄ Է

Առավոտյան հայրս զարթնեց խիստ վաղ։ Առաջին բառը, որ արտասանեց, էր իմ անունը։ Ես իսկույն մոտեցա նրան։

— Եկ գրկեմ քեզ, որդիս, թույլ տուր արևի լույսով մի լավ ուրախանամ քեզանով, — Ասաց նա ծնողական հոգեզմայլությամբ։

Ես ընկա նրա գիրկը՛

— Ա՛խ։ ինչպես խաբեցին ինձ...— դարձյալ կրկնեց նա գիշերվա խոսքը, խորին կերպով հոգվոց հանելով։

— Դու ամբողջ գիշեր անհանգիստ էիր, հայրիկ, համարյա չքնեցիր, շատ անգամ կրկնում էիր այդ խոսքը, պատմիր, ո վ խաբեց քեզ և ի՞նչ բանում խաբեցին։

— Անցյալը մի հիշեցրու ինձ, որդի, — պատասխանեց նա տխուր ձայնով, — դու ինձ այն ասա՛, մայրդ կենդանի՞ է։

— Ես նրան բոլորովին առողջ թողեցի տանը և մի քանի անգամ նամակներ եմ ստացել, շատ ժամանակ չէ, որ նոր նամակ ևս ստացա, նա բոլորովին առողջ է։

— Անիծյա՛լ լինես դու... ինչպես խաբեց ինձ...

Նա դարձյալ հիշեց իր խաբված դրությունը։ — Իսկ քույրե՞րդ, — Հարցրեց նա։

— Նույնպես առողջ են, մեծ քույրս մարդի է գնացել, այժմ երկու երեխա ունի, միջնակ քույրս նշանված է։

Նրա շիջած աչքերի մեջ փայլեց ուրախության մռայլ նշույլը։ Իսկ իմ հետաքրքրությունը ավելի գրավում էր այն գաղտնիքը, թե ո՞ւմ էր անիծում հայրս, կամ ո՞վ էր խաբել նրան։ Երկար թախանձելուց հետո վերջապես հոժարեցավ նա պատմել։

— Գուցե մայրդ ասած կլինի, որ դեռ դու չէիր ծնված, երբ ես աղքատությունից ստիպված թողեցի հայրենի երկիրը և դիմեցի դեպի պանդխտություն, օտար աշխարհներում բախտ որոնելու։ Բացի ծանր պարտ-քերից, ես ոչինչ չթողեցի իմ ընտանիքի ապրուստի համար։ Մի քանի կտոր կալվածքներ ունեի, նրանք ևս պարտքերիս փոխարեն գրավ էին դրված։ Մի քանի տարի երկրե երկիր թափառում էի. բայց ոչ մի գործում հաջողություն չէի գտնում։ Հայրենիքից ստացված տեղեկությունները միշտ տխուր էին լինում և անմխիթար։ Վերջապես հասավ Պարսկաստանի սարսափելի ժանտախտի լուրը։ Այդ միջոցին հայտնվեցավ ինձ մոտ մի խաչագող, որ նոր էր եկել մեր երկրից և ուներ իր հետ մի նամակ իմ անունով: Նա պատմեց, թե որպիսի սոսկալի կոտորած կատակեց ժանտախտը և որպես դատարկվեցավ ամբողջ երկիրը, Իսկ նա մակի մեջ ավելի մանրամասնություններ կային: Նամակը մեր գյուղի քահանայի գրածն էր: Նա սկսվում էր մխիթարական խոսքերով, որպես սովորաբար գրում են այն անբախտներին, որոնք կորցրել էին իրանց սիրելիներին: Նրա մեջ կար մի երկար ցուցակ, թե մեր գյուղացիներից ո՛վ մեռավ կամ ո՛վ ազատվեցավ: Մեռելների թվում գրած էր քո մոր, քույրերիդ և քո անունը: Իմ ամբողջ ընտանիքը ժանտախտի զոհ էր դարձել: Այդ անիրավը բերանացի էլ պատմեց, թե որպիսի պատուհասի ենթարկեց Աստված իմ ընտանիքը, և ավելացրեց, որ իմ թողած բոլոր կայքերը պարտքերիս փոխարեն տիրեցին...

Վերջին խոսքերի ժամանակ ծերունու ձայնը փոքր առ փոքր թուլացավ, և նա դժվարանում էր շարունակել իր պատմությունը: Նենեն տվեց նրան մի բաժակ կաթ խմելու: Նա փոքր-ինչ կազդուրվեցավ և շարունակեց.

— Այլևս ոչինչ չէր մնում, ես կորցրել էի այն բոլոր առարկաները, որ սիրելի էին ինձ, որ կապում էին իմ սիրտը իմ հայրենիքի հետ: Այդ տեղեկությունները այնքան ծանր և սպանիչ ազդեցություն ունեցան իմ վրա, որ ես մի քանի ամբողջ ամիսներ հիվանդ պառկեցա: Նամակաբերը չհեռացավ իմ հիվանդության մահճից և ամենայն հոգատարությամբ խնամք էր տանում իմ վրա: Մինչև իմ առողջանալը նա բոլորովին գրավեց իմ բարեկամությունը, և ես իմ ա՛նձը շատ երախտապարտ էի համարում նրան: Ես ընդունեցի նրան իմ մոտ, և որպես ընկեր գործում էինք միասին: Ես վճռեցի այլևս չվերադառնալ մեր հայրենիքը, ուր պիտի գտնեի սիրելի կնոջ, սիրելի զավակներիս գերեզմանները միայն և իմ դատարկացած տունը, այն ևս պարտքատիրոջ ձեռքը անցած: Ամեն ինչ իմ մեջ պիտի զարթեցներ տխուր հիշողություններ: Հայրենիքը ատելի էր դարձել ինձ...

Նրա ձայնը դարձյալ սկսեց դողդողալ, դարձյալ դառն զգացմունքները խեղդում էին նրան: Նենեն տվեց նրան երկրորդ բաժակ կաթը, բայց այս անգամին չընդունեց և փոքրինչ հանգստանալուց հետո շարունակեց.

— Ես այն ժամանակ հարուստ էի, ունեի մի քանի հազար պատրաստի ոսկիներ սնդուկի մեջ, իմ նոր ընկերը այն աստիճան գրավել էր իմ հավատարմությունը, որ ես ամեն ինչ հանձնել էի նրա ձեռքը: Անցան մի քանի տարիներ, նա ինձանից չէր բաժանվում: Մեր գործերը օրըստօրե լավանում էին, և օրըստօրե այդ մարդը սիրելի էր դառնում ինձ: Բայց ի՞նչ գիտեի, որ նրա բոլոր մտերմությունը կեղծ էր, խաբեություն էր. մի գիշեր, իմ քնած ժամանակ, նա հարձակվեցավ իմ վրա, սրի մի քանի հարվածներ տալով, ես անզգա և ուշաթափ մնացի, իսկ նա, ինձ արդեն սպանված համարելով, հափշտակեց իմ ոսկիները և փախավ: Ահա այն սպիները, որ թողեց իմ վրա այն չարագործը…

Հայրս ցույց տվեց մի քանի խորն ընկած վերքերի նշաններ իր մարմնի վրա և շարունակեց.

— Այդ պառավը, որ դու տեսնում ես իմ խրճիթի մեջ, ես իմ կյանքով նրան եմ պարտական: Նա մի անբախտ այրի էր, ինձ վեր առեց իր մոտ, խնամք տարավ և առողջացրեց:

Հորս ցավալի պատմության ժամանակ ես գտնվում էի մի տեսակ զարհուրանքի մեջ, թե ո՛րքան դժբախտությունների պատճառ է դառնում սուտը, խաբեությունը և նենգավոր մտերմությունը: Հորս խաբված դրությունից առաջ էր եկել մեր ամբողջ ընտանիքի թշվառությունը: Եթե նա այդ պատահարներին չհանդիպեր, եթե նա իր ժամանակին վերադարձած լիներ իր հայրենի երկիրը և իր վրա առներ յուր ընտանիքի խնամատարությունը, ես երբեք ստիպված չէի լինի ոտքս դուրս դնել իմ հոր տնից և անբարոյականության մեջ չէի ընկնի:

— Ինչպե՞ս էր այն չարագործի անունը, — Հարցրի ես, երբ հայրս վերջացրեց իր պատմությունը:

— Օհան, դու կարծեմ կճանաչես նրան:

— Կարապետի որդին, ինչպե՞ս չեմ ճանաչում:

— Հենց նա:

Ես սառած մնացի: Այդ անիրավը ոչ սակավ մոլորության մեջ էր գցել և՛ ինձ, և՛ իմ մորը, և՛ մեր բարեկամներին: Ես այդ անցքը պատմեցի հորս:

— Լսիր, հայրիկ, թե ինչպես վարվեց նա մեզ հետ, այնտեղ, Պարսկաստանում, երբ վերադարձավ պանդխտությունից: Նա լուր բերեց, թե դու մեռած ես և իր հետ ուներ մի քանի խաչագողների նամակներ, որոնք նույնպես հաստատում էին քո մահը: Նա բերել էր և քո ոսկյա մատանին, որի վրա փորագրված էր քո անվանական կնիքը: Այդ հիշատակը հանձնեց նա իմ մորը: Մորս ծանոթ էր այդ մատանին: Մեր դրացի կնիկները համոզում էին նրան, որ թաղե մեր գերեզմանատան մեջ և քո անունով մի շիրիմ կանգնեցնե: Բայց նա չէր հավատում մեզ հասած տեղեկություններին, նրան բավական հայտնի էին խաչագողների խաբեբայությունները: Հետո Օհանը շատ անգամ գալիս էր մորս մոտ և իրան ցույց էր տալիս որպես մեր տան ամենալավ բարեկամը: Վերջը նա առաջարկեց պսակվել մորս հետ, բայց մայրս մերժեց նրա առաջարկությունը:

— Ավազա՛կ, — գոչեց հայրս ատամները կրճտացնելով, — Այստեղ հափշտակեց ոսկիներս, իսկ այնտեղ աշխատում էր խլել կնոջս…

Մի քանի րոպե մնաց նա տխուր լռության մեջ և ապա դարձավ ինձ այդ խոսքերով.

— Ահա այդպես են այդ չարագործները... զգուշացի՛ր, որդի, հեռու կացիր այդ մարգերից: Նրանց համար այս աշխարհում ոչ մի սուրբ բան չկա: Ես էլ մի ժամանակ պատկանում էի այդ փչացած, անբարոյականացած հասարա-կությանը... ես էլ շատ տներ եմ քանդել, շատ ընտանիքներ եմ անբախտացրել, իմ ձեռքերն էլ մաքուր չեն մնացել անմեղների արյունից... Թո՛ղ այդ խրճիթը, հեռացի՛ր, որդի, չարագործ հորից, որովհետև աստծո անեծքը կա նրա վրա...

Խե՛ղճ հայր, նա դեռ չգիտեր, որ որդին էլ ընկած է նույն ցեխի մեջ: Նա հարցրեց.

— Իսկ քեզ, որդի, ո՞ր բախտը ձգեց այս հեռավոր անկյունում:

Ես համառոտ պատմեցի վարպետիս դարբնոցում պատահած անցքը, մորս՝ ինձ քավոր Պետրոսին հանձնելը, իմ գործունեությունը պանդխտության մեջ և վերջապես այն դեպքը, որ մեզ դեպի այդ անտառը բերեց և ձգեց դրամա-նենգների ընկերության մեջ:

Այդ բոլորը լսելու ժամանակ թշվառ ծերունին ավելի և ավելի սարսափում էր, մինչև նա կտրեց իմ պատմությունը, բացականչելով.

— Անբա՛խտ որդի, դու էլ կորա՛ծ ես, — և արտասուքը հեղեղի նման սկսեց թափվել նրա աչքերից:

Փոքր-ինչ հանգստանալուց հետո իր խռովությունից շարունակեց նա.

—Լսիր, որդի, ամեն մի ապականված շրջանի ժահահոտությունը այնքան զգալի չէ լինում, երբ մարդ ապրում է նույն շրջանի մեջ, որովհետև նրա զգայարանքները սովորում են, ընտելանում են այն օդին: Իսկ երբ դրսից, մաքուր օդ շնչելուց հետո, մոտենում ես ապականված շրջանին, այն ժամանակ միայն զգում ես նրա թունավոր արտաշնչությունը: Դու այժմ անմաքուր շրջանի, այդ փչացած հասարակության մեջ ես գտնվում և զգալ չես կարող, թե ո՛րպես քո անձը օրըստօրե վարակվում է և բարոյապես փտում է: Միօտար ձեռք պետք է, որ քեզ դուրս քաշե նրա միջից, և այդ թող լինի հայրական փորձված ձեռքը: Աղաչում եմ քեզ, հեռացիր այդ չարագործներից, քանի որ բոլորովին ընկած չես... քանի որ բոլորովին կորած չես...

Նա իմ ձեռքը բռնել էր իր դողդոջուն ափերի մեջ: Վերջին խոսքերն արտասանեց արտասուքով և ծնողական սրտի խորին ցավակցությամբ: Ես խոստացա կատարել նրա պատվերը, բայց մտածում էի, թե ի՞նչ հնարքով պետք է բաժանվել Պետրոսից: Այդ սարսափելի մարդը այն աստիճան կաշկանդել էր ինձ, որ նրանից անջատվելը շատ հեշտ չէր: Հայրս պատասխանեց,

— Ես լավ եմ ճանաչում այն անիրավին... նրա մեջ գութ կամ խիղճ կոչված բաները չկան: Ես գիտեմ նրա բոլոր արարմունքը... աշխարհի ամեն կողմերում եղել է նա և որտեղից անցել է, թողել է իր ետևից արտասուք և դժբախտություն:

— Այսուամենայնիվ, նա ինձ հետ միշտ լավ է եղել, նա մինչև անգամ որդու պես սիրում էր ինձ:

— Հավատում եմ: Բայց ի՞նչ նշանակություն ունի խաչագողի համար սերը, բարեկամությունը: Լսիր, որդի, իմ ալևոր մազերը այդ չարագործների մեջ ճերմակացան: Նրանք չգիտեն, թե ի՛նչ է ճշմարիտ բարեկամությունը, որքան սերտ են նրանց ընկերական կապերը, որքան մտերմական են նրանց հարաբերությունները, այնքան զարհուրելի է լինում վրեժխնդրությունը՝ երբ ընկերը իր ընկերի մեջ նշմարում է մի ամենափոքր կասկած: Բայց կասկածել նրանք միշտ կարող են, որովհետև ում խիղճը մաքուր չէ, նա կասկածավոր է լինում:

Այդ բոլորը ուղիղ էր, ես առանց հորս ասելու էլ գիտեի: Թայց ի՞նչպես հեռանալ քավոր Պետրոսից առանց նրան կասկած պատճառելու դրանումն էր գլխավոր հարցը: Ես հարցրի

— Ինչպե՞ս թողնեմ նրա մոտ իմ այսքան տարվա վաստակը: Ես ունեմ մեծ հարստություն, և բոլորը նրա մոտ է»

Նա պատասխանեց վրդովված ձայնով,

— Զգի՛ր այն ապականված արծաթը, նա թույնից ավելի մահաբեր է: Խաչագողի հարստությունը մի փոսի մեջ քամուց հավաքված ցամաք տերևների նման է. փչեց հակառակ քամին, և ահա նա ցրիվ եկավ: Ավազակը երբեք չի հարստանա, նա այսօր հարուստ է, վաղը՝ աղքատ: Այդպես են բոլոր խաչագողները: Շատ անգամ նրանք մեծ գումարներ են ձեռք բերում, շատ անգամ մի սև փող չունեն ծախսելու: Որովհետև նրանք ոչ միայն սովոր չեն ազնիվ աշխատանքին, այլ նրանց ծանոթ չէ ո՛չ փողի կանոնավոր կերպով վաստակելը և ոչ նրա տնտեսաբար սպառելը: Թե՛ առաջինը և թե՛ երկրորդը նրանց մոտ չափազանցության է հասնում և մեջտեղում մնում է միշտ ոչինչ, այսինքն աղքատություն:

Ես ոչինչ չպատասխանեցի, հայրս շարունակեց,

— Լսի՛ր, որդի, ով որ իր կյանքում մի որևիցե հիվանդությամբ վարակված է լինում, երկար բժշկվելուց հետո, ինքը նույն հիվանդության բժիշկն է դառնում: Ես այդ բոլորը փորձել եմ իմ կյանքում, իմ անձի վրա: Փախի՛ր, հեռացի՛ր այդ մարդկանցից, որպես ժանտախտից, ազատության ուրիշ հնար չկա...

Ես հարցրի հորիցս, երբ նրանք այս աստիճան ատելի էին, ինչու էր նա իր խրճիթը հիմնել նրանց բնակարանի մոտ:

— Նրանք նոր են եկել, ութ ամիս չկա, որ նրանք բույն են դրել այդ անտառների մեջ: Իսկ ես բնակվում եմ այդ ծովի ափի մոտ ավելի քան վեց տարի: Երբ նրանք հայտնվեցան, ես պատրաստվում էի հեռանալ այստեղից, բայց հիվանդությունս արգելք եղավ: Ես պառկած էի, ես հիվանդ էի, մի քանի շաբաթ հազիվ կլինի, որ փոքր-ինչ հազիվ կազդուրվել եմ:

Բայց ի՞նչը ստիպեց քեզ առանձնանալ այդ ծովի ափի մոտ:

— Դու լսեցիր իմ պատմությունը, թե ո՛րպես խաբվեցա ՛ես, թե ո՛րպես դավաճանեց և կողոպտեց ինձ հավատարիմ ընկերը... Այն օրից ես ատեցի աշխարհը, հեռացա մարդկանցից և վճռեցի այդ մոռացված խրճիթում, աքդ ծովի ափերի մոտ անցկացնել իմ դժբախտ ծերությունը...

Ես խոստացա բաժանվել քավոր Պետրոսից, խոստացա թողնել այն հարստությունը, որ անարդար միջոցներով էր հավաքված, և ասեցի հորս.

— Ես ընդունում եմ քո խորհուրդը, ես այլևս չեմ վերադառնա այն մարդկանց մոտ և կմնամ այստեղ։ Բայց դու ևս, հայր, խոստացիր, որ մոլորված որդու հետ կվերադառնաս մեր հայրենիքը, կուրախացնես կարոտ մորս, կուրախացնես անտեր մնացած զավակներիդ։ .

— Խոստանում եմ, — պատասխանեց նա։ — Ես հենց այս օրից կսկսեմ ճանապարհի պատրաստություն տեսնել։

Այդ միջոցին Նենեն և պառավը մոտեցան մեզ։

— Գրկիր այդ երիտասարդին, դա իմ որդին է։

Նա ուրախությամբ սկսեց համբուրել ինձ։ Ոչ սակավ ուրախ էր և Նենեն։ Նա երեխայական հրճվանքով պտտվում էր իմ շուրջը, ծիծաղում էր, հանաքներ էր անում հորս հետ, շնորհավորում էր նրան, որ բախտ ունեցավ գտնել իր որդուն, և ասում էր.

— Տեսա՞ր, պապա, եթե ես չլինեի, եթե Մուրադը ինձ այստեղ չբերեր, դու, կարելի է, չտեսնեիր նրան։

Ջ

ԸՆԿԱ ԾՈՒՂԱԿԻ ՄԵՋ

Ես վճռեցի երբեք չվերադառնալ քավոր Պետրոսի մոտ: Երեք օր էր, հորս խրճիթից դուրս չէի եկել: Ես դատապարտված էի նույն վիճակին, որպես Նենեն՝ չերևալ խաչագողներին մինչև այստեղից հեռանայինք:

Բոլոր ժամանակը ես և հայրս զբաղված էինք ճանապարհի պատրաստու-թյուններով: Նենեն շատ ուրախ էր, անդադար շտապեցնում էր մեզ. «Գնա՛նք, գնա՛նք, ասում էր, հեռանանք այստեղից»: Պառավը նույնպես տխուր չէր երևում, նա շուտով հաշտվեցավ հորս հետ բաժանվելու մտքի հետ, երբ իմացավ, որ նա մի հեռու երկրում կին ունի, զավակներ ունի և ցանկանում էր, որ ծերունին գնա իր ընտանիքը ուրախացնե: Հայրս իր խրճիթը բոլոր պարագայով թողնում էր պառավին:

Ամեն ինչ պատրաստ էր ճանապարհի համար, մնում էր գրաստներ վարձել, տեղափոխվել մինչև մերձակա քաղաքը և այնտեղից փոստային սայլակներով առաջ գնալ: Չորրորդ օրը վաղ առավոտյան ես ուղևորվեցա դեպի մոտակա գյուղը գրաստներ վարձելու համար:

Դուրս գալով հորս խրճիթից, զգում էի իմ մեջ մի անբացատրելի խաղաղություն, իմ սիրտը լցված էր անսահման ուրախությամբ, ես ինձ բախտավոր էի համարում և գոհ: Կարծես թե ես ազատված լինեի խիստ ծանր շղթաներից, որ հարաժամ ճնշում էին, հարաժամ տանջում էին ինձ: Այո , ես ազատված էի քավոր Պետրոսի կապանքներից, ազատված էի մի անբարոյական շրջանից...

Որպես մի մարդ, որ դեռ հազիվ զգաստացել է իր կատաղի արբեցությունից, ես մտաբերում էի իմ սարսափելի անցյալը... տեսնում էի աքն խորին անդունդը, լցված ամեն տեսակ ապականություններով, ուր բարոյապես ընկած էի ես... Ո՞վ դուրս հանեց ինձ այնտեղից՝ Նենեն և հայրս: Հայրս սովորեցրեց լինել բարի, իսկ Նենեն սովորեցրեց սիրել...

Նախախնամության մատն էի տեսնում այդ բոլոր դեպքերի մեջ, որ առիթ տվին ինձ ազատելու Նենեի կյանքը և հանդիպելու հորս: Թե՛ առաջինը և թե՛ վերջինը առաջնորդեցին ինձ դեպի ուղղություն: Եթե Նենեն չլիներ, ես առիթ չէի ունենա հորս տեսնելու, իսկ եթե հորս չտեսնեի, ես գուցե միշտ կմնայի խաչագողների խմբի մեջ...

Դեռ արևը չէր ծագել, դեռ տիրում էր վաղորդյան մռայլը: Գնալով դեպի մոտակա գյուղը, ես իմ գլխում կազմում էի մի գեղեցիկ ծրագիր մեր ապագայի մասին: Ես պատկերացնում էի սիրելի հայրենիքը… իմ և հորս վերադարձը… մորս և քույրերիս ուրախությունը… և մեր խաղաղ ու հանգիստ կյանքը հայրե-նական օջախի կողքում…

Բայց ինձ տանջում էր մի ամենադժվարին հարց, թե ի՞նչ պետք էր անել Նենեի հետ: Ես գիտեի, որ նա ինձանից չի բաժանվի, ես զգում էի, որ նրան թողնել չեմ կարող… Այդ հարցը երկար զբաղեցնում էր իմ միտքը, երկար ես տարուբերվում էի զանազան մտածությունների մեջ: Իմ սիրային ասպարեզում միմյանց հետ մրցում էին երկու էակներ՝ Նենեն և Սառան: Որի՞ն պետք էր ընտրել…

Ճանապարհը, որ տանում էր դեպի մոտակա գյուղը, պետք է անցներ այն ձորի միջով, ուր գտնվում էր խաչագողների բնակարանը: Այդ պատճառով ես որոշել էի արևածագից առաջ, առավոտյան մթության պահուն անցնել այնտեղից, որպեսզի նկատելի չլինեմ:

Դեռ բավական մութն էր, երբ հասա այնտեղ, բայց իմ ուշադրությունը գրավեցին որոտման խուլ ձայներ, կարծես թե արձակում էին ատրճանակներից, ես կանգնեցա: Ձայները լսվում էին ուղիղ այն կողմից, որտեղ գտնվում էր նրանց բնակարանը: Հետաքրքրությունը մոլորեցրեց ինձ: Ես բարձրացա մի բլուրի վրա, սկսեցի այնտեղից նայել: Իմ առջև բացվեցավ մի հրեղեն լճակ: Ամբողջ ձորը վառվում էր կրակի մեջ: Հրդեհը խաչագողների բնակարանից տարածվել էր անտառի մեջ: Ամառային տոթից ցամաքած ծառերը այրվում էին:

Կրակի բոցերը դուրս էին հոսում խաչագողների բնակարանից և տարածում էին նրա շուրջը սարսափելի լուսավորություն: Միլիոնները այրվում էին: Մի կողմում ածած էին թղթերի կիսավառ կապոցները: Հրդեհը ոչնչացնում էր կեղծ գործի կեղծ արդյունքը:

Հրդեհի լուսավորության միջից երևում էին զինված մարդիկ, որոնք կարծես թե խուզարկություններ էին անում: Ոմանք կալանավորված էին, շղթաների մեջ պահված էին, ոմանք փախչում էին: Անտառի մեջ հետամուտ էին լինում, որոնում էին փախստականներին: Մթության մեջ ընդդիմադրություններ էին կատարվում, այդ ժամանակ լսելի էր լինում ատրճանակների ձայնը:

Ի՞նչ էր պատահել: Ինչ էլ որ լիներ, այդ սոսկալի տեսարանը մի լավ թան չէր գուշակում: Ես մտածեցի հեռանալ: Այդ միջոցին լուսավորությունը ավելի տարածվեցավ, կարծես, ամբողջ հորիզոնը վառվում էր կրակի մեջ: Այժմ միանգամից բոցավառվելով, այրվում էին չոր խոտի դեզերը, որ խաչագողները հավաքել էին իրանց ձիերի համար: Լուսավորությունը հասնում էր մինչև այն բլուրը, որի գագաթին կանգնած էի ես, իմ պատկերը մի անշարժ արձանի նման նկարված էր բլուրի բարձրության վրա: Ստորոտից լսելի եղավ մի ձայն,

— Դա էլ մեր ընկերն է…

Իսկույն վրա հասան մի քանի զինված մարդիկ և

կալանավորեցին ինձ: Եղելությունը արդեն հայտնի եղավ ինձ. ես ընկա ծուղակի մեջ...

Խաչագողը, որ մատնեց ինձ, միևնույն անձն էր, որին կոչում էին «էշի ականջ»: Նրան փախչելու ժամանակ ճանապարհից բռնել էին և ետ էին բերում: Այդ մարդը հայտնի էր ամբողջ խմբի մեջ իր վատություններով: Ես դարձա նրան, ասելով,

— Չե՞ս ամաչում...

— Դու պիտի ամաչես, — պատասխանեց նա լրբաբար, — Դու մատնեցիր մեզ, և կարծում էիր, թե ինքդ ազա՞տ կմնաս...

— Ե ս մատնեցի ձեզ...

— Այո՛, դու, ապա ո՞վ: Դու խաբեցիր մեզ, դու հեռացար մեզանից, դու թաքնվեցար ծերունի ձկնորսի խրճիթում, որտեղ թաքցրել էիր և այն աղջկան, որին հանձնել էին քեզ սպանելու համար...

— Այդ դու որտեղի՞ց գիտես:

— Ես երկու ամբողջ գիշերներ խավարի միջից, ձկնորսի խրճիթի լուսամուտներից նայում էի ձեզ վրա... և այդ հրդեհը պիտի կատարվեր այնտեղ... և ձեզ բոլորիդ պիտի այրեինք կրակի մեջ... բայց դու, անպիտան, ավելի ճարպիկ գանվեցար մեզանից... մի քածի համար մատնեցիր մեզ...

Ես ոչինչ չպատասխանեցի, ինձ ավելի ծանր էր լսել նրա հայհոյանքները և անպատիժ թողնել նրան, քան թե այն կապանքները, որ այդ րոպեում կաշկանդել էին ինձ: Սկսեցին մեզ տանել դեպի խաչագողների բնակարանի կողմը:

«էշի ականջի» խոսքերից երևաց, որ իմ բացակայությունը կասկածանքի մեջ էր ձգել ընկերներիս, նրանք սկսել էին որոնել ինձ և գտել էին ձկնորսի խրճիթում: Նենեին կենդանի տեսնելը ավելի շփոթեցրել էր նրանց, մանավանդ քավոր Պետրոսին, որին ես Հավատացրել էի, թե սպանել եմ այդ աղջկան:

«էշի ականջին» հանձնված էր եղել գաղտնի հսկել իմ գործողությունների վրա, տեղեկություններ հավաքել, մինչև ընկերությունը կպարզեր այդ մթին և կնճռոտ հարցը և կտար իր վճիռը իմ մասին: Բայց ես ինչո՞վ էի առիթ տվել նրանց մտածելու, թե ես եմ մատնել նրանց՝ այդ ես հասկանալ չկարողացա:

Արեգակը իր առաջին ճառագայթները խառնեց հրդեհիբոցերի հետ, երբ մեզ հասցրին խաչագողների բնակարանիմոտ: Երևում էր, որ իրանք, խաչագողները, կրակ էին տվելայդ բնակարանին, որպեսզի մոխրի մեջ անհետացնեն իրանց արհեստի նշանները:

Երբ բոլորովին մոտեցա, տեսնում եմ՝ խաչագողներից մի քանիսը շղթայակապ պահվում են զինվորների ձեռքում: Ամբողջ ձորը շրջապատված էր բազմաթիվ պահապաններով: Այսուամենայնիվ, մի քանիսին հաջողվել էր փախչել, թեև ոստիկանությունը վրա էր հասել այն ժամանակ, երբ բոլորը դեռ քնած էին:

Քավոր Պետրոսը նույնպես կալանավորների թվումն էր» նա խիստ անխռով կերպով կանգնած էր իր շղթաների մեջ և նույնպես հպարտ էր, որպես միշտ: Առաջին անգամ չէր, որ նրա հետ պատահում էին այսպիսի «խաղեր»: Նա իր կյանքում գուցե հարյուր անգամ գործ էր ունեցել ոստիկանության հետ: Երբ տեսավ ինձ, խիստ դաժան կերպով նայեց իմ վրա և ոչինչ չխոսեց, բայց ես նրա թունավոր հայացքի մեջ կարդացի այդ խոսքերը. «Դու էլ, Մուրադ, դավաճանե-ցիր ինձ...»:

Խուղարկությունը անտառի մեջ տևեց մինչև կեսօր, խաչագողներից ոմանք տնակի ստորերկրյա գաղտնի ճանապարհներով դուրս էին եկել և անհետացել էին ծառերի ու թփերի մեջ: Նրանց գտնել չկարողացան: Կալանավորների թիվը, բացի ինձանից, չորս հոգի էին:

Հրդեհը արդեն բոլորովին լափել էր այն բնակարանը, որ մոտ մի տարի եղել էր կենտրոն սարսափելի չարագործությունների: Երբ ամեն ինչ վերջացած էր, մեզ սկսեցին տանել դեպի մերձակա քաղաքը: Մի բան, որ իմ կորստյան այն դառն ճգնաժամում մտաբերեցի ես, էր Նենեն: Խե՜ղճ աղջիկ, դու դարձյալ մնացիր անտեր..» :

Երկյուղը և հուսահատությունը, որ այսպիսի դեպքերում տիրում են հանցավոր սրտին, ինձ բոլորովին զգալի չեղան: Կարծես թե ես համոզված էի, թե հարկավոր էր, որ այսպես լիներ, թե այն ճանապարհը, որ ես բռնել էի, ինձ պետք է հասցներ մինչև այստեղ, թե ես պետք է պատժվեի և իմ տանջանքներով քավեի իմ գործած մեղքերը...

Երեք օրից հետո մեզ հասցրին մերձակա քաղաքը և փակեցին բերդի մեջ: Գիշեր էր: Բանտի մի անկյունում, թեք ընկած հարդի վրա, հեռու իմ ընկերներից, տխուր մտածությունների մեջ տանջվում էի ես: Հազիվհազ ինձ համար ծագեց կյանքի մի նոր առավոտ, հազիվհազ ինձ ազատված էի համարում մի անբարոյական հասարակությունից, հազիվհազ սկսվում էր ինձ համար արդար ապրուստի մի նոր եղանակ, և ահա տխուր հանգամանքները ինձ ձգեցին մի նոր դժբախտության մեջ: Ինչո՞վ կվերջանար այդ, ես չգիտեի, բայց համոզված էի, որ ես ընդերկար պիտի բաժանված մնամ սիրելի ծնողներից, սիրելի բարեկամներից, և ես գուցե մյուս անգամ չպիտի կարողանամ տեսնել Նենեին:

Այդ մտածությունների մեջ էի ես, երբ իմ ընկերները, բանտի մի այլ կողմում խումբով նստած, թուղթ էին խաղում, ծիծաղում էին, հանաքներ էին անում, կարծես թե իրանց տանը լինեին: Քավոր Պետրոսը նրանց մոտ էր. նա չէր խաղում, բայց նայում էր նրանց խաղի վրա: Նա բաժանվեցավ խմբից և մոտեցավ ինձ:

Մի մարդու թե՛ բարոյական և թե մարմնական տգեղությունները այնքան նշմարելի չեն լինում, երբ նայում ես նրանց վրա բարեկամի աչքով: Բայց երբ սկսեցիր ատել նրան, այն ժամանակ միայն հայտնվում է նա իր բոլոր այլանդակությամբ: Այսպես ներկայացավ ինձ քավոր Պետրոսը, երբ մոտեցավ իր սովորական սառնությամբ:

— Դու քեզ վա՞տ ես զգում, — Հարցրեց նա:

— Ոչ, — պատասխանեցի ես:

— Ապա ինչո ւ ես այդպես տխուր:

— Բանտում ուրախ չեն լինում:

— Այդ իրավ է, բայց տխրելն էլ թուլասրտության նշան է:

Նա նստեց իմ մոտ և սկսեց զանազան խրատներ տալ:

— Չվախենաս, Մուրադ, այդպիսի դեպքեր շատ են պատահում մեզ հետ: էգուց շատ կարելի է սկսվի մեր քննությունը, դու պետք է չհայտնես քո իսկական անունը, քո հայրենիքը և ի՛նչ ազգի կամ ի՞նչ դավանության պատկանելը: Ընտրիր քեզ համար մի կեղծ անուն, ձևացրու քեզ ուրիշ ազգից և ուրիշ երկրից: Ուրացի՛ր ինչ մեղադրանք որ կդնեն քեզ վրա. այնուհետև քո ազատվելը դժվար չի լինի:

Ես պատասխանեցի խորին զզվանքով.

— Որքան խաբեցի, որքան սուտ խոսեցի, բավական է: Ես այսուհետև պետք է ճշմարիտը խոսեմ:

Նա սկսեց զարմացած կերպով նայել իմ երեսին:

— Ի՞նչ է պատահել քեզ հետ, գժվե՞լ ես, ի՞նչ է:

— Ես այժմ ավելի խելացի եմ, քան թե երբեք:

— Դու կամենում ես կորցնե՞լ քեզ:

— Ես այն օրից կորա, երբ սկսեցի հետևել քո խրատներին :

Այժմ նրա դեմքի վրա երևացին բարկության նշաններ: Բայց շուտով անցավ բարկությունը և ցավակցական եղանակով խոսեց նա.

— Ես չէի հավատում, Մուրադ, և հիմա էլ չեմ հավատում այն կասկածանքին, որ քո ընկերները ունեցան քո մասին, իբր թե դու, առանց որևիցե պատճառի, հեռացար նրանցից և մատնեցիր նրանց: Բայց ես հավատում եմ մի բանի, որ այժմ քո խելքը իր տեղումը չէ, ես նկատում եմ քո մեջ խելագարության նշաններ: Դու այլևս այն չես, ինչ որ էիր առաջ:

— Այդ իրավ է, ես այժմ այն չեմ, ինչ որ էի առաջ, և այդ ապացույց է, որ այժմ իմ խելքը իր տեղումն է, իսկ առաջ խելագար էի:

Նա կրկին զայրացավ, ասելով.

— Ողորմելի՛, ո՞վ փչեց հիմա գլխումդ այդ ցնորքները: Դու կարծում ես, որ ես այժմ չգիտե՞մ, թե ի նչպես մի թափառական աղջկա համար խաբեցիր ինձ: Նրա սերը խելքից հանեց քեզ, և դու վճռեցիր բաժանվել քո բարերարից, որ այնքան տարի իր որդու պես սնուցել էր քեզ: Հայց Աստված պատժեց քեզ քո ապերախտության համար, քո ճանապարհը կրկին դարձրեց դեպի մեր կողմը, որ այդ բանտին, այդ շղթաներին մասնակից լինես և դու:

— Այդ բանտը, այդ շղթաները իմ հին մեղքերի համար է, — պատասխանեցի ես: — Բայց եթե ես գործել եմ իմ կյանքում մի բարի գործ, այդ այն է, որ ես խաբեցի քեզ և չկատարեցի քո պատվերը զրկել կյանքից մի անմեղ աղջկա:

— Որին դու սիրեցիր:

— Այո՛:

— Որը մեր բոլորին մատնեց:

— Այդ սուտ է, այդ զրպարտություն է: Նա չէ մատնել ձեզ:

Նա պատասխանեց ինձ ավելի հանդիմանական եղանակով.

— Ինչո՞ւ ես խաբում ինձ, դու մի քանի րոպե առաջ ասում էիր, որ այլևս սուտ չի պիտի խոսես: Միթե քեզ հայտնի չէ , որ այն աղջիկը սպառնացել էր մատնել ամբողջ ընկերությունը, այդ պատճառով էլ վճռել էին սպանել տալ նրան: Մի դիպվածով դու նրա կյանքը ազատեցիր և դրանով միջոց տվեցիր նրան կատարելու իր վրեժխնդրությունը:

— Բոլորովին սխալ է ձեր ենթադրությունը, — պատասխանեցի ես: — Ձեզանից բաժանվելուց հետո, եթե դուք ինձ հանձնե՛լ էիք «էշի ականջին» լրտեսել իմ գործողությունները, այն ևս պետք է լավ հայտնի լինի ձեզ, որ այն աղջիկը ձկնորսի խրճիթից ոչ մի տեղ չի հեռացել, ուրեմն և չէր կարող մատնել ձեզ:

— «էշի ականջը» գտավ քեզ ձկնորսի խրճիթում քո բացակայությունից երկու օր հետո, նա չէր կարող տեղեկություններ հավաքել, թե մինչև այնօր թե դու, և թե այն աղջիկը ի՛նչպես էիք անցուցել:

Մեր վիճաբանությունը քավոր Պետրոսի հետ տևեց երկար, ես դարձյալ չկարողացա համոզել նրան, թե Նենեն մեղավոր չէր մատնության գործի մեջ: Հանգամանքները ինքնըստինքյան այնպես էին կազմվել, որ Նենեի կարծիքական վարմունքը հավանական էին դարձնում: Այդ անբախտ աղջիկը ընկել էր խաչագողների ձեռքը, նրան չարչարել էին. նա սպառնացել էր, եթե իրան բաց չթողնեն, կմատնե նրանց, այդ երկյուղը առիթ էր տվել խաչագողներին սպանելու նրան, ես: Ազատեցի նրա կյանքը, և մի քանի օրից հետո կատարվեցավ մատնությունը, խաչագողներին կալանավորեցին: Այլևս ո՞ւմ վրա կարող էին նրանք կասկած ունենալ, եթե ոչ կա՛մ իմ, կա՛մ Նենեի վրա: Քավոր Պետրոսը, թեև չէր հավատում, որ ես կդավաճանեի նրան, այնուամենայնիվ, նա ինձ բոլորովին արդար չէր համարում, հայտնելով նույն միտքը, որ եթե ես նրա հրամանը կատարած լինեի և Նենեին սպանած լինեի, այնուհետև այդ դժբախտությունը տեղի չէր ունենա: Նրա բարկությանը չափ չկար, թե ինչպե՞ս ես համարձակվեցա խաբել նրան: Բայց այդ բարկությունը մասամբ մեղմանում էր, երբ նա ի նկատի էր առնում իմ սիրահարությունը, որը նրա կարծիքով մինչև խելագարության էր հասցրել ինձ: Բայց նա, որպես երևում էր, դեռ չգիտեր հորս հետ իմ հանդիպելը, եթե հայտնեի, գուցե կփարատեր թե նրա և թե ընկերներիս կասկածը իմ անհավատարմության մասին: Քավոր Պետրոսը ներող էր, երբ իրավացի փաստեր էին ներկայացնում: Բայց ես այլևս փույթ չունեի իմ անձը արդարացնելու նրա առջև: Նա հեռացավ, հետևյալ խոսքերը ասելով,

— Օրենքի դատապարտությունից ավելի հեշտ է ազատվել քեզ, բայց ես չգիտեմ, ինչպե՞ս դու պիտի ազատվես քո ընկերների վրեժխնդրությունից...

Այդ խոսքերը սարսափելի էին, սարսափելի էին ավելի այն պատճառով, որ դուրս էին գալիս մի խաչագողի բերանից: Բայց ես լսեցի խորին արհամար-հանքով, և այդ ավելի վիրավորեց նրան: Այդ անգութ մարդը դեռ սիրում էր ինձ, թեև թաքցնում էր իր սերը, դեռ մտածում էր իմ մասին, դեռ հոգ էր տանում իմ վրա: Ես տեսա, թե ի՛նչպես նա վշտացած կերպով հեռացավ, գնաց նստեց բանտի մի մթին անկյունում և, գլուխը քաշ գցած, տխուր մտածությունների մեջ ընկավ: Մի՞թե նա զգում էր, որ ես նրա դաստիարա-կության թշվառ զոհն էի...

Երբեք չէր պատահել, որ ես այնպիսի համարձակությամբ խոսեի քավոր Պետրոսի հետ, որպես այն գիշեր: Կարծես թե հանցավորի կապանքները մի տեսակ ազատություն են շնորհում նրան: Շղթաների մեջ թե՛ մեծավորը, և թե՛ ստորադրյալը հավասար իրավունք են վայելում: Մեր վիճաբանությունը թեև խիստ տաք էր, բայց անցավ հանդարտ կերպով, այնպես, որ մեր մյուս ընկերները, որոնք զբաղված էին թղթախաղով, ոչինչ չլսեցին: Այժմ նրանք վերջացրել էին իրանց խաղը և սկսել էին միմյանց հետ զանազան հանաքներ անել: Ինձ վրա ուշադրություն անգամ չէին դարձնում: Ես խորին զզվանքով լսում էի նրանց զվարճությունները:

— էգուց կսկսվի մեր հարսանիքը, — Ասում էր մեկը, հիշեցնելով քըն-նության սկսվելը:

— Տո՛, Հարո, այդ քանիերո՞րդ անգամն է, որ ոտներդ հագնում ես այդ զանգուլակները, — Հարցնում էր մի մանկահասակ խաչագող ծերունի ընկերից, ցույց տալով նրա շղթաները:

— Սատանան գիտե, մոռացել եմ հաշիվը, — պատասխանում է ծերունին ինքնաբավական ժպիտով:

— Դու նրանից այդ հարցրու, թե քանի՞ անգամ փախել ես «կարմիր տնից», — մեջ մտավ մի կարճահասակ խաչագող:

«Կարմիր տունը» կոչում էին նրանք Սիբիրը:

— Այդ հարցնելու հարկ չկա, — պատասխանեց առաջինը, — չե՞ս տեսնում, հաշիվը ճակատի վրա գրած է, երկու դրոշմ, կնշանակե երկու անգամ:

— Այս անգամ երրորդ դրոշմը կդրվի, — պատասխանեց ծերունի Հարոն, շարունակելով իր ժպիտը.— երե՛ք դրոշմ, վատ չէ, խորհրդավոր թիվ է:

Այդ ժամանակ դեռ գործադրվում էր այն օրենքը, որ աքսորականների ճակատի վրա դրոշմ էին դնում:

— Ապա դու ինչպե՞ս փախար բերդից, — Հարցրեց մեկը իր ընկերից, որին կոչում էին Զաքո:

— Այդ ի՞նչ մի զարմանալու բան է, — պատասխանեց Զաքոն, — շատ հեշտ կերպով: Ինձ դրեցին բերդը: Ընկերս, որ ավելի հանցավոր էր, քան թե ես, չբռնվեցավ: Նա իր հագուստն ու կերպարանքը փոխեց և, իրան ձևացնելով իմ ազգական, թույլ տված օրերում գալիս էր ինձ տեսության: Ամեն անգամ բերում էր ինձ համար սպիտակ հաց և այլ ուտելիքներ: Վերջապես հասավ զատկի տոնը: Այդ տոնը կալանավորների վրա թափում է իր ողորմությունը: Բարեպաշտ մարդիկ իրանց տան պատրաստությունից նրանց համար բաժին են ուղարկում: Այդ տոնին չմոռացվեցա և ես: Ընկերս բերեց ինձ համար մի ամբողջ հաց և սառը փլավ: Աքդ երկրի հացերը, փառք աստծո, մեր բարակ և թափանցիկ լավաշները չեն, նրանք այնքան ահագին են, որ ամեն բան կարելի է նրանց մեջ թաքցնել: Հացի մեջ դրած էր փոքրիկ սղոց և աբրեշումի երկայն պարան: Առաջինը բավական էր բանտի լուսամուտներից մեկի երկաթյա վանդակապատը կտրելու, իսկ երկրորդով այնտեղից ցած իջնելու:

— Իսկ պահապանները չնկատեցի՞ն:

— Զատկի տոնին մի՞թե կարելի է մի պահապան գտնել, որ հարբած չլինի:

Այս տեսակ խոսակցություններ տևեցին մինչև կեսգիշեր: Ես այլևս լսել չկարողացա: Մի կողմից հոգնածությունը, մյուս կողմից հոգեկան տանջանքը այն աստիճան թուլացրել էին ինձ, որ երկար արթուն մնալ չկարողացա:

Է

ՆԱ ԻՆՁ ՉԹՈՂԵՑ

Անցել էր ավելի քան մի տարի այն օրից, որ ես կալանավորվեցա, որ ես բանտում մաշվում էի:

Հենց առաջին անգամ, երբ տարվեցա քննիչի մոտ, ես պարզ կերպով խոստովանեցա բոլորը, ինչ որ գործել էի: Ես ոչինչ չթաքցրի, ես մինչև անգամ ցույց տվի այն բաները, որ ինձանից չէին հարցնում: Ես միըստմիոջե պատմեցի, թե ի՛նչպես անմեղ սրտով դուրս եկա հայրենիքից, ի՛նչպես ընկա խաչագողների հասարակության մեջ, ի՛նչպես հետզհետե ընտելացա չարագործության, ինչե՛ր արեցի, ինչե՛ր կատարեցի և վերջապես ո՛րպես հորս խրատով բաժանվեցա այդ հասարակությունից և պատրաստվում էի բոլորովին հեռանալ նրանցից, բայց հանկարծ բռնվեցա:

Ամեն ինչ անկեղծաբար պատմելուց հետո, ես հույս ունեի, որ կարդարացնեն ինձ, տեսնելով, որ ես բոլորովին անգիտակցաբար ընկած էի այդ հանցանքների մեջ, և ի նկատի առնելով, որ ես արդեն զղջացել էի իմ մեղքերը, հասկացել էի իմ մոլորությունները և դարձել էի չար ճանապարհից:

Բայց այնպես չեղավ, ինչպես ես սպասում էի: Իմ անկեղծ խոստովանությունը ավելի ծանրացրեց իմ վրա իմ մեղքերը: Ես ինքս ինձ համար վկա դարձա և հաստատեցի իմ հանցանքները: Իմ զղջման վրա ուշադրություն չդարձրին, մտածեցին միայն ապաշխարության մասին:

Մի քանի ամսից հետո քաղաքի բարձր դատարանում կարդացին իմ դատապարտության վճիռը: «Զրկել ամեն իրավունքներից, աքսորել մինչև մահ տաժանական աշխատությունների մեջ»...

Ես շատ տխրեցա, երբ լսեցի այդ վճիռը, չներել հանցավորին, որ արդեն զղջացել էր, որ արդեն ուղղվել էր: Բայց ո՞վ է քննում մարդու սիրտը: Նա այնպիսի մի խորության մեջ թաքնված է, որ ամենասրատես դատավորի աչքն անգամ այնտեղ թափանցել կարող չէ:

Իմ ընկերները նույնպես աքսորանքի դատապարտվեցան, բայց նրանք այնպես տխուր չէին, որպես ես, նրանք ավելի զայրացած էին երևում, քան թե տրտում:

Շրջապատված զինվորներով, դատարանից կրկին տարան ինձ բանտը: Երբ հասցրին բերդի դռանը, դեռ ներս չմտած, իմ ետևից մի ճիչ, մի ցավալի աղաղակ բարձրացավ: «Ես պետք է տեսնեմ նրան... մի՞թե դուք գութ չունեք... մի՞թե դուք Աստված չունեք... մարդիկ, ինչո՞ւ են արգելում ինձ... ես պետք է տեսնեմ նրան... թողե՛ք, որ տեսնեմ նրան»...

Ես ետ նայեցա: Այդ խոսքերը լսվում էին մի աղջկա բերնից, որ պատառոտած հագուստով, հերարձակ, այս կողմ և այն կողմն է:ր ընկնում, աշխատում էր պատռել զինվորների շարքը և մոտենալ ինձ: Պահապանները հրացանների սվիններով հեռացնում էին նրան, բայց նա դարձյալ առաջ էր մղվում:

Որքան և խռովության մեջ լինեի այն րոպեում, որքան և իմ գլուխը և խելքը ինձ չէին պատկանում, այսուամենայնիվ, այն սրտաշարժ պատկերի մեջ ես ճանաչեցի Նենեին: Խե՛ղճ աղջիկ, որտեղի՞ց հայտնվեցավ նա...

Նրա աղաղակից դուրս եկավ բանտապահը:

— Դարձյալ այն ցնորված աղջիկն է, — Ասաց նա և հրամայեց հեռացնել:

Երևում էր, որ Նենեն առաջին անգամ չէր, որ խնդրում էր՝ իրան թույլ տան բանտը մտնելու: Նրան արդեն ճանաչում էին: Նա խիստ ողորմելի ձայնով պատասխանեց.

— Պարոն բանտապահ, ես ցնորված չեմ... ի սեր աստծո: գթացեք իմ վրա, թույլ տվեցեք, որ տեսնեմ նրան...

— Ո՞ւմ տեսնես:

— Այն կալանավորին, որ տանում են...

— Դու ո՞վ ես:

— Ես նրա բարեկամն եմ... թողեք տեսնեմ նրան... մի՞թե դուք Աստված չունեք... եթե չթողնեք, ես դատավորի մոտ կգնամ... թագավորի մոտ կգնամ...

— Ավելի լավ կլինի, եթե գժատունը գնաս, — Հեգնությամբ պատասխանեց բանտապահը և հրամայեց հեռացնել:

Նրա անգթությունը ավելի վշտացրեց ինձ, քան իմ դատապարտության վճիռը, որ այն օր կարդացին դատարանում: Ինձ ներս տարան, դռները փակվեցան իմ ետևից, ես այլևս ոչինչ չլսեցի...

Ամբողջ օրը խելագարի նման էի: Ես բոլորովին մոռացել էի իմ թշվառ դրությունը, մոռացել էի, թե ո՛րպիսի սարսափելի ապագա էր սպասում ինձ, ես միայն մտածում էի անբախտ Նենեի մասին: Միշտ իմ աչքերի առջևն էր այն վրդովմունքով լի աղջիկը, տեսնում էի այն հերարձակ կույսի վշտալի պատկերը, լսում էի նրա սգավոր ձայնը... Արևը մտավ, մութը պատեց, բանտի մեջ տիրում էր գիշերային խավարը: Այդ մթության մեջ դարձյալ տեսնում էի նրան, լսում էի նրա ձայնը...

Առաջի՛ն անգամ ես զգացի շղթաներիս ծանրությունը, առաջի՛ն անգամ բանտը ներկայացավ ինձ իր սոսկալի կերպարանքով: Մինչև այսօր ինձ տանելի էր բոլորը: Իսկ երբ տեսա, թե իմ պատճառով տանջվում է մի անմեղ հոգի, այն ժամանակ միայն հասկանալի եղավ բոլոր զարհուրանքը իմ թշվառ դրության...

Ամենքը թողեցին ինձ. իմ հավատարիմ ընկերները ինձ մատնեցին. ես կտրվեցա լույս աշխարհից... բայց նա ինձ չթողեց... Նա եկավ իմ ետևից, նա որոնում էր ինձ, երկի երկար որոնում էր և գտավ: Բայց գտավ բանտի մեջ, դատապարտյալների մռայլ գերեզմանի մեջ...

Այդ գերեզմանի շուրջը պտտվում էր նա, գիշերային մենավոր ուրվականի պես պտտվում էր նա, և խավարի միջից մի մարգարեուհի մեռելահարցուկի նման կամենում էր դուրս կոչել իր սիրելիին...

Դա իրողություն էր, և դա ցնորք չէր, ես լսում էի նրա ձայնը, նույն սրտաշարժ, ողբալի ձայնը, որպես լսել էի ցերեկով: Գիշերը խաղաղ էր. մարդիկ քնած էին, դրսում ամեն ինչ գտնվում էր խորին լռության մեջ: «Թողե՛ք տեսնեմ նրան»... այդ խոսքերը միայն հնչվում էին գիշերային լռության մեջ...

Բանտի պահապան զինվորը, հրացանը ուսին դրած, չափավոր քայլերով անցուդարձ էր անում իր պահականոցի մոտ: Նա նույնպես լսում էր ողբալի ձայնը և անհետաքրքրությամբ ասում էր. «Դա այն ցնորված աղջկա ձայնն է»...

Գիշերը ես անցուցի տենդային անհանգստության մեջ. ո՛չ քնած էի և ո՛չ արթուն: Առավոտյան, երբ արեգակի առաջին ճառագայթները ներս ցոլացին բանտի նեղ լուսամուտներից, և ինձ համար ծագեց ուրախության լույսը, դուռը բացվեցավ, և խելագարի նման ներս վազեց Նենեն: Նրա առաջին խոսքերը կցկտուր էին և անհասկանալի: Նա մոտեցավ, գրկեց ինձ և երկար մնաց իմ կուրծքի վրա անխոս: Նա նման էր մի սպանվածի, որի երեսի վրա բնավ գույն չկար: Կենդանի մնացել էին դեռ չմարած աչքերը միայն, այն լի կատաղությամբ աչքերը, որոնք իրանց խռովության մեջ ևս գեղեցիկ էին:

Նրա խռովությունը շուտով անցավ, անցավ՝ որովհետև գտնվում էր ինձ մոտ, որովհետև տեսնում էր ինձ: Նա սկսեց խոսել.

— Ա՛խ, սիրելիս, եթե գիտենայիր ո՛րքան որոնել եմ քեզ... ո րքան ման եմ եկել...

Նրա ձայնը սկսեց խեղդվել, փոքր-ինչ հանգստացավ և ապա շարունակեց.

— Անցնում էի քաղաքից քաղաք, գյուղից գյուղ, ամեն տեղ հարցնում էի քեզ... Ա՛խ, ինչո՞ւ մարդիկ այդքան վատացել են... ամեն տեղ հալածում էին ինձ... ամեն տեղ հեռացնում էին ինձ... չէին թողնում, որ բնակարանների մեջ մտնեմ... ասում էին՝ դա ցնորված աղջիկ է...

— Ապա որտե՞ղ էիր անցկացնում դու:

— Փողոցների վրա, բաց երկնքի տակ... և ավելի հանգիստ էի, երբ գտնվում էի անապատում կամ թաքնվում էի անտառների ծառերի մեջ... Այնտեղ լավ էր, այնտեղ մարդիկ չկային...

— Ապա ինչո՞վ էիր կերակրվում դու:

— Շատ անգամ օրերով քաղցած էի մնում... շատ անգամ ուտում էի դաշտային բանջարներ կամ կերակրվում էի վայրենի պտուղներով... Երբեմն գտնվում էին բարի մարդիկ, որոնք ինձ հաց էին տալիս:

Եվ այդ բոլորը ո՞ւմ համար, ինչի՞ համար, մի դատապարտյալ աքսորա-կանի համար, որ պիտի մաշվեր, պիտի ոչնչանար հանքերում...

Բայց ինձ ավելի զարմացնում էր այն, թե ինչպե՞ս թույլ տվին «խելագար աղջկան» մտնել բանտը, որի մեջ ես ամենևին խելագարության նշան չէի նկատում, միայն վերին աստիճանի անձնազոհությունը և թշվառության սաստիկ կատաղությունը նրան բախտավոր մահկանացուների աչքում խելագար էին ներկայացնում:

Նա պատմեց, թե այն օրից, որ եկել էր այդ քաղաքը և տեղեկացել էր, որ ես այն բանտումն եմ գտնվում, բանտի շրջակայքից չէր հեռանում, գիշերները անց էր կացնում նրա պատերի մոտ, իսկ ցերեկով կանգնում էր փողոցների վրա, աղաչում էր, պաղատում էր անցորդներին, պատմում էր նրանց իմ անմեղությունը, խնդրում էր, որ օգնեն ինձ: Նա դեռ այնքան միամիտ էր, որ կարծում էր, թե ամեն մարդ իրավունք ուներ ինձ դատավոր լինելու: Իսկ այն առավոտ, երբ բանտը մտնում էր մի երիտասարդ ակնոցավոր պարոն, նա վազեց, մոտեցավ և, գրկելով նրա ոտները, խնդրեց, որ իրան էլ թույլ տան բանտը մտնելու և իր «սիրելիին» տեսնելու: Ակնոցավոր պարոնը գթաց նրա վրա, խոստացավ, որ իսկույն հրաման կառնե բանտապահից: Նա կատարեց իր խոստմունքը, քանի րոպեից հետո նրան ներս թողեցին:

Որքան մխիթարական լիներ իմ դժբախտության տխուր ժամերում տեսնել իմ մոտ Նենեին, որքան սիրարժան լիներ նրա ծայրահեղ անձնազոհությունը, այսուամենայնիվ, ես մտածում էի. «Մի՞թե ես արժեմ դրան... ինչո՞վ է մեղավոր այն անմեղ աղջիկը, որ տանջվում է մի չարագործի համար... ինչո՞ւ ես ձգեցի նրա սրտում այն սրբազան կայծը, որ այնքան բոցավառվեցավ, որ այնքաթն բորբոքվեցավ, մինչև խելքից հանեց նրան... ինչո՞ւ ես խլեցի նրա հանգստությունը... Այդ բնության ազատ որդին, որի ցեղին վիճակված է կյանքի անհոգ և ավելի ուրախ բաժինը, գուցե ավելի բախտավոր կլիներ, եթե չհանդիպեր ինձ... ինչո՞ւ ես թշվառացրի նրան... Ավելի լավ չէ՞ր լինի, որ հենց այն օրը, երբ ես նրա կյանքը ազատեցի եղեռնագործի ձեռքից, բաց թողնե՛ի նրան: Նա կդնար, աշխարհը լայն ու արձակ է ցիգանուհու համար, կգնար և իր համար նոր բախտ կորոներ»...

Արդեն ուշ էր... այդ բոլորը պետք էր անցած համարել... ես միայն հարցրի.

— Ինչո՞ւ եկար դու, ինչո՞ւ չմնացիր հորս մոտ. նա բարի մարդ էր, կպահեր, կպահպաներ քեզ:

Դժբախտները ամեն մի դժբախտության դեպքերում այն քաղաքա-վարական ձևերը չգիտեն, որ պահպանում են բախտավորները միայն: Նենեն բոլորովին պարզ կերպով պատասխանեց.

— Հայրդ մեռավ, նա մեռավ հենց այն օրը, երբ իմացավ, որ դու կալանավորված ես:

Այդ բոթը սարսափելի ներգործություն ունեցավ իմ վրա: Նա մեռավ իմ պատճառով, մոլորյալ որդու պատճառով, ես նրա մահվանը պարտական էի...

Նենեն չնկատեց իմ խռովությունը, շարունակեց պատմել.

— Այն առավոտը, երբ դու հեռացար խրճիթից և խոստացար, թե երեկոյան կվերադառնաս, մենք անհամբեր սպասում էինք քեզ: Արևը մտավ, օրը մթնեց, բայց դու չվերադարձար: Ամբողջ գիշերը չքնեցինք, հենց նստած սպասում էինք քեզ: Հայրդ մեր բոլորից ավելի անհանգիստ էր: Մյուս առավոտը մինչև ճաշ դարձյալ սպասում էինք քեզ: Հետո հայրդ ինձ իր հետ առնելով, գնացինք այն «ավազակների» բնակարանի մոտ, տեսանք՝ նրանց տնակը այրված էր, ոչ ոք չկար այնտեղ: Երբ ետ դարձանք, անտառում պատահեց մեզ մի խոզարած, նա պատմեց, թե ի՛նչ էր պատահել: Երբ հայրդ լսեց նրա պատմությունը, իսկույն թուլացավ և ցած ընկավ: Ես և խոզարածը հազիվ կարողացանք նրան ուշքի բերել և հասցրինք մինչև խրճիթը: Նույն գիշերը նա սաստիկ ջերմի մեջ էր. առավոտյան նրա մարմինը գտանք բոլորովին սառած: Ես և պառավը թաղեցինք նրա մարմինը խրճիթից ոչ այնքան հեռու մի ծառի տակ: Հիշո՞ւմ ես այն եղնին, որ դու մինչև նրա մոտ էիր թույլ տվել ինձ հեռանալ խրճիթից:

— Հիշում եմ...— պատասխանեցի ես բոլորովին մեքենաբար:

— Այնուհետև ես վճռեցի գալ քո ետևից և որոնել քեզ: Ես հիմա ամեն տեղ կգնամ, ես հիմա էլ չեմ վախենում: Պառավը ինձ չէր ուզում թողնել, ասում էր՝ մնա ինձ մոտ, աչքիս լույսի նման կպահեմ քեզ: Նա ինձ շատ էր սիրում, նա քեզ էլ շատ էր սիրում, այնքա՜ն լաց եղավ որ...

— Ինչո՞ւ չմնացիր նրա մոտ:

— Քեզ ինչպե՞ս թողնեի...

— Ես մի օր կվերադառնայի, քեզ դարձյալ կգտնեի... մենք դարձյալ միասին կլինեինք...

— Չէ: ես գիտեմ, ես բոլորը գիտեմ... այնտեղից, ուր քեզ պիտի ուղարկեն, մարդիկ էլ չեն վերադառնում...

— Այդ դու ո րտեղից գիտես:

— Ես երեկ դատարանի դռանը կանգնած էի. ինձ չթողեցին, որ ներս մտնեի, այնտե՛ղ էլ ասում էին, թե ես խելագար աղջիկ եմ... Դրսում հարցրի, ինձ պատմեցին բոլորը...

Ես չգիտեի՝ ի՞նչ անել նրա հետ, ի՞նչ խորհուրդ տալ, ես չունեի

այս աշխարհում մի բարեկամ անգամ, որի պաշտպանությանը հանձնեի այդ անբախտ աղջկան: Ես առանց երկար մտածելու կրկին ասացի նրան,

— Դու դարձյալ գնա պառավի մոտ, այնտեղ սպասիր ինձ: Նա բարի կին է. նա կպահե քեզ: Ո՞վ է իմանում, գուցե Աստված կհաջողի, մի օր վերադառնամ քեզ մոտ...

— Ես քեզանից չեմ բաժանվի:

— Դու խո գիտես, թե ինձ ո՛րտեղ պիտի ուղարկեն:

— Գիտեմ: Ես էլ կգամ քեզ հետ:

Սույն միջոցին բանտի վերակացուներից մեկը ներս մտավ, հրամայեց Նենեին հեռանալ:

— Ես այստեղ պետք է մնամ:

— Այստեղ հյուրանոց չէ, օրիորդ., — պատասխանեց վերակացուն դառն ժպիտով:

— Ես դրան մենակ չեմ թողնի:

— Բավական է, որքան միասին եք եղել...

— Մի տարուց ավել չէ, որ մենք ճանաչում ենք միմյանց:

— Ցավում եմ, որ այդքան կարճատև է եղել ձեր սերը... Այնուամենայնիվ, պետք է հեռանաք, նազելի օրիորդ:

Լսելով վերակացուի վերջին հեգնությունը, արյունս բորբոքվեցավ:

— Եթե դու կշարունակես այդպես վիրավորել մի պատվավոր աղջկա, ես քո գլուխը կջարդեմ:

— Մտածի՛ր, թե ո՛րտեղ ես գտնվում... այստեղ քո բնակած անտառները չեն, — պատասխանեց նա սառնությամբ:

— Պարոն վերակացու, — մեջ մտավ Նենեն, — մի՞թե դու քույր չունես, մայր չունես, մի՞թե դու չե՞ս հասկանում կնոջ սիրտը: Ինչո՞ւ ես հալածում ինձ: Իմ Մուրադը վատ մարդ չէ. նա իմ կյանքը ազատեց մի եղեռնագործի ձեռքից... այն օրից ես սիրում եմ նրան...

— Ես այդ հասկանում եմ...— պատասխանեց վերակացուն ավելի կոպտությամբ: — Բայց բանտի մեջ չեն սիրում... պեզ թույլ տվեցին մտնել այստեղ պարոն բժշկապետի խնդրելով: Բավական է, որքան տեսնվեցաք, որքան խոսեցիք: Ասո՛ւմ են ձեզ, որ հեռանաք այստեղից, եթե չկամեիք, որ ձեզ դուրս քաշեին:

Նենեն ավելի կամակորեցավ:

— Ես կմնամ այս բանտում:

— Ես ձեզ խրատ կտայի, որ գժատանը մնայիք:

— Անգութնե՛ր... բոլորը այդպես են խոսում... ես ինչո՞վ եմ գիժ, — Բացա-կանչեց Նենեն արտասուքը սրբելով:

Վերակացուն ուշադրություն չդարձրեց, կանչեց մի զինվոր, նրան դուրս քաշեցին, և բանտի դռները կրկին կողպվեցան: Ես մնացի մենակ:

Մի քանի րոպե լսելի էր լինում նրա ճիչը, աղաղակը, և շուտով նրա ձայնը անհետացավ .բանտր խուլ, գերեզմանական լռության մեջ:

Սարսափելի դրություն: Քո սիրած էակին հալածում են, վիրավորում են, և դու սառն աչքով պիտի նայես այդ անիրավության վրա և լռես: Մի՞թե այդ է նշանակությունը այն խոսքերի, որ կարդացին ինձ դատարանում. «Զրկել ամեն իրավունքներից»...

Ի՞նչ պետք է լինի խեղճ աղջկա վերջը՝ ահա այդ էր ինձ տանջող միտքը, երբ դարձյալ մնացի մենակ, երբ սպանվածի նման տարածվեցա իմ կալարանի խոնավ հատակի վրա:

Ը

ԳԱՆԱՀԱՐՈՒԹՅՈՒՆ

Լինում են այնպիսի րոպեներ, որ մարդ իրան բոլորովին մոռանում է։ Ես մինչ այն աստիճան զբաղված էի Նենեի վիճակով, որ ամենևին չէի հիշում, որ մոտենում է այն սարսափելի օրը, երբ ես պետք է կրեի մահվան տանջանքների առաջին փորձը։ Ինձ, բացի մշտական աքսորից, վճռել էին երկու հարյուր մտրակի հարվածներ։

Այն ժամանակ դեռ տիրում էր այդ օրենքը, որ դատապարտյալին նախքան աքսորելը ենթարկում էին մարմնական զանահարության։ Ի նչ սոսկալի բան է դահճի մտրակը։ Կարծես թե ֆուրիաները առաջին անգամ դժոխքից դուրս գալով, սովորեցրին մարդիկներին այնպես տանջել իրանց նմաններին։ պարդել, խեղաթյուրել, անդամալուծել և ամեն զորությունից զրկել մարմինը մի թշվառականի, ահա այդ է այն մտրակի նպատակը, որպեսզի նրան սպասող դառն աշխատությունները հանքեր,ի մեջ ավելի սպանիչ լինեն։ Եվ այդ բոլորը կատարվում էր չարագործներին ուղղելու նպատակով։

Բայց չարագործները չէին ուղղվում։ Ես տեսնում էի՝ որքան խիստ էր լինում նրանց պատիժը, որքան չարաչար վիրավորվում էր նրանց անձնասիրությունը, այնքան ավելի համառ էին դառնում նրանք, այնքան ավելի կամակորում էին իրանց մոլորությունների մեջ։ Եվ այդ շատ բնական էր։ Հանցավորը մտրակների հարվածների ներքո, փոխանակ զղջալու, արձակում էր կծու հայհոյանքներ, անեծք, և ավելի ոչինչ։

Կյանքի մեջ, իմ անձնական փորձերով, ես հասա այն համոզմունքին, որ ամենավայրենի գազանն անգամ ազնվանում է, ընտելանում է ավելի խաղաղ կյանքի այն ժամանակ միայն, երբ նրան սիրում ես, երբ նրան չես վիրավորում։

Իմ ընկերների մասին նույնպես վճռել էին աքսոր և զանահարություն։ Բայց նրանց պատիժը ավելի թեթև էր, քան թե իմը, երևի նրա համար, որ նրանք ամեն ինչ ուրացան, ճշմարտապես չխոստովանեցան իրանց մեղքերը, բայց ես չծածկեցի, բոլորը հայտնեցի։

Այդ նախատեսեց քավոր Պետրոսը, նա ավելի փորձված մարդ էր, քան թե ես։ Եվ զգուշացնում էր ինձ ուրանալ, ոչինչ չխոստովանել, որովհետև դրանով ավելի կհեշտացնենի դատավորների գործը, իմ մասին սաստիկ վճիռ տալու։ Այնպես էլ եղավ։ Բայց իմ խիղճը հանգիստ էր, որ գոնե իմ դատապարտության րոպեներում սուտ չխոսեցի։

Վերջապես հասավ սարսափելի ճգնաժամը:

Քաղաքի բազմությունը խումբերով դիմում էր դեպի պատժարանը: Նրանք շտապում էին հանդիսատես լինելու մի սոսկալի գործողության: Զարմանալի հետաքրքրություն ունի ամբոխը, նրան միօրինակ զվարճություն է պատճառում թե քաղցր երաժշտության ներդաշնակությունը և թե դատապարտյալի դառն հառաչանքները դահճի զանահարության ներքո:

Ամեն ինչ պատրաստ էր սոսկալի հանդեսը սկսելու համար:

Իմ ընկերները բավական քաջությամբ տարան իրանց փորձությունը, կարծես թե նրանց համար շատ սովորական լիներ այդ: Ես մինչև հիսուներորդ զարկը անցա առանց մի ձայն հանելու, առանց իմ դեմքն անգամ այլայլելու: Մի այսպիսի արհամարհական վարմունք իմ կողմից վիրավորեց դահիճների անձնասիրությունը, զրդռեց նրանց բարկությունը, և նրանք խստացրին հարվածների սաստկությունը: Նույն րոպեում նրանց անգութ երեսները կարծես ասում լինեին ինձ. «Մենք ծեծում ենք, որ ցավեցնենք քեզ, երբ դու ցավ չես զգում, դրանով վիրավորում ես մեր կատաղությունը»:

Բազմությունը վայրենի ոգևորությամբ նայում էր: Հանկարծ նրանց ուշադրությունը դարձավ մի այլ առարկայի վրա: Ամբոխի միջից լսելի էր լինում մի ցավալի հառաչանք: «Մարդիկ, ինչո՞ւ եք կանգնած... մի՞թե դուք Աստված չունեք... սպանո՛ւմ են... սպանո՛ւմ են... ազատեցե՛ք... աղաչո՛ւմ եմ... ազատեցե՛ք... Մուրադ, սիրելիս... ա՜խ, սպանում են... մարդիկ: դուք չե՞ք տեսնում... դուք չե՞ք լսում... սպանում են...ազատեցե՛ք... Ինչո՞ւ են սպանում... նա ավազակ չէ... նա բարի մարդ է... նա ինձ սիրում էր... նա իմ կյանքը ազատեց... Մարդիկ, ինչո՞ւ չեք լսում... Ա՜քս, Աստված, չեն լսո՛ւմ... ամենքը խլացել են...»

Այն սարսափելի րոպեում, երբ մինը մյուսի ետևից հաջորդաբար շառաչում էին մտրակների զարկերը, երբ արյան կաթիլները դուրս էին ցայտում իմ մերկ մարմնից՝ այդ մահվան տագնապի րոպեում իմ ականջներին հասնում էր դժբախտ աղջկա ձայնը... Այդ ողբալի ձայնը այնքան մխիթարական էր, որ ես այլևս չէի զգում հարվածների սաստկությունը: Ես երջանիկ էի, որ այս աշխարհում գոնե կար մեկը, որ սիրում էր դատապարտյալին, որ գիտեր, թե նա անմեղ է...

Բայց ամբոխը ծաղրեց նրան: Ամեն կողմից լսելի էր լինում, «Դա այն խելագար աղջիկն է»...

Թե ինչո՞վ վերջացավ իմ փորձությունը, թե ի՞՞նչ դրության մեջ ինձ հետ բերեցին պատժարանից, ես չեմ հիշում, միայն այսքանը գիտեմ, երբ առաջին անգամ աչքերս բաց արի, ինձ քաղաքի հիվանդանոցի մեջ գտա: Իմ մահճակալի մոտ կանգնած էր մի բավական մաքուր հագնված, ակնոցավոր երիտասարդ, որի խելացի դեմքի յուրաքանչյուր գծերից արտափայլում էր բարություն և ազնվություն: Նա ժամացույցը ձեռին բռնած, հաշվում էր իմ երակի զարկը:

— Այժմ հույս կա... ճգնաժամը անցած պետք է համարել, — Ասաց նա ինքն իրան մի առանձին բավականությամբ:

Երիտասարդը բժիշկ էր, նա մի քանի պատվերներ տվեց իր օգնականին և հեռացավ:

Մի քանի շաբաթից հետո բժիշկը գտավ ինձ ավելի առողջ: Մտրակների հարվածներից գիշատված մարմնիս վերքերը այնքան բարվոքվել էին, որ ես կարողանում էի առանց շատ ցավ զգալու մի կողմից մյուսի վրա շուռ գալ: Իսկ ջերմը դեռ չէր անցել: Իմ երևակայությունը թեև արթուն էր, բայց գտնվում էր դեռ գրգռված դրության մեջ:

Գեղեցի՛կ բան է ուղեղի այդ դրությունը: Կյանքի բոլոր լավ և վատ տպավորությունները, որոնք նրա ծալքերի վրա մնացել էին անջնջելի, բայց որոնք բոլորովին ջնջված, անհետացած էին համարվում, հանկարծ կենդանանում են, կերպարանագործվում են և երևան հանում վաղեմի մոռացված պատկերները...

Ես ինձ տեսնում էի իմ հայրենիքում, այն հասակում, երբ դեռ պատանի էի, մի անմեղ և բախտավոր պատանի, որի օրերն անցնում էին անհոգ դատարկությամբ: Բախտավոր էի նրա համար, որ դեռ միամիտ էի, դեռ չէի հասկանում աշխարհի չարն ու բարին: Մայրս խրատում էր ինձ, ցույց էր տալիս կյանքի ավելի ուղիղ ճանապարհը: Բարեսի՛րտ մայր, ես այս րոպեիս տեսնում եմ քո միշտ արտասուքով լի աչքերը, քո միշտ տխուր դեմքը, որ երբեք չէր ժպտում: Աղքատությունից սպանված, ամուսնուց զրկված, ընտանիքի տակ ճնշված այդ դժբախտ կինը դարձյալ չէր մոռանում իր զավակների օրինավոր դաստիարակությունը:

Հետո տեսնում էի ինձ վարպետիս դարբնոցում: Դատարկամոլ պատանին սովորում է աշխատանքի: Գործը հաջողություն է գտնում իմ ձեռքում: Աշխատանքը, երեսի քրտինքը օրըստօրե ավելի կազդուրում են իմ ջղերը, ավելի բորբոքում են իմ եռանդը: Սիրտս ուրախ է, խիղճս հանգիստ է, որովհետև ես կարողանում եմ իմ արդար վաստակով օգնել ոչ միայն ինձ, այլև այն անձինքներին, որոնք իմ օգնությանը կարոտ էին: Մայրս, քույրերս ապրում են իմ ձեռքի արդյունքով:

Այնտեղ, այն դարբնոցի մուխի և սև փոշու մեջ ծագում է ինձ երանության առավոտը... իր բոլոր վարդակարմիր գեղեցկությամբ երևան է գալիս սիրո արեգակը... նա սփռում է իմ հոգու մեջ լույս և ջերմություն... Մի նազելի օրիորդ հպեցնում է իմ սրտին իր կախարդական մատը, և իսկույն նրա մեջ բոցավառվում են սիրո սրբազան կայծերը... Այդ ժամանակ երջանի՛կ էի ես, երջանի՛կ էի, որովհետև գործում էի, աշխատում էի և սիրում էի...

Հանկարծ երջանկության արեգակը սկսում է խավարել... չար դևը բարեպաշտ մարդու կերպարանքով մոտենում է ինձ, խելքից հանում է, մոլորեցնում է... ես շինում եմ աղետալի բանալին... այդ բանալին բաց է անում փմ առջև կորստյան ճանապարհը... Վարպետիս դարբնոցում կատարվում է սարսափելի բարբարոսություն... ես փախստական եմ լինում...

Մի խումբ գլխից ձեռք վեր առած պատանիներ, թաքնված անտառի անհայտության մեջ, ընդունում են ինձ իրանց գաղտնի ընկերության մեջ: Այստեղ, մարդկային բնակությունից հեռու, ծառերի և թփերի ամայության մեջ, ես առաջին անգամ սկսում եմ ճանաչել և սիրել հրաշալի բնությունը: Առաջին անգամ հրապուրում է ինձ սոխակի քաղցրիկ ձայնը, առաջին անգամ ծաղիկները գրավում են ինձ իրանց անմեղ, ողջախոհական գեղեցկությամբ: Իմ մանկահասակ ընկերների ուրախ և մշտազվարթ հասարակությունը, նրանց անկեղծ բարեկամությունը, նրանց անձնվեր մտերմությունը առժամանակ հանգստացնում են սրտիս ցավերը, առժամանակ մոռանալ են տալիս ինձ այն սարսափելի դժբախտությունը, որին ենթարկված էի ես և իմ պատճառով շատերը... Սիրելի ընկերներ, որտե՞ղ եք այժմ դուք, երանի՜ թե բաժանված չլինեի ձեզանից, երանի թե միշտ ձեր հասարակության մեջ մնայի: Դուք այնքան բարի էիք և ազնիվ, ես ցավում եմ, որ կորցրի ձեզ, որ զրկվեցա ձեզանից...

Մորս վիճակը, վարպետիս թշվառությունը, ազգականներիս հալածանքը, որոնք բոլորը չարչարվում էին տեղային զանազան օրինազանցությունների պատճառով, բաժանեցին ինձ իմ մանկահասակ ընկերների հասարակությունից: Ես վերադարձա դեպի իմ հայրենական օջախը, օգնելու նրանց, որոնք իմ պատճառով հալածանքի էին ենթարկված...

Այդ ժամանակ կրկին դուրս է գալիս իմ առջև չար դևը բարեպաշտ մարդու կերպարանքով, առաջարկում է ինձ իր հովանավորության ձեռքը: Ես կրկին խաբվում եմ... կրկին մոլորության մեջ եմ ընկնում...

Նա համոզում է ինձ, թե հայրենիքի համար ես մի խորթ որդի էի դարձել, թե պետք է թողնել հայրենիքը և օտար երկրում բախտ որոնել: Նա խոստանում է և առաչնորդել ինձ...

Մայրս, տխուր հանգամանքներից ստիպված, հանձնում է ինձ իմ նենգավոր մենտորի ձեռքը: Ես թողնում եմ իմ հայրենի երկիրը՛ որը այնքան լավ և վատ հիշատակներով կապված էր իմ սրտի և հոգու հետ: Ձեռք եմ առնում պանդխտության գավազանը: Այդ տխուր, ցավալի զգացմունքներով լի անջատման րոպեում, որպես մխիթարիչ հրեշտակ, հայտնվում է իմ սիրո առարկան՝ Սառան: նա իր կուսական համբույրներով կնքում է մեր ուխտը, խոստանում է մինչև իմ վերադարձը սիրել և սպասել ինձ...

Աղքատությունը մղում է ինձ հեռու և հեռու, դեպի անծանոթ երկիրներ: Ինձ, բոլորովին անփորձ և միամիտ պատանիիս, առաջնորդում է մի հոյակապ մարդ, մի վիթխարի չարագործ, եփված և թրծված կյանքի քուրայի ամեն փորձությունների մեջ: Իմ բնական ձիրքերով հարուստ ընդունակությունը խիստ պտղաբեր հող է դառնում իմ առաջնորդի ձեռքում: Շուտով նրա ցանքը ընծայում է առատ և արդյունավոր հունձք, մի հունձք, ռոոգված բազմաթիվ զոհերի արյունով և արտասուքով... Բոլորովին անմեղ և բարեսիրտ պատանին, դառն հանգամանքների շնորհիվ, վերջապես դառնում է մի սարսափելի եղեռնագործ...

Եվ ես տեսնում էի ինձ, որպես մի քարաժայռ, դուրս կտրված ահագին լեռան բարձրությունից, գլորվում է, գլորվում դեպի ցած, դեպի անդունդը... Հանկարծ մթին անհայտությունից երևան են գալիս երկու ձեռքեր, աշխատում են կանգնեցնել գլորման արագ և ուժգին ընթացքը... բայց իզուր, ես արդեն հասած էի մինչև անդունդի հատակը...

Այդ հոր փրկարար ձեռքն էր, որ աշխատում էր ազատել ընկած որդուն... այն Նենեի կախարդական ձեռքն էր, որ աշխատում էր սովորեցնել նրան սիրել բարին ու գեղեցիկը...

Իմ կորստյան խորին անդունդի մեջ հայտնվում է մխիթարական ոգին՝ մի անարգված և հալածված ցեղի անմեղ դուստրը: Միրո հրեղեն կայծակը փայլատակում է իմ սրտի խավարի մեջ և, կարծես, երկնային կրակով զտվում, մաքրվում են իմ վատ կրքերը ամեն ախտերից: Ես սկսում եմ դարձյալ սիրել... սիրել այն ժամանակ, երբ իմ ոտներին կրում էի դատապարտյալի ծանր շղթաները, երբ իմ ճակատի վրա դրված էր աքսորականի սև կնիքը...

Ո՛վ սեր, ո՛վ դու երկնային զորություն, որ ծավալում ես թշվառականի հոգում կյանք և խաղաղություն, որ ամրացնում ես նրա կամքը և լցնում ես նրա սիրտը պայծառ հույսերով, և այնուհետև բանտի խավարը, երկաթի կապանքների ծանրությունը այլևս զգալի չէ լինում նրան...

Աշխարհից կտրված, որպես մի անպետք մարմին ձգված եմ այդ գերեզմանի մեջ: Ինձ չէ տաքացնում արևը յուր ջեր մությունով. ինձ համար փակված է արտաքին կյանքը: Բայց մի արարած, անմարմին ուրվականի պես, հետևում է ինձ... և այս րոպեիս նա կանգնած է իմ առջև իր գեղեցիկ, արտասվալի աչքերով... Ա՜խ, որքան մխիթարական է այդ արտասուքը... նա թափվում է մի թշվառականի համար, որին ամենքը ատում են...

«Նենե՛, նազելի Նենե՛, հեռացի՛ր ինձանից, մի՛ մոտենար ինձ... իմ շունչը կարող է թունավորել քեզ... մի մոտենար ինձ... ես չեմ կարող գրկել քեզ... իմ ձեռքերը արյունոտ են... Անմե՛ղ երեխա, ի՞նչն է ստիպում քեզ կապվել մի թ՛շվառականի հետ, որ արժանի չէ ոչ քո սերին և ոչ քո արտասուքին... Գնա՛, հեռացի՛ր, թո՛ղ տուր ինձ... մեր բոլոր կապերը կտրվեցան այն րոպեից, երբ կարդացին իմ դատապարտության վճիռը...

Գնա՛, ո՛վ դու բնության ազատ դուստր, բաց աշխարհում լայն է քո ասպարեզը... գնա , թափառի ր երկրե երկիր, գուշակի՛ր մարդիկների բախտը, ցույց տուր նրանց չարն ու բարին, նրանք գուցե հաց կտան քեզ»...

Մինչ ես այդ զառանցությո՛ւնների մեջ էի, մի ձեռք դիպավ ճակատիս: Աչքերս բաց արի, տեսա մահճակալիս մոտ կանգնած էր ակնոցավոր երիտասարդը: Ես ճանաչեցի, դա բժիշկն էր: Երևում էր, նա երկար լսում էր իմ բացականչությունները:

— Ի՞նչ եղավ նա, — հարցրի ես, դեռ ոչ բոլորովին սթափվելով իմ խռովու-թյունից:

— Ո՞վ, — հարցրեց երիտասարդը ժպտալով:

— Նա... այն աղջիկը... Նեննե... որ հիմա այստեղ էր...

— Հա՛, իմանում եմ, — պատասխանեց նա խորհրդավոր ձայնով, — նա գնաց, խոստացավ, որ շուտով կվերադառնա...

— Այո՛, նա կվերադառնա, նա ինձ չի թողնի...— կրկնեցի ես ուրախա-նալով:

Երիտասարդ բժիշկը, որ մինչև այժմ ոտքի վրա էր, նստեց իմ մահճակալի մոտ և կարեկցաբար նայում էր իմ վրա: Երբ նկատեց, որ ես փոքր-ինչ հանգըս-տացա, հարցրեց.

— Ո՞վ է այն աղջիկը:

Ես պատմեցի, թե նա որբ ցիգանուհի է, պատմեցի, թե ինչպես ընկած էր նա չարագործների ձեռքը, որոնք վճռել էին սպանել նրան, պատմեցի, թե ո՞րպես ինձ

հանդիպեց նա անտառում, ո՛րպես ազատեցի նրա կյանքը, և այնուհետև կապվեցավ ինձ հետ:

Երիտասարդ բժիշկը հետաքրքրությամբ, լսում էր: Ես նկատեց նրա դեմքի վրա և ցավակցության նշաններ: Մխիթարվեցա, տեսնելով, որ աշխարհում կան մարդիկ, որոնց մեջ չեն մեռած ազնիվ զգացմունքները, որոնք կարող են խղճալ անբախտության վրա:

Բժիշկը, այդ մարմնավոր խոստովանահայրը, միակ մարդն է, որ նայում է դատապարտյալի վրա որպես մարդու վրա: նա միակ մարդն է, որի հետ կարելի է անկեղծ կերպով խոսել: Այդ պատճառով ես պատմեցի նրան բոլորը, ինչ որ ծանրացած էր իմ սրտի վրա, ինչ որ տանջում էր ինձ: Պատմեցի այն երազը, որ մի քանի րոպե առաջ պատկերանում էր ինձ, և ներկայացնում էր իմ կյանքի ճիշտ նկարագիրը, իր բոլոր պայծառ և մռայլ գույներով։ Պատմեցի, թե ո՛րպես անգիտակցաբար, փոքր առ փոքր շեղվելով ուղիղ ճանապարհից, անմեղությունից վերջապես ընկա անբարոյականության մեջ։ նա գլուխը խո-նարհեցրած լսում էր։ Հետո իմ խոսքը կտրեց, ասելով,

— Այդ բոլորը ես գիտեմ...

— Որտեղի՞ց գիտեք:

— Նայեցեք իմ վրա, ծանո՞թ է ձեզ իմ դեմքը:

— Կարծես մի տեղ տեսած լինեմ ձեզ:

— Քննիչի մոտ։ Ես այն օրը ներկա էի, երբ դատարանում ձեզանից հարցուփորձ էին անում։ Դուք խոստովանեցաք ձեր Բոլոր հանցանքները։ Դուք նկարագրեցիք ձեր կյանքի պատմությունը սկսյալ ձեր մանկությունից մինչև ձեր կալանավորության րոպեն։ Այդ պատմությունը սաստիկ հետաքրքրեց ինձ, որովհետև նրա մեջ գտնում էի այն բոլոր պատճառները, որոնք ստիպում են մարդուն հակառակ իր կամքի հանցավոր լինել

Բժշկի կարեկցությունը ոչ միայն շատ մխիթարական էր ինձ համար, այլ նա առիթ տվեց իմ վստահությանը դեպի ազնիվ երիտասարդը, ես հարցրի,

— Ուղիղն ասացեք, պարոն բժշկապետ, իրա՞վ նա խոստացավ, որ շուտով կվերադառնա:

— Ո՞վ։ Հա՜... դուք, երևի, դարձյալ այն աղջկա մասին եք հարցնում, — մտաբերեց նա ընդհատված խոսակցությունը Նենեի մասին:

— Այո , այն աղջկա մասին:

— Դուք ձեր երազների մեջ եք տեսել նրան, նա այստեղ չէ եղել:

Ես հասկացա, որ գրգռված երևակայությունը խաբել էր ինձ։ Նայեցա շուրջս, կրկին նկարվեցան տխուր պատկերները իմ պատժական կյանքի, և բանտային հիվանդանոցի մռայլոտ կամերաները հիշեցրին ինձ իմ դրությունը...

— Ուրեմն ես բոլորովին զրկված եմ նրանից... էլ չե՞մ տեսնի նրան...

— Զրկված չեք լինի... հույս ունեցեք, որ մի ժամանակ կտեսնեք նրան, — պատասխանեց երիտասարդը խորհրդավոր ձայնով:

«Մի Ժամանակ»... արդյոք երկա՞ր պիտի տևեր այդ ժամանակը, մտածեցի ես:

— Մի անգամ նրան թույլ տվին մտնելու բանտը, ինձ մոտ, — ասեցի ես:

— Գիտեմ, այդ ես խնդրեցի բանտապետից, որ թույլ տան:

Նենեն ինձ ասել էր, որ մի ակնոցավոր երիտասարդ միջնորդեց նրա համար և թույլտվություն ստացավ բանտը մտնելու։ Ո՞վ կմտածեր, որ այդ բարեսիրտ երիտասարդը լիներ նա:

Նրա բարեսրտությունը մի այնպիսի համակրություն ազդեց իմ մեջ, մինչ ես վստահեցա ասել նրան,

— Ես գիտեմ, պարոն բժշկապետ, որ հավիտյան զրկված եմ նրանից: Բայց դուք այնքան բարի եք և ազնիվ, որ կգթաք մի որբ, անտեր, անօգնական աղջկա վրա, որը այս աշխարհում ոչ մի խնամատար չունի: Ամեն տեղ հալածում են նքան, ամեն մարդ խելագար է համայում նրան, և ոչ ոք չէ խղճում անբախտին... þ

— Նա խելագար չէ, — ընդմիջեց բժիշկը:

— Աղաչում եմ, խղճացեք նրա վրա, ընդունեցեք ձեր պաշտպանության ներքո, նա շատ լավ աղջիկ է:

— Ես առանց ձեր խնդրելու նս այդ պիտի անեմ, — պատասխանեց երի-տասարդը և վեր կացավ:

Ես պատրաստվում էի բռնել նրա ձեռքը, հայտնել իմ անչափ, անսահման շնորհակալությունը, բայց նա ուշադրություն չդարձրեց և շտապելով հեռացավ:

Թ

ԱՔՍՈՐ

Անցան մի քանի ամիսներ: Մենք բոլորովին առողջ էինք, առողջ այ՛ն չափով, որ կարող էինք դիմանալ ճանապարհի ծանրությանը և ուղևորվել դեպի հեռավոր հյուսիս:

Առավոտ էր: Մի խումբ դատապարտյալների հետ, շրջապատված զինվորներով, մեզ դուրս էին տանում քաղաքից:

Այդ տխուր տեսարանը շատ նման էր դագաղների հուղարկավորությանը դեպի գերեզմանների լռությունը: Ծնողների, քույրերի, եղբայրների լացը, նրանց հառաչանքը միախառնվում էր իրանց կորցրած բարեկամների շղթաներ՛ի հնչյունների հետ:

Այո՛, տխո՛ւր տեսարան էր և ավելի տխուր, քան թե մահը: Այդ դեպքում մարդը կենդանի է մեռնում և դեռ կենդանի կտրվում են նրա հարաբերությունները աշխարհի և բարեկամների հետ: Բայց նրա զգացմուն-քները դեռ մեռած չեն. նրա վրա ազդում են շրջապատող երևույթները: Իսկ դագաղի մեջ դրած մարմինը ավելի բախտավոր է, նա չէ զգում, չէ հասկանում, թե ինչ է կորցնում: Մի փոս և սառ հողը պարգևում են նրան հավիտենական խաղաղություն:

Աքսո՛ր, ի՛նչ սոսկալի միտք է բովանդակում իր մեջ այդ բառը: Հազարավոր մղոններ չափել շղթայակապ ոտներով, պատերազմել դառնաշունչ մրրիկների դեմ, որոնք հսկա եղևնիները խլում են արմատից, պատերազմել ցրտի հետ, որի սաստկությունից ահագին ժայռերը ճաքճքում են, պատառ-պատառ են լինում, մաշվել, ուժաթափ լինել հանքերում տաժանական աշխատություններով այդ բոլորը այնպիսի տանջանքներ են, որոնց մարդը, միայն դատապարտված մարդը կարող է դիմանալ:

Բայց մի բան, որին չէ դիմանում նա, որի առջև փշրվում են նրա բոլոր զորությունները, դա է սիրած աղջկա արտասուքը...

Ահա դարձյալ հայտնվեցավ նա... Մազերը խառնված, լի կատաղի վրդովմունքով, որպես մի խելագար հրեշտակ հայտնվեցավ նա, Ա՛խ, ո՛րքան սարսափելի է նրա զայրացած դեմքը...

Նա աշխատում է մոտենալ ինձ... զինվորները հեռացնում են... նա դար-ձյալ առաջ է նետվում... նա չէ վախենում սվիններից... Ահա բռնեցին նրան... նա կրկին դուրս պրծավ նրանց ձեռքից... վազում է դեպի ինձ... արգելում էն... Ահա նա խլեց զինվորներից մեկի հրացանը... մուխը բարձրացավ... հրացանը գոռաց... Բայց զարկեցին նրան... նա ընկավ... էլ չէ վեր կենում...

«Դա այն ցնորված աղջիկն է», լսելի եղավ ամեն կողմից:

Իմ աչքերի առջև մթնեց, ես այլևս ոչինչ տեսնել չկարողացա, միայն զգում էի հրացանների կոթերի հարվածը, որով քշում էին ինձ դեպի իմ դատա-պարտության օթևանը:

Ժ

ՆՐԱՆ ԳՐԵՑԻՆ ՄԵՌԱԾՆԵՐԻ ԹՎՈՒՄ

Աքսորականների խումբը, որոնց հետ ես ուղևորվեցա, բաղկացած էր տասներեք հոգուց, նրանց մեջ էին և իմ ընկերները:

Մինչև առաջին իջևանը հասնեք ես մինչ այն աստիճան խռովության մեջ էի, որ ամեննին չնկատեցի, թե մեր ընկերներից մեկը պակաս էր, այն ևս մեր գլխավորը՝ քավոր Պետրոսը:

Մենք հասանք իջևանը, երբ դեռ նոր էր մտնում արևը: Այդ մի արքունի շինվածք էր փոստային կայարանի մոտ, մարդկային բնակությունից հեռու, առանձնացած անապատի մեջ:

Այնտեղից դուրս եկավ մի ստոր աստիճանավոր և ընդունեց մեզ: Մենք այժմ մարդ լինելուց դարձել էինք իրեր նշանակված նոմերներով: Նայեցին մեր նոմերներին, ստուգեցին թվերը և ապա ածեցին մի նեղ նկուղի մեջ:

Գիշերը մեզ բաժանեցին մի-մի կտոր սև հաց և խմելու ջուր տվեցին: Ընկերներս սկսեցին ընթրիք անել, բայց ես ոչինչ ուտել չկարողացա: Դա այն տխուր և ծանր գիշերներից մեկն էր, երբ ամեն հույս կորած էր, երբ ամեն ինչ վերջացած էր, և մեզ, ամեն մեկիս, հայտնի էր իր թշվառ վիճակը:

Շուտով դատապարտյալներից ոմանք սկսեցին նիրհել, ոմանք տարածվեցան մերկ հատակի վրա, փորձում էին քնել, ոմանք դեռ նստած, խորին ինքնամոռացության մեջ մտածում էին: Նկուղի մեջ տիրում էր գերեզմանական լռություն: Միայն յուղային ճրագը ճրթճրթալով մի առանձին չարագուշակ ձայն էր արձակում և իր շուրջը տարածում էր աղոտ լուսավորություն: Մենյա՛կի օդը, տոգորված բորբոսային խոնավությամբ, անկարելի էր շնչել: Ճրագն անգամ դժվարանում էր վառվել նրա մեջ: Դրսում անցուդարձ էր անում պահապան զինվորը, և մենք լսում էինք նրա քայլերի ձայնը:

Իմ ընկերները այժմ հաշտվել էին ինձ հետ: Նրանց կասկածը թե՛ իմ և թե՛ Նենեի վերաբերությամբ բոլորովին փարատված էր: Որովհետև քննությունների ժամանակ գործերից երևաց, որ ոչ ես և ոչ Նենեն չէինք մատնել նրանց, որպես կարծում էին, այլ մատնել էր մի հրեա, որ նրանց փորագրիչն էր: Հրեան նույնպես դատապարտության ենթարկվեցավ:

Բայց ինձ գրավել էր այն միտքը, թե որտե՞ղ մնաց քավոր Պետրոսը, ո՞ւր կորավ այդ սատանան: Այդ միջոցին մոտեցավ ինձ ընկերներիցս մեկը, որը հասակակից էր ինձ հետ: Այդ երիտասարդը հայտնի էր մեր մեջ իր դուրեկան և ուրախ բնավորությամբ: Նա նստեց ինձ մոտ:

— Ո՞ւր մնաց քավոր Պետրոսը, — Հարցրեցի նրանից:

— Նրան գրեցին մեռածների թվում, — պատասխանեց նա:

— Ինչպե՞ս:

— Այնպես:

— Ես ոչինչ չեմ հասկանում:

Երիտասարդը սկսեց ծիծաղել իմ միամտության վրա: — Գանահա-բությունից հետո, — պատմեց նա, — քավոր Պետրոսը, ինչպես մեզանից ամեն մեկը, բանտի հիվանդանոցը տարվեցավ: Այստեղ նա դիտմամբ սկսեց երկարաձգել իր հիվանդությունը, մինչև առիթ ունեցավ ծանոթանալու բանտապահի հետ: Շուտով կարողացավ նա շոշափել այդ մարդու թույլ կողմերը և մանավանդ մի դեպք հեշտացրեց նրան օգուտ քաղել նրա թույլ կողմերից: Բանտապահը ծախսել էր արքունի փողեր և այդ պատճառով ոչ միայն դատի պիտի ենթարկվեր, այլ կկորցներ և իր պաշտոնը, եթե մի տեղից փողի պակասը չլրացնի: Քավոր Պետրոսը հասկանում է նրա անել դրությունը և մի օր ասում է նրան* «Պարոն բանտապահ, ես ցանկանում եմ մի փոքրիկ ծառայություն անել ձեզ»: «Ի՞նչ ծառայություն», հարցնում է բանտապահը: «Դուք, կարծեմ, փողի դժվարության մեջ եք, ես կարող եմ օգնել ձեզ»:

Այս տեսակ սրախոսություններ կալանավորների և բանտապահի մեջ այնքան սովորական ե՛ն, որ վերջինս ոչ միայն չի վիրավորվում, այլ շատ հետաքրքրվում է, թե քավոր Պետրոսը ո՞րքանով կարող է օգնել իրեն: «Ո՞րքան է ձեզ հարկավոր», հարցնում է քավոր Պետրոսը: «Երկու հազար ռուբլի», պատասխանում է բանտապահը: Քավոր Պետրոսը խոստանում է վճարել նրան այդ գումարը:

— Ինչո՞վ կարող եմ երախտահատույց լինել ձեր այդ օգնության համար, — Հարցնում է բանտապահը:

— Ինձ ազատելով բանտից, — պատասխանում է քավոր Պետրոսը:

— Ձեզ համար վճռված է ցմահ աքսոր:

— Այդ ես գիտեմ:

— Ձեզ կպահանջեն ինձանից:

— Այդ էլ գիտեմ:

— Ի՞նչ կարող եմ պատասխանել:

— Ձեր պատասխանը ես մտածել եմ, մի շատ հասարակ բան է:

— Ո՞րպես:

— Ինձ կգրեք մեռածների ցուցակի մեջ, կասեք՝ հիվանդանոցում մեռավ, տարան թաղեցին:

— Դրա համար զանազան պաշտոնական ձևեր են պահանջվում:

— Մատյանների մեջ հեշտ է շինել այդ ձևերը: Մի՞թե սակավ մարդիկ անհետանում են հիվանդանոցներում և նրանց մասին բնավ հարցուփորձ չէ լինում: «Մեռա՛վ»... և դրանով վերջանում է ամեն բան:

— Այսուամենայնիվ, մի դիակ պետք է դնել ձեր տեղը:

— Հիվանդանոցի մառանի մեջ անտեր դիակներ խո շատ կան, ընտրեք նրանցից մեկը:

Երիտասարդի պատմությունը խիստ հետաքրքրական էր ինձ համար: Իրավ, շատերը կորչում էին այդ հիմնարկության մեջ: Մեռածների դիակները չէին արժանանում մինչև անգամ թաղման, նրանց կտրտում էին, այլանդակում էին և ձգում էին մեծ գետի մեջ, որ հոսում էր հիվանդանոցի մոտով: Բանտը և հիվանդանոցը միևնույն շինվածքի մեջ էին:

Դատաստանական վերանորոգություններից առաջ սարսափելի զեղծում-ներ էին կատարվում բանտերում, և շատ զարմանալի չէր, որ քավոր Պետրոսի նման մի մարդ կարողացել էր այդ խորամանկությամբ դուրս պրծնել բանտից: Իմ երիտասարդ ընկերը պատմեց ինձ մի ուրիշ դեպք, որ ոչ սակավ հետաքրքրական էր:

— Տեսնո՞ւմ ես այդ մարդուն, — Ասաց նա, — Որ կծկված, կոլորված նիրհում է այն անկյունում, այդ ողորմելին նույնպես զեղծումների մի անմեղ զոհ է:

Ես նայեցի դեպի այն կողմը, տեսա մի նիհար մարդ, գունաթափ դեմքով, խորին թմրության մեջ նստած էր անկյունում: Գիշերվա տխրությունը փարատելու համար ես մեծ հոժարությամբ սկսեցի լսել երիտասարդի տեղեկությունները այդ թշվառ աքսորականի մասին: Նա գիտեր բավական ճշտությամբ նկարել մարդկանց պատկերը:

— Այդ ողորմելի արարածը, — Ասաց նա, — Որին կոչում են Սիդոր Սիդո-րիչ, որի հետ ես խիստ մոտ ծանոթացա, այն տեսակներից է, որոնք ոչ միայն զրկված են մարդկային ընդունակություններից, այլ կյանքի տխուր պայմանները խլել են նրանից և այն սակավ ընդունակությունները, որ ստացել են բնությունից: Դա մի ատենական տեղի ստոր ծառայող է եղել, գրագրի պաշտոն է կատարել: Հարատև կյանքը գրասեղանի մոտ բոլորովին բթամտացրել է դրան, իսկ արաղի անչափ գործածությունը լրացրել է պակասը: Նրան արտաքսել են ծառայությունից, և չձանձրանալու համար սկսել է ավելի անձնատուր լինել արաղին: Բայց Սիդոր Սիդորիչը խիստ խաղաղ և հանգիստ արբեցող է եղել: Գինետնից դուրս գալուց հետո փողոցներում շրջելու և մարդկանց անհանգըստացնելու սովորություն չէ ունեցել Սիդոր Սիդորիչը: Նա ուղիղ կդիմեր դեպի իր տունը և ամբողջ օրը կներկայացներ մեկը այն անշարժ կարասիներից, որ վառարանի մոտ անպակաս են լինում: Նա կնստեր այնտեղ, կամ կնիրհեր, կամ կհորանջեր, մոռանալով իրան մի առանձին անհոգ, անզբաղ ապշության մեջ: Կինը նրան հանդիմանում է, հայհոյում է, բայց Սիդոր Սիդորիչը ոչինչ չէ պատասխանում: Միայն հիմար կերպով ժպտում է, գլուխը քաշ է գցում և խուլ կերպով մրթմրթում է մի քանի անորոշ խոսքեր: Կինը այն ժամանակ միայն կարող էր նրան դուրս գցել, երբ պետք էր սենյակը մաքրել և փոքր-ինչ կարգի բերել: Այդ միջոցին Սիդոր Սիդորիչը կնստեր դռան մոտ, արևի ճառագայթներով կտաքանար: Իսկ երբ սենյակը մաքրեցին, նա դարձյալ վառարանի մոտ էր:

Բայց լինում էին րոպեներ, երբ Սիդոր Սիդորիչը դառնում էր և ժիր, և աշխույժ: Դա այն ժամանակ էր լինում, երբ նրա կինը ընդունում էր մի հարգելի հյուր: Հարգելի հյուրը նրա նախկին մեծավորն էր: Երբ այդ մարդը հայտնվում էր, այն օրը Սիդոր Սիդորիչի համար տոն էր: Նա խիստ եռանդով հեռանում էր իր նվիրական անկյունից, երբ նրան փող էին տալիս, ուղարկում էին փողոց, որ ուտելիքներ ու խմելիքներ գնե: Ո՜րքան ուրախ էր լինում նա: Դեռ ճանապարհին, դեռ ըմպելիքները տուն չհասցրած, Սիդոր Սիդորիչը իր կոկորդը ըստ կարգին փափկացնում էր: Սեղանը պատրաստվեցավ: Տիկինը հարգելի հյուրի հետ ուտում են, խմում են, զվարճանում են: Սիդոր Սիդորիչը խիստ եռանդով պտտվում է սեղանի շուրջը, աշխատում է ամեն տեսակ սպասավորություն ցույց տալ: Նա մեծ բավականությամբ խմում է հարգելի հյուրի կենացը, երբ բաժակը նրա ձեռքն է հասնում: Կերուխումը տևում է երկար: Բայց

Սիդոր Սիդորիչը մինչև ընթրիքի վերջը սպասելու համբերություն չունի: Նա օրորվում է, գլուխը լավ դրության մեջ չէ, կինը նրա ձեռքից բռնելով նստեցնում է հնոցի մոտ, այնտեղ սկսում է մրափել: Տիկինը շարունակում է հարգելի հյուրի հետ ժամանակ անցկացնել:

Սիդոր Սիդորիչը թեև ապրում էր կնոջ ողորմածությունով, նրա կոշիկների տակ և մոռացած իր բոլոր արժանավորությունները, բայց մի բանով միշտ պարծենում էր նա, որ ինքը այր էր, իսկ նա՝ կին: Այդ ինքնաճանաչությունը ավելի հայտնվում էր նրա մեջ այն ժամանակ, երբ կինը շարժում էր նրա բարկությունը: Եվ այդ պատահում էր խիստ հաճախ, երբ Սիդոր Սիդորիչը տանից մի բան էր գողանում և տանում էր գինետունը: Կինը սկսում էր նախատել, հայհոյել նրան: Իսկ Սիդոր Սիդորիչը հիշելով, որ ինքը այր է, խլում էր պատահած առարկան և զարկում էր կնոջ գլխին: Երբեմն դրաման վերջանում էր արյունով: Այսպիսի դեպքերից մեկն էր, որ առիթ տվեց Սիդոր Սիդորիչին բանտի մեջ ընկնել: Կինը ուրախ էր, որ ազատվեցավ իր անախորժ բեռնից, իսկ Սիդոր Սիդորիչը շատ չտխրեց, որ նրան մի այլ տան մեջ փոխադրեցին:

Այստեղ նա բոլորովին մոռացվեցավ թե՛ ինքը իր համար և թե՛ իր ընտանիքի համար: Նա մոռացել էր մինչև անգամ, թե ո՛րքան ժամանակով բանտարկել էին իրան: Հիմա նրան աքսոր են ուղարկում, դարձյալ չգիտե, թե ինչո՛ւ համար են ուղարկում, և զարմանալին այն է, որ հետաքրքրություն նս չունի գիտենալու, հրամայում են, նա խոնարհվում է: Խոնարհվելու ընդունակությունը սաստիկ զարգացած է նրա մեջ: Նա երբեմն համդուգն է միայն դեպի իր կինը, բայց հլու է դեպի ամեն մի օտար մարդ:

Իմ երիտասարդ ընկերոջ նկարագրությունը Միդոր Միդորիչի մասին այն աստիճան գրավեց իմ ցավակցությունը դեպի այդ թշվառը, որ ես հարցրի նրա-նից.

— Ուրեմն դու որևիցե զեղծո՞ւմ ես գտնում այդ մարդու դատապար-տության գործում:

— Այո՛, նույնպիսի մի զեղծում և նույն ձեռքով կատարված, որ քավոր Պետրոսի անունը արձանագրեց մեռածների ցուցակի մեջ: Միդոր Միդորիչը աքսորվում է մի ուրիշ հանցավորի փոխարեն, որին վաղուց բաց են թողել:

— Իսկ եթե մի օր նրա կինը կմտածե որոնե՞լ իր ամուսնուն:

— Այն ժամանակ նրան էլ կգրեն բանտում մեռածների ցուցակում:

Դատաստանական վերանորոգություններից առաջ այս տեսակ զեղծում-ներ շատ էին պատահում, և ես զարմանում էի, թե ինչո՞ւ քավոր Պետրոսը մտածեց միայն իր ազատության մասին, իսկ իր ընկերների մասին հոգս չտարավ:

— Նա իրան ազատեց, որ ավելի դյուրություններ ունենա մեր մասին հոգ տանելու, — պատասխանեց երիտասարդը: — Նա կգա մեր ետևից և մինչև մեզ չազատե, չի հանգստանա:

Երիտասարդը չծածկեց ինձանից, հայտնեց այն ամբողջ ծրագիրը, որ խաչագողները կազմել էին իրանց մեջ, թե ի՛նչ միջոցներով պետք է փախչեն կես ճանապարհից, ապա հարցրեց.

— Կմիանա՞ս մեզ հետ:

— Ո՛չ, — պատասխանեցի ես:

Նա սկսեց զարմացած նայել իմ երեսին:

— Ուրեմն դու քեզ կորցնե՞լ ես ուզում:

— Ավելի լավ է մաշվել հանքերում, քան թե կրկին միանալ ձեզ հետ:

—Շատ կփոշմանես...— Ասաց նա և վշտացած հեռացավ ինձանից:

Մենք բոլոր ժամանակ խոսում էինք հայերեն, այն ևս խաչագողի բարբա-ռով, և կասկած չունեինք, որ կհասկանան մեզ:

Գիշերից բավական անցել էր, հոգնած դատապարտյալները բոլորը խորին քնի մեջ էին: Բայց քունը, տխուր սրտի միակ մխիթարությունը, ինձ մոտ չէր գալիս: Դարձյալ ինձ երևում էր Նենեն, ինձանից չէր հեռանում անբախտ աղջկա սգավոր պատկերը...

ԺԱ

ՓԱԽՈՒՍՏ

Միբի՛ր...

Սարսափելի ճանապարհորդություն է հարյուրավոր մղոններ անցնել շղթայակապ ոտներով: Որքան հեռանում ես դեպի հյուսիս, ազգաբնա-կությունները հետզհետե նոսրանում են: Նոսրանո՛ւմ են և այնուհետև դատարկ և ձյունապատ անապատներին վերջ ու սահման չկա: Խիստ հազիվ են պատահում փոքրիկ քաղաքներ, որոնք ավելի նման են մեծ գյուղերի: Նրանց բնակիչները այն աստիճան սովորած են հաճախ աքսորականների խումբեր տեսնել, որ հենց լսում են շղթաների հնչյուններ, տներից դո՛ւրս են թափվում, սառնասրտությամբ նայում են նրանց վրա և ցույց են տալիս իրանց երեխաներին: Ոմանք տալիս են թշվառներին մի կտոր հաց կամ մի քանի գրոշներ:

Միշտ տխուր և միատեսակ է շրջապատը: Նույն անվերջ անապատները ամեն օր տարածվում են քո առջև, նույն մառախլապատ հորիզոնը ամեն տեղ միախառնվում է սպիտակ սավանով պատած տափարակների հետ, նույն ցուրտ, խոնավ և մթին իջևանները սպասում են քեզ ճանապարհների վրա, և շատ տեղ հանդիպում ես պաշտոնակատարների կոպիտ, անխիղճ վարմունքին: Ամեն տեղ, կայարաններում նույնպես համբարքով ստանում են և ճանապարհ են դնում թշվառականների խումբը: Գնում ես, գնում ես... անցնում են օրեր, շաբաթներ, ամիսներ... օրըստօրե ուժաթափ ես լինում: Նվազում ես, թուլանում ես, բայց չգիտես, թե ե՞րբ պետք է տեղ հասնես...

Երբեմն երևում են քեզ մարդիկների երեսներ, սառն և անմիտ, որպես ինքը եղանակը: Ոտքից գլուխ հագնված մորթերի և մուշտակների մեջ, այդ գռեհիկ-ները հազիվ որոշվում են թավամազ արջերից, որոնք շատ անգամ ծույլ և դանդաղ կերպով անցնում են դատապարտյալների խումբի մոտով և, մի առանձին հեգնական հայացք ձգելով նրանց վրա, կարծես, ուզում են ասել. «Մենք ավելի բախտավոր ենք, քան թե դուք»:

Ցո՛ւրտ է: Ամեն արարած այստեղ մրսում է, սառչում է, քարանում է: Երկիրը զուրկ է լույսից և ջերմությունից: Կարծես արևն էլ այստեղ մրսում է, կարծես նա էլ մուշտակ ունի հագած: Նրա գունաթափ դեմքը շատ չէ որոշվում նույն գռեհիկների, նույն արջերի երեսներից: Նրա ճառագայթները կորցնում են իրանց զորությունը ընդհանուր սառնության մեջ:

Մեռած բնությունը բոլորովին ուրիշ կերպարանք է ստանում, երբ հանդի-պում ես անտառների: Այստեղ երևում է կյանք, բուսական թշվառ կյանք: Տարվա այն եղանակում, երբ մեզ մոտ ծառերը բեռնավորված են զանազան տեսակ անուշ պտուղներով, երբ խաղողը մեղրի համ է ստանում մեր այգիներում՝ այստեղ սառը քամին փչում է, ծառերի ճյուղերը սարսափելով տատանվում են, ցած են խոնարհվում, դալկացած տերևները խշխշալով թափվում են, և նրանց տխուր հառաչանքներից դու որոշում ես այս խոսքերը. «Տե՛ս, մենք էլ աքսորված ենք այդ երկրում: Եվ իրավ, բնության խստությունը մինչև այն աստիճան ճնշել է այդ ողորմելի արարածներին, որ նրանք ազատ կերպով աճել և զարգանալ կարող չեն: Որքան առաջ ես գնում, ծառերի աճելության ուժը պակասում է, պակասում է, և նրանք հետզհետե փոքրանալով, բոլորովին մանրանում են, մինչև թզուկ թուփերի կերպարանք են ստանում:

Ամեն ինչ այստեղ մոտ է երկրին, ամեն ինչ թեքված, խոնարհված է դեպի ցած: Լեռները և բլուրներն անգամ չեն համարձակվում իրանց գագաթները շատ վեր բարձրացնել, կարծես նրանց վրա ևս մի բան ճնշում է: Եվ երկրի ընդարձակ տարածությունը ստանում է տափակ, հարթ-հավասար կերպարանք, ձևացնում է մի անսահման անապատ:

Չնայելով եղանակների խստությանը, չնայելով մեր ուղևորության սպանիչ ազդեցությանը, իմ ընկերները դարձյալ չէին կորցնում իրանց զվարթությունը: Նրանք իրանց սովորության համեմատ հանաքներ էին անում, ծիծաղում էին և շատ տեղ իջևաններում անձնատուր էին լինում արբեցության:

Այդ երկրում լույսի և ջերմության պակասությունից մարդը միշտ ցուրտ է զգում և ցո՛ւրտ: Պետք է մի բանով տաքացնել սառած մարմինը, և արաղը հանդիսանում է որպես փրկարար դարման: Նա թմրեցնում է ուղեղը, բթացնում է զգայարանքները, և դու բնության խստությունը այլևս չես զգում: Եվ այդ է պատճառը, որ ոչ մի հիմնարկության այնքան չես հանդիպում, որքան գինետների: Նրանց թիվը հազարապատիկ ավելի է եկեղեցիների, դպրոցների և այլ կրթական հիմնարկությունների թվից: Համարյա բոլոր իջևաններում կարելի էր գտնել արաղ:

Թեև արբեցությունը սաստիկ արգելված էր կալանավորներին, բայց պահապանները այնքան բարի են գտնվում, որ չեն արգելում նրանց այդ միակ մխիթարությունից, մանավանդ երբ նրանց էլ հրավիրում են խմել իրանց հետ:

Իսկ այդ զվարճությունները այն աքսորականների համար են միայն, որոնք ունեն իրանց հետ փոքրիշատե արծաթ: Երևում էր, որ իմ ընկեր խաչա-գողները զուրկ չէին արծաթից. ամեն տեղ գնում էին ծխախոտ, սպիտակ հաց, ուտելիքներ և արաղ: Այդ բարիքներից նրանք մասն էին հանում մյուս աղքատ դատապարտյալներին, և այդ պատճառով խումբի մեջ խաչագողները վայելում էին մի առանձին հարգանք:

Բայց ինձ խիստ անհաճո էր թվում նրանց՝ մինչև հանդգնության հասցրած անհոգությունը: Ես զայրանում էի, երբ նկատում էի, որ նրանք առ ոչինչ էին համարում իրանց դրության բոլոր զարհուրանքը: Մարդիկ, որ կորցնում էին հայրենիք և ընտանիք, մարդիկ, որ իրանց տների մեջ անբախտ կին և անտեր զավակներ ունեին, մարդիկ, որ հավիտյան զրկվում էին այն բոլորից, որ միշտ սիրելի էր եղել իրանց, այդպիսի թշվառ մարդիկ դեռևս սիրտ ունեին զվարճա-նալու, դեռևս նրանց երեսը ծիծաղում էր:

Մենք գիշերները ավելի ազատ էինք լինում միմյանց հետ խոսելու և խորհրդակցելու, երբ անասունների նման ածում էին մեզ մի սենյակի մեջ և դռները կողպում էին: Բայց իմ ընկեր խաչագողները վաղուց արդեն սկսել էին ինձ հետ բավական սառն կերպով վարվել, երևում էր, որ վստահություն չունեին դեպի ինձ և ամենայն ծածկամտությամբ աշխատում էին թաքցնել ինձանից մի գաղտնիք: Ես էլ իմ կողմից ամենևին հետաքրքիր չէի լինում խորամուխ լինել նրանց խորհուրդների մեջ:

Այդ սառնությունը սկսվեցավ մեր մեջ այն օրից, երբ իմ երիտասարդ ընկերներից մեկը հայտնեց ինձ քավոր Պետրոսի ամբողջ ծրագիրը, թե ո՛րպիսի հնարներ էր նախապատրաստել նա, որ կես ճանապարհից փախցներ իր աքսորական ընկերներին: Ես այն ժամանակ մերժեցի երիտասարդի առաջար-կությունը, վճռական կերպով պատասխանելով, թե ամենևին չի պիտի մասնակցեմ նրանց ձեռնարկության մեջ, և ավելացրի, թե լավ է ինձ հանքերում մաշվել և համբերությամբ սպասել իմ ճակատագրի վախճանին, քան թե ազատություն գտնել քավոր Պետրոսի ձեռքով:

Այն օրից անցել էին երկու ամբողջ ամիսներ: Մի գիշեր նույն երիտա-սարդը մոտեցավ ինձ:

— Մուրադ, — ասաց նա, — դու դարձյա՞լ միտքդ չես փոխել:

— Ի՞նչ բանի համար, — Հարցրի ես:

— Հիշո՞ւմ ես մեր մեջ մի քանի ամիս առաջ տեղի ունեցած խոսակ-ցությունը:

— Հիշում եմ:

— էգուց երեկոյան պահուն պիտի կատարվի գործողությունը...

— Ինչ որ ուզում եք՝ կատարեցեք: Ես չեմ փոխել իմ միտքը, ես ամենևին չեմ մասնակցելու ձեր ձեռնարկությանը...

Նա բռնեց իմ աջը և աղաչավոր դեմքով աչքերը դարձրեց դեպի իմ երեսը:

— Լսի՛ր, Մուրադ, համառության ժամանակ չէ, քո

կամակորությունը կկործնե քեզ: Մտածիր, որ դու դեռ երիտասարդ ես, քո առջև դեռ ընդարձակ ասպարեզ կա գործելու և բախտավոր լինելու: Քավոր Պետրոսը իր որդու նման սիրել է քեզ, այժմ նույնպես սիրում է: Նա քեզանից ձեռք չի վեր առնի, նա կգա քո ետևից, ուր որ տանում են քեզ, և մինչև չազատե քեզ, չի հանգստանա: Եթե չես հավատում, քեզ ցույց կտամ նրա նամակը:

Նա տվեց ինձ մի թղթի կտոր, որի վրա գրված էին մի քանի տողեր միայն, ստորագրությունը և ձեռագիրը քավոր Պետրոսինն էր: Ահա նրա բովանդակու-թյունը. «Սիրելի Մուրադ, հնազանդվի՛ր, ինչ որ քո ընկերները կառաջարկեն քեզ, մոտ է փրկության ժամը»...

Թե ինչպե՞ս էր հասել այդ թուղթը նրա ձեռքը, ես չգիտեմ, բայց ես զըզ-վանքով հետ տվի, ասելով.

— Եթե հազար այս տեսակ նամակ գրելու լինի նա, ես դարձյալ իմ միտքը չեմ փոխի: Ես վճռել եմ, վաղուց վճռել եմ բնավ հարաբերություններ չունենալ խաչագողների հետ: Ես նրանց մատնությամբ Սիբիր եմ գնում, բայց չէի ցան-կանա նրանց ձեռքով ազատված լինել:

— Այդ ես հասկանում եմ, — պատասխանեց երիտասարդը, — և մասամբ իրավունք եմ տալիս քո իժգոհությանը: Բայց ոչինչ չէ արգելում քեզ այդ դրությունից ազատվելուց հետո կտրել քո հարաբերությունները խաչագողների հետ:

— Բանը նրանումն է, որ նրանց ձեռքով ազատվելը ինձ համար անար-գանք եմ համարում:

— Այդ խոսքը շատ վիրավորական է, Մուրադ, — Ասաց երիտասարդը փոքր-ինչ վրդովված ձայնով, — Բայց ես ուշադրություն չեմ դարձնի և կհիշեցնեմ քեզ մի ուրիշ բան, որը, որպես երևում է, մոռացել ես դու: Դու հիշո՞ւմ ես այն անբախտ աղջկան, որը սիրում էր քեզ, որին սիրում էիր և դու: Արդյոք չե՞ս մտածում վերադառնալ նրա մոտ, գտնել նրան, ուրախացնել նրան: Գիտե՞ս ինչ դրության մեջ թողեցիր նրան:

— Գիտեմ... Բայց ինձ հայտնի չէ, արդյոք ո՞ղջ է նա, թե՞...

Վերջին խոսքը ես չկարողացա արտասանել, դա դանակի պես կտրատում էր իմ սիրտը: Երիտասարդը հանգստացրեց ինձ, ասելով.

— Ողջ է: նրա վերքը մահացու չէր: Մենք այդ մասին ճիշտ տեղեկություն ունենք:

Ընթերցողը հիշում է, որ ինձ դեպի աքսոր ճանապարհ դնելու առավոտը հանկարծ հայտնվեցավ Նենեն և իր բարկության խռովության մեջ խլեց զինվորներից մեկի ձեռքից հրացանը և արձակեց: Թեև ոչ ոքին չվնասեց նա, բայց նրա վարմունքը այն աստիճան հակառակ էր օրենքի, որ մի զինվոր հրացանի սվինով վիրավորեց նրան, և նա ընկավ: «Խելագար աղջկա» համարումը և հոգեկան հիվանդության ապացույցները միայն կարողացան ազատել նրան օրենքի խիստ դատապարտությունից:

Նենեի անունը հիշեցնելով, երիտասարդը շոշափեց սրտիս ամենազգա-յուն լարերը, իմ համառությունը մեղմացավ, իմ կամակորությունը միանգամից փշրվեցավ, և ես պատրաստ էի ասել նրան, «Լավ, համաձայն եմ, կմիանամ ձեզ հետ», բայց դարձյալ շուտով ես տիրապետեցի ինձ, կարծես, իմ կամքի զորությունը կրկին վերադարձավ, երբ մտաբերեցի, թե ի՞նչ բան է խաչագողը կամ ի՞նչ է նշանակում միանալ նրանց հետ:

— Ոչ, — պատասխանեցի նրան, — երբեք, երբեք ձեզ հետ գործ ունենալ չեմ կարող:

Երիտասարդի դրությունը անտանելի դարձավ: Նա գործ դրեց իր վերջին ուժը, աշխատելով Նենեի հիշատակով գրավել ինձ: Այդ փորձը անցավ ապարդյուն: Այժմ ի՞նչ պիտի աներ նա: Նա հայտնեց ինձ մի գաղտնիք՝ հաստատ հույս ունենալով, որ կհամոզե ինձ, որ ես կմասնակցեմ նրանց ձեռնարկության մեջ: Ես մերժեցի: Բայց գաղտնիքը մնաց ինձ մոտ: Այժմ կարո՞ղ էր նա ապահով մնալ, որ ես նրանց գաղտնիքը չէի հայտնի ում որ հարկն էր և արգելք չէի դնի նրանց դիտավորության կատարվելուն: Խաչագողները սաստիկ կասկածավոր մարդիկ են: Ես նկատեցի այդ և բոլորովին անկեղծությամբ միամտացրի նրան, ասելով,

— Դուք ինչ որ ցանկանում եք՝ արեք, ես ոչ մի կերպով չեմ խանգարի ձեզ, միայն ինձ հանգիստ թողեցեք:

— Ազնիվ խո՞սք ես տալիս:

— Ազնիվ խոսք եմ տալիս:

Նա սեղմեց իմ ձեռքը և հեռացավ:

Ես մնացի միայնակ, մեր կալարանի մի անկյունում նստած: «Այդ մարդիկը պիտի փախչեն, մտածում էի ես, նրանց դեռ չբռնված, ազատ մնացած ընկերները դրսից կօգնեն նրանց և անպատճառ կհաջողացնեն գործը, իսկ ես կմնամ իմ կապանքների մեջ: Ինձ կտանեն այնտեղ, ուր մարդիկ կենդանի թաղվում են հանքերի անձավներում և խլուրդների նման աշխատում են ստորերկրյա մթության մեջ»: Չնայելով այդ բոլորին, իմ սիրտը հանգիստ էր, ես հավատացած էի, որ վերջ ի վերջո ինձ համար էլ կբացվեր ազատության դուռը, բայց ավելի արդար, ավելի օրինավոր ճանապարհով» Իր մեղքերը զղջացած, ճշմարտության շավղի վրա կանգնած հանցավորին պետք է ներվեր, պետք է նրա համար փրկություն լիներ: Եվ եթե մարդիկ այնքան սրատեսություն չունեն, որ քննեն սրտերի բոլոր խորքերը և որոշեն համառ հանցավորը զղջացածից, արդարը մեղավորից, բայց Աստված, որի համար ոչինչ գաղտնիք չկա, որ գիտե բոլորը, ի՞նչ որ հասարակ մահկանացուին անհասկանալի և մութն է, մի թե ամենաբարի Աստվածը չեր օգնի ինձ: Իմ հավատը այժմ այնքան ջերմ էր, և իմ հույսը այնքան հաստատուն էր, որ ես նրա օգնությանը հավատում էի և սպասում էի:

Գիշերն անցավ առանց որևիցե աղմուկի: Ամեն ինչ խաղաղ էր, ամեն ինչ իր սովորական դրության մեջն էր: Առավոտյան մեզ զարթեցրին խիստ վաղ: Օրը բավական ցուրտ էր: Իմ ընկերները ջերմացրին իրանց մարմինը արաղով և չմոռացան մեր պահապան զինվորներին նույնպես խմացնել: Մենք ճանապարհ ընկանք, մեզանից յուրաքանչյուրը իր ծանրությունները իր մեջքի վրա կրելով: Մեր ետևից գալիս էր մի սայլակ, լծած միայն մի ձիով, որ բերում էր մեր և զինվորների ավելորդ ծանրությունները: Նրա վրա երբեմն նստեցնում էին աքսորյալներից նրանց միայն, երբ հիվանդանում էին և չէին կարող ճանապարհը շարունակել» Իմ ընկերներից երկուսը, այն առավոտ իրանց հիվանդ ձևացնելով, պառկած էին սայլակի վրա: Պահապանները հիվանդների վրա շատ ուշադրություն չէին դարձնում, ինքը հիվանդությունը հսկում էր նրանց վրա:

Երբ արեգակը բավական վեր բարձրացավ հորիզոնից, օրը սկսեց տաքանալ: Աքսորականների խումբը առաջ էր ընթանում դանդաղ և ծանր քայլերով: Նրանց ոտնակապերի երկաթները աններդաշնակ կերպով ձայն էին հանում:

Պահապանների և աքսորականների ուշադրությունը դարձրած էր մի ծերունի հրեայի վրա, որը զանազան ծիծաղելի առակներով զվարճացնում էր նրանց: Հրեան մի փոքրիկ մարդ էր, որին կոչում էին Ժոզեֆ: Այդ խեղկատակը կատվի դեմքով, նեղ և խորամանկ աչքերով, բնիկ օդեսացի էր, որը սկզբում պարապում էր մաքսանենգությամբ, իսկ հետո, մտնելով խաչագողների ընկերության մեջ, փորագրիչի պաշտոն էր կատարում և նրանց հետ կեղծ թղթադրամներ էր շինում: Դա միևնույն անձն էր, որ մատնեց ամբողջ ընկերու-թյունը:

Ժոզեֆը ամբողջ խմբի զվարճությունն էր, նրա սրախոսությունները, հանաքները և հրեական թլվատ լեզվով խոսակցությունը թուլացնելու չափ ծիծաղելի էին:

Կարծես թե այդ բոլորը նրա մեջ մի տեսակ կենսական պահանջ էր դարձել, և այդ պատճառով խեղկատակության ձիրքը ավելի զարգացել էր: Նայելով նրա վրա, ես բացատրում էի նրա ցեղի մի քանի ընդհանուր գծերը, որոնք առաջ էին եկել կյանքի զանազան պայմաններից: Խեղկատակությունը ծնունդ է հաճոյամոլության. դրանք երկուսն էլ ճնշված, հալածված ցեղերի հատկություններ են: Պատմական հանգամանքների խստությունից հրեան այնքան ստոր ընկած է հասարակաց կարծիքից, որ մի շրջանի մեջ գտնվելու ժամանակ ուրիշ բանով չէ կարողանում գրավել նրանց ուշադրությունը, բայց միայն ծաղրածություններով: Այդ մնում է նրա բնավորության մեջ և այն աստիճան ընտելանում է, որ մինչև անգամ առանց վիրավորելու թույլ է տալիս ուրիշներին ծաղրել իրան: Այսպես էր և Ժոզեֆը:

Օրը սկսել էր երեկոյանալ: Դեռ տասն վերստից ավելի էր մնում մինչև առաջիկա իջևանը: Ճանապարհը ձգվում էր անտառի միջով, ուր սաղարթավոր տերևներով պատած ծառերը այնպես խիտ գրկած էին միմյանց, որ մի քանի քայլ հեռվից ուրիշ ոչինչ չէր երևում, բացի ծառերից: Ճանապարհը նեղ էր. ծառերի ոստերը անդադար դիպչում էին մարդու երեսին և ծակոտում էին: Բայց այդ չէր արգելում լսել Ժոզեֆի մի հետաքրքիր պատմությունը, որը կեսօրից հետո սկսելով, դեռ չէր ավարտել: Պատմությունը հետզհետե ավելի ծիծաղաշարժ էր դառնում, բոլորի ուշադրությունը լարված էր դեպի իրեան: Դա ամոքում էր և մեր հոգնածությունը: Խումբը դանդաղ կերպով առաջ էր գնում:

Մի տեղ ճանապարհը ավելի նեղ ձև ստացավ, մի կողմից բարձրանում էր փոքրիկ բլուր, իսկ մյուս կողմից մի ուղղաձիգ զառիվայր իջնում էր դեպի անտառախիտ ձորը և կորչում էր ծառերի մեջ: Ես լսեցի մի ձայն, որ շատ նման էր սև ագռավի կռնչյունին: Որքան և բնական կերպով հնչվեցավ այդ ձայնը, դարձյալ ես չէի կարող չհասկանալ, թե դա խաչագողների սովորական նշանախոսություն-ներից մեկն էր, որ նշանակում էր՝ «պատրաստ եղեք»: Ձայնը կրկնվեցավ, բայց ոչ ոք ուշադրություն չդարձրեց, միայն իմ ընկերները խորհրդավոր կերպով նայե-ցին միմյանց երեսին:

Ժոզեֆի պատմությունը այդ միջոցին ավելի հետաքրքրական էր դարձել:

Փոքր-ինչ առաջ գնալուց հետո ձայնը երրորդ անգամ կրկընվեցավ: Այդ միջոցին մեր խումբի մեջ գտնված խաչագողները արագությամբ դուրս եկան ճանապարհից, մտան անտառի մեջ և շուտով ծածկվեցան ժայռերի ետևում: Պահապաններից մի քանիսը փորձեցին հետամուտ լինել, բայց ժայռերի ետևից և ծառերի միջից սլացող գնդակները երկուսին գետին գլորեցին: Նրանք ետ դարձան, որ պահեն մնացածներին, որպեսզի չփախչեն:

Այդ բոլորը կատարվեցավ մի քանի րոպեի մեջ: Ամբողջ խումբին տիրել էր երկյուղ և խորին ապշություն: Հրացանները դեռ երկու կողմից ևս արձակվում էին, գնդակները սուլելով անցնում էին ծառերի միջից: Հետո ամեն ինչ լռեց, միայն անտառի խորքից լսելի էին լինում մուրճերի շտապշտապ զարկերը: Երևում էր, խորտակում էին փախստականների երկաթյա ոտնակապերը:

Կռվի խռովության ժամանակ հափշտակողներից ոչ ոք չերևեցավ անտառի խորքից: Նրանք գործում էին իրանց թաքստի տեղից: Միայն վառոդի ծուխի մեջ ես նշմարեցի մի աղոտ պատկեր: Որքան էլ կերպարանափոխված լիներ նա, այնուամենայնիվ ես չէի կարող չճանաչել քավոր Պետրոսին: Նա խորհրդավոր կերպով շարժեց դեպի ինձ իր մատը և դնի նման կրկին անհայտացավ: Կարծես դրանով ասել էր ուզում. «Հիմար, ինչո՞ւ չհետևեցիր իմ խրատներին»...

Երբ ամեն ինչ լռեց, հանգստացավ, մենք դեռ նոր նկատեցինք, որ խեղճ Ժոզեֆը դիակների թվում էր: Գնդակը, որ դիպել էր նրա գլխին, պատահական չէր, այլ նպատակով ուղղած: Այդ անպիտանը մատնել էր խաչագողներին, ոչնչացրել էր մի ամբողջ հիմնարկություն, որով նրանք միլիոններ վաստակելու հույսեր ունեին: Խաչագողը մինչև մահ չէ մոռանում յուր ընկերների անհավատարմությունը և աշխատում է մի օր վրեժխնդիր լինել: Եվ այժմ Ժոզեֆը ստացավ իր վարձը:

Սարսափած և երկյուղից խռովության մեջ ընկած պահապանները հրեայի և իրանց երկու ընկերների դիակները դրեցին սայլակի վրա, և մենք շարունակեցինք մեր ճանապարհը: Իջևանը բավական հեռու էր, մենք հասանք այնտեղ, երբ արևը վաղուց մայր էր մտել, և մութը բոլորովին պատել էր:

Մյուս օրը մենք մնացինք նույն իջևանում: Պահապանները, երկյուղ կրելով, միգուցե մնացած աքսորականների հետ պատահեր միևնույնը, այն օր մեր գնացքը հետ ձգեցին, մինչև պատահած անցքի մասին տեղեկություն կտային մերձակա փոքրիկ քաղաքի կառավարությանը, և մինչև փախստականներին գտնելու միջոցներ գործ կդրվեին: Ես շատ ուրախ էի, որ մեր ուղևորությունը ընդհատվեց, որովհետև փոքր-ինչ կհանգստանայի, փոքր-ինչ կկազդուրեի իմ սպառված ուժերը:

ԺԲ

ՍԵՐԸ ՉԷ ՀԱՄԲԵՐՈՒՄ

Խաչագողների փախուստից հետո մեր խումբի մեջ մնաց մեկ քրիստոնյա միայն, ազգով վրացի: Մյուսները թուրք, թաթար և այլազգիներ էին: Ազատվելով խաչագողների անտանելի հասարակությունից, ես սկսեցի որոնել հիշյալ վրացու բարեկամությունը: Նա մի ուրախ, պարզամիտ և բավական շնորհալի դեմքով երիտասարդ էր Իմերեթիայի կողմերից: Նա խիստ շուտով մտերմացավ ինձ հետ: Նրան աքսորել էին սպանության համար: Ես զարմանում էի, թե ինչպե՞ս մի այնպիսի բարեսիրտ տղա կարող էր սպանություն գործել:

Այդ երիտասարդը օրըստօրե ավելի և ավելի համակրական էր դառնում ինձ: Նրա բնավորության մեջ այնքան պարզություն կար, որ չէր կարելի չսիրել նրան:

Մեզ արդեն տեղափոխել էին մերձակա փոքրիկ քաղաքը: Այստեղ ևս մի քանի օր պահեցին մեզ, որովհետև մեր խումբի հետ պիտի միացնեին մի քանի ուրիշ աքսորականներ, որոնց նույնպես Սիբիր էին ուղարկում:

Վասոն, այսպես էր վրացի երիտասարդի անունը, այնքան ընտելացավ ինձ հետ, որ ինձանից չէր հեռանում: Գիշերները քնում էր իմ կողքին և շատ անգամ, երբ քունը չէր տանում, ժամերով պատմում էր իր կյանքի այս և այն արկածները:

Մի գիշեր, նստած իմ մոտ, կարկատում էր իր մաշված կոշիկները և տխուր, հազիվ լսելի ձայնով շշնջում էր մի երգ, Երիտասարդը բոլորովին հափշտակված էր իր զգացմունքների մեջ, և գործը համարյա մեքենաբար էր կատարվում նրա ձեռքում:

— Վասո, չե՞ս պրծնում, — Հարցրի նրանից:

— Է՜, թող անիծե՜ Աստված այդ անպիտանները, սաղ տեղ չէ մնացել, կարում ես, կարում, էլի էն է ու էն:

— Մեկ հատը ինձ տուր, ես կօգնեմ քեզ:

— Շնորհակալ եմ, դու միայն ճրագը մոտ բռնիր, ես կկարեմ:

Ես նկատեցի, որ Վասոյի խնդիրը խիստ կարևոր էր. ճրագի մոմը, որ նա կպցրել էր հատակի աղյուսի վրա, այնքան սպառվել և կարճացել էր, որ լույսը կոշիկների վրա չէր տարածում և այսպիսով դժվարացնում էր նրան աշխատել: Ես վեր առի մոմը, բարձր բռնեցի, նա շարունակեց կարել:

Բայց ինձ հետաքրքրում էր այն, թե ի՞նչ պատճառով աքսորեցին նրան:

— Ես սպանեցի իմ պարոնին,— պատասխանեց նա:

— Ինչո՞ւ համար:

— Երկար է, շատ երկար, եթե պատմելու լինեմ, մինչև լույս չի պրծնի:

— Միևնույն է: Դու խո չես քնում, իմ քունն էլ չէ տանում, դու պատմիր, ես կլսեմ, այսպիսով ավելի կարճ կլինի գիշերը:

Նա սկսեց պատմել.

«Ես է... իշխանի ճորտերից էի: Նա շատ վատ մարդ էր, օրինակ քեզ՝ մի գազան: Պատահում էր, կա՛մ տանը կնոջ հետ կռված է, կա՛մ մի ուրիշը բարկացրել է նրան և կամ հարբած է, նա կատաղած դուրս է գալիս տնից, վա՜յ այն գյուղացուն, որ կհանդիպի նրան: Նա իսկույն մի առիթ կգտներ գյուղացուն ծեծելու, հայհոյելու և իր սիրտը հանգստացնելու: Օրինակ, պատահում էին այսպիսի դեպքեր, գյուղացին մի զույգ նոր տրեխներ է հագել: (Նա համբերել չէր կարող, երբ գյուղացին նոր բան էր հագնում և պարոնի նմանություն էր ստանում): Տեսար, կանչում է՝ «էյ, մարդ»: Գյուղացին մոտենում է, գլուխ է տալիս, կանգնում է: «Այդ ի՞նչ է», ցույց է տալիս նա տրեխները:

«Աղա ջան, ցավդ տանեմ, գնում եմ անտառը», պատասխանում է գյուղացին դողալով: «Տո, անպիտան, եթե առանց տրեխների գնալու լինես, ոտներդ կմաշվե՞ն», և հրամայում է իսկույն խլել նրանից տրեխները: Մի անգամ գյուղացու մեկը փռթկաց նրա մոտ: «Տո, անշնորհք ավանակ, համարձակվում ես փռթկա՞լ քո պարոնի առջև», ասաց նա և հրամայեց ծեծել խեղճին:

Մեր հարևան Գիորգին մի աղջիկ ուներ, — շարունակեց նա, — նրա անունը Կեկելո էր: Բայց ի՜նչ աղջիկ, այնքան սիրուն էր, որ կարծես գյուղացու աղջիկ չլիներ, այլ ուղիղ պարոնի տնից դուրս եկած լիներ: Մի անգամ նա հանդիպեց ինձ դաշտումը, գալիս էր անտառից, շալակած փայտ էր բերում իրանց համար: Քրտինքը թափվում էր նրա երեսից, թշերը խնձորի նման կարմրել էին: Հենց որ տեսա, իմ խելքը գնաց: «Տուր, Կեկելո, ես կտանեմ շալակդ», ասացի նրան: «Շատ ծանր չէ, ես կարող եմ տանել, ասաց նա ավելի կարմրելով: Մենք սկսեցինք խոսելով կամաց-կամաց դիմել դեպի գյուղը, երբ մոտեցանք, բաժանվեցանք միմյանցից, որ մեզ միասին չտեսնեն»:

Այդ միջոցին Վասոն այն աստիճան հափշտակված էր իր պատմությունով, որ ամենևին չէր նկատում, թե ասեղը ընկել էր նրա ձեռքից, և կոշիկները նույնպես ընկած էին նրա կողքին: Նա շարունակեց,

«Ես մորս հայտնեցի, որ Կեկելոյին նշան դնե ինձ համար» նա էլ հորս հայտնեց: Հայրս գնաց Գիորգիի տունը, խոստացավ տալ մի այծ, հինգ թունգի գինի, մի քանի սոմար սիմինդր, կարճ ասած, խոսեցին, բարիշեցան, նշանը դրեցին: Սպասում էինք, որ աշունքը գա, գինին պատրաստվի, որ հարսանիք անենք: Այդ միջոցին, չեմ իմանում, ի՞նչ սատանա մտավ իմ պարոնի գլխում: Նա հրամայեց, որ Կեկելուին վեր առնեն իր տանը որպես աղախին:

Աշունքը եկավ, գինիները հասան, բայց հարսանիքը չկատարվեցավ: «Այս տարի չի լինի», ասում էր մեր պարոնը: Իմ սիրտը տրաքվում էր անհամբերությունից: Բայց ի՞նչ կարող էի անել, երբ պարոնը այսպես էր հրամայում:

Մի անգամ Կեկելոն գտավ ինձ անտառում, տեսնում եմ, երեսին գույն չէ մնացել, կասես թե սպանված լիներ: Հարցնում եմ, «Կեկելո, ի՞նչ է պատահել քեզ հետ»:

Նա ոչինչ չէ ասում, հենց լաց է լինում: Գրկում եմ նրան, դարձյալ հարցնում եմ. «Կեկելո, ինչո՞ւ ես լաց լինում»: Նա արտասուքի միջից ինձ պատասխանում է, «Ա՜խ, վատ մարդ է... նա շատ վատ մարդ է... նա Աստված չունի... նա»: Խեղճ աղջիկը չկարողացավ վերջացնել իր խոսքը, բայց ես հասկացա բոլորը...

Արյունը թռավ գլուխս, ես իստակ կատաղեցա: Հենց էն սհաթին վազեցի դեպի մեր տունը, խենջարս վեր առի, թաքցրի չերքեզիիս տակ, տնից դուրս եկա: Առաջ մտա գինետունը, լավ խմեցի, սիրտս պնդացրի, հետո գնացի պարոնի դռանը կանգնեցա, սպասում էի, որ նա դուրս գա: Տեսա, նա դուրս եկավ, պատրաստվում էր որսի գնալ: Առաջը կտրեցի, ասելով. «Ինչո՞ւ ես պահել իմ նշանածին»: Նա բարկացավ, սկսեց հայհոյել և չորս կողմն էր նայում, աչքերով որոնում էր իր սպասավորներին, որ հրամայե ինձ բռնեն: «Տո՛ւր իմ նշանածը», կրկնում եմ ես, հենց մոտ ու մոտ եմ գնում: Նա դարձյալ գոռում է. «Դու, լի՜րբ, անզգամ, համարձակվում ես... բռնեցեք այդ անիրավին»: Ես ուշադրություն չեմ դարձնում, հենց մոտ ու մոտ եմ գնում: «Հիմա քեզ խեղդել կտամ», ասում է ավելի կատաղելով: Իսկ ես հենց մոտ ու մոտ եմ գնում: «Տո՛ւր նշանածս, ասում եմ քեզ»: Նա էլ չհամբերեց մինչև ծառաները հավաքվեին, հարձակվեցավ իմ վրա: Ես խենջարը խրեցի նրա կողքը...»:

Այդ միջոցին ես նայեցի Վասոյի երեսին, նա այնպես գունատված էր, նրա շրթունքը այնպես դողդողում էին, որ կարծես, հենց այն րոպեում նա իր արյունոտ խենջարը դուրս էր քաշում բռնակալ պարոնի կողքից: Երբ նա փոքըր-ինչ հանգըստացավ, հարցրի.

— Իսկ դու չփախա՞ր:

— Փախա, բայց երբեմն գիշերով հայտնվում էի մեր գյուղում, որ Կեկելոյին էլ կարողանամ փախցնել: Աստված չհաջողեց, մի գիշեր բռնվեցա:

Վասոյին ես ավելի սկսեցի սիրել, երբ իմացա նրա կյանքի պատմությունը: Խեղճ տղան սիրո զոհ էր դարձել: Սե՜ր... ի՜նչ բան ես դու, ես մինչև այսօր չեմ կարողացել հասկանալ քեզ, թեև ինքս սիրել եմ... և այժմ սիրում եմ...

Վասոն և Կեկելոն, որպես ճորտեր, որպես սեփականություն մի անգութ պարոնի, հոժարությամբ նվիրում են նրան իրանց աշխատանքը, իրանց վաստակը: Բայց երբ պարոնը դիպչում է և այն զգացմունքին, որը սուրբ է յուրաքանչյուր անհատի համար, այն ժամանակ ճնշվա՛ծ, հլու ստրուկն անգամ այլևս չէ համբերում...

Իսկ ե՞ս, ես, թշվառականս, ի՞նչ արեցի Նենեի համար, ինչո՞վ ապացուցեցի, որ ճշմարիտ սիրում եմ նրան...

ՉՈՐՐՈՐԴ ՄԱՍ

Ա

ԱՎԱԶԱԿԱՊԵՏԻ ՊԱՏՄՈՒԹՅՈՒՆԸ ԱՌԱՋԻՆ ԳԻՇԵՐ

Անցել էր երեք տարի այն օրից, որ ես աքսորվեցա: Այժմ բավական ընտելացել էի դատապարտյալի տաժանական կյանքին, բավական տանելի էր դարձել ինձ ծանր աշխատությունը հանքերի մեջ, բավական սովորել էի այնտեղի կերակրին և կեցությանը խոնավ, մթին կացարանների մեջ:

Աշխարհից կտրված, կյանքի վայելչություններից զրկված դատապարտյալը իր շրջանի մեջ ոչինչ բավականություն չէ գտնում: Այստեղ ամեն մարդ ակամայից է գործում, որովհետև իր համար չէ գործում: Ուր չկա շահ և շահերի միություն, շատ բնական է, որ այնտեղ չէ կարող կազմվել ընկերական կյանք, սեր և միաբանություն: Եվ գուցե այդ է պատճառը, որ այն ահագին խառնիճաղանջ բազմության մեջ մարդ չէ կարող գտնել մի լավ բարեկամ, մի լավ ընկեր:

Միակ բանը, որ երբեմն մոտեցնում է այդ թշվառներին և կապում է միմյանց հետ, է նրանց վիճակի միանմանությունը: Դժբախտության մեջ մարդը իր նման ընկեր է գտնում: Ես գտա մի այսպիսի ընկեր, որի հետ բաժանում էինք մեր վշտերը:

Այդ երիտասարդը հենց առաջին անգամից գրավեց իմ ուշադրությունը, քանի դեռ նրա հետ ծանոթացած չէի: Նա մի բարեկազմ տղամարդ էր, բարձրահասակ, որի երեսի փոքրինչ խոշոր գծագրությունը տալիս էր դեմքին խիստ այրական բնավորություն:

Ես շատ էի հետաքրքրվում, թե ի՞նչ հանցանքի համար աքսորված էր նա: Բայց նա իր մասին ոչինչ չէր խոսում, և միշտ տխրությունը պատում էր նրա դեմքը, երբ խոսքը վերաբերում էր իր անձին: Ինձ ասացին, թե նա եղել է մի նշանավոր ավազակապետ: Հենց որ այդ իմացա, սկզբում իմ մեջ ծագեց սաստիկ հակակրություն դեպի այդ մարդը: Ավազակը իր գործունեությամբ շատ չէ զանազանվում խաչագողներից: Իսկ խաչագողներին ես ատում էի: Բայց իմ հակակրությունը հետզհետե անհետացավ, երբ ավելի մոտ ծանոթացա նրա հետ:

Ավազակապետը բնիկ պարսկաստանցի էր, Ատրպատականի կողմերից: Հայրենակցությունը առաջին բարեկամական կապը եղավ իմ և նրա մեջ: Բայց երբ իմացա, որ նա ազգով հայ էր, բոլորովին կապվեցա նրա հետ:

Մի գիշեր, երբ երկար թախանձեցի նրան, հոժարացավ հաղորդել ինձ իր կյանքի պատմությունը: Նա սկսեց այսպես.

«Ինձ կոչում են Ջալլադ. դա իմ իսկական անունը չէ. դա իմ մականունն է, որ նշանակում է դահիճ: Այդ մականունը ստացա ես ոչ թե նրա համար, որ դահճի պաշտոն եմ կատարել, այլ նրա համար, որ շատ արյուն եմ թափել, բայց ոչ անմեղ արյուն… Իմ հայրը Ղարաբաղ գավառի հայ մելիքի տնտեսն էր: Մելիքը չափազանց հավատարմություն ուներ դեպի նա և համարյա իր տնտեսական բոլոր գործերը հանձնել էր նրան: Մելիքը, միշտ պարսից խաների հետ կյանք վարելով, ընդունել էր նրանց շատ սովորությունները: նրա ընտանեկան կյանքը, բարքը, վարքը կատարյալ պարսկական էր, պակաս էր, հարեմը միայն, պակաս էին սևամորթ ստրուկներ և ներքինի ծառաներ, որ նրա տունը մահմեդական ընտանիքի ճիշտ կերպարանքը ստանար:

Շատ անգամ պատահում էր, որ հայրս մի որևիցե բան էր գնում մելիքի տան համար և տալիս էր ինձ տանել այնտեղ: Ես ավելի ուրախությամբ էի կատարում հորս պատվերը, երբ մի բան պետք էր տանել մելիքի կանանոցը: Ամեն անգամ, այնտեղ մտնելու ժամանակ, մելիքի աղջիկները, աղախինները շրջապատում էին ինձ, «ի՞նչ ես բերել», հարցնում էին և, ամեն կողմից վրա պրծնելով, սկսում էին խլխլել իմ տարած փարչաները: Իսկ երբ իմ տարած բաները աղջիկներին չէին պատկանում, նրանք հանաքներ էին անում, ծիծաղում էին իմ վրա, ջիգրացնում էին ինձ, իսկ ես, ամոթից քրտնած, կարմրած, հեռանում էի նրանցից: Ես թեև արդեն հասակ առած պատանի էի, բայց ինձանից չէին քաշվում, ինձ վրա նայում էին որպես տան տղայի վրա:

Մելիքը, մահմեդականների սովորությանը հետևելով, ուներ մի քանի կնիկներ: Նրա առաջին կնիկը մեռած էր, որից մնացել էր մի աղջիկ միայն, որին կոչում էին Սանամ: Խորթ մայրերը, որպես սովորաբար լինում է, վատ էին վարվում Սանամի հետ և շատ բաներում խտրություն էին դնում նրա և իրանց զավակների մեջ: Սանամը զրկված էր մայրական սերից, զրկված էր առհասարակ ընտանեկան քաղցրությունից: Ես շատ անգամ հանդիպում էի նրան արտասուքը աչքերում, բայց նա ինձ ոչինչ չէր ասում, նա վաղուց սովորել էր իր վշտերը թաքցնել իր սրտում: Հայրը, զբաղված լինելով իր գործերով, նրա վրա ուշադրություն չէր դարձնում: Պատահում էր, երբ աղջիկների հագուստի համար զանազան թանկագին ճոթեր էի տանում, երբ Սանամը բաժին չէր ստանում, նա իսկույն լռությամբ հեռանում էր, առանձնանում էր մի տեղ և անձնատուր էր լինում խորին տխրության:

Այսպիսի դեպքերը, որ պատահում էին ոչ սակավ անգամ, վիրավորում էին Սանամի սիրտը. նա վշտանում էր ոչ թե այն պատճառով, որ նա զրկվում էր այն զվարճություններից, որ վայելում էին նրա մյուս քույրերը, ո՛չ, Սանամը այդ մասին շատ հպարտ էր, այլ նա վիրավորվում էր գլխավորապես նրա համար, որ խտրություն էին դնում նրա և մյուսների մեջ և անդադար հիշեցնում էին, թե՝ «դու անբախտ ես, որովհետև, մայր չունես»:

Այդ հանգամանքները ծնեցին իմ մեջ մի ջերմ կարեկցություն դեպի դըժ-բախտ աղջկա վիճակը:

Անցան տարիներ, Սանամն արդեն հասունացած օրիորդ էր դարձել, իսկ ես նորահաս երիտասարդ էի: Այդ հասակում մարդիկ ամեն բան հասկանում են:

Մի անգամ, երբ մոտենում էր զատկի տոնը, մելիքի աղջիկները կարել էին տալիս իրանց համար նոր հագուստներ: Սանամի համար նույնպես ձևել էին տվել, բայց նա ամենևին չէր շտապում, որ շուտով կարվեն և զատկվա համար պատրաստ լինեն: Ես հարցրի պատճառը, նա պատասխանեց.

— Ի՞նչ կանեմ կարմիր շապիկը, երբ սիրտս միշտ սև ու սև է հագած...

Նա այլևս չխոսեց և հեռացավ:

Ես նկատեցի, որ Սանամը այժմ չէր տանջվում այն ցավով, որ երեխայության ժամանակ շատ անգամ արտասուք էին թորեցնում նրա աչքերից: Այժմ նրա տանջանքը բոլորովին հոգեկան էր...

Սանամը մի առանձին մտերմություն չուներ դեպի ինձ. նա նայում էր ինձ վրա որպես իր հոր տանը մեծացած սպասավորի վրա: Որքան էլ ճնշված լիներ նրա դրությունը, այսուամենայնիվ, նա մելիքի աղջիկ էր, իսկ ես՝ նրա հոր մոտ ծառայողի որդին: Ես շատ էի աշխատում շոշափել նրա սրտի խորքերը, բայց նա այնքան ծածկամիտ էր, որ երբեք իր սիրտը չէր բաց անում ինձ մոտ: Նա միայն համարում էր ինձ մի երիտասարդ, որ իր բոլոր շրջապատողներից ավելի համակրություն ուներ դեպի նա, և որին պատահած ժամանակ կարող էր հավատալ և ասել նրան մի քանի խոսքեր:

Մի անգամ գտա նրան սարսափելի խռովության մեջ. կարծես թե սպանված լիներ հուսահատությունից: Նա դարձավ դեպի ինձ այդ խոսքերով.

— Աղաչում եմ քեզ, գնի՛ր ինձ համար մի կտոր աֆիոն, դա կլինի իմ առաջին և վերջին խնդիրը քեզանից:

Իսկույն հասկացա նրա միտքը:

— Ի՞նչ կա, ի՞նչ է պատահել, — հարցրի ես ոչ սակավ զարհուրելով:

Նա ուշադրություն չդարձրեց իմ հարցերի վրա և կրկնեց իր խնդիրը ավելի հրամայական ձայնով.

— Քո գիտենալու բան չէ... գնա՛, գնի՛ր, ինչ որ ասում են քեզ... հենց այսօր, հենց այս րոպեիս... գնա՛, մի ուշացի՛ր...

Ես դուրս եկա Սանամի սենյակից, նրան այն հույսի մեջ թողնելով, թե կկատարեմ նրա խնդիրքը: Բակում ինձ հանդիպեց մելիքի վաղեմի ձիապանը, մի ծերունի, որ ծառայում էր այդ տան մեջ նրա հոր ժամանակներից: Ծերունին, չլսելով, որ ես կանչեցի նրան, շարունակեց իր դանդաղ քայլերը և մտավ ախոռատունը: Ես հետևեցի նրան, պատմեցի, թե ինչ դրության մեջ գտա Սանամին:

— Ամեն բան տակնուվրա եղավ...— ասաց նա ինքն իրան խոսելով, — էլ ի՞նչ մնաց... ամեն բան կորավ... մնացել էր մեր սուրբ հավատը, այն էլ կորավ...

— Ի՞նչ է պատահել, — հարցրի ես, ոչինչ չհասկանալով նրա մթին խոսքերից:

— Ի՞նչ է պատահել, — կրկնեց նա գլուխը շարժելով, բայց այդ միջոցին ոսկեգույն նժույգներից մեկը, տեսնելով իր ծերունի խնամատարին, սկսեց ուրախությամբ խրխնջալ և առջևի սմբակները հատակին զարկել: Նա դարձավ դեպի նժույգը, ասելով. «Սարի, խելոք կաց»: Սարին փոքր-ինչ հանգստացավ, և նա կրկին դիմեց ինձ՝ դարձյալ նժույգի վրա խոսելով.

— Հինգ տարուց ավելի է, որ աշխատում եմ այդ անզգամին խելքի բերել, բայց դա հենց էն գիժն է ու էն գիժը:

Ծերունի Թունին սաստիկ սիրում էր իր ձիաների մեջ կարգ պահպանել և մանավանդ ներել չէր կարող, երբ նրանք, մի այլ մարդու ներկայությամբ, չէին հետևում համեստության կանոնների: Նա պատրաստվում էր ավելի երկար բացատրություններ տալ իր կարգապահության մասին, բայց իմ համբերությունը հատավ, ես կրկին հարցրի,

— Դու այն ասա՛, ի՞նչ է պատահել»

— Էլ ի՞նչ լինի... ամեն բան փչացավ... ամեն բան ծուռն է գնում...

Նժույգը դարձյալ ընդհատեց նրա խոսքը: «Սարի, սատանայի ծնունդ, քեզ եմ ասում, խելոք կաց»:

Նա, մոռանալով իմ հարցմունքը, մոտեցավ Սարիին, սկսեց հայրաբար փայփայել նրա գեղեցիկ բաշը և նորից խրատներ կարդալ» Նժույգը լսեց նրա խրատները, հանգստացավ, իսկ ծերունին եկավ, կրկին նստեց իմ մոտ:

— Անցա՜ն, գնացին հին ժամանակները, — խոսեց նա խորին կերպով հոգվոց հանելով.— լինում էր, շատ անգամ հանգուցյալ մելիքը մտնում էր այստեղ, ձիաները մեկը մյուսի կողքին շարված էին հիսունի չափ, չաղ, սիրուն, կասես թե ամեն մեկը մի ռաշխ լիներ: Հանգուցյալի սիրտը փառավորվում էր, ձեռքով զարկում էր իմ քամակին, «Շա՜տ ապրես, ասում էր, Թունի, ձիաները լավ ես պահել»... ու այն րոպեում հանում էր իր հագիցը կաբան, ինձ խալաթ էր տալիս: Բայց հիմա... ոչ այն մելիքը կա և ոչ այն ձիաները... Բոլորը պստիկ մելիքը ընծայեց պարսիկ խաներին... Բայց առա՞ջ... պարսիկ խաներն էին մեզ ձիաներ փեշքաշ անում, որ հանգուցյալ մելիքը նրանց հոգին չհաներ... տերևի նման դողդողում էին, երբ նրա շվաքն էին տեսնում:

Մելիքների տան վաղեմի փառքի հիշատակը և նրա թուլանալը ներկա մելիքի օրերում այն աստիճան ցավերով լցրին բարեսիրտ ծերունու սիրտը, որ նա, կարծես, բոլորովին չէր նկատում իմ ներկայությունը և իսպառ մոռացավ այն հարցը, որով ես մի քանի անգամ դիմեցի նրան» Ես դարձյալ հարցրի.

— Ես այդ բոլորը գիտեմ, դու այն ասա՛, ի՞նչ է պատահել Սանամի հետ:

Նա դարձյալ ինձ համբերությունից հանեց իր երկարաբանությամբ:

— Խե՜ղճ աղջիկ, երանի՜ թե բնավ ծնված չլինեիր... երանի քո մորը, որ շուտ մեռավ և աչքերով չտեսավ այդ նախատինքը... Բայց ավոր Թունին մեղավոր էր, նա մնաց, չմեռավ և չտեսած բաներ տեսավ... Մի այդպիսի բան կարո՞ղ էր պատահել հանգուցյալ մելիքի օրերում: Նրա ժամանակում աստուծո բարությունով լցված էր մեր երկիրը, գայլն ու գառը միասին էին ապրում, մարդիկ խաղաղությամբ ցանում էին, հնձում էին, ուտում էին, ուրախանում էին... Բայց հիմա՞, հիմա մարդ ոչ իր գլխի տերն է և ոչ իր ապրանքի տերն է... ամեն բան փչացավ... ոչ կարգ կա, ոչ կանոն... ամեն մարդ իր սրտի ուզածն է անում... Իսկ մեր մելիքը իր քեֆերից չի արթնանում: Բայց այդ վերջինը... նրա այդ վերջին արարմունքը... ա՜խ, Աստված, այդ ի՞նչ բան է:

— Ի՞նչ արարմունք, — գոչեցի ես բարկությամբ, — դե,՛ ասա՛, ի՞նչ ես սիրտս տրաքեցնում:

— Ի՜նչ արարմունք... դու դեռ չե՞ս լսել, — Հարցրեց նա զարմանալով:

— Ես ոչինչ չեմ լսել:

— Մեր մելիքը (ա՜խ, տեր Աստված, նրան մեքիչ խելք տուր), հա՛, մեր մելիքը ամեն բան ոտքի տակ տվեց, ամեն բան տակնուվրա արեց: Խաները նրա հորից տերևի նման դողում էին, երբ գալիս էին նրա սալամին, ժամերով կանգնում էին դռանը, մինչև հրաման չէին ստանում, չէին համարձակվում ներս մտնել: Բայց թուլասիրտ որդին հիմա խաների ոտքերն է լիզում, խոնարհվում է նրանց առջև: Այդ բավական չէ՛, իր հարազատ աղջիկը նրանց կնության է տալիս... մի լույս հոգի է կորցնում:

— Սանամի՞ն է տալիս, — Հարցրի ես սարսափելով:

— Սանամին, ապա ո՞ւմը, — պատասխանեց նա, իր մարած աչքերից արտասուքը սրբելով:

Ես հասկացա դժբախտ աղջկա խռովության պատճառը և իսկույն դուրս եկա ախոռատնից: Արևը արդեն մայր մտնելու մոտ էր: Ես սպասում էի, մինչև բոլորովին մթնի, որ հարմար ժամանակ գտնեմ Սանամի հետ տեսնվելու:

Բայց, մինչև մեր տեսնվելը, հարկավոր է ձեզ տեղեկացնել, որ այ՛ն ժամանակ Ղարադաղի գավառում կային հայոց երկու նշանավոր մելիքներ, մեկը մեր մելիքն էր, իսկ մյուսը, նույնպես հին տոհմից, ավելի զորավոր էր, քան թե մերը: Ղարադաղի հայերի իշխանությունը բաժանված էր այդ երկուսի մեջ: Երկուսն էլ անմիաբան, հակառակ միմյանց, միշտ աշխատում էին ստորացնել միմյանց, վնասել միմյանց, և այդ պատճառով ներքին երկպառակտությունը երկրից անպակաս էր լինո՛ւմ: Պարսիկ խաները, օգուտ քաղելով դրանց թշնամությունից, ավելի բորբոքում էին կռիվը: Եվ այդ, իհարկե, ավելի ձեռնտու էր նրանց, երբ հայոց գլխավորները չէին կարող միանալ, որ ընդհանուր ուժերով պատերազմեին երկրի արտաքին թշնամու դեմ:

Վերջին ժամանակներում մեր մելիքը մտածում էր բոլորովին ոչնչացնել իր հակառակորդին և, այդ նպատակին հասնելու համար, աշխատում է դեպի ինքը գրավել Քուրդաշտի խանին, խոստանալով որպես բարեկամության առհավատչյա գեղեցիկ Սանամին նրան կնության տալ:

Մի այնպիսի մարդ, որպես մեր մելիքն էր, պատրաստ էր իր փառասի-րության համար զոհել ամեն ինչ: Նա նայում էր իր աղջկա վրա որպես իր նժույգներից մեկի վրա, որ շատ անգամ ընծայում էր այս և այն խանին, նրանց բարեկամությունը գրավելու համար:

Պարզ, մաքուր, անարատ մնացած ժողովրդի կրոնական զգացմունքը վիրավորվում էր, տեսնելով, որ իր մելիքը մահմեդական սովորություններին է հետևում, բայց նրա խուլ բողոքը լսելի չէր լինում:

Դուք մի փոքր տեղեկություն ստացաք մեր երկրի այն ժամանակվա դրության մասին, շարունակեց ավազակապետը, հիմա դառնանք դեպի օրիորդ Սանամը:

Ախոռատան բակից մի փոքրիկ դուռ տանում էր դեպի պարտեզը, որ կպած էր մելիքի ամրոցին: Սանամը սովորություն ուներ երեկոյան պահուն պարտեզում պտտելու: Ես մտա այնտեղ, հուսալով, թե կգտնեմ նրան: Երկար անհանգիստ կերպով թափառում էի, բայց ոչ ոքին չտեսա:

Արևը մտավ, մութը սկսեց հետզհետե թանձրանալ: Ես մտա ամրոցը այն դռնով, որ ուղղակի տանում էր դեպի Սանամի սենյակը: Նախասենյակում ճրագ չկար: Մոտեցա նրա կացարանի դռանը, ներսից լսվում էր մի այսպիսի սոսկալի խոսակցություն.

— Լռ՛ւռ կաց, անզգամ... ի՞նչպես ես համարձակվում... քեզ մորթել կտամ... ինչ որ ասում եմ, պետք է հնազանդվես:

Այդ նրա հոր ձայնն էր:

— Հողեմ քո սարսաղ գլուխը... էլ ի՞նչ ես ուզում... կգնաս խանի տանը խանում կդառնաս... միշտ դառ ու դումաշ կհագնես:

Այդ նրա խորթ մոր ձայնն էր:

— Թե որ սպանեք, թե որ կտրատեք ինձ, էլի այն կասեմ պարսիկի կին չեմ դառնա, հոգիս չեմ կորցնի...

Այդ Սանամի պատասխանն էր:

Ես հետ քաշվեցա, մի անկյունում կծկվեցա, երբ լսեցի մելիքի քայլերի ձայնը: Նա իր կնոջ հետ դուրս եկավ, անցավ իմ մոտից, բայց մութի մեջ չկարողացավ նկատել ինձ: Ես լսեցի հետևյալ խոսակցությունը:

— Ա՛յ մարդ, — ասաց կինը, — դու ինչո՞ւ ես մտիկ անում այն քածի ասածներին, ինչ որ ուզում է, թող անե. դու խանին խոսք ես տվել, խո չե՞ս կարող խոսքիցդ ետ կանգնել:

— Ես նրա լաց ու սուգին մտիկ չեմ տա, — պատասխանեց մելիքը, — ես տղամարդ եմ, իմ թքածը չեմ լիզի:

Սանամի վիճակը արդեն վճռված էր: Այր ու կին համաձայն էին: Դժբախտ օրիորդի ընդդիմադրությունը կմնար ապարդյուն, եթե մեկը նրան օգնության չհասներ:

Մինչ ես այն մտածության մեջ էի, թե ի՞նչ ելք պետք է գտնել, նախասենյակ մտավ օրիորդի դայակը, ճրագը ձեռին: Պառավը, տեսնելով ինձ, կանգնեց:

— Ախար այդ լավ բան չէ, — Ասաց նա ցավալի ձայնով, — Ախար այդ ընդդեմ է մեր տան աստծուն... ո՞վ է տեսել մի այդպիսի բան... ա՛խ, այդ ի՞նչ են ուզում անել, սուրբ Աստվածածին... Քանի՛ — Քանի՛ տարիներ կուրծքիս վրա պահել, մեծացրել եմ նրան... իմ աչքի լույսի պես պահել եմ... հիմա ուզում են տալ անօրենին... ուզում են հոգին, հավատը կորցնել:

Պառավը նկատեց, որ ես համբերություն չունեմ նրան լսելու, հարցրեց.

— Ո՞ւր ես գնում:

— Սանամի մոտ:

Նա էլ էր ցանկանում մտնել օրիորդի մոտ, բայց երբ տեսավ, որ ես այնտեղ եմ գնում, չկամեցավ խանգարել մեր տեսությունը, ետ դարձավ, ասելով.

— Գնա, մի՛ ուշացիր, նա քեզանից խոսք կլսե, ասա՛, թող ականջ չդնե հորն ու մոր խոսքին, ասա, թող չկորցնե լույս հավատն ու հոգին:

— Ես, հակառակ իմ սպասածին, գտա Սանամին բավական խաղաղ դրության մեջ: Բոցավառված աչքերի կրակը, որ տեսել էի այն օր առավոտյան, կարծես թե հանգել էր, միայն գունաթափ դեմքի վրա երևում էին խորին հուսահատության նշաններ:

— Բերեցի՞ր, — Հարցրեց նա անհամբերությամբ:

— Ի՞նչը, — Հարցրի ես:

— Այն, որ առավոտյան խնդրեցի քեզանից:

— Այն, որ դու պահանջեցիր, այլևս պետք չի լինի, — Պատասխանեցի ես:

Նա երեսը շուռ տվեց, ասելով,

— Լավ, հեռացիր, էլ չեմ ուզում... Ես անշարժ մնացի: Նա շարունակեց,

— Ի՞նչ մարդիկ են... չեն օգնում գոնե մեռնել ինձ... Նա կրկին նայեց ինձ վրա և, տեսնելով, որ դեռ կանգնած եմ, ասաց փոքր-ինչ հրամայական ձայնով,

— Խնդրում եմ ինձ մենակ թողնել:

Ինձ հայտնի էր օրիորդի հաստատամտությունը, ես չհեռացա, ես գիտեի, թեև ես աֆիոն չգնեցի նրա համար, բայց իմ հեռանալուց հետո նա մի այլ միջոցով անձնասպանություն կգործեր: Ես մոտեցա, ասելով,

— Թեև աֆիոն չգնեցի, բայց բերել եմ ձեզ համար մի այլ դարման...

— Ի՞նչ դարման, — Հարցրեց նա հանգստանալով:

— Ես ձեզ պետք է ազատեմ...

— Շնորհակալ եմ, — պատասխանեց նա արհամարհական եղանակով.— դու ինձ կազատեիր, եթե կբերեիր իմ խնդրածը...

— Ես ցանկանում եմ, որ դուք կենդանի մնաք և միևնույն ժամանակ ազատված լինեք:

— Դա անկարելի բան է... ես ճանաչում եմ իմ հորն ու մորը...

— Կարելի է, եթե դու կընդունեք իմ առաջարկությունը...

— Ի՞նչ եք ուզում ասել:

— Փախչենք, հեռանանք այստեղից, եթե ոչ, առավոտյան ձեզ բռնությամբ խանի ամրոցը կուղարկեն: Ամեն ինչ պատրԱստված է ձեզ ճանապարհ դնելու համար: Փախչենք, քանի որ դեռ ժամանակը կորած չէ: Հենց այս գիշեր ես կտանեմ ձեզ մի ապահով տեղ, ուր ոչ ոք չէ կարող գտնել ձեզ:

Մի քանի վայրկյան մտածելուց հետո պատասխանեց նա,

— Ոչ: Թող ես մեռնեմ, այդ ավելի լավ է... Նա վախենում էր հասարակաց կարծիքից, հիմար ամբոխի դատապարտությունից: Մարդիկ կծաղրեին նրան, ասելով, թե փախավ իր հոր սպասավորի հետ: Ես չոքեցի նրա առջև, աղաչելով.

— Սանամ, այս տան մեջ ես եմ եղել ձեր ամենահավատարիմ սպասավորը, նույնպես և կմնամ այսուհետև: Մենք համարյա թե միասին ենք մեծացել, և ձեզ պետք է հայտնի լինի, թե ո՛ր աստիճան հարգում եմ ձեզ: Ապավինեցեք ձեր ծառայի օգնության վրա, որ հանձն է առել ամեն ինչ ձեր կյանքը և պատիվը պաշտպանելու համար:

Երկար ես բաց չէի թողնում նրա ձեռքը, մինչև պատասխան չստանամ, երկար իմ արտասուքով լի աչքերը հառած էին դեպի նրա գունաթափ դեմքը: Նա տարուբերվում էր սարսափելի անվճռականության մեջ: Նա այնքան կամքի զորություն չուներ, որ մաքառեր ընդունված նախապաշարմունքների դեմ: Ես սկսեցի ավելի ու ավելի թախանձել նրան, մինչև լսեցի նրա բերանից այդ ուրախալի խոսքը,

— Համաձայն եմ...

Ես կանգնեցի, ասելով,

— Գնում եմ պատրաստելու ինչ որ պետք է մեզ ճանապարհի համար: Դուք պարտեզում կսպասեք ինձ:

Իմ ուրախությանը չափ չկար: Օրիորդի սենյակից դուրս գալը և ծերունի Թունիի մոտ մտնելը մի քանի րոպեի գործ եղավ: Ձիապանը դեռ քնած չէր: Ես գտա նրան խորին տխրության մեջ, երևի նա էլ Սանամի վրա էր մտածում: Բոլորովին վստահ լինելով ծերունու բարեսրտության վրա, հայտնեցի նրան իմ դիտավորությունը: Նրա խորշոմած դեմքի վրա երևաց ուրախության նման մի բան, և ինձ գրկելով ասաց.

— Օրհնյա՛լ լինիս, Աստված զորացնե քեզ: Եթե չլիներ Թունին վաթսուն տարեկան, նա ինքը կաներ այդ բանը, նա չէր թող տա, որ մեր Լուսավորիչ հոր գառը գայլերին տային: Բայց Թունիի մեջ այժմ առաջվա ուժը չէ մնացել: Կար ժամանակ, որ ալևոր Թունին էլ մի տղամարդ էր, տասն, քսան պարսիկին մարդ չէր ասի... Գնա՛ց էն ժամանակը: Բայց դու դեռ ջահիլ ես. քեզանում արյունը դեռ եփ է գալիս. դու կարող ես շատ բան անել...

Ես ընդհատեցի նրան, ասելով.

— Դե , շուտ, Թունի ապեր, երկար խոսելու ժամանակ չէ. պետք է թամքել ձիաներից երկուսը:

— Հա՛, պետք է թամքել, իհարկե, պետք է թամքել երկու ամենալավը մեր ձիաներից: Թող առավոտյան մելիքը ջարդել տա Թունիի ալևոր գլուխը, այդ ոչինչ, միայն թե նա ազատված լինի... Թող ազատվի իմ հրեշտակը, նա իր հանգուցյալ մոր կտորն է, նրա նման բարի է... Աստված հանգիստ արքայություն պարգևե նրան: Հանգուցյալի պես կնիկ չկար մեր երկրում, այնպիսի լավ սիրտ ուներ, որ ճանճին էլ չէր նեղացնի: Շատ անգամ մտնում էր նա աղքատ Թունիի խրճիթը և, երբ նրա երեխաներից մեկին մերկ էր տեսնում, հագցնում էր, երբ մեկին հիվանդ էր տեսնում, օգնում էր: Ոչ մի օր դատարկ ձեռքով նա իմ շեմքի վրա ոտք չէր կոխում, ամեն անգամ մի բան կբերեր իմ երեխաների համար, կասեր. «Թունի, դու կին չունես, ես պետք է պահպանեմ նրանց...» Այդ բոլորը ալևոր Թունին չի մոռանա... թեկուզ մեռնի, թեկուզ նրա գերեզմանի վրա խոտեր բուսնեն, դարձյալ չի մոռանա...

Մինչ ծերունին կվերջացներ իր հին հիշողությունները, ես ձիաներից երկուսը թամքեցի: Հետո նշանակեցի մի տեղ, խնդրելով նրան, որ ձիաները տանե այնտեղ և սպասն մեզ: Իսկ ես վազեցի դեպի մեր տունը, որ զենքերս վեր առնեմ: Գիշերը խիստ մութն էր: Մարդիկ քնած էին: Փողոցներում ոչ ոք չէր երևում:

Վերադառնալով մեր տնից, մտա պարտեզը, ուղիղ դիմեցի դեպի այն կողմը, ուր պատվիրել էի օրիորդին սպասել ինձ: Ես գտա նրան իր ծառայի հագուստով: Հազիվ կարելի էր ճանաչել նրան, եթե չասեր նա. «Այդ ես եմ»:

Մելիքի ամրոցի մեջ տիրում էր խորին լռություն: Լուսամուտներից ոչ մի ճրագ չէր երևում: Բոլորովին աննկատելի կերպով դուրս եկանք պարտեզից և սկսեցինք դիմել դեպի այն կողմը, ուր Թունին իր ձիաներով սպասում էր մեզ: Օրիորդը շնորհակալությամբ համբուրեց ծերունու աջը և առեց նրա օրհնու-թյունը: Ես օգնեցի նրան նստել ձին: Մենք հեռացանք:

Ամեն ինչ խաղաղ հանգստության մեջ էր: Ոչ մի շնչավոր արարած չէր երևում: Ես ետ նայեցի, ծերունին դեռ անշարժ կանգնած էր իր տեղում և, որպես մարմնացած բարեսրտություն, ձեռքերը բարձրացրել էր դեպի երկինք, մեզ համար հաջողություն էր բարեմաղթում»:

Բ

ԵՐԿՐՈՐԴ ԳԻՇԵՐ

Ավազակապետի պատմությունը այնքան գրավել էր իմ ուշադրությունը, որ ամենևին չէի նկատել, թե գիշերը աննկատելի կերպով անցել էր: Երբ արեգակի առաջին շառավիղները ներս ցոլացին մեր արգելանոցի նեղ լուսամուտներից, այդ ժամանակ դռները բացվեցան, և պահապանների կոպիտ ձայնը ընդհատեց հետաքրքիր պատմությունը: Մեզ խումբով դուրս քաշեցին դեպի հանքերը աշխատելու:

Ավազակապետը ամբողջ օրը լուռ էր, նրա քաջազնական դեմքը պատած էր մի խորհրդական մռայլով: Ես անհամբերությամբ սպասում էի գիշերին, որ լսեմ նրա պատմության շարունակությունը:

Բայց ինձ ավելի զարմացնում էր նրա անձնավորությունը, այդ անունը՝ «ավազակապետ», ամենևին սազ չէր գալիս նրան, նրա մեջ կային շատ գեղեցիկ հատկություններ, նա ուժեղ էր, որպես Հերքուլես*, և մեծահոգի ու բարի էր որպես մի ազնիվ հերոս: Նա ոչ միայն ուներ մի առանձին սեր դեպի ինձ, այլ թշվառականների ամբողջ հասարակության վրա նայում էր խորին ցավակցությամբ: Այդ պատճառով բոլորը հարգում էին նրան:

Ավազակապետը անկիրթ ևս չէր. նրա բավական մշակված լեզուն և առողջ դատողությունները ցույց էին տալիս, թե ինքը գրագետ ոմն էր: Ո՞րտեղից պետք է ուսած լիներ, երբ նրա ժամանակ Ղարադաղում չկար ոչ մի դպրոց: Այդ հարցին պատասխանեց նա, թե իր պատանեկության ժամանակ Հայրը ուղարկեց նրան Տաթևի վանքը, ուր մնաց նա ամբողջ վեց տարի: Այդ վանքում մեծ հռչակ էր ստացել մի վարդապետ որպես քաջ հայկաբան, ճարտասան և Աստվածաբան: նրա մոտ ուղարկում էին ղարադաղցիք իրանց զավակներին: Նրա աշակերտների թվում ուսանում էր և ինքը:

Այնօր աշխատությունից արձակեցին մեզ սովորականից խիստ վաղ, որովհետև հետևյալ օրը տոն էր: Մենք խումբով անցնում էինք մեծ փողոցի միջով, որի երկու կողմերում միմյանց մոտ շարված էին փոքրիկ խանութներ: Այդ խանութներում ծախվում էին ըստ մեծի մասին այնպիսի վաճառքներ, որ պետք էին աքսորականներին, զինվորներին, տեղային պաշտոնատարներին, հանքային արհեստավորներին, վարպետներին և այլ ծառայողներին: Մանրավաճառների խանութների շարքում կային դարբնոցներ, հացթուխներ, դերձակներ, գինետներ, խոհարարներ և ուրիշ պիտույքների կրպակներ:

Փողոցը լիքն էր մարդիկներով: Հետևյալ օրվա տոնի համար ամեն ոք գնում էր ինչ որ իրան պետք էր: Բայց իմ ուշադրությունը գրավեց մի մուրացկան, որ, մի խանութից մյուսը անցնելով, ողորմություն էր խնդրում: Հնացած, պատառոտած, կիսակարկատ ցնցոտիներից շատ տեղ երևում էր նրա մարմնի մերկությունը: Մի նույնպիսի հնամաշ տոպրակ ուսից քաշ էր ընկած: Գլուխը կռացած մինչև գետին, իսկ քամակից բարձրացել էր մեջքի ահագին կուզը: Իր դողդոջուն մարմինը հազիվհազ կարողանում էր ոտքի վրա պահել, նեցուկ տալով կուրծքին ձեռքի ցուպը: Նա կաղկաղալով քարշ էր գալիս մի խանութի դռնից դեպի մյուսը և ցավալի ձայնով մրմնջում էր, «Ողորմություն արեք, պարոններ, հիվանդ, սոված աղքատին»: Ամեն մի անգութ սրտի վրա կարող էր ազդել նրա դառն հառաչանքը:

Երբ նա տեսավ աքսորականների խումբը, մոտեցավ: «Դուք ավելի թշվառ եք, քան թե ես» ասելով, սկսեց իր հավաքած գրոշները բաժանել նրանց: Նա դրեց և իմ ափի մեջ երկու հատ հինգկոպեկանոց: Այդ ժամանակվա հինգ կոպեկանոցները այնքան մեծ էին, որ կարող էին իշի նալի հետ մրցել: Ես նայեցա մուրացկանի երեսին և շվարած մնացի... Ավազակապետը իմ կողքին կանգնած էր: Երբ մուրացկանը հեռացավ, նա ասաց.

— Այդ դեմքը ծանոթ է ինձ...

Ես ոչինչ չպատասխանեցի:

— Մի՞թե նա այժմ կաղ է դարձել և մեջքին կուզ ունի, — Ասաց նա ինքն իրան:

Տեսնելով, որ ավազակապետը ճանաչեց մուրացկանին, ես այլևս չթաքցրի նրանից, պատասխանեցի.

— Նրա ոտները քո և իմ ոտներից ավելի ուղիղ են, մեջքն էլ՝ նույնպես, միայն նա այնպես ձևացրել է իրան: Այդ մարդիկը հարկավորած ժամանակ գիտեին իրանց կույր, կաղ, սապատող ձևացնել: Տեսա՞ր նրա խառնված մազերը, խճճված մորուքը, ողորմելի երեսը, բոլորը շինծու էր:

— Այդ երեսը ծանոթ է ինձ, — դարձյալ կրկնեց ավազակապետը:

— Ո՞րտեղ ես տեսել նրան:

— Հետո կպատմեմ...

Խումբը անցավ: Ես մուրացկանից ստացած երկու հատ հինգկոպեկանոց-ները դրեցի գրպանս, այնտեղ մատներով շոշափեցի, հայտնվեցավ, որ հինգկոպեկանոցերի մեջտեղում դրած էր բոլորակ ձևով ծալած թղթի կտոր: Առանց կարդալու, արդեն երևակայում էի, թե ինչ պետք է գրված լիներ այն թղթի վրա, որ խորհրդավոր ծրարի մեջ հասցրեց ինձ մուրացկանը։ Այնուամենայնիվ, մի պատեհ ժամանակ էի որոնում, որ կարդամ թուղթը:

Երբ հասանք մեր արգելանոցը, արդեն մութն էր, ճրագները վառվում էին։ Ես առիթ գտա թուղթը կարդալու։ Նրա մեջ գրված էին հետևյալ տողերը. «Մուրադ, ամեն ինչ կարգադրված է քո փախուստի համար։ Հուսով եմ, որ դու այժմ կհետևես իմ խորհուրդներին։ Դու երկրորդ անգամ ինձանից նամակ կստանաս և նրա համեմատ կվարվես։ Պետրոս»:

Նամակը կարդացի ես մի այնպիսի տեղում, ուր թույլ են տալիս կալանա-վորներին մենակ մտնել։ Պատին կպցրած էր մի ճրագ, թուղթը բռնեցի ճրագի վրա և քավոր Պետրոսի խորհրդավոր ազդարարությունը մի վայրկյանում ոչնչացավ:

Ինձ հետաքրքրում էր ավազակապետի այն խոսքը, թե մուրացկանի դեմքը նրան ծանոթ էր։ Ես համոզված էի, որ անպատճառ այդ ծանոթության հետ կապված կլիներ մի ամբողջ պատմություն։ Որովհետև քավոր Պետրոսը այն պտուղներից չէր, որ նրան ճաշակելը մնար առանց հետևանքի:

Գիշերը, երբ մեզ տեղավորեցին մեր կացարաններում, ես խնդրեցի ավազակապետից, որ պատմե, թե ինչ առիթով ծանոթ է եղել ծպտյալ մուրացկանի հետ։ Նա հաճությամբ կատարեց իմ խնդիրքը:

«Դու հիշո՞ւմ ես, մի անգամ պատմեցի քեզ, որ իմ պատանեկության հասակում հայրս ուղարկեց ինձ Տաթևի վանքը ուսում առնելու։ Այդ միջոցներում լուր տարածվեց, թե Որոտնա վանքում հայտնվել է մի հրաշագործ ճգնավոր։ (Որոտնա վանքը հեռու է Տաթևի վանքից կես օրվա ճանապարհով միայն։) Ճգնավորի մասին խոսում էին, թե նա ոչ ուտում է, ոչ խմում է, այլ լիացած է սուրբ հոգու շնորհով, թե նրա կերակուրը մշտական աղոթքներն են։ Նրա մասին պատմում էին զանազան հրաշքներ, այդ պատճառով ամեն կողմից կույրեր, կաղեր և զանազան տեսակ հիվանդներ դիմում էին վանքը՝ ճգնավորից բժշկություն գտնելու համար:

Լսելով ճգնավորի համբավը, իմ հինգ տարի շարունակ անդամալույծ մայրս հանգստություն չէր տալիս ինձ։ Անդադար տնից նամակ էի ստանում, որ գնամ մորս բերեմ ճգնավորի մոտ։ Նա էլ ցանկանում էր առողջանալ և ամուր ոտների վրա ման գալ։ Հայրս էլ նույնն էր ցանկանում։ Ես ստիպվեցի առժամանակ ընդհատել իմ ուսումը, Տաթևի վանքից գնացի մեր տունը մորս բերելու համար։ Հայրս դրեց մեզ հետ ամեն բան, ինչ որ արժան էր վանքին ընծա տանելու համար:

Որոտնա վանքը հասնելուց երկու օրից հետո մեզ թույլ տվեցին այցելել ճգնավորի մոտ։ Մենք գտանք նրան իր ձեռքով ապառաժի մեջ փորած մի քարանձավում, ուր նա ապրում էր, ուր սովորություն ուներ աղոթելու և իր անձը զանազան ճգնություններով տանջելու: Այնտեղ տարավ մեզ վանքի աբեղաներից մեկը: Ճգնավորը այդ միջոցին աղոթքով զբաղված չէր, այլ նստած էր իր խուցի մեջ, բոլորովին մերկ քարահատակի վրա, և թեքի արմունկը դնելով մի քարի կտորի վրա, որ նրան բարձի տեղ էր ծառայում, ձեռքը նեցուկ էր տրված գլխին, և կիսաթեք դրության մեջ նրա բաց աչքերը անշարժ հառած էին դեպի քարանձավի առաստաղը: Այդ դրության մեջ, կարծես նրա միտքը վերասլացել էր դեպի երկինքը, և տիրել էր նրան խորին, սրբազան հափշտակություն: Այնպես որ, նա ամենևին չզգաց, երբ մայրս մոտեցավ և համբուրեց նրա հագուստի քղանցքը:

Հագուստը խիստ պարզ էր. կոշտ մազից գործված սև բաճկոնը իջնում էր մինչև ոտները, մեջքը պնդած էր նույնպես մազե սև չվանով: Տրեխներ կամ հողաթափեր չէր հագնում, բոբիկ ոտներով էր ման գալիս: Գլուխը բաց էր, բայց չկտրված և չսանրված մազերը այնքան երկարացել և աճել էին, որ պահպանում էին նրա գագաթը թե ցրտից և թե՛ արևի տոթից: Խճճված մորուքը խառնվել էր գլխի մազերի հետ և տալիս էր նրա դեմքին ահռելի կերպարանք: Երեսը գունաթափ և հիվանդոտ էր:

Տեսնելով, որ ճգնավորը ոչ շարժվում է, ոչ խոսում է և ոչ փոխում է իր նստվածքի ձևը, մենք կարծեցինք, թե նա քնած է: Բայց աբեղան ասաց.

— Նա քնած չէ, տեսնո՞ւմ եք, աչքերը բաց են, միայն հոգով բարձրացել է երկինքը:

Մայրս խնդրեց, թե կցանկանար, որ ճգնավորը տեսներ նրան: Աբեղան պատասխանեց.

— Մենք, մեղավոր ադամորդիներս, տեսնում ենք աչքերով, բայց նա տեսնում է հոգով:

Հետո աբեղան խորհուրդ տվեց մորս, որ մոտենա ճգնավորին, բռնե միայն նրա հագուստի դրոշակը, և նա կասե, ինչ որ ոգիները կներշնչեն նրան:

Ես օգնեցի մորս մոտենալ, նա կատարեց աբեղայի պատվերը: Նույն րոպեում ճգնավորը մի անսովոր շարժում գործեց և, չփոխելով իր առաջվա դրությունը, արտասանեց մի քանի անկապ խոսքեր.

«Խնկի ծառը բուսել է... գլխին պսակ հյուսել է... տասն երկու ճյուղ է արձակած...ամեն մի ճյուղի վրա... մի-մի հրեշտակ է նստած... բայց բոլորից վերևը... սուրբ տիրամայրն է նստած... գրկին մանուկ է բռնած... լույս մազերով զարդարած... Մորս աչքերում արտասուք... սիրտը վշտերով լցված... մանկան ձեռքին է մի խաչ... դեմքը պայծառ է դարձած... արտասուքը սրբություն... իսկ խաչը մեզ փրկություն... Մայրն ու որդին խոստանում»:

Ճգնավորը լռեց: Աբեղան բացատրեց մեզ նրա պատգամախոսության իմաստը, թե սուրբ տիրամայրը և որդին «փրկություն» են խոստանում: Մայրս ուրախացավ, կրկին համբուրեց ճգնավորի հագուստի դրոշակները, և մենք երկյուղածությամբ հեռացանք:

Այնուհետև անցան մի քանի ամիսներ, ճգնավորի մասին շատ անգամ լսվում էին այսպիսի խոսքեր, թե նրա ժամանակը մոտեցել է, թե նա երկար չէ մնալու երկրի վրա, թե հրեշտակները նրան իրանց մոտ են կանչում, թե նա մի օր կանհայտանա, թե նրա վախճանը Մովսեսի և սուրբ Լուսավորչի նման կլինի, որ ժողովուրդը նրա մարմինը չգտնե և պաշտելու առարկա չդարձնե:

Եվ իրավ, ճգնավորը անհայտացավ: Ո՞ւր գնաց, ոչ ոք չգիտեր: Միայն ժողովրդի մեջ տարածվեցան զանազան կարծիքներ, ոմանք համարում էին նրան Ենովքի և Եղիայի նման երկինքը բարձրացած, ոմանք ասում էին, թե նա առանձնացել է մի սարում, իր կյանքի վերջին օրերը խստակեցությամբ անցկացնելու և իր անձը բոլորովին աստծուն նվիրելու համար: Ոմանք պատմում էին, թե նրան տեսել են այսինչ տեղում, լույսի ճաճանչներով պատած, երբ մոտեցել են, նա աներևութացել է: Վերջապես, շատ այսպիսի խոսքեր էին ասում, իսկ նրանցից ո՞րն էր ճշմարիտ, Աստված գիտե»:

Ավազակապետի պատմությունը թեև շատ հետաքրքրական էր,

Բայց ինձ ամենևին չէր զարմացնում: Ես քավոր Պետրոսին լավ էի ճանաչում, նրա համար այս և այն կերպարանք ընդունելը, այս և այն ձևի մեջ մտնելը խիստ սովորական բան էր: Միայն ինձ անհավատալի էր թվում մի բան, արդյո՞ք քավոր Պետրոսը միևնույն անձնավորությունն էր, որին տեսել էր ավազակապետը ճգնավորի քարանձավի մեջ և ի՞նչ ապացույց ուներ այսպես կարծելու: Դեմքի նմանությունը բավական չէր. մանավանդ քավոր Պետրոսի դեմքը այն ժամանակից հետո պետք է բավական փոխված լիներ: Երբ այդ հարցերը առաջարկեցի, ավազակապետը պատասխանեց.

— Նրան կոչում էին «ականջը կտրած» ճգնավոր, պատմում էին, թե նա մի անգամ գերի է ընկել անօրենների ձեռքը, նրան տանջել են, ստիպել են հավատքը ուրանալ, նա մերժել է, և այդ պատճառով ականջները կտրել են: Այդ չարչարանքի համար նրան համարում էին մի տեսակ նահատակ: Եվ ես նկատեցի, որ մեր տեսած մուրացկանի երկու ականջների ծայրերը կտրված էին: Բացի դրանից, ճգնավորի բազուկների և ձեռքերի վրա Երուսաղեմի ուխտավորների դրոշմը կար: Նույնը ես նկատեցի մեր տեսած մուրացկանի ձեռքերի և բազուկների վրա:

Նշանները ուղիղ էին: Իրավ է, Պարսկաստանում մի փոքրիկ գողության համար քավոր Պետրոսի երկու ականջների ծայրերը կտրել էին: Այդ պատիժը ստացել էր նա իր երիտասարդ հասակում: Եվ թե նա Երուսաղեմի ուխտավոր է եղել, այդ նույնպես ուղիղ էր:

— Բայց ի՞նչ նպատակով թափառում է այդ մարդը հե՛ռավոր

հյուսիսում, — խոսեց ավազակապետը, — և ի՞նչ ողորմելի դրության մեջ էր նա:

Ես չգիտեի ի՞նչ պատասխանել, ես դժվարանում էի հայտնել ավազակապետին, թե ճանաչում եմ նրան, թե մեր մեջ եղել են երկար տարիների հարաբերություններ և թե նույն ճգնավորի առաջնորդությամբ ես մի այնպիսի ծուռ ճանապարհի վրա դրվեցա, որ վերջը բերեց հասցրեց ինձ այնտեղ, ուր տանջվում են հանցավորները միայն: Ես չհայտնեցի նաև, թե նա ինձ համար էր մտել այն ողորմելի կերպարանքի մեջ և ինձ համար է թափառում դատապարտյալների բնակության մերձակայքում: Ես ծածկեցի նրանից և այն, որ խորհրդավոր մուրացկանը, մոտենալով մեզ, հինգ կոպեկանոցների հետ տվեց ինձ մի թուղթ: Այդ բոլորը ծածկեցի իմ ամենալավ ընկերից, որովհետև դեռ մտատանջության մեջ էի, դեռ չգիտեի, թե ինչ պիտի պատասխանեմ քավոր Պետրոսի առաջարկությանը:

Ի՞նչ պետք է պատասխանեի: Մերժեի՞, ընդունեի՞, ոչ մեկը վճռել չէի կարողանում: Նա եկել էր ինձ ազատելու, նա անցել էր հարյուրավոր մղոններ, հազարավոր վերստեր, նա դեռ չէր մոռացել ինձ, դեռ մտածում էր ինձ համար: Բայց ի՞նչ նպատակով: Արդյո՞ք աշխատում էր հանգստացնել խղճի խայթը, որ ինձ մոլորության և դատապարտության մեջ ձգեց, թե կամենում էր ինձ նորից ձեռք առնել, որպես մի գործիք, որ նրան պակասում էր: Մինչև ես այս մտա-տանջությունների մեջ էի, ավազակապետը ասաց.

— Ես նրան երրորդ անգամն է, որ հանդիպում եմ:

— Առաջին անգամն որպես ճգնավոր, վերջին անգամ որպես մուրացկան, իսկ մյո՞ւսը, — Հարցրի ես:

— Դա կապ ունի Սանամի անցքի հետ, հետո կպատմեմ քեզ:

Գ

ԵՐՐՈՐԴ ԳԻՇԵՐ

Երրորդ գիշերը ավազակապետը այսպես սկսեց Սանամի ընդհատված պատմությունը.

«Դու հիշում ես, որ գիշեր էր, երբ ես և Սանամը հեռացանք մելիքի ամրոցից, մի մթին և խուլ գիշեր, որ բնությունը ինքն էր նպաստում մեր փախուստին: Անցանք մի քանի մղոններ, գիշերային խավարը սկսեց փոքր առ փոքր պարզվել: Ճանապարհին օրիորդը մի խոսք անգամ չխոսեց ինձ հետ: Նա լուռ էր. որպես երևում էր, ծանր մտախոհություններ տանջում էին նրան: Նա ուներ հայ օրիորդի թե՛ հնազանդությունը և թե՛ նախապաշարմունքները: Առաջինի դեմ բողոքեց նա, ընդդիմացավ ծնողների բռնությանը և չկամեցավ մահմեդականի կին դառնալ, իսկ երկրորդը, նախապաշարմունքը, մնաց: Նա մի նախատինքից ազատվեցավ, բայց մի այլ նախատինքի ենթարկեց իր անձը: Նա փախավ ծնողների տնից մի երիտասարդի հետ, որ ոչ նրա ազգականն էր և ոչ նրա բարեկամը: Երևի, այդ մտածություններն էին տանջում նրան:

Իմ ձին ընթանում էր առաջ, իսկ նա հետևում էր ինձ: Ես էլ իմ կողմից չէի խոսեցնում նրան, որովհետև չէի ցանկանում ավելի վրդովել նրա հոգեկան խռովությունը: Ես միայն հիացած էի նրա կերպարանքի բարեկազմությամբ, թե ո՛րքան գեղեցիկ էր նա տղամարդի հագուստով և որքա՛ն քաջազնաբար ձիավարում էր նա, նստած իր սիրուն նժույգի վրա: Նա ներկայացնում էր մի շնորհալի ձիավոր, որի նմանը կարելի էր տեսնել պարսից բարձր ազնվականների որդիների մեջ:

Բայց նրա հայրը իր կեցությամբ, իր սովորություններով, իր բարքով ու վարքով նույնպես ներկայացուցիչ էր պարսից բարձր ազնվականության: Շրջապատված բազմաթիվ նոքարներով, որսորդական շներով ու բազեներով, վատնում էր նա իր ժամանակի մեծ մասը զանազան զբոսանքների ու զվարճությունների մեջ, որոնք կատարվում էին ըստ մեծի մասին ձիաների վրա: Խիստ սակավ անգամ էր պատահում, որ նրա ընտանիքը չմասնակցեր այն զբոսանքներին, և այդ պատճառով Սանամը մանկությունից վարժված էր ձիավարելու մեջ:

Մելիքը, ինչպես Ղարադաղի բոլոր խաները, ուներ բազմաթիվ անասուն-ներ, որոնց ամառը տանում էին լեռնային հովասուն տեղերում արածացնելու: Շատ անգամ մելիքի ընտանիքը ամբողջ ամիսներ անց էր կացնում ամառա-նոցում, իրանց հոտերի մոտ: Հովիվների վրաններում

Սանամին ավելի էր զվարճացնում լեռնային կյանքը: Խարաղաղը սարոտ և անտառապատ երկիր է: Երբեմն ձի նստած ամբողջ ժամերով թափառում էր նա ձորերի, անտառների և լեռների մեջ: Այստեղ ավելի ազատ էր շնչում, քան թե հոր փակված տնում, ուր ամեն ինչ ճնշում էր նրան: Շատ անգամ ես լսել էի նրանից այդ խոսքերը. «Ես չեմ սիրում ձմեռը»: Երբ հարցնում էի պատճառը, պատասխանում էր. «Նրա համար, որ ձմեռը միշտ տան ծածկի տակ եմ մնում»:

Երբ արևը ծագեց, չգիտեմ ի՞նչ զգացմունքից դրդված, նա կանգնեցրեց իր ձին և մի քանի րոպե լուռ նայում էր դեպի այն կողմը, ուր նրա հոր լայնատարած կալվածների սահմանները հետզհետե անհայտանում էին մեր տեսությունից: Նա իսկույն երեսը շուռ տվեց, որ ես չնկատեմ նրա արտասուքը: Նա գնում էր, հեռանում էր այն երկրից, ուր ծնվել, սնվել ու մեծացել էր: Բայց ո՞ւր էր գնում՝ ինքն էլ չգիտեր: Բայց ինչո՞ւ էր թաքցնում ինձանից յուր արտասուքը: Նա այնքան հպարտ էր, որ չէր արժանացնում ինձ տեսնել ո՛չ նրա ուրախո՛ւթյունը և ո՛չ տրտմությունը:

Ես մոտեցա, երբ նկատեցի, որ ուզում էր խոսել ինձ հետ:

— Մենք լավ չարեցինք, — Ասաց նա, — Որ այդ ձիաները վեր առինք հորս ախոռատնից:

— Ինչո՞ւ լավ չարեցինք, — Հարցրի ես:

— Դու գիտես հորս բնավորությունը, նա այսօր այն խեղճ Թունիին սպանել կտա, որ մեզ ձիաներ տվեց:

— Ուրի՛շ ճար չկար, ո՞րտեղից կարող էինք գտնել ուրիշ ձիաներ:

— Կարող էինք ոտքով փախչել:

— Դա կհոգնեցներ ձեզ: Իսկ մեզ պետք է, որքան կարելի է, շուտով հեռանալ այդ կողմերից:

— Ինչո՞ւ:

— Մի՞թե դուք չգիտեք, որ հետամուտ կլինեն մեզ: Մի՞թե դուք չեք իմանում, որ հենց այս առավոտ, երբ կնկատեն, որ դուք տանը չեք, ամեն ինչ կհայտնվի, և ձեր հայրը դեպի ամեն կողմեր մարդ կուղարկե, որ ձեզ որոնեն:

— Թող ուղարկե: Այդ մթին ձորերը, այդ անտառները, այդ լեռներր կարող են տարիներով պահել մեզ իրանց ծոցում, և ոչ ոք գտնել չէ կարող մեզ: Այդպես չէ՞:

— Այդպես է, բայց զգուշություն ևս հարկավոր է:

Ես չկամեցա օրիորդի վստահությունը թուլացնել, թեև մեր ձեռնարկությունը սաստիկ վտանգավոր էր: Մենք կարող էինք և խանի մարզիկներին հանդիպել, որոնք, իմանալով օրիորդի փախուստը, նույնպես հետամուտ կլինեին: Այդ պատճառով շտապում էի րոպե անգամ չկորցնել և այն օր, որքան կարելի էր, երկար ճանապարհ կտրել:

Գիշերը մենք մնացինք անտառում, իսկ երկրորդ օրվա երեկոյան պահուն հասանք Երասխ գետի ափի մոտ։ Երասխը այդ կողմերում ռուսաց և պարսից հողերի սահմանագլուխն է։ Ես մտածում էի անցնել գետը և ռուսաց հողի վրա ապաստան գտնել։ Այդ կողմերում միակ անցքը Խուդա-Աֆերինի կամուրջն էր։ Բայց կամուրջով անցնել անկարելի էր, նախ այն պատճառով, որ այնտեղ կարող էին մարդիկ դրած լինել մեզ բռնելու, երկրորդ, մեզանից անցաթղթեր կպահանջեին։ Իսկ մենք, փախստականներս, անցաթղթեր չունեինք:

Դժվարությունը մեծ էր։ Ի՞նչպես պետք էր անցնել գետը։ Ուրիշ հնար չկար, պետք էր որոնել գետի ծանծաղուտներում մի ոչ այնքան խորին տեղ և մաքսախույսների նման անցնել ջրի միջով։ Բայց Սանամը կարո՞ղ էր կատարել մի այսպիսի հանդուգն ձեռնարկություն։ Ես մնացել էի շվարած, չգիտեի, թե ի՛նչ պիտի անեմ։ Երբ օրիորդը նկատեց իմ հուսահատությունը՝ հարցրեց.

— Ինչո՞ւ եք կանգնած:

Ես բացատրեցի նրան, թե ավելի ապահով դրության մեջ լինելու համար պետք է անցնել ռուսաց հողի վրա:

— Անցնենք, էլ ի՞նչ բանի ենք սպասում, — պատասխանեց նա:

Ես ցույց տվի ահարկու գետը:

— Անցնենք գետը, — կրկնեց նա մի առանձին վստահությամբ:

— Դուք չե՞ք վախենում:

— Ինչի՞ց պետք է վախենամ:

Ես հայտնեցի նրան, թե այն տեղը, թեև գետի ծանծաղ տեղերից մեկն է, այսուամենայնիվ բավական խորն է:

— Ես, ճշմարիտ է, լողալ չեմ իմանում, — ասաց նա, — բայց ձին խո իմանում է, լողալով կտանե և կհանե ինձ մյուս ափի վրա:

— Բայց դրա համար պետք է բավական քաջություն ունենալ, պետք է սրտի և հոգու հանգստություն ունենալ, չշփոթվել, չմոլորվել և կարենալ իրան ձիու վրա պահել:

— Կարող եմ, — Ասաց նա։ Հետո ավելացրեց, — միևնույն չէ՞, ես խո ուզում էի սպանել ինձ։ Եթե Աստված կամենում է, որ ես կենդանի մնամ, նա ինձ կօգնի և ոչ մի վտանգ չի պատահի։ Իսկ եթե հասել է իմ կյանքի վախճանը, ավելի լավ է, որ այդ մաքուր գետը լինի իմ գերեզմանը:

Հավատը, մի այսպիսի ջերմ հավատը՝ նախախնամության տնօրինության վրա, միակ և ամենահաստատ գրավականն էր, որ ինձ առիթ տվեց մտածելու, թե օրիորդը չի կորցնի իր հոգու քաջությունը և երկյուղից չի շփոթվի։ Եվ այդքանը բավական էր կատարյալ հաջողություն սպասելու համար։ Բավական էր, ասում եմ, այն պատճառով, որ եթե նա կարողանար իրան ձիու վրա պահել, ձին այնքան ուժեղ էր և. վարժված, որ առանց դժվարության կարող էր լողալով դուրս տանել նրան մյուս ափի վրա:

Այսուամենայնիվ, սպասելիք վտանգը մեծ էր: Ես բռնեցի օրիորդի ձիու սանձը իմ ձեռքում և պատվիրեցի նրան, որ իր ձին կառավարելու համար ամենևին հոգ չտանե, միայն երկու ձեռքով պինդ բռնե թամքից և աշխատե, որ ոտները դուրս չպրծնեն ասպանդակներից: Իսկ ես իմ ձին առաջ քաշեցի, նրա ձիուն իմ ետևից քաշ տալով: Երբ նրա ձին առաջին ոտները դրեց ջրի մեջ, ես նկատեցի, որ օրիորդը խաչակնքեց իր դեմքը և լուռ աղոթում էր: Մենք սկսեցինք առաջ գնալ: պուրը հազիվ հասնում էր մինչև ձիաների կուրծքը: Օրիորդը սկսեց մինչև անգամ ծիծաղել իմ վրա, թե ինչո՞ւ ես այնքան չափազանցորեն նկարագրեցի գետի սհավորությունը: Բայց ես զգուշացնում էի նրան, թե կարող են պատահել և ավելի խոր տեղեր:

Երասխի ծանծաղուտները այնքան վտանգավոր չեն, մանավանդ ամառը, երբ ջուրը փոքրանում է: Գյուղացիները մինչև անգամ ոչխարների հոտեր են անցկացնում: Միայն պետք է ճանաչել այն տեղերը, ուր նշանավոր խորություններ չեն պատահում: Իմ ընտրած տեղը ամենասովորական տեղն էր, ուսկից անց էին կենում այն տեսակ մարդիկ, որ չէին ցանկանում սահմանապահ ղարավուլների հանդիպել: Բայց ո՞վ կարող է նախագուշակել, թե գետը ամեն ժամ, ամեն օր ինչ հեղափոխություններ է կատարում իր հատակում: Այնտեղ, ուր երեկ ծանծաղ էր, այսօր բացվում է մի սհագին խորություն: Իսկ ջրի խաբուսիկ մակերևույթը դարձյալ հարթհավասար է մնում:

Մինչև գետի լայնության կեսը անցանք առանց որևէ դժվարության:

Ես խորհուրդ էի տալիս օրիորդին, որ երբեմն աչքերը խփե, շատ չնայի ջրին: Ձիաները ջրի սրընթացության հետ կռվելով, փռնչալով, առաջ էին գնում: Դեռ նրանց ոտները հասնում էին հատակին, և այդ օգնում էր իրանց պինդ պահել և չգնալ հոսանքի հետ: Բայց երբ հասանք խորությունների, նրանք սկսեցին լողալ: Այդ ժամանակ ամենավտանգավոր րոպեն էր: Ես անդադար ձայն էի տալիս օրիորդին, որ չվախենա և իրան ամուր պահե թամքի վրա: Բայց ջուրն արդեն հասել էր մինչև թամքը: Ձիաների վեր բարձրացրած գլուխներն էին միայն երևում: Այդ միջոցին գետի սրընթաց հոսանքը սկսեց իր հետ տանել օրիորդի ձիուն: Ես աշխատում էի կանգնեցնել նրան, ձիգ տալով սանձից, որ իմ ձեռքում բռնած ունեի: Բայց հնար չեղավ, սանձը կտրվեցավ, և նրա ձին բավական հեռացավ ինձանից: Վտանգն ակներև էր: Օրիորդը, այսուամենայնիվ, չկորցրեց սրտի ամրությունը և քաջությամբ պահում էր իրան ձիու վրա: Ես փութացնում էի իմ ձիուն, որ առաջանամ և բռնեմ նրան: Բայց իսկույն սարսափը տիրեց ինձ, երբ տեսա, որ օրիորդը իր ձիու հետ խորասուզվեցավ ջրի տակ: Ուրիշ հնար չկար, պետք էր թողնել իմ ձին և լողալով որոնել նրան ալիքների մեջ: Նրա ձիու գլուխը կրկին հայտնվեցավ ջրի տակից, օրիորդը դեռ նրա վրա էր գտնվում, երկու ձեռքով պինդ բռնած ունենալով նրա բաշից: Ես լողալով մոտենում էի: Մենք արդեն շեղվել էինք ծանծաղուտներից և ընկել էինք սարսափելի խորությունների մեջ: Ես չեմ կարող նկարագրել այն բոլոր զարհուրանքը, որ այս րոպեիս էլ տիրում է իմ սրտին, երբ մտաբերում եմ իմ անխոհեմությունը, թե որպիսի հիմարությամբ ես թույլ տվեցի ինձ այնպես անհոգությամբ վերաբերվել դեպի կատաղի Երասխը: Ես թե այն ժամանակ և թե այժմ դեռ չեմ կարողացել պարզ հասկանալ, թե ի՞նչ կատարվեցավ, և ի՞նչպես եղավ, որ երբ աչքերս բաց արի, ինձ ջրի խորության մեջ գտա: Երևի, մի ուժգին պտույտ, մի կատաղի հորձանք ինձ ևս տարել էր ջրի տակ: Բայց երբ կրկին բարձրացա ջրի մակերևույթի վրա, նայեցի, օրիորդը այլևս չէր երևում: Երկար ես լողում էի այս կողմ և այն կողմ, երկար որոնում էի նրան, բայց նա չկար ու չկար...

Մի ձայն գետի հակառակ ափից վաղուց կանչում էր ինձ:

Բայց ես իմ խռովության խորին տագնապի մեջ սկզբում ոչինչ չէի լսում: Նա կանչում էր: Նա կանչում էր, «Դու՛րս եկեք, դուրս եկեք... դեպի այս կողմը»:

Իմ ուժերը բոլորովին սպառված չէին, միայն օրիորդի կորուստը մահվան չափ տանջում էր ինձ: Ես սկսեցի ալիքները պատառելով լողալ դեպի կոչող ձայնը: Երբ դուրս եկա ափի վրա, իմ ուրախությանը չափ չկար: Օրիորդը այնտեղ նստած էր, և կոչող մարդը կանգնած էր նրա մոտ: «Դու այժմ փրկված ես»... մի առանձին բերկրությամբ ասում էր նրան, որպես մի մարդ, որ խորին բավականություն էր զգում, որ ազատել էր մի կյանք: Հետո դարձավ նա դեպի ինձ, ասելով.

— Դու բավական քաջությամբ կռվում էիր ջրի հետ, ես համոզված էի, որ դու դուրս կգաս, այդ պատճառով քո մասին հոգ չտարա:

Արևը դեռ նոր մայր էր մտել, դեռ բավական լույս կար» Երասխի գետաձորի մեջ մշտական քամին սաստիկ սառն է լինում, մանավանդ երեկոյան պահուն: Օրիորդը թրջված հագուստի մեջ ամբողջ մարմնով դողդողում էր: Անծանոթ բարերարը առաջարկեց ինձ տանել նրան մերձակա գյուղը տաքացնելու և հագուստները չորացնելու համար: Սանամը ոչինչ չէր խոսում, նա գտնվում էր մի տեսակ տենդային դրության մեջ: Բայց անծանոթի առաջարկությունը ինձ անգործնական երևաց: Մենք փախստականներ էինք, անխոհեմություն կլիներ մեր կողմից մտնել բնակությունների մեջ: Թեև այդ մասին ես ոչինչ չհայտնեցի անծանոթին, բայց, կարծես թե, նա մի բան նշմարում էր» Օրիորդը, թեև ծածկված էր տղամարդի հագուստի մեջ, բայց նրա գդակը ջրի հոսանքի հետ գնալով, գլուխը մնացել էր բաց, և մազերի երկայն հյուսերը թափվել էին թիկունքի ու կուրծքի վրա: Այդ կասկածանքի մեջ ձգեց անծանոթին: Ես աշխատեցի փարատել նրա կասկածը, ասելով, որ «նա այսինչ խաչի «զուլն» է, մայրը ուխտել է, որ մինչև քսան տարեկան հասակը մազերը չկտրվեն»:

— Այդ ինձ շատ չէ հետաքրքրում, պատասխանեց նա, — Բայց դրան հարկավոր է շուտով մի տաք տեղ, եթե ոչ, իսկույն տենդ կստանա:

— Ի՞նչ ազգից են այն գյուղացիները, — Հարցրի ես:

— Հայեր են, — պատասխանեց նա:

Երբ պատրաստվեցանք գնալ դեպի գյուղը, ես նոր նկատեցի, որ մեր ձիաները կորած էին: Անծանոթը ասաց, որ նրանք դուրս եկան գետի մյուս ափի վրա: Կորուստը շատ զգալի էր: Փախստականը առանց ձիաների ո՞ւր կարող էր գնալ: Կրկին լողալով անցնել գետը և որոնել ձիաներին, շատ դժվար էր. նախ, այն պատճառով, որ ես չէի կարող մենակ թողնել օրիորդին, երկրորդ, ոչինչ հավանականություն չկար, թե կարելի կլիներ գտնել նրանց: Ձիաները այնքան սովորած էին եկած ճանապարհին, եթե մի օտար մարդ չբռներ նրանց, ուղղակի կդիմեին իրենց տիրոջ տունը:

Երբ անծանոթը նկատեց իմ շվարած դրությունը, ասաց:

— Գնանք, ձիաների մասին կմտածենք հետո:

— Ի՞նչ կարող ենք մտածել, — Հարցրի ես:

— Գյուղից ուրիշ մարդիկ կուղարկենք, որ որոնեն նրանց:

Գյուղը շատ հեռու չէր. մութը դեռ նոր էր պատել, երբ հասանք այնտեղ: Անծանոթը չբաժանվեցավ մեզանից, որպես երևում էր, նա իր առաքինությունը կամենում էր մինչև ծայրը հասցնել: Իմանալով, որ մենք օտարականներ ենք, նա հոգ տարավ մեզ համար գիշերելու օթևան ևս գտնել:

— Ես էլ այստեղ օտար եմ, — Ասաց նա, — ձեզ կտանեմ միևնույն տունը, ուր ես մի քանի օր կացել եմ: Նրանք բարի և հյուրասեր մարդիկ են:

Օրիորդը հազիվ էր շարժվում, սոսկալի դեպքը խլել էր նրանից ամեն զորություն: Հենված իմ թևքի վրա, դժվարությամբ փոխում էր նա իր դողդոջուն քայլերը:

Տունը, ուր տարավ մեզ անծանոթը, գյուղի նշանավոր անձինքներից մեկի տունն էր: Մեզ պատահած դժբախտության տեղեկությունը բավական էր, որ հրավիրեր բոլորի կարեկցությունը մեզ վրա: Այդ պատճառով մեր փախուստի մասին ոչինչ չխոսեցինք:

Օրիորդին պետք էր հանգստություն, պետք էր ջերմացնել սառած մարմինը: Իսկույն մի առանձին սենյակում տաք անկողին պատրաստեցին: Նա խնդրեց ինձ օգնել իրան, որ հանե թրջված հագուստը: Ես մյուսներին հեռացրի, որպեսզի չնկատեն, թե նա աղջիկ է և ոչ տղա: Վիշտը, ցավը, հիվանդոտ դրությունը խլել էին նրանից կանացի պարկեշտության այն զգուշությունները, որով կինը չէր ներում մի օտար տղամարդին շոշափել իր մարմինը: Բայց այն դրության մեջ նա նայում էր իմ վրա որպես իր աղախիններից մեկի վրա: Եվ իմ զգացմունքները այնքան մաքուր էին, որ օրիորդը չէր սխալվում իր մտերմության մեջ:

Նրա՝ անկողին մտնելուց հետո ես չհեռացա նրա կշտից, մինչև տաքացավ և ջերմ քրտինքը պատեց ճակատը: Քունը շուտով տիրեց նրան, բայց տենդային և անհանգիստ էր քունը: Բորբոքված երևակայությունը դեռ արթուն էր: Երկար նա տանջվում էր սոսկալի երազներով և երբեմն խոսում էր խառն զառանցությունների մեջ: «Թեկուզ սպանեք, թեկուզ կտրատեք, պարսիկի կին չեմ դառնա»... այդ խոսքերը մի քանի անգամ լսելի եղան նրա բերնից:

Գիշերը ես մնացի նույն սենյակում, ուր պառկած էր օրիորդը: Մի անգամ միայն մտավ ինձ մոտ անծանոթը և հարցրեց օրիորդի դրությունը: Տանեցիներից ուրիշ ոչ ոք չխանգարեց նրա հանգստությունը:

Առավոտյան օրիորդը իրան լավ էր զգում, վեր կացավ և առանց իմ օգնության հագնվեցավ: Ես միայն ջուր տվի լվացվելու: Նրա վիճակը ինձ այն աստիճան զբաղեցրել էր, որ դեռ ուշադրություն չէի դարձրել, թե ո՞րտեղ ենք գտնվում, կամ ո՞վ է մեր հյուրընկալը: Ես մինչև անգամ իմ շնորհակալությունը դեռ չէի հայտնել անծանոթին, որ օրիորդի կյանքը ազատեց խեղդվելուց, և դեռ չգիտեի, թե ի՞նչ դիպվածով պատահեց նա գետի ափի մոտ, երբ մենք ենթարկվեցանք սոսկալի վտանգին:

Առավոտյան անծանոթը կրկին մտավ մեզ մոտ: Մեծ եղավ իմ զարմանքը, երբ նկատեցի, որ այդ մարդը ծանոթ էր ինձ: Դա միևնույն ճգնավորն էր, որին իմ պատանեկության հասակում տեսել էի Որոտնա վանքում: Այո, նույն ճգնավորը, երկու ականջների ծայրերը կտրած, բազուկները և ձեռքի երեսը դրոշմված Երուսաղեմի ուխտավորի նշաններով: Իսկ այժմ նա աշխարհականի հագուստ ուներ: Թեև այդ հագուստի մեջ ևս պահպանել էր իր բարձր առաքինությունը:

Տեսնելով օրիորդին առողջ, չափազանց ուրախացավ նա և մի առանձին կարեկցությամբ մոտեցավ, նստեց մեզ մոտ:

Երևում էր, մեզ հետ առանձին խոսելիք ուներ, այդ պատճառով պատվիրեց ինձ սենյակի դուռը փակել և ոչ ոքի ներս չընդուներ

— Ես այստեղացի չեմ, — Ասաց նա, — ես էլ ձեզ նման օտարական մարդ եմ այս գյուղում: Այսօր պետք է հեռանամ այստեղից: Ես եկա ձեզ մոտ հարցնելու, արդյոք այլևս հարկավոր չե՞մ լինի ձեզ:

— Ձեր կատարած գործը այնքան մեծ է, որ մենք իրավունք չունենք ավելին պահանջել ձեզանից, — պատասխանեցի ես: — Մեզ մնում է միայն շնորհակալ լինել ձեր առաքինության համար:

— Այդ ավելորդ է, — Ասաց նա համեստությամբ: — Ես արել եմ այն, ինչ որ ամեն մարդու պարտքն է անել, երբ տեսնում է դժբախտություն: Քայց դուք այն ասացեք, արդյոք մի որևիցե այլ բանո՛ւմ պե՞տք եմ ձեզ, թե՞ ոչ: Ես սիրում եմ պարզ խոսել, ավելի լավ կլինի, որ դուք ևս բոլորովին անկեղծ լինեք ինձ հետ:

Վերջին խոսքերը ինձ կասկած պատճառեցին, երևում էր, որ նա փոքրիշատե տեղեկություն ուներ մեր գաղտնիքի մասին: Ես պատասխանեցի,

— Մենք չենք կարող անկեղծ չլինել դեպի մի բարերար, որ այնքան մեծ զոհաբերություն հանձն առեց ազատելու մի կյանք:

— Մի օրիորդի կյանք, — կրկնեց նա խորհրդավոր ձայնով:

Ես մնացի շվարած: Ո՞րտեղից գիտեր նա, որ տղամարդի հագուստով ծպտյալ պատանին օրիորդ էր: Նա պատասխանեց.

— Օրիորդին ջրից հանելու ժամանակ ես արդեն հասկացա, որ նա տղամարդ չէ: Նրա մի այսպիսի ծպտյալ դրությունը առիթ է տալիս ինձ մտածելու, որ ձեր վարմունքի մեջ թաքնված է մի գաղտնիք: Դուք չեք սխալվի, եթե այդ գաղտնիքը կհայտնեք ինձ: Գուցե ես կարող կլինեմ դարձյալ օգնել ձեզ:

Օրիորդը, որ բոլոր ժամանակ լուռ լսում էր, ընդհատեց մեր խոսակցությունը, ասելով.

— Ես գաղտնիք չեմ պահի մի մարդուց, որը ազատեց իմ կյանքը: — Եվ սկսեց նա մի ըստմիոջե պատմել, թե ինքը ում աղջիկն է, պատմեց իր հոր անգութ վարմունքը, որ նրան ուզում էր բռնությամբ մահմեդական խանին տալ, և ինքը այդ բարբարոսությունից ազատվելու համար ստիպվեցավ փախուստի մեջ փրկություն որոնել և այլն:

Անծանոթը խորին ցավակցությամբ լսում էր: Երբ օրիորդը ավարտեց, ասաց նա.

— Որքան ցավալի է ձեր պատմությունը, հարգելի օրիորդ, այնքան գովելի է ձեր արիությունը, որով պատերազմեցիք կոպիտ բռնության դեմ և բարի օրինակ դարձաք շատերի համար: Հիմա աղջիկներ մահմեդականների խաներին տալն այն սովորական կաշառքներից մեկն է համարվում, որով չարամիտ մարդիկ ձգտում են այս և այն նպատակին հասնել: Դա վատ է, դա շատ վնասակար է: Ձեր պատմությունը ավելի և ավելի գրավեց իմ կարեկցությունը: Ես ուրախ եմ, որ դեռևս մի փոքրիկ ծառայություն կարող եմ անել ձեզ:

— Բավական է, ինչ որ արեցիք, — պատասխանեց օրիորդը:

— Ոչ, բավական չէ, — պատասխանեց նա հանդարտությամբ: — Դուք այժմ գտնվում եք ռուսաց հողի վրա, դուք փախստական եք պարսից երկրից, դուք անցել եք այս կողմը առանց անցագրի, այդ բոլորը ձեզ խիստ դժվարին դրության մեջ է դնում: Ձեր հայրը այնքան ազդեցության տեր մարդ է, բավական է, որ նա գրե այստեղի կառավարությանը, ձեզ իսկույն կբռնեն և ետ կուղարկեն, որովհետև դուք փախստական եք, դուք անցագիր չունեք: Այդ լավ է, որ դուք տղամարդի կերպարանքի մեջ եք մտել, բայց այդ բավական չէ ձեր ապահովության համար: Դուք դեռ գտնվում եք պարսից սահմանի մոտ, պետք է հեռանալ այստեղից և շուտով հեռանալ: Բայց այդ դժվար կլինի ձեզ, որովհետև դուք կորցրիք ձեր ամենակարևոր դյուրությունները՝ ձեր ձիաները: Ես գիշերը այս մասին մտածում էի, մի քանի լավ լրտեսներ ուղարկեցի, անցան գետը որոնելու ձեր ձիաները, բայց առավոտյան լուր բերեցին, որ չգտան նրանք: Դուք առանց ձիաների ոչ մի տեղ գնալ չեք կարող: Ձեզ պետք է շուտափույթ կերպով տեղափոխվել մի տեղից մյուս տեղ, իսկ այդ առանց ձիաների անկարելի է:

Նրա նկատողությունները ուղիղ էին: Մեր դրությունը խիստ դժվարին էր: Մենք զուրկ էինք ամեն միջոցներից, որ մեր պետքերը հոգայինք: Մեր փախուստը այնքան անակնկալ և անպատրաստ կերպով կատարվեցավ, որ ապագա պետքերի մասին ամեննին չմտածեցինք: Մենք մինչև անգամ այնքան փող չունեինք, որ մեզ համար հաց գնեինք ուտելու:

— Ես, — շարունակեց նա, — Բոլորը հոգացել եմ: Ես վարձեցի ձեզ համար երկու ձիաներ, որոնց տերը կտանե ձեզ ուր որ կամենաք: Միայն խորհուրդ կտայի, որ անցնեիք Ղափանի կողմերը, այնտեղ ժողովուրդը բարի է, ամեն տեղ կնդունեն, ամեն տեղ կպահպանեն ձեզ: Դուք ժամանակ չի պիտի կորցնեք, հենց այսօր, հենց այս առավոտ պետք է ճանապարհ ընկնեք: Օրիորդը այնքան առողջ է, որ կարող է շարունակել ճանապարհորդությունը: Ես հոգացել եմ ինչ որ պետք է ճանապարհի համար: Ձեզ պակաս է մի բան, որ ամեն տեղ կպահանջեն ձեզանից: Ես անցագրի մասին եմ խոսում: Ես կտամ ձեզ երկու անցագրեր: Օրիորդը թող մնա իր ծպտյալ կերպարանքի մեջ, որպես և է, միայն տղամարդ ձևանալով, պետք է ընդունե մի տղամարդի անուն: Իսկ դուք, — Դարձավ դեպի ինձ,— նույնպես պետք է փոխեք ձեր անունը:

Վերջացնելով իր պատվերները, հանեց նա իր ծոցից երկու պարսկերեն անցագրեր, մեկը տվեց ինձ, մյուսը օրիորդին, հայտնելով, որ մենք կրենք այնուհետև նրանց մեջ նշանակված անունները:

Բոլոր ժամանակը խոսում էր նա մի այնպիսի եղանակով, կարծես մեր վաղեմի բարեկամը կամ մտերիմ խորհրդակիցը լիներ: Գլուխը դեպի ցած խոնարհած, կիսաբաց աչքերով խիստ հազիվ անգամ նայում էր մեր երեսին: Բայց մի խորհրդավոր վեհություն, առաքինական խիստ ազդու արտահայտություն նշմարվում էր նրա պատկառելի դեմքի վրա: Ես աստուծո մի առանձին ողորմությունն էի համարում, որ մեր նեղ դրության մեջ ուղարկեց մի այնպիսի օգնական: Բայց օրիորդը այնքան հպարտ էր, որ շատ դժվար եղավ համոզել նրան, որ ընդունե մի օտար և անծանոթ անձից այս տեսակ բարերարություններ: Բայց անհրաժեշտ կարիքի նրան ևս ստիպեց հաշտվել հանգամանքների հետ:

Երբ ամեն ինչ պատրաստ էր, մենք սենյակից դուրս եկանք: Մեր հյուրընկալը բարեմաղթությամբ ճանապարհ դրեց մեզ, իսկ անծանոթը բավա-կան տեղ եկավ մեզ հետ:

Օրիորդը նստած էր ձիու վրա, իսկ ես անծանոթի հետ գնում էի ոտքով: Իմ ձին բերում էր մեր ետևից չարվադարը:

Ինձ բոլորովին չէր զարմացնում այն միտքը, թե ինչո՞ւ կամ ի՞նչ պատճառներից դրդված այդ մարդը ընդունում էր այնքան խորին կարեկցություն մեր դրության մեջ: Բավական էր, որ ես գիտեի, թե նա մի ժամանակ ճգնավոր է եղել, թե աստծուն նվիրական մարդիկ միշտ պատրաստ են օգնել, բարիք գործել, երբ տեսնում են թշվառություն, երբ տեսնում են կարոտություն:

Բայց ես տակավին տարակուսության մեջ էի գտնվում, իմ կասկածը բոլորովին փարատված չէր, թե արդյո՞ք դա միևնույն անձնավորությունն էր, որին իբրև ճգնավոր մի ժամանակ տեսել էի Որոտնա վանքում, թե ես սխալվում էի չափազանց ճիշտ նմանությունների մեջ:

Բավական տեղ մեզ ճանապարհ դնելուց հետո, երբ կամենում էր նա բա-ժանվել մեզանից, ես հարցրի.

— Մենք չի՞ պիտի գիտենանք, թե ումից պետք է շնորհակալ լինենք այսքան բարությունների համար:

Նա սառնությամբ պատասխանեց.

— Կարծեմ, մի առանձին հարկավորություն չկա այդ գիտենալու:

— Այսուամենայնիվ, ինձ շատ ցանկալի էր գիտենալ, թե դուք ո վ եք:

— Եթե այդ ձեզ որևիցե օգուտ կբերեր, ես կասեի ձեզ:

Ես ուղիղ նայեցի նրա երեսին, ասելով,

— Եթե իմ հիշողությունը ինձ չէ խաբում, կարծեմ ես տեսել եմ ձեզ մի ժամանակ մի վանքում... մի քարանձավի մեջ... դուք ճգնավոր էիք...

Նրան տիրեց մի վայրկենական խռովություն, բայց իսկույն ծածկելով իր շփոթությունը, պատասխանեց.

— Դուք չեք սխալվում... այն ժամանակ ճգնում էի մի լեռան քարանձավի մեջ, հեռացած մարդիկներից... իսկ այժմ ճգնում եմ կյանքի մեջ...

Այս ասելով, նա տվեց ինձ իր քսակը: «Ա՛ռ, — Ասաց, — ճանապարհին ձեզ պետք կլինի», և իսկույն բաժանվեցավ մեզանից:

Ես ապշած մնացի, մի խոսք անգամ չգտա նրան ասելու, միայն, քարացածի պես կանգնած, նայում էի նրա ետևից: Նա էլ ճանապարհորդ էր, նա էլ մի տեղ էր գնում, բայց ո՞ւր էր գնում, Աստված գիտե: Նա իր քսակը տվեց ինձ. ես հավատացած էի, որ դա նրա վերջին արծաթն էր: Իսկ ինքը գնում էր միայնակ, ոտքով, մի երկայն ցուպ ձեռին բռնած, աղքատ ուղևորի պարկը ուսին կապած»:

Երբ ավազակապետը վերջացրեց, հարցրի նրանից.

— Այնուհետև մյուս անգամ չհանդիպեցի՞ք նրան:

— Ոչ: Այն օրից անցել են շատ տարիներ, կրկին հանդիպեցի նրան միայն այստեղ, քեզ հետ միասին, մուրացկանի կերպարանքով, և այդ խիստ զարմացնում է ինձ: Այդ մարդը մի տեսակ հանելուկ է ինձ համար: Ես շատ կցանկանայի, որ մեկ անգամ ևս տեսնեի և խոսեի նրա հետ: Իբրև մուրացկան նա նույն բարի և առաքինի մարդը երևաց ինձ, որպես էր առաջ: Դու տեսար, ի՛նչպես կարեկցությամբ մոտեցավ նա դատապարտյալների խումբին, ի՛նչպես բաժանեց մեզ իր հավաքած գրոշները, ասելով. «Դուք ավելի թշվառ եք, քան թե ես»...

Ես դարձյալ զաղտնիք պահեցի խորհրդավոր մուրացկանի մասին, այսքանը միայն ասելով իմ լավ ընկերին,

— Գուցե մյուս անգամ ևս կտեսնեք... այդ մարդը շուտով չի հեռանա այստեղից...

Ես հավատում էի, բոլորը հավատում էի, ինչ որ պատմում էր ավազակապետը: Քավոր Պետրոսը այն տեսակ առասպելական արարածներից էր, որ ընդունակ էր հրեշտակից սատանա լինել, իսկ սատանայից՝ հրեշտակ: Թե բարին և թե չարը նրա մեջ միևնույն ուժով էին գործում: Միայն հանգամանքներից էր կախված, թե ե՞րբ կամ ի՞նչ դեպքում պետք էր ո՛րը գործ դնել: Նա աշխարհի մարդ էր, գիտեր, թե ի՛նչպես պետք է վարվել աշխարհի հետ: Ես ինքս վկա էի եղել գործերի, որոնց մեջ նա ցույց էր տվել թե իր վերին աստիճանի առաքինությունը և թե իր վերին աստիճանի անգթությունը: Ես տեսել էի նրան բարեսիրտ, որպես աղավնի, և նենգավոր, որպես օձ: Այդ մարդը, որի հետ տարիներով ապրել էի, գործել էի, ինձ համար ևս մնացել էր որպես մի մթին հանելուկ: Ես հասկանալ չէի կարողանում, թե ի՛նչպես չարն ու բարին, առանց

միմյանց հետ հակառակելու, հաշտվում էին նրա մեջ: Բայց հավատացած էի, որ նա ամենայն անկեղծությամբ, ամեն տեսակ զոհաբերություններ հանձն առնելով, եկել էր ինձ ազատելու իմ թշվառ դրությունից: Բայց ես կարո՞ղ էի կրկին անձնատուր լինել մի մարդու, որը որքան բարի էր, նույնքան ևս չար էր, Այդ հարցը դարձյալ մնաց իմ սրտում անվճիռ:

Դ

ՉՈՐՐՈՐԴ ԳԻՇԵՐ

— Դու այն պատմիր, թե ինչո՞ւ են կոչում քեզ ավազակապետ և ո՞րտեղ ընկար դատապարտյալների հասարակության մեջ, — Հարցրի ես չորրորդ գի՛շերը, երբ բավական հանգստացել էինք ցերեկվա ծանր աշխատությունից:

Ավազակապետը շարունակեց.

«Մեր անծանոթ բարերարի վարձած ձիաներով անցանք Մեղրիի գավառը: Այստեղ ճանապարհները այն աստիճան քարքարոտ են, և լեռնային ելևէջները այն աստիճան սարսափելի են, որ անկարելի է ձիով ման գալ: Մենք ստիպված էինք մեր ձիաները փոխել և վարձել ջորիներ: Այդ խորամանկ անասունները սովոր են լեռնային քարքարոտներում ման գալ:

Սկզբում Սանամը դժվարությամբ հոժարացավ ջորիի վրա նստել: Ղարադաղի մելիքի աղջիկը, որ սովորած էր սիգապանծ նժույգների, կարծես ամաչում էր, որ ստոր անասունների վրա հեծած տեսնեին նրան: «Ինձ այլևս ո՞վ է ճանաչում», ասաց նա և մի առանձին մտերմությամբ խնդրեց ինձանից օգնել իրան, որ հեծնե: Ես զարմացա: Սանամը, որ ծտի նման ձիաների վրա թռչել գիտեր, ինձանից օգնություն էր խնդրում: Երբ փոքր-ինչ առաջ գնացինք, ասաց նա,

— Վերջին ժամանակներում շատ ուժաթափ եղա...

Նրա ձայնի մեջ լսվում էր խորին տխրություն և սրտի դառն կսկիծ:

— Դուք այս առավոտ ոչինչ չկերաք, — Ասացի նրան, —կարելի է քաղցածությունից լինի:

— Ոչ, — պատասխանեց նա: — Շատ անգամ սուրբ Սարգսի պասին երկու կամ երեք օրով ծոմ էի պահում, ո՛չինչ չէի ուտում, բայց երբեք ուժաթափ չէի լինում:

— Երևի, գետը ձեզ վրա վատ տպավորություն գործեց, — նկատեցի ես:

— Ոչ: Այն մարդը շուտ վրա հասավ, ես դեռ բոլորովին ջրի տակ չէի գնացել, որ ազատեց ինձ: Ա՜խ, երանի թե գիտենայի ով էր այդ մարդը: Երևում է՝ որ Աստված մեզ հետ է: Նա ուղարկեց այդ մարդուն մեզ օգնելու համար:

Վերջին խոսքերը մխիթարում էին նրան և ավելի ամրացնում էին նրա հավատը, որ խիստ վառ էր օրիորդի մեջ:

Չնայելով, որ ջրիները դանդաղ էին ընթանում, դարձյալ մենք այն օրը անցանք բավական ճանապարհ: Գնալով լեռների միջով, շատ անգամ ստիպված էինք անցնել այնպիսի վտանգավոր տեղերից, ուր անձնավստահ որսորդները միայն ոտք են կոխում, այն ևս խիստ հազիվ անգամ: Ջառիվայրների դժվարությունը երբեմն ստիպում էին մեզ ցած իջնել ջրիներից և, ապառաժների վրայով մագլցելով, առաջ գնալ: Սանամը բոլորովին հոգնած էր, հազիվհազ կարողանում էր իրան ոտների վրա պահել: Ես մի քանի անգամ առաջարկեցի բռնել նրա ձեռքից, օգնել նրան, բայց ամեն անգամ մերժում ստացա: Նա դեռ խորշում էր ինձանից, նա այնքան հպարտ էր, որ դեռ նայում էր իմ վրա որպես իր հոր տան ծառաներից մեկի վրա: Ես դեռ նրա մտերիմ անձնվեր բարեկամը չէի:

Երբ բարձրացանք սարերի վրա, արևը արդեն սկսել էր թեքվել դեպի իր երեկոյան մուտքը: Ստորոտներում տոթը խեղդում էր, իսկ այստեղ ցուրտը մրսեցնելու չափ զգալի էր ջրիներից ցած իջանք, նստեցինք փոքր-ինչ հանգստանալու: Ես առաջարկեցի օրիորդին փաթաթվել իմ վերարկուի մեջ. նա հոժարությամբ ընդունեց, որովհետև վերարկու չէր առած իր հետ: Հետո տվեցի նրան մի բան ուտելու, նա բոլորովին կազդուրվեցավ և գտնվում էր բավական խաղաղ տրամադրության մեջ:

Արևը մտավ: Երեկոյան վերջալույսը հետզհետե զրկվում էր իր պարզ-ծիրանի շառավիղներից: Սարերի գագաթները պատած էին սպիտակ ձյունափայլ մշուշով, որը, միախառնվելով երկնքի կապուտակության հետ, ներկայացնում էր անսահման մանիշակագույն օվկիանոս, որի մեջ լեռների ալիքավոր բարձրու-թյունները ձևացնում էին սքանչելի տեսարան: Օրիորդը բնություն սիրող էր: Ես նկատեցի նույն ժամում հափշտակված էր նա խորին հիացմունքով, և նրա խոշոր աչքերը մի առանձին ոգևորությամբ նայում էին դեպի գեղեցիկ լեռնային տարածությունը: Ես նստած էի նրա մոտ: Նա դարձավ ինձ այս խոսքերով.

— Նայի՛ր այն նեղ հովտին, որ հազիվ երևում է թափանցիկ մառախուղի միջից. նայի՛ր այն բաց-կանաչազարդ խոտերին, որ պատել են նրա սիրուն տափարակը, տե՛ս այն վտակը, ինչպես շտապով վազում է դեպի ձորը, ականջ դիր, որքան քաղցր է լսվում նրա ձայնը: Ա՜խ, որքան գեղեցիկ է այդ բոլորը: Այնտեղ երևում են հովիվների տաղավարներ: Տե՛ս, ոչխարները վերադառնում են արոտից, ես լսում եմ նրանց ձայնը: Ահա խմբվեցին նրանք տաղավարների շուրջը: Կնիկները դուրս եկան կթելու նրանց, փոքրիկ գառները, փոքրիկ ուլերը կռվում են կթողների հետ, թե ինչո ւ են խլում իրանց սնունդը: Բայց նրանց մայրերը այնքան առատ են, որ բավականություն են տալիս թե իրանց տերերին և թե իրանց ձագերին: Գնանք այդ հովիվների մոտ և վայելենք նրանց հյուրասիրությունը:

Հովիտը, որ այնքան ոգևորությամբ նկարագրում էր օրիորդը, շատ հեռու չէր մեր նստած տեղից: Երեկոյան մթությունը սկսել էր թանձրանալ: Շարունակել մեր ճանապարհորդությունը չէինք կարող, որովհետև թե մենք և թե մեր անասունները սաստիկ հոգնած էինք: Պետք էր մի օթևան գիշերելու համար: Բայց նախքան այդ հովիվների մոտ հյուրասիրություն խնդրելը, հարկավոր էր տեղեկանալ, թե նրանք ինչ տեսակ մարդիկ են: Այդ մտքով ես մոտեցա մեր ջորեպանին, որ մեզանից փոքր-ինչ հեռու արածացնում էր իր անասունները:

Ջորեպանի տված տեղեկությունները հովիվների մասին խիստ նպաստավոր էին: Այդ խաշնարածները եկած էին Ղափանի կողմերից, ազգով հայ էին և հայտնի էին իրանց քաջությամբ: Այստեղ ժամանակավորապես զետեղվել էին նրանք ամառը անցկացնելու և իրանց անասունները արածացնելու համար: Վերջացնելով իր խոսքերը, ջորեպանը Խորհուրդ տվեց նրանց մոտ գնալ և ավելի բարվոք էր համարում գիշերը անցկացնել նրանց տաղավարների մեջ, քան թե բացօթյա մնալ: Բայց միևնույն ժամանակ ակնարկեց նա, որ այդ հովիվները փոքր-ինչ կասկածավոր մարդիկ են, ավազակներ են:

— Եթե ուզում ես ավազակից անվնաս մնալ, պետք է ավազակի տունը գնալ, — պատասխանեցի ես:

Ուրիշ հնար չկար, գիշերը բացօթյա դրսում մնալը կարող էր վնասակար ազդեցություն ունենալ օրիորդի առողջության վրա: Մենք ոչինչ պատրաս-տություն չունեինք մեզ հետ, ինչ էլ որ ունեինք, կապած էին մեր ձիաների վրա, բայց Երասխից անցկացնելու միջոցին պատահած վտանգի ժամանակ ձիաները իրանց հետ տարան: Ես վճռեցի գնալ հովիվների մոտ, մանավանդ որ օրիորդի ցանկությունն էլ հենց այդ էր:

Մութը բոլորովին պատել էր, երբ հասանք նրանց ամառանոցին: Ոչխարները մակաղել էին բնակությունից հեռու, առանձին հանգրվաններում, իսկ տաղավարների մոտ խմբվել էին ավելի խոշոր անասունները ձիաներ, կովեր, եզներ և այլն: Տեղ-տեղ վառվում էին խարույկներ, որոնց շուրջը՝ խոտերի վրա նստած էին ալևոր մարդիկ, ծխում էին, խոսում էին, իսկ կնիկները մի բան էին եփում ընթրիքի համար: Խարույկների աղոտ լույսով այդ լեռնականների կերպարանքները ավելի մռայլ կերպով նշմարվում էին գիշերային մթության մեջ: Երիտասարդները զբաղված էին իրանց նժույգներով, քորում էին, մաքրում էին նրանց մարմինը և ծածկում էին թաղիքներով, որ գիշերը չմրսեն: Իսկ նրանց ծերունի հայրերը դեռ չէին ավարտել իրենց երեկոյան աղոթքը, բաց երկնքի տակ, մերկ գետնի վրա չոքած, լուռ աղոթում էին: Տիրում էր ընդհանուր լռություն, երբեմն հեռվից լսելի էին լինում խուլ ձայներ, որոնում էին որևիցե կորած անասուն:

Շները ահագին աղմուկ բարձրացրին, երբ մոտեցանք նրանց

տաղավարներին: Հովիվները խռովության մեջ ընկան, ամեն կողմից վազեցին, որ տեսնեն, թե ի՞նչ մարդիկ ենք: Մեր ջորեպանը, որ ծանոթ էր նրանց սովորու-թյուններին, առաջ գնաց, հայտնեց, որ ճանապարհորդներ ենք, գիշերելու օթևան ենք խնդրում: Նրանք հանգստացան և ամեն կողմից սկսեցին հրավիրել մեզ իրանց տաղավարները: Որպեսզի ոչ մեկին վիրավորած չլինենք, մենք իջանք առաջին հանդիպած տաղավարի առջև: Այստեղ, կարծես, վաղուց սպասում էին մեզ, երկու պատանիներ դուրս վազեցին, բռնեցին մեր ջորիները և մեզ ներս տարան:

Մեր բախտից տաղավարը, որ վիճակվեցավ մեզ, պատկանում էր խաշնարածների բավական նշանավոր և հարուստ ընտանիքներից մեկին: Ընտանիքի հայրը մի ծերունի էր, բայց դեռ ժիր և աշխույժ, կարծես տարիների բոլոր ջանքերը իզուր էին անցել խլելու նրա մարմնի ամրությունը և սրտի զվարթությունը: Նա խիստ սիրով ընդունեց մեզ, հայտնեց իր ուրախությունը և հրավիրեց նստել իր մոտ: Նա բնավ հարցուփորձ չարեց, թե ո՛վ էինք մենք, ո՛րտեղից էինք գալիս կամ ո՛ւր էինք գնում: Դա նրանց սովորությամբ մի տեսակ վիրավորանք էր հյուրի համար: Բավական էր, որ մենք նրա տաղավարի ծածկի տակ էինք գտնվում, և այդ րոպեից նրա գերդաստանի անդամներից մեկն էինք համարվում:

Այդ լեռնաբնակները, դեռ պահպանված լինելով նահապետական պարզության մեջ, ազատ էին մնացել կրթված աշխարհի կեղծ քաղաքավարության ձևերից: Երբ իմացան մեր հայ-քրիստոնյա լինելը, ավելի մտերմացան մեզ հետ: Ամենայն բարեսրտությամբ խոսում էին, ծիծաղում էին և ամեն կերպով աշխատում էին գոհացնել մեզ, որ ոչինչ պակաս չլինի մեզ համար:

Մեր հյուրընկալը առանձին ուշադրություն էր դարձնում մեր զենքերի վրա. մեկ-մեկ վեր էր առնում, ճրագի լույսի առջև զննում էր և իր հմտությունը զենքեր ճանաչելու մեջ ցույց տալու համար ասում էր, թե ո՛րը ի՛նչ գործարանի կամ ի՛նչ ժամանակի գործ էր: Հին զենքերը հարգի էին դրանց մոտ: Զենքերից նա գաղափար կազմեց մեր ի՛նչ դրության կամ ի՛նչ աստիճանի մարդիկ լինելու մասին: Հասարակ մարդիկ չէին կարող ունենալ այս տեսակ հարուստ զենքեր: Այդ րոպեից նրա հարգանքը ավելի ևս բազմացավ մեր վերաբերությամբ:

Ընթրիքը երկար չտևեց: Լեռնաբնակները շուտ են ուտում, և կերակուրների տեսակները այնքան առատ չեն, որ շատ ժամանակ պահանջեն: Ես մտածում էի օրիորդի հանգստության մասին, նա սաստիկ հոգնած էր: Ծերունին նույնպես նկատեց, որ մեր խոսակցության միջոցին, նստած տեղում, նիրհում, էր նա: Բայց գերդաստանի հայրը երևակայել անգամ չէր կարող, թե մի ուրիշ արարած, որը հասակով փոքր էր իրանից, կարող էր հանգստության վրա մտածել, քանի որ ինքը տակավին նստած էր, քանի որ ինքը դեռ քնելու ախորժակ չուներ։ Ամեն մարդ քնելու իրավունք ուներ՝ երբ նա արդեն քնած էր. ամեն մարդ ուտելու իրավունք ուներ երբ նա արդեն կերած էր։ Ամեն բանի մեջ պետք է նա առաջինը լիներ, իսկ մյուսները՝ հետևողներ։

Եվ ես տեսնում էի՝ ընթրիքի ժամանակ ծերունու բոլոր որդիքը ոտքի վրա սպասավորություն էին անում, կամ մի բան ներս էին բերում և կամ դուրս էին տանում։ Նրանցից մեկը միայն, երեց որդին, հորից թույլտվություն ստացավ մեզ հետ սեղանակից լինելու։ Կնիկները ամեննին չէին երևում, նրանք փակված էին տաղավարի առանձին բաժնում: Երբ սեղանը հավաքեցին, որդիները հեռացան, որ իրանք էլ մի բան ուտեն։ Մենք ծերունու հետ մնացինք տաղավարում միայնակ:

Որդիների թիվը հասնում էր չորս հոգու, բոլորը կարծես թե տիտանների սերունդից լինեին, առողջ և ամուր կազմվածքով։ Ամենքը ամուսնացած էին, ունեին բազմաթիվ զավակներ, որոնցից շատերը նույնպես ամուսնացած էին։ Տունը լիքն էր ամեն հասակի երեխաներով։ Այստեղ ապրում էին մի քանի սերունդներ, որոնք սերտ կերպով միացած էին միմյանց հետ, որոնց գլխին կանգնած էր ալևոր պապը իր նահապետական մեծությամբ:

Ե

ՀԻՆԳԵՐՈՐԴ ԳԻՇԵՐ

«Սանամի տկարությունը ստիպեց մեզ երկար մնալ մեր հյուրընկալի տաղավարում, — շարունակեց ավազակապետը իր ընդհատված պատմու-թյունը: — Օրիորդի լարված ուժերը հետզհետե թուլացան, և նա վերջապես չկարողացավ տանել այն բոլոր տանջանքները, որ կրել էր իր հոր տնից բաժանվելուց հետո: Երասխ գետի մեջ պատահած սարսափելի անցքից հետո նա արդեն իրան ոչ բոլորովին առողջ էր զգում: Բայց նա թաքցնում էր ինձանից իր դրությունը, մինչև հիվանդությունը խիստ ծանր կերպարանք ստացավ: Հիվանդի համար որոշել էին մի առանձին տաղավար, և ոչ ոք չէր խանգարում նրա հանգստությունը: Բժիշկ չկար, նրան թողել էինք բնության կամքին: Միայն երբեմն նրա մոտ մտնում էին զանազան պառավներ, ի՞նչ դեղ ու դարմաններ էին անում, ոչ իրանք էին հասկանում և ոչ՝ ես: Ես նրա մահճի մոտից չէի հեռանում, ամբողջ գիշերը անքուն նստած՝ լսում էի նրա խուլ հառաչանքները, ականջ էի դնում նրա ծանր շնչառությունը, իսկ ցերեկով նայում էի նրա գունաթափ դեմքին:

Մի առավոտ նստած էի նրա մոտ և լի տխուր մտածություններով նայում էի նրա վրա: Այդ միջոցին քնած էր նա, և, ավելի ճիշտ ասած, գտնվում էր մի այնպիսի ինքնամոռացության մեջ, որ չէր զգում իմ ներկայությունը: Այն զվարթ դեմքը, որ մի ժամանակ իր կանացի քնքշության հետ արտահայտում էր այրական վեհություն, այժմ թառամած էր, այժմ չուներ առաջվա կենդանությունը: Այն խորախորհուրդ աչքերը, որոնց մթության մեջ մի ժամանակ այնքան կյանք, այնքան զորով և այնքան հոգեկան ջերմ զգացմունքներ կային, այժմ այդ աչքերը չունեին առաջվա կրակը: Այն ողջախոհական շրթունքները, որոնցից լսել էի այնքան քաղցր, այնքան բարեկամական խոսքեր, որոնք միշտ մխիթարել և խրախուսել էին ինձ, այժմ այդ շրթունքները թրթռում էին տենդային ցնցումներով և իմ մեջ ազդում էին սոսկում ու զարհուրանք միայն: Հուսահատական խառն մտածություններ տանջում էին ինձ: Ի՞նչ կլինի մեր վերջը, եթե երկար կտևե նրա հիվանդությունը, ասում էի ես: Եթե նա առողջ լիներ, նա այնքան ուժ և տոկունություն ուներ, որ ամեն տեղ կարող էր գալ ինձ հետ, և ես ամեն տեղ կարող էի տանել նրան: Կգնայինք, կհեռանայինք մի անծանոթ աշխարհ, և ոչ ոք չէր գտնի մեզ։ Բայց ի՞նչ կարելի էր անել հիվանդի հետ, ո՞ւր տանել նրան, ո՞րտեղ թաքցնել այդ մտքերը սաստիկ խռովեցնում էին ինձ։ Մենք դեռ պարսից սահմանից շատ չէինք հեռացել, մենք դեռ բավական մոտ էինք գտնվում այն երկրին, որտեղ բնակվում էր նրա հայրը։ Իսկ այդ անգութ հոր սատանայական հետախուզություններից անհայտ մնալը հեշտ բան չէր։ Անկարելի էր, որ նա ստույգ չլիներ, թե մենք ո՛ր կողմը կամ ո՛ւր էինք գնացել։

Օրիորդը ընդհատեց իմ մտածությունները։ Նա այժմ զառանցության մեջ արտասանում էր զանազան անկապ խոսքեր։ Մի քանի անգամ պարզ լսեցի իմ անունը։ Նա խոսում էր ինձ հետ, երազների և ցնորքների աշխարհում խոսում էր ինձ հետ։ Քնած դրության մեջ մարդը գաղտնիք պահել չէ կարող, որովհետև աշխարհի պայմանները զգուշության մեջ չեն դնում նրան։ Նա խոսում է, նա դատում է, որպես մտածում է։ նրա զգացմունքները նույնքան անկեղծ են լինում, որքան անկեղծ է նրա դրությունը։ «Սիրում եմ քեզ, — ասաց նա հեզությամբ լի ձայնով, — քո զոհաբերությունը ուրիշ ոչնչով չեմ կարող վարձատրել, բայց միայն իմ սիրով»։ Այդ խոսքերը արտասանելու միջոցին նա իր տկարացած թևքերը տարածեց, երևի ինձ գրկելու համար։ Բայց իմ շրթունքներն արդեն սեղմված էին նրա տաքացած երեսի վրա, և նրա բազուկներն անգիտակցաբար փաթաթվել էին իմ պարանոցին։ Երազների աշխարհում նա գրկած ուներ իմ ուրվականը, բայց իսկության մեջ ես գրկել էի հիվանդ մարմինը։ Իմ արտասուքը թրջում էր նրա բորբոքված դեմքը։

Ո՛րքան բարություն, ո՛րքան առաքինություն կար նրա անմեղ խոստովանության մեջ։ Մի՞թե ես կարող էի ընդունել նրանից մի այսպիսի զոհաբեքություն։ Ես երևակայել անգամ չէի համարձակվում, որ նա իմ կինը լիներ։ Մի՞թե իր սիրով պետք է վարձատրեր նա իմ մատուցած ծառայությունները, ու այն սիրով, որ ավելի բարձր, ավելի արժանավոր արարածների համար էր պահված։ Ես ուրախ էի, որ այդ բոլորը կատարվեցավ նրա քնած ժամանակ։ Բայց իմ հպավորությունը արթնացրեց նրան, մռայլոտ աչքերը բաց արեց, նայեց իմ վրա։

—«Դու այստե՞ղ էիր...», — եղավ նրա առաջին հարցմունքը, հետո երեսը շուռ տվեց մյուս կողմը, սկսեց դառն կերպով հոգվոց հանել։ Այդ ի՞նչ տանջանք էր։ Անտարակույս, հիվանդության տանջանքը չի պիտի լիներ։ Երևի, նրա ազնվական արյունը հուզվում էր, որ երազի մեջ անգամ ինձ նման ռամիկին արժանացրել էր իր սիրուն։ Քանի րոպեից հետո նա կրկին երեսը շուռ տվեց դեպի իմ կողմը։

Արևը այդ ժամանակ դեռ նոր էր սկսել ծագել, և նրա առաջին ճառագայթները շողշողում էին նրա վհատած դեմքի վրա։ Նա հրամայեց ցած թողնել տաղավարի մուտքի վարագույրը, որ ազատվի ճառագայթներից։ «Ուզում եմ մութ լինի... միշտ մութ, որ ինձ ոչ ոք չտեսնի»: Ես զարմացա, թե ինչն էր ստիպում նրան փախչել լույսից, արդյոք ամո՞թը, որ նա քնի մեջ արել էր մի անմեղ խոստովանություն: Այդ ենթադրությունը ավելի հավանական երևաց ինձ, երբ հարցրեց նա. «Շատ ժամանակ է, որ դու այստեղ ես»: «Շատ ժամանակ չէ, կես ժամ հազիվ կլինի, լսեցի, որ քո քունը անհանգիստ է, ներս մտա»: «Այո, ես անհանգիստ էի»...— Ասաց նա և հրամայեց, որ իրեն միայնակ թողնեմ:

Ես դուրս եկա, նստեցի տաղավարի մուտքի մոտ: Այնտեղ քնում էի ես ամեն գիշեր, այնտեղ ամբողջ գիշերը հսկում էի նրա վրա, այնտեղից լսում էի նրա դառն հառաչանքները, և իմ սիրտը լցվում էր կրակով: Բայց այն առավոտ ո՛րքան երջանիկ էի զգում ինձ, որքան ուրախ էի ես, իմ հոգին վայելում էր անսահման բերկրություն: Այն մի քանի խոսքերը, որ արտասանեց նա անգիտակցության մեջ, ինձ բաշխում էին աշխարհի բոլոր փառքերը: «Երևի նա մտածում է իմ վրա, որ ես նրա երազների առարկան եմ դարձել», — Ասում էի ես և այսքանով միայն ինձ բոլորովին բախտավոր էի համարում: Բայց ո՞վ կմտածեր, որ այդ բախտավորությունը երկար չէր տևի...

Այդ հոգեկան բերկրության մեջ էի ես, երբ մեր հյուրընկալի կրտսեր որդին մոտեցավ, հայտնեց, որ իր հայրը կանչում է ինձ: Ես գնացի: Ծերունին առանձնացած էր և, որպես երևում էր, պատվիրել էր իր մոտ ոչ ոքի չթողնեն» Նա հարցրեց օրիորդի առողջությունը, հետո խնդրեց, որ նստեմ իր մոտ: Նա տխուր, միևնույն ժամանակ վրդովված էր երևում, կամենում էր մի բան խոսել, բայց դժվարանում էր: Վերջապես, ասաց նա.

— Այն օրից, որ դուք ոտք եք կոխել իմ տան շեմքի վրա, ես ամենևին չեմ հարցրել ձեզ, թե ո՞վ եք դուք, ո՞րտեղից եք գալիս, կամ ո՞ւր եք գնում: Ես այսքանով միայն ուրախ էի, որ իմ հացը բաժանում եմ աստուծո հյուրերի հետ: Բայց այժմ առանց հարցնելու ևս, ես գիտեմ, թե դուք ով եք, և ում որդին է ձեր մանկահասակ ընկերը, որի հիվանդությունը նույնքան ցավ է պատճառում ինձ, որքան՝ ձեզ: Մենք, այս լեռների բնակիչներս, սովորություն ունենք ոչ միայն հյուրասիրելու մի օտարականին, որ մեր տան ծածկի տակ օթևան է խնդրում, այլ վտանգի ժամանակ մեր պարտքն ենք համարում և պաշտպանել նրան ամեն չար պատահարներից: Մեր տունը մտնողը, ի՛նչ մարդ էլ և լիներ նա, ի՛նչ հանցանք էլ որ գործած լիներ, դարձյալ մեր օգնությունն է վայելում: Այդ մասին կարող եք բոլորովին ապահով լինել...

Վերջին խոսքերի միջոցին ծերունին զգուշությամբ նայեց իր շուրջը, մի գուցե մի ուրիշը լսեր նրան: Ես արդեն նախագուշակում էի, թե նրա հառաջաբանը ինչով պետք է վերջանար, և չսխալվեցա: Մեզ որոնում էին...

— Այս րոպեիս ես վերադարձա մեր տանուտերի մոտից... շարունակեց նա: — Տանուտերը հավաքել էր իր մոտ մեր շենի բոլոր ծերերին և կարդաց գավառապետի հրամանը: Նրա մեջ գրված էր, թե Իարադաղի մելիքի աղջիկը փախել է իր ծառայի հետ, և անցել են մեր կողմերը: Հրամայված էր որտեղ և գտնելու լինեն նրանց, հանձնեն կառավարության ձեռքը, որ ետ ուղարկեն Պարսկաստան: Հրամանի մեջ ծանր պատիժ և տուգանք էր նշանակված, եթե մեկը կհամարձակվի թաքցնել նրանց իր մոտ: Ես տարակույս չունեմ, որ դուք և ձեր ուղեկիցը միևնույն անձնավորություններն եք, որ ցույց է տված հրամանի մեջ:

— Այո՛, մենք ենք, — պա՛տասխանեցի ես, առանց որևիցե կասկածանքի, առանց թաքցնելու:

— Շնորհակալ եմ ձեր մտերմության համար, — Ասաց ծերունին, — Հիմա պատմեցեք, այդ անցքը ի՞նչպես է պատահել:

Ես ծերունու անկեղծության վրա կասկած չունեի: Իր բարեսրտությամբ նա այն աստիճան գրավել էր իմ վստահությունը, որ ես պատմեցի բոլորը, ինչ որ գիտեի օրիորդի մասին, պատմեցի նրա հոր փառասիրության մասին, թե ո՛րպես պարսիկ խանի բարեկամությունը գրավելու համար կամենում էր իր աղջկան կնության տալ նրան, պատմեցի օրիորդի ընդդիմադրության մասին, որ չցանկացավ մահմեդականի կին դառնալ, պատմեցի մեր փախուստը և այն բոլոր դժբախտ անցքերը, որ պատահել էին մեզ հետ ճանապարհին: Ծերունին խորին ցավակցությամբ լսում էր: Նրա խորշոմած դեմքի վրա նշմարվում էին բարկության և դառն ատելության ցնցումներ:

— Ես չեմ զարմանում խեղճ աղջկա հոր անգթության վրա, — Ասաց նա, երբ ես վերջացրի, — ես ճանաչում եմ նրա հորը, նա իր փառասիրության համար ամեն բան կանե, ամեն բան կզոհե: Ես գովում եմ օրիորդի քաջությունը և ձեր անձնվիրությունը, որ հանձն եք առել ազատել նրան: Բայց այդ թողնենք, խոսենք գավառապետի հրամանի վրա:

Ծերունու խոսքերից երևաց, որ իրանց տանուտերը, որին հրամայված էր որոնել մեզ, եթե տեղեկություն ստանար իմ և օրիորդի մասին, իսկույն կմատներ կառավարության ձեռքը:

Իմ հուսահատությանը չափ չկար, ես գտնվում էի ամենաանելանելի դրության մեջ. չգիտեի՝ ի՛նչ հնար գտնել վտանգից ազատվելու համար, այդ պատճառով, երբ ծերունին հարցրեց, թե ի՞նչ պետք է անել, ես ոչինչ պատասխանել չկարողացա:

— Եթե օրիորդը հիվանդ չլիներ, գործը շատ հեշտ էր, — Ասաց նա փոքր-ինչ մտածելուց հետո: — Ես ձեզ՝ երկուսիդ ևս կուղարկեի Սիսիանի կողմերը, իմ բարեկամի մոտ, նա կպահեր ձեզ, մինչև հրամանը կհնանար, և ամեն բան կմոռացվեր: Բայց օրիորդի հիվանդությունը ինձ դժվարության մեջ է դնում...

Նա դարձյալ մտածության մեջ ընկավ և ապա շարունակեց.

— Ռուսաց տիրապետությունից առաջ մեր կողմերի հայերը նս միննույն դրության մեջ էին, ինչ դրության մեջ գտնվում են այժմ Պարսկաստանի հայերը: Պատահում էր այս և այն խանը, այս և այն բեկը մի գեղեցիկ հայ աղջիկ էր տեսնում, իսկույն իր ծառաներին ուղարկում էր և բռնությամբ տանում էր իր տունը: Ոչ մի ծնող համարձակություն չուներ հակառակելու: Մի անգամ մահմեդականի տունը մտած աղջիկը այլևս այնտեղից դուրս չէր գալիս: Նրան կա՛մ աղախին էին դարձնում, կա՛մ հարճ և կա՛մ կին: Ծնողները աշխատում էին տգեղացնել իրանց աղջիկներին, որ մահմեդականների աչքին հաճելի չթվին: Այստեղից սովորական դարձան գլխի և երեսի այն այլանդակ փաթոթները, որ այժմ կրում են մեր կանայքը: Բայց մի այլ հնար նս երբեմն ազատում էր մեր աղջիկներին: Երբ ծնողները հասկանում էին, որ մահմեդականը աչք ունի մեկի վրա, իսկույն վեր էին առնում աղջկան և պսակում էին պատահած հայ տղայի հետ: Ամուսնացած կնոջը շատ չէին դիպչում, նրան անպատվում էին և բաց թողնում, որովհետև կին դարձնելու համար բավական դժվարություններ կային: Մահմեդական օրենքը արգելում է՝ ամուսին ունեցող կնոջը, ի՛նչ ազգից և կրոնքից լիներ նա, իրա կինը դարձնել, քանի որ նա չէր բաժանված իր ամուսնից և մահմեդականություն չէր ընդունած: Բայց ազաբ աղջիկների վերաբերությամբ այդ տեսակ պայմաններ չէին պահանջվում: Ազաբ աղջիկը մի անգամ մահմեդականի ձեռքը ընկնելուց հետո դառնում էր կոտրած աման, նրան այլևս ոչ ոք չէր առնում. մինչև անգամ գտնվում էին այնպիսի սնահավատ ծնողներ, որ հրաժարվում էին իրանց տունը ընդունել «պղծված» աղջկան: Պատահում էր, որ նշանած աղջիկներին նս ուզում էին քաշել տանել, այսպիսիներին իսկույն պսակում էին նշանած տղայի հետ, բայց պատահում էր, որ տղան բացակա էր լինում, մի ուրիշ երկիր գնացած էր լինում: Այսպիսի դեպքերում պսակը կատարում էին մի առարկայի հետ, որ մնացել էր այն տղայից: Ես դեռ չեմ մոռացել մի այսպիսի դեպք, տղան գտնվում էր հեռու երկրում, իսկ նրա նշանածին ուզում էին հափշտակել: Ժամանակ չկար տղային կանչելու: Ծնողները աղջկան ծածուկ տարան եկեղեցի, կանգնացրին սեղանի առջև, իսկ խաչեղբայրը, նրա մոտ կանգնած, ձեռին բռնած ուներ փեսայի հին գդակը: Քահանան անդադար դիմում էր այդ գդակին, հարցնելով, «տե՞ր ես», «սիրո՞ւմ ես» և կատարում էր պսակի խորհուրդը:

Ես թեև հետաքրքրությամբ լսում էի ծերունու խոսքերը, բայց չգիտեի, ինչու համար էր այդ երկար պատմությունը: Նրա միտքը հասկացա այն ժամանակ, երբ դարձավ դեպի ինձ հետևյալ հարցով.

— Օրիորդը նշանած ունի :

— Դեռ ոչ ոք նշան չէ դրել նրան, — պատասխանեցի ես:

— Նա որևիցե մեկին սիրո՞ւմ է:

— Չգիտեմ...

— Այդ միևնո՛ւյն է, ս՛իրում է, թե չէ սիրում, — Ասաց նա, — Բայց պետք է անպատճառ պսակել մեկի հետ, ուրիշ հնար չկա ազատելու նրան:

— Ո՞ւմ հետ,

— Հենց ձեզ հետ, — Ասաց ծերունին ուրախ դեմքով: — Ձեր անձնա-զոհությունը օրիորդի վերաբերությամբ այնքան նշանավոր է, որ դուք արժանի եք նրա ամուսինը լինելու:

— Դա անկարելի բան է, — պատասխանեցի ես, — Այդ մասին խոսելն անգամ ավելորդ է: Դուք չեք ճանաչում օրիորդին, նա ուրիշ աղջիկների նման չէ, նա սեփական կամքի և խելքի տեր աղջիկ է, նրան չէ կարելի զոռով եկեղեցի տանել: Մտածենք ուրիշ հնարների վրա:

Իմ խոսքերը շատ օտարոտի թվեցան ծերունուն, որ աղջիկը ևս կարող էր իր սեփական կամքը և խելքը ունենալ, բայց, թեև շատ դժվարությամբ, այսուամենայնիվ, նա համաձայնեցավ ինձ հետ չբռնադատել օրիորդին ամուսնության մասին և ուրիշ հնարների վրա մտածել: Մենք երկար խորհեցինք, վերջապես ծերունին այն եզրակացությանը հասավ, որ օրիորդը պահվի իր տանը, իսկ ես առժամանակ հեռանամ: «Հիվանդին իմ տան ծածկի տակ թաքցնելը հեշտ է, բայց ձեզ կարող են նկատել», — Ասաց նա:

Բայց ես ո՞րպես կարող էի բաժանվել օրիորդից, ո՞ւմ հոգաբարձությանը հանձնեի նրան, միթե կարո՞ղ էի հանգիստ լինել, եթե մի օր, մի ժամ, մի՝ րոպե նրան չտեսնեի, կամ ի՞նչ ազդեցություն կաներ նրա հիվանդության վրա, եթե այդ բոլորը հայտնվեր նրան:

— Ուրիշ հնար չկա, — կրկնեց ծերունին: — Եթե օրիորդը առողջ ևս լիներ, ձեզ դարձյալ հարկավոր էր բաժանվել միմյանցից, որովհետև ձեզ երկուսիդ միասին տեսնելով՝ ավելի հեշտ կարող էին ճանաչել:

Ես իմ սրտի և զգացմունքների հետ կարող էի հաշտվել, բայց իմ բոլոր մտատանջությունը նրանումն էր, թե ի՞նչպես հայտնեմ օրիորդին, որ նրան միայնակ եմ թողնում: Բայց մեծ եղավ իմ զարմանքը, երբ նրան հաղորդեցի մեր աննախանձելի վիճակը, նա խիստ սառնասրտությամբ ասաց ինձ.

— Դու շատ բան արեցիր ինձ համար, ավելին պահանջել քեզանից իրավունք չունեմ: Դու, ո՛ւր որ կամենում ես, գնա, հեռացիր, գլուխդ ազատիր, ես կմնամ այստեղ: Այժմ ինձ համար միևնույն է... կյանքը զզվացրել է ինձ... Եթե ինձ գտնելու և տանելու ևս լինեն հորս տունը, դարձյալ չեմ վախենա, որովհետև գիտեմ, որ մինչև այնտեղ հասցնելը կենդանի չեմ մնա: Այնուհետև իմ դիակի հետ ինչ որ ուզում են, թող անեն...

Օրիորդի հուսահատական խոսքերը կրակի նման այրում էին իմ

սիրտը, իմ լեզուն կապվեցավ, ես մի բառ անգամ չկարողացա գտնել նրան մխիթարելու: Ես ցանկանում էի գրկել նրա ոտները, համբուրել և ասել, որ մինչև մահ քո ծառան, քո ստրուկը կդառնամ, քո ոտքերի տակի հողը կլինեմ և քեզանից չեմ բաժանվի: Բայց նա չթողեց ինձ խոսել, ասելով,

— Իմ բանը պրծած է... ես շատ չեմ ապրի... դու քո գլուխը ազատիր և իմ վրա մի՛ մտածիր:

Իմ աչքերը լցվեցան արտասուքով: Նա ափսոսում էր ինձ... արդյո՞ք իմ մատուցած ծառայությունների համար, արդյոք երախտագիտության զգաց-մունքի՞ց դրդված, թե մի այլ կիրք թելադրում էր նրան այդպես խոսել: Ես այդ հասկանալ չկարողացա, միայն նկատում էի, կարծես թե նա մինչև անգամ ուրախ էր, որ հանգամանքները փոխվեցան, կարծես թե ցանկանում էր առանձնանալ և առժամանակ անջատված լինել ինձանից: Ի՞նչ էր պատճառը: Ես այդ հասկացա, բայց շատ ուշ հասկացա, երբ նա արդեն այս աշխարհից հրաժարվել էր և իր վշտերը իր հետ գերեզման էր տարել... Հիվանդության մահճի մեջ երկու զգացմունքներ կռվում էին նրա սրտում, մեկը՝ սերը, որ դեռ նոր բոցավառվում էր նրա մեջ. մյուսը ազնվատոհմական հպարտությունը, թե ի նչպես կարող էր կին լինել մի ռամկի, իր հոր տան ծառայի որդուն: Նա վախենում էր աշխարհի նախատինքից և ցանկանում էր օգուտ քաղել իմ բացակայությունից և խեղդել իր սրտի մեջ իրան տանջող զգացմունքը»...

Ավազակապետը կանգ առեց: Վաղեմի հիշողությունները շոշափեցին նրա սրտի դեռ ոչ բոլորովին բուժված վերքերը: Նա երեսը մի կողմ շուռ տվեց, որ ես չտեսնեմ նրա արտասուքը:

«Ես բոլորովին չանջատվեցա նրանից, — շարունակեց դժբախտը ցավալի ձայնով: — Ես հեռացա, բայց շատ հեռու չգնացի: Ցերեկով անհետանում էի մերձակա անտառներում, թափառում էի մթին ծմակների մեջ, կենակցում էի ծառերի, ժայռերի և գազանների հետ և իմ վշտերը ցրում էի որսորդությամբ: Իսկ գիշերը մոտենում էի մեր հյուրընկալի տաղավարներին, և եթե միջոց էի գտնում, մտնում էի հիվանդին տեսնելու: Երբ նա իր պղտորված աչքերը բաց էր անում, տեսնում էր ինձ իր մահճի մոտ նստած, միշտ կրկնում էր միևնույն խոսքերը, «Ինչո՞ւ եկար, կարող են կալանավորել քեզ»: Անցան օրեր, անցան շաբաթներ, անցավ մի ամիս: Օրըստօրե նրա հիվանդությունը ավելի վտանգավոր կերպարանք էր ստանում: Մի գիշեր, երբ մոտեցա մեր հյուրընկալի տաղավարին, նա արտասուքը աչքերում դուրս եկավ իմ առջև և խորին ցավակ-ցությամբ հայտնեց. «Նա մեռավ»... Ես սարսափեցա, որպես մի եղեռնագործ: Ինձ այնպես թվեց, թե ես եմ եղել նրա մահվան պատճառը: Խղճի զարհուրանքը շանթահարեց ինձ»...

Ավազակապետը կրկին կանգ առեց, ձեռքը տարավ դեպի

հանգած չիբուխը, որ դրած էր նրա մոտ, կրկին վառեց և սկսեց ծխել։ Ծուխը թանձր մեգի նման դուրս էր հոսում նրա բերանից, նրա պնչերից, կարծես թե, նրա սիրտը ճարակում էր մի սարսափելի հրդեհ։

«Ոչինչ հայտնել չկարողացան ինձ նրա մահվան մասին, — Առաջ տարավ նա, — թե նա իր կյանքի վերջին րոպեներին ի՞նչ դրության մեջ է եղել, կամ ի՞նչ է խոսացել։ Նրա մոտ ոչ ոք չէր եղել, որ գոնե վկա լիներ անբախտ հանգուցյալի վերջին խոսքերին։ Երկու օր էր, որ նա մեռած էր, երկու օր նրա մարմինը պահել էին, որ ես տեսնեի։ Առավոտյան պետք է կատարվեր նրա թաղումը։ Ես այլևս չգնացի անտառը, մնացի, որ կատարեմ իմ վերջին պարտքը։ Իմ մասին այլևս չէի մտածում, թե ինչ կարող էր պատահել ինձ հետ։ Նրան կորցնելուց հետո այլևս կյանքը իմ աչքում արժեք չուներ։ Ես իմ ձեռքով պետք է գերեզման իջեցնեի այն նազելի արարածին, որին իմ կյանքում միայն սիրել էի, և որը նույնպես սիրում էր ինձ։ Նրա գերեզմանը փորվեցավ հենց նույն լեռան վրա, հեռու մարդկային բնակությունից, ուր երբեմն հանդիպում են հովիվները։ Նրա դագաղը հազիվ ծածկված էր հողով, խաչնարածների քահանան կարդում էր վերջին աղոթքը։ Ես սպանվածի նման կանգնած էի և լաց էի լինում։ Այդ միջոցին երկու յասավուլներ մոտեցան և ինձ կալանավորեցին։ «Նա մեռավ և ազատվեցավ, բայց դու ազատվել չես կարող», լսելի եղան տանուտերի խոսքերը։ Ինձ տարան, բանտարկեցին տանուտերի տաղավարում, որ մյուս օրը ուղարկեն գավառապետի մոտ։ Օրիորդի կորուստը ինձ այն աստիճան ապշած և խելագարված դրության մեջ էր դրել, որ ես համարյա չէի զգում, թե ինձ հետ ինչ է կատարվում։ Այսուամենայնիվ, հենց նույն գիշերը ինձ հաջողվեցավ իմ մոտ դրած պահապաններից մեկին սպանել, մյուսին սաստիկ վիրավորել և փախչել իմ բանտից։ Այնուհետև այլևս ի՞նչ էր մնում ինձ անել։ Իմ հանցանքները կրկնապատկվեցան, այստեղ դարձա մարդասպան, իսկ իմ հայրենիքից փախցրել էի իմ մեծավորի աղջիկը։ Իմ հայրենի երկիրը վերադառնալ չէի կարող, իսկ իմ գտնված երկրում դարձա մի փախստական և միացա փախստականների խմբի հետ։ Ուխտեցի այնուհետև վրեժխնդիր լինել բոլո՛ր այն մարդկանցից, որ կրում են խան, բեկ, մելիք և տանուտեր անունները։ Իմ նպատակին մասամբ հասա... Բայց իմ ձեռնարկությունը այնքան սարսափելի էր և արյունոտ, որ վերջը բերեց ինձ այստեղ»...

Զ

ՀԱՄՐԸ

Ավազակապետը ծանոթացրեց ինձ մի այլ երիտասարդի հետ, որին կոչում էին Համր: Նրա իսկական անունը ոչ ոք չգիտեր: Չգիտեին նաև, թե ի՞նչ ազգից էր նա: Նա միշտ լուռ էր և մտախոհ. մի անգամ գոնե չէին տեսել նրան խոսելիս, և այդ էր պատճառը, որ ընկերները նրան Համր էին կոչում: Այդ օտարոտի խուլումունջը վաղուց գրավել էր իմ ուշադրությունը: Նրանում կար մի խորհրդավոր բան, որ իր լռության մեջ ևս աչքի էր զարկում: Բավակա՛ն բարձրահասակ էր նա, նիհար և ցամաք կազմվածքով, դեղնած դեմքը գունա-թափվելով, ստացել էր թառամած տերևի գույն, իսկ արագաշարժ աչքերը վառվում էին տենդագին բոցով: Չնայելով իր տկար, հիվանդոտ կազմվածքին, աշխատում էր նա չափազանց եռանդով, և այդ առիթ էր տվել վերակացուներին բավական մեղմ վարվել նրա հետ, թեև նրա հսկողության վրա դարձնում էին առանձին ուշադրություն:

Գիշեր էր, երբ առաջին անգամ առիթ ունեցա խոսելու նրա հետ: Խոնավ պատերին կպցրած ճրագի մոմերը հազիվ լուսավորում էին դատապարտյալների մռայլոտ ու սառն օթևանը: Մերկ հատակի վրա, այստեղ ու այնտեղ, անկարգ կերպով պառկած էին ցերեկվա տաժանական աշխատությունից հոգնած թշվառները: Քունը միակ մխիթարությունն է այդ ողորմելիների, նա կազդուրում է նրանց ջարդված անդամները և մոռանալ է տալիս սրտի դառն վշտերը:

Արթուն էր Համրը միայն: Նա մտքով կարծես թե վերասլացել էր երկինքը, իսկ նրա խորախորհուրդ աչքերը մի առանձին կարեկցությամբ նայում էրն քնած թշվառների վրա: Ես նրանից ոչ այնքան հեռու պառկած էի իմ հարդյա անկողնի վրա, և իմ աչքերը հառած էին դեպի երիտասարդի տխրամած դեմքը, որ կրում էր իր վրա հետքերը մի դժբախտ անցյալի...

Նա լուռ էր, որպես միշտ: Իսկ այն գիշեր մեծ եղավ իմ զարմանքը, երբ նրա ցամաք ու փակված շրթունքներից դուրս հնչեց մի խուլ հառաչանք այդ երկու բառի հետ «Աստված իմ»... Ես մինչև այն օր չգիտեի նրա ինչ ազգից լինելը, բայց հանկարծ լսեցի նրանից հայկական բառեր: Ես չկարողացա զսպել իմ սրտի զեղմունքը:

— Դարձյա՞լ մի հայ, — Բացականչեցի ես այնքան լսելի ձայնով, որ դեպի ինձ գրավեցի Համրի ուշադրությունը: Նրա փակված լեզուն բացվեցավ և պատասխանեց ինձ հետևյալ խոսքերով.

— Ինչո՞ւ եք զարմանում, աշխարհի ո՞ր անկյունում չկա հայ: Արմատից խլված և ցամաքած բույսը տանում է քամին դեպի ամեն կողմ...

Նա կրկին լռեց:

Կան անձնավորություններ, որոնց մի բառը, մի խոսքը բավական է, որ մարդ նրանց մասին գաղափար կազմե: Համրի ասածը թեև շատ պարզ չէր, բայց բավական հատկանիշ էր նրա մթին ծածկամիտ բնավորությանը: Ես մոտեցա, նստեցի նրա մոտ:

— Ուրեմն դուք հայ եք, — Հարցրի նրանից:

— Այո...— պատասխանեց նա:

Ես այն աստիճան զգացվեցա, որ ձեռքերս տարածելով խնդրեցի նրանից.

— Թույլ տվեցեք ձեր ազգակցին գրկել ձեզ:

— Կարծեմ մեր դրության մեջ ավելորդ են այս տեսակ քնքշություններ, — Ասաց նա հրաժարվելով:

Նրա խոսքերը նույնքան սառն էին, որքան նրա դեմքը, բայց ինչո՞ւ այնքան ջերմ կերպով ազդում էին իմ սրտին: Ես աշխատում էի շարունակել նրա հետ խոսակցությունը, բայց դժվարանում էի կապը պահպանել:

— Դուք այս գիշեր չեք քնում, — Ասացի ես, — Համարյա ամեն գիշեր նկատում եմ, որ դուք խիստ սակավ եք քնում:

— Այդ իմ սովորությունն է:

— Երևի մի բան տանջում է ձեզ:

— Մեզ ուղարկել են այստեղ տանջվելու համար:

— Այդ չեմ հարցնում, երևի մի ուրի՞շ բան կա:

— Խնդրեմ չմտնել իմ սրտի խորքը, — Ասաց նա և երեսը շուռ տվեց:

Ես փոշմանեցա, որ թույլ տվի ինձ մի դեռևս անծանոթ մարդու գաղտնիքները շոշափել:

— Ներեցեք, խնդրեմ, իմ անհամեստ հարցմունքի մասին: Նա պատաս-խանեց ժպտալով.

— Հանցանքների այդ քավարանում իմ ներողությունը ավելորդ է:

Ես չկամեցա այլևս ձանձրացնել նրան, բարի գիշեր ասելով հեռացա և կրկին պառկեցի իմ հարդյա անկողնի վրա: Իմ աչքերը դեռ երկար նայում էին նրա վրա, իմ միտքը դեռ երկար զբաղված էր նրանով: Ո՞վ էր դա, ո՞ր երկրից և ի՞նչ հանցանքի համար էր դատապարտված, այդ հարցերը հետաքրքրում էին ինձ: Ամեն մի դատապարտյալ սովորություն ուներ անամոթաբար և մինչև անգամ պարծենալով պատմել իր գործած հանցանքները, բայց Համրը իր մասին խոսելու սովորություն չուներ:

Երբ առավոտյան կրկին քշեցին մեզ հանքերի մեջ աշխատելու, ճանապարհին ես պատմեցի ավազակապետին իմ գիշերվա խոսակցությունը Համրի հետ:

— Նա շատ հետաքրքիր մարդ է, ասաց ավազակապետը, — ես քեզ կը-բարեկամացնեմ նրա հետ:

Մենք հասանք հանքը, կրկին խլուրդների նման ներս սողացինք մթին խորշերի և խոռոչների մեջ, կրկին մեր բահերը, բրիչները և մուրճերը սկսեցին գործել: Այն քարանձավի մեջ, ուր մեր խումբը աշխատում էր, պատահեց մի ցավալի անցք: Հանկարծ ժայռի մի բավական մեծ կտոր, դուրս պոկվելով անձավի պատից, ցած գլորվեցավ և բանվորներից մեկին տակով արեց: Թվով չորս հոգի էինք այնտեղ՝ ես, Համբը և մի այլ տաժանակիր, իսկ չորրորդը հեծում և հառաչում էր ժայռի տակ: Համբը մեզանից փոքր-ինչ հեռու էր, նա չնկատեց անցքը, բայց լսեց դղրդյունի ձայնը: Մինչև նրա մեզ մոտ վազելը, ես և մյուս ընկերը ամեն ճիգ թափում էինք, որ ետ մղենք ժայռը և նրա տակից դուրս բերենք թշվառին: Բայց անգութ ժայռը ամենայն ծանրությամբ նստած էր նրա ոտների ու ծնկների վրա և չէր շարժվում տեղից: Վրա հասավ Համբը: Ես և իմ մյուս ընկերը չկարողացանք զսպել մեր ծիծաղը: Նա ուշադրություն չդարձրեց մեզ վրա. վեր առեց երկաթյա մեծ ձողը, նրա ծայրը դրեց քարի տակին, և այնպիսի մի ուժով շարժեց, որ քարը իսկո՛ւյն առաջ մղվեցավ, և թշվառ դատապարտյալի ջարդվա՛ծ սրունքները դուրս եկան նրա տակից: Այդ գործողությունը, որ ավելի հնարագիտության արդյունք էր, քան թե մարմնական ուժի, զարմացրեց մեզ: Իսկ Համբը պարծենկոտության մի նշան անգամ չցույց տալով մնաց լուռ և սառն, որպես մեզ շրջապատող քարանձավը: Այդ դեպքը առաջացրեց իմ մեջ մի առանձին հարգանք դեպի համեստ և միևնույն ժամանակ վերին աստիճանի բարի երիտասարդը:

Երեկոյան, մեր օթևանը վերադառնալու ժամանակ, ճանապարհին ես մի քանի անգամ փորձեցի խոսակցել նրա հետ, բայց միշտ ստանում էի այնպիսի կտրուկ պատասխաններ, որ դժվարանում էի խոսակցությունը շարունակել: Այսպես մոտեցանք այն փողոցին, ուր գտնվում էին մեր ֆերմայի կրպակները: Հեռվից նկատեցինք, մի տեղ խմբված էին մարդիկ, և բազմությունը դեպի այն կողմն էր վազում: Մենք մտածեցինք, որ մի տարօրինակ բան պետք է պատահած լինի, և շտապեցրինք մեր քայլերը: Երբ հասանք, անցքը շատ սովորական երևաց, երկու մարդիկ կռվում էին, և բազմությունը նրանց շուրջը հավաքված զվարճանում էր, թե ո՛րպես նրանք վայրենի կերպով ջարդում էին միմյանց կողքերը: Ոմանք աշխատում էին բաժանել: Մեկին, որ ավելի ուժեղ էր երևում, բռնեցին, իսկ մյուսը դուրս պրծավ նրա ճանկերից, «ազատեցե՛ք... օգնեցե՛ք»... գոչելով, փախավ և մոլորվածի նման մտավ մեր խումբի մեջ ապաստան որոնելու» Մեր պահապանները մոտ վազեցին, որ սվիններով հեռացնեն նրան: Բայց նա արդեն կպած էր իմ կուրծքին, ինձ պինդ գրկած ուներ, այնպես ձևացնելով, որ վախենում է իր հակառակորդից: «Նա ինձ կսպանե, նա Աստված չունի», — ասում էր անդադար: Այդ հանկարծակի դեպքից ես այն աստիճան շփոթվեցա, որ ամեննին չհասկացա, թե ինչ փափսաց նա իմ ականջին, միայն զգացի, որ նրա ձեռքը խիստ ճարպիկ կերպով սողաց իմ գրպանի մեջ: Մեր պահապանները հեռացրին նրան, նրա վարմունքը շատ բնական համարելով, որովհետև խեղճի հակառակորդը այնքան ուժեղ էր, որ կարող էր բոլորովին խեղդել նրան: Տեղային ոստիկանությունը վրա հասավ, խռովությունը հանդարտվեց, ամբոխը ցրիվ եկավ, իսկ մեր խումբը անցավ:

Ամբոխի համար դա փողոցային սովորական անցքերից մեկն էր, իսկ խաչագողի համար դա նոր բան չէր: Ես ճանաչեցի, թե ո՛վ էր այն մարդը, ես հասկացա, թե ի՛նչ նպատակով էր սարքել այդ կռիվը, և վերջապես ես գիտեի, թե ինչո՞ւ մեր խմբի մեջ մտնելու միջոցին ինձ միայն ընտրեց իր պաշտպան և ուղղակի ինձ մոտեցավ: Խաչագողները շատ անգամ փողոցներում, հրապարակների վրա սարքում են այս տեսակ կռիվներ: Բազմությունը հավաքվում է, մարդիկ խառնվում են միմյանց, իսկ նրանք, օգուտ քաղելով ընդհանուր շփոթությունից, գողանում են սրա ու նրա ժամացույցը, կամ շատ անգամ կողոպտում են հենց իրանց բաժանողների գրպանները: Այդ մարդը նույնպես ձեռքը տարավ իմ գրպանը, բայց այնտեղից ոչինչ չգողացավ, և գողանալու բան էլ չկար, բայց զգացի, որ մի բան դրեց այնտեղ: Առանց նայելու, ես գիտեի, թե ի՛նչ պետք է լիներ այդ: Դա միևնույն անձնավորությունն էր, որ մի քանի շաբաթ առաջ մուրացկանի կերպարանքով մոտեցավ մեր խմբին և բաժանեց մեզ իր հավաքած գրոշները: Այն ժամանակ, երկու հինգ կոպեկանոցների մեջ թաքցրած, տվեց ինձ իր խորհրդավոր տոմսակը: Այժմ միևնույն անձնավորությունը, այդ հնարքով մոտենալով ինձ, դրեց իմ գրպանում մի այլ տոմսակ: Իհարկե, ոչ ոք չհասկացավ նրա խորամանկությունը, և նա այն աստիճան կերպարանափոխ էր եղած, որ մինչև անգամ ավազակապետը չճանաչեց, որ այդ մարդը միևնույն ծպտյալ մուրացկանն էր:

Երբ հեռացանք, ձեռքս տարա գրպանս, տեսա, որ իմ ենթադրությունը սխալ չէր. այնտեղ կար մի թղթի կտոր: Առանց կարդալու, արդեն ինձ հայտնի էր նրա բովանդակությունը, այսուամենայնիվ, գիշերը միջոց գտա ծածուկ կարդալու: Նրա մեջ շտապ ձեռքով գրված էին հետևյալ տողերը.

«Մուրա՛դ, մի շաբաթից հետո զատկի տոնն է: Դու գիտես ի՞նչ դրության մեջ են լինում մարդիկ այդ տոնի օրերում: Արաղը կհաջողեցնե մեր դիտավորությունը: Ում հետ որ հարկավոր էր, ես կարգադրել եմ: Քեզ բաց կթողնեն: Դու կգտնես ինձ եղևնիների փոքրիկ անտառում, Կարմիր բլուրի մոտ: Այնտեղ ամեն ինչ պատրաստ կգտնես քո փախուստի համար:

Պետրոս»:

Է

ԻՄ ՆՈՐ ԴԱՍՏԻԱՐԱԿԸ

Մոտեցան զատկի տոները: Մեզ այլևս չէին աշխատեցնում, մեզ թույլ էին տալիս փոքրիկ զվարճություններ, մեզ թույլ էին տալիս և մեր հոգիների մասին մտածել, աղոթք կարդալ, խոստովանել, հաղորդվել և այլն: Իհարկե, այդ բոլորը կատարվում էր զինվորների հսկողության ներքո:

Այդ օրերում ես ավելի ընտելացա Համրի հետ, մանավանդ երբ ավազակապետը իմ մասին նրա ականջում մի քանի բաներ փսփսաց: Տարակույս չունեի, որ վատ բան չէր խոսի իմ մասին: Այնուհետև այդ երիտասարդը, որ առաջ խորշում էր ինձանից, բավական մտերմացավ ինձ հետ:

Մի օր միասին նստած էինք մեր արգելանոցի բակում, տաքանում էինք արեգակի ճառագայթներով: Մեր առջև դատապարտյալները զանազան խաղեր էին անում, ծիծաղում էին, աղաղակում էին, հռհռում էին և լրբաբար բոթբթում էին միմյանց: Տաժանակիրը իր թշվառության մեջ դառնում է կատարյալ ստահակ: Ամոթը, պատկառանքը և մարդկային բոլոր արժանավորությունները կորցնում է նա: Օրենքը զրկում է նրան ամեն իրավունքներից, բայց նա ինքը զրկում է իրան բարոյական և հոգեկան բոլոր լավ հատկություններից: Կարծես նա հետզհետե հաշտվում է այդ մտքի հետ՝ «ինձ համար վճռեցին, որ ես վատ եմ, անպիտան եմ, ես կշարունակեմ մնալ անպիտան, որովհետև իմ ուղղվելը կամ լավանալը չեն փոխի այն վիճակը, որին դատապարտված եմ»...

Ես նայում էի այդ մոլեգնած ստահակների վրա: Համրը ընկղմված էր մտածությունների մեջ. նա տխուր էր, որպես միշտ, տոները չէին ուրախացնում նրան: Ես չգիտեի ի՛նչ առարկայի վրա խոսել նրա հետ: Այդ մարդուն հանդիպելիս իմ լեզուն կապվում էր, ես նույնպես համր էի դառնում: Ես ուրիշ խոսք չգտա և հիշցրի նրա մի քանի օր առաջ կատարած քաջագործությունը քարանձավի մեջ:

— Ձեր արածը կատարյալ հրաշք էր, — Ասացի նրան:

— Մի՞թե դուք հավատում եք հրաշքների, — ժպտալով հարցրեց նա:

— Հավատում եմ: Բայց ձեր գործը մարդկային ուժից բարձր էր:

— Մարդկային ուժը շատ և շատ բարձր է, քան ձեր տեսածը:

Նրա համեստությունը վիրավորվեցավ: Ես տեսա, որ իմ նկատողություն-ները հաճելի չեն նրան, այդ պատճառով խոսքս փոխեցի, նրա ուշադրությունը դարձնելով մեր առջևում զվարճացող թշվառների վրա:

— Նայեցեք, ի՛նչպես են զվարճանում դրանք, կարծես թե խելագարներ լինեն, բոլորովին մոռացել են իրանց դրությունը:

— Ինչո՞ւ չզվարճանան, երբ թույլ են տալիս նրանց վայելել այդ փոքրիկ մխիթարությունը:

— Մի քաղցր կաթի՛լ դժբախտության անսահման ծովի մեջ, ի՞նչ նշանակություն ունի այդ մի կաթիլը:

Նա ուղիղ նայեց իմ երեսին, կարծես զարմանում էր, որ ես էլ դատել գիտեմ, որ ես էլ իմ առանձին համոզմունքներն ունեմ:

Բակը ընդարձակ էր: Մենք բավական հեռու նստած էինք խաղացողներից: Մեր խոսակցությունը ոչ ոք չէր խանգարում:

— Մի՞թե նրանք մեղավոր են, որ դժբախտ են, — Հարցրեց նա:

— Իհարկե մեղավոր են, — պատասխանեցի ես:

— Այդ դժբախտներից մեկն էլ դուք եք. ասացեք խնդրեմ, ո՞ւք եք մեղավոր, որ ձեզ այստեղ ուղարկեցին:

— Ապա ո՞վ է մեղավոր, ես հանցանք գործեցի, դրա համար էլ ուղարկեցին ինձ այստեղ պատժվելու:

Նա ոչինչ չպատասխանեց, միայն հետաքրքրվեցավ իմ անցյալով, խնդրեց մանրամասնաբար պատմել իմ կյանքի պատմությունը: Ավազակապետից լսել էի, որ նա սովորություն ունի իր բոլոր ծանոթների կյանքը ուսումնասիրելու, այդ պատճառով ես ամեն ինչ պատմեցի նրան: Ես պատմեցի, թե ո՛րպես երեխա ժամանակս հորից զրկվելով՝ մնացի աղքատ մոր խնամատարության ներքո, թե ո՛րպես նա հանձնեց ինձ մի դարբնոցում արհեստ սովորելու և միշտ խրատում էր, որ խաչագողների ճանապարհով չգնամ, մի բան սովորեմ և իմ արդար աշխատանքով ապրեմ: Պատմեցի աղետավոր բանալիի անցքը, իմ վարպետի դարբնոցի հետ պատահած դժբախտությունը և իմ փախուստը այնտեղից: Պատմեցի, թե ո՛րպես այնուհետև թափառական կյանք էի վարում և ո՛րպես միացա մի խումբ մանկահասակ սրիկաների հետ, որոնք ինձ պես փախստականներ էին, և սկսեցի նրանց հետ մանր գողություններ անել: Պատմեցի, որ իմ երկրում ես հալածվեցա, տանջվեցա, փախստական եղա օրենքի և դատաստանի երեսից, և այն մարդը, որ խաբել էր ինձ՝ անմեղիս, և ես նրա թելադրությամբ ակամա ու անգիտակցաբար հանցանք էի գործել, կրկին նույն մարդը մոտեցավ ինձ, և ես նրա առաջնորդությամբ թողեցի իմ հայրենիքը, հեռացա դեպի օտար աշխարհներ և մտա խաչագողների հասարակության մեջ: Այստեղ ես դարձա մի կատարյալ եղեռնագործ, սովորեցի ամեն չարիքներ գործել, սպանություն, գողություն, բազմատեսակ խաբեբայություններ, որոնցով ահագին գումարներ էինք ձեռք բերում, սովորեցի ուրիշի վաստակով ապրել: Վերջապես, բռնվեցա և աքսորի դատապարտվեցա:

— Այդ բոլորը շատ հետաքրքրական է, — Ասաց նա, երբ ես վերջացրի: — Հիմա տեսնո՞ւմ եք, որ դուք սկզբից անմեղ եք եղել և արդար, բայց ձեզ հանցանքի մեջ ձգեցին այն հանգամանքները և այն կենսական պայմանները, որոնցով, սկսյալ մանկությունից, շրջապատված եք եղել: Եթե այդ հանգամանքները և այն պայմանները ձեզանից հեռացնեին կամ իսպառ չլինեին, դուք, անտարակույս, կմնայիք ձեր անմեղության մեջ և գուցե շատ օրինավոր մարդ կդառնայիք: Ընտանիքի մեջ ոչինչ չսովորեցաք, ընտանիքը լավ չկրթեց ձեզ: Ձեր վարպետի դարբնոցում կարող էիք արհեստ սովորել, և դա ձեր արդար ապրուստի հիմքը կլիներ, բայց անիրավացի պատճառներ այնտեղից ևս հալածեցին ձեզ:

Ձեր պատանեկության փոքրիկ, սրիկա ընկերները սովորեցրին ձեզ գողությամբ ապրելու նախակրթությունը, իսկ խաչագողների ընկերությունը բոլորովին կատարելագործեց ձեր մեջ այդ արհեստը և դարձրեց ապրուստի միակ միջոց: Այդ բոլորը՝ ընտանիքը, սրիկա ընկերները, խաչագողները, մի խոսքով, այն ամբողջ մթնոլորտը, որի մեջ ծլեցին, աճեցին և հասունացան ձեր ընդունակությունները, կոչվում է հասարակություն: Եթե այդ հասարակությունը, կամ, որպես ասացի, այդ մթնոլորտը, մաքուր լիներ, առողջարար լիներ և ձեզ վրա բարերար ազդեցություն գործեր, տարակույս չկա, որ ձեր ընդունակությունները կզարգանային դեպի բարին, դեպի լավը և դեպի օգտավետը: Բայց եթե դուք դարձաք մի չարագործ, դուք ծնունդ եք նույն մթնոլորտի, այլ խոսքով, նույն հասարակության , որը իր միջից արտադրել է ձեզ:

Ես նրա բացատրությունները հասկանալ չէի կարողանում:

Նա շարունակեց, ձեռքը մեկնելով դեպի զվարճացող բազմությունը, որ խաղում էր բակի մեջ:

— Տեսնո՞ւմ եք այդ թշվառներին, դրանք նույնպես հասարակության հիվանդոտ կազմվածքի արտադրած վերքերն ու պալարներն են, որ կտրել և այստեղ են ձգել, այն մտքով, որ կազմվածքը բոլորովին չվարակվի: Բայց ո՞րտեղից առաջ եկան այդ վերքերը, այդ թարախալից պալարները հայտնի բան է, նույն կազմվածքի հիվանդոտ դրությունից: Եթե մարմինը առողջ լիներ, դրանք չէին լինի: Քննեցեք դրանց յուրաքանչյուրի կյանքի պատմությունը և դուք կտեսնեք, որ դրանց գործած հանցանքների արմատը դրած է եղել այն հողի մեջ, որից դրանք բուսել, աճել և զարգացել են: Յուրաքանչյուրի հանցանքի ձևը, տեսակը, որպիսությունը տեղային բնավորություն ունի: Եվ այդ կետից նայելով, այդ թշվառների ամեն մեկի կյանքի պատմությունը նույն հասարակությունների մտավոր, բարոյական և հոգեկան հիվանդության պատմությունն է, որոնց միջից դուրս են եկել դրանք: Այստեղ, այդ արգելանոցի մեջ, կարելի է ուսումնասիրել այն բոլոր կրթական, տնտեսական և հասարակական պայմանները, որ առաջ են բերել այս տեսակ հրեշներ:

Վերջացնելով իր խոսքը, նա կրկին դարձավ դեպի ինձ, հարցրեց.

— Հիմա հասկացա՞ք, թե ով է մեղավորը, որ դուք, ես և այդ բոլոր թշվառ-ները այստեղ բերվեցան:

— Ճշմարիտն ասած, շատ փոքր հասկացա, — պատասխանեցի ես, ամա-չելով իմ տգիտության վրա: — Դուք բոլորովին նոր բաներ եք խոսում:

Նրա սառն դեմքի վրա երևաց մի թեթև ժպիտ:

— Ձեզ այսպես է թվում,— ասաց նա, — Բայց իմ խոսքերը նոր չեն, խելացի մարդիկ այսպես են մտածում: Հիմա ես կխոսեմ ձեզ հետ ավելի պարզ կերպով, հենց ձեր լեզվով, որ դուք հասկանաք: Ես իբրև օրինակ կվեր առնեմ հենց ձեր անձնավորությունը, որովհետև դա ավելի մոտիկ և ավելի ծանոթ է ձեզ: Ասացեք, խնդրեմ, դուք ինչո՞ւ սկսեցիք գողանալ, երբ ձեր պատանեկության հասակում ընկերացաք այն մանկահասակ սրիկաների հետ:

— Մենք քաղցած էինք մնում, այդ՝ պատճառով գողանում էինք, որ սովից չմեռնենք:

— Շատ Լավ: Բայց մի՞թե չէիք կարող դուք, կամ այն մանկահասակ սրիկաները, ձեր աշխատանքով հաց վաստակել և չգողանալ:

— Մենք ոչինչ չէինք սովորած:

— Տեսնո՞ւմ եք, այստեղ կան պատճառներ, որ մարդուն անբարոյական են դարձնում, այն է՝ աշխատանքին անսովոր և անընդունակ լինելը:

Եվ նա սկսեց երկար բացատրել, թե ի՛նչ բան է հացի խնդիրը մարդկային հասարակության մեջ, ինչո՛ւ մարդիկ հացի համար անբարոյական են դառնում, ասաց, որ ոչ միայն մի անհատը, գործելու անընդունակ լինելով և արդար աշխատանքի սովորած չլինելով, դառնում է գող, ավազակ, խաբեբա, այլ մի ամբողջ ժողովուրդ կարող է այսպես դառնալ, եթե աշխատանքի սովորած չէ: Նա օրինակ բերեց մի քանի ցեղեր, որ պարապում են ավազակությամբ և կողոպտում են իրանց հարևաններին: Ես հարցրի.

— Կան մարդիկ, որոնք աշխատանքի սովոր են, որոնք ընդունակ են գործելու, բայց դարձյալ գողանում են, խաբում են և իրանց վաստակի մեջ անազնիվ միջոցների են դիմում, օրինակ, Պարսկաստանի խաչագողները և հրեաները:

Նա պատասխանեց.

— Ասացեք խնդրեմ, ինչո՞ւ ոչ մի այլ բարեկարգ երկիր, այլ միայն Պարսկաստանը արտադրեց խաչագողներ: Այդ խաբեբաները ուրիշ ոչինչ չեն, եթե ոչ պարսիկների բռնակալության բնական արդյունք: Մահմեդական կրոնը պիղծ է համարում նրանց, օրենքի առջև հավասար իրավունքներ չեն վայելում, նրանց կայքը, նրանց կյանքը ապահով դրության մեջ չեն գտնվում, նրանց մշակության պտուղները, մահմեդականներից պիղծ համարվելով, չեն վաճառվում և այսպիսով զրկվում են ապրուստի ամենահաստատ միջոցներից մեկից, որ մատակարարում է նրանց հողը, ավելացրեք դրանց վրա պարսիկների ճնշումը, հալածանքը, կամայականությունը, հարստահարությունը, և ձեզ հասկանալի կլինեն խաչագողների գոյության բուն պատճառները: Ստրկությունը խաչագողների մեջ զարգացրեց նենգավորություն, իսկ ճնշված, հալածված և հարստահարված դրությունը նրանց անբարոյական դարձրեց: Հալածանքը զարգացրեց այդ հալածյալների մեջ նույնպես հալածասիրության ոգի, իսկ հարստահարությունը աճեցրեց նրանց մեջ անբարոյական բնազդումներ: Վերնից, այսինքն՝ իրանից ավելի զորավորից, հարստահարվելով, սովորեցին նրանք հարստահարել իրանցից ավելի տկարներին: Այսպիսի ճնշումը արտադրեց խաչագողներին: Պարսիկները հարստահարում էին նրանց կոպիտ ուժով, իսկ նրանք սովորեցին հարստահարել պարսիկներին կամ իրանցից ավելի տգետ մարդկանց մեղմ խորամանկությամբ և զանազան սատանայական խաբեբայություններով: Ազատ մրցության մեջ և իրավունքների հավասարության մեջ նրանք կարող էին ազնիվ կերպով մաքառել: Բայց որովհետև իրավունքները անհավասար էին, մի կողմում կանգնած էր բռնությունը, կոպիտ ուժը, իսկ մյուս կողմում՝ անձայն հնազանդությունը, այսպիսի հարաբերությանց մեջ, շատ բնական է, որ մրցության համար նրանք կընտրեին անազնիվ միջոցներ: Միշտ դրության մեջ են եղել և Պարսկաստանի խաչագողները: Այլևս ինչո՞ւ ենք մեղադրում խաչագողներին, որ նրանք անբարոյական դարձան, չէ՞ որ մահմե-դական աշխարհը փչացրեց նրանց:

Դուք օրինակ բերեցիք և Պարսկաստանի հրեաներին, — առաջ տարավ նա: — Չէ կարելի այդ ազգը անբարոյական կոչել, որ տվել է մարդկությանը երկու ամենավսեմ և ամենաբարձր կրոնքներ, որոնք բարոյականության հիմունքն են կազմում: Բայց ինչո՞ւ բարոյապես փչացան հրեաները: Եթե նրանց ազատ ասպարեզ տային գործելու, եթե նրանց չհալածեին, նրանք երբեք ստիպված չէին լինի խաբեբայությամբ ապրել: Հրեան ցեղական հարուստ ձիրքեր ունի, նա խելքի, իմաստության, գիտության, ճարտարության և գեղարվեստի ասպարեզում հանդես է բերել ամենանշանավոր հանճարներ: Օրինակ, Գերմանիայում նրա դրությունը փոքրիշատե ապահով է եղել, և նա միշտ նշանավոր և օգտավետ է հայտնվել մարդկային գործունեության ամեն ճյուղերում: Իսկ մահմեդական աշխարհում նրան ճնշել են, նա դարձել է վնասակար: Սկսյալ Եգիպտոսի փարավոնների օրերից, աշխարհի երեսին ցիրուցան եղած այդ ազգը հալածվում է: Հալածանքը սովորեցրեց նրան խաբեբա լինել, խորամանկ լինել, նենգավոր լինել: Այդ հատկությունները, որ առաջ եկան նեղված կյանքի անխուսափելի անհրաժեշտությունից, դարձան բնավորություն և ժառանգաբար անցան սերունդից սերունդ: Միայն դժբախտ դրության բարեփոխությունը կարող էր մաքրել այդ վատ հատկությունները: Եվ որտեղ նրանց դրությունը բարեփոխվեցավ, այնտեղ նրանք լավացան: Իսկ Պարսկաստանում և առհա-սարակ մահմեդական աշխարհներում նրանց դրությունը դեռ իր աննախանձելի պայմանների մեջ է գտնվում: Նրանց կայքը հափշտակվում են, նրանց բարբարոսաբար չարչարում են, նրանց ամեն կերպ հարստահարում են, նրանք էլ սովորեցին իրանց զենքով՝ խելքով հարստահարել իրանցից ավելի միամիտներին: Այդ դեպքում խաչագողի նշանակությունը իրեայից ոչնչով չէ զանազանվում, տարբերությունը միայն նրանց գործունեության եղանակի մեջն է:

Հիմա հասկացա՞ք, — շարունակեց նա, — Որ մահմեդականությունը ինքն է մեղավոր, որ պատրաստում է իր միջից անպիտան մարդիկ: Եվ Պարս-կաստանի նման երկիրը միայն կարող էր արտադրել խաչագողներ: Որպես չէ կարելի մի վատ, անարգավանդ հողից առողջ և պտղաբեր բույսեր սպասել, այնպես էլ չէ կարելի մի անբարեկարգ երկրից սպասել լավ մարդիկ: Վատ հողը կարելի է մշակել և պտղաբեր դարձնել, նույնպես և մի անբարեկարգ երկրի, որպիսին է Պարսկաստանը, հասարակական կազմակերպությունը կարելի է այնպիսի պայմանների մեջ դնել, որ եթե վատերը, անբարոյականները բոլորովին չսպառվեին, գոնե նրանց թիվը համեմատաբար շատ փոքր լիներ:

Եվ նա երկար խոսում էր այն մասին, թե ի՛նչ միջոցներ է հարկավոր գործ դնել, որ աղքատությունը և մարդկանց չարությունը վերացվի, որ բոլոր մարդիկ լինեն կրթված, բարի, գոհ և բախտավոր: Այդ ամենը բացատրում էր նա այնքան պարզ լեզվով, որ ես այժմ բոլորը հասկանում էի:

Այնուհետև ես համարյա ամեն գիշեր խոսում էի նրա հետ և շատ բաներ էի սովորում: Նրա հայացքները, նրա կարծիքները բոլորովին տարբեր էին իմ մինչև այնօր լսածներից և սովորածներից: Օրինակ, մեր տերտերից շատ անգամ լսել էի, թե գողությունը մեղք է, եթե գողանալու լինես, մեռնելուց հետո հոգիդ կտանեն դժոխքի կրակի մեջ կայրեն:Բայց ես դժոխքի կրակից շատ չէի վախենում, որովհետև դեռ նորահաս երիտասարդ էի, մինչև մեռնելը շատ ժամանակ ունեի, կարող էի հազար անգամ գողանալ, և նույն տերտերի մոտ մեղքերս խոստովանվելով, նրանից թողություն ստանալ: Եվ այսպես, իմ գործը հեշտացրած էր: Բայց թե այս աշխարհի, ներկա կյանքի համար գողությունը ի՞նչ վնաս ուներ, տերտերը այդ մասին ոչինչ չէր խոսում, նա միայն սպառնում էր դժո՛խքի կրակով: Բայց Համրը, բացի դժոխքից, նաև ասում էր, որ գողի համար հենց այդ աշխարհը նմանապես դժոխք է, և եթե ես առաջուց գիտենայի, երբեք չէի գողանալ: Ես շատ էի գողացել, շատ էի խաբել, ահագին գումարներ էի ձեռք բերել, բայց երբեք բախտավոր չէի եղել:

«Քո անձնական բարիքը պետք է որոնես ուրիշի բարիքի մեջ, — Ասում էր նա, — կցանկանայի՞ր, որ ուրիշը անե քեզ այն բանը, ինչ որ քեզ ախորժելի չէ, օրինակ, գողանա քեզանից, խաբե, հարստահարե քեզ, անպատվե քեզ, ճնշում գործ դնե քեզ վրա և այլն»: «Չէի ցանկանա», պատասխանում էի ես: «Ուրեմն դու էլ չպիտի անես ուրիշներին»: Հետո հարցնում էի. «Դու կցանկանայի՞ր, որ ուրիշները սիրեին քեզ, օգնեին քեզ, հարգեին քո մարդկային իրավունքները, չհարստահարեին քեզ»: «Կցանկանայի»: «Ուրեմն դու էլ և միևնույն կերպով պետք է վարվես ուրիշների հետ»: Նա ասում էր, «Մեր օգուտն ուրիշի օգտի մեջ է, վնասելով նրան, վնասում ենք մեզ»:

Բայց քավոր Պետրոսը, իմ նախկին դաստիարակը, բոլորովին հակառակն էր խոսում, նա ասում էր. «Մենք մեր անձի համար ենք ապրում, մարդը պետք է հոգ տանի իր անձի և իր բարօրության համար միայն, բայց երբ մի ուրիշը արգելք է լինում իմ բարօրությանը, ես պետք է աշխատեմ նրան ոչնչացնել, որ իմ անձը լավ ապրի»: Ես այժմ հասկանում էի, թե որ աստիճան անբարոյական նշանա-կություն ունեին այդ խոսքերը, թե ո՛րքան վնասակար էին նրանք: Դիցուք թե, ես իմ անձի բարօրության համար ոչնչացնեի մի ուրիշին, ինձանից ավելի տկարին, չէ որ կգտնվեր մեկը, ինձանից ավելի զորեղը, նա էլ իր բարօրության համար ինձ կոչնչացներ, և այսպես, զորեղը անզորին սպառելով, մարդկային հասարակության մեջ կտիրեր ընդհանուր ամայություն, ընդհանուր դժբախ-տություն:

Համրը միշտ իր խոսքերի մեջ օրինակ էր առնում իմ անձը, կարծես ես ամբողջ մարդկության ներկայացուցիչը լինեի: Ասում էր, քո անձը քեզ ավելի մոտ է, դու նրա հետ ավելի ծանոթ ես, և քո անձի օրինակով կարող ես դատել բոլոր մարդերի վրա: Ինձ երևում էր, որ ես գրավել էի նրա ուշադրությունը: Նա որքան սառն էր, որքան ծածկամիտ էր դեպի իր ընկերները, այնքան եռանդոտ կերպով սկսեց հոգ տանել իմ զարգացման վրա: Մի անգամ ասաց ինձ.

— Մուրադ, դու այժմ գիտես (նա հիմա ինձ հետ դու-ով էր խոսում), թե ի՛նչն է պատճառը, որ մարդիկ անբարոյական և միևնույն ժամանակ անբախտ են դառնում, դու գիտես նաև, որ մի մարդու անբախտության պատճառները հասկանալու համար պետք է ծանոթանալ նրա կյանքի պատմության հետ: Եվ այսպես, մի ամբողջ ազգի անբախտության պատճառները հասկանալու համար պետք է նույնպես ծանոթանալ նրա պատմության հետ: Որովհետև մի ազգ մարդկության մեջ նույն տեղն է բռնում, ինչ որ անհատը հասարակության մեջ: — Եվ նա ազգերի պատմությունից բացատրեց ինձ շատ կրթիչ բաներ:

Երկար նա խոսում էր երկնքի, լեզվի և գրականության մասին, բացատրում էր, թե մի ազգի գրականությունը ի՞նչ ուղղություն կարող է տալ նրա կյանքին և գործունեությանը, բացատրում էր մեր նոր գրականության սխալ ընթացքը և նրա վնասակար ազդեցությունը ժողովրդի վրա: Նրա ասածները ինձ այն աստիճան գրավեցին, որ ես վճռեցի, որքան կարելի է լավ սովորել հայոց լեզուն: Իմ լեզուն առաջ շատ կոշտ և ռամկական էր: Թուրքերեն և պարսկերեն բառերով լի էր իմ խոսակցությունը: Ես աշխատում էի այնուհետև բուն հայկական բառեր գործածել: Ես շատ շուտ սովորեցի բառերը, օրինակ, մի գիշերվա մեջ սովորեցի այդ բոլոր բառերի նշանակությունը, անհատ, ընտանիք, ցեղ, ազգ, հայրենիք, պետություն, քաղաքակրթություն, լուսավորություն և ուրիշ շատ բառեր: Նա ասում էր, որ այդ բառերի վրա ամբողջ գրքեր են գրված, բայց նա մի քանի խոսքերով բացատրում էր ինձ դրանց իմաստը: Ափսո՜ս, որ թույլ չէր տրված մեզ մոտ գիրք, թուղթ, գրիչ ունենալ, թե չէ, ես շատ բան կսովորեի նրանից:

«Գիտությունը և ուսումը միտքն միջոցներ են մի ժողովրդի համար՝ հասնել բարօրության, բայց ո՛չ բարօրության առարկան», — Ասում էր նա և սկսում էր բացատրել, թե ուրիշ ի՛նչ պայմանների մեջ պետք է դրված լինի ժողովրդի կյանքը, որ կարողանա լինել նա բախտավոր: Երկար ու երկար խոսում էր հողի ու նրա մշակության պայմանների մասին, արհեստների կատա-րելագործության մասին, դրամատերերի գործունեության մասին և այլն: Աշխատանքը նա ավելի բարձր էր դասում, քան ամեն ինչ: «Աշխատանքը կյանք է, ասում էր նա, իսկ անգործությունը՝ մեռելություն»:

Նրա խոսակցությունը այնքան հաճելի էր, որ ես ժամերով լսում էի նրան և չէի կշտանում: Ոչ մի անմիտ բառ չէր դուրս թռչում նրա բերանից: Նա գիտեր խիստ լուրջ և խորին կերպով վերաբերվել դեպի ամեն մի հարց: Ես իմ կյանքում առաջին անգամ տեսնում էի մի այնպիսի երիտասարդ, որը անսահման բարության հետ ուներ և հմտությունների մեծ պաշար: Նա գիտեր մի քանի եվրոպական և ասիական լեզուներ և, որքան ասես, խելացի մարդ էր:

Իր մասին նա ոչինչ չէր խոսում: Մի քանի անգամ հետաքրքրվեցա նրա անցյալով, բայց ստանում էի միշտ անորոշ պատասխաններ:

— Դուք բարի և ազնիվ մարդ եք, — մի օր ասեցի նրան, — Դուք

չէիք կարող ինձ նման եղեռնագործ լինել, պատմեցեք, խնդրեմ, ի՞նչ հանցանքի համար աքսորեցին ձեզ:

— Այդ մի հարցրեք, — պատասխանեց նա ոչ սակավ հուզված կերպով:

— Գոնե ասացեք, դուք ո՞վ եք և ո՞ր տեղացի:

— Այդ ևս մի՛ հարցրեք...

Ո՞րպիսի տխուր գաղտնիք էր թաքնված այն անբախտ երիտասարդի ճակատագրի մեջ: Ինչ էլ որ լիներ, ես համոզված էի, որ նա ազնիվ մարդ էր, և նրա բարեկամությունը ինձ համար մեծ մխիթարություն էի համարում: Այդ էր պատճառը, որ քավոր Պետրոսի երկրորդ նամակը ստանալուց հետո ես ամենևին չէի մտածում օգուտ քաղել նրա օգնությունից, և նրա ձեռքով ազատություն գտնել: Եկավ զատիկը, անցան զատկի տոները, բայց ես ամենևին չգնացի եղևնիների անտառը, Կարմիր բլուրի մոտ: Նա, որ ինձ մոլորեցրել էր, նա, որ ինձ ցույց էր տվել չար գործի չար ճանապարհները, այժմ աշխատում էր փրկել ինձ: Բայց ինձ պետք չէր փրկությունը նրա ձեռքից ընդունել: Ես արդեն բարոյապես ինձ փրկված էի համարում, սկսյալ այն օրից, որ իմ նոր դաստիարակի շնորհիվ մկրտվեցա կրթության նոր ավազանի մեջ: Ես իմ շղթաների մեջ իմ անձը բախտավոր էի համարում, որ միշտ կարող էի տեսնել նրան, միշտ կարող էի վայելել նրա բարեկամությունը և լսել նրա իմաստալից խրատները:

Ավազակապետի պատմությունը ինձ վրա խիստ տխուր տպավորություն թողեց: Նա սիրել էր մեկին, նրան նվիրել էր իր անձը, իր հոգեկան բոլոր քաղցր զգացմունքները: նրա սիրո առարկան այլևս չկար, բնակվում էր շատ հեռու, ոգիների աշխարհում: Բայց այդ դժբախտ մարդը դեռ շարունակում էր սիրել նրան, դեռ նրան հիշելիս նրա այրական դեմքը մռայլվում էր տխրության թախիծներով: Ես նույնպես սիրում էի մեկին, բայց իմ սիրո առարկան գուցե դեռ կենդանի էր, գուցե դեռ մտածում էր իմ վրա: Այժմ ո՞րտեղ էր անհայր, անմայր, անտուն, անտեղ և անօգնական որբիկը: Ես շատ անգամ մտաբերում էի նրան, և իմ սիրտը լցվում էր անշիջանելի կրակով: Աչքերիս արտասուքը չէր զորում հանգցնելու այդ կրակը: Դատապարտյալը մոռանում է ծնողներ, ազգականներ, բարեկամներ, մոռանում է իր հայրենիքը, բայց սիրած կնոջ հիշատակը մնում է նրանից անբաժան: Սիրած կնոջ կորուստը ավելի ծանրացնում է նրա շղթաները, ավելի զգալ է տալիս իր թշվառ դրությունը...

Առժամանակ Համրի բարեկամությունը ինձ մոռանալ տվեց Նենեին, և սիրելի աղջկա հիշատակը խիստ սակավ էր խավարեցնում իմ դժբախտ դրության րոպեները: Բայց դա երկար չտևեց, ես կրկին անձնատուր եղա այն սովորական հոգեմաշ թախծությանը, որ Նենեից բաժանվելուց հետո մշտապես տանջում էր ինձ: Մի անգամ Համրը գտավ ինձ այսպիսի տրամադրության մեջ:

— Ի՞նչ է պատահել քեզ հետ, — կարեկցությամբ հարցրեց նա:

Ես նրանից թեև ծածուկ ոչինչ չունեի, բայց իմ կյանքի բոլոր անցքերը նրան պատմելու ժամանակ ոչինչ չէի հիշել Նենեի մասին: Այժմ ի՞նչպես կարող էի թաքցնել նրանից իմ սիրտը և նրան մաշող ցավերը: Ես պատմեցի նրան բոլորը, ինչ որ հայտնի է ձեզ Նենեի մասին, թե որպես գտա նրան անտառում այն րոպեում, երբ մի չարագործ պատրաստվում էր սպանել նրան, ո՛րպես ազատեցի նրա կյանքը և բերեցի քավոր Պետրոսի մոտ, թե ո՛րպես այդ վերջին չարագործը նույնպես հրամայեց ինձ սպանել նրան, և ո՛րպես ես խաբեցի նրան, հայտնելով, թե հրամանը կատարված է, բայց աղջկան թաքցրի իմ հոր խրճիթում, և, վերջապես, ո՛րպես իմ վարմունքը ծնեցրեց անմեղ աղջկա սրտում սեր դեպի ինձ, և այնուհետև նա չբաժանվեցավ ինձանից և այն ժամանակ, երբ ես կալանավորվեցա, բանտարկվեցա և դատապարտվեցա մշտական աքսորի:

Կնոջ սերը, որպես երևում էր, շատ զգալի չէր Համրին, նա իր կյանքում կա՛մ երբեք չէր սիրել, կամ եթե սիրել էր, կրակը վաղուց արդեն հանգել էր նրա սրտում: Այդ էր պատճառը, որ նա խիստ սառնությամբ լսեց իմ պատմությունը, վերջը նկատելով,

— Այդ պատմության մեջ ես գովում եմ ձեր առաքինությունը, դուք ազատել եք մի թշվառի կյանք:

— Բայց նրան կորցնելը այժմ իմ կյանքը անտանելի դարձրել:

— Այդ ես հասկանում եմ... այդպիսի հանգամանքներում մարդուն փրկում է մի բան միայն՝ աշխատանքը: Աշխատանքը մոռանալ է տալիս սրտի կսկիծները, որ առաջ էին եկել սիրո սլաքներից:

Նրա սառն փիլիսոփայությունը այժմ ինձ չէր գրավում: Ես տվեցի խիստ հուսահատական պատասխան,

— Այժմ մահը, միայն մահը կարող է հանգստացնել ինձ, աշխատանքից ես ձանձրացել եմ, մանավանդ այսպիսի ապարդյուն աշխատանքից:

— Ոչինչ աշխատանք ապարդյուն չէ, երբ մարդկությանը որևիցե օգուտ է բերում:

— Մեր աշխատանքը ի՞նչ օգուտ է բերումք

— Երևի դու մոռացել ես, որ մի անգամ ես քեզ ասացի, որ մեր օգուտը ուրիշի օգտի մեջ է, և նույնը փոխադարձաբար: Եվ եթե մենք ուղղակի կերպով չենք շահվում մեր աշխատանքից, կշահվին, անտարակույս, մեզ նմանները, այսինքն ուրիշ մարդիկ: Մենք փորում ենք լեռների սիրտը և այնտեղից դուրս ենք բերում պղինձ, երկաթ, ոսկի և արծաթ: Այդ մետաղներով բացվում են դպրոցներ, կառուցանում են արհեստանոցներ և այլ բարեգործական հիմնարկություններ: Նրանց մեջ ուսում են առնում, կրթվում են և լավ մարդիկ են դառնում:

Ես այնքան գրավվեցա այդ վիճաբանությամբ, որ մոռացա Նենեին, մոռացա և նրա սերը, որի առթիվ սկսվել էր վիճաբանությունը: Համրը, իր սառնասրտության հակառակ, ավելի տաքացած էր: Նա ուղիղ իմ աչքերի մեջ նայելով՝ ասա՛ց,

— Դուք (երբ բարկանում էր նա, սկսում էր դուք-ով խոսել) միշտ մոռա-նում եք մեր անցյալ խոսակցությունները, որոնց մեջ մենք միշտ համաձայնել ենք միմյանց հետ: Ես կրկին կդառնամ դեպի ձեր անձնավորությունը և ձեր անձի օրինակով կբացատրեմ իմ մտքերը: Ասացեք, խնդրեմ, եթե ես այժմ մոռացմամբ իմ քսակը ձեզ մոտ թողնեի, դուք ի՞նչպես կվարվեիք նրա հետ:

— Ես կվեր առնեի, կպահեի և կրկին ձեզ կվերադարձնեի:

— Իսկ եթե այդ պատահելու լիներ մի քանի տարի առա՞ջ:

— Ձեզ կսպանեի և կխլեի ձեր քսակը:

— Այդ փոփոխությունը ո՞րտեղից ծագեց ձեր մեջ:

— Դուք ինձ սովորեցրիք, որ գողությունը վատ բան է:

— Հիմա տեսնո՞ւմ եք, ես ձեզ սովորեցրի, թե գողությունը վատ բան է, չէ՞ որ այդ իմ օգտի համար արեցի, որովհետև դրանով ես ապահովացրի իմ քսակի դրությունը: Չէ՞ որ բոլոր վատ մարդիկ ձեզ նման են, նրանք էլ միևնույն ուղեղն, միևնույն նյարդային կազմվածքն ունեն, որպես դուք: Եթե մենք կսովորեցնենք նրանց լավ մարդիկ լինել, դրանով օգուտ կբերենք մեզ՝ ինքներիս, որովհետև նրանք կդադարեն մեզ չար գործելուց: Հիմա հասկանո՞ւմ՛ եք, թե ի՞նչ եղանակով ենք օգտվում մենք մեր դուրս փորած ոսկուց և արծաթից:

— Հասկանում եմ, նրանցով մարդիկ կրթություն են ստանում և դադարում են իրանց նման մարդկանց կողոպտել:

— Միայն կրթությունը չէ, ուրիշ շատ լավ բաներ են կատարվում մեր աշխատանքի արդյունքով:— Եվ նա սկսեց երկար խոսել այդ առարկայի վրա և իր դատողությունները վերջացրեց հետևյալ ասացվածքով. «Մեկը ամենքի համար, ամենքը մեկի համար»:

— Այժմ հասկացա, — պատասխանեցի ես, — Բայց ինչու դու մեր մյուս ըն-կերներին ևս չես սովորեցնում ինձ նման բարի լինել:

Նա դժվարացավ պատասխանել և, րոպեական շփոթություններից հետո,

— Այդ թողնենք...— Ասաց նա, խո՛սքը փոխելով, — լսիր, Մուրադ, միայն բարի լինելով չէ, որ մարդը կարող է ուրիշներին օգուտ բերել և ինքը բախտավոր լինել: Մարդիկ հրեշտակներ չեն, որ միայն բարի լինելով կարողիանան լավ ապրել: Մարդը պետք է գործե, իսկ գործելու համար պետք է մի բանի սովորած լինի: Այդ մարդիկ, — նա ցույց տվեց դատապարտյալներին, — եթե անբարոյա-կանացան, եթե դժբախտտացան, գլխավոր պատճառն այն էր, որ ոչինչ հիմնավոր բան սովորած չէին։ Գոնե այժմ սովորեցնեին:

Ը

ՍՊԻՏԱԿ ՏՆԱԿԸ

Դատապարտյալների ֆերմայի վրա, զինվորանոցից և զանազան արքունի շինվածքներից հետո, ավելի աչքի էր զարկում մի սպիտակ տնակ, որը շատ մոտ էր հիվանդանոցին: Այդ առանձնացած բնակարանը միայն երեք սենյակներ ուներ, փոքրիկ լուսամուտներով և լերդագույն ներկած կտուրով: Մի կողմում գտնվում էր ծառաների կացարանը, որի մոտ էր խոհանոցը:

Երևում էր, որ վաղուց մարդիկ չէին բնակվել այստեղ: Բակի փոքրիկ պարտեզը, որ զարդարված էր մրգաբեր ծառերով, մնացել էր անմշակ, հովանոցը քայքայվել էր, փայտյա վանդակապատը շատ տեղ կոտրատված էր, փտած սանդուղքից ցած էին թափվել մի քանի տախտակներ:

Սենյակների ներքին դրությունը շատ նման էր փոստային կայարանի, ուր ուշ գիշերով եկած ճանապարհորդը իր բոլոր ծանրությունները խառնիխուռն ածած է լինում այս կողմ և այն կողմ, ուշադրություն չդարձնելով նրանց կարգի դնել, որովհետև առավոտյան կրկին պետք է ճանապարհ ընկնի, կրկին պետք է նրանց կարգը խանգարվի:

Այժմյան բնակիչները նույնպես նորեկներ էին. նրանք իջևանել էին այս-տեղ հենց նույն գիշերը: Նրանց ծանրությունները նույնպես խառնիխուռն ածած էին այս և այն կողմ, ճանապարհի փոշին դեռ նստած էր նրանց վրա: Բայց դրանք գնալու չէին, դրանք պետք է մնային այդ բնակարանի մեջ:

Առավոտ էր, խոնավ, մառախլապատ առավոտներից մեկը: Փոքրիկ բնակարանում դեռ քնած էին: Միայն սենյակներից մեկի դուռը կամաց բացվեցավ, և շեմքի վրա հայտնըվեցավ մի բարձրահասակ օրիորդ: Նա նայեց իր շուրջը, հանդարտ քայլերով ցած իջավ սանդուղքներից, անցավ պարտեզի տատասկներով պատած ճեմելիքը, անցավ կիսավեր հովանոցի մոտից և մերձեցավ փայտյա վանդակապատին» Այստեղից սկսեց նայել դեպի շրջակայքը: Գիշերով եկած լինելով, նա դեռ ոչինչ չէր տեսել, այժմ առավոտյան լուսով ցանկանում էր լավ նայել այն աշխարհի վրա, ուր գուցե ընդերկար ստիպված կլիներ մնալ:

Առավոտյան թանձր մառախուղը հետզհետե նոսրանում էր, բայց

դեռևս աղոտ կերպով նկարվում էին հեռավոր առարկաները: Օրիորդը նայում էր, խորին ՛ անձկանոք նայում էր և կարծես զայրանում էր, որ ոչինչ չէր տեսնում:

Նրան կարելի էր ո՛չ աղախին համարել և ո՛չ՝ տան աղջիկ: նա ո՛չ աղախնի անվստահ կայտառությունն ուներ և ո՛չ՝ տան աղջկա նազելի վստահությունը: Նա ավելի նման էր տանտիկնոջ մի հեռավոր ազգականին, որ զրկված էր ծնողներից, որին թեև սիրում են, փայփայում են, բայց դարձյալ զգում է, որ ինքը որբ է, որ իրան հոգու համար են պահում: Նրա թուխ դեմքը, սև, կրակոտ աչքերը, հարուստ մթագույն գիսակները ամենևին չէին համապատասխանում հեռավոր հյուսիսին: Նա եկած էր հարավից, ջերմ, արեգնավետ հարավից, ուր արյունը մշտապես եռ է գալիս, ուր դեմքերը ստանում են մուգ վարդի գույն: Բայց որքա՛ն լույս և կյանք կար այն մթին աչքերի մեջ, որքա՛ն հրապուրանք՝ այն թախծալի դեմքի վրա: Նա ներկայացնում էր մի աշխույժ, անսանձ բնավորություն, սքողած տխրության ամպերով, թառամած դառն հուսահատության մեջ:

Նա շարունակում էր նայել:

Վերջապես շողացին արեգակի առաջին ճառագայթները և երևան հանե-ցին շրջակա տեսարանները: Ահա այնտեղ հալոցների բարձր ծխարաններից, թուխ ամպերի նման, դուրս էր հոսում թանձր մուխը և նսեմացնում էր դեռ նոր լուսավորված հորիզոնը: Մարդիկ մրոտած հագուստով, մրոտած դեմքով, սև, որպես ուրվական, թափառում էին ծխային մթնոլորտի մեջ: Այդ տեսարանը սարսափ ազդեց օրիորդի վրա: Հալոցներից ոչ այնքան հեռու, հանքային քարերի կույտերի մոտ, գետնի վրա նստած էին նույնպես մռայլոտ դեմքեր: Դրանք ծանր մուրճերով ջարդում էին, մանրում էին քարի մեջ թաքնված մետաղը և պատրաստում էին հալելու համար: Օդը թնդում էր հարյուրավոր կռանների հարվածներից: Ոմանք փոքրիկ սայլակներով մանրած մետաղը քարշ էին տալիս, տանում էին ու ածում առանձին կույտերի վրա, որոնք բազմաթիվ բլրակների ձև էին ստացել: Այդ բլրակներից մի քանիսը ծխում էին: Ածուխը և ծծումբը այրվում էր նրանց մեջ և ուտում, մաշվում էր հանքային ավելորդ մասերը: Օդը այստեղ խեղդում էր ծծումբի կծու հոտով:

Այդ կողմում ամեն առարկա սև գույն ուներ, կարծես ամեն ինչ սուգ էր զգեցած: Մետաղի սև կղկղանքով պատած էին ճանապարհները, սև փոշին ծածկել էր գործարանների կտուրները, սևացած էին և ճնճղուկները, որ բույն էին գրել այն շինվածքների ծածկի տակ:

Ամեն ինչ սև էր, ամեն ինչ մրոտած էր: Միայն կրակն ու բոցը, որ բորբոքվում էր հալոցների մեջ, ներկայացնում էր մի սոսկալի հակապատկեր ընդհանուր նսեմության մեջ: Այդ դժոխքում մարդիկ այրվում էին, բայց չէին խորովվում: Հալած մետաղը ծփում էր բոցերի մեջ, որպես հրեղեն լճակ: Երկաթյա երկայն շերեփներով վեր էին առնում բոցդեղնագույն հեղուկը ևածում էին արույրյա կաղապարների մեջ: Քրտինքը հորդ վտակներով հոսում էր գործավորների սարսափած դեմքից, բոցը խանձում էր նրանց կիսախաշ երեսները:

Օրիորդը դեմքը շուռ տվեց զարհուրելի տեսարանից:

Մյուս առարկաները չէին հետաքրքրում նրան: Ահա այնտեղ, պաշտոնավոր զինվորի հաստլիկ կինը, փեշերը վեր քաշած, բոբիկ ոտներով, ցեխը կոխ տալով, վերադառնում էր մերձակա վտակից և, ուսի վրա դրված լծակի երկու ծայրերից թիթեղյա սաթլները քաշ տված, ջուր էր բերում: Այնտեղ պառավը մրթմրթալով քշում էր դեպի դաշտը իր մի հատիկ կովը: Փոքր-ինչ հեռու, մի ստահակ տղա, առանց անդրավարտիքի, միայն շապիկը հագին, նստած էր մերկ ձիու վրա և նույնպես մերկ ոտներով նրա կողքերը ծեծելով բոլոր ուժով վազեցնում էր իր նիհար յաբուն, Աստված ոչ գիտե, թե դեպի ուր: Բայց գլխի մազերը ծածանվում էին՝ սաստիկ շփվելով օդի հետ: Մի կողմում սագերի սպիտակ երամը, իրանց լայն թաթիկների վրա օրորվելով և մի առանձին բավականությամբ կչկչալով, դիմում էր դեպի մերձակա ճահիճը: Փողոցում գյուղացու մանկահասակ աղջիկը, մի քանի գրոշներ ափի մեջ պինդ բռնած, վազ էր տալիս դեպի մերձակա դուքանը՝ քառորդ ֆունտ շաքար գնելու: Նրան հանդիպեց մի գրագիր դեղին կոճակներով, ինչ-որ ասաց, աղջիկը հայհոյեց նրան և փախավ:

Ուրիշ ոչինչ չէր տեսնում օրիորդը, միայն այստեղ ու այնտեղ երևում էին մռայլոտ շինվածքներ հազիվ նշմարելի լուսամուտներով, որոնք այնքան առանձնացած էին, կարծես վախենում էին մոտենալ միմյանց: Պահապան զինվորները, չափավոր քայլերով, անցուդարձ էին անում դռների առջև: Օրիորդի արտասուքով լցված աչքերը հառած էին դեպի այլ կողմը: Երկար նայում էր նա և կարծես աչքերով աշխատում էր ներս թափանցել այդ մռայլոտ շինվածքների հաստ պատերից: Ծանր, երկաթապատ դռներից մեկը բացվեցավ, և դրսում հայտնվեցավ մի մոխրագույն խումբ: Շրջապատված զինվորներով, խումբը շարժվեցավ դեպի այն կողմը, ուր կանգնած էր սպիտակ տնակը: Նրանք կրում էին բահեր, բրիչներ և փորելու զանազան գործիքներ: Քայց ինչո՞ւ հսկողության ներքո էին տանում այդ թշվառ բանվորներին: Օրիորդի սիրտը սկսեց բաբախել: Նա պատրաստ էր վազել մերձենալ նրանց և մոտից, շատ մոտից նայել նրանց վրա: Բայց նրա ոտները չհնազանդվեցան, ծնկները դողացին, գլուխը պտտվեցավ, աչքերի առջև մթնեց, նա թուլացավ, ընկավ պարտեզի վանդակապատի վրա: Մոխրագույն խումբը հեռվից անցավ: Ուշաթափ օրիորդը ոչինչ չտեսավ, միայն նրա ականջներին, որպես երազի մեջ, զարկում էին ծանր շղթաների աններդաշնակ հնչյունները...

Խորին ապշության մեջ նա ուշի եկավ: Անրջային տեսիլքը անցել էր: նրա առջև նկատվեցան միևնույն տխուր, սրտաբեկ տեսարանները: Նա դանդաղ, դողդոջուն քայլերով սկսեց դիմել այն սենյակը, որտեղից դուրս էր եկել: Պարտեզի միջով անցնելու ժամանակ նրա շրջազգեստի ներքին եզրը բռնվեցավ վարդենու փշից և պատռվեցավ: նա այն աստիճան հուզված էր, որ ոչինչ չզգաց: Սենյակի դռան մոտ հանդիպեց նրան սպասավորը, հարցնելով.

— Պարոնները վե՞ր են կացել:

— Չգիտեմ:

—Սամովարը եփ է գալիս: — Բերեցեք:

Նա մտավ սենյակը:

Սպասավորը մի քանի րոպեից հետո սամովարը ներս քերեց, դրեց սեղանի վրա և լուռ դուրս գնաց: Օրիորդի տրամադրությունը կարծես նրա վրա ևս ճնշում էր գործում:

Նա բաց արեց հատակի վրա ընկած սնդուկներից մեկը, մյուսը, նայեց չամադանի մեջ, նայեց ճանապարհորդական զամբյուղի մեջ, որոնում էր, թե որտեղ է դրած թեյը: Շաքարն էլ անհետացել էր նրա աչքերից: Հիշողությունը դավաճանում էր նրան: Վերջապես գտավ միևնույն փոքրիկ սնդուկի մեջ, ուր տասն անգամ նայել էր: Սկսեց թեյ պատրաստել: Գործը փախչում էր նրանից, ձեռքերը չէին խոնարհվում. ջուրը վիթվում էր, բաժակը ցած էր ընկնում, աղմուկ էր բարձրացնում, հազիվհազ կարողացավ նա տաք ջրով լցրած թեյամանը սամովարի վրա դնել» Գլուխը դարձյալ պտտվում էր: Նա հեռացավ, նստեց լուսամուտի պատուհանում և, ձեռքը նեցուկ տալով գլխին, սկսեց անխորհուրդ կերպով նայել դեպի պարտեզը: Արտասուքը հեղեղի նման թափվում էր նրա խոշոր աչքերից և զովացնում էր բորբոքված երեսը և ավելի ևս բորբոքված սիրտը...

Կից սենյակում արդեն զարթնել էին: Մանկահասակ տիկինը վեր էր կացել, իսկ նրա երիտասարդ ամուսինը դեռ պառկած էր մահճակալի վրա:

— Դե , վեր կաց, — շտապեցնում էր նրան տիկինը, — Վե՛ր կաց, լվացվիր, հագնվիր, դու այս առավոտ պետք է ներկայանաս քո մեծավորներին:

— Դա մի այնքան շտապելու գործ չէ, — պատասխանեց երիտասարդը, ավելի ամուր կերպով փաթաթվելով ամառվա վերմակի մեջ: — էգուց էլ կարող եմ ներկայանալ:

— Այստեղ մեծավորները երևի խիստ պահանջողներ են, — նկատեց տի-կինը:

— Իսկ ես խիստ պահանջը հեշտությամբ չեմ վճարում, — Ասաց ամու-սինը:

Տիկինը կարծես ամուսնի համառությունը պատժելու համար

վառեց մի բարակ պապիրոս, սկսեց ծխել: Ամուսինը, այդ նկատելով, սկսեց աղաչել նրան.

— Թո՛ղ տուր, ի սեր աստծու, քանի՛ անգամ ասել եմ քեզ, որ թեյից առաջ չծխես: Դու ամբողջ գիշերը անհանգիստ էիր, դարձյալ հազում էիր:

Տիկինը ուշադրություն չդարձրեց և, ամուսնուն ավելի ջիգրացնելու համար, մոտեցավ նրա մահճակալին, ընկավ նրա կուրծքի վրա, ասելով.

— Ես քո բժշկությանը չե՛մ հավատում, չե՛մ հավատում: — Այդ միջոցին նա ավելի սաստկությամբ ներս քաշեց պապիրոսի ծուխը և ապա իր գունատ շրթունքների միջից փչեց երիտասարդի խիտ մազերի վրա, որոնք կորան մուխի մեջ:

— Այդ ի՞նչ երեխայություն է,— ասաց երիտասարդը, գլուխը վեր բարձրացնելով և իր մանկահասակ կնոջ անմեղ չարությունը վարձատրելով ջերմ համբույրներով:

Դրանք այն ամուսիններից էին, որ մինչև մահ, մինչև խորին ծերություն ապրում են իրանց ամուսնության մեղրամիսի մեջ: Արդեն հինգ տարի է, որ միասին էին ապրում, իսկ այսօր կարծես առագաստի առաջին գիշերվա առավոտը լիներ նրանց համար:

Երիտասարդը բժիշկ էր: Նա ընտրել էր ծառայություն կայսրության այդ հեռավոր անկյունում ոչ թե այն նպատակով, որ ծառայությունը այսպիսի խուլ տեղերում առավելությամբ էր վարձատրվում, ոչ, այլ նա ավելի բարոյական վարձատրություն էր սպասում այստեղ: Նրան մի առանձին բավականություն էր պատճառում բժշկել դատապարտյալներին, այդ հոր, մոր, բարեկամների խնամատարությունից զրկված թշվառներին:

Նրա մանկահասակ կինը նույն մարդասիրական զգացմունքն ուներ: Նա այն բարեսիրտ և խելացի կնիկներից էր, որոնց՛ նմանները խիստ հազվագյուտ են լինում ամուսնական կյանքում, որոնք չեն ձգտում հաճոյանալ տղամարդին միմիայն կանացիությամբ, որոնք չեն բավականանում օգնել նրան, բաժանել նրա հոգսերը, միմիայն խնայող տնտես և լավ տանտիկին լինելով, այլ որոնք պաշտում են տղամարդի իդեալները, նպաստում են՛ նրանց իրագործվելուն, վառ և մշտաբորբոք դրության մեջ են պահում նրա հոգին իր բարձր, մարդասիրական գաղափարներով: Այսպիսի լծորդության մեջ կինը դառնում է այն գերագույն ոգին, որից միշտ ներշնչված է լինում տղամարդը, այսպիսի լծորդության մեջ տղամարդի եռանդը երբեք չէ մեռնում:

Դեռևս օրիորդ էր նա, դեռևս նոր էր ծանոթացել իր ապագա ամուսնացուի հետ, սկսեց բժշկական գրքեր կարդալ, հաճախել հիվանդանոցները և ներկա գտնվել անդամահատական գործողությունների: Պատերազմի ժամանակ մտավ նա «գթության քույրերի» հասարակության մեջ և գնդակների ու ռումբերի տարափի ներքո փաթաթում էր վիրավոր զինվորների վերքերը: Այստեղ նա նորից հանդիպեց իր ամուսնացուին, այստեղ սիրեց նրան և սիրվեցավ:

Ոչ եկեղեցական և ոչ քաղաքական ամուսնությամբ կապված չէին նրանք: Նրանց կապում էր մտքերի, ձգտումների և գաղափարների համերաշխությունը: Բնությունը նույնպես զլացավ օրհնել նրանց ամուսնությունը այն շաղկապով, որ կոչվում էր բնական կապ, զավակներ չունեցան նրանք: Զավակը սիրո ավելի հաստատ գրավականն է ամուսինների մեջ, մանավանդ այն դեպքում, երբ օրենքը չէ կապում նրանց:

Հետաքրքիր պատահարները պարգևեցին նրանց մի զավակ, թեև իրանց արյունից չէր: Դա այն օրիորդն էր, որ մյուս սենյակում նստած լաց էր լինում: Օրիորդը պատկանում էր այն ցեղին, որ տուն, տեղ, հայրենիք չունի, որի հայրենիքը ամբողջ աշխարհն է, որը թափառում է ամեն տեղ: Նա գնչու (ցիգան) էր. նա բնության որդի էր: Ո՜րպիսի ջերմ սիրով տիկինը ընդունեց իր մոտ այդ վայրենի այծյամին, ո՛րպիսի եռանդոտ հոգատարությամբ սկսեց նա կրթել նրան, ուղղել նրա վատ սովորությունները: Ամեն անգամ, երբ մի նոր փոփոխություն էր նկատում նրա մեջ դեպի լավը, դեպի ազնիվը և դեպի մարդավայելը, առաքինի կնոջ սիրտը լցվում էր անսահման բերկրությամբ: Նա իսկույն վազում էր ամուսնու մոտ և պատմում էր իր որդեգրուհու նոր հառաջադիմությունը: «Նրա մեջ թաքնված ձիրքեր և գեղեցիկ հատկություններ շատ կան», — Ասում էր ամուսինը ոչ սակավ ուրախանալով, և տիկնոջ հույսերը ավելի հավանականություն էին ստանում: Շատ օրեր, ժամերով նստած, պարապում էր նրա հետ, սովորեցնում էր գրել, կարդալ և զանազան ձեռագործներ: Շատ անգամ ինքը պառկած էր լինում դիվանի վրա, նրան նստեցնում էր իր մոտ, բարձր ձայնով կարդալ էր տալիս և մեծ բավականությամբ լսում էր: Վերջին ժամանակներում սկսեց պարապել նրա հետ մուզիկայով և նկարչությամբ, վերջինի մեջ թեև մի առանձին ընդունակություն չէր ցույց տալիս նա, բայց երաժշտության մեջ չափազանց ընդունակ գտնվեցավ: Նրա բնականից գեղեցիկ ձայնը, մշակվելով, զարգանալով, սքանչացնում էր լսողներին:

Տիկնոջ դաստիարակության ոգին արտափայլեցավ նրա աշխատասեր աշակերտուհու ոչ միայն մտավոր և հոգեկան զարգացման վրա, այլև նրա բնավորության և բարոյական հատկությունների վրա: Օրիորդը նույնպես սիրում էր իր բարերարների հետ այցելել հիվանդներին, մտնել աղքատ շինականների խրճիթը և իր հացի վերջին պատառը բաժանել կարոտյալների հետ:

Նա մնաց անբաժան իր խնամակալներից և այն բոլոր ժամանակներում, երբ նրանք պաշտոնի առիթով ստիպված էին մի քաղաքից մյուս քաղաք, մի գավառից մյուս գավառ անցնել: Իսկ երբ նրանք վճռեցին Միբիր տեղափոխվել, այդ միջոցին նա ավելի ուրախ էր, ավելի բախտավոր էր համարում իրան: Ի՞նչն էր, որ կապում էր խեղճ աղջկա սիրտը հեռավոր հյուսիսի հետ. ի՞նչն էր, որ քաշում էր նրան այդ կողմը: Այդ գաղտնիքը հայտնի էր տիկնոջը, հայտնի էր և նրա ամուսնուն: Ամեն անգամ, երբ ասում էին նրան, «Կգնանք Միբիր, կտեսնենք նրան»,— խեղճ աղջիկը հրճվանքից սքանչանում էր և, ուրախության արտասուքը աչքերում, գրկում էր թե տիկնոջը և թե նրա ամուսնուն, համբուրում էր, անվերջ կերպով համբուրում էր և թափում էր նրանց առջև իր հոգու բոլոր շնորհակալությունները: Թե՛ տիկինը և թե նրա ամուսինը՝ երկուսն էլ սիրում էին նրան, սիրում էին հարազատ զավակի նման: Տիկինը սովորություն ուներ ասել, «Դա առաջ մի թանկագին, բայց անտաշ քար էր, ես ուրախ եմ, որ այդ դրության մեջ գտա նրան, որովհետև իմ ցանկացած թրաշը (գրան) և փայլը կարողացա տալ»:

Իսկ այն առավոտ ոչ սակավ վշտացավ նա, երբ, դուրս գալով մյուս սենյակը, գտավ օրիորդին պատուհանում նստած և լաց լինելիս: Նա մոտեցավ և, փայփայելով նրա գեղեցիկ գլուխը, հարցրեց,

— Ի՞նչ է պատահել քեզ հետ, սիրելիս:

— Ոչինչ, — պատասխանեց օրիորդը, վեր կացավ տեղից և սկսեց սրբել աչքերի արտասուքը:

— Դու քեզ վա՞տ ես զգում:

— Ոչ... գլուխս փոքր-ինչ ցավում է... Տիկինը գրկեց նրան, ասելով.

— Հասկանում եմ... խե՛ղճ աղջիկ, դու շա՛տ տանջվեցար, երկար համբերեցիր... մի փոքր ևս համբերիր, այնուհետև վերջ կդրվի քո արտասուքին:

Թ

ՀԻՎԱՆԴԱՆՈՑ

Ավելի քան մի ամբողջ տարի անցել էր այն օրից, որ ես ծանոթացա Համրի հետ: Այդ ժամանակամիջոցը պետք է իմ կյանքի ամենագեղեցիկ և ամենա-բախտավոր մասը համարել: Ես նրանից շատ բան սովորեցա. նրա ազդեցության ներքո ես բոլորովին ուրիշ մարդ դարձա:

Ես թեև բարոյապես և մտավորապես զարգանում էի, բայց իմ մարմնական զորությունները օրըստօրե թուլանում էին: Տաժանական աշխատանքը հանքերի մեջ իսպառ մաշել էր ինձ: Ինձ տարան հիվանդանոց:

Հիվանդանոցը աքսորականի համար մի դուռն է, որտեղից բացվում է ճանապարհ դեպի գերեզման: Եվ ես ուրախ կլինեի, եթե ինձ վիճակվեր այդ ճանապարհով գնալ: Կյանքը ձանձրացրել էր ինձ:

Կյանքը ձանձրալի է դառնում ավելի այն ժամանակ, երբ հասկանում ես նրա նպատակը և չես կարողանում ցանկացածդ կատարել: Մինչև այնօր ես տգետ էի, ոչինչ չէի հասկանում, այդ պատճառով էլ հանգիստ էի: Բայց երբ շատ բան սովորեցա, սկսեցի ավելի տանջվել: Եթե անասուններին բնությունը շատ խելք տված լիներ, եթե նրանք դպրոց մտնեին, ավելի պահանջող կլինեին և երբեք չէին հոժարի կատարել այն բարբարոսական ծառայությունները, որ մարդիկ նրանց անել են տալիս:

Հիվանդանոցը դատապարտյալի ամենասիրելի օթևանն է: Այստեղ նա ավելի հանգիստ է, այստեղ նրա հետ գոնե մարդու պես են վարվում: Այստեղ նրան մշտապես չեն մտրակում, թեև երբեմն չարացած ֆելդշերը ծեծում է նրան, թե ինչո՞ւ չէր կատարել իր այս և այն պատվերը, ինչո՞ւ դեղը իր ժամանակին գործ չէր ածել, այսուամենայնիվ, կրկնում եմ, հիվանդանոցը դատապարտյալի հանգստության տեղն է, և այդ է պատճառը, որ նա փափագում է, որ իր հիվանդությունը երկարատև լինի, և ավելի բախտավոր է համարում իրան, եթե հիվանդության մահիճը բոլորովին գերեզմանի կփոխվի:

Բայց մեռնելը հեշտ բան չէ դատապարտյալի համար: Օրենքը մարդասիրական գեղեցիկ սկզբունքներ ունի: Կախաղանի դատապարտված թշվառականն անգամ, երբ պատժի նշանակած օրը հիվանդանում է, այդ դեպքում պատիժը հետաձգում են, նրան առողջացնում են, հետո են կախաղան բարձրացնում: Աքսորականը նույնպես մի հայտնի ժամանակամիջոց ունի տաժանական աշխատանքների մեջ ճգնելու, ապաշխարելու և իր մեղքերը քավելու: Այդ ժամանակամիջոցը պետք է լրացնե նա: Եվ եթե պատահում է նրան հիվանդանալ, աշխատում են առողջացնել, որ իր ապաշխարանքը վերջացնե:

Ես տարվեցա հիվանդանոց: Ո՞րքան ժամանակ մնացի այնտեղ, ի՞նչ էր իմ հիվանդությունը, չեմ հիշում, այսքանը միայն չեմ մոռացել, որ ինձ առանձնացրել էին մյուս հիվանդներից և գտնվում էի տիֆով հիվանդների բաժնում: Առաջին անգամ, երբ աչքս բաց արի, երբ փոքր-ինչ ուշի եկա, ինձ մոտ գտա հիվանդանոցի ծերունի սպասավորներից մեկին, որը կանգնած ինքն իրան մրթմրթում էր.

— Ինչպես ամուսինն է, այնպես էլ տիկինն է, ինչպես տիկինն է, այնպես էլ աղախինն է: Աստված է վկա, լա՛վ մարդիկ են, այսպիսի մարդիկ մինչև այսօր չէ տեսել մեր հիվանդանոցը:

Արդյոք ո՞ւմն էին վերաբերում այդ խոսքերը, ես ոչ հետաքրքրվեցա և ոչ էլ հասկանալ կարողացա, իսկ նա դեռ շարունակում էր մրթմրթալ.

— Ի՛նչ բարի աղջիկ է, ո՛րքան խնամքով նայում է հիվանդներին, կարծես իր եղբայրները և հորեղբայրները լինեն,

— Ի՞նչ աղջիկ, — մեքենայաբար հարցրի ես:

— Այն աղջիկը, որ հիմա այստեղ էր. չտեսա՞ր, — զարմանալով հարցրեց նա: — Այն օրից, որ դու պառկած ես, ճակատիդ թրջած քաթան ու սառույց էր դնում: Ի՞նչպես չտեսար:

Այդ միջոցին մի օրիորդ դանդաղ քայլերով անցավ կորիդորից և անհետացավ մթության մեջ:

— Ահա այն աղջիկը, — Ասած ծերունին: — Ոմանք ասում են՝ մեր նոր բժշկապետի աղախինն է, ոմանք ասում են՝ նրա կնոջ ազգականն է: Ո՛վ որ էլ լինի, Աստված է վկա, լավ աղջիկ է: Իսկ բժշկապե՛տը, կատարյալ հրեշտակ է, մեղք է նրան մարդ ասել: Կմտնե հիվանդանոցը, կնստե ամեն մի հիվանդի մոտ, կխոսե, կհարցնե, հանաքներ կանե, սիրտ կտա, կմխիթարե: Հետո կվեր կենա, ամեն բանի վրա կնայե, կմտնե խոհանոցը, կմտնե և այնտեղ, ուր մենք զզվանքով ենք մտնում: Իսկ տիկինը կատարյալ հոգի է. օր չի լինի, որ հիվանդների համար թեյ, շաքար, սպիտակ պաքսիմաթ և զանազան քաղցրավենիք չբերե: Կնայե նրանց անկողիններին, կնայե սպիտակեղեններին, և վայ այն սպասավորին, եթե մի փոքր անմաքրություն տեսնե: Բայց առաջվա բժիշկները ու նրանց տրկինները, աստվա՛ծ ազատե, այսպես չէին, շատ սակավ անգամ էր պատահում, որ հիվանդանոցը ոտք կոխեին: Պատահում էր, գնում ես պարոն բժշկապետի մոտ, ասում ես, «Պարոն բժշկապետ, խեղճը մեռնելու վրա է»... կա՛մ կոպիտ կերպով կպատասխաներ, թե ժամանակ չունի, կամ եթե չուզեր, վշտացնել քեզ, ծիծա-ղելով կասեր. «Թող հանգստանա»...

Ծերունի սպասավորի շատախոսությունը վերջ չուներ։ Ես ձանձրացա լսել նրան, թեև նրա խոսքերը զուրկ չէին չափազանց ջերմ և բարի զգացմունքներից։ Բնության մի առանձին խաղը պետք է համարել որ երբեմն այսպիսի կոշտ, կոպիտ, անկիրթ ռամիկների մեջ դնում է քնքուշ սիրտ։ Նա հին զինվոր էր։ Դրանք են թշվառ հիվանդների մխիթարիչները, դրանք են ազատում նրանց սովից և ծարավից, դրանք են փակում նրանց աչքերը մահվան վերջին րոպեներում։ Պատահել են շատ դեպքեր, որ հիվանդը բոլորովին մոռացվել է և մեռել է ոչ թե հիվանդությունից, այլ քաղցից և ծարավից։

Մի շաբաթ անցել էր վերոհիշյալ խոսակցությունից։ Իմ առողջությունը օրըստօրե դեպի լավն էր գնում, ուշք ու միտքս համարյա վերադարձել էր, աչքերս այժմ համեմատաբար ավելի պարզ էին տեսնում, թեև դեռ սաստիկ թույլ էի զգում ինձ։ Մի օր նույն օրիորդը ծերունի սպասավորի հետ մտավ ինձ մոտ։ Նա անցավ, վեր առեց իմ հիվանդության օրագրության թերթը, ուշադրությամբ կարդաց, որ տեսնե՝ ի՛նչ փոփոխություն է արել իմ գրությունը։ Քանի օր էր, որ նա ինձ մոտ չէր եղել։ Ես նայում էի նրա վրա, զննում էի հասակը,դեմքը, աչքերը, ձայնը և մի զարմանալի նմանություն էի գտնում... Կարծես, հասկանալով այդ, նա երեսը շուռ տվեց, սկսեց խոսել սպասավորի հետ։ Որքան էլ նսեմացած լիներ իմ տեսությունը, դարձյալ ես նրա երեսի վրա նկատեցի մի նշան, որ ինձ շատ ծանոթ էր։ Դա մի խալ էր, ուղիղ այն տեղում, ուր երկու հոնքերը, աղեղնաձև զալո՛վ, միանում էին միմյանց հետ։ Դա բնության մի առանձին հրաշալիքն էր, որ խիստ հազիվ է գտնվում կանանց դեմքի վրա։ Դա այն միջնակետն էր, որ կենտրոնացնում է իր մեջ դեմքի բոլոր գեղեցկությունը։ Նենեն միայն ուներ արարչի այդ հարուստ պարգևը։

Նա կրկին երեսը դարձրեց դեպի ինձ, նայեց իմ վրա, և, մի քանի պատվերներ տալով սպասավորին, պատրաստվում էի հեռանալ։ Այո՛, նա էր։ Իմ սիրելի Նենեն էր։ Իմ մաշված կուրծքից դուրս պրծավ մի խուլ հառաչանք, ես խելագարի նման նետվեցա և փորձ փորձեցի գրկել նրան։ Ծերունի սպասավորը բռնեց ինձ։ Նա իսկույն հեռացավ, ասելով.

— Այդ հիվանդը իր խելքի առողջ դրության մեջ չէ...

Ես մնացի խորին ապշության մեջ։ Ի՞նչ էր այդ, երա՞զ էր, ցնո՞րք էր, թե խանգարված երևակայության պատրանք։ Ի՞նչ էր այդ։ Նենեի գեղեցիկ դեմքն էր, նրա վառվռուն աչքերն էին, նրա նուրբ, բարձր հասակն էր, նրա արծաթի հնչյուններով ձայնն էր։ Հայց մի՞թե կրակոտ, պարզամիտ, աներկյուղ Նենեն կարող էր իրան այնպես զգույշ և սառնասիրտ պահել։ Ո՞րտեղից հայտնվեցավ նա։ Եթե նա լիներ, չէր կարող զսպել իրան, անպատճառ կնետվեր, կգրկեր ինձ և կասեր. «Ահա ես գտա քեզ, ես այստեղ կմնամ, էլ քեզանից չեմ բաժանվի»: Նա այսպես կվարվեր: Այսպես վարվեցավ նա, երբ մի անգամ մտավ ինձ մոտ բանտը: Այսպես վարվեցավ նա և այն օրը, երբ ինձ վարում էին դեպի աքսոր: Նա չէր ուզում բաժանվել ինձանից, նրան բռնությամբ բաժանեցին:

Ահա այդ մտածությունները պաշարեցին ինձ գեղեցիկ տեսիլքը անցնելուց հետո:

Բայց մի՞թե չէր կարող պատահել, որ Նենեն այնքան տարվա մեջ փոխված լիներ: Բավական տարիներ էին անցել այն օրից, որ անջատված էինք միմյանցից: Մի՞թե չէր կարող պատահել, որ այն, թեև կիսավայրենի, բայց աշխույժ և ձիրքերով հարուստ բնավորությունը, մի առաքինի հոգու ազդեցության ներքո, մեղմանար, ազնվանար և բարի կրթություն ստանար: Ես նույնպես մի վայրագ եղեռնագործ էի: Բայց ի՞նչպես փոխվեցա: Համրը ինձ բոլորովին այլ մարդ դարձրեց: Մի՞թե միևնույնը չէր կարող պատահել և Նենեի հետ: Ծերունի սպասավորի ասելով, նա գտնվում էր բժշկապետի ընտանիքի մեջ: Գուցե այդ ընտանիքը ազդել էր նրա վրա, գուցե հենց նրանց հետ էր եկել, եթե ոչ, ո՞վ կբերեր նրան Սիբիր:

Վերջին ենթադրությունը ինձ ավելի հավանական էր թվում: Բայց ես դեռ չէի տեսել այդ բժշկապետին և ոչ նրա կնոջը, թեև շատ անգամ այցելել էին ինձ մոտ: Ես այդ միջոցներում հիշողությունս կորցրած եմ եղել:

Խաչագողի արհեստը թողել էր իմ մեջ մի առանձին սրամտություն, այն է՝ շուտով ըմբռնել ամենանուրբ ակնարկությունները և իսկույն հարմարվել հանգամանքների հետ: Ես հիշեցի այն խորհրդավոր խոսքերը, որ նա հեռանալու ժամանակ ասաց. «Այդ հիվանդը իր խելքի առողջ դրության մեջ չէ»... Այդ խոսքերով կամեցավ ծածկել նա, որ ես ճանաչեցի նրան, որ իմ և նրա մեջ եղել են հին հարաբերություններ: Այդ խոսքերով կամեցավ արդարացնել իմ հոգու սաստիկ հուզմունքը, որը համարեց նա իբր իմ ուղեղի անառողջ դրության արտահայտություն:

Ես տարակույս չունեի, որ նա դարձյալ կայցելե ինձ, և մի քանի օր շարունակ սպասում էի նրան: Մի անգամ նախասենյակից լսում եմ հետևյալ խո-սակցությունը.

— Այժմ ի՞նչ դրության մեջ է խելագարը:

— Բավական հանգիստ է.

— Խե՛ղճ տղա... նա դեռ շատ ջահել է...

— Եվ պատվական մարդ է:

— Երկյուղ չկա նրա մոտ մտնելու:

— Զգուշությունը վատ բան չէ:

— Ուրեմն կապեցեք նրան:

Ծերունի սպասավորը ներս մտավ, ինձ կաշկանդեց: Քանի րոպեից հետո ներս մտավ և նույն օրիորդը: Այդ Նեննեն էր, իսկ և իսկ Նեննեն:

Այժմ ես իմ կատարյալ դերի մեջ էի, ոչ իբրև կեղծ խելագար, այլ իսկապես ինձ տիրեց մի տեսակ խելագարություն: Ես մոռացա բոլոր այն պայմանները, որով նա սկզբից նախազգուշացրել էր ինձ: Ես ամեն բան մոռացա և միայն տեսնում էի իմ առջև սիրելի աղջկան, որին նվիրել էի իմ սրտի ամենաջերմ զգացմունքները, տեսնում էի, և կատաղությունը տիրում էր ինձ, թե ինչո՞ւ ես չէի կարող գրկել նրան, ինչո՞ւ չէի կարող ասել. «Ահա մենք դարձյալ գտանք միմյանց, ապրե՛նք միասին և կյանք վայելենք»... Եթե առաջվա ուժս կորցրած չլինեի, ես անպատճառ կկոտրատեի այն շղթաները, որոնցով կապված էին իմ ձեռքերն ու ոտները, և նրան կսեղմեի իմ կուրծքին, ասելով. «Մենք այլևս չենք բաժանվի միմյանցից»... Բայց ես միայն գոռում էի, գոչում էի, աղաչում էի արձակել ինձ, սպառնալիքներ էի կարդում, այս կողմ ու այն կողմ էի նետվում, խնդրում էի Նեննեից, որ գոնե ինքը մոտենա ինձ: Նա քաշվեցավ դեպի դուռը, ասելով.

— Խղճալիի դրությունը ամեննին չէ փոխվել...

— Նա միայն ձեզ տեսնելու ժամանակ այսպես անհանգիստ է լինում, —նկատեց ծերունի սպասավորը:

— Այդ իրավ է, — պատասխանեց օրիորդը առանց շփոթվելու: — Խելագարները զանազան տեսակ ցնորքներ ունեն, դա երևի, իմ մեջ գտնում է նմանություն մի որևիցե կնոջ, որի՝ հետ կապեր է ունեցել:

— Ճշմարիտ է, խելագարները զանազան տեսակ ցնորքներ ունեն, — Համաձայնեցավ ծերունի սպասավորը: — Մենք ունենք մեկը, որը ամեն անգամ ինձ տեսնելիս հարձակվում է իմ վրա, որ կտրատե ինձ: Մյուս սպասավորները նրա մոտ մտնելու ժամանակ հանգիստ է: Նա միշտ երևակայում է մի ինչ-որ ընկերին, որ նրան մատնել է, և իմ մեջ նրա նմանությունն է գտնում:

Օրիորդը կռացավ և հազիվ լսելի ձայնով ասաց ծերունու ականջին.

— Տեսեք, եթե ես այժմ երեսս ծածկեմ և մոտենամ նրան, նա այլևս ոչինչ չի անի:

Ես, իրավ որ, այժմ հանգիստ էի, հասկանում էի նրա դիտավորությունը, հասկանում էի, որ իմ անխոհեմ վարմունքով մատնում էի նրան: Նա երեսի քողը ցած ձգեց և կամաց մոտեցավ փոքրիկ սեղանին, որ դրած էր իմ գլխի մոտ: Նրա վրա մի ամանի մեջ ջուր էր դրած և մի կտոր հաց: Նա վեր առեց ջրի ամանը, հոտոտեց և, դառնալով դեպի սպասավորը, ասաց,

— Այդ ջուրը բոլորովին թարմ չէ, պետք է փոխել:

— Կփոխեմ, օրիորդ, — պատասխանեց ծերունին:

— Այս րոպեիս փոխեցեք:

Ծերունին վեր առեց ամանը և հեռացավ:

Նա շրթունքը մոտեցրեց իմ շրթունքներին և հազիվ լսելի ձայնով ասաց.

—Կարդա այս տոմսակը և սպասիր ինձ...

Նա դրեց իմ բարձի տակին մի թղթի կտոր: Կորիդորից լսելի եղավ ծե-րունի սպասավորի ծանր քայլերի ձայնը: Նենեն հեռացավ ինձանից և մոտեցավ դռանը: Ծերունին բերեց ջուրը, դրեց իր տեղում:

Նա կրկին անգամ նայեց իմ երեսին և հեռացավ: Ա՜խ, ո՜րքան սրտաշարժ խոսքեր կային այդ լուռ նայվածքի մեջ: Դրսից լսելի եղավ նրա պատվերը սպասավորին,

— Հիմա կարող եք արձակել նրան, միայն դռները կողպած պահեցեք:

Ծերունին ներս մտավ, բաց արեց իմ ձեռքերն ու ոտները և դուրս գնաց, իր ետևից դուռը կողպելով: Ես իսկույն վեր առի բարձի տակում թողած տոմսակը և սկսեցի կարդալ: Նրա բովանդակությունը խիստ կարճ էր, երկու տող միայն, բայց այդ երկու տողը պարունակում էր իր մեջ ինձ համար անսահման բախտա-վորություն:

«Մուրադ, կիրակի գիշերը, երկու ժամին, սպասիր ինձ, ես քեզ մոտ կը-լինեմ: Նենե»:

Հարյուր անգամ կարդացի այդ երկու տողը, հարյուր անգամ շրթունքիս վրա սեղմեցի, բայց դարձյալ չէի կշտանում : Նրանից, այդ անշունչ թղթի կտորից փափագում էի առնել սրտիս կարոտը: Նրա մատներն էին գրել, նրա սիրտն էր դրած նա մեջ: Բայց ո՞վ սովորեցրեց նրան գրելը...

Հիվանդանոցի այն մասը, ուր այժմ զետեղված էի ես, բաժանված էր մյուս մասերից, այստեղ պահվում էին միայն խելագարները և վարակիչ հիվանդները:

Նենեն այլևս չհայտնվեցավ: Մինչև կիրակի դեռևս չորս օր կար: Այդ չորս օրը ավելի երկարաձիգ էր թվում ինձ, քան թե չորս տարի: Բայց աքսորականը սովորում է սպասել: Ես խորին անձկանոք սպասում էի:

Բժշկապետը նույնպես չէր հայտնվում, երևի նա ինձ բոլորովին առողջացած էր համարում: Միայն երբեմն մտնում էր ծերունի սպասավորը և իր շատախոսություններով զբաղեցնում էր ինձ: Այդ բարեսիրտ ծերունին այնքան երկար տարի ծառայել էր հիվանդանոցում, որ համարյա կես բժիշկ էր դարձել: Նա ծաղրում էր ֆելդշերների կատարած հիմարությունները, ծաղրում էր դեղարարի տգիտությունը, թե ինչպես նա շատ անգամ խառնում է դեղերը և թույնը հասարակ քինայի փոխարեն է տալիս: Պատմում էր զանազան սարսափելի դեպքեր, որ առաջ էին եկել կա՛մ դեղերը խառնելուց, կա՛մ նրանց չափն ու կշիռը չհասկանալուց: Ուրախանում էր, որ նոր բժշկապետը առաջարկել է փոխել այդ բոլոր «անպիտաններին» և դիտավորություն ունի նոր կարգեր մտցնել հիվանդանոցի մեջ: Նա հիացած էր նոր բժշկապետով և միշտ կրկնում էր միևնույն խոսքերը նրա տիկնոջ և մանկահասակ օրիորդի մասին:

Վերջապես եկավ կիրակին: Ես սարսափելով մտածում էի, թե ի՞նչպես պետք է անցկացնեմ այդ օրը, թե ի՞նչպես պետք է սպասեմ մինչև գիշերվա ժամը երկուսը: Իսկ այնօր, որպես կարծում էի, ինձ համար ծանր չանցավ:

Համբը թույլտվություն էր խնդրել ինձ տեսնելու, եկավ և ժամերով մնաց ինձ մոտ: Թեև այժմ նրա փիլիսոփայությունները շատ հետաքրքրական չէին ինձ համար, բայց, այնուամենայնիվ, նրա այցելությունը բավական մխիթարեց ինձ:

Համբը ինձ մոտ եղած միջոցին ներս մտավ բժշկապետը: Նրան ես ճանաչեցի, թեև այժմ փոքրիկ մորուք ուներ: Զարմանալի բան է կյանքի մեջ դեպքերի հանդիպումը: Այդ երիտասարդին ես պատահել էի իմ կյանքում մի քանի անգամ: Երբ ես կալանավորվեցա, երբ ինձ տարան քննիչի մոտ հարցու-փորձ անելու, այդ երիտասարդը, իբրև քաղաքային բժիշկ, այնտեղ ներկա էր: Երբ դատարանում քննում էին իմ գործը, և ես մանրամասնաբար պատմում էի դատավորներին իմ կյանքի պատմությունը, որպեսզի նրանց կարեկցությունը և բարոյական համոզմունքը շարժեմ իմ անմեղության վրա, այդ երիտասարդը դարձյալ այնտեղ էր: Երբ ինձ աքսորի դատապարտեցին, և սարսափելի զանահարությունից հետո գիշատված մարմնով ընկած էի բերդի հիվանդա-նոցում, այդ երիտասարդն էր ինձ բժշկում: Նա գիտեր իմ կյանքի բոլոր պատ-մությունը, նա հետաքրքրված էր այդ դժբախտ պատմությունով: Նա գիտեր, թե ո՛րպես, հակառակ իմ կամքի, անխուսափելի հանգամանքները ձգեցին ինձ չարագործության մեջ: Եվ այդ գրավել էր նրա կարեկցությունը դեպի իմ թշվառությունը:

Նա նախածանոթ էր և Նենեի հետ: Նա գիտեր այդ անբախտ աղջկա պատմությունը իր բոլոր մանրամասնություններով: Նրա միջնորդությամբ Նենեն առաջին անգամ մտավ ինձ մոտ բանտը: Նրա բարերարությանը հանձնեցի ես անտեր, անօգնական աղջկան, այն ժամանակ, երբ մի քանի օրից հետո ինձ պետք է վարեին դեպի աքսոր: Նա էր, որ բանտում մխիթարեց ինձ այդ խոսքերով, «Հույս ունեցեք, որ մի ժամանակ կտեսնեք նրան»...

Այժմ ամեն ինչ ինձ համար պարզ էր: Հիշյալ խոսքերը ասաց նա մի քանի տարի առաջ, և ես այս գիշեր պիտի տեսնեի Նենեին: Այժմ ես գիտեի, որ երիտասարդը հենց այն ժամանակ, երբ ես անջատվեցա

Նենեից, առել էր նրան իր խնամակալության ներքո, և հետո, պաշտոնով այստեղ գալով, բերել էր իր հետ:

Չնայելով այդ բոլոր հին հարաբերություններին, բժշկապետը ծանոթու-թյուն չտվեց ինձ: Նա երկար խոսում էր Համրի հետ, առանց ինձ վրա ուշադրություն դարձնելու: Նրանց խոսակցությունը ես չէի հասկանում, որովհետև խոսում էին գերմաներեն լեզվով: Այդ լեզուն ես չգիտեի:

Բժշկապետի գնալուց հետո Համրը ավելի ուրախ տրամադրության մեջ էր գտնվում: Այդ մարդը այն բնավորություններից էր, որ հազիվ կուրախանար, և եթե ուրախ էր, այդ կնշանակեր, որ մի նշանավոր բան կա: Ի՞նչ կար, ի՞նչ խոսեցին, ի՞նչ էր, որ ուրախացնում էր այդ մշտատխուր երիտասարդին՝ այդ մասին նա ոչինչ չհայտնեց: Ես էլ իմ կողմից չհարցրի պատճառը: Նրա ներկայությունը, որ սկզբում այնքան մխիթարում էր ինձ, այժմ ծանրալի դարձավ: Ես ցանկանում էի միայնակ մնալ և հագենալու չափ մտածել Նենեի վրա: Ես չէի ներում, որ մի ուրիշի ներկայությունը խանգարեր այդ գեղեցիկ մտածությունները:

Համրը երկար չնստեց, նա գնաց և ինձ ձեռք տալու միջոցին ասաց այդ մթին խոսքերը.

— Հանգիստ կացեք, շուտով ձեզ փրկություն կլինի...

Ես ուշադրություն չդարձրի այդ խոսքերի նշանակության վրա, կարծեցի, թե իմ հիվանդությունից փրկվելու մասին էր խոսքը: Բայց այժմ ես չէի ցանկանում առողջանալ հիվանդությունից, այժմ ինձ խիստ ծանր էր թողնել հիվանդանոցը: Ես կամենում էի միշտ այնտեղ մնալ և առիթ ունենալ տեսնելու Նենեին:

Ժ

ՆԵՆԵԻ ԱՐԿԱԾՆԵՐԸ

Կան այնպիսի դրություններ, որ մարդ րոպեական զվարճության համար կորցնում է իր ամբողջ ապագան և մինչև անգամ կյանքը, բայց դարձյալ չէ հրաժարվում իրան զրկել ցանկացած վայելքից: Այսպիսի վտանգավոր ձեռնարկություններից մեկն էր Նենեի գիշերային այցելությունը: Ես անհամբե-րությամբ սպասում էի նրան, սպասում էի, թե ե՞րբ կզարկե գիշերվա երկու ժամը:

Վերջապես, իմ օթյակի դուռը կամաց բացվեցավ, ծերունի սպասավորը նրան ներս հրեց և հեռացավ, ասելով.

— Որքան կամենում եք, խոսեցեք, բայց ձայն չբարձրացնեք:

Ինձ դժվար է նկարագրել այն սրտաշարժ տեսարանը, որ տեղի ունեցավ մեր տեսակցության առաջին րոպեներում: Այո, դժվար է նկարագրել այն բոլոր լացը, արտասուքը, այն անսահման ուրախությունը, այն հոգեկան սաստիկ մրրիկը, որ փոթորկում էր մեր սրտերը մեր զրկախառնության լուռ ցնծության մեջ: Մեր մեջ խոսում էին հոգին, սիրտը, ճախրում էին և թրթռում էին վաղուց նիրհած, թախծալի զգացմունքները: Իսկ լեզուն բառեր չէր գտնում սրտի թարգման լինելու:

Դատապարտյալի սերն անգամ իր ոտներին շղթա էր կրում: Նա սիրում է արտասվելով, նա սիրած կնոջը գրկում է սարսափելով: Նա սիրում է առանց սիրելու իրավունք ունենալու: Սերը նրա համար մի հանցանք է: Նույն հանցանքի մեջն էինք գտնվում ես և Նենեն:

— Ի՞նչպես հայտնվեցար այստեղ, ի՞նչպես եկար, — եղավ իմ առաջին հարցմունքը, երբ Նենեն, իմ ձեռքը առնելով իր ափի մեջ, նստեց իմ մահճակալի վրա, իմ կշտին:

— Ես քեզ այն ժամանակ ասացի, որ կգամ, և որտեղ էլ որ լինես դու, կգտնեմ քեզ, — Ասաց նա, սեղմվելով իմ կուրծքի վրա: — Տեսնո՞ւմ ես, եկա ու գտա քեզ:

— Ա՜խ, որքան տանջված կլինես, ո՜րքան նեղություններ կրած կլինես, Նենե:

— Այդ բոլորը ես մոռանում եմ քո գրկի մեջ: Իմ կրած չարչարանքները ոչինչ են այդ մխիթարության առջև, որ այժմ վայելում եմ:

Ես հիացման մեջ էի գտնվում: Մի՞թե այդ բարեսիրտ, նազելի արարածը առաջվա կիսավայրենի Նենեն էր: Ո՞ր Աստվածային շունչը այսպես մեղմացրեց, այսպես ազնվացրեց նրա բնավորությունը:

— Դու ո՞ւմ մոտ ես ապրում, — Հարցրի նրանից:

— Բժշկապետի տանը: Նրա ամուսինը մի պատվական կին է, սաստիկ սիրում է ինձ: Գիտե՞ս, Մուրադ, նա ինձ սովորեցրեց գրել, կարդալ, ես շատ գրքեր եմ կարդացել:

— Նրանք գիտե՞ն, որ դու հիմա այստեղ ես:

— Գիտեն: Բժշկապետը ինքը պատվիրել էր ծերունի սպասավորին, որ ինձ ներս թողնե: Ես նրան շատ խնդրեցի, սկզբում չէր հոժարում, ասում էր քո այցելությունը վատ ազդեցություն կանե հիվանդի առողջության վրա, բայց երբ երկար աղաչեցի, հոժարեցավ:

Ինձ ավելի հետաքրքրում էին Նենեի հետ պատահած անցքերը, սկսյալ այն օրից, որ ես անջատվեցա նրանից: Ես խնդրեցի պատմել բոլորը: Նա խիստ դժվարությամբ հանձն առեց պատմել, ասելով, որ իր հետ պատահած արկածների մեջ կային այնքան դա՜ռն, այնքան տխո՜ւր դեպքեր, որ չէր ցանկանա ես լսեի:

— Այսուամենայնիվ, ես պետք է գիտենամ բոլորը:

— Ուրեմն կպատմեմ:

Նա այսպես սկսեց իր պատմությունը,

— Դու հիշո՞ւմ ես, Մուրադ, քո կալանավորվելուց հետո ես մի անգամ կարողացա տեսնվել քեզ հետ, այն ևս բերդի մեջ: Այնուհետև ես ամեն օր գալիս էի, կանգնում է, բերդի դռան մոտ, լաց էի լինում, աղաչում էի, բայց ինձ ներս չէին թողնում. «Գի՜ժ աղջիկը... տեսեք գի՜ժ աղջիկը...», ասում էին ու ինձ հալածում էին: Երբ խավարը պատում էր, երբ չար մարդիկ այլևս չէին երևում, ես դարձյալ մոտենում էի բերդին, պտտում էի նրա շուրջը, և գիշերային լռությունը աղմկում էի իմ հառաչանքներով: Միայն առավոտյան լույսը ինձ հեռացնում էր այնտեղից: Անցա՜ն օրեր, անցա՜ն շաբաթներ, անցա՜ն ամիսներ: Մի առավոտ բերդի դռան պահապան զինվորը ասաց ինձ. «Խե՜ղճ աղջիկ, այն, որ դու պտրում ես, էլ այստեղ չէ»... «Ապա ո՞րտեղ է», հարցրի ես սարսափելով. «Տարան»... պատասխանեց նա, կարծես, ինքն ևս տխրելով, չգիտեմ իմ վրա, թե քե՜զ վրա: «Ո՞րտեղ տարան», հարցրի ես, ավելի մոտենալով նրան: «Սիբի՜ր»: Ես խելագարի նման սկսեցի վազ տալ: Չգիտեի, թե ո՜ր կողմը գնամ:, նույն զինվորը ետևից ձայն տվեց. «Բռնեցեք փոստայի մեծ ճանապարհը»:

Վերջապես ես հասա: Մի խումբ աքսորյալների հետ քեզ վարում էին: Ինձ թույլ չտվին մոտենալ քեզ: Որքան խնդրեցի, որքան աղաչեցի, դարձյալ թույլ չտվին: Ես կատաղեցա, խելքս գլխիցս թռավ, աչքերիս առջև մթնեց... Չգիտեմ այլևս ի՞նչ արեցի, ի՞նչ պատահեց ինձ հետ, միայն այսքանը հիշում եմ: Երբ աչքերս բաց արի, ինձ գտա քաղաքային գժատան մեջ: Երբ խելքս գլուխս եկավ, ես տեսա միևնույն բժշկապետին, որի տանը այժմ ապրում եմ: Նա եկել էր ինձ նայելու: Ես բռնեցի նրա ձեռքից և արտասվալի աչքերով ասացի նրան. «Պարոն բժշկապետ, ես գիժ չեմ, իզուր են չար մարդիկ ինձ գիժ կոչում: Ինչո՞ւ են բերել ինձ գժատունը»: Բժշկապետը կարեկցությամբ ասաց ին՛ձ. «Խե՛ղճ աղջիկ, ես գիտեմ, որ դու գիժ չես. միայն խորհուրդ եմ տալիս, որ առժամանակ գժատանը մնաս»: «Ի՞նչու», հարցրի ես զայրացած կերպով: «Այդ միայն կարող է ազատել քեզ», պատասխանեց նա հազիվ լսելի ձայնով: «Ի՞ն՛չ բանից», հարցրի ես ավելի վրդովվելով: «Միբիրից»... Ես սկսեցի ծիծաղել: «Ես էլ հենց այդ եմ ո՛ւզո՛ւմ, որ ինձ ուղարկեն Սիբիր... այնտեղ կտեսնեմ նրան»... «Ո՞ւմը»: հարցրեց նա: «Այն աքսորյալին, որ մի քանի օր առաջ տարան», պատասխանեցի ես: «Դուք, պարոն բժշկապետ, կարծեմ, ճանաչում եք նրան, դուք բժշկում էիք նրան»: «Այո , ճանաչում եմ...— պատասխանեց նա, — ես մի անգամ խնդրեցի բերդապահից, քեզ թույլ տվին նրա մոտ բանտը մտնել, հիշո՞ւմ ես», հարցրեց նա: «Այո՛, հիշում եմ, ես մինչև այսօր դեռ չեմ հայտնել ձեզ իմ շնորհակալությունը»: Այդ խոսքերի հետ բռնեցի նրա ձեռքը և ամուր կերպով սեղմեցի:

«Ես այն աքսորյալին սիրում եմ, ես անկարող եմ չսիրել նրան», ասացի ես, չթողնելով բժշկապետի ձեռքը: «Նա իմ կյանքը ազատել է մի սարսափելի սպանությունից, ի՞նչպես չսիրել նրան»: Հետո պատմեցի, թե ո՛րպես ծնողներից որբ մնալով, իբրև անտեր, անպաշտպան մի աղջիկ, սկսեցի թափառական կյանք վարել, միակ արհեստը, որ ուսուցել էր ինձ իմ մայրը, էր կախարդությունը, ես մարդկանց բախտը գուշակում էի, նրանք ինձ հաց ու մի քանի գրոշներ էին տալիս: Պատմեցի, թե ո՛րպես հափշտակվեցա ավազակներից, և ո՛րպես նրանք, ինձ երկար չարչարելուց հետո, վերջը կամենում էին սպանել, իսկ դու ազատեցիր ինձ: Մի խոսքով, պատմեցի բոլորը, ինչ որ մինչև այն օրը պատահել էր ինձ հետ: Բժշկապետը հետաքրքրությամբ լսելուց հետո ասաց ինձ. «Այդ բոլորը ես գիտեմ, այն աքսորյալը պատմել է ինձ»:

— Դուք պատմե՞լ էիք նրան, Մուրադ, — Հարցրեց Նենեն, կտրելով իր խոսքի թելը և դիմելով ինձ:

— Այո , պատմել էի, պատմել էի այն ժամանակ, երբ ես բանտումն էի: Ես խնդրեցի նրանից, որ քեզ առնե իր պաշտպանության ներքո, և նա խոստացավ կատարել իմ խնդիրքը, և, որպես երևում է, կատարեց բարի մարդը:

— Այո՛, կատարե՛ց, — կրկնեց Նենեն մի առանձին զգացմունքով: — Ա՜խ, ի՞նչով կարող ենք փոխարինել այդ ազնիվ երիտասարդի երախտիքը... նա դիտավորություն ունի դեռևս շատ լավություններ անելու մեզ...

Նենեն, ուրախության արտասուքը սրբելով իր աչքերից, շարունակեց,

— Ես հարցրի բժշկապետից, թե ի նչ էր պատճառը, որ ինձ բերել էին գժատուն: Նա ասաց, որ այն դատապարտյալին, այսինքն՝ քեզ, դեպի աքսոր վարելու ժամանակ, ես խելագարի նման հարձակվել էի պահապան զինվորների վրա, խլել էի մեկի հրացանը և արձակել էի: Թեև ոչ ոքին վնաս չէի հասցրել, բայց իմ վարմունքը օրենքով համարվում էր ծանր հանցանք: Այդ հանցանքը ավելի խստությամբ էր պատժվում գլխավորապես այն պատճառով, որ կատարվել էր քեզ հափշտակելու նպատակով: «Իսկ երբ գործողությունը կատարած է ուղեղի անառողջ դրության մեջ, — Ավելացրեց բժշկապետը, — պատիժը մեղմացնում են»: Ես պատասխանեցի, «Ամենևին չեմ ցանկանում, որ իմ պատիժը մեղմացնեն: Ես շատ ուրախ կլինեմ, եթե ինձ կուղարկեն Սիբիր: Այնտեղ կտեսնեմ նրան, այնտեղ տարան նրան, թող ես էլ նրա մոտ լինեմ»: «Խե՛ղճ աղջիկ,— ասաց բժշկապետը, — դու դեռ այնքան անփորձ ես, որ չգիտես, թե ի նչպես են վարվում աքսորյալների հետ: Խելագարությունը միայն կարող է փրկել քեզ»: Ես դարձյալ պնդեցի, թե երբեք չեմ ասի, որ ցնորված եմ եղել, այլ պարզ կխոստովանեմ, որ կամենում էի ազատել սիրելիիս և այդ նպատակով հարձակում գործեցի: Բժշկապետը, թեև չկարողացավ ինձ համոզել, բայց դարձյալ ուրիշ շատ խրատներ տալով ավելացրեց, որ իմ վարմունքը իսկապես «մինչև խելագարության հասած» սիրո ցնորք է եղել, և ավելի ոչինչ:

Բայց ես բժշկապետին չհավատացի, թեև նա ինձ զանազան խոստմունքներ արեց և զանազան հույսեր տվեց: Ես հաստատ մնացի իմ կամքի մեջ, և երբ առաջին անգամ տարան ինձ դատարանը, ես պարզ ասեցի դատավորներին. «Պարոն դատավորներ, ես խելագար աղջիկ չեմ, ես շատ խելացի աղջիկ եմ: Խելագարությունը չէր, որի պատճառով ես հարձակում գործեցի զինվորների վրա: Ես սիրում էի նրան, այն երիտասարդին, որին դուք Սիբիր ուղարկեցիք: Ես կամենում էի ազատել իմ սիրելիին: Ոչ, պարոն դատավորներ, դուք մի՛ հավատացեք, որ ես խելագարված եմ եղել: Ես միշտ խելացի էի, ինչպես այժմ: Այդ հանցանքները ես գործել եմ իմ առողջ դատողությունով: Ինձ ևս աքսորեցեք Սիբիր, ես ցանկանում եմ սիրելիիս հետ միասին լինել» Բայց դատավրրները ինձ չհավատացին: Ես շատ բարկացա, երբ իմ վճիռը կարդացին: Փոխանակ Սիբիր ուղարկելու, վճռել էին՝ երեք ամիս նստացնել ապաշխարության տան մեջ: Թեև ես վճռից գոհ չմնացի, այնուամենայնիվ, ինձ տարան այնտեղ:

Բայց գիտե՞ս, Մուրադ, իմ սխալն ինչումն էր, — հարցրեց Նենեն, դառնալով դեպի ինձ: — Ես չպետք է ասեի, թե խելացի աղջիկ եմ և ամեն ինչ գործել եմ իմ կամքով, իմ հոժարությամբ: Ես պետք է ասեի, թե խելագարված եմ եղել, չեմ հասկացել, թե ինչ եմ գործել: Ես պետք է աշխատեի արդարացնել իմ վարմունքը և խնդրել, որ ինձ չպատժեն: Այն ժամանակ կմտածեին, որ ես գիտությամբ եմ գործել և իմ ցանկացած պատիժը կնշանակեին: Ինձ կուղարկեին Սիբիր: Բայց դատարանի մեջ, երբ աշխատում ես քեզ արդար ցույց տալ, մեղավոր են համարում: Իսկ երբ ուզում ես քեզ գիժ ցույց տալ, խելացի են համարում, և ընդհակառակն:

Ապաշխարության տան մեջ եղած ժամանակս, — շարունակեց Նենեն, — Բժշկապետը մի քանի անգամ այցելեց ինձ: Այնտեղ ես առաջին անգամ ծանոթացա նրա կնոջ հետ: Նա ինձ համար զանազան բաներ էր բերում և ամեն կերպով հոգ էր տանում, որ ես հանգիստ լինեմ: Թե՛ այր և թե՛ կին խոստանում էին, որ իմ ապաշխարության ամիսները վերջանալուց հետո ինձ կընդունեն իրանց տանը և կպահեն ու կպահպանեն իրանց զավակի նման: Բայց ես իմ վրա չէի մտածում, ես միշտ քեզ վրա էի մտածում: Այդ էր պատճառը, հենց որ վերջացավ երեք ամիսը, ես փախա այնտեղիցք որ բժշկապետի տնից ազատվեմ: Առանց որևիցե պատրաստության, ես ճանապարհ ընկա քեզ մոտ գալու համար: Սիբի՛ր, Սփբի՛ր. այդ անո՛ւնը կրկնելով, շարունակում էի իմ ճանապարհը: Խիստ սակավ էր պատահում, որ ես մի որևիցե բնակության հասնեի: Ըստ մեծի մասին գիշերներն անց էի կացնում բացօթյա: Մարդիկ, տեսնելով իմ պատառոտած հագուստը, խառնված ծամերը, ցրտից և արևից սևացած դեմքը, ասում էին՝ «դա ջադուկ է», և ինձ օթևան չէին տալիս:

Նենեի նկարագրությունները ինձ սարսափեցնում էին: Ո՛րքան տանջվել էր, ո՛րքան չարչարվել էր խեղճ աղջիկը մի կորած, աշխարհից կտրված դատապարտյալի համար: Մի՞թե ես արժանի էի այսքան զոհաբերությանց: Ես խնդրեցի նրանից համառոտել իր պատմությունը և միայն այն ասել, թե ի՞նչպես կրկին հանդիպեց բժշկապետին:

— Ես շուտով այդ տեղը կհասնեմ, — պատասխանեց նա, — մի փոքր ևս լսիր, եթե չես ձանձրանում:

— Ես չեմ ձանձրանում, այլ տխրում եմ... իմ սիրտը լցվում է ցավերով...

— Շուտով կուրախացնեմ քեզ, — Ասաց նա և շարունակեց.— Մի անգամ, երեկոյան պահուն, հասնում եմ մի գյուղ: Գյուղացիները հավաքված էին գինետան առջև, զանազան դատարկախոսություններ էին անում: Ես հարցրի նրանցից,

— Որ ճանապարհն է տանում դեպի Սիբիր: նրանք զարմացած նայեցին իմ վրա:

— Սիբի՞ր, — Հարցրեց մեկը ծիծաղելով:

— Այո՛, Սիբիր: Հեռո՞ւ է:

— Այդ սատանայական սև մազերդ կպիտակեն, մինչև այնտեղ կհասնես:

— Ցույց տվեցեք ինձ ճանապարհը, — կրկնեցի ես:

— Ահա՛ ճանապարհը, գնա՛, գուցե առավոտյան կհասնես, — Ասաց մի ուրիշը, ավելի լրբաբար ծիծաղելով:

— Եթե գայլերը չպատառոտեն, — նկատեց մի այլը: — Մի ծաղրեք ինձ, բարի մարդիկ, ես Միբիր եմ գնում, — Աղաչեցի նրանց:

— Դա խելագար է, — Ասաց մեկը:

— Չէ, անպատճառ անտառի դևերից մեկը կլինի, տեսեք, ինչպես վառվում են աչքերը, — Ասաց մյուսը: — նայեցեք մազերին: Բոլորը խաչակնքեցին:

— Ոտքերիցը արյուն է հոսում, խե՛ղճ աղջիկ, — նկատեց մի պառավ կին: — Երևի փուշերը ծակոտել են:

— Դուք չե՞ք հասկանո՛ւմ, ես Միբիր եմ գնում, — զայրացած կերպով ձայն տվի ես: — Ցույց տվեցեք ինձ ճանապարհը:

— Կորե՛ք, թող սատանան տանե ձեզ, — Ասեցին ինձ և երեսները շուռ տվին:

Ես բռնեցի առաջին պատահած ճանապարհը և հեռացա: Դեռ գյուղից չէի դուրս եկել:

— Մուրացկա՛ն, մուրացկա՛ն, — ձայն տվեց մի երեխա:

— Ես Միբիր եմ գնում...— պատասխանեցի նրան:

Ես անցնում էի փոստային իջևանի առջևից: Այդ միջոցին ուղևորի սայլակը, փոշու ամպերի մեջ ծածկված, փոթորիկի նման հասավ իջևանը: Սայլակի միջից դուրս նետվեցավ մի պարոն, վազեց իմ ետևից և իմ թևքից բռնելով, ասաց.

— Վերջապես գտա քեզ...

Այդ պարոն բժշկապետն էր: Ես իսկույն նկատեցի նրա բարի դեմքի վրա այն մեծ ուրախությունը, որ պատճառեց ինձ գտնելը: «Ո՞ւր ես գնում», հարցրեց նա, չթողնելով իմ ձեռքը: «Միբի՛ր», պատասխանեցի ես, աշխատելով դուրս պրծնել նրա ձեռքից: «Այժմ ուշ է, — Ասաց նա, — տեսնո՞ւմ ես, արեգակը մտնելու մոտ է, տեղ չես հասնի, անապատումը կմնաս»: «Ես միշտ անապատումն եմ գիշերում, մարդիկ ինձ տեղ չեն տալիս»: «Մնա ինձ մոտ, այս գիշեր հան-գստացիր, առավոտյան կշարունակես քո ճանապարհը»: «Ես դեռ ոչ բոլորովին հոգնած եմ, կարող եմ անցնել մի քանի վերստ ևս, մինչև արեգակը կմտնե»:

Վերջապես նա համոզեց ինձ մնալ և տարավ փոստային կայարանը, — շարունակեց Նենեն: — Աշնան սաստիկ ցրտերի ժամանակն էր: Իսկ իմ հնամաշ հագուստը հազիվ ծածկում էր իմ մարմինը: Ես նոր էի զգում, թե որքան մրսել էի: Երբ մտա սենյակը, իմ ատամները սկսեցին բաբախել» Իմ լեզուն դժվարանում էր շարժվել: Նա իսկույն փաթաթեց ինձ իր մուշտակի մեջ և նստեցրեց մահճակալի վրա: Տաք թեյը կյանք տվեց ինձ, իսկ սպիտակ հացը կարագի հետ զովացրին իմ սպառված ուժերը: Ես ա՛յժմ միայն հասկանում էի, եթե այն դրության մեջ անապատում մնայի, անպատճառ, կսառչեի: Երբ ես բավական հանգստացա, երբ իմ գրգռված դրությունը մեղմացավ, բժշկապետը ասաց ինձ, որ ինքը հատկապես ինձ համար եկած էր: Նա պատմեց, թե այն առավոտը, երբ ինձ պետք է արձակեին ապաշխարության տնից, ինքը և իր կինը կառքով եկան այնտեղ, որ ինձ առնեն և իրանց տունը տանեն: Բայց մինչև իրանց գալը, ես անհայտացած էի: Հետո հարցուփորձ անելով տեղեկացան, թե ես ո՛ր կողմն էի գնացել: Բժշկապետը առանց ժամանակ կորցնելու հետամուտ եղավ և գտավ ինձ:

Առավոտյան, — շարունակեց Նեննեն, — Բժշկապետը հայտնեց, թե ինքը նույնպես Միբիր գնալու դիտավորություն ունի և խոստացավ, որ ինձ ևս կվեր առնի իր հետ: Կարծես, ամբողջ աշխարհը ինձ տվեցին, ուրախությունից չգիտեի, թե ինչ անեմ: Երեխայի նման քաշ ընկա իմ բարերարի պարանոցից և սկսեցի համբուրել նրա աչքերը, երեսը, ճակատը, բոլորը: «Կտանե՞ք, կտանե՞ք», անդադար հարցնում էի ես: «Անպատճառ կտանեմ», պատասխանեց նա և ավելացրեց, թե ինքը պետք է պաշտոնով գնա այնտեղ, և այդ մասին արդեն առաջարկել են իրան, և ինքը ընդունել է: «Եվ ես կտեսնե՞մ նրան»: «Կտեսնես, շատ անգամ կտեսնես», պատասխանեց նա: Ես կրկին գրկեցի նրա պարանոցը:

Բժշկապետը, — առաջ տարավ Նեննեն, — ինձ շատ խրատներ էր տվել, ինձ շատ խորհուրդներ էր տվել, բայց առաջ ես չէի հավատում նրան: Մարդիկ ինձ այնքան շատ խաբել էին, որ ես կորցրել էի իմ հավատը դեպի ամեն մարդ: Բայց երբ նա խոստացավ, որ ինձ կտանե Միբիր, ես բոլորովին հավատացի: Այդ էր պատճառը, որ ես իսկույն հնազանդվեցա, երբ առավոտյան առաջարկեց ինձ նստել ճանապարհորդական սայլակի վրա և վերադառնալ տուն: Չնայելով, որ ես մինչև այն գյուղը հասել էի երեք օրվա մեջ, բայց նույն օրվա երեկոյան պահուն մենք հասանք քաղաքը: Բժշկապետի բնակարանը բավական ընդարձակ էր, իսկույն ինձ համար որոշեցին մի առանձին սենյակ: Նրա մանկահասակ կինը ավելի բարեսիրտ երևաց, քան թե ամուսինը: Նրա առաջին հոգսը եղավ լվանալ իմ գլուխը, սանրել և փոխել իմ հագուստը. Երբ ես ոտքից ցգլուխ հագնվեցա, նա մի առանձին ուրախությամբ նայեց իմ վրա, գրկեց և համբուրելով՝ ասաց. «Հիմա դու շատ սիրուն աղջիկ դարձար»: Եվ որպեսզի ես մի նոր ծանրություն չդառնամ այդ ոչ այնքան միջոցներ ունեցող ընտանիքի վրա, հենց երկրորդ օրը ես խնդրեցի տիկինից, որ ինձ ցույց տա մի քանի գործեր, թե ինչո՛վ կարող էի ծառայել նրանց: Տիկինը ժպտաց և ինձ հանձնեց մի քանի թեթև գործեր: Ես իմ պարտավորությունները այնքան ճշտությամբ կատարում էի, որ նրանք, որ առաջ միայն խղճում էին ինձ, սկսեցին այնուհետև սիրել: Տիկինը չափազանց գութ ուներ ինձ վրա: Նա մի առանձին եռանդով սկսեց զբաղվել իմ դաստիարա-կությամբ. ամեն օր մի քանի ժամ պարապում էր ինձ հետ: Ես սովորեցի գրել, հաշվել և գրքեր կարդալ, Ա՜խ, որքան լավ բան են այդ գրքերը: Նրանց մեջ խոսում են խելացի մարդիկ, նրանք այն չեն ասում, ինչ որ մենք սովորաբար լսում ենք կամ տեսնում ենք կյանքի մեջ: Նրանք պախարակում են այդ մեր տեսածները և ասում են, որ լավ բաներ չեն, և ցույց են տալիս, թե ի՞նչպես մարդիկ կարող էին ավելի լավ լիներ:

— Եվ դու լավացար, — կտրեցի ես Նենեի խոսքը:

— Այո՛, լավացա, — պատասխանեց նա մի առանձին բավականությամբ:

— Դու հենց սկզբից բարի էիր, Նենե:

— Իմ առաջվա բարության և այժմյան բարության մեջ մեծ զանազանություն կա: Աղավնին էլ բարի է, բայց եթե նրան հարցնելու լինես, թե ինչու համար է բարի, նա քեզ չէ կարող բացատրել պատճառը: Նա բարի է, ինքն էլ չգիտե, թե ինչի համար: Այդպես էր և իմ բարի լինելը: Ոչխարի բարություն և ավելի ոչինչ: Բայց ես հիմա գիտեմ, թե ինչո՞ւ լավ է բարին և ինչո՞ւ վատ է չարը: Չէ՞ որ ես առաջ սուտեր էի խոսում, խաբում էի մարդկանց, բայց չէի հասկանում, որ դա վատ է: Ես մի բոշա աղջիկ էի և մորիցս սովորած կախարդությանը ինքս էլ հավատում էի: Բայց հիմա գիտեմ, որ այն բոլորը խաբեբայություն էր: Այդ թողնենք, — խոսքը փոխեց Նենեն, — բժշկապետը և նրա կինը կատարեցին իրանց խոստմունքը: Երբ նրանք պաշտոն ստացան Սիբիրում, ինձ ևս բերեցին իրանց հետ: Իմ հարաբերությունը քեզ հետ նրանք գիտեին, նրանց հայտնի էր և այն, թե ո՛ր աստիճան ես սիրում եմ քեզ: Հետո, թեև ինձանից գաղտնի, նրանք աշխատում էին, որ դու ազատված լինես քո դատապարտությունից, և մեզ բախտավորացնեն ամուսնական կյանքով: Այդ մասին ինձ հետ չէին խոսում, բայց ես նրանց ակնարկություններից և առանձին խոսակցություններից շատ բան էի հասկանում:

— Ի՞նչ միջոցներով էին աշխատում, — հարցրի ես անհամբերությամբ: — Արդյոք հույս կա՞... կարելի է...— և բազմաթիվ հարցերով շփոթեցրի Նենեին:

Կարծես, նա վախենում էր, որ միանգամից հաղորդած ուրախալի տեղեկությունը կարող էր վատազդել իմ առողջության վրա և երևի այդ մտքով բավական հեռվից սկսեց իր պատասխանը:

— Դու պետք է գիտենաս, — Ասաց նա, — Որ բժշկապետը աղքատ և շատ աղքատ ծնողների որդի է եղել, ժողովրդի ստոր դասակարգից: Նրա հայրը փողոցներում կոշկաներկ վաճառող է եղել, իսկ մայրը՝ մի լվացարար կին: Բայց տիկինը բարձր շրջաններից է, Ս. Պետերբուրգում նշանավոր ազգականներ ու բարեկամներ ունի, որոնք նույնպես նշանավոր պաշտոններ են վարում: Բժշկապետը, որպես աղքատ ուսանող, նրա հոր տանը մասնավոր դասեր էր տալիս: Այստեղից սկսվեց նրանց ծանոթությունը, որը հետո սիրո փոխվեցավ: Օրիորդի ծնողները, իհարկե, հակառակվեցին նրա ամուսնանալուն մի բժշկի հետ, որ թե իր դիրքով և թե իր ծագումով չէր համապատասխանում նրանց կոչմանը: Բայց օրիորդը այնքան բնավորության զորություն ուներ, որ, հակառակ ծնողների կամքին, թողեց հայրենական տունը և սկսեց սիրած երիտասարդի հետ ապօրինի ամուսնությամբ ապրել: Այնուհետև ծնողները բոլորովին մերժեցին նրան և միշտ անհաշտ մնացին նրա հետ: Բայց տիկինը ուներ մի ազգական, որ ծառայում էր մինիստրության մեջ: Այդ բարձր աստիճանավորը սաստիկ սիրում էր տիկնոջը և գնահատում էր նրա արժանավորությունները: Նա մինչև անգամ մեղադրում էր տիկնոջ ծնողներին, որ այնպես անգթաբար վարվեցան նրա հետ: Ահա այդ ազգականի հետ տիկինը սկսեց բանակցություններ անել քո ազատու-թյան մասին և, կարծես, հաջողված է...

— Այդ դու ո՞րտեղից գիտես, իմ ավետաբեր հրեշտակ, — Բացականչեցի ես և սկսեցի անհագաբար համբուրել նրա ձեռքերը:

— Գիտեմ, մի քանի օր առաջ տիկինը ցույց տվեց ինձ մի նամակ, որ նոր էր ստացել Ս. Պետերբուրգից ու ասաց, «Նենե, քո բախտը վճռված է»...

— Բարերա՛ր Աստված, փառք լինի քո գթությանը, — կրկին բացականչեցի ես, հետո դառնալով դեպի իմ ազատիչը, ասեցի նրան, — Այդ բոլորը քեզ եմ պարտական, քե՛զ, եթե դու չլինեիր, եթե դու չգտնվեիր բժշկապետի ընտանիքի մեջ, ո՞վ կդարձներ նրանց բարի ուշադրությունը ինձ վրա: Դու, միայն դու քո հրեշտակային բնավորությամբ գրավեցիր քո տիկնոջ սիրտը և նրա ամուսնու ցավակցությունը դեպի մեր թշվառ վիճակը: Եթե դու չլինեիր, ես հավիտյան կորած էի թե աշխարհի և թե քեզ համար...

Այդ միջոցին դուռը բացվեցավ, և ծերունի սպասավորի երկայն կերպա-րանքը հայտնվեցավ շեմքի վրա:

— Օրիորդ, — դարձավ նա դեպի Նենեն, — օրը լուսանում է, լավ չի լինի, եթե քեզ տեսնեն այստեղ:

Նենեն վեր կացավ և, ինձ հետ կրկին և կրկին համբուրվելով, հեռացավ, ասելով.

— Շուտով դարձյալ կտեսնվենք...

ԺԱ

ՆԵՐՌԻՄՆ

Սպիտակ տնակը այժմ բոլորովին ուրիշ տեսք էր ստացել: Պատշգամբի կոտրատված վանդակապատը նորոգվել էր և փայլում էր ձյունի պես սպիտակ գույնով: Փտած սանդուղքները նույնպես նորոգված էին, և աջ ու ձախ կողմից շարած էին ծաղիկների թաղարներ: Պարտեզի ճեմելիքները պատած էին մանրած աղյուսի ծիրանագույն փոշիով: Հովանոցը կանաչազարդ վրանի էր նմանում, արեգակի ճառագայթները անկարող էին թափանցել պատատուկ բույսերի սաղարթախիտ հյուսվածքի միջից: Պարտեզի ցանկապատը, բոլորած կենդանի բույսերով, ներկայացնում էր մի ծաղկազարդ պատնեշ: Ծառերը մանկացել էին, գեղեցկացել էին և տարածում էին իրանց շուրջը խիստ զովարար ստվեր: Ծաղիկները քաղցրացնում էին ամառային առավոտները ախորժելի անուշահոտությամբ: Հին, ավերակ դարձած տնակը այժմ փոքրիկ դրախտ էր դարձել: Նա ներկայացնում էր խիստ աչքի զարկող հակապատկեր իր տխուր, միօրինակ շրջակայքի մեջ: Նենեի և նրա աշխատասեր տիկնոջ ջանքերին էին պարտական այդ բոլոր նորոգությունները:

Երեկոյան պահուն, երբ արևը խոնարհվում էր դեպի իր գիշերային մուտքը, Նենեն, ցնցուղը ձեռքին, սառն ջրով սրսկում էր ցերեկվա տոթից թառամած ծաղիկները: Նրա ժրաջան տիկինը, կարճ շրջազգեստով, գոգնոցը կապած կամ փոքրիկ բահը ձեռին փորում էր ածուները, կամ մկրատով կտրատում էր թուփերի ավելորդ ճյուղերը: Նրա ամուսինը հովանոցում նստած գիրք էր կարդում և երբեմն, աչքերը բարձրացնելով, նայում էր գեղեցիկ կնոջ վրա և սքանչանում էր:

Այդ պարտեզում առավոտները և երեկոները հավաքվում էին մի խումբ երեխաներ, տղա, աղջիկ զանազան հասակների: Այդ փոքրիկ չարաճճիները, ավելի քան երգեցիկ թռչունները, կենդանացնում էին գեղեցիկ դրախտը իրանց ուրախ ճչվլոցով: Քրտնած, փթթած, կարմրած թշերով, վազվզում էին նրանք ճեմելիքներում, ընկնում էին փափուկ ավազի վրա, վեր էին կենում, և կայտառ, անվաստակելի բնավորությունները դարձյալ շարունակում էին վազվզել: Նենեի տիկինը գրկում էր նրանց, համբուրում էր, թափ էր տալիս հագուստները, պատվիրում էր զգույշ լինել: Նույն պարտեզում տիկինը շինել էր տվել փոքրիկ մանուկների համար զանազան մարմնամարզական գործիքներ, սովորեցրել էր նրանց մի քանի կանոնավոր խաղեր, կրթություններ և շատ անգամ ինքն էլ մասնակցում էր նրանց զվարճությունների մեջ: Դրանք տիկնոջ աշակերտներն ու աշակերտուհիներն էին, որոնց հետ որոշյալ ժամերում պարապում էր նա: Դրանք թշվառ աքսորյալների զավակներն էին, որոնց ընտանիքով ուղարկել էին այնտեղ բնակության համար: Տարվա բարեխառն ամիսներում տիկինը պարապում էր նրանց հետ պարտեզում, իսկ երբ սկսվում էին ցրտերը, նրանց համար մի առանձին սենյակ էր որոշել իր տան մեջ: Նրա դպրոցը փոքրիկ էր, աշակերտների ու աշակերտուհիների թիվը հասնում էր ութն հոգու, որոնք սովորում էին ձրի և նույնպես ձրի ստանում էին թե գրքեր և թե դասական այլ առարկաներ: Տիկինը իր ծանոթներից կազմել էր բարերարների մի շրջան, որոնք մատակարարում էին բոլոր ծախքերը:

Իսկ այն օր սպիտակ տնակում ինչ-որ անսովոր շարժում կար, ինչ-որ պատրաստություններ էին լինում: Փոքրիկ չարաճճիները այլևս չէին վազվզում, նրանք, դարան մտած կատուների նման, հավաքվել էին հովանոցի շուրջը և պլշած աչքերով նայում էին դեպի սենյակների լուսամուտները: Տիկինը այն օր խոստացել էր նրանց քաղցրավենիք բաժանել: Նոր բոված դաիվեի ախորժելի հոտը դեռ բուրում էր օդի մեջ: Սպասավորը հագել էր իր սև սերթուկը, որ խիստ հազիվ անգամ էր հագնում, և կրում էր սպիտակ ձեռնոցներ ու սպիտակ փողպատ: Նենեն Նույնպես հագել էր իր տոնական հագուստները և պարտեզում ծաղիկներ էր փնջում սեղանի համար: Բացված լուսամուտներից երևում էին սենյակներում անցուդարձ անող հյուրերի ուրախ դեմքերը: Ինքը, բժշկապետը, այն օր կտրել էր գլխի մազերն ու եղունգները, որ տարվա մեջ հազիվ մի քանի անգամ էր պատահում, ժամանակ չգտնելու պատճառով: Իսկ նրա մանկահասակ կինը հագել էր մետաքսյա սև հագուստ, և գլխի շիկագույն խիտ գիսակների մեջ երևում էր մի մեծ, սպիտակ վարդ:

Հյուրերի թվում գտնվում էին տեղային ծառայողներից մեծ և փոքր աստիճանավորներ իրանց կանանց հետ: Սեղանի վրա պատրԱստված էր նախաճաշիկ, դրած էին զանազան ըմպելիքներ: Հյուրերը ոտքի վրա ուտում էին, խմում էին, ծխում էին և շատախոսում էին: Տանտիկինը անդադար դիմում էր մեկից դեպի մյուսը և ամենի համար նա պատրաստ ուներ մի քանի քաղցր խոսքեր: Բժշկապետը ուշադրություն չէր դարձնում նրանց վրա, այլ մի անկյունում առանձնացած, տաք վիճաբանության մեջ էր մի լեռնային ինժեների հետ: նա պնդում էր, թե տեղային հանքային բովագործության եղանակը խիստ ապարդյուն է, և աշխատում էր ապացուցանել, որ արտասահմանում այժմ բոլորովին ուրիշ սիստեմներ են ընդունված: Վիճաբանությանը վերջ գրվեցավ, երբ հյուրերի մեջ լսելի եղավ. «Կամենդանտը գալիս է»: Այդ ժամանակ միայն բժշկապետը բաց թողեց տգետ ինժեների օձիքը, դուրս եկավ իր անկյունից և դիմեց դեպի սանդուղքները՝ հարգելի հյուրին ընդունելու համար: Տիկինը նույնպես մոտեցավ դռանը:

Կամենդանտի գալուց հետո ներս բերեցին սկուտեղների վրա շարած շամպանիայի գինու երկայն գավաթներ: Սառույցի մեջ դրած շիշերը վաղուց սպասում էին այդ հանդիսավոր րոպեին:

Կամենդանտը, բոլորի հետ բարևելուց հետո, անցավ սենյակի վերևի կողմը և ոտքի վրա մնաց: Նրա կշտին կանգնած էր մի երիտասարդ, որին իր հետ էր բերել: Գունաթափ, մաշված դեմքով այդ երիտասարդը այնպիսի տխուր տպավորություն էր գործում, որ, կա՛մ նոր էր դուրս եկել հիվանդանոցից, կա՛մ նոր էին բաց թողել նրան երկար տարիների բանտարկությունից: Այդ թառամած դեմքը, որը, երևի, շատ ժամանակ չէր ծիծաղել, այժմ փոքր-ինչ զվարթացել էր, և նրա մռայլված աչքերում երևում էին ուրախության նշույլներ:

Սենյակի մեջ տիրեց լռություն: Հյուրերը ոտքի վրա սպասում էին. բոլորի աչքերը դարձրած էին դեպի կամենդանտը: Նա մի համառոտ հառաջաբանից հետո հանեց ծոցից մի թուղթ, սկսեց կարդալ: Երբ վերջացրեց ընթերցումը, ամբողջ սենյակը թնդաց ուռաների աղաղակներով. «Կեցցե կայսրը», մի քանի անգամ լսելի եղավ բոլորի բերանից: Հետո ամենքը, շամպանիայի գավաթները ձեռներին, մոտեցան գունաթափ երիտասարդին և շնորհավորեցին նրան:

Երիտասարդը Մուրադն էր. կարդացին նրան ներումն շնորհելու թուղթը: Նա ազատված էր աքսորանքից:

Շամպանիայի գավաթները դատարկվեցան. ամենքը խմեցին կայսրի կենացը: Այդ ժամանակ առաջ անցավ բժշկապետը և, առաջարկելով խմել նոր կենաց, խնդրեց նախապես լսել իրան: Նա սկսեց մի փոքրիկ ճառ. խոսում էր հանդարտ, սահուն պաճուճանքների լեզվով: Ճառախոսը, որ բավական ծանոթ էր դատապարտյալի անցյալի հետ, նկարագրեց նրա կյանքի նշանավոր գծերը և գլխավորապես շեշտում էր այն կենսական պայմանների վրա, որոնց անխուսափելի ազդեցության ներքո այդ բնականից բարի և տաղանդավոր երիտուսարդը դարձավ մի տաղանդավոր չարագործ: Եվ հետո ավելացրեց, թե ի՛նչպես նա, հանդիպելով մի օրինավոր ընկերի, նրա ազդեցության ներքո ուղղվեցավ, զարգացավ և բարոյական մարդ դարձավ: Նա վերջացրեց իր ճառը այդ խոսքերով. «Եթե ցանկանում ենք, որ մեր բանտերը, որ մեր աքսորատեղերը չլցվեն հանցավորների ահագին բազմությամբ, պետք է աշխատենք անհետացնել հանցանքների պատճառները իրանց բուն արմատի մեջ»:

Բոլորը ծափահարեցին: Գավաթները դատարկվեցին. խմեցին ուղղված և ներումն ստացած դատապարտյալի կենացը:

ԺԲ

ՎԵՐՋԻՆ ՀԱՆԴԻՊՈՒՄՆ

Մի ամիս անցել էր այդ օրից: Մի կառք սահում էր հարթ, փոստային ճանապարհով: Նրա մեջ նստած էին Նենեն և Մուրադը: Երկուսն էլ ուրախ, երկուսն էլ բախտավոր: Կառապանը սուլելով քշում էր ձիաները, կարծես նա ևս ուրախ էր, որ տանում էր մի զույգ նորապսակ ամուսիններ:

Առջևում, երկայն կոշիկները հագին, ցուպը ձեռին, ուղևորի պարկը ուսին, դանդաղ քայլերով գնում էր մի ճանապարհորդ: Երբ նա հեռվից նշմարեց կառքի մոտենալը, կանգնեց:

Կառքը հասավ ճանապարհորդին:

— Ձեր անունով նամակ ունեմ, պարոն, — Ասաց նա և մի ծրար մեկնեց դեպի կառքը:

Մուրադը նայեց օտարականի երեսին և սոսկաց: Սա ձեռքը տարավ դեպի ատրճանակը և, ուղիղ բռնելով դեպի օտարոտի նամակաբերը, ասաց.

— Հեռացե՛ք, եթե չեք ցանկանում մեռնել:

— Երդվում եմ երկնքի և երկրի բոլոր սրբություններով, որ դեպի ձեզ ոչ մի չար նպատակ չունեմ, — Ասաց նա համոզիչ ձայնով: — Ընդունեք այդ նամակը:

— Մի՞թե կարելի է հավատալ ձեր երդումներին:

— Ես կամենում եմ ապացուցանել, որ ես այնքան վատ չեմ, որքան դուք կարծում եք:

Այդ խոսակցության բոլոր ժամանակը Նենեն կպած էր իր սիրելի ամուս-նու կողքին և անդադար հարցնում էր: «Ի՞նչ է ասում, ի՞նչ է ուզում այդ մուրացկանը»:

Մուրադը հրամայեց կառքը կանգնեցնել, ձեռքը մեկնեց առեց ծրարը:

Նա իսկույն բաց արեց նամակը, որ սկսվում էր այդ խոսքերով.

«Մուրադ, կարդացեք, հետո ոչնչացրեք այդ նամակը: Մեզ հաջողվեցավ ազատվել դատապարտյալների տնից: Մենք կսպասենք քեզ Օ... քաղաքում: Ներեցեք նամակաբերին և մոռացեք անցյալը: Մեր ազատությամբ նրան ենք պարտական»:

Ստորադրված էին նրա երկու բարեկամների՝ Համրի և Ավազակապետի անունները:

Մի քանի անգամ Մուրադը կարդաց այդ տողերը: Նրա սրտին տիրեց անչափ ուրախություն և միևնույն ժամանակ կասկած: Մի՞թե այդ բոլորը կեղծ չէր: Երևի նամակաբերը նկատեց նրա տարակուսությունը և խիստ սրտաշարժ ձայնով ասաց,

— Երդվում եմ այն աղ ու հացով, որ շարունակ տասնյակ տարիներ միասին կերել ենք, և հավատացնում եմ ձեզ, որ այդ նամակի մեջ կեղծ ոչինչ չկա:

Մուրադը կրկին ուշադրությամբ նայեց նամակի վրա: Նրա մի անկյունում նշմարվում էր մի խորհրդավոր էմբլեմա, որ կազմված էր հայոց այբուբենի առաջին և վերջին տառերից Ա և Ք, իսկ այդ երկու տառերի մեջտեղում զետեղված էր մի խաչ, որ հովանավորված էր սև ձեռքով: Դա նրա և իր երկու ընկերների մեջ մի պայմանական նշանաբան էր:

— Հավատում եմ, — Ասաց Մուրադը և, նամակը բռնելով վառած լուցկիի վրա, այրեց:

Նամակաբերը խոսեց.

— Իմ ձեռքով կատարվեցավ քո անկումը, Մուրադ, ես ինձ բախտավոր կհամարեի, եթե քո ազատությունը նույնպես իմ ձեռքով կատարվեր: Դրանով ես իմ խիղճը հանգստացրած կլինեի: Բայց դարձյալ ուրախ եմ, որ քեզ ազատված եմ տեսնում և բախտավոր: Իսկ այն ծառայությունը, որ պատրաստել էի կատարել քո փրկության համար և որի մասին մի քանի անգամ դիմեցի քեզ, այն ծառայությունը ես մատուցի քո երկու բարեկամներին: Հուսով եմ, որ այդ էլ բավական կլինի, որ դու ներես ինձ և չհիշես մեր անցյալը...

Մուրադը, ձեռք տալով նրան, ասաց.

— Շնորհակալ եմ, մոռանում եմ բոլոր անցյալը...

Փոստային իջևանը շատ հեռու չէր: Մուրադը իջավ կառքից, սկսեց նրա հետ ոտքով գնալ: Նենեն մնաց կառքի մեջ, որը կամաց-կամաց քշում էին դեպի իջևանը:

Այդ մարդը քավոր Պետրոսն էր: Մինչև իջևան հասնելը նա պատմեց, թե ի՞նչ հնարքով կարողացավ փախցնել Համրին և Ավազակապետին:

— Բայց դու ի՞նչպես կարողացար այդքան մոտիկ հարաբերություններ ունենալ դատապարտյալների հետ, հարցրեց Մուրադը:

— Քեզ հայտնի է, որ վերջին օրերում տիֆով հիվանդների թիվը սաստիկ բազմացավ, օր չէր անցնում, որ մի քանի հոգի չմեռնեին: Տեղային միակ քահանան նույնպես հիվանդացավ, այդ պատճառով քահանայի մեծ պահանջ կար: Ես, իբրև պատահական հույն աբեղա, առաջարկեցի իմ ձրի ծառայությունը: «Փեշքեշ ձիու ատամներին չեն մտիկ անում»: Ինձ նույնպես չքննեցին: Ես ազատ մուտք ունեի թե՛ բերդում և թե հիվանդանոցում: Այդ բավական էր իմ նպատակին հասնելու համար:

— Դու նախածանո՞թ էիր Համրի և Ավազակապետի հետ:

— Ոչ: Այսքանը միայն գիտեի, որ նրանք քո բարեկամներն են: Բացի դրանից, այդ մարդկանց ես շատ հավանեցի: Նրանք սովորական մարդկանց տեսակից չէին:

Կառքը հասավ իջևանին: Մուրադը մոտեցավ, վեր բերեց Նենեին: Այստեղ պետք է մի փոքր ճաշեին, հետո ճանապարհ ընկնեին: Նենեն հայտնեց, թե ուտելու ախորժակ չունի, նա մոտեցավ, թեք ընկավ դիվանի վրա, և մի քանի րոպեից հետո նրա քունը տարավ: Նա սաստիկ հոգնած էր: Ամուսինը ծածկեց նրան և թողեց հանգստանալ:

Մուրադը և քավոր Պետրոսը դուրս եկան մյուս սենյակը և պահանջեցին նախաճաշիկ: Հասարակ կաղնյա փայտից շինած սեղանի վրա, որի մակերևույթը պատած էր բազմաթիվ սև խորշիկներով, որոնք գոյացել էին ծակ սամովարի տակից թափված կրակներից, դրվեցավ մի շիշ գինի, պանիր, հաց և մի ամբողջ խաշած հավ: Մուրադը իր հին դաստիարակի հետ նստեց այդ սեղանի մոտ:

Քավոր Պետրոսը տխուր էր, նրա թախծալի դեմքը ցույց էր տալիս ներքին խռովություն: Մուրադը այժմ միայն ուշադրությամբ նայեց այդ երկաթե մարդու վրա: Նա բավական փոխվել էր: Նրա մորուքի և գլխի մազերը բոլորովին ճերմակացել էին: Նրա ճակատի վրա առաջ կար մի մռայլ դրոշմ, որը դրված էր այն ժամանակ, երբ առաջին անգամ մի մեծ հանցանքի համար նրան Սիբիր աքսորեցին: Հետո, փախչելով այնտեղից, այդ ամոթալի նշանը նա ամենայն զգուշությամբ միշտ ծածկում էր, որ չճանաչվի: Երբ նա իր մորթյա թանձր գլխարկը մի կողմ դրեց, այժմ միայն Մուրադը նկատեց, որ այն դրոշմի հետքերը բոլորովին եղծված էին, իսկ նրա փոխարեն տարածվում էր լայն ճակատի վրա մի սարսափելի սպի: Երևում էր, որ շիկացրած երկաթով ամբողջ ճակատը այրել ու խարել էին:

— Քո ճակատի վրա ես մի փոփոխություն եմ նկատում, — Հարցրեց Մուրադը:

— Այդ ես արեցի քո համար, — պատասխանեց նա, գլուխը վեր բարձրացնելով: — Ես կորցրի այն սև դրոշմի հետքերը, որպեսզի չճանաչվեմ և ավելի վստահությամբ կարողանամ մոտենալ այն բնակարանին, որտեղից մտածում էի ազատել քեզ:

Այդ վերին աստիճանի զոհաբերությունը մի պարզ ապացույց էր այդ հին չարագործի անկեղծությանը դեպի իր սիրելի սանիկը, որը սաստիկ զգացվեցավ և, լցնելով բաժակը, մեկնեց նրան ու ասաց.

—Խմիր, հազեցրու քաղցդ: Ես քեզ կառնեմ իմ կառքի մեջ և

կտանեմ մեր հայրենիքը: Բավակա՛ն է, որքա՜ թափառեցիր, բավական է, որքան աշխարհից աշխարհ պտտեցար: Թո՛ղ այժմ գոնե ծերությունը ստիպեցնե քեզ հայրենի տնակի տակ անցկացնել կյանքի վերջին օրերը:

Նա խմեց բաժակը՝ պատասխանելով.

— Ոչ, ես չեմ ների ինձ նստել այն կառքի մեջ, այն կնոջ մոտ, որին մի ժամանակ ես հրամայեցի սպանել և դահճի պաշտոնը քեզ հանձնեցի, Մուրադ: Դու ավելի բարեխիղճ գտնվեցար, քան թե ես, և խնայեցիր անմեղ կյանքը, և քո բարությունը վարձատրվեցավ... Այդ նազելի հրեշտակը, երևի, չէ ճանաչում ինձ, եթե ճանաչեր, անպատճառ կզզվեր ինձանից: Ոչ, ես իմ ներկայությամբ չեմ պղծի մի սուրբ ամուսնություն: Գնացե՛ք, տեր ընդ ձեզ, և տարեք ձեզ հետ իմ օրհնությունը, եթե Աստված կընդունե օրհնությունը մի եղեռնագործի շրթունքներից: Իսկ ես Կայենի նման կթափառեմ աշխարհից աշխարհ, մինչև դժոխքը կխղճա իմ վրա և իմ առջև բաց կանե իր դռները...

Նա գլուխը քաշ գցեց, և նրա խիտ, ճերմակ ծամերը թափ վեցան սոսկալի ճակատի վրա, ծածկեցին արտասուքը, որ գետի նման հոսում էր այն աչքերից, որոնք երբեք արտասվելու սովոր չէին եղել:

— Դու կարծո՞ւմ ես, որ քեզ համար փրկություն չկա, դու կարծում ես, որ չե՞ս կարող մաքրել քո խիղճը, — Հարցրեց Մուրադը խորին ցավակցությամբ: — Ապա ինչո՞ւ համար է քրիստոնեական ներողամտությունը, որ հաշտեցնում է մեղավորին սիրո և խաղաղության աստուծո հետ:

— Շատ անգամ փորձել եմ, բայց չէ հաջողվել, — պատասխանեց նա առանց գլուխը վեր բարձրացնելու: — Մեղքը միացել է իմ հոգու, սրտի և ամբողջ մարմնի հետ: Նա ամեն րոպե սնունդ է պահանջում: Չեմ կարող չկերակրել նրան: Նա ինձ հետ պետք է ապրե, որպես չարություն, միայն չար գործելու համար: Չեմ կարող բաժանվել նրանից: Մի՞թե կարելի է օձից խլել թույնը և կարիճին այնպես դաստիարակել, որ չխայթե...

Նա գլուխը վեր բարձրացրեց և ճակատի վրա թափված մազերը մի կողմ ձգեց: Այժմ նրա ահռելի աչքերում, փոխանակ արտասուքի, նկատվում էր բարկության կրակը:

— Այո՛, չեմ կարող, — կրկնեց նա: — Ես մի չար դևի նման պետք է պատժեմ մարդկանց անիրավությունները միայն անիրավություններով... Մարդիկ իրանք են ստեղծել ինձ նման պատիժը իրանց համար... Ես նրանց մեղքերի հրեշավոր ծնունդն եմ... նրանց վատ օրինակներով ես էլ մոլորվեցա:

— Հենց այդ գիտակցությունը բավական է, որ ողղե և փրկե քեզ, — կտրեց նրա խոսքը Մուրադը: — Ես էլ այդ գիտակցությանը հասա և փրկվեցա:

— Հասկանում եմ: Բայց այդ փրկության մեջ կլինի և իմ մահը... Իսկ ես դեռ մեռնել չեմ ուզում... Սատանան պետք է անմահ մնա...

Նա միայն խմում էր, բայց ոչինչ չէր ուտում: Մո՛ւրադը պատվիրեց մի նոր շիշ գինի ևս դնել սեղանի վրա:

— Երբեմն բարություն եմ գործում, — Ասաց նա, — ինչպես միգապատ երկնքի կամարի վրա ճեղքվում են թանձր ամպերը, և րոպեական դուրս են ցոլանում արեգակի կենսատու ճառագայթները: Բայց այդ երկար չէ տևում, կրկին անցնում են սև ամպերը, և ամեն ի՛նչ կրկին նսեմանում է, մթնում է... Ես ուրախ կլինեի, որ կատարյալ չարագործ լինեի, և իմ մեջ բնավ բարության սերմեր չլինեին: Այն ժամանակ խիղճս հանգիստ կլիներ: Այն ժամանակ գուցե ամեննին չէի զգա, որ ես չար եմ: Որովհետև, բարությունն է միայն զգալ տալիս մեր չարությունը, ինչպես սպիտակի վրա ավելի պարզ կերպով նշմարվում է սեր: Կցանկանայի, որ իմ սրտի մեջ ամեն ինչ միագույն լիներ, կա՛մ սև, կա՛մ սպիտակ, կա՛մ բարի, կա՛մ չար: Սատանաները նրա համար միայն բախտավոր են, որ շատ չար են: Այնպես էլ բախտավոր են հրեշտակները, որ զուտ բարի են: Իսկ ի՞նչ եմ ես... Մի այլանդակ խառնուրդ: Ինչո՞վ կարող եմ ես բախտավոր լինել, երբ իմ սրտի մեջ միշտ պատերազմ կա, և մանավանդ, չարը ավելի զորեղ է, քան թե բարին...

Նա վեր կացավ, ասելով,

— Ա խ, ինչո՞ւ եմ այդքան երկար խոսում: Դուք պետք է ճանապարհ գնաք, իսկ ես ուշացնում եմ ձեզ:

Նա մոտեցավ իր ճանապարհորդական պարկին և, հանելով նրա միջից մի ծանր քսակ, մեկնեց Մուրադին, ասելով.

— Ես կխնդրեի քեզանից, որ թեթևացնեիր իմ բեռը և ընդունեիր այդ, գուցե քեզ հարկավոր կլիներ:

— Շնորհակալ եմ, — Ասաց Մուրադը հրաժարվելով: — Բժշկապետը հոգացել է մեր ճանապարհի ծախքը:

— Գիտեմ... դու խորշում ես այդ ոսկիներից, որովհետև նրանք շաղախված են արյունով... Բայց գիտե՞ս հին առակը» Հուդայի ստացած երեսուն արծաթի մեջ նույնպես արյուն կար: Այդ երեսուն արծաթով գնեցին մի ագարակ, որ կոչվեցավ «Ագեղտամա», որ նշանակում է արյան ագարակ: Ավանդությունն ասում է, որ այդ ագարակի վրա մշակվում էին Երուսաղեմի ամենապտղաբեր ձիթենիները: Երբ դու կհասնես քո հայրենիքը, այնտեղ քեզ մեծ աշխատություններ են սպասում: Այդ ոսկիներով կգնես մի ագարակ և կսկսես նրա վրա մշակություններ անել: Թող այդ ագարակը կոչվի «արյան ագարակ», փույթ չէ, բայց քո աշխատությունը կբուսեցնե նրա վրա հայրենիքի ամենապտղաբեր տունկերը: Ես իմ բոլոր արժեթղթերը նվիրեցի Համրին և Ավազակապետին: Այդ քո բաժինն էր, որ պահել էի քեզ համար: Այն թղթերը նույնպես մաքուր վաստակ չէին: Բայց նրանք ընդունեցին, ասելով. «Հացը թող համեղ լինի, ի՞նչ փույթ, որ ջիուղի թխած կլինի...»

Մուրադը ընդունեց ոսկիները: Քավոր Պետրոսը շարունակեց.

— Դու կհանդիպես Համրի ու Ավազակապետի հետ Օ... քաղաքում: Նրանք այնտեղ կսպասեն քեզ: Հետո միասին կգնաք մեր հայրենիքը: Նրանք երկուսն էլ լավ մարդիկ են: Խորհուրդ եմ տալիս քեզ չբաժանվել նրանցից, միասին կսկսեք գործել ու աշխատել: Քաղցր է աշխատանքը հայրենի հողի վրա...

Բոլոր այդ խոսակցության ժամանակ Մուրադը նկատում էր և մի ավելի մեծ փոփոխություն քավոր Պետրոսի բնավորության, հայացքների և բարոյական հատկությունների մեջ: Առաջ նա գործում էր չարը միայն չարության համար, թեև նրա գործողությունները կատարվում էին որոշված, հաստատ և գիտակցական նպատակներով: Իսկ այժմ նա կարծես օրորվում էր այդ երկու մտքերի մեջ. միթե ավելի լավ չէ՞ր լինի, որ չարությունը բառնայինք բարությամբ, մի թե չարությունը չարությամբ արմատախիլ անելը դաստիարակության նույն եղանակը չէր լինի, երբ վարժապետը աշխատում է կրթել և բան սովորեցնել անպիտան աշակերտին ծեծի և պատիժների ուժով: Քավոր Պետրոսը հակված էր երևում դեպի զղջում, դեպի ուղղություն, բայց նրան կատաղեցնում էր այն միտքը, թե ինչո՞ւ ինքն առաջին քայլն անե և ուղղվի, թե ինչո՞ւ ինքը զիջումն անե ուրիշների չարության դեմ, մի՛թե դրանով իրան մի անբախտ զոհի վիճակի մեջ չի՞ դնի: Երբ մարդիկ խաբում են, նա էլ պետք է խաբե, երբ մարդիկ հարստահարում են, նա էլ պետք է հարստահարե:

Կառքի ձիաները փոխել էին, անիվները ձյութով օծել էին, և պատրաստ էր իջևանի բակում: Նենեն զարթնել էր և, հոգնածությունից կազդուրված, վազեց նա կառքի մոտ, և, առանց Մուրադի օգնության, ինքը ցատկեց, նստեց նրա մեջ:

— Նենե, ձեռք տուր այդ օտարականին, դա իմ վաղեմի բարեկամն է, — Ասաց Մուրադը:

Նենեն մեկնեց ձեռքը: Քավոր Պետրոսը բռնելո՛վ, ասաց,

— Դուք երկուսդ էլ արժանի եք միմյանց: Նախախնամությունը, զանազան փորձանքների միջից անցկացնելով ձեզ, կրկին հանդիպեցրեց միմյանց: Օրհնում եմ ձեր ամուսնությունը և բախտավորություն եմ ցանկանում:

Մուրադը ընկավ նրա գիրկը և, արտասուքը աչքերում, երկար աղաչում էր, խնդրում էր նրան, որ նստե իրենց հետ կառքը և միասին վերադառնան իրանց հայրենիքը՝ Պարսկաստան: Բայց քավոր Պետրոսը դարձյալ մերժեց, ասելով.

— Դուք գնացեք, տեր ընդ ձեզ, ես դեռ բոլորովին չեմ վերջացրել իմ գործը... գուցե հեռվից ավելի պիտանի կլինեմ ձեզ...

Մուրադը նստեց: Կառքը շարժվեցավ: Քավոր Պետրոսը բավական տեղ ոտքով գնաց նրանց հետ: Հետո կրկին ձեռք տալով

Նենեին, կրկին համբուրվելով Մուրադի հետ, բաժանվեցավ: Նա երկար կանգնած նայում էր նրանց ետևից, մինչև կառքը բոլորովին անհետացավ նրա աչքերից: Այդ ժամանակ միայն դժբախտ թափառականը ճանապարհը ծռեց և սկսեց դիմել դեպի մի այլ կողմ:

Երեք ամիս անցել էր այդ օրից:

Պարսկաստանի Սալմաստ գավառում, Սավրա գյուղից ոչ այնքան հեռու (որը Մուրադի հայրենի գյուղն էր) տարածվում էին հին ավերակներ: Արաբական ճաշակով կառուցված մի հոյակապ մինարեթ միայն կանգուն էր մնացել այդ տխուր ավերակների մեջ: Նրա բարձր կամարների ներքո թագավորում էր մշտական ամայություն և խավար: Չղջիկները և վայրենի աղավնիները միայն երբեմն աղմկում էին այդ անքնակ մինարեթի գերեզմանական լռությունը: Բայց մի գիշեր այնտեղ լույս էր երևում: Հատակի վրա վառվում էր խարույկը, և նրա լուսավորության մեջ շարժվում էին անորոշ ստվերներ: Եթե մեր ընթերցողը համարձակություն ունենար և, գաղտնի կերպով մոտենալով մինարեթին, նրա կիսավեր դռնից նայեր ներսը, անպատճառ կտեսներ նույն դեմքերը, որոնք ծանոթ են նրան, որոնց ճանաչում է նա, սկսյալ նրանց պատանեկության հասակից: Այնտեղ էին Մուրադը և պալլադը (Ավազակապետը), երկուսն էլ զեյթունցու հագուստի մեջ կերպարանափոխ եղած: Այնտեղ էին Մուրադի մանկության երեք ընկերները՝ Կարոն, Ասլանը և Սագոն, մշեցոց ծպտյալ հագուստով: Այնտեղ էր պատանի Ֆարհադը, որ նոր էր ընկել այդ շրջանի մեջ: Այնտեղ չէր միայն Համբը:

Մինարեթը շատ հեռու չէր այն վայրերից, այն այգիներից և այն ձեռնատունկ անտառներից, որոնց մեջ Մուրադը իր պատանեկության հասակում, իբրև փախստական, ապաստան գտավ: Որպես տեսանք այդ Հիշատակարանի սկզբում, այն ժամանակ նա վարում էր բավական կասկածավոր կյանք իր երեք ընկերների՝ Կարոյի, Ասլանի և Սագոյի հետ: Այնուհետև աղետավոր հանգամանքները բաժանեցին այդ փոքրիկ սրիկաներին և ձգեցին կյանքի տարբեր ճանապարհների վրա: Թափառելով աշխարհից աշխարհ, երկրից երկիր և անցնելով զանազան դառն փորձերի միջից, տասներկու տարվա անջատումից հետո, վաղեմի ընկերները կրկին հանդիպում են միմյանց միևնույն մինարեթի մեջ, որ մանկության հասակում նրանց թաքստի տեղն էր, նրանց սիրելի որջն էր: Երկու օր մնացին այնտեղ, իսկ երրորդ օրը մինարեթը դարձյալ դատարկ էր, դարձյալ ամայի էր: Ի՞նչ եղան նրանք, ո՞ւր գնացին, այդ կտեսնե ընթերցողը մեր այլ աշխատության՝ «Կայծերի» մեջ:

www.ingramcontent.com/pod-product-compliance
Lightning Source LLC
Chambersburg PA
CBHW060426030726
47495CB00003B/749
9781604447699